DAS HAUS LEUPOLTH, BAND 1

Roman

Tomos Forrest

Impressum

Texte: © Copyright by Tomos Forrest/
Der Romankiosk.
Based on the Characters and Storyline by
Thomas Ostwald
& Jörg Martin Munsonius
Mit freundlicher Genehmigung
der Edition Bärenklau.
Lektorat: Kerstin Peschel/Christian Dörge.
Umschlag: © Copyright by Christian Dörge.
Verlag: Der Romankiosk
Winthirstraße 11
80639 München
www.der-romankiosk.de
webmaster@der-romankiosk.de
Druck: epubli, ein Service der
neopubli GmbH, Berlin

Printed in Germany

Inhaltsverzeichnis

Das Buch (Seite 4)

1. NUR EIN GRASHALM IM WIND (1502)
(Seite 6)

INTERLUDIUM: DAS HAUS ZU LEUPOLTH UND EIN ECHTER FILIGRATEUR
(Seite 130)

2. DAS GEHEIMNIS DES BUCKLIGEN (1504)
(Seite 147)

3. DAS SCHWARZE GOLD (1530)
(Seite 271)

4. AHORNBLÄTTER, ROT WIE BLUT (1777)
(Seite 391)

5. DAS ROTE KORSETT (1877)
(Seite 509)

INTERLUDIUM: DAS PORTRÄT
(Seite 642)

Das Buch

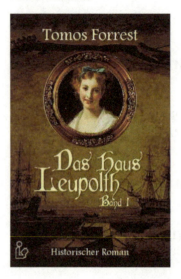

Anno 1502: Die beiden großen Handelshäuser der Familien zu Leupolth und Vestenberg sind dabei, ihre langjährige Rivalität beizulegen. Zum einen schließen die beiden Patriarchen einen Vertrag über die Einfuhr eines vollkommen neuen und Gewinn versprechenden Gewürzes ab. Dann soll die Vermählung Valentins mit Enndlin, der Tochter Vestenbergs, den neuen Pakt der beiden Häuser endgültig besiegeln. Alles scheint wunschgemäß zu verlaufen, nur aus der Faktorei in Sevilla kommt keine Ware mehr nach Nürnberg, schon gar nicht die sehnlichst erwarteten *Muskatnüsse*, die über Aufstieg und Fall des Handelshauses entscheiden können.

So bricht der Patrizier Harlach zu Leupolth selbst nach Sevilla auf und gerät in die Hände eines gefährlichen und hinterlistigen Verbrechers.
Doch auch in Nürnberg geht nicht mehr alles seinen gewohnten Gang, als Valentin zu Leupolth plötzlich der verführerischen Osanna Ortsee begegnet...

Im Jahr 1502 beginnt die Familiensaga des Handelshauses Leupolth – geschrieben von Bestseller-Autor Tomos Forrest.

1. NUR EIN GRASHALM IM WIND (1502)

1.

Nürnberg, im Mai 1502

Es hatte tagelang wolkenbruchartige Regenfälle gegeben, die die Straßen Nürnbergs mit einer recht übel riechenden Schicht von Unrat und Dreck aus den zahlreichen Seitengassen überschwemmten und sich nun an den Straßenecken in tiefen Pfützen sammelten. Krähen, streunende Hunde und sogar ein Bettler auf eine Krücke gestützt, suchten in diesen schlammigen Haufen nach Essbarem. Heute nun meinte die Sonne es zu gut und strahlte vom wolkenlosen Himmel herunter, sodass die Pfützen vor Feuchtigkeit dampften und den Menschen der Schweiß den Rücken hinunterlief. Aber das aufkommende schöne Wetter verstärkte auch den Gestank von Verfaultem und Exkrementen fast ins Unermessliche.

Die beiden hoch gewachsenen, doch äußerlich sehr ungleichen Männer waren, in ein angeregtes Gespräch vertieft, vom Hauptmarkt an der Frauenkirche gekommen und standen eben vor dem Lagerhaus, als einer von ihnen zufällig einen Blick nach oben zu den Ladeluken warf.

»Pass auf!«, gellte Valentin zu Leupolth der Schrei noch in den Ohren, während er einen heftigen Stoß in den Rücken erhielt, hilflos mit den Armen ruderte und vergeblich nach einem Halt griff. Etwas Großes, Dunkles flog an ihm vorüber und schlug krachend in den Dreck, der hoch aufspritzte und alles ein einem weiten Umkreis mit einer Schlammfontäne übergoss.

Der blonde Patrizier schlug der Länge nach in den Schlamm der Straße, wobei seine Hände einige Zentimeter im Dreck versanken und selbst sein Gesicht bei dieser unsanften Landung nicht verschont blieb. Er keuchte vor Überraschung. Wut stieg in ihm hoch, und gewandt wie eine Katze schnellte sich der Gestürzte wieder auf, um sich auf seinen vermeintlichen Angreifer zu stürzen. Aber da war kein Gegner, sondern nur Metze Losekann, mit dem er eben zu dem Lagerhaus der Familie Leupolth gegangen war, um sich von der ordentlich gelagerten Ware zu überzeugen.

Metze lachte zwar über sein ganzes, verschlagenes Gesicht und hielt ihm die Hand hin, aber Valentin schlug sie aus und sah erst jetzt, was ihm da erspart geblieben war. Unmittelbar neben ihm lagen im Kot und Straßendreck die Trümmer eines Fasses verstreut. Ein rascher Blick hinauf zu den Ladeluken zeigte ihm das noch immer hin und her baumelnde, zerrissene Ladenetz und einen Moment noch den Kopf eines Mannes, der blitzschnell in der Luke verschwand.

Mit einem wilden Fluch wollte der junge Leupolth durch das Eingangstor in das Haus springen, als ihn Metze an der Schulter packte und zurückhielt.

»Besonnenheit, Herr Valentin, was willst du denn da oben jetzt tun?«

Ein wilder Blick traf den Mann, der seit langer Zeit der Familie in vielen Dingen treu diente. Er war gerissen wie ein Fuchs, unterhielt in der ganzen Stadt fragwürdige Freundschaften und konnte selbst in aussichtslos erscheinenden Situationen noch mit Rat und Tat einspringen. Kaufmann Harlach zu Leupolth selbst, der Vater Valentins, hatte ihn einst vor schwerer Strafe bewahrt, weil es keine zwei Zeugen gab, die beschwören konnten, dass Metze sich eines Totschlags schuldig gemacht hatte, und ohne die eine Anklage keinen Bestand hatte. Das vergaß ihm Metze Losekann nie, auch wenn er ein etwas zwiespältiges Verhältnis zum jungen Valentin hatte.

Valentin zu Leupolths männlich-schönes Gesicht war noch immer vor Wut verzerrt, und die zur Beruhigung auf seinem Unterarm liegende Hand des anderen diente nicht dazu, diese Wut wirklich zu zähmen.

»Dem Kerl gerbe ich das Fell, Metze, lass mich endlich durch!«, zischte er ihn an. Inzwischen hatten sich schon die ersten Müßiggänger um die beiden Männer versammelt. Einigen stand die Schadenfreude unverhohlen ins Gesicht geschrieben. Niemand kommentierte aber das Unglück.

Als sich einer von ihnen über die Trümmer des Fasses beugte und dort etwas aus dem im Schlamm halb versunkenen Mehls zog, war Valentin mit einem Sprung bei dem Mann und packte ihn am Kragen.

»Hier wird nicht geplündert, verstanden? Wie kommst du dazu, hier etwas aus meinem Mehlfass zu klauben?«

Dort, wo Valentins schmutzige Hände das einfache Hemd des Tagelöhners gepackt hatten, verschmierte er den Straßendreck bereits, während sich der Mann in seinem harten Griff wand.

»Verzeihung, Herr, aber ich habe mich... ganz unwillkürlich gebückt! Da schimmerte etwas in dem nun verdorbenen Mehl und ich...«

»Und da dachtest du, was im Dreck liegt, gehört niemandem mehr? Gib her, was du da in der Faust verborgen hast, oder ich vergesse mich!«

»Gnade, Herr, ich wollte doch nur...«

Da war Metze schon heran und zwang mit Gewalt die fest geschlossene Hand des Mannes auf. Erstaunt erkannten die beiden einen vom Mehl und Straßendreck verklebten Ring mit einem großen, roten Stein.

»So, du bist also doch ein hundsgemeiner Dieb!«, schrie Valentin erbost.

»Herr, nein, ich habe mich danach gebückt, weil etwas aufblitzte!«

»Kerl, ich sollte dich den Stadtknechten übergeben, damit sie kurzen Prozess mit dir machen, du Haderlump!«, fuhr ihn der Patrizier mit noch immer zornesrotem Gesicht an. Er wollte gerade Metze den Auftrag geben, nach den Stadtknechten zu rufen, als eine sanfte Stimme hinter ihm sagte:

»Warum seid Ihr so streng mit dem Mann?«

Erstaunt drehte Valentin zu Leupolth seinen Kopf der jungen Frau zu, die mit ihrer Magd hinter ihm stehen geblieben war und die letzten Worte mitgehört hatte. Wenn es überhaupt noch möglich war, wurde Valentins Gesicht noch um eine Spur dunkler, diesmal jedoch aus Verlegenheit.

»Das Fräulein Enndlin, was für eine Überraschung!«, rief er aus und verbeugte sich tiefer, als eigentlich gedacht, denn sein rotes Gesicht war ihm durchaus bewusst geworden, so sehr brannten seine Wangen.

2.

Nürnberg, drei Monate zuvor

Es gab ein paar tolle Gerüchte, die von Mund zu Mund durch Nürnberg liefen und bald, wie es so schön hieß, von den Spatzen auf den Dächern gepfiffen wurden. Einige waren allerdings von diesen Gerüchten wenig begeistert, denn man mahlte sich sofort die Folgen aus. Danach bestand die nicht unberechtigte Hoffnung, mit der Vermählung von Valentin zu Leupolth und Enndlin Vestenberg die beiden mächtigsten Häuser der Stadt zu vereinen. Doch noch hatten die beiden Väter nicht mehr als ein erstes, behutsames Gespräch geführt, denn seit Menschengedenken waren diese beiden Familien verfeindet. Es waren viele Dinge geschehen, die zu einer zaghaften Annäherung geführt hatten, und letztlich gab Enndlin den Ausschlag, als sie in einem Gespräch unter vier Augen ihrem Vater das grundsätzliche Einverständnis zu dieser Verbindung gab, und der Vater der zukünftigen Braut zeigte sich sehr zuversichtlich.

»Man hat ja Augen im Kopf!«, frohlockte Hieronymus Vestenberg und strich seiner schönen Tochter zärtlich über die Haare, was er für gewöhnlich selten tat.

»Aber du weißt hoffentlich, Enndlin, dass ich dich niemals zu einer Verbindung, die du nicht willst, zwingen würde.«

»Ach, Vater!«, seufzte die junge Frau. »Er ist sicher nicht der schlechteste Kerl in Nürnberg, und wenn es durch unsere Verbindung endlich Frieden zwischen den Familien gibt, dann will ich mit Freuden einwilligen!«

Bei diesen Worten zog eine leise Röte über ihre Wangen und verlieh ihr ein besonders liebliches Aussehen. Sie galt in Nürnberg als eine Schönheit, die sich zudem stets sehr vorteilhaft kleidete. Die Mode gestattete den Frauen figurbetonte Kleider, und Enndlin bevorzugte zu ihrem braunen Haar und den ebenfalls braunen Augen gern grünen Samt. Wie in ihren Kreisen üblich, trug sie ein ärmelloses Kleid, das Kirtle, mit dem durch Buckram und Stäbchen verstärkten Oberteil, das die Brust betonte. Darüber kam das eigentliche Kleid, das ziemlich eng saß und bei einer jungen, schlanken Frau den Körperbau betonte, und natürlich für bewundernde Blicke bei den Herren sorgte. Doch Enndlin Vestenberg verstand es auf geradezu unnachahmliche und zugleich natürliche Weise sich zu geben und mit ein paar schnellen Blicken aus glutvollen Augen zu kombinieren. Gab es einmal eine Gesellschaft im Hause Vestenberg und die Patrizierfamilien der Stadt kamen alle mit ihren heiratsfähigen Söhnen, dann mochten wohl viele von ihnen später schlaflos in ihrer Kammer liegen und von der schönen Enndlin schwärmen.

Ihre Haare trug sie als unverheiratete Frau meistens offen und lang auf ihre Schultern fallend. Wenn sie das Haus verließ, griff sie gern zu einem besonderen Kopfschmuck, den sie sich von einer ihrer Mägde nach ihren eigenen Entwürfen nähen ließ. Sie wirkte damit exotisch, wie eine geheimnisvolle Schönheit aus einem fernen Land.

Ihre Erscheinung erregte stets besondere Aufmerksamkeit, die jungen Männer blieben stehen, um ihr noch lange nachzusehen, und Enndlin Vestenberg war nicht so hochnäsig wie viele ihrer Altersgenossinnen, die stets so taten, als würden sie die bewundernden Blicke der jungen Männer nicht bemerken. Enndlin grüßte stets mit einem Lächeln, und verwirrte damit zusätzlich viele der Söhne aus gutem Haus, die ihr einmal etwas tiefer in die Augen geblickt hatten.

Das entscheidende Gespräch zwischen Vater und Tochter aber sollte nun erfolgen.

Der alte Vestenberg blickte liebevoll auf seine Tochter, die am Fenster gesessen hatte und die Stickerei in den Schoß sinken ließ, als ihr Vater in die gute Stube trat. Schon die Tatsache, dass der Kaufmann am frühen Nachmittag zu ihr kam, war ein Signal und hatte etwas Besonderes zu bedeuten. Als er dann nach vielem Herumreden endlich auf den Punkt kam und Valentin zu Leupolth erwähnte, lächelte die schöne Enndlin und der alte Herr spürte sofort, dass er nicht viel Überredungskunst benötigte.

»Ist ja auch ein stattlicher Kerl!«, meinte er lächelnd. »Sicher misst er seine sechseinhalb Fuß.«

»Ja, Vater!«, antwortete Enndlin und lächelte etwas schelmisch, als sie ihm ins Gesicht sah. »Wenn er doch nur nicht immer mit diesem furchtbaren Metze Losekann unterwegs wäre. Ein Blick in das Gesicht dieses Mannes und ich habe das Gefühl, in einen Abgrund des Bösen zu schauen!«

Da musste Hieronymus Vestenberg nun doch laut auflachen.

»Oh, Mädchen, was ihr Frauenzimmer doch nur alles immer in den Gesichtern der Männer sehen wollt! Ein Abgrund des Bösen – nein, das ist dieser Metze sicher nicht, und schließlich hat ihm der liebe Gott sein Antlitz gegeben, für das er nichts kann!«

»Ha!«, machte Enndlin und beugte sich wieder über ihre Stickerei.

»Was meinst du, Kind?«, erkundigte sich der alte Kaufmann besorgt.

»Ach, es ist nichts weiter, Vater. Und ich muss ja nicht den verschlagenen Metze heiraten. Wenn wir erst einmal Mann und Frau geworden sind, werde ich ihn mir schon aus dem Hause zu halten wissen!«

»Oho!«, rief ihr Vater fröhlich aus. »Da höre ich doch eine echte Vestenberg sprechen. Keine Sorge, mein liebes Kind, der Valentin wird dich schon auf Händen tragen!«

Darauf antwortete sie lieber nicht mehr, denn es war ihr nicht verborgen geblieben, welchen Ruf sich Valentin in der letzten Zeit erworben hatte. Sicher wurde vieles davon durch den Klatsch der Mägde aufgebauscht, denn sie hörten beim Wasserholen an den Brunnen alles Mögliche, was dann von Mund zu Mund weitergegeben und immer mehr ausgeschmückt wurde.

Zu gleicher Zeit, in der Hieronymus Vestenberg mit seiner Tochter sprach, stand Harpach zu Leupolth, der Vater Valentins, am Fenster seines Comptoirs und sah mit wohlgefälligem Blick auf das Treiben vor seinem Haus. Er hatte einige der alten Butzenscheibenfenster schon längst mit den teuren Zylinderglasscheiben ersetzen lassen, die ihm einen guten Ausblick ermöglichten. Zufrieden strich er seinen rötlichen Bart, der sein ganzer Stolz war. Er trug ihn anders als die meisten Kaufleute der Stadt, und auch das war eines seiner Charaktermerkmale. Nicht mit den anderen konkurrieren, sondern ihnen vormachen, was es bedeutete, ein zu Leupolth zu sein und damit seinen eigenen Modestil zu pflegen. Natürlich war das mit geschlitzten Ärmeln versehene Wams, seinem Alter angemessen, aus dunklem Samt geschneidert. Desto besser und auffälliger aber quoll der dunkelrote Stoff seines weit geschnittenen Hemdes daraus hervor und bot einen interessanten Kontrast zum Bart, den er in zwei spitz auslaufenden Enden als Gabelbart trug. Harlach war etwa so groß wie sein Sohn Valentin und hielt sich dabei immer noch sehr gerade, wenn er durch die Stadt ging. So waren sein schwarzes Samtbarett und der fuchsrote Gabelbart sein weithin sichtbares Erkennungszeichen, was jedoch nicht nur von Vorteil war. Harlach hatte sehr häufig Geld verliehen oder großzügig gestundet, was nun häufig dazu führte, dass seine Schuldner ihn schon von Weitem ausmachen konnten und rasch in eine Gasse abbogen, um unangenehmen Fragen auszuweichen. Harlach zu Leupolth sah stets großzügig darüber hinweg und fand zu einem späteren Zeitpunkt den Anlass, eine kleine Bemerkung im Gespräch fallenzulassen, dass man sich ja leider in der letzten Zeit mehrfach knapp verfehlt hätte.

Nachdem er kürzlich von Hieronymus Vestenberg erfahren hatte, dass ihr zukünftiges, gemeinsames Geschäft mit einem neuartigen Gewürz zustande kommen würde, weil der Konkurrent sich finanziell beteiligte, sah er nun der Nachricht von dem Gespräch mit dessen Tochter gespannt entgegen. Mit der Verbindung zwischen Valentin und Enndlin würde ein neues, mächtiges Handelshaus in Nürnberg entstehen, da konnte er die Gerüchte gern bestätigen, die ihm natürlich nicht verborgen blieben.

Trotz der erwarteten Zustimmung befand sich Harlach in großer Unruhe. Ihr wichtigster Handelspartner in Sevilla lieferte plötzlich nicht mehr, und aus dem Comptoir der Leupolths dort war keine Nachricht zu bekommen. Zwei Kuriere hatte der Patriarch bereits ausgeschickt, sie kamen mit leeren Händen zurück und berichteten, dass sie das Handelshaus fest verschlossen vorfanden und ihnen auf Nachfrage nur mitgeteilt wurde, dass der Kaufmann Richard von Oertzen, ihr Beauftragter in Sevilla, bereits vor Wochen mit unbekanntem Ziel abgereist sei. Voller Unruhe hatte sich der alte Harlach zu Leupolth nun schon entschlossen, selbst aufzubrechen, begleitet von zwei Kriegsknechten, und trotz seines Alters zu Pferd, damit man unterwegs beweglicher war, als mit einem der ungelenken, klobigen Fahrzeuge, über die das Handelshaus verfügte.

Auch der Vorschlag Valentins, ihn zu begleiten, wurde rundweg vom alten Herrn abgelehnt. »Wer soll sich denn um die Geschäfte in Nürnberg kümmern, Valentin? Willst du die Geschäfte allein Johann überlassen? Von mir aus gern, du weißt, dass er mein Vertrauen besitzt!«

Das hatte den Ausschlag gegeben.

Johann Eisfeld war der uneheliche Sohn Leupolths, noch zu Lebzeiten seiner Ehefrau mit Barbel Eisfeld gezeugt und vor gut zwei Jahren in das Handelshaus eingetreten, um gemeinsam mit seinem Stiefbruder die Geschäfte nach und nach zu übernehmen. Dabei zeigte sich rasch eine Begabung Johanns, die Valentin vollkommen abging: Er zeigte ein unglaubliches Geschick im Umgang mit Zahlen, konnte die schwierigsten Dinge im Kopf ausrechnen und hatte seinen Abakus eigentlich nur dabei, um etwas in den Händen zu halten, wenn er mit jemandem sprach. Denn so gut er das Rechnen beherrschte, so schlecht stand es um seine Sprache. Johann Eisfeld brachte oft, wenn er aufgeregt war und etwas erklären wollte, die Antwort nur mit Mühe heraus. Dann schienen ihm die Wörter wie dicke

Brocken im Mund zu liegen, und es kostete ihn immer Überwindung, auszusprechen, was er den anderen mitteilen wollte. So gab es kaum Probleme zwischen den ungleichen Brüdern, und der sonst so leicht aufbrausende Valentin fand in Johann seinen ruhenden Gegenpart.

Valentin wollte Johann nun das Handelsgeschäft in keinem Falle allein überlassen, auch wenn er wusste, dass sein Stiefbruder dazu in der Lage gewesen wäre. Erst in ein paar Wochen wurden die nächsten großen Lieferungen erwartet, die Gewürze kamen über die Alpen aus Genua mit einem großen Handelszug, zu dem sich mehrere Nürnberger Kaufleute zusammengeschlossen hatten. Waren die Handelsgeschäfte auf den Meeren sehr oft durch Seeräuber bedroht, so lauerten in den abgelegenen Tälern der Alpen und der angrenzenden Wälder zahlreiche Banden, die für ein Fass mit Pfeffer oder auch Salz ein Menschenleben wenig achteten. Viele der Fuhrwerke waren nur von schwach bewaffneten Knechten begleitet, die einem kampferprobten Wegelagerer nicht viel entgegensetzen konnten.

Aber Johann Eisfeld übernahm noch einen Weg vor dem Reiseantritt seines Vaters persönlich. Es ging darum, die drei Reitpferde und das Packpferd zu kontrollieren, und diese Tiere standen in der Obhut von Jurijan Leinigen, ihrem Hofschmied. Jurijan war nicht nur ein einfacher Hufschmied – solche gewöhnlichen Arbeiten hätte er seinen Gesellen überlassen können, würde es, wie in diesem Falle, nicht um die Tiere von Harlach zu Leupolth gehen. Für eine so lange Reise kam es darauf an, dass die Hufeisen nicht einfach aufgeschlagen, sondern richtig angepasst wurden. Passenderweise hatte Leinigen seine Schmiede neben seinem stattlichen, soliden Steinhaus in der *Burgschmietstraße*, zu der Johann Eisfeld jetzt mit eiligem Schritt strebte. Es war ein schöner, fast schon frühlingshaft warmer Morgen, und alles versprach, dass nun endlich der lange vorherrschende Winter besserem Wetter weichen würde. Während Johann aber trotz der frostfreien Luft und dem milden Sonnenschein heute für den Weg seine Schaube mit dem Pelzkragen umgehängt hatte, so begegnete er immer mehr Menschen, die leichtsinnig nur mit einem der üblichen, an den Ärmeln geschlitzten Wämsern auf die Straßen traten und den noch immer etwas kühlen Morgenwind, der von der Pegnitz herüberstrich, ignorierten. Dabei war es Johann bei dem Gedanken, sich gleich am Anblick von Neslin Leinigen, der Tochter von Brida und Jurijan, zu erfreuen, ohnehin warm ums Herz.

Die Eltern der jungen Frau waren sich längst mit Barbel Eisfeld, der Mutter Johanns und Lebensgefährtin von Harlach zu Leupolth, einig geworden, dass die beiden heiraten würden.

Johann wurde gleich herzlich empfangen, nachdem er einen raschen Blick in die Schmiede geworfen hatte, wo der Geselle abwechselnd die Bälge trat und damit das Feuer schürte. Jurijan und er verstanden sich prächtig, auch wenn der junge Kaufmann in den Augen des Schmiedes ein Hänfling war. Doch der ungewöhnlich große Schmied hatte Johann schließlich an seine breite Brust gedrückt, als sich das junge Volk, wie er sich ausdrückte, schon längst einig war.

Der Hausknecht nahm ihm Schaube und Barrett ab, und mit einem feuerroten Gesicht trat Johann Eisfeld in die gute Stube der Familie Leiningen ein, wo er bereits von

Brida und Neslin Leinigen erwartet wurde. Und da stand seine Neslin an der Seite der stattlichen Mutter, mit einem Gesicht, wie mit Purpur übergossen, und schaute auf den Boden.

»Gott zum Gruß, Ihr Damen!«, rief Johann aus und vollführte eine Verbeugung, mit der er Ehre am Kaiserlichen Hof eingelegt hätte.

»Mein lieber Johann, schön, dass Ihr Euch von den Amtsgeschäften bereits so früh freimachen konntet!«, begrüßte ihn Brida Leinigen freundlich. Ihr war es damals, als Jurijan in ihr Leben getreten war, ähnlich gegangen wie jetzt umgekehrt ihrer Tochter Neslin. Sie stammte aus einer der alten Patrizierfamilien Nürnbergs, und ihr Vater hätte zu einer solchen Verbindung nie seine Zustimmung gegeben. Es ergab sich trotzdem, weil der alte Imhoff Siebmacher plötzlich am Schlagfluss starb, noch bevor ihm seine Brida von Jurijan berichten konnte. Er folgte damit seiner vor kaum einem Jahr verstorbenen Frau nach, und Brida war plötzlich auf sich allein gestellt. Dann ergab es sich beim Nachlassordnen durch den Gildemeister, dass die Familie hoch verschuldet war und ihre Ländereien sowie das Warenlager verkaufen musste. Damit war Brida allerdings nicht nur schuldenfrei, sondern behielt etwas Geld übrig, das sie mit in die Ehe brachte. Die beiden hatten zwar nur die eine Tochter, Neslin, aber sie führten eine sehr glückliche Ehe, und Jurijan hatte ein Talent, das ihn bald zum Kunstschmied werden ließ, der nicht nur Aufträge der reichen Patrizierfamilien erhielt, sondern auch für Kurfürsten und Bischöfe im ganzen Land arbeitete und dadurch auch häufig für längere Zeit aus Nürnberg weg war.

»Und du, Neslin, freust... du dich... denn gar nicht?«, sagte Johann leise mit den üblichen Pausen zu seiner geliebten Neslin und trat dicht neben sie.

»Ich werde mal sehen, ob die Köchin schon den Braten gespickt hat!«, verkündete in diesem Augenblick Brida und war hinaus, noch ehe ihre Tochter etwas erwidern konnte. Nun aber nutzte Johann den Augenblick, griff ihre weiße, zierliche Hand und führte sie an seine Lippen. Auf jeden Finger drückte er einen Kuss, und Neslin, die das sehr genoss, schloss die Augen und lehnte sich an die Schultern ihres Liebsten. Johann roch den zarten Lavendelduft, der von dem jungen Mädchen ausging, und als sie sich jetzt mit einem schelmischen Lächeln zu ihm drehte, konnte er nicht widerstehen und küsste sie zart auf ihre vollen Lippen. Mehr nicht, fast nur ein Hauch, denn in jedem Augenblick konnte eine der Mägde eintreten und etwas im Raum zu richten haben. Noch ein tiefer Blick aus Neslins dunkelgrün schimmernden Augen, Johann fuhr über ihre kupferroten, schulterlangen Haare und seufzte leise. Noch einmal presste sich die junge Frau fest an ihn, dann entschlüpfte sie lächelnd und öffnete die Tür.

»Kann ich dir etwas helfen, liebe Mutter?«, rief sie in den Flur und drehte sich noch einmal rasch zu ihrem Verlobten um. Der Blick, der Johann dabei traf, verursachte bei ihm weiche Knie und Herzrasen. Er hauchte ihr noch einen Kuss zu, dann schloss sie die Tür leise hinter sich, und ein weiterer, tiefer Seufzer entrang sich Johanns Brust.

»So, dann komm doch mal mit hinüber in den Stall!«, ertönte da unvermittelt die tiefe, wohlklingende Stimme des Schmiedes.

Erschrocken fuhr Johann auf dem Absatz herum, denn er hatte nicht gehört, das Jurijan Leinigen den Raum betreten hatte.

»Oh ja, Meister... Leinigen, ich denke, das... wäre jetzt wohl... angebracht!«, antwortete er stockend, zwischen den Wörtern immer wieder mit Pausen.

Er staunte über sich selbst, wie leicht ihm diese Nachricht trotzdem über die Lippen ging, beinahe flüssig! Mit einem freundlichen Lächeln ging ihm der Schmied voraus, und Johann grübelte die ganze Zeit darüber nach, was wohl sein zukünftiger Schwiegervater von der kleinen, zärtlichen Szene mitbekommen hatte. Dass er aber auch nicht an die kleine Kammer hinter der Stube gedacht hatte, in der sich der Schmied umzog, wenn er durch die dort angebrachte Außentür von der Schmiede herüberkam! Na, egal, und wenn nur sein Vater schon wieder zurück aus Spanien wäre, dann könnte die Hochzeit stattfinden. Es würde wohl eine Doppelhochzeit werden, wenn er seinen Bruder Valentin richtig verstanden hatte!

Nachdem er sich überzeugt hatte, dass sich die Pferde im besten Zustand befanden und alles für die Reise vorbereitet war, kehrte er nicht ganz so eilig zurück in das Handelshaus der Familie zu Leupolth, die ihm schon einige Zeit Heimat geworden war, wo sein Vater mitten in den Reisevorbereitungen stand.

Und so brach denn der alte Harlach zu Leupolth an einem doch wieder kühlen Morgen Anfang März auf, um seine Faktorei in Sevilla und seinen dort verschollenen Partner Richard von Oertzen persönlich aufzusuchen. Der Zeitpunkt der Reise forderte Valentin erneut zum Widerspruch heraus, denn es bestand die Gefahr, in Gebirgsnähe in einen Schneesturm zu geraten. Doch sein Vater lachte ihn aus und erklärte, dass er zwar ein alter Mann sei, aber deswegen noch lange nicht gewillt war, auf sonniges Reisewetter zu warten, während seine Faktorei in Sevilla sang- und klanglos unterging. »Du weißt, wie viel für unser Handelshaus von dem Erfolg in Sevilla abhängt. Wir müssen das neue Gewürz nach Nürnberg bringen, ehe die Portugiesen den gesamten Markt für sich erobern. Aus dem Grund habe ich mit dem Fugger einen Vertrag geschlossen und auch den alten Vestenberg mit einbezogen. Zwei Fliegen mit einer Klappe, Valentin! Erfolg und eine Versöhnung mit dem alten Feind unserer Familie, gekrönt mit eurer Hochzeit nach meiner Rückkehr! Du und Enndlin werden die neue Dynastie des mächtigsten, vereinten Handelshauses in Nürnberg führen. Aber das alles wird keine Wirklichkeit, wenn etwas mit der lang erwarteten Lieferung geschehen sein sollte, was ich nicht geplant hatte!«, erklärte er seinem ältesten Sohn noch einmal in aller Deutlichkeit. »Johann kennt nur einen Teil der Finanzseite, die geschlossenen Verträge liegen in dem Geheimfach, damit du im Falle eines Falles alles prüfen kannst. Und jetzt, wünsch mir Glück, Valentin!« Und während der Kaufmann sich rüstete und mit Valentin sprach, beschlich ihn nur immer wieder ein Gedanke: *Hoffentlich war deine Entscheidung, Richard von Oertzen aus Augsburg noch einmal zu helfen, richtig. Er als mein Vertreter der Faktorei in Sevilla ist das einzige, nicht kalkulierbare Risiko bei dem Unternehmen. Einmal abgesehen vom Wetter auf den Meeren.*

Dicke Pelze gehörten zu seiner Ausstattung, und schließlich hielt ihn nichts mehr. Valentin und Johann gaben dem Vater das Geleit bis vor die Tore Nürnbergs, und Valentin, der das südliche Stadttor überhaupt nicht liebte, hatte sich schon zum Rückweg gewandt, als Johann noch immer den drei einsamen Reitern nachsah.

Während Valentin ungeduldig auf ihn wartete, fiel sein Blick auf den kleinen Hügel in einiger Entfernung, auf dem sich im frischen Märzenwind die Flügel einer Mühle drehten. Er war bei dem Anblick so in Gedanken versunken, dass er das Näherkommen seines Bruders überhört hatte und zusammenzuckte, als der ihm lachend auf die Schulter klopfte und ausrief:

»Na, Valentin, ist... noch ein wenig Zeit... für einen kleinen Ausflug zur Jungfern-Mühle?«

Ein bitterböser Blick seines Stiefbruders erstickte ihm jedoch gleich das Lachen im Hals, und während des gesamten Rückweges fiel kein einziges Wort mehr zwischen ihnen. Valentin zog die dick gefütterte Schaube mit dem Pelzkragen fest um seinen Hals und stapfte durch den Altschnee, als gälte es, einen Wettlauf zu gewinnen. Beide Männer trugen unter ihren mit Pelz gefütterten Stiefeln Chopines, wie man die ansonsten auch Kotschuhe genannten Hilfsmittel nannte, die ihre Träger vor dem Straßendreck schützen sollten. Nur zwei Menschen außer Valentin nannten die Mühle so. Johann, der mehr zufällig davon erfahren hatte. Und leider auch Metze, der ihm helfen musste.

Die Georgi-Mühle war sehr groß, eine Windmühle und zugleich mit einer Wasserradmühle an einem kleinen Nebenarm der Pegnitz gelegen. Dadurch konnte der Müller wesentlich mehr und schneller Korn verarbeiten als alle anderen, was nicht unerheblich zu seinem Reichtum beitrug. Grit, die schöne Müllertochter, wähnte sich den

Töchtern aus den vornehmen Patrizierhäusern ebenbürtig, wurde von denen aber nicht einmal wahrgenommen. Als sie eines Tages verschwand, machten in Nürnberg wilde Gerüchte die Runde, aber schließlich wusste es eine Magd ganz genau. Sie behauptete steif und fest, Grit an einem frühen Morgen mit einem Mann auf einem Pferd gesehen zu haben, als die beiden gleich nach Öffnung der Stadttore Richtung Süden geritten waren.

Das gab den Gerüchten neuen Auftrieb, aber irgendwann geriet Grit in Vergessenheit, zumal keiner der Männer, die man als Junggesellen kannte, die Stadt für längere Zeit verlassen hatte. Und Valentin? Der behauptete, noch nie etwas von einer Grit Georgi gehört zu haben, schon gar nicht von einer Müllerstocher. Auf die verwunderte Frage seines Vaters, die es an einem Abend an der kleinen Tafel gab, dass er doch aber mehrfach mit dem Müller verhandelt habe, erklärte er seinem Vater, dass er dabei keine Augen für die Tochter eines Müllers gehabt hätte. Und im Übrigen wäre Johann derjenige, der sich um so einfache Dinge wie den Handel mit Mehl kümmerte. Er wolle sich doch verstärkt auf die Seidenstoffe und auf die verschiedenen Mittel, um Wollstoffe zu färben, konzentrieren. Außerdem beabsichtigte er, dem Vater schon in der nächsten Zeit einen Kardätschenmacher zu bringen, der in Frankreich sein Handwerk erlernt hatte und mit dessen Wissen und Können man bei der Wollbearbeitung den Nürnberger Markt künftig beherrschen würde. Dabei gingen seine Gedanken auch zur schönen Enndlin und ihre Vorliebe für grüne Seidenstoffe. Er sah ihr zartes Gesicht mit den feinen Linien von der Nase zum Mund und den Grübchen in den Wangen. Wie sie sich freuen würde, wenn er ihr Schafwolle schenken konnte, die in Farben leuchteten, wie sie noch nie zuvor in Nürnberg angeboten wurden! Ja, seine Enndlin war die schönste junge Frau in Nürnberg, vielleicht sogar im gesamten Frankenland, davon war Valentin überzeugt. Das hinderte ihn allerdings nicht daran, bis zur Verheiratung seinen Vergnügungen nachzugehen und öfter zu den Hübschlerinnen zu gehen, als es vielleicht selbst für einen so reichen Patriziersohn üblich war.

3.
Nürnberg, im Mai vor dem Lagerhaus der Familie zu Leupolth
Nun also standen sie sich Auge in Auge gegenüber, die beiden *Beinahe-Verlobten* aus den mächtigsten Handelshäusern Nürnbergs, und während Valentin doch eine ganze Weile benötigte, um seinen plötzlich trocken gewordenen Rachen zu öffnen und eine passende Antwort zu geben, deutete die schöne Patriziertochter bereits auf die beiden Stadtwachen, die, in den Farben der Stadt gekleidet, und mit ihren seltsamen, flachen Helmen auf dem Kopf, langsam herangeschlendert kamen. Jetzt aber kam Bewegung in Valentin, denn er wollte sich nicht die Blöße geben, einen möglicherweise Unschuldigen vor den Augen seiner zukünftigen Gemahlin anzuklagen.

»Hau ab, Bursche, bevor ich es mir anders überlege!«, knurrte er dem eingeschüchterten Tagelöhner halblaut zu, und der verschwand mit einem tiefen Bückling und einem gehauchten »Vergelt's Gott!« zwischen den noch immer Neugierigen.

»Ah, der Herr zu Leupolth!«, sagte in diesem Augenblick der ältere der beiden Soldaten. »Benötigt Ihr unsere Hilfe, Herr?«

Valentin warf nur einen flüchtigen Blick zu Enndlin, die sich gerade mit einem strahlenden Lächeln abgewandt hatte und die Tuchgasse hinunterging, um dann ihr Haus in der Nähe der Fleischbrücke aufzusuchen. Noch einmal drehte sie sich am Ende der Gasse zu Valentin um, der hoch erfreut die Hand hob und sie damit grüßte. Es hätte nicht viel gefehlt, und er hätte eine Kusshand daraus gemacht. Im letzten Augenblick besann er sich noch, denn zu viele Augen waren hier auf ihn gerichtet.

»Na, mein Lieber, das ist ja mal gerade noch gut gegangen!«, bemerkte spöttisch Metze Losekann, der mit einem schiefen Grinsen die Szene zwischen den beiden jungen Leuten beobachtet hatte.

Unwillig drehte sich Valentin zu ihm herum und knurrte wiederum etwas Unverständliches, während sich die Zuschauer um ihn herum langsam wieder in Bewegung setzten. Offenbar war alles geschehen, was hier geschehen konnte – ein Frachtnetz war zerrissen und der Inhalt hatte einen der reichen *Pfeffersäcke* nur um Haaresbreite verfehlt – das kam vor, aber nun wurde es Zeit, weiterzugehen, zumal die beiden Stadtknechte sich nachlässig an ihre langen Spieße klammerten und den Müßiggängern anzügliche Blicke zuwarfen. Als sich zwei schäbig gekleidete Männer auffällig an ihnen vorüberdrückten, machte einer der beiden Soldaten eine rasche Bewegung und fällte seinen Spieß in Richtung der Männer, die darauf sofort eiligst davonstieben. Lachend schauten die Stadtknechte ihnen nach, bevor sie schließlich ihre Spieße wieder schulterten und langsam zur Stadtmauer zurückschlenderten. Erst jetzt öffnete sich die Haustür des Lagerhauses, und das Gesicht eines alten Mannes erschien dort, der behutsam um die Ecke lugte.

»Hans, komm heraus und sieh dir diese Schweinerei an!«, schimpfte beim Anblick des Lagermeisters der Kaufmannssohn sofort los. Seine Wut war mit einem Schlag zurückgekehrt, und als der gebeugte, hagere Mann kopfschüttelnd zu ihm trat, packte ihn Valentin an seinem alten, ausgewaschenen Wams und zog ihn dicht zu sich heran.

»Hans, ich will mal nicht annehmen, dass dieses Lastennetz vorsätzlich gelöst wurde!«, sagte er mit drohendem Tonfall, und der alte Mann verdrehte ängstlich die Augen.

»Aber, bester, lieber Herr zu Leupolth, das könnt Ihr mir doch nicht im Ernst anlasten wollen!«

»Nein? Wem denn? Ah, ich weiß! Es war dein schwachsinniger Sohn, der den Kran bediente, habe ich recht?«

Der Lagermeister machte ein bekümmertes Gesicht.

»Herr, mein Jonathan ist nur ein wenig... langsam beim Denken, aber ein guter Arbeiter!«

»Ja, das habe ich gemerkt. Wäre Metze nicht gewesen, hätte mich das Mehlfass erschlagen! Also, macht jetzt diese Schweinerei hier auf der Straße weg, und dann reden wir über den Preis des Mehles, den ich euch beiden natürlich vom Lohn abziehe!«

»Herr, bitte – das Netz war alt, ein solches Unglück hätte täglich geschehen können! Ich habe es Eurem Vater schon vor Weihnachten gesagt, dass es erneuert werden muss!«

Valentin starrte dem alten Mann ins Gesicht, dann endlich ließ er sein Wams los, und erleichtert holte Hans tief Atem.

»Gut, dann will ich einmal Gnade vor Recht gehen lassen. Aber eines noch, Hans – aus welcher Mühle kam dieses Fass und wieso wurde es überhaupt in dieses Lagerhaus gebracht? Haben wir nicht vereinbart, dass die Mehlfässer zur leichteren Handhabung nur noch im Haus in der Wörthstraße gelagert werden sollen? Und dann noch dazu hier im zweiten Stock, wo wir nur die Gewürze einlagern wollen!«

»Herr, bitte, es war eine Anordnung vom Herrn Metze, die er mir gestern gab!«

Der Kaufmann fuhr auf dem Absatz herum und musterte den gleichgültig neben ihm stehenden Vertrauten.

»Seit wann erteilst du den Leuten Anweisungen, wo etwas zu lagern ist, Metze?«

»Nun, immer dann, wenn es die Not gebietet, Val!«, antwortete der lakonisch und benutzte dabei die respektlose Abkürzung, die den jungen Kaufmann erneut erzürnte. Aber noch bevor er etwas sagen konnte, fuhr Metze fort: »Mach doch nicht so ein Aufhebens von dem verfluchten Mehl, Valentin! Wenn du dich ein wenig mehr um das Alltagsgeschehen kümmern würdest, wüsstest du auch, dass durch den ständigen Regen die Wasser der Pegnitz bereits vor zwei Tagen über die Ufer getreten sind und die Häuser in der Wörthstraße erreicht haben. Ich hatte das bemerkt und Johann verständigt.«

»Johann! Immer nur Johann!«, schnaubte Valentin. »Warum hast du mir nichts davon gesagt?«

Metze stemmte die Fäuste in die Seiten und sah den Kaufmannssohn herausfordernd an. »Also, mein lieber Val, wenn du es dann hören möchtest: Ich begegnete Johann, der selbst zur Wörthstraße ging, weil er beunruhigt vom Wasserstand war. Als er hörte, was ich dort entdeckt hatte, kehrte er sofort um und rief ein paar Knechte, die das dort lagernde Mehl in die oberen Stockwerke brachten. Heute wurde das Mehl von Georgi geliefert, das du nach deinen eigenen Worten für die unruhigen Zeiten etwas zurückhalten wolltest Deshalb ordnete ich an, es hier in die Tuchgasse zu bringen, wo der gesamte zweite Stock leer steht. Schließlich ist die Ware aus Sevilla bislang noch immer nicht eingetroffen, wenn du dich erinnerst! Und nach deinen eigenen Worten hat dir dein Vater erklärt, dass für das neue Gewürz kein Platz geschaffen werden muss, die erste Lieferung umfasst nicht mehr als ein Säckchen, das aus bestimmten Gründen nur im Geheimen transportiert werden kann, soll es nicht an die Portugiesen verraten werden.«

Valentin kaute auf seinen Fingernägeln und musterte das glatte Gesicht des Mannes, dem er so viel verdankte. Aber sein Zorn war damit noch längst nicht besänftigt, schließlich war Metze Losekann ein von seinem Vater eingesetzter Bürgerlicher, ein sogenannter Ehrbarer, zum zweiten Stand gehörig, die durchaus auch in den Rat gewählt werden konnten. Aber jeder Nürnberger Patrizier sah auf sie hinunter, so, wie die adligen Ritter auf die Patrizier herabsahen, die zwar ihren Lebensstil nachahmten, aber in ihren Augen nichts als reich gewordene Pfeffersäcke waren.

Und die nur im Haus zu Leupolth bekannte Geschichte mit dem unbekannten Toten im Wald vor den Toren der Stadt hätte ohnehin verhindert, dass man Metze als *Ehrbaren* ansprach. Der alte Richter, mit dem Harlach zu Leupolth die Geschichte verhandelt hatte, lag schon längst in seiner letzten Ruhestätte vor den Toren der Stadt.

Bevor Valentin sich jedoch erneut in einer Wuttirade auslassen konnte, schnitt ihm Metze kurz das Wort ab und sagte mit nahezu gefährlich leisem Tonfall:

»Wenn dein Vater auch nur ahnen würde, wie du in seiner Abwesenheit herumhurst und jeden Abend säufst, würde er vermutlich dazu neigen, Johann noch mehr Aufgaben zu übertragen.« Eine Geste Valentins mit der Hand wehrte er gleich ab und fuhr rasch fort: »Vielleicht fängst du einmal an, dir Gedanken über die Herkunft dieses Ringes zu machen, Valentin zu Leupolth!«

»Was geht mich der Ring an!«, antwortete er giftig, aber als ihm Metze lachend die ausgestreckte Hand hinhielt, betrachtete er ihn erneut aufmerksam.

»Sicher sehr wertvoll, meinst du dich nicht auch, Val?«

Der Kaufmannssohn zuckte nur die Schultern.

»Ja, und weiter?«

Metze griff rasch zu und nahm ihm den Ring aus der Hand, noch bevor Valentin sein Vorhaben überhaupt erahnen konnte. Noch einmal wischte er ihn an seiner Kleidung ab und hielt ihn in das helle Sonnenlicht.

»Mein lieber Val, das ist ein Ring, wie er von deinesgleichen gern an eine Braut verschenkt wird!«, bemerkte er schließlich mit einem spöttischen Grinsen.

»Meinetwegen, gib ihn her!«

Doch Metze ließ ihn blitzschnell zwischen seinen Fingern verschwinden, und verblüfft schaute Valentin auf seine nun leeren Hände.

»Was... machst du, Metze?«

»Hast du das gesehen? Meine Hände sind schneller als dein Auge. Jetzt wollen wir beide mal einen Moment lang schweigen und nachdenken, ja, Val?«

»Nachdenken? Worüber soll ich nachdenken? Etwa darüber, dass ein von meinem Vater angestellter Ehrbarer –«, dieses Wort betonte er deutlich, »mir einen Ring stiehlt, den ich in einem Mehlfass gefunden habe, das wiederum in das Handelshaus der Familie Leupolth gehört?«

Jetzt lachte Metze lauthals heraus.

»Du hast einen Ring gefunden, Val? Ach, das ist köstlich! Aber egal, hier nimm ihn, ich möchte ihn gar nicht länger in der Hand haben. Da klebt Blut dran!«

Der junge Kaufmann hatte den Ring gerade wieder auf die ausgestreckte Hand bekommen, als er ihn um ein Haar hätte fallen gelassen.

»Blut? Wie kommst du denn da drauf? Das ist doch nur Straßendreck mit Resten vom Mehl!«

Metzte Losekann verdrehte die Augen.

»Valentin zu Leupolth, das wird mir hier jetzt auf der Straße ein wenig zu anstrengend. Wenn du mich auf einen Humpen Bier einlädst, verrate ich dir einiges über diesen Ring.«

Damit drehte er sich schon um und wollte zur anderen Seite der Tuchgasse gehen, wo sich in Richtung der Fleischbrücke eine Schenke befand, in der es gutes, Nürnberger Bier gab.

»Verflucht, Metze, lass mich hier nicht dumm stehen und fasele etwas vom Bier!«

Der dunkel gekleidete Ehrbare drehte sich nicht einmal mehr zu ihm um, hob nur nachlässig seine rechte Hand und winkte damit.

Zähneknirschend eilte ihm Valentin nach, holte ihn an der Ecke ein und stapfte dann grollend mit ihm zu der Schänke, wo bereits reges Treiben herrschte.

»Ah, grüß Gott, die Herren!«, rief ihnen ein dicker, rotgesichtiger Wirt bereits von Weitem zu, kaum, dass er die beiden ungleichen Männer auf seine Schänke zugehen sah. »Der Herr Valentin zu Leupolth gibt sich auch einmal wieder die Ehre! Hat der Herr mich vergessen?«

»Vergessen?«, echote der Patrizier verwundert.

»Ja, ich habe dem Johann doch schon kürzlich gesagt, ich brauche dringend wieder von dem Koriander, einen Himpten Salz, aber vom feinen Lüneburger, und schließlich eine ordentliche Portion von der Immerwurzel (Ingwer)! Die Gäste haben Hunger, aber sie wollen nur meine gut gewürzte Bratwurst haben, und die Vorräte gehen zur Neige!«

»So gut wie unterwegs, Herr Wirt, der Johann hat's schon fakturiert!«, gab Valentin zurück und dachte bei sich, dass er wohl mächtig Probleme bekommen würde, wenn er auch weiterhin seine guten Kunden in der Stadt so vernachlässigte. Der Wirt hatte die Bestellung nämlich nicht beim Johann, sondern schon in der Woche zuvor bei ihm aufgegeben. Aber nach einer langen Nacht mit allen unangenehmen Folgen hatte er die Bestellung glatt vergessen, wollte den Wirt aber nun gleich mit einer ordentlichen Bestellung seinerseits beschwichtigen.

»Dann bringt uns doch gleich einmal zwei Teller mit der guten Bratwurst, und dazu das frische Bier! Wir bleiben hier vorn bei der Tür sitzen, die Luft geht endlich einmal frei und die Sonne scheint, sodass es eine wahre Freude ist!«

Der Wirt verzog keine Miene, nickte den beiden nur kurz zu, als sie ihren Platz einnahmen, und warf dann aber einen misstrauischen Blick auf die Messer, die beide aus der Scheide am Gürtel zogen und vor sich auf den frisch mit Sand gescheuerten Tisch legten.

»Das sehe ich nicht so gerne, Ihr Herren! Es hat in den letzten Tagen ein wenig zu viel Spielereien mit den Messern gegeben, weil die Bratwurst nicht schnell genug kam oder das Bier schal wurde!«

»Na, hör mal, Wirt, wenn wir Patrizier schon keine eigenen Messer mehr mitbringen dürfen, was machen dann die Bauern und Arbeiter bei dir? Essen sie die Wurst mit den Fingern?«

»Weiß ich nicht, ist mir auch egal. Aber dass Ihr es nur wisst, wir Wirtsleute haben eine Eingabe an den Rat gemacht, dass man die Messer in den Schänken untersagt. Erst letzte Woche haben sie hier einen Jungen abgestochen, der wie eine Sau geblutet hat. Es geht mir ja nicht um die Schweinerei auf dem Fußboden, die ich mit Sand abstreuen kann. Aber der Ärger mit den Stadtknechten – oh, man sollte sie gar nicht erst nennen. Da haben wir es!«

Als hätten sie seine Rede gehört, traten jetzt zwei der mit rot-gelber Mipli-Gewandung ausgestatteten Soldaten ein und grüßten freundlich den Wirt. Der erste entdeckte die beiden am Eingang und die vor ihnen liegenden Messer, trat zu ihnen, grüßte auch sie ehrerbietig und deutete dann auf die Messer.

»Wenn Ihr uns einen Gefallen tun wollt, Ihr Herren, dann steckt bitte Eure Messer wieder in den Gürtel. Es hat in letzter Zeit viel Ärger mit den Besuchern in den Schänken gegeben und der Gebrauch eigener Messer soll von Rats wegen untersagt werden. Es steht Euch frei, sie weiter zu benutzen – nur für alle Fälle wären wir Euch dankbar, wenn sie nicht auf dem Tisch liegen.«

Valentin lief schon wieder rot an, aber der listige Metze nickte dem Soldat vertraulich zu, nahm die Messer vom Tisch und legte sie neben sich auf die Bank. »Wie geht es deiner Frau, Linhart? Hat sie die Medizin der alten Kräuterfrau bekommen?«

»Oh ja, danke Euch, Herr Metze, das war das rechte Mittel!«

Damit schien er es plötzlich eilig zu haben, stieß seinen Kameraden an und verließ gleich darauf mit ihm wieder die Schenke. Erstaunt blickte ihnen Valentin nach und erkundigte sich dann bei seinem Gefährten: »Was war das jetzt, Metze?«

Der kniff nur ein Auge zu und lächelte.

»Wir kennen uns, Val. Und du wirst mir einräumen, dass es nie schaden kann, den einen oder anderen von den Stadtknechten zu kennen, nicht wahr? Ebenso ist es mit den Bütteln, und wenn ich dir alles immer haarklein berichten würde, müsste dir ja der Kopf vor lauter Namen schwirren. Nein, mein Guter, mach dir keine Gedanken. Soweit es mich betrifft, pflege ich meinen kleinen Freundeskreis.«

Dabei hatte Valentin plötzlich ein sehr ungutes Gefühl, trotzdem beugte er sich, als der Wirt das Bestellte auf den Tisch gestellt hatte und wieder mit seinem behäbigen, schaukelnden Gang zum Tresen eilte, etwas zu ihm hinüber und sagte leise:

»Was ist nun mit dem Schmuckstück, Metze?«

Der biss herzhaft in die Wurst, sodass der Bratensaft herausspritzte und auf den Tisch tropfte, dann kaute er erst genüsslich, griff den Bierkrug und spülte kräftig nach, bevor er seinem Herrn in die Augen sah.

»Val, der liebe Gott hat dir den Kopf nicht nur zum Saufen gegeben. Benutze ihn gefälligst, und überlege einmal, wie ein so kostbarer Ring, vermutlich mit einer Holzschatulle, deren Reste wir gesehen haben, wohl in das Mehlfass gelangte!«

Mit offenem Mund hielt Valentin im Kauen inne und starrte den anderen an.

»Du müsstest dich jetzt einmal sehen, Val! Oder nein, das Fräulein Enndlin sollte jetzt um die Ecke schauen und dein Gesicht einmal betrachten! Sie hätte ihre helle Freude an dir!«

Wütend schlug der Patrizier mit der flachen Hand auf den Tisch, sodass die Bierkrüge hüpften.

»Verdammt noch mal, wie oft soll ich es dir noch sagen, dass ich solche frechen Reden nicht dulde, Metze!«

Der aber grinste ihn noch breiter an und biss erneut herzhaft in die Wurst.

»Was ist jetzt? Willst du hier sitzen und in aller Ruhe Essen und Trinken, oder bekomme ich noch eine Antwort von dir?«

Mit dem Handrücken fuhr sich der Mann über die Lippen und warf dem Patrizier einen nachdenklichen Blick zu. Er wusste, dass er den jungen Herrn in der Hand hatte. Nur musste er ihn hin und wieder daran erinnern.

Jetzt war der Zeitpunkt offenbar wieder gekommen.

»Das Mehl wurde aus der Georgi-Mühle geliefert, Valentin zu Leupolth. Oder, um es noch deutlicher zu sagen, aus der Mühle, die seit einer gewissen Zeit bei dir, mir und Johann nur noch die Jungfern-Mühle heißt!«

Valentin zuckte zusammen und verschüttete etwas von dem Bier, das er gerade trinken wollte. Ein glühend heißer Strahl fuhr ihm durchs Herz, als hätte jemand ein Messer genommen und es ihm durch die Brust getrieben. Und in diesem Moment wünschte sich der Kaufmann tatsächlich nichts anderes. Dann wäre endlich einmal Ruhe mit diesem unseligen Thema.

Die Jungfern-Mühle!

Natürlich hatte Metze Losekann seine Freude, ihn daran zu erinnern.

An damals, als er nach seiner Tat die Georgi-Mühle so nannte.

Lachend und sich beim Bier dabei auf die Schenkel schlagend.

Jungfern-Mühle, Metze, verstehst du mich? Hat sich was mit Jungfer – die Grit Georgi ist alles, aber keine Jungfer mehr! Und das Beste: Sie erwartet mich in der nächsten Woche zur Wiederholung unserer gemeinsamen Wonnen! Es waren seine eigenen Worte, die ihm jetzt wieder durch den Kopf gingen und ihn quälten.

Aber wieso stammte das Mehl mit dem Ring aus dieser verfluchten Mühle? Der Ring konnte unmöglich etwas mit

Grit zu tun haben, und außerdem war sie damals spurlos verschwunden. Ja, schon an dem Tag, an dem er sich ein Pferd aus dem Stall genommen hatte und zu der Mühle hinter dem Südtor geritten war. Der Müller war beschäftigt und tat so, als würde er ihn gar nicht hören, und schließlich war es einer der ziemlich groben Müllerknechte, der ihn bat, doch künftig für die nächsten Handelsgeschäfte seinen Stiefbruder Johann zu schicken. Der Meister wäre krank und bräuchte dringend Ruhe, da könne er sich nicht mit dem Anblick des jungen Kaufmanns belasten.

Belasten! Wie das klang! Offenbar wussten alle Knechte bereits, was in dieser einen Nacht bei der Mühle vorgefallen war. Aber diese Grit – sie war es doch, die ihn verrückt gemacht hatte! Und als er sie in das Gebüsch neben der Mühle zog, da hatte sie gekichert und gemeint, dass sie beide doch schon zu alt wären, um noch Verstecken zu spielen... verdammte, wilde Grit!, dachte Valentin, als sich Metze erhob und dem Wirt zurief, dass sein junger Herr die Zeche bezahlen würde.

Metze, du verfluchter Kerl! Du weißt leider viel zu viel, und ich glaube, du bist trotz der vielen Silberlinge, die ich dir bereits in die Tasche gesteckt habe, jederzeit bereit, mich zu verraten! Aber vertue dich nicht, Metze! Auch ich weiß einiges von dir, das Nürnbergs Eldermann interessieren würde! Hab nur acht!

4.
Sonntag Rogate, Nürnberg
Sonntagvormittag in der Frauenkirche, und die Heilige Messe schien kein Ende nehmen zu wollen. Valentin zu Leupolth saß in der Familienbank, gleich rechts vom Altar, wo sich die Bänke der Nürnberger Patrizier befanden. Neben ihm saß Barbel Eisfeld, die Mutter Johanns, der auf

ihrer linken Seite saß. Barbel war vor zwei Jahren in das Haus der Leupolths gezogen, konnte sich aber noch immer nicht entschließen, ihr eigenes Haus am Weinmarkt zu verkaufen. Immer, wenn Harlach das Thema anschnitt, wich sie ihm aus und erklärte lächelnd, dass sie vielleicht noch einen Rückzugsort für sich selbst benötigte, wenn sie es einmal mit den drei Männern im Haus der Leupolths nicht mehr aushalten sollte.

Harlach legte ihr dann immer beruhigend seine große, kräftige Hand auf ihre schmale, lange, und sah ihr tief in die Augen. Die beiden Stiefbrüder wechselten dann für gewöhnlich rasche Blicke. Sie verstanden sich seit Kindesbeinen, denn die Familien zu Leupolth und Eisfeld pflegten über Jahre gute geschäftliche Verbindungen. Dazu kam, dass der früh verstorbene Matthies Eisfeld nicht nur Tuchhändler, sondern auch für eine kurze Zeit Bürgermeister war, bis ihn seine schlechte Gesundheit vorzeitig zwang, dieses Amt aufzugeben.

Barbel Eisfeld saß zwischen den beiden jungen Männern kerzengerade, in ein schlichtes, dunkles Kleid gewandet, das aber jedem Kenner sofort die kostbare Seide verriet, aus der es gefertigt wurde. Den großen Ausschnitt bedeckte sorgfältig gefälteltes, weißes Tuch, das in einem Stehkragen lose am Hals endete. Eine kleine, weiße Haube auf ihrem Kopf bedeckte die im Nacken zusammengefassten Haare. Ein Blick in ihr Gesicht zeigte dem Betrachter, dass sie noch immer eine schöne Frau war. Einzig ihre scharf geformte Nase und die Linien um den Mund zeugten von ihrem starken Willen, aber auch von dem durchlebten Leid. Barbel war eine Patrizierfrau, die trotz ihrer seltsamen Position im Haus der Leupolths geachtet und gern gesehen wurde. Schließlich wusste man in Nürnberg, wer im Rat eine wichtige Stimme besaß, wem die meisten Steinhäuser am Markt gehörten, und wer in den letzten Jahren seine Handelsgeschäfte nach Italien und Spanien so ausgedehnt hatte, dass man hinter vorgehaltener Hand munkelte, dass der alte Harlach einst in einem goldenen Sarg ruhen würde, nur damit ein Teil seines Reichtums einen würdigen Platz um den Kaufmann bildete.

Barbel Eisfelds Blick ruhte auf dem Hochaltar, jede Unruhe in der Nachbarschaft wurde von ihr ignoriert, sie schien sich vollkommen der Heiligen Messe zu widmen.

Die namhaften Familien der Stadt saßen hier wieder eng beisammen, in ihrem Sonntagsstaat den Blick fromm auf den Boden geheftet, und taten, als könne ihre Andacht durch nichts abgelenkt werden.

Valentin dagegen kämpfte gegen einen mächtigen Kater an, hatte die schlechteste Laune der Welt und starrte auf die Gesichter seiner Nachbarn, um sich abzulenken und vor allem – um wach zu bleiben.

Da saßen sie also, die ehrwürdigen Patrizier mit ihren Familien, blasse, farblose Gesichter. Die Frauen mit oft schmalen Gesichtern, die alten unter ihnen mit dem Haupthaar unter einer Haube, die jüngeren mit den lose herabhängenden, offenen oder zu Zöpfen geflochtenen Haaren. Die Männer alle ehrbar und mit finsteren Gesichtern, wie sie andächtig den Worten des Geistlichen lauschten und in Wahrheit doch die Blickkontakte zu den anderen suchten, zu denen, die ihnen wichtiger waren als die Worte von der Kanzel.

Valentins Blick fiel auf den Grundherrn von Altenthann und Weiherhaus, auf den Münzmeister Haller, die Patrizierfamilien des Haller von Hallerstein, der von Kressenstein, der Fürer von Haimendorf und all der anderen, deren Namen ihm in seinem wirren Kopf nicht einfallen wollten.

Aber je länger er seine Augen über die Versammelten gleiten ließ, desto unruhiger wurde er. ‚Wo war sie? Wieso war sie ausgerechnet heute nicht in die Kirche gekommen, wo er ihren Anblick so dringend benötigte wie die welkende Blume das Wasser? *Enndlin Vestenberg, wo bist du an diesem fünften Sonntag nach Ostern, dem Rogate-Sonntag, der der kirchlichen Bitte gewidmet war? Enndlin, was ist mit dir geschehen, bist du plötzlich krank geworden?* Aber der Platz der Familie Vestenberg war leer, und seine Hoffnung, dass die schöne Tochter der Familie sich verspätet haben könnte und mit ihrer Magd in einer der hinteren Reihen Platz genommen hatte, um nicht aufzufallen, erfüllte sich nicht.

Neben ihm bemerkte Barbel Eisfeld durchaus seine Unruhe. Nur ein einziges Mal, als er sich zu hastig umdrehte und sie dabei anstieß, sah sie ihn missbilligend an. Wie immer, wenn ihr etwas nicht gefiel, war da die steile Falte auf ihrer Stirn, die Harlach so an ihr liebte. Wenn sie ihren Missmut dadurch ausdrückte, strich er sanft über ihre Stirn und lächelte.

Meistens war danach die Falte wieder verschwunden.

Heute allerdings nicht, denn Harlach war noch immer nicht zurückgekehrt.

Valentin dagegen kam nicht zur Ruhe.

Er hatte auch die Reihen der ehrbaren Bürger Kopf für Kopf genau betrachtet, wobei ihm der neuerliche starke Sonnenschein dieses Tages half, denn die Frauenkirche wirkte dadurch geradezu lichtdurchflutet.

Enndlin, ich sehne mich nach dem Anblick deiner wunderbaren, wie Kastanien glänzenden Haare! Ich wünsche mir nichts Sehnlicheres als einen Blick aus deinen braunen Augen, so, wie du mich vor unserem Lagerhaus in der Tuchgasse angesehen hast! Ein Blick, der mich jedes Mal bis ins tiefste Mark trifft, ein Blick, der mich veranlassen könnte, dir jeden Wunsch zu erfüllen. Enndlin, wo bist du? Ist dein Vater plötzlich erkrankt, bist du deshalb zu Hause geblieben?

Noch einmal ließ er seinen Blick schweifen und zuckte plötzlich zusammen, als er in die Augen eines Mannes blickte, der ganz dicht vor seiner Bankreihe bei den Ehrbaren saß. Dieser Blick ging ihm durch und durch, die Augen des Mannes schienen vor Hass zu glühen und sich in seinen Augen zu versenken. Er war nicht in der Lage, den Blick abzuwenden oder die Augen zu senken, und er wusste genau, wer da saß und ihn anstarrte.

Es war Heiner Georgi, der Müller, und er saß zum ersten Mal so dicht bei den Bänken der Patrizier. Valentin wurde unruhig, weil der Müller nicht einen Lidschlag lang den Blick von ihm abwandte, und zugleich spürte er, wie in ihm die Übelkeit aufstieg.

Ich muss hier raus, raus aus der Kirche, ich bekomme keine Luft mehr!, dachte Valentin und sah sich hilfesuchend nach Metze Losekann um. Doch der Mann, der stets für das Haus Leupolth treu und verschwiegen alle Aufträge, die man ihm gab, erfüllte, war nicht zur Stelle. Valentin musste sich zusammenreißen, denn er selbst hatte ihm den Auftrag gegeben, heute Morgen zur Kirchzeit die Georgi-Mühle aufzusuchen.

Die verfluchte Jungfern-Mühle. Wer war nur auf diesen Namen gekommen? Natürlich Metze, der mir mit einem breiten Grinsen entgegentrat, kaum dass er diese Grit... Valentin zwang sich, tief ein- und auszuatmen und sich auf die lateinischen Worte zu konzentrieren, die ihm von der Kanzel entgegenhallten. Aber er war nicht in der Lage dazu, spürte den Blick des alten Müllers geradezu brennend auf sich gerichtet und wünschte sich, dass endlich die Andacht beendet war. Er bohrte seine Fingernägel in die Innenfläche der Hände, um sich abzulenken und achtete dabei nicht darauf, dass ihm ein dünnes Blutrinnsal hinunterlief und auf den Kirchenboden tropfte. Immer noch kratzte und rieb er daran herum, bis ihn sein Nachbar, der alte Christoph Fürer von Heimdendorf, schließlich mit dem Ellbogen anstieß.

Wie aus Trance erwacht, schreckte Valentin hoch, bemerkte den missbilligenden Blick des Alten und entdeckte seine blutigen Hände. Verwundert über die erst jetzt schmerzenden Verletzungen schob er die Hände unter seine Unterschenkel, ohne auf das Blut zu achten, mit dem er nun den dunklen Samt seiner Hose beschmutzte. Dann richtete er den Kopf ruckartig auf und sah hinüber zu der Bank der Ehrbaren. Aber der Müller saß dort nicht mehr, und erleichtert stellte Valentin fest, dass er wohl die Kirche inzwischen verlassen hatte.

Kaum hatte der Geistliche den Segen gesprochen, da erhob sich der junge Herr Valentin zu Leupolth und wollte sich rasch in dem Mittelgang an allen vorüberdrängen, aber mit einem eisigen Blick verstellte ihm der alte Christoph Fürer von Heimdendorf erneut den Weg, hakte seine uralte und sehr gebrechlich wirkende Mutter unter und dann schlurften beide sehr langsam und bedächtig zum Ausgang. Valentin musste erneut stehen bleiben, weil sich aus der letzten Bank der Patrizier eine weitere Familie erhob und ihm den Weg versperrte.

Erstaunt wollte er sich mit einem Hüsteln bemerkbar machen, weil er das Benehmen des Herrn Geuder von Heroldsberg schlicht für unglaublich hielt, als sein Blick sich mit dem einer jungen Frau kreuzte und er einen Moment stehen blieb, als hätte ihn eine riesige Hand gepackt und geschüttelt. So etwas hatte er noch nie erlebt, noch nicht einmal bei der schönsten Patriziertochter der Stadt, Enndlin Vestenberg. Aber diese unergründlich grünen Augen, die ihn so fragend ansahen, lähmten ihm jegliche Kraft und Willen. Er spürte, wie er den Atem anhielt und auf den kirschroten Mund der jungen Frau starrte, der sich etwas geöffnet hatte und eine Reihe blendend weißer Zähne entblößte.

Wer, um alles in der Welt, bist du, schöne Frau? Noch nie habe ich dich in der Kirche gesehen, noch nie zuvor in Nürnberg!

Jetzt lächelte ihn die Schöne sogar noch an, aber das Ganze dauerte nur einen winzigen Moment, weniger lang, als man benötigte, um das Kreuz zu schlagen, und doch erschien ihm dieser Augenblick wie eine ganze Ewigkeit.

Valentin spürte, wie sein Herz zu rasen begann und sein Blut in Wallung geriet. Er wollte etwas sagen, die Schöne ansprechen, seinen Namen nennen – irgendetwas, nur, um sie aufzuhalten und ihren Namen zu erfahren. Vergebliche Mühe, denn die Familie von Heroldsberg bestand nicht nur aus dem Ehepaar, sondern aus den drei erwachsenen Kindern, zwei Söhnen und einer etwas unscheinbaren Tochter, dann den Brüdern des Herrn Geuder, ferner einigen Neffen und Nichten, die Valentin alle flüchtig kannte und die ihm so gleichgültig waren wie einer der Frauen und

Männer irgendwo an den Ständen auf einem Marktplatz in Nürnberg.

Aber sie!

Schon war sie inmitten der Familie verschwunden, umgeben von großen, kräftigen Patriziern, vornehm gekleideten jungen und alten Frauen, die leise vor sich hin lächelten und so taten, als würden sie bis zum nächsten Tag Zeit haben, um die Kirche zu verlassen. Valentin zu Leupolth glaubte, dass sein Blut zu kochen begann und es kribbelte ihm in den Fingern, die Menschen vor sich einfach beiseite zu stoßen und sich den Weg zu bahnen, um der unbekannten Schönen einen guten Tag zu wünschen.

Vergeblich!

Als er endlich aufatmend aus der Kirchenpforte traf und geblendet für einen Moment die Augen schloss, drang nur das Stimmengewirr der anderen Kirchenbesucher an sein Ohr. Rasch sah sich Valentin um und bemerkte nur seinen Stiefbruder Johann, der die Kirche zusammen mit Barbel Eisfeld verlassen hatte und jetzt mit ihrem Hofschmied Jurijan, dessen Ehefrau Brida und der hübschen Tochter Neslin, Johanns Verlobter, fröhlich plaudernd an der Seite vor dem Kirchenportal stehen geblieben war.

Johann und Neslin! Ein wirklich hübsches Paar, und meinetwegen soll der Johann auch glücklich werden, ich gönne es ihm. Aber diese Augen! Dieser Blick eben! Wo finde ich die unbekannte Schöne hier in Nürnberg wieder?, jagten die Gedanken durch Valentins Kopf, als er sich auf dem Kirchplatz nach allen Seiten umsah.

Nirgendwo erblickte er noch etwas von der Unbekannten, und als er ein paar Schritte in Richtung der Rathausgasse machte, in der sich eine dicht gedrängte Schar der

Kirchenbesucher bewegte, hielt er vergeblich Ausschau nach ihrem weinroten Kleid. Dann erkannte er seinen Fehler, lief rasch zurück zum Hauptmarkt und sah eine weitere Gruppe, die eben um die Ecke zur Waaggasse bog. Mit einem schnellen Sprint lief er hinterher, nur um beim Erreichen der Gruppe erkennen zu müssen, dass sich die Schöne auch nicht unter diesen Menschen befand.

Deprimiert schlich er zurück auf den Marktplatz und machte sich missmutig auf, das Haus seiner Familie aufzusuchen. Dabei schossen ihm die wildesten Gedanken durch den Kopf, von denen einer immer wiederkehrte: Er musste diese Frau wiedersehen, um jeden Preis!

Nur für einen winzigen Moment stand das Bild der schönen Enndlin Vestenberg plötzlich vor seinen Augen. Aber unwillig schüttelte er den Kopf, um dieses Bild wieder zu verlieren. Dafür stand jetzt wie aus dem Boden gewachsen Metze Losekann vor ihm, und seine Erscheinung war kein Traum, sondern harte Realität.

Der Mann mit dem verschlagenen Gesicht, das manche Betrachter an den Ausdruck eines Wiesels erinnern mochte, hatte ein Lächeln auf den Lippen, das Valentin überhaupt nicht gefiel. Wieder einmal hatte er das unangenehme Gefühl, dass dieser Mensch mit ihm spielte.

Eines schönen Tages, Metze, kommt meine Stunde. Und dann werden wir sehen, wer zuletzt noch lacht!

»Nun, wer dich so sieht, könnte glauben, du hättest gerade etwas verloren, Val!«, begrüßte ihn der wie immer in dunkle Kleidung gewandete Metze. Das Gesicht, das er bei seinen Worten zog, reizte Valentin sofort, aber er hütete sich, den Mann zu verärgern, bevor er nicht erfahren hatte, was der bei der Mühle herausgefunden hatte. Doch zu seiner Überraschung begann Metzte Losekann das Gespräch auf folgende Weise:

»Wusstest du eigentlich, dass der Müller heute in der Kirche war?«

»Davon war ich ausgegangen, was glaubst du, warum ich dich zu seiner Mühle geschickt habe?«

Metzes Lächeln verstärkte sich noch.

»Du verstehst nicht, was ich meine, Val. Der Müller Georgi war heute nicht in seiner Kirche, die er sonst für gewöhnlich an den Sonntagen aufsucht. Das ist nämlich die kleine Klara-Kirche, die unfern vom südlichen Tor liegt und zu deren Gemeinde er gehört. Er war heute in der Frauenkirche.«

Obwohl Valentin den Müller dort gesehen hatte, erkundigte er sich:

»Und woher weißt du das, Metze?«

»Weil ich schon eine Weile hier draußen warte und ihn herauskommen sah, noch bevor die Heilige Messe beendet war. Wenn du seine Miene gesehen hättest, könntest du glauben, dass er auf dem besten Weg war, jemand zu erschlagen.«

»Was? Warum sagst du so etwas, Metze?«

Das Lächeln in dem Wiesel-Gesicht verstärkte sich.

»Nun, so wirkte es jedenfalls auf mich. Kann es sein, dass er dich gesehen hat?«

»Dummes Zeug!«, antwortete Valentin böse und riss die Tür zum Haus der Leupolths so heftig auf, dass sie krachend gegen die Wand schlug. »Warum soll er auf mich einen Zorn haben? Er weiß doch nichts von der... Geschichte damals!«

»Bist du dir da ganz sicher? Du weißt doch, was man von dem Müller erzählt, oder nicht?«

»Was? Dass er nicht ganz bei Sinnen ist, meinst du? Dass er schon nach dem Tod seiner Frau ganz seltsam wurde und man erzählte, dass er in den Nächten oft laut schreiend um die Mühle lief? Na und, was geht mich dieser Müller an? Wenn er sein Mehl verkaufen will, soll er es uns liefern, wir zahlen noch immer den besten Preis. Wenn aber nicht, so habe ich mit dem Mann nichts zu schaffen!«

Metze folgte ihm in die Diele, und als Valentin die Tür zum Comptoir öffnete, stand er auch dort auf der Schwelle. »Hast du einen guten Wein im Haus?«

»Wein? Noch vor dem Essen?«

Metze zuckte nur mit den Schultern.

»Ich war für dich den ganzen Vormittag unterwegs, es ist warm, wie so oft in der Woche vor Pfingsten, und ich habe Durst bekommen. Was ist daran so außergewöhnlich? Zur Not tut es auch ein Bier, wenn du frisches aus dem Fass im Keller holst, und mir nicht das abgestandene Zeug anbietest, das für gewöhnlich dort drüben in der großen Kanne auf dem Regal steht!«

Unwillkürlich blickte Valentin hinüber, und blitzschnell legte ihm Metze den Ring auf den Tisch. Verblüfft starrte Valentin darauf und erkundigte sich dann mit schwerer Zunge, als hätte er bereits zu viel von dem noch nicht geholten Wein probiert: »Was soll das jetzt, wo kommt dieser Ring her, Metze?«

»Sieh ihn dir einmal näher an, ich rufe inzwischen den Hausknecht.«

Damit öffnete er die Tür und rief etwas hinaus, während Valentin den Ring anstarrte, ohne ihn in die Hand zu nehmen.

Als Metze zum Tisch zurückkehrte und sich dann in den Scherenstuhl fallen ließ, hatte Valentin das Schmuckstück aufgenommen und betrachtete es nachdenklich von allen Seiten, bis er schließlich leise sagte: »Das ist nicht der Ring aus dem Mehlfass.«

»Woran hast du das erkannt?«, erkundigte sich Metze und nahm den Zinnkrug entgegen, den der Hausknecht hereingebracht hatte. Er wartete, bis der Mann das Zimmer wieder verlassen hatte, und schenkte dann für beide einen Becher voll.

»Er ist dem anderen ähnlich, aber kleiner ausgeführt. Fast könnte man glauben, dass es sich bei dem einen um den Ring für einen Mann, bei dem anderen, in der kleineren Ausführung, für den einer Frau handelt. Aber das macht wenig Sinn, denn welches Paar trägt zwei gleiche Ringe mit diesem auffallenden roten Robin?«

»Tja, mein lieber Val, genau diese Frage habe ich mir auch gestellt und bin zu dem Schluss gekommen: Wenn es sich nicht um ein Paar ähnlicher Ringe für Eheleute handelt – dann wurden sie vielleicht für Mutter und Tochter gefertigt?«

»Was sagst du da? Wieso...«, brach Valentin ab und starrte erneut auf das Schmuckstück, dann zog er ein Fach am Tisch auf, nahm einen kleinen Lederbeutel heraus und legte den anderen Ring daneben.

»Identisch, bis auf die Größe, möchte ich sagen!«, verkündete Metze und zeigte erneut sein unangenehmes Lächeln. »Ich habe in diesem kleinen ein Zunftzeichen gefunden, vermutlich von einem Goldschmied. Mit etwas Glück müsste es möglich sein, den Mann zu finden. Vorausgesetzt, er ist in Nürnberg ansässig.«

Valentin erhob sich.

»Dann mach das für mich, Metze. Noch heute.«

»Am heiligen Sonntag? Wie soll ich da einen Goldschmied in seiner Werkstatt antreffen? Nein, Val, jetzt hat der Zufall diese beiden Ringe wieder zusammengeführt, da kommt es doch auf einen Tag nicht mehr an, um herauszufinden, wem sie möglicherweise gehören.«

Valentin schwieg, denn er hörte eben im Flur Barbel und Johann miteinander sprechen. Das fehlte ihm gerade noch, dass er ihnen erklärte, warum Metze selbst am Feiertag bei ihm im Comptoir saß.

5.
Sevilla, April 1502

Harlach zu Leupolth hatte zwar im November vergangenen Jahres seinen fünfzigsten Geburtstag gefeiert, aber er fühlte sich, anders als die meisten seiner Ratskollegen, damit keineswegs alt. Längst hatte er erkannt, dass das träge Sitzen in seinem Comptoir, das gute und fette Essen, der oft in Strömen fließende Wein, der Gesundheit nicht zuträglich war. So ganz von allein war er nicht darauf gekommen, sich etwas mehr zu mäßigen und dafür zu sorgen, dass er sich mehr bewegte. Es war Medicus Stromer von Reichenbach, der ihm den Zeigefinger in die Seite steckte und nach Harlachs Reaktion herzlich lachte.

»Sehr Ihr, Herr Ratsherr zu Leupolth, das ist die Ursache für den Tod der meisten älteren Herren. Schaut Euch doch mal um – wo sind denn Ihre Herren Tuchhändler,

Gewürzhändler, Bierbrauer und was sie immer für ein Gewerbe getrieben haben, die etwa in Eurem Alter waren und vielleicht noch einen anderen, schweren Fehler begingen!«

Der Aderlass, der folgte, und der viel schwarzes Blut in die bereitgehaltene Schale tropfen ließ, war der nächste Punkt, an dem sich Harlach schwor, ab sofort sein Leben zu verändern. Mit der letzten Bemerkung, die Medicus Stromer machte, war aber seine Neugierde geweckt.

»Welchen Fehler haben die anderen gemacht, Medicus? Spannt mich doch nicht auf die Folter, ich schwöre bei allem, was mir heilig ist, mein Leben zu ändern!«

Der Medicus packte seine Utensilien wieder ein, säuberte auch den Aderschnäpper noch einmal gründlich mit einem Lappen und legte ihn dann in seine große Tasche, bevor er sich mit einem breiten Grinsen wieder zu seinem Patienten drehte.

»Der größte Fehler in Eurem Alter, Herr Leupolth, ist – die Wiederheirat mit einer jüngeren Frau!«

Verblüfft starrte ihn der Patrizier an, dann brach er selbst in ein lautes Gelächter aus. Schließlich schnappte er mehrfach nach Luft, bevor er schließlich antwortete:

»Da habe ich ja richtig Glück gehabt, Medicus! Meine Barbel ist nur drei Jahre jünger als ich, und wir haben beide nicht vor, zu heiraten!«

In sein neuerliches Gelächter stimmte auch der Medicus ein, drohte ihm aber schließlich mit dem Zeigefinger und meinte letztlich: »Alles in Maßen, Herr Harlach, alles in Maßen!«

An dieses nun Wochen zurückliegende Gespräch fühlte sich Harlach zu Leupolth während des beschwerlichen

Rittes mehrfach erinnert. Zwar hatte er die üblichen Blessuren während der ersten Woche im Sattel gut überstanden und war dem Medicus dankbar für die gute Salbe, mit der er sich stöhnend an jedem Abend die Innenseiten seiner Oberschenkel einrieb.

Sie waren die mehr als eintausendeinhundert Meilen lange Strecke überwiegend den Handelsstraßen und Militärwegen gefolgt, waren an Basel vorbei an den Ausläufern der Alpen entlanggezogen, und folgten schließlich beim Übergang von Frankreich nach Spanien dem alten Jakobsweg, dem uralten Pfad der Pilger, und erreichten, knapp vor dem Schließen der Stadttore, Sevilla.

Harlach war so erschöpft, dass er um ein Haar nur kurz vorher eingeschlafen wäre, woran ihn aber der verbliebene Reisige hinderte. Carolus, der robustere der beiden, hatte ihm eines Morgens beim Betreten des Stalles mitgeteilt, dass Peyr, der andere Soldat, hohes Fieber habe und unmöglich weiter mitreiten konnte. Als ihn der Patrizier an seinem Lager, das er auf dem Heuboden aufgeschlagen hatte, besuchte, bot der Mann einen erbärmlichen Eindruck. So eilte Harlach zu ihrem Wirt, gab ihm Geld und bat ihn, sich um den Kranken zu kümmern, den sie dann auf dem Rückweg wieder abholen wollten.

Jetzt, in den engen Straßen des Viertels, in dem sich die Faktorei der Leupolths befand, stand die Wärme dieses Tages noch immer zwischen den Häusern und brachte selbst in deren Schatten keine Linderung.

Harlach biss die Zähne zusammen und lenkte sein Pferd durch die ihm vertrauten Gassen, denn er hatte in den vergangenen Jahren mehrfach einige Wochen hier gelebt, um die Ankunft von Schiffsladungen, die für ihn bestimmt waren, abzuwarten.

Während er durch die dämmrige Stadt ritt, beschäftigte er sich in Gedanken mit diesem Handelsobjekt, das ihn nun nach längerer Abwesenheit wieder nach Sevilla geführt hatte. Damals knüpfte er auch den Kontakt zu seinem portugiesischen Informanten, einem erfahrenen Kapitän, der allerdings bereit war, für jeden, der ihn gut bezahlte, eine Handelsfahrt auch bis nach Indien zu unternehmen. Dann lernte er bei einem Treffen mit Kapitän Pascoal auch den aus Augsburg stammenden Richard von Oertzen kennen, einen unternehmungslustigen Mann, der in der Vergangenheit mehrfach Pech in seinen Geschäften gehabt hatte. Harlach fand seine ganze Art im Umgang mit anderen Händlern und Lieferanten sehr angenehm, ließ sich die Höhe seiner Schulden nennen und versprach, sich für ihn in Augsburg zu verwenden, wenn er sich in der Leitung des hiesigen Comptoirs bewähren würde. Das war der Handel, und im Laufe der Monate schmolz der Schuldenberg, den Richard in Augsburg angehäuft hatte. Zugleich florierte die Faktorei der Leupolths in Sevilla, die direkte Niederlassung bot zahlreiche Vorteile und ermöglichte rasche Geschäfte.

Allerdings hatte Harlach sich auch zu einem großen Risiko überreden lassen. Er war nach anfänglichem Zögern schließlich bereit, sich an einer besonderen Handelsfahrt zu beteiligen. Richard von Oertzen hatte ihm die Fahrt vorgeschlagen, und deren Ziel erschien Harlach schon verlockend, weil er ja Ähnliches bereits von dem portugiesischen Kapitän erfahren hatte.

Aber von Oertzen verfügte selbst nicht über die ausreichenden Mittel, und trotz seiner Bedenken war Harlach zu Leupolth schließlich zu diesem Abenteuer bereit. Aber auch er benötigte finanzielle Unterstützung und bezog deshalb den Fugger und schließlich auch den Vestenberg mit ein. Es wurde ein Schiff ausgerüstet und offiziell mit dem Auftrag ausgeschickt, Seide und Färbestoffe einzukaufen. Kapitän Pascoal hatte letztlich den Ausschlag gegeben, als er den Beweis lieferte und eine kleine, unscheinbare, harte Frucht präsentierte. Doch auch das ging nicht von einem Tag auf den anderen, denn der Portugiese betonte, dass er ein hohes Risiko einging, wenn er einfach ein paar der Nüsse auf eigene Rechnung erwarb. Der Gedanke an dieses kostbare Gewürz beschäftigte Harlach schließlich bei Tag und bei Nacht, und er bemühte sich, alles zusammenzutragen, was er darüber erfahren konnte.

Alles schien sich glücklich zu fügen. Harlach zu Leupolth war schon bei der Suche nach einem besonderen Buch auf den Bericht des portugiesischen Arztes Garcia da Orta gestoßen, der zahlreiche Gewürze beschrieb, insgesamt mehr als fünfzig verschiedene Sorten. Eines davon nannte sich Myristicaceae, Muskatnussgewächs, und deren nussartige Frucht sollte ein unglaubliches Aroma besitzen. Das jedoch hätte einem Patrizier vom Schlage des alten Leupolth keineswegs genügt, um ihm das sauer verdiente Geld aus der Tasche zu ziehen. Hier musste eine Probe dieser sagenhaften Nuss helfen, und über lange Handelswege, verschwiegene Transporteure und geheime Pfade brachte Kapitän Pascoal tatsächlich ein paar dieser seltenen Gewürznüsse mit nach Sevilla, die jedoch nicht öffentlich gehandelt werden durften. Trotzdem erwarb Harlach eine halbe Nuss zu einem schwindelerregenden Preis und erfuhr dabei, dass man nicht in die Nuss hineinbiss oder sie gar im Stück verzehrte, sondern nur mit einem Messer etwas von der Oberfläche abschabte, um damit seine Speisen zu würzen. Und der Händler aus Nürnberg erinnerte sich an die wahre Geschmacksexplosion, als er ein Stück gebratenes Fleisch mit ein paar Krümeln der Nuss bestreute und sie kostete.

Noch heute lief ihm in der Erinnerung an diesen Genuss das Wasser im Munde zusammen. Harlach zu Leupolth war weder ein Träumer noch ein Fantast. Er kalkulierte knallhart, was ihn diese Fahrt kosten würde, und welche Preise er auf dem Markt für die Muskatnuss erzielen könnte. Denn er musste ja den Schiffsbauch mit den üblichen Waren füllen, um keinen Verdacht zu erregen. Mehr als einen kleinen Beutel der begehrten Nüsse würde Kapitän Pascoal ohnehin nicht erwerben können, ohne das Misstrauen der Händler vor Ort zu erwecken, die feste Verträge mit den Portugiesen geschlossen hatten.

Nach dem Salz und dem Pfeffer würde die Muskatnuss eine Revolution auf dem Gewürzmarkt bedeuten. Da lockte schon der Gedanke, derjenige in Nürnberg zu sein, der als Erster damit seine Kunden verwöhnen konnte. Aber zunächst war die Finanzierung das Problem, und Harlach rang lange Zeit mit sich, ob er sich wirklich auf dieses finanzielle Abenteuer einlassen sollte.

Er wollte vorerst weder mit seinem legitimen Sohn Valentin darüber sprechen, weil der zwar eines Tages sein Erbe werden würde, aber doch zu wenig von der finanziellen Situation des Handelshauses verstand. Und er wollte es nicht mit seinem Stiefsohn Johann besprechen, weil der eben bestens verstand, was eine solche Handelsfahrt an Risiken barg. Als er schließlich in den Handel einwilligte, stand alles auf Messers Schneide. Im Falle eines Scheiterns dieser Handelsreise würde das Haus Leupolth in arge Schieflage geraten. Vielleicht nicht zum Konkurs getrieben, aber die Familie müsste dann für viele Jahre sehr hart und unter großen Risiken arbeiten, um den möglichen Verlust auszugleichen. Das Drängen von Oertzens, das Gespräch mit dem Jakob Fugger in Augsburg und schließlich der vorsichtige Kontakt zu Hieronymus Vestenberg führte schließlich zu dem Unternehmen.

Vor diesem Hintergrund und den ausbleibenden Nachrichten aus Sevilla war Harlach mit einem sehr unguten Gefühl aufgebrochen, und je näher er Sevilla kam, desto mehr stieg seine Nervosität und brachte ihn schließlich in den beiden letzten Nächten vor seinem Ziel um den Schlaf.

Einen Gedanken schickte er noch an den kleinen, buckligen Rheinhart, den Kardätschenmacher. Bislang hatte ihn noch keiner in Nürnberg als Partner gewonnen, und es war ein Zufall, dass er sich ausgerechnet an Harlach gewandt hatte. Dieser Beruf stellte aus den etwa eigroßen Fruchtkörpern der Weberdisteln Striegel her. Die brauchte man zum Auflockern der Wolle, und die besten Kardätschenmacher waren bislang in Essex, Avignon und Bologna tätig. Sollte es Harlach gelingen, den buckligen Rheinhart mit seiner Kunst für das Haus Leupolth zu gewinnen, so war damit zumindest eine weitere Einnahmequelle gesichert. Jeder, der Wolle verarbeitete, benötigte die Kardätschen. Aber die Herstellung war ein Geheimnis, und

Rheinhart war bereit, mit Harlach künftig zusammenzuarbeiten.

Doch jetzt hatte der Nürnberger Patrizier nur noch ein Ziel vor Augen: Sein Ableger des Leupolthschen Handelshauses in Sevilla, die Faktorei. Und dort endlich die lang ersehnte, teure Fracht in Empfang nehmen, die eine neue Zeit in Nürnberg einläuten sollte. Bei dem Gedanken an die Größe seines Warenpaketes musste er lächeln. Es würde sich ja nur um einen kleinen Beutel mit den Nüssen handeln, kaum größer als eine übliche Geldkatze. Die Menschen würden viel dafür tun, um selbst in den Besitz dieses Gewürzes zu gelangen. Vielleicht würde man deshalb sogar morden – nur für eine Handvoll dieser unscheinbaren, braunen Muskat-Nüsse. Harlach hob seufzend die Schultern und ließ sie wieder sinken. Die Menschen in ihrer Gier nach ständig neuen Genüssen, nach Gewürzen, die noch nie zuvor ihren Gaumen in Verzückung gesetzt hatten, oder nach einem wohlschmeckenden Wein oder kostbaren Seidenstoffen – was wäre er ohne diese Gier? Nur ein einfacher Krämer, und nicht der mächtigste Handelsherr Nürnbergs, demnächst wahrscheinlich sogar im ganzen Frankenland.

Sein Lächeln verstärkte sich, als er an Barbel Eisfeld dachte, die beste Frau, die ihm in seinem Leben jemals begegnet war. Ein wahrer Segen für ihn und das Haus zu Leupolth. *Ich bin nur ein Grashalm im Wind, wie wir alle, Harlach! Der Wind bewegt uns, drückt uns nieder und richtet uns auf, aber wir müssen stark sein und widerstehen können! Gott der Herr wacht über uns und hat uns lieb. Vergiss niemals deine Gebete und führe ein gottgefälliges Leben, Harlach!* Barbel war keineswegs eine Betschwester und ging am Sonntag zur Heiligen Messe, wie es sich gehörte, sprach auch ihre Gebete vor dem kleinen Hausaltar, aber sie übertrieb nicht, und auch in dieser Beziehung fühlte sich der mächtige Kaufmann an ihrer Seite wohl und geborgen. *Ja, Geborgenheit ist der richtige Ausdruck für das, was mir meine Barbel noch im Alter gibt. Ich bin der Herr im Haus, aber Barbel ist die gute Seele!*, dachte er und sandte in Gedanken einen Gruß in die Heimat.

Die Sonne verschwand endgültig hinter den letzten Häusern, und er war erleichtert, als er nicht nur ein Licht hinter den kleinen Scheiben brennen sah, sondern auch auf den ersten Blick erkannte, dass hier keine Rede von einem verbarrikadierten Haus sein konnte. Mochten die Kuriere gesehen und gehört haben, was immer sie wollten – jetzt war Harlach zu Leupolth vor seiner Faktorei und würde in kürzester Zeit mit Richard von Oertzen sprechen. Und dann würde er endlich erfahren, wann mit dem Eintreffen seines Schiffes aus dem fernen Gewürzland zu rechnen war. Oder ob es nicht vielleicht längst sicher im Hafen lag und seine kostbare Ladung gelöscht hatte. Er hatte keine Vorstellung, wo genau sich diese Banda-Inseln befinden sollten, ob vor Indien oder doch eher vor dem chinesischen Riesenreich – letztlich war es egal. Jetzt war er hier, in Sevilla, und klopfte heftig an die Tür des Handelshauses. Es dauerte einen Moment, dann öffnete ihm ein junger Mann in der üblichen Kleidung der Hausknechte. Verwundert betrachte der den vornehm gekleideten Herrn, dessen langer, rötlicher Bart sich gabelte und im seltsamen Kontrast zu dem dunkelroten Stoff stand, den man durch die geschlitzten Ärmel seiner Schaube selbst bei der schlechten Beleuchtung sehen konnte.

»Ja, Herr, was möchtet Ihr noch zu so später Stunde? Das Handelshaus Leupolth und von Oertzen hat bereits geschlossen, wenn Ihr freundlicherweise morgen wiederkommen möchtet?«

»Leupolth und von Oertzen? Ha, so weit ist es also schon? Lasst mich durch, ich bin Harlach zu Leupolth, und das ist meine Faktorei!« Mit diesen Worten schob er rigoros den Hausknecht beiseite, der noch einen Einwand wagte, aber Harlach stürmte an ihm vorüber zur nächsten Tür, die er rasch aufriss und dem verblüfften Richard gegenüberstand. Der schien bei seinem Anblick nach Worten zu ringen, sprang endlich von seinem Stuhl auf, eilte um den mächtigen Tisch mit den zahlreichen Dokumenten, die er dort, von kleinen Gewichten beschwert, studiert hatte, und breitete seine Arme aus.

»Aber ist es denn die Möglichkeit! Mein Freund und Förderer Harlach zu Leupolth persönlich! Aber, warum um Himmels willen habt Ihr mir denn keine Nachricht von Eurer bevorstehenden Ankunft zukommen lassen! Es wäre mir eine besondere Ehre gewesen, Euch entsprechend zu begrüßen! Hattet Ihr eine gute Reise?«

»Wie man es nimmt!«, antwortete Harlach knapp auf die letzte Bemerkung, ging um den breiten Tisch herum und ließ sich auf den Stuhl fallen, auf dem eben noch Richard gesessen hatte. »Wie gehen die Geschäfte, was macht meine Gewürzmission?«

Harlach vermied ganz bewusst das besondere Wort Muskatnuss, weil er sich ein wenig vor dem Gebrauch scheute und zudem wusste, dass eine einzige Erwähnung des Gewürzes gegenüber den falschen Ohren noch sehr weitreichende Folgen haben könnte.

»Aber, bester Herr Leupolth – Habt Ihr etwa meinen Bericht nicht erhalten? Er ist Euch bereits vor Wochen mit dem Kurier zugegangen, und ich sitze hier in Sevilla wie auf heißen Kohlen, weil ich nichts von Euch höre! Aber, unbesorgt – die Preise sind inzwischen schon um das Mehrfache angestiegen, dabei weiß kein Mensch in Sevilla, ob Eure Karacke wirklich die wertvolle Fracht aus Indien an Bord hat oder nicht. Unbeschadet dessen gibt es bereits Gebote, die um das Hundertfache über dem Preis liegen, den unser Kapitän Pascoal auf den Inseln für die Fracht entrichten musste!«

Der Patrizier aus Nürnberg schüttelte seine Müdigkeit ab und fühlte sich plötzlich sehr wohl. Wenn das alles zutraf, dann war er eben vom Abgrund des drohenden, finanziellen Fiaskos in den Siebenten Himmel der Glückseligkeit gehoben worden.

Aber Harlach war ein vorsichtiger Mensch geworden. Er behielt Richard von Oertzen scharf im Auge und wunderte sich dabei über das ein wenig befremdliche Verhalten seines hiesigen Statthalters. Der Augsburger hatte einen unsteten Blick, der immer dem seines Herrn auswich. Seit ihrem letzten Treffen hatte von Oertzen offenbar nicht mehr seinen Bart geschnitten, der nun bis auf die Brust reichte und ihm ein fremdländisches, ja, exotisches Aussehen gab. Warum nur verhielt sich der Augsburger so seltsam? Angesichts der erfolgreichen Rückkehr seiner Karacke und der wertvollen Fracht wäre doch ein wenig mehr Euphorie angemessen gewesen. Stattdessen aber verhielt sich Richard von Oertzen eher zurückhaltend, ja beinahe scheu, als fürchte er, seinem Handelsherrn noch einen Pferdefuß in der gesamten Angelegenheit mitteilen zu müssen. Fast fürchtete Harlach schon, die Karacke wäre glücklich aus den indischen Gefilden zurückgekehrt und dann kurz vor der Küste doch noch auf ein Riff gelaufen und gesunken.

»Ist irgendetwas vorgefallen, das ich wissen müsste?«, erkundigte er sich deshalb und schaute auf die ausgebreiteten Papiere, die sein Handlungsgehilfe eben noch durchgesehen hatte.

»Aber nein, Herr, wie kommt Ihr auf solche Gedanken?«, beeilte sich Richard nun zu versichern. »Es ist alles in Ordnung, ich habe einen guten Vorrat der Nüsse erhalten, einen ganzen Beutel voll, und in einem besonderen Raum, sehr trocken, aufbewahrt. Wollt Ihr mir bitte folgen, Herr, und Euch selbst überzeugen!«

Harlachs Augen suchten die seines Partners, aber Richard von Oertzen wich seinem Blick aus und hatte sich bereits zum Gehen gewandt. Einen winzigen Moment lang bedauerte es der weitgereiste Patrizier, dass er seinen Kriegsknecht angewiesen hatte, sich in der Küche etwas zur Stärkung geben zu lassen und im Übrigen auf seine Rückkehr zu warten. Jetzt war es jedoch zu spät, denn Richard hatte bereits ein mächtiges Schlüsselbund an sich genommen und ging hinaus auf den Flur. Harlach sah auf seinen breiten Rücken und zögerte noch. Dann ging ein Ruck durch den Patrizier, und er folgte mit langsamen, schweren Schritten die Treppe hinauf in die Lagerräume. Unterwegs kam ihm der Gedanke, dass es ja höchst albern sei, einen so kleinen Beutel mit den Muskatnüssen, wie er ihn erwartete, in einem der üblichen Räume zu lagern, wo auch die Tuchballen auf ihren Weitertransport warteten. Lächelnd drehte sich Richard zu ihm um, nachdem er sehr umständlich die schwere Tür aufgeschlossen hatte. Während er den Schlüssel mehrfach drehte, war es vollkommen still in dem Handelshaus, sodass Harlach hörte, wie bei jeder Umdrehung ein paar der Stifte im Schloss nach unten fielen und endlich die Tür freigegeben wurde.

»Hier habe ich es für Euch wohl verwahrt, Herr, bis Ihr bestimmt, auf welchen Markt die Lieferung gehen soll. Seinerzeit, als das Geschäft so wunderbar eingefädelt wurde, habt Ihr nicht nur von Nürnberg, sondern auch von Hamburg oder Lübeck gesprochen. Wenn Ihr Euch erinnern wollt, Herr – Ihr wolltet die Patrizier in den Hansestädten mit Eurem Vorpreschen beeindrucken und von Anfang an den Markt beherrschen. Auch in Norddeutschland.«

»So ist es, Richard, und ich bin glücklich, dass dieses Geschäft nun zu einem guten Ende geführt wird.«

Sein Statthalter beugte sich über ein kleines Schränkchen, das ebenfalls aufgeschlossen werden musste, und dann reichte er ihm mit einer feierlichen Geste ein kleines Kästchen, das Harlach mit einem geradezu liebevollen Blick betrachtete, bevor er es auf einem Tisch mitten im Raum abstellte. Als er es öffnete, konnte er zunächst nicht erkennen, was da vor ihm lag. Es war nur eine längliche, braune Masse, die in keiner Weise an irgendwelche Nüsse erinnerte.

»Und das ist nun so viel Geld wert, Richard? Aber was ist mit den Nüssen geschehen? Mussten sie gemahlen werden, um sie außer Landes zu schaffen?«

»Naja, offen gestanden, Herr, ist es nicht das richtige Kästchen. Aber auch dieses ist ein Menschenleben wert. Und noch mehr!«

Verwundert wollte sich Harlach zu Leupolth zu ihm herumdrehen, als ihm etwas glühend-heiß durch den Hals schoss. Er begriff nicht, was da geschah, als seine Hände in einem Reflex nach oben fuhren. Die Rechte berührte den Griff des Dolches, den sein Statthalter ihm eben durch den Hals gestoßen hatte. Harlach wollte etwas sagen, sich über diese Handlung empören, aber da schwanden ihm schon die Sinne, er taumelte und schlug schließlich schwer auf den Holzboden des Lagerraumes. Sein durch die Reise angeschmutzter Mühlkragen verfärbte sich dunkelrot von dem Blut, das aus der Wunde schoss und auch über das angebliche Gewürzkästchen spritzte und den Tisch besudelte.

Richard von Oertzen beugte sich mit einem höhnischen Grinsen über ihn und riss mit einem raschen, brutalen Griff das Messer aus der Wunde. Mit großer Sorgfalt wischte er es an der kostbar verzierten und mit Pelz verbrämten Schaube ab. Während der Körper des Toten zu seinen Füßen in seltsamer Verrenkung lag, sprach sein Mörder noch mit ihm.

»Ich sage sogar, es ist mehr wert als nur ein Menschenleben, Herr zu Leupolth. Die Muskatnüsse sind so viel wert, wie eine ganze Familie. Was sage ich, eine Dynastie! Ein Handelshaus etwa in der Größe des Leupolthschen, wenn ich das einmal so erklären dürfte, Herr! Aber ich sehe, Ihr könnt mich gar nicht mehr hören. Schadet aber nichts, denn nun muss ich Euch nur noch aus dem Haus schaffen, zusammen mit diesem bewaffneten Trottel, den Ihr in die Küche geschickt habt!«

Und fröhlich ein Lied summend, sprang Richard von Oertzen rasch die breite Treppe hinunter und ging in die Küche, wo der Kriegsknecht noch bei seinem Mahl war.

Er hatte ein dickes Stück vom kalten Braten vor sich, einen Kanten Brot und ein Stück Käse.

»Schmeckt es?«, erkundigte sich Richard, und der Kriegsknecht Carolus nickte mit vollem Mund, während der Kaufmann so tat, als wolle er einen Krug mit Wein von einem Regal nehmen. »Das freut mich wirklich, denn man sagt uns Augsburgern nach, dass die Henkersmahlzeit immer gut wäre!«

Bei diesen seltsamen Worten wollte sich Carolus zu ihm umdrehen, doch Richard von Oertzen stand bereits hinter ihm und stieß ihm genau wie kurz zuvor seinem Herrn die Klinge in den Hals. Der Sterbende versuchte noch, sich aufzurichten, erhielt jedoch einen Stoß in den Rücken, sodass er über dem Tisch zusammensackte. Schließlich war auch dieser Mord erledigt.

Aufatmend lehnte sich Richard von Oertzen gegen den Toten, griff dessen Arm und legte ihn sich um den Hals. Dann begann der schwerste Teil seiner Arbeit. Er musste die beiden Toten aus dem Haus bringen und so unauffällig loswerden, dass niemals eine Spur von ihnen wieder auftauchte. Das bereitete ihm jedoch die geringste Sorge, denn unmittelbar hinter der Faktorei floss einer der zahlreichen, offenen Kanäle, die in den Fluss Guadalquivir mündeten und dann mit dem Wasser allen Abfall hinaus ins Meer führten. Bei der Wahl seines hiesigen Handelshauses hatte Harlach einen Platz gewählt, bei dem es möglich wurde, bis zum Haus mit einem der Lastenboote zu fahren. Entlud man die Karake weiter draußen auf der

Reede, wurde die Ware auf dem Guadalquivir bis zu dem Kanal transportiert und dann mittels Hebekran in das Lagerhaus geschafft. Er zog den toten Kriegsknecht durch die Küche, die ohnehin eine Tür zum Kanal aufwies, um den Mägden die Entsorgung von Abfällen zu erleichtern, und stieß den Körper hinaus, um anschließend in aller Ruhe die Treppe wieder hinaufzusteigen.

Der Mörder machte sich nicht die Mühe, Harlach zu Leupolth durch das ganze Haus zu schleppen und womöglich noch eine Blutspur zu hinterlassen. Er öffnete eine der Ladeluken, zog den Toten bis dorthin und beförderte ihn in den Kanal. Einen Moment lang lauschte er noch auf das Platschen im Wasser und wartete ab, bis er den dunklen Körper dem Fluss entgegentreiben sah.

6.
Sevilla, am Guadalquivier

Was der kaltblütig vorgehende Mörder nicht wissen konnte, war die Tatsache, dass unmittelbar an der Kanalmündung in den Guadalquivir eines der Flussschiffe ankerte, das Waren in den Hafen von Sevilla aus dem Landesinneren gebracht hatte und nun neu beladen wurde. Es war eines der seit Jahrhunderten immer in ähnlicher Form gebauten, langgestreckten Boote, das mit einem Segel bestückt werden konnte, aber ansonsten stromaufwärts getreidelt wurde. In diesem Falle hatte der Eigentümer nicht das Geld, um dafür Pferde zu mieten, sondern er musste sich selbst mit seiner Familie in das Gurtzeug legen, um das Schiff zu bewegen. Ein mühseliges Geschäft, aber auch der Grund, weshalb der Schiffer Macario immer noch Aufträge erhielt. Seine Preise lagen weit unter denen der anderen Flussschiffer. In dieser Nacht verfing sich die Leiche des toten Soldaten Carolus an seinem Boot, und als Macario am anderen Morgen das Geschirr zum Treideln an Land bringen wollte, entdeckte er den Toten. Mithilfe seiner beiden Söhne gelang es ihm, den Körper an das Flussufer zu schaffen, wo sie ihn gründlich untersuchten.

»Nichts am Gürtel, kein Geldbeutel, nur sein Dolch. Wenn ihr mich fragt, hat man ihn bereits in der Stadt ausgeraubt und in den Kanal geworfen!«, erklärte Macario seinem Ältesten. Urano deutete auf das Wams des Toten.

»Das gefällt mir, Vater, ich könnte es gebrauchen. In den kalten Nächten ist mir das Hemd schon lange viel zu dünn!«

»Von mir aus, warte, ich helfe dir, den Toten auszukleiden.«

Gemeinsam schafften es die drei Männer in kurzer Zeit, dem Toten das Wams auszuziehen und ihn gleich darauf wieder ins Wasser zu werfen.

»Mögen die Flussgötter sich seiner annehmen!«, sagte Macario, als der Körper schon eine Weile in der Strömung trieb und allmählich ihren Blicken entschwand.

»Schönes Wappen ist da auf der Brust. So etwas habe ich noch nie gesehen, Vater. Kennst du das Zeichen?«

Macario warf einen Blick auf das nasse Kleidungsstück, das sein Sohn nach ihrer Rückkehr über den Bootsrand zum Trocknen gelegt hatte. »Nein, noch nie gesehen. Ein Ritterhelm, ein Löwe und ein Turm – ich weiß nicht, wo sich dieses Haus befinden soll. Ist ja auch egal, wir haben jetzt lange genug mit diesem Toten herumgetrödelt. Dafür sind ein alter Dolch und ein abgewetztes Wams nicht gerade ein guter Lohn.«

»Was du nur immer zu unken hast, Vater! Mir gefällt der Dolch!«, erwiderte Kepa, der jüngere Sohn. »Ich möchte ihn gern behalten, zumal Urano mir neulich von meinem alten Messer die Klinge abgebrochen hat!«

»Ja, die Klinge abgebrochen! Und weshalb? Weil du nicht in der Lage warst, einen einfachen Fassdeckel zu öffnen!«, erwiderte der Ältere gehässig.

»Ach ja? Und wer war so tölpelhaft beim Diebstahl des Fasses, dass wir vor den Stadtknechten fliehen mussten? In der Eile hatte ich mein Messer eingesetzt, und immerhin hast du den Seidenballen an dich gerissen, bevor wir den Soldaten entkamen!«

»Ruhe jetzt, wir müssen den Kahn bewegen, ehe noch jemand in der Stadt auf die Idee kommt, unsere Fracht näher zu betrachten, die wir flussaufwärts bringen. Ich will heute Abend wenigstens die Hütte erreichen, und wenn ihr weiterhin so trödelt, weiß ich wirklich nicht, ob wir in diesem Jahr noch Córdoba erreichen!«

Die Brüder lachten, und nun kamen auch die anderen alle unter der Plane hervor, die man in einem Teil des Bootes als Schutz für die Familie aufgespannt hatte. Macario hatte zahlreiche Neffen, Onkel und Vetter auf seinem Schiff versammelt, die alle ihre Familien mit dem kärglichen Lohn ernähren mussten. Aber das funktionierte recht gut, zumal sie in Sevilla und Umgebung immer für Fracht sorgten, deren Herkunft später nicht mehr nachzuweisen war. Diebstahl und sogar die Plünderung ganzer Warenlager waren in der großen Stadt, die Dank des mächtigen Flusses erlaubte, Seeschiffe bis an ihre Mauern zu bringen, keineswegs ungewöhnlich. Wenig später legten sich die Männer in ihre Geschirre und begannen das mühselige

Handwerk. Die Gurte mussten alle mit Stoffstücken abgepolstert werden, wollte der darin eingespannte Mann nicht schon nach kurzer Zeit aufgrund der wunden Schultern zum Aufgeben gezwungen werden. Nur Marcario besaß Schuhe, und wer die kräftigen Füße der Mannschaft betrachtete, kam zunächst nicht auf die Idee, dass es sich um Dreck über den dicken Hornhautschichten handelte. Jetzt stemmten sie sich in das Geschirr, die Füße krallten sich in das weiche Flussufer, und nur sehr langsam setzte sich der Lastkahn in Bewegung. Der in der Mitte aufgestellte Mast mit dem großen, mehrfach geflickten Segel, brachte noch nicht die erhoffte Unterstützung, denn dieser Morgen war nahezu windstill.

Am frühen Nachmittag hatte Marcario mit seinem Schiff dann doch bereits das Tagesziel erreicht. Gegen Mittag kam erst ein leichter Wind vom Meer den Fluss hinauf, wurde kräftiger, und bald füllte sich das Segel unter dem Jubel der Treidler. Als sie nun vor dem Haus das Boot vertäuten, stand ein kräftiger, dunkelbraun von der Sonne gebrannter Mann am Ufer, strich sich über den schwarzen Bart und lachte lauthals beim Anblick der vor Erschöpfung taumelnden Männer.

»Macario, du alter Flusspirat! Hast du deine Leute wieder so geschunden, dass ihr die Strecke von Sevilla bis zu uns geschafft habt?«

Der Angesprochene hatte seinen Platz an der Steuerpinne verlassen und sprang leichtfüßig an Land. Er schien der Einzige an Bord zu sein, der nicht erschöpft war – schließlich stand ihm das als Eigentümer auch zu, und ohne seine Tätigkeit am Steuer wäre der Kahn seiner Ansicht nach schon auf halber Strecke mehrfach an das Ufer gelaufen. So hob er fröhlich eine Hand und rief zurück:

»Jorge, schön, deine liebliche Stimme wieder zu hören. Wir haben heute etwas für dich dabei, komm an Bord und überzeuge dich von der Qualität der Ware! Ich will dafür nicht nur ein anständiges Essen für meine Mannschaft haben, sondern auch ein Fass von deinem Wein! Wohlgemerkt, nicht den sauren Essig, den du den Bauern ausschenkst!«

Jorge stieß ein kräftiges Lachen aus und schlug dem Schiffer auf den Rücken, als der bei ihm angekommen war.

»Na, wenn du tatsächlich die Seide mitgebracht hast, werden wir uns schon einig werden!«

Als die Nacht hereinbrach, lagerten die Bootsleute neben der Schenke um ein kleines Feuer, über dem sich ein Schwein drehte, und sprachen dabei kräftig dem Wein zu. Das Geschäft war zur Zufriedenheit der Männer abgeschlossen, und jetzt ließ man es sich gut gehen. Unvermutet tauchte plötzlich im Schein des Feuers ein Reiter auf, der vor ihnen anhielt und sich erkundigte:

»Ist es erlaubt, bei euch ein wenig auszuruhen?«

»Nur her mit dir, Compañero, wenn du kein Kastillaner bist!«, rief ihm Macario gut gelaunt zu. Der Soldat sah ihn überrascht an, denn er verstand diese Anspielung nicht, auch wenn er das Spanische leidlich beherrschte. Das war ja auch einer der Gründe, weshalb sein Herr ihn und Carolus für diese Reise ausgesucht hatte. »Aber wenn ich dich sprechen höre, gehörst du wohl eher zu den Reisigen eines der deutschen Handelshäuser in Sevilla! Meine Bemerkung galt den Hofschranzen der Königin, die uns das Leben mit ihrer Santa Hermandad schwer macht!«

»Gut gemerkt!«, antwortete ihm der Soldat, dessen Beruf durch seine Kleidung wie durch seine Bewaffnung rasch erkennbar wurde. Er trug am Gürtel Schwert und Dolch und hatte eine Narbe auf der Stirn, die nur von einem Hieb stammen konnte, trug allerdings aufgrund der Wärme dieses Tages kein Wams, sondern nur ein einfaches, ursprünglich einmal helles Hemd mit weiten Ärmeln. »Aber was ist denn nun die Santa Hermandad?«

Der Schiffer lachte so fröhlich heraus, dass nun auch die anderen mit einstimmen mussten. »Wir verdanken unserem hochedlen Königspaar die Einrichtung dieser dreimal verfluchten Heiligen Bruderschaft, die überall herumschnüffeln, Menschen völlig grundlos verhaften und einem einfachen Schiffer das Leben schwer machen!«

»Also ist das eine Polizei, die was genau macht?«, erkundigte sich der Soldat interessiert.

»Na, herumschnüffeln! Leider sind sie mächtiger als jeder Polizist in der Stadt, und ich rate dir gut, diesen Burschen aus dem Weg zu gehen. Schaust du sie nur schräg an, bist du schon festgenommen und wirst in eines der feuchten Verliese geworfen, wo du verschimmeln kannst!«

»Danke für den Ratschlag, ich will mich danach richten!«

»Setz dich zu uns, wir haben genügend zu Essen und zu Trinken. Woher kommst du nun überhaupt?«

»Aus Nürnberg und ich war mit meinem Herrn nach Sevilla unterwegs gewesen, als mich das Fieber überfiel. Ein paar Tage lang kämpfte ich mit dem Tod und glaubte selbst nicht mehr, dass ich von dem verfaulten Strohlager wieder aufstehen würde. Aber dann kam ein wandernder Mönch vorbei, der sich meiner annahm und dank seiner Heilkunst ein Wunder bewirkte.«

Macario gab seinem Jüngsten ein Zeichen, und der schnitt dem Soldaten ein Stück von dem Schweinebraten ab und spießte es auf seinen Dolch. Als der Soldat danach griff, stutzte er für einen Moment und griff dann nach dem heißen Stück, das er geschickt in den Händen balancierte, dabei aber die Luft zwischen den Zähnen einzog. Sehr vorsichtig probierte er, etwas davon abzubeißen und fuhr gleich darauf mit dem Kopf wieder zurück.

»Noch ein wenig heiß!«, bemerkte er dazu überflüssigerweise, denn die Männer lachten, als sie seine Bemühungen bemerkten. Es herrschte eine gelassene Stimmung unter den Schiffern, denn alle hatten bereits einiges von dem Wein getrunken. Einen Becher reichte man nun auch dem Soldaten hinüber. Peyer deutete auf den Dolch in der Hand des jungen Kepa, den der gerade an seiner Hose abwischte.

»Eine schöne Waffe!«, bemerkte er dazu und biss herzhaft in das Bratenstück, sodass ihm der Saft in seinen Kinnbart tropfte.

»Ja, ich habe sie noch nicht lange. Wenn du wüsstest, wie ich daran gekommen bin, würdest du wohl staunen!«

Der Soldat warf noch einmal einen Blick auf den Dolch, den der Schiffer nun in seinen Gürtel schob. »Ich vermute einmal, du hast ihn beim Glücksspiel gewonnen!«

»Madre de Dios! Nein, nein!«, wehrte Kepa erschrocken ab. »Ich spiele niemals, das musste ich meinem Vater schwören, bevor er mich in seine Mannschaft aufnahm.« Dabei deutete er auf die anderen Familienmitglieder, die ihm ihre Humpen fröhlich entgegenstreckten. »Keiner von uns spielt, weder mit Würfeln noch mit Karten! Vater sagt, das bringt Unglück über uns!«

»Sehr weise!«, nickte der Soldat und trank nun auch etwas von dem Wein, nachdem er das Bratenstück heißhungrig verschlungen hatte. »Erzählst du mir trotzdem, woher das Stück stammt? Ich sage dir auch, warum ich danach frage. Ich bin schon seit vielen Jahren Soldat und habe verschiedenen Herren gedient. Da kommt man weit in der Welt umher, und seit ich im Dienst des Kaufmanns Harlach stehe, muss ich mich auch nicht mehr um meine Waffen kümmern. Er hat uns alle mit der gleichen, guten Ausrüstung ausgestattet, und ich hatte geglaubt, dass dieser Dolch meinem eigenen ähnelt!«

Dabei lächelte der Soldat ganz harmlos, aber nun schnellte der junge Mann von seinem Platz auf und funkelte den Fremden wild an.

»Willst du damit vielleicht sagen, dass ich ihn gestohlen hätte?«

Doch sein Gegenüber blieb gelassen auf seinem Platz, lächelte nur freundlich und antwortete ihm: »Nicht so hitzig, mein Freund. Du bist noch jung, und da geht einem schon mal rasch das Temperament durch. Komm, setz dich wieder und trink mit mir einen Schluck von diesem guten Wein, dann zeigst du mir einmal die Waffe und wir sprechen in aller Ruhe darüber.

Der junge Kepa sah zu seinem Bruder Urano hinüber, der nur die Schultern zuckte, und dann zu seinem Vater. Macario erkannte, in welcher Gefahr sich sein Jüngster befand, erhob sich deshalb langsam, ging ein paar Schritte zu ihm hinüber und streckte die Hand aus.

»Gib mir den Dolch, Kepa, bevor noch ein Unglück passiert. Du weißt nicht, mit wem du dich da anlegst!«

Der Junge verzog sein Gesicht zu einer trotzigen Grimasse, die im Schein der Flammen noch stärker wirkte. Dabei sah er nun abwechselnd zu seinem Vater und dann zu dem Soldaten, der scheinbar noch immer völlig teilnahmslos am Feuer hockte.

»Kepa! Auch wenn wir hier in der Überzahl sind – außer deinem und meinem Messer sind alle unbewaffnet. Was glaubst du wohl, was dieser Soldat tun wird, wenn du dich ihm feindlich gegenüberstellst?«

Noch immer sah Kepa trotzig zu dem Fremden.

»Ich will es dir sagen, Dummkopf, denn ich kenne solche Männer wie ihn zur Genüge. Gib mir den Dolch, und ich rette dein junges Leben!«

Kepa schien noch zu zögern, aber dann gab er nach und händigte seinem Vater die Waffe mit einem Seufzer aus.

»Gute Entscheidung!«, sagte der Soldat und schenkte ihm einen scharfen Blick.

Macario lachte etwas gequält auf.

»Du musst noch vieles lernen, Kepa. Schau einmal auf die Beinhaltung unseres Gastes. Nur einen Schritt von dir in seine Richtung, und er hätte sich hochgeschnellt. Seine Hand liegt so, dass er im Aufspringen sein Schwert ziehen kann. Noch bevor du es überhaupt ahnen konntest, was dann passiert, wäre dir die Klinge durch dein albernes Herz gegangen, und ich hätte ein totes Kind!«

Der Soldat nickte nur leicht, als der Schiffer den Dolch in seiner Hand drehte und ihn nun, mit dem Griff voran, ihm auf der flachen Hand reichte.

»Ich bin erstaunt über deine Einschätzung, Schiffer!«, sagte der Fremde mit tiefer, wohltönender Stimme. »Hast du selbst schon gekämpft?«

Macario stieß einen langen Seufzer aus.

»Ich habe mir das Boot von meinem Sold gekauft. Ist schon eine ganze Weile her, aber wenn man seine Dienstjahre überlebt, hat man auch einen Blick für einen Kämpfer. Was ist mit der Waffe, kennst du sie?«, fügte er dann an und nahm wieder seinen Platz am Feuer ein, während Kepa noch weiter finstere Blicke zu dem Soldaten schickte, sich aber ebenfalls wieder hinhockte.

»Wir haben an der Mündung eines Stadtkanals geankert, als wir am anderen Morgen einen Mann im Wasser entdeckten und ihn an das Ufer zogen. Aber wir konnten ihm nicht mehr helfen. Er war bereits tot.«

Der Soldat nickte zu der Erklärung. »Dann hatte ich richtig vermutet. Der Dolch ist ganz zweifellos das Gegenstück zu meiner eigenen Waffe, sieh selbst!« Mit diesen Worten hatte er seinen eigenen Dolch so schnell gezogen, dass keiner der Männer seine Bewegung erkannt hatte. Lächelnd präsentierte er nun auf der flachen Hand beide Waffen, und als sich Macario etwas vorbeugte, erkannte er im Flammenschein die identische Waffe.

»Urano, zeig dem Mann das Wams!«, ordnete der Schiffer an.

»Aber Vater, ich...«

»Keine Widerworte, hol das Wams!«

Mürrisch reichte der ältere Sohn des Flussschiffers das Wams, und für Peyr genügte ein einziger Blick darauf. Allerdings reichte er Dolch und Weste wieder dem Vater.

»Das ist leider die Bestätigung, dass mein Waffengefährte getötet wurde. Kannst du mir die Stelle beschreiben, an der ihr geankert habt?«

»Selbstverständlich, sie ist leicht zu finden, weil wir an der Einmündung eines Stadtkanals ankerten und der Tote weiter oberhalb ins Wasser geworfen wurde.«

»Und es war nur mein Kamerad, der dort trieb? Nicht noch die Leiche meines Herrn aus Nürnberg? Ich würde es verstehen, wenn ihr deshalb in Sorge seid und den Toten vielleicht ausgeraubt habt. Aber ich brauche Gewissheit!«

»So wahr mir Gott helfe, wir haben nur diesen einen Mann aus dem Wasser gezogen.«

»Gut, dann danke ich dir für dein kluges Verhalten und das Essen!«

Damit sprang der Soldat von seinem Platz auf, und erstaunt wich Urano einen Schritt zurück. Sein Vater hatte genau erkannt, welche Kraft in diesem Mann steckte, der jetzt vom Feuer in der Dunkelheit verschwand, wo sein Pferd graste.

»Wohin willst du noch in der Nacht?«

Eine Antwort kam jedoch nicht.

Gleich darauf verkündete der vom Grasboden gedämpfte Hufschlag, dass der Soldat davongeritten war. Erleichterung machte sich bei Macario mit einem tiefen Seufzer Luft.

»Warum hast du ihm das alles gesagt, Vater?«, wollte Urano von ihm wissen.

»Weil ich mir sicher war, dass ein Mann wie dieser breitschultrige, kampferprobte Soldat es notfalls aus einem von uns herausgeprügelt hätte. Und vor allem, weil ich ihn loswerden wollte, damit er nicht noch auf dumme Gedanken kommt. Immerhin wäre es ja auch möglich gewesen, dass er sich auf unserem Schiff nach seinem toten Kameraden umsehen wollte.«

»Du hast vermutlich recht, Vater, wie immer!«, räumte Urano ein und hockte sich nachdenklich wieder ans Feuer.

7.
Nürnberg, wenige Tage vor dem Pfingstfest 1502

Valentin zu Leupolth war der unglücklichste Mensch in Nürnberg. Nein, hätte man ihn gefragt, wahrscheinlich sogar der ganzen Welt. Immer wieder hatte er freiwillig Gänge auf sich genommen, für die sonst die Mägde oder Knechte herhalten mussten. Er schien wie umgewandelt, wenn etwas fehlte. Allmählich kam seine Bereitschaft, zum Markt zu gehen oder in einem der anderen Handelshäuser eine Nachricht zu übermitteln, auch Barbel Eisfeld seltsam vor. Doch wenn sie gerade eine Magd aus der Küche mit dem Korb losschicken wollte, war schon Valentin zur Stelle, nahm ihr den Korb ab und besorgte, was gewünscht wurde. Dass diese Einkäufe oder Botentouren sich häufig über Stunden hinzogen, war ihm selbst vermutlich dabei nicht bewusst. Er nutzte diese Gänge für seine Erkundigungen in Nürnberg, die ihn aber bislang keinen Deut weitergebracht hatten.

Valentin fühlte sich unglaublich schlau, als er sich endlich überwunden hatte, das Haus der Familie des Herrn Geuder von Heroldsberg aufzusuchen, denn in der Gegenwart dieses Patriziers hatte er schließlich die Schöne entdeckt. Also, folgerte er, musste man sie in dem Haus auch aufgenommen haben, denn aus welchem Grund sonst ging man gemeinsam zur Kirche?

Nun kam es für ihn aber auf gar keinen Fall in Betracht, an der Tür zu klopfen und sich nach der Unbekannten zu erkundigen, das war einfach unmöglich. So lauerte Valentin ständig in der Nähe des stolzen Hauses in der Bindergasse und wartete auf eine Gelegenheit, entweder seine Schöne selbst dort zu sehen, oder aber einen der Knechte nach der Fremden zu befragen.

Aber die Sache ging mit dem Teufel zu, wie sich Valentin mehrfach fluchend eingestehen musste. Wenn sich die Tür öffnete, kam nur eine der Mägde heraus und eilte entweder mit einem hölzernen Eimer zum nächsten Brunnen oder mit einem Korb über dem Arm zum Markt. Es verbot sich für ihn von selbst, eine der Dienstfrauen anzusprechen und nach einer weiblichen Bewohnerin des Hauses zu fragen. Nein, so weit würde er nicht gehen, er musste einen Knecht treffen und ihn befragen. Nur tat ihm keiner der Knechte den Gefallen, so oft er sich auch in der Bindergasse herumtrieb. Wenn es doch nur einen einzigen Grund für den Sohn des Hauses zu Leupolth gäbe, der es ihm erlaubte, dort ganz offiziell einzutreten! Aber die Familie betrieb in erster Linie den Handel mit gegerbten Häuten, die für sie von den Gerbern in der Gerbergasse gefertigt wurden und niemals in das Handelshaus gebracht wurden, weil der Gestank den bearbeiteten Häuten noch lange anhing und niemand diesen durchdringenden Geruch nach Urin und anderen, undefinierbaren Dingen auch nur in seiner Nähe wissen wollte.

Einmal war Valentin während seiner nächtlichen Streifzüge bei der Rückkehr von einem Besuch bei einer der Hübschlerinnen falsch abgebogen und stand plötzlich in der Gerbergasse vor den großen Bottichen, in denen die Handwerker den Urin sammelten, den sie für die Ledergerbung benötigten. Glücklicherweise war es in dieser Nacht ziemlich kalt und Valentin hatte die Hoffnung, dass ihm der Geruch nicht noch bis ins eigene Haus anhaften würde.

Doch das Gesicht, das Frau Barbel am nächsten Morgen zog, widerlegte diese Hoffnung gründlich, aber sie erkundigte sich glücklicherweise nicht nach der Ursache, sondern ordnete einfach an, dass die Schaube, die er in er Nacht getragen hatte, gründlich auf dem Hinterhof gelüftet werden sollte.

In seinen Gedanken versunken, das Bild der schönen Unbekannten vor Augen, war er gerade wieder in die Bindergasse eingebogen, ohne sich dessen überhaupt bewusst zu sein, als er hinter sich ein helles Lachen vernahm und wie angewurzelt stehen blieb. Da kam doch, nur wenige Schritte noch entfernt, eben diese junge Frau daher, noch dazu völlig allein! Nicht einmal eine Magd folgte ihr in gebührendem Abstand!

Valentin spürte erneut das heftige Schlagen seines Herzens, das er schon bei ihrem ersten Anblick verspürt hatte. Er war unfähig, auch nur noch einen Schritt zu machen, und blickte der so lange Gesuchten verlegen in die Augen, die ihn geradezu spitzbübisch anblitzten.

»Ah, der Herr vom Haus zu Leupolth! Ihr müsst ja sehr geschäftig sein, dass Ihr nahezu an jedem Tag der Woche hier durch die Gasse lauft, als würdet Ihr jemand suchen!«

Jetzt stand sie so dicht vor ihm, dass er vermeinte, einen Geruch wahrzunehmen, der von ihr ausging. *Ist das der Duft von Rosen? Wie schön sie ist, noch viel hübscher, als ich sie in Erinnerung hatte! Mein Gott, Valentin, der Herr hat deine Gebete erhört, da steht sie! Nun nutze die Gelegenheit, stell dich vor!*

Mit krächzender Stimme presste er heraus:
»Ihr kennt... mich? Woher...«

»Ach, guter Mann, ich bin nun schon ein paar Tage in Nürnberg und habe einfach meine lieben Gasteltern gefragt, wer der hübsche junge Geck ist, der da so auffällig-unauffällig ständig vor dem Haus hin und her läuft? Und da sagte man mir, dass Ihr der Valentin zu Leupolth seid, Sohn des Herrn Harlach. So, und damit dieses verlegene Herumgehample, das wohl in einer so mächtigen Stadt wie Nürnberg üblich ist, ein Ende haben mag: Ich bin Osanna Ortsee und komme aus der Hansestadt Hamburg. Meine Eltern sind Petrus Ortsee, Gildemeister der Gewürzhändler, und seine Gemahlin Ursell. Wir sind in geschäftlichen Dingen nach Nürnberg gekommen und haben seit Jahren Handelsbeziehungen zu den von Heroldsberg. Nun stehe ich Euch für Fragen bereit. Oder sollte ich das auch noch rasch zusammenfassen? Also gut, Herr Valentin, Ihr habt vermutlich etwas verschluckt, weil Ihr so undeutlich sprecht. Ich bin gerade sechzehn Jahre alt geworden und auf Wunsch meiner Eltern mit ihnen nach Nürnberg gereist. Der Grund mag Euch vorerst noch egal sein, solange wir uns noch fremd sind. Also?«

Dabei schenkte sie ihm erneut einen Blick, der das Blut in Valentins Adern zum Kochen brachte. Er schalt sich selbst einen elenden Narren, versuchte, sich zusammenzunehmen und brachte doch immer noch keine zusammenhängenden Sätze heraus.

»Ich bin... überaus...«

»Ja?«, lächelte sie herausfordernd und wippte dabei auf ihren Zehenspitzen auf und ab. »Ach, kommt doch, Herr zu Leupolth, wenn es Euch so schwerfällt, sollten wir unser Gespräch vielleicht ein anderes Mal fortsetzen. Falls es Euch interessiert, ich gehe immer um diese Zeit vor dem

Hallerthor spazieren, es ist dort so schön und man kann ganz unbeschwert... seine Gedanken fliegen lassen. Also, auf dann, Herr zu Leupolth!«

Im nächsten Moment war sie an dem verwirrten Jüngling vorüber, öffnete die Haustür, lehnte sich noch einmal mit einem ganz besonderen Lächeln zu ihm hinaus und warf dann die Tür schlagartig zu. Mit dem Knall erwachte Valentin aus seinem Traum, starrte aber noch eine ganze Zeit auf die geschlossene Tür, dann setzte er sich in Bewegung, denn nun kam ein Fuhrwerk in die Gasse und machte seinen weiteren Aufenthalt vor dem Haus zur Unmöglichkeit.

Osanna! Osanna Ortsee aus Harmburg!, wiederholten seine Lippen wie im Gebet, und leicht und beschwingt eilte er davon, um einen Gang hinaus zu dem Hallerthor zu machen. Es konnte kein anderes Ziel geben, er musste sich jetzt ein Bild von der Örtlichkeit machen, um den morgigen Tag richtig zu planen. *Was für ein Glück!*, jubelte er innerlich. *Was für eine zarte, leicht rosige Gesichtsfarbe! Dazu die schönen, rötlichblonden Haare, die ein Gesicht mit herrlichen, abgrundtiefen Augen umrahmen, eine göttlich geformte Nase, ein sinnlicher Mund, ein rundes Kinn – Osanna, du hast mein Herz im Sturm erobert! Keine ruhige Minute werde ich mehr finden, bevor ich nicht deine Lippen geküsst habe, bevor ich nicht deinen Hals... deinen Duft...* Jetzt schlug der junge Kaufmann eine rasche Gangart ein und war nach kurzer Zeit bereits an dem Tor und wunderte sich nur, wie wenig Menschen zu dieser Zeit hier unterwegs waren. Aber, sollte das auch morgen nicht anders sein, war der Platz für ein Stelldichein trefflich gewählt.

Keine Minute fragte sich der verliebte Mann, wie es wohl möglich war, dass die junge Frau ihn geradezu eingeladen hatte, sich mit ihr zu treffen.

Da er auch an diesem Tag noch über Stunden dem Haus fernblieb, gab sich im Haus der Familie zu Leupolth Barbel Eisfeld einen Ruck und sprach den ihr nicht sonderlich angenehmen Metze Losekann auf das Verhalten des jungen Kaufmanns an. Der verzog sein Wieselgesicht auf ganz seltsame Weise und ahmte dann mehrfach das Miauen einer Katze nach.

»Was soll das dumme Mauzen, wenn ich dich nach dem Verhalten Valentins frage, Metze?«, erkundigte sich Barbel aufgebracht. Ihr Gesicht war kreideweiß, und ihre schon spitze Nase schien noch um einiges spitzer daraus hervorzuragen. Aber anstelle einer vernünftigen Antwort begann Metze, nun auch noch mit dem angewinkelten Armen zu schlagen, lief dazu im Kreis und krähte mehrfach. Kopfschüttelnd wollte Barbel Eisfeld die Tür zu ihrem kleinen Zimmer zuschlagen, in dem sie gern in der Auslucht saß, kleine Näharbeiten machte und dabei das Geschehen vor ihr auf der Straße beobachtete. Aber da erkannte Metze wohl, dass er den Spaß ein wenig zu weit getrieben hatte, und rief lachend aus:

»Er ist verliebt, grenzenlos verliebt, der Val! Er schreitet auf und ab wie ein Gockel und miaut vor der Tür der Angebeteten wie ein liebeskranker Kater!«

Barbel verhielt in der Bewegung, die Tür noch in der Hand.

»Verliebt? Aber das ist doch nichts Außergewöhnliches, schließlich soll er ja die Enndlin Vestenberg ehelichen, wenn denn endlich Harlach zurück aus Sevilla ist!«

Aber der alberne Bursche krähte noch einmal, und da er wieder einen Gockel nachahmte, schlug Barbel ihm nun die Tür vor der Nase zu und ging verärgert hinüber zu ihrem Auslug. Aber auch hier fand sie heute keine Ruhe, auch nicht beim Betrachten der vorüberhastenden Menschen hier unter ihrem nach drei Seiten verglasten Erker, den der Harlach eigens für sie ausgemauert und mit den teuren Scheiben versehen hatte. Er hatte dafür viel Geld bezahlt, weil ihm weder die kleinen Butzenscheiben noch die weitaus größeren Tellerscheiben genügten. Für Barbel war ihm nichts zu schade, und so wurden die Fenster in ihrem Auslug in der Glaszylindertechnik gefertigt. Bei dieser neuen Technik bliesen die Glasbläser Zylinder, die noch heiß aufgeschnitten wurden und noch einmal in den Ofen kamen. Dadurch erhielt man die relativ glatten Scheiben, durch die sich recht gut sehen ließ, aber nicht jede Einzelheit erkennbar war. Jetzt, im Mai, wo die Temperaturen allmählich immer höher stiegen, konnte Barbel die beiden beweglichen Seitenteile der Auslucht öffnen, die aus eigens gefertigten Holzrahmen auf Metallstiften steckten. So konnte sie nun die Menschen beobachten, aber auch sie war natürlich deutlich hinter dem offenen Fenster sichtbar.

Ihr Blick wanderte über die vorbeiziehenden Menschen und blieb schließlich auf einem markanten Kopf hängen. Ihre Gedanken eilten ein paar Jahre zurück und sie erinnerte sich, dass sie vor vielen Jahren diesem Mann gegenübergesessen hatte, weil er sie unbedingt malen wollte. Ja, sie war damals peinlich berührt gewesen, als sie der Mann auf dem Markt angesprochen hatte und atmete tief durch, als sie ihre Magd neben sich wusste.

»Bitte vielmals um Vergebung!«, sagte der etwas hagere, aber durchaus gut gekleidete Mann und zog sich das Barrett vom Kopf, um sich artig zu verbeugen. »Ich bin der Michael Wolgemuth, und kannte noch Euren verstorbenen Gatten recht gut. Darf ich mich nach Eurem Wohl erkundigen?«

Das brach das Eis, denn Barbel musste über dieses Wortspiel lächeln.

Ihr fiel ein, dass Wolgemuth ein Maler war, ein recht bekannter zudem, und wenn jemand mit diesem Namen sich nach ihrem Wohl erkundigte, dann war das einfach lustig. Jedenfalls nickte sie ihm leicht zu und antwortete dann:

»Danke, man lebt, Herr Wolgemuth. Entschuldigt mich jetzt bitte, denn ich muss die Einkäufe meiner Magd überwachen, und das Treiben heute auf dem Hauptmarkt ist mir doch ein wenig zu arg, um sie allein gehen zu lassen. Erst kürzlich ist es einer jungen Magd passiert, dass man sie so unglaublich anrempelte, dass ihr der Korb mit den Eiern herunterfiel und fast alle zerbrachen!«

Der Maler verbeugte sich noch etwas tiefer und antwortete:

»Ganz unverzeihlich, wie rüpelhaft sich heute manche Leute benehmen. Aber, Frau Eisfeld, erlaubt mir doch, meine Bitte vorzutragen!«

Barbel, die sich schon zum Gehen gewandt hatte, verhielt mitten im Schritt und musterte den Künstler verwundert.

»Ich bitte Euch, versteht es nur recht, aber ich möchte Euch sehr gern malen!«

Barbel schien mit sich kämpfen zu müssen, um nicht laut herauszuplatzen:

»Malen? Mich? Und aus welchem Grund?« Aber stattdessen lächelte sie nur noch einmal und antwortete:

»Das ist gewiss eine große Ehre, Meister Wolgemuth, denn ich habe schon von Euch gehört. Aber wenn ich mich richtig erinnere, arbeitet Ihr doch eher mit diesen… na, wie soll ich mich ausdrücken?« Barbel geriet sichtlich in Verlegenheit, weil ihr nicht einfiel, wie sie die Arbeit an einem Holzschnitt beschreiben sollte.

»Ah, ich verstehe, Ihr meint gewiss den Grabstichel und den Geißfuß, die unsereiner für die Holzschnitte benötigt. Ja, das ist schon richtig, damit verdiene ich mein Geld, denn man möchte immer häufiger Bücher mit Illustrationen erwerben. Und einer meiner besten Schüler, ich möchte ihn meinen Meisterschüler nennen, der Albrecht Dürer, ist ja auch da sehr bewandert und macht seinem alten Meister inzwischen tüchtig Konkurrenz! Aber nein, gnädige Frau, gern würde ich ein Porträt von Euch erstellen lassen.«

»Ein Porträt? Und – was soll das kosten?«

Barbel Eisfeld war es unangenehm, auf der Straße mit einem Künstler – auch wenn er stadtbekannt war – zu handeln und zu feilschen wie beim Fischhändler oder der Eierfrau. Aber die sonst so aufgeweckte Patrizierwitwe und geistreiche Plauderin bei mancher gesellschaftlichen Runde war von dem Künstler so überrascht worden, dass ihr nichts anderes einfiel, um das Gespräch endlich zu beenden.

Doch Meister Wolgemuth gab nicht auf.

»Sicher ist Euch doch die Tucherin bekannt, die Gemahlin von Hans Tucher? Ja, gewiss, ich sehe es Eurem Gesicht an, dass Ihr sie kennt. Ich wage allerdings nicht zu fragen, ob es Euch auch einmal vergönnt war, einen Blick auf das Porträt zu werfen, das ich für Hans Tucher malen durfte?«

»Doch, daran erinnere ich mich. Es hängt in der großen Diele des Hauses und zeigt, wenn ich mich richtig erinnere, Ursula Tucher mit dem mächtigen Kopfputz, den sie so liebte, und einem Gebände unter dem Kinn, um ihn in Position zu halten. Das muss jetzt alles aber schon eine kleine Ewigkeit her sein, ich erinnere mich an die Tucherin, aber da war ich selbst nur ein junges Mädchen!«

Der Künstler verbeugte sich erneut und führte lächelnd aus:

»Wie gut Ihr Euch erinnern könnt, das freut mich sehr und zeigt mir doch auch zugleich, dass meine Kunst sich bei Euch eingeprägt hat. Ich muss selbst nachdenken, aber ich glaube, ich habe die beiden frisch Vermählten wirklich schon vor gut dreißig Jahren gemalt. Nun, man wird ja nicht älter, aber reifer an Erfahrung, nicht wahr? Verehrte Frau Eisfeld, darf ich hoffen, dass Ihr mir zu Modell sitzt?«

Barbel Eisfeld sah ihn schweigend an, dann nickte sie langsam.

»Aber nicht mehr als ein halbes Dutzend Mal, Meister, ich möchte nicht, dass sich ganz Nürnberg das Maul über mich und meine Eitelkeit zerreißt! Und ich möchte gern auch ein lebensnahes Bild, nicht so pompös wie manche der Patrizierfrauen sich abbilden lassen!«

»Genau mein Vorschlag, verehrte Wittib (Witwe) Eisfeld. Es war mein Gedanke, als ich Euch ins Gesicht sah.

Ein lebensechtes Porträt, das Eurer natürlichen Schönheit gerecht wird! Und ich verlange nichts dafür, im Gegenteil, es wäre mir eine hohe Ehre!«

So redete der Künstler auf sie ein, und aus den Augenwinkeln erkannte Barbel, dass ihre Magd schon längst ungeduldig von einem Bein auf das andere trat. Nochmals mit einer sehr unterwürfigen Verbeugung verabschiedete sich der Maler, als ihm Barbel zugesichert hatte, am kommenden Montag zu ihm zu kommen.

»Das ist gewiss eine hohe Ehre, von dem Herrn Wolgemuth gemalt zu werden!«, plapperte ihre Magd aufgeregt vor sich hin, als ihre Herrin endlich weiterging. Doch Barbel Eisfeld blieb erneut stehen und musterte die junge Frau kurz.

»Drückt die Blase? Ich sehe gerade keine Buttenfrau, marsch, hier in die kleine Gasse und hock dich hin, ich verstelle den Blick auf dich!«

Dankbar huschte die Magd, die sich tatsächlich schon nach der Frau mit dem Joch über der Schulter und dem Eimer unter dem weiten Umhang umgesehen hatte, in die Gasse, hockte sich rasch hin und verrichtete ihre Notdurft ohne weitere Störung.

Doch als sie erleichtert aufstand, öffnete sich unmittelbar über ihr ein schmales Fenster, eine Hand erschien mit einem Eimer und gleich darauf wurde der übelriechende Inhalt über der armen Frau ausgeleert.

»Das wird dich hoffentlich in Zukunft lehren, vor anderer Leute Haus zu scheißen, du Miststück!«, keifte dabei eine Stimme, aber niemand war zu erkennen und der leere Eimer wieder verschwunden.

Frau Barbel tat die Magd nun leid, aber das nutzte wenig – man hielt jetzt deutlichen Abstand voneinander und eilte zurück in das Handelshaus, wo sich die unglückliche Magd gleich auf den Hof verzog, um sich an dem Ziehbrunnen zu säubern, während ihre Herrin, noch immer wütend über das gemeine Verhalten der Hausbewohnerin, in ihre Kammer eilte.

An dieses Erlebnis mit dem Maler musste sie eben denken, als sie ihn da unverhofft auf der Straße vorübergehen sah. Das Gemälde gefiel dann ihrem Harlach so gut, dass er den Künstler großzügig bezahlte, der das Bild jedoch eigentlich nicht verkaufen wollte. Und nach dem frühen Tod seiner über Jahre kränkelnden Ehefrau wurde es in der guten Stube im Leupolthschen Haus aufgehängt.

Barbel Eisfeld riss sich aus den lieben Erinnerungen und ging aus ihrem Zimmer.

Auf dem Weg zur Treppe traf sie ihren Hausknecht, der gerade damit beschäftigt war, die Lederschäfte von mehreren Stiefelpaaren einzufetten.

»Ist denn der Herr Valentin noch nicht wieder zurück?«

»Leider nein, Herrin, ich habe ihn schon längere Zeit nicht mehr gesehen. Aber vielleicht weiß der Herr Johann mehr? Er sitzt im Comptoir schon eine geschlagene Stunde!«

Sie nickte dem Knecht zu und kehrte von der Treppe zurück, öffnete die Tür zum Comptoir und steckte ihren Kopf hinein. Erstaunt sah Johann von seinen Papieren auf.

»Frau Mutter, habe ich etwas versäumt?«

»Schon gut, ich wollte nur hören, ob es etwas Neues von Valentin gibt?«

Nun huschte auch ein Lächeln über die bleichen Wangen ihres Sohnes.

»Nein, ich wüsste nicht, aber auch Metze Losekann ist noch unterwegs und hat vielleicht etwas über die schöne Unbekannte in Erfahrung gebracht.«

»Fängst du auch noch damit an, Johann?«

»Aber im Ernst, der Valentin hat es mir doch selbst eingestanden! Er ist verrückt nach einer hübschen Larve, die er am Sonntag inmitten der Kirchgänger gesehen hat! Seitdem ist er wie verwandelt und sucht ganz Nürnberg nach ihr ab!«

Barbel schüttelte verärgert den Kopf.

»Ich dachte schon beinahe, er wäre erwachsen geworden und mittlerweile zu alt für solche Spiele! Was soll bloß Enndlin davon halten, wenn sie es erfährt!«

»Ach, die Gefahr besteht derzeit wohl nicht! Die Vestenbergs sind derzeit nicht in Nürnberg, ihr Handelshaus ist fest verschlossen, kein Knecht ist im Haus, keiner der Schreiber im Comptoir! Aber das sage ich dir rundheraus: Sollte der Valentin nicht mehr bereit sein, Enndlin Vestenberg zu heiraten – Neslin und ich sind uns einig. Unser Termin steht, sowie der Vater wieder zurück ist! Wir haben uns geschworen, niemals voneinander zu lassen!«

Kopfschüttelnd schloss Barbel die Tür und stieg wieder in ihre Kammer hinauf. Was war nur in den letzten Wochen in Nürnberg los? Es wurde nun wirklich höchste Zeit, dass Harlach zurückkehrte und dann auch gleich ein Machtwort mit Valentin sprach. Er würde sich noch zum Gespött der Leute machen, wenn er einer Unbekannten nachlief und dabei seine Verlobte vernachlässigte! Seine Beinah-Verlobte, korrigierte sich Barbel Eisfeld in Gedanken. Dann nahm sie die Handarbeit vom Tischchen und setzte sich auf den bequemen Stuhl in ihrer Auslucht. Doch ihre Gedanken schweiften rasch wieder ab und drehten sich jetzt nur noch um den fernen Geliebten, der nicht nur überfällig war, sondern schon Anlass zur Sorge gab, denn noch immer war keine Nachricht von ihm eingetroffen.

Wir haben bereits das Pfingstfest vor der Tür, und Harlach ist vor mehr als acht Wochen aufgebrochen. Aber gebe es der liebe Herrgott, dass ihm kein Unglück geschehen ist – es kann ja auch gar nicht sein, denn er hat ja den Carolus und den Peyr an seiner Seite. Beides wackere Burschen, die schon kräftig einschlagen können, wenn einer dem Herrn ans Wams will. Nein, wer weiß, welche Geschäfte ihn da im Kontor von Sevilla aufhalten, er wird doch bald zurückkehren! Auf diese Weise hatte sie sich selbst Mut gemacht, griff ihre Handarbeit auf und nähte, bis das Licht in der Auslucht nicht mehr reichte, um die Nähte vernünftig zu führen. Da klappte unten eine Tür, und die kräftige Stimme Valentins rief durch das Haus.

Erleichtert, dass nun Harlachs Sohn endlich wieder zurück war, ging sie hinunter, um mit ihm ein paar Worte zu wechseln. Sehr verwundert war sie allerdings über die sichtbare Verwandlung, die mit ihm inzwischen vorgegangen war. Valentin trällerte eine Melodie vor sich hin, die ihr irgendwie bekannt erschien. Dann fiel es ihr wieder ein. Es war die Melodie zu einem Springtanz, den Valentin zum Frühlingsfest mit Enndlin auf dem großen Ball getanzt hatte.

Nun gut, dann wird er wohl endlich in die Realität zurückgefunden haben und freut sich auf das Fest übermorgen, das die Gilde der Tuchhändler in der Fastnachtsdornse (gemieteter, beheizbarer Raum) durchführt, dachte sich Barbel Eisfeld und ahnte nicht, wie weit sie von der Vorstellungswelt Valentins entfernt war.

8.

Sevilla, eine dunkle Nacht vor dem Pfingstfeste 1502

Der Mann presste sich an die Steinmauer der Gasse und schien mit dem Schatten zu verschmelzen. Nur das kleine Licht über der Tür des Hauses durchdrang ein wenig die sternenlose Nacht, aber der Schein reichte nicht bis zu seinem Standort. Aufmerksam hatte er das Haus beobachtet und abgewartet, bis im oberen Stockwerk das letzte Licht verlosch. Seinen Weg hinein hatte er bereits kurz vor Einbruch der Dunkelheit ausgemacht. Er würde von der Kanalseite an einem Gesims hochklettern und durch die erste Ladeluke in das Haus gelangen. Alles Weitere musste sich dann ergeben.

Jetzt schien der Moment gekommen zu sein. Der Kaufmann musste sich allein im Haus aufhalten, während der gesamten Zeit, in der er auf seinem Posten verharrt hatte, war kein anderer Umriss eines weiteren Menschen an den Fenstern zu erkennen gewesen. Der Soldat war sich durchaus bewusst, dass trotzdem eine zweite Person im Haus sein konnte, aber er vertraute auf seine trainierten Instinkte, seine Körperkraft und sein gutes Schwert. Er verfügte neben seinem Dolch über einen scharf geschliffenen Katzbalger, wie die Landsknechte das Schwert mit einer Klingenlänge von etwa fünfzig Zentimetern gern nannten. Es besaß einen S-förmigen Parier und einen fächerförmigen Bügel zum Schutz der Hand. Diese Waffe führte Peyr seit dem Tag, an dem ihn Harlach zu Leupolth, gemeinsam mit seinem alten Waffengefährten Carolus, in den Dienst gestellt hatte.

Bei dem Gedanken an den toten Kameraden knirschte Peyr unwillkürlich mit den Zähnen. Der trieb vermutlich irgendwo im Meer und wurde Futter für die Fische, während sein mutmaßlicher Mörder hier in aller Ruhe in seine Schlafkammer ging.

Jetzt huschte der Soldat um die Hausecke, war gleich darauf an dem Steinsims und zog sich katzengleich hinauf. Schon war er an der Ladeluke, die er behutsam aufdrückte und dann auf Geräusche lauschte, bevor er den Raum dahinter betrat. In diesem Haus lag alles in tiefster Ruhe, und als er den Raum verließ und an den hier abgehenden Türen lauschte, hatte er die Schlafkammer des Kaufmanns rasch gefunden. Mit einem boshaften Lächeln um die Lippen zog er sein Kurzschwert heraus, öffnete mit der freien Hand die Tür und trat ein. Eine Weile brauchte er, bis er sich in der Dunkelheit orientieren konnte, dann eilte er auf den Schlafenden zu, der seine Position mit tiefen, regelmäßigen Zügen verriet und zwischendurch die Luft mit einem leisen Fiepton von sich blies. Peyr beugte sich über den Kopf des Mannes, dessen Umrisse sich schwach über den Laken abzeichneten. Blitzschnell legte er ihm die Hand auf den Mund und zischte ihm ins Ohr:

»Keinen Laut, wenn dir das Leben lieb ist!«

Dabei hatte der Soldat keinen Zweifel, dass er den Richtigen im Haus gefunden hatte, denn er wusste, dass Richard von Oertzen einen Bart trug. Der aus dem Schlaf geschreckte strampelte kurz und wollte sich aus dem Griff befreien, aber da kniete Peyr schon auf seiner Brust und raunte ihm mit gefährlich klingender Stimme ins Ohr:

»Wo ist Harlach zu Leupolth?«

Bei dieser Frage bäumte sich der Mann erneut auf, aber gegen den kräftigen Soldaten hatte er keine Chance. Er presste ihm noch etwas fester die linke Hand auf Mund und Nase, sodass der Kaufmann kaum noch Luft bekam.

»Hör mir zu, du Saukerl! Ich lasse dir jetzt etwas Luft, und solltest du schreien, schneide ich dir den Hals durch, verstanden?«

Der Augsburger versuchte, zu nicken, was Peyr an der Bewegung erkannte.

»Also gut – wo ist Harlach?«

»Tot!«, keuchte sein Vertreter, und sofort presste ihm die große, kräftige Hand erneut Nase und Mund zusammen.

»Du hast ihn und meinen Waffengefährten getötet, richtig?«

Erneutes Nicken, und Peyr fuhr fort: »Wenigstens leugnest du nicht. Weshalb dieser feige Doppelmord?«

Der Kaufmann brummte etwas, und erneut hob der Soldat etwas seine Hand an.

»Ein Vermögen, unvorstellbar!«

Die Hand verhinderte eine weitere Bemerkung, und blitzschnell jagten die Gedanken durch den Kopf des Soldaten. Mit diesem Geständnis konnte er den Mann einfach abstechen, aber das würde die beiden Toten auch nicht wieder lebendig machen.

»Welches Vermögen, Silber, Gold, Geschmeide, kurze Antwort!«

»Gewürze!«, keuchte Richard, und als ihm der Soldat erneut die Hand auf den Mund presste, erwischte sie dabei einen Gegenstand, den der Mann offenbar auf der Brust trug. Rasch tastete er danach, erkannte einen Lederbeutel in der Größe einer Kinderhand und durchtrennte mit dem Katzbalger die Lederschnur. Das verursachte jedoch eine wilde Reaktion bei dem Mann. Er versuchte, sich mit den Armen zu befreien, stemmte sich mit den Beinen ab, und bemühte sich ernsthaft, einen Laut auszustoßen, doch Peyr hielt ihn mit eiserner Faust nach unten gedrückt, während er rasch den Lederbeutel in seinen Gürtel schob. Was er dabei nicht bemerkte, war die Anwesenheit des anderen. Schattengleich war ein weiterer Mensch in den Raum gehuscht, hob jetzt ein Schwert über den Kopf und wollte es auf Peyr niederschmettern, als der ein Geräusch hörte und sich blitzschnell zur Seite rollte. Da sich das Bett des Kaufmanns an der Wand befand, musste sich Peyr nach vorn wegdrehen, traf dabei mit dem Angreifer zusammen und stürzte mit ihm aus dem Bett auf den Boden.

Bevor sein Gegner sich aufrappeln konnte, schlug ihm Peyr die flache Seite seines Katzbalgers gegen den Kopf, sodass es einen dumpfen Laut gab. Doch schon warf sich in der Dunkelheit Richard von Oertzen auf ihn und versuchte, ihm mit dem rasch um seinen Hals gelegten Arm die Luft abzudrücken. Kraftvoll schlug Peyr das Kurzschwert nach unten, traf auf etwas Weiches und der Kaufmann stieß einen durchdringenden Schrei aus. Im nächsten Augenblick durchquerte Peyr das Zimmer, den Schwertarm nach vorn gestreckt, fand die Tür und war auf dem Flur, als er von unten das Getrappel von Füßen vernahm.

Verflucht, der Kerl hat besser vorgesorgt, als ich es mir dachte! Da müssen noch Leute im Untergeschoss gewesen sein!, überlegte der Soldat auf der Suche nach einem Ausweg. Doch schon war er in dem Raum, in dem er durch die Ladeluke gekommen war, die noch immer offenstand. Ein leichter Wind strich dort vom Kanal herein, und Peyr musste nicht lange überlegen, als er die Rufe hinter sich vernahm.

»Haltet ihn auf! Er hat mein ganzes Vermögen gestohlen! Zehn Silberstücke für den, der ihn einfängt!«, gellte der Schrei hinter ihm her.

Doch der erfahrene Kriegsknecht wusste, was jetzt zu tun war. Er schnellte sich von der Wand ab und sprang im hohen Bogen aus der Ladeluke. Dann schlug er platschend auf das Wasser des Kanals, dabei eisern den Griff seines Schwertes umklammernd und die Klinge hoch über sich haltend. Das Wasser war nicht unangenehm kalt, aber der Geruch, der ihm entgegenschlug, war übel. Doch jetzt strampelte er eine Weile mit den Beinen, bis seine Schwerthand gegen etwas Weiches stieß und er vorsichtig den Kopf aus dem Wasser hob. Er war an der gegenüberliegenden Uferseite angekommen und vernahm die lauten Schreie aus der offenen Ladeluke über ihm. Zwei-, dreimal tief eingeatmet, und er stieß sich erneut ab, bemühte sich, nur mit dem linken Arm und den Beinen Bewegungen zu machen, die ihn unter Wasser vorwärtstrieben, ohne irgendwo anzustoßen. Als er das nächste Mal den Kopf hob, war er bereits ein großes Stück in dem Kanal vorangekommen und konnte es riskieren, sich ans Ufer zu ziehen. Kurz verschnaufte er hier und versuchte, trotz seiner lauten Atemgeräusche etwas wahrzunehmen. Ganz fern schienen jetzt Rufe laut zu werden, und er erkannte die Umrisse weiterer Häuser in seiner Nähe. Als er mit der Hand nach dem Lederbeutel des Mannes tastete, musste er feststellen, dass der vermutlich beim Sprung in den Kanal verlorengegangen war. Der Soldat glaubte aufgrund der ertasteten Form, dass er vielleicht Kugeln aus Ton oder Glas enthielt, aber die Wahrheit würde er nicht mehr herausbekommen, nämlich die furchtbare Tatsache, dass er gerade ein unglaubliches Vermögen in einem Kanal in Sevilla versenkt hatte. Stattdessen stellte er erleichtert fest, wo er sich befand.

Gut so, jetzt habe ich leichtes Spiel! In diesen engen Gassen wird mich niemand ausfindig machen, und ich habe mein Pferd glücklicherweise außerhalb der Stadtmauern angebunden!

Nur wenig später eilte er, tropfnass und leise vor sich hin fluchend, zwischen den Häusern durch die Dunkelheit, immer gewärtig, sich irgendwo den Kopf anzuschlagen oder die Stimmen seiner Verfolger zu vernehmen. Doch alles blieb still, jetzt war er an der großen Stadtmauer angelangt, der er nur in östlicher Richtung folgen musste, um schließlich zu der Wiese zu gelangen, an der er sein treues Pferd zurückgelassen hatte.

Als er im Sattel saß und sein Tier durch die Dunkelheit vorwärtstrieb, lachte er glücklich auf. Das hätte anders ausgehen können, und Peyr nahm sich fest vor, beim nächsten Einbruch in ein unbekanntes Haus zuerst die unteren Türen zu verriegeln, damit sich dort befindliche Wachen nicht an seine Verfolgung heften konnten.

Irgendwann, lange nach Mitternacht, erreichte er eine einsame Scheune, band sein Pferd an eine hölzerne Stange und warf sich erschöpft in das Stroh, um sich auszuruhen. Er schlief tief und fest, bis ihn Stimmen aufschreckten und er mit dem Schwert in der Hand auf die Beine sprang. Rasch war er an der Holzwand der Scheune und spähte in den grauen Morgenschimmer hinaus, der ihm zwei lachende Personen zeigte. Beide hatten Hacken geschultert und blieben jetzt verwundert stehen, als sie das Pferd bemerkten.

Peyr trat aus der Scheunentür und verursachte damit eine unglaubliche Reaktion.

Die beiden Feldarbeiter ließen ihre Arbeitsgeräte fallen und sanken mit dem Ruf: »Heilige Mutter Gottes, steh uns bei!«, auf die Knie.

Die beiden trugen breite Strohhüte gegen die kräftige Sonne, und als einer der beiden seinen Hut beim Niederknien verlor, wurde Peyr schlagartig enthüllt, was die beiden so in Angst und Schrecken versetzt hatte. Es war nicht die Tatsache, dass er so plötzlich in der Tür stand. Vielmehr ging es wohl bei den beiden darum, dass sie sich entdeckt sahen, unabhängig, von welcher Person.

Denn die schulterlangen Haare des Feldarbeiters, dem der Strohhut heruntergefallen war, gehörten einwandfrei einer Frau. Besser noch, einem sehr jungen und auch schönen Mädchen.

»Ja, was ihr beiden Hübschen so nett mit euren Feldhacken getarnt habt, ist wohl nicht mit der Arbeit auf dem Feld zu erklären, oder? Zumal es hier, soweit ich das gerade übersehen kann, nur Gras gibt!«

Der Soldat zeigte bei diesen Worten ein breites Grinsen, und trotzdem schienen die beiden jungen Menschen vor ihm vor Angst am ganzen Körper zu beben. Er ging zu ihnen hinüber, legte dem Mann eine Hand auf die Schulter und sagte freundlich: »Komm hoch, Junge. Du hast deine Geliebte in diese Lage gebracht, jetzt steh auch zu ihr!«

Die dunklen Augen des jungen Mannes waren vor Schreck geweitet und schienen ihn bittend anzusehen.

Vermutlich konnte er nicht glauben, dass der bewaffnete Mann da vor ihm gar kein Häscher war, der sie zurückbringen wollte, sondern sich nur zufällig an dem Ort befunden hatte, den sie gerade aufsuchen wollten.

»Nun, was ist mir dir? Hast du vor Schreck deinen Mut verloren? Dann müsste ich annehmen, dass dieses hübsche Mädchen an deiner Seite ohne jeden Schutz wäre und mich ihrer annehmen! Willst du das?«

Jetzt war es die junge Frau, die ihm bittend die Hände entgegenstreckte und leise flehte: »Bitte, Herr, seid gnädig zu uns. Wir lieben uns schon seit den Kindertagen, aber unsere Eltern wollen nicht, dass wir heiraten!«

»Und da habt ihr euch entschlossen, davonzulaufen? Wohin wollt ihr? Doch nicht nach Sevilla, wo man euch noch am heutigen Tag verhaften und in getrennte Kerker werfen würde!«

»Nein, Herr!«, ermannte sich nun endlich der Jüngling und stand auf. »Wir wollen zu meinem Onkel am großen Fluss. Dort betreibt er eine Mühle, und ich könnte bei ihm arbeiten und Geld verdienen, um uns ein eigenes Heim zu schaffen!«

Peyr warf einen begehrlichen Blick auf das kleine Bündel, das die junge Frau in der Hand gehalten hatte.

»Ist da euer Essen drin?«

»Ja, Herr, nicht sehr viel, aber wir teilen es gern mit Euch!«

Der Soldat machte eine abwehrende Bewegung.

»Mir würde ein Kanten Brot genügen, ich will euch schließlich nicht berauben!«

Wortlos griff die junge Frau in das Bündel, zog ein ganzes Brot heraus und brach großzügig ein Stück ab, das sie mit einem verlegenen Lächeln dem Soldat reichte.

»Muchas gracias, meine Turteltäubchen, und nun seht zu, dass ihr weiterkommt! Ich wünsche euch alles Glück und vergesst nicht, dass ihr euch mit eurer Familie aussöhnen müsst, wenn ihr nicht einen lebenslangen Fluch auf euer Glück laden wollt!«

Damit schob er sich den Brotknust zwischen die Zähne, sprang auf den Pferderücken und stieb davon, noch ehe sich die beiden bei ihm bedanken konnten. Unterwegs verzehrte er genüsslich das Brot und musste immer wieder grinsen, wenn er sich die Gesichter der jungen Leute in Erinnerung rief.

Plötzlich zuckte er zusammen, weil sein Blick auf einen noch weit entfernten Zug fiel, der aus bestimmt gut und gern rund dreißig Reitern bestand. Sie hielten die Entfernung zu ihm ein und mochten wohl aus bewaffneten Kriegsknechten und ein paar Adligen bestehen, die sie begleiteten und schützten. Rasch überlegte er, ob es für ihn Nachteile bringen könnte, ihren Weg zu kreuzen, und entschloss sich dann, sein Glück noch einmal zu probieren. Bis zum jetzigen Zeitpunkt hatte er immer Glück gehabt – warum nicht auch fernerhin? Noch bevor er sein Pferd erneut antreiben konnte, entdeckte er eine weitere Reitergruppe in genau entgegengesetzter Richtung. Die beiden Gruppen würden unweigerlich aufeinandertreffen, zwischen ihnen aber dehnte sich noch ein großes Waldstück aus. Peyr konnte sich keinen rechten Reim darauf machen, entschloss sich dann aber, auf die zuerst entdeckte Gruppe zuzuhalten und erreichte sie nach einer raschen Querfeldeinjagd kurz vor dem Waldstück.

Man hatte sein Näherkommen bemerkt und jetzt lösten sich aus der Reiterschar ein paar Männer, in denen er sofort Soldaten erkannte. Wer so ritt und so gewappnet war, schützte hohe Herrschaften, und Peyr rechnete sich ein paar Möglichkeiten aus, die ihm vielleicht nützlich sein konnten. Ruhig wartete er die Ankunft der fünf Männer ab, die ihn umringten und sich dann nach seinem Namen und seinem Weg erkundigten.

»Ich bin Peyr, Soldat im Dienste des Nürnberger Handelshauses zu Leupolth und eben auf dem Rückweg von Sevilla begriffen. Da bemerkte ich Eure Gruppe, die gewiss einen Adligen eskortiert und beschloss, zu euch zu reiten, um euch meine Mitteilung zu machen.«

»Mitteilung?«, schleuderte ihm der Anführer der fünf Reiter entgegen, ein finsterer, kleiner Bursche mit dicken Augenbrauen und einem Schnurrbart, dessen Enden weit über sein Kinn herunterhingen. Sie verliehen ihm ein trauriges Aussehen, was dem Mann wohl nicht bewusst war, denn er strich mit wohlgefälligem Grinsen über beide Barthälften.

»Ja, aber mir scheint, als könntest du keinen wohlriechenden Pferdefurz von einem stinkenden Ochsenfurz unterscheiden, Amigo!«

Mit diesen Worten trieb er sein Pferd mitten zwischen den Soldaten hindurch und preschte auf die Wartenden zu, die sich bei seiner Annäherung noch dichter um einen Mann scharten, während die überrumpelten fünf Reiter ihm nachsetzten.

Gerade wollte der mit dem langen Schnauzbart sich im Sattel aufstellen und Peyr ein Wurfmesser nachschleudern, als ihm eine mächtig donnernde Stimme ein unüberhörbares »Haltet ein!« entgegenschleuderte. Der Mann, der über eine so gewaltige Stimme verfügte, drängte sein Pferd durch den Halbkreis seiner Soldaten und trieb es neben Peyr, der eben anhielt und seinem Pferd den Hals klopfte.

»Wer bist du und was hat das alles zu bedeuten?«, bellte ihn ein Mann an, dessen kaum von der Sonne gebräuntes Gesicht blasiert und sehr von sich eingenommen wirkte. Ganz offensichtlich handelte es sich bei dem Mann um einen Adligen, wie es sich Peyr schon gedacht hatte. Nun war es an ihm, zu erklären, weshalb er in so scharfem Galopp aus dem Kreis der fünf anderen entkommen war.

»Euer Gnaden, Peyr, Soldat des Handelshauses zu Leupolth aus Nürnberg, das am Hofe seiner Katholischen Majestät Ferdinand II. durchaus bekannt ist und schon mehrfach Lieferant des berühmten Nürnberger Lebkuchens und einiger Fässer unseres guten Bieres war!«

»Ich bin Antonio Puga, Gesandter des Königs und unterwegs zur Küste.«

Der Gesandte machte eine nachlässige Handbewegung, so, als würde er ein Insekt verscheuchen. »Schon gut, Soldat, und weshalb reitest du in voller Karriere auf uns zu, als wolltest du uns angreifen?«

»Ich wollte Euch warnen, Euer Gnaden!«

»Warnen?« Der Gesandte warf seinen Bewaffneten einen spöttischen Blick zu, aber als sich Peyr nachdrücklich räusperte, hatte er sofort wieder seine vollständige Aufmerksamkeit.

»Ich möchte Euch nur in aller Demut darauf hinweisen, dass sich von der anderen Seite des Waldes eine bewaffnete Schar nähert.«

»Was?«, donnerte der Gewaltige. »Hauptmann! Ausschwärmen, Wald durchsuchen! Du aber, mein Bursche, wirst dich hübsch an meiner Seite halten, bis das nun geklärt wurde!«

Peyr rollte nur ergeben die Augen, während sich bis auf zehn Mann alle Begleiter des königlichen Gesandten im Wald verteilten. Bald wurden in der Ferne Rufe laut, und Don Antonio wechselte mehrfach Blicke mit den bei ihm ausharrenden Soldaten, bis endlich ein Ruf in der Nähe ertönte und seine Soldaten zurückkehrten.

»Ein geplanter Überfall, Don Antonio! Wir verdanken diesem Burschen, einem Hinterhalt buchstäblich im letzten Moment entkommen zu sein!«

Nachdenklich sah der Gesandte zu Peyr, dann nickte er ihm freundlich zu.

»Vielen Dank, mein Freund, wahrscheinlich hast du uns eine Menge Ärger erspart. Du sagst, du kommst aus Nürnberg und bist vermutlich auf dem Heimweg. Wir sind unterwegs zur Küste, wo uns ein Schiff nach Genua erwartet. Wenn du dich uns anschließen willst, bist du mir herzlich willkommen. Und von Genua aus erreichst du deine Heimat schneller als auf dem Landweg.«

Peyr nickte und bedankte sich artig.

»Besser könnte ich es nicht treffen, Don Antonio. Ich danke Euch sehr!«

9.

Nürnberg, die Nacht vor Pfingsten im Jahre 1502

»Wenn uns jemand hier erwischt, sind wir dran, das ist dir hoffentlich klar, Metze!«

Der wieselgesichtige Metze Losekann hatte die kleine Blendlaterne an drei Seiten geschlossen, sodass ihr Schein nur auf die dunkle Erde vor ihnen fiel. Er stieß einen unwilligen Grunzlaut aus und nahm den Spaten wieder auf, den er bei den Worten Valentins kurz sinken gelassen hatte.

»Wenn du etwas weniger sprechen würdest und dabei schneller schaufelst, verringert sich mit jedem Spatenstich die Gefahr einer Entdeckung!«

Verstimmt über diese Antwort schaufelten beide schweigend weiter, bis Valentin sich plötzlich bückte und die lose Erde etwas beiseite wischte.

»Woher wissen wir überhaupt, dass hier die richtige Stelle ist?«, erkundigte er sich dabei und unterbrach erneut seine Arbeit.

»Es ist der Müllergeselle Ertwin gewesen, der damals etwas beobachtet hatte, aber aus Angst, dass man ihn selbst beschuldigen könnte, geschwiegen hat. Grab endlich weiter und rede nicht so laut!«

Kaum hatte Valentin den Spaten erneut in die Erde gestoßen, gab es einen leisen, dumpfen Laut.

»Hier ist wirklich etwas!«

»Habe ich nie bezweifelt, Val!«

Beide hoben noch mehrfach Erde aus, dann hatten sie einen schon zum Teil verrotteten Sack freigelegt. Als Metze jedoch zupackte und daran zerrte, zerriss er mit einem hässlichen Laut und gab zum größten Teil seinen Inhalt frei. Vor ihnen lagen die Reste eines hier verscharrten Menschen, und als Valentin die Blendlaterne hob, erkannten sie noch ein paar blonde Haarbüschel, die an dem Schädel klebten.

»Nun, blond ist schon mal richtig!«, bemerkte Metze kühl, während Valentin jetzt weiter mit den Händen die Erde um den Körper zur Seite schaufelte.

Plötzlich hatte er einen Schuh in der Hand oder vielmehr den verschimmelten Lederrest, der noch die Schuhform erkennen ließ. Als er ihn im Schein der Laterne näher untersuchte, musste er würgen.

»Du weißt, wie sie sich das Maul zerrissen haben, dass die Tochter eines Müllers mit solchen Schuhen zum Pfingsttanzen gegangen ist!«, sagte Metze nach einem raschen Blick auf das Leder. »Noch immer ist die ungewöhnlich grüne Färbung des Leders zu erkennen.«

Schweigend starrte Valentin auf die Tote, während ihm das kalte Grausen durch die Glieder fuhr und er sich wie im Fieber schüttelte.

»Sie hatte extra den Saum ihres Kleides gekürzt, damit man ihre Schuhe bei der Courante (Tanz) sah. Auch das wurde von vielen als ungehörig vermerkt. Metze, du hattest recht, es kann sich nur um Grit handeln, die Tochter des Müllers.«

»Hilf mir, die Überreste in den Handwagen zu legen. Es war doch gut, dass ich darauf bestanden habe, die alten Decken mitzunehmen. Ich hoffe nur, dass Medicus Stromer uns nicht im Stich lässt und in dem Wäldchen beim Kartäusertor auf uns wartet!«

»Falls es ihm zu lange gedauert hat, bringen wir den Wagen mit den Resten der Toten in das Wäldchen und lassen ihn da bis zum Morgen, wenn die Stadttore wieder aufmachen und wir ungehindert passieren können.«

»Mir wäre es mit dem Medicus erheblich angenehmer, falls eine der Wachen doch einmal einen neugierigen Blick auf die Ladung werfen will!«

Doch die Sorgen waren unbegründet. Medicus Stromer von Reichenbach erwartete sie wie vereinbart mit einem Fuhrwerk unter den Bäumen. Gemeinsam luden sie den Sarg davon ab, betteten die sterblichen Überreste der Aufgefundenen hinein und schoben den Sarg wieder auf das Fuhrwerk des Arztes, anschließend auch den kleinen Karren. Schließlich hockten sie sich zusammen auf den Kutschbock, und Valentin wie auch Metze zogen sich die Kapuzen ihrer dunklen Umhänge über den Kopf, während das von einem Pferd gezogene Fuhrwerk zum Kartäusertor rumpelte.

Medicus Stromer hatte durch dieses Tor die Stadt verlassen und darauf hingewiesen, dass er einen verstorbenen Patienten noch heute in sein Haus bringen musste, um rechtzeitig Maßnahmen gegen eine Ausbreitung der Pocken zu verhindern, sollte der Tote daran gestorben sein, wie man ihm gesagt hätte.

Tatsächlich öffnete auf sein energisches Klopfen jemand das kleine Fenster im Tor und ein misstrauisches Gesicht starrte heraus. Wenig später öffneten sich knarrend die beiden Torflügel, die Wache leuchtete noch einmal kurz die Männer neben dem Medicus an, die er schon beim Verlassen der Stadt als seine Helfer vor Ort angemeldet hatte.

Es war schon weit nach Mitternacht, der Wachtposten müde, niemand nahm daran Anstoß, dass der Medicus noch mit einem Sarg und zwei Gehilfen zurückkehrte. Zwar hatte der Hauptmann leise vor sich hin geflucht, als ihm die Wache von dem Sarg berichtete und gemeint, dass ein möglicher Pockentoter ja nicht unbedingt in die Stadt gebracht werden sollte, aber Medicus Stromer war ein zuverlässiger Mann und zudem vom Rat der Stadt bestellt, um die Gefahr möglicher Seuchen so früh wie möglich zu erkennen.

Die beiden jungen Männer halfen natürlich, den Sarg in seinen Keller zu tragen, nahmen anschließend den Handkarren wieder mit sich und kehrten zum Handelshaus zurück, wo sich Valentin kaum eine Stunde später noch immer unruhig auf seinem Lager hin und her wälzte und das Bild von der blonden, lachenden Grit nicht mehr aus dem Kopf bekam, so sehr er sich auch wünschte, Osanna Ortsee heraufbeschwören zu können. Als er dann endlich eingeschlafen war, schreckte er aus einem Albtraum hoch, in dem er mit Osanna einen Hüpftanz ausführte, bei der sie immer mehr von ihrem schönen Äußeren verlor, bis er schließlich nur noch das Skelett in den Armen hielt, dessen leere Augenhöhlen ihn anzustarren schienen. Schweißgebadet schreckte er hoch und hatte lange Zeit Mühe, sich in seiner dunklen Kammer zurechtzufinden.

Als am Pfingstsonntag die Sonne kräftig in sein Fenster schien und die Helligkeit ihn blendete, sprang er rasch auf, kleidete sich an und eilte hinunter in das Comptoir, wo er bis zum Erscheinen von Barbel und Johann so tat, als würde er wichtige Dokumente durchsehen.

»Was ist jetzt mir dir, Valentin? Wir wollen zur Kirche!«, rief ihm Barbel Eisfeld vom Flur aus zu, und er schrak hoch. *Bin ich hier am Tisch eingeschlafen? Dabei läuten schon die*

Glocken — was sollen die Leute von uns denken, wenn wir nicht pünktlich auf unseren Bänken sitzen! Verfluchter Mühlkragen, verschmutzt und verdreckt und außerdem auch...

Barbel hatte keine Antwort auf ihr Klopfen gehört und deshalb die Tür geöffnet.

»Valentin? Oh nein, mit dem Kragen kannst du nicht am Pfingstsonntag in die Kirche gehen! Warte, hier in dieser Truhe liegt ein sauberer von deinem Vater!«

»Aber ich kann doch nicht...«

»Papperlapapp! Du glaubst doch wohl nicht im Ernst, dass Harlach jetzt hereinspaziert kommt und sagt: *Ich muss sofort den sauberen Kragen umlegen, wenn ich aus Sevilla extra anreise, um mit Euch zur Kirche zu gehen!*«

Valentin brummte zwar etwas Unverständliches als Antwort, aber die Aussicht, heute wieder die schöne Osanna Ortsee zu treffen, hob seine Stimmung, und als sie vor der Kirche eintrafen, schlug sein Herz wieder heftig. Dort stand sie, unverkennbar mit ihren rötlich-blonden Haaren, die im grellen Sonnenschein dieses besonderen Sonntages einen goldenen Glanz erhielten. Und — ihm stockte der Atem — denn sie streckte sich und hob die Hand, um ihm zuzuwinken. Dadurch drehten sich nun auch die Köpfe der sie umstehenden Familienmitglieder herum, und die beiden jungen Herren an der Seite von Barbel Eisfeld verbeugten sich artig, um dann rasch die Kirche zu betreten. Doch Osanna zögerte keinen Moment, sondern schritt nahezu gleichzeitig los, sodass sie unweigerlich an der Kirchentür auf Valentin treffen musste. Als der sich noch einmal vor ihr verneigte und ihr den Vortritt ließ, raunte sie ihm leise zu: »Um fünf Uhr des Nachmittages vor dem Hallerthor!«

Damit war sie schon in der Kirche verschwunden, und Valentin spürte, wie ihm das Blut in den Kopf schoss. Es erging ihm nun kaum anders als beim ersten Erblicken der schönen Hamburgerin. Er konnte sich nicht auf die Messe konzentrieren, suchte immer wieder ihren Blick, und als sie endlich so tat, als hätte sie ihn eben erst an Barbels rechter Seite ausgemacht, wobei links von ihr Johann saß, schien erneut das Blut in seinen Adern zu kochen. Immer wieder blickte er über die Köpfe der anderen Kirchgänger zu Osanna. Sie aber sah nur noch ein einziges Mal in seine Richtung.

Aber die Dinge, die mit der Entdeckung der toten Grit ins Rollen gekommen waren, schienen noch nicht vorüber zu sein. Fast schien es, als würden sich über dem Haus zu Leupolth dunkle Wolken sammeln. Wieder war es Valentin, der sich durch die Menge drängelte, als die Messe beendet war, in der Hoffnung, Osanna noch kurz zu sprechen. Tatsächlich stand sie ebenfalls schon vor der Kirche, und neben ihr weitere Mitglieder der Familie von Heroldsberg. Jetzt trat auch der alte Geuder von Heroldsberg hinzu. Während Valentin zu Leupolth so tat, als würde er nur dicht an der Gruppe vorüberschreiten, trat plötzlich hinter den anderen Hieronymus Vestenberg hervor und gab ihm ein Zeichen.

So hatte er jedenfalls einen Vorwand, näherzutreten, grüßte die anderen höflich und trat dann mit Vestenberg ein paar Schritte beiseite, wobei er sich erstaunt erkundigte, ob er denn gerade erst wieder nach Nürnberg zurückgekehrt sei.

»Wohl bin ich noch am späten Abend zusammen mit Enndlin aus Augsburg zurückgekommen, muss Euch aber noch heute in einer dringenden Angelegenheit sprechen, Herr zu Leupolth!«

»Am heiligen Sonntag? Hat das nicht Zeit bis später?«

»Bedaure, keinen Aufschub, wenn ich bitten darf. Es könnte sich von Nachteil für unsere Häuser erweisen!«

»Dann gegen drei Uhr des Nachmittags, Herr Vestenberg, wenn ich bitten darf!« Die beiden verbeugten sich kühl voreinander, und Valentin hatte nur noch einen Gedanken: *Er weiß es! Er hat erfahren, wie ich auf Osanna vor dem Haus gelauert habe und wird mich darauf festnageln! Meine Güte, was kann ich dafür, wenn ich erst jetzt meine Leidenschaft für Osanna Ortsee entdeckt habe, die ich doch früher gar nicht kannte!*

Äußerst missgelaunt kehrte er in das Haus zurück und beteiligte sich auch nicht am gemeinsamen Mittagessen. Er hatte Johann und Barbel erklärt, dass der alte Vestenberg sie noch am heutigen Pfingstsonntag aufsuchen wolle, und er sich deshalb mit den letzten gemeinsamen Handelsverträgen vertraut machen wollte, die ihre beiden sich sonst so fremden Häuser verband.

»Ich kann dir doch dabei helfen, Valentin!«, schlug Johann vor.

»Nein, das muss ich allein durchgehen. Ich kenne mich in dem spanischen Geschäft besser aus als du, weil mich Vater vor seiner Abreise noch ausführlich eingewiesen hat. Ich denke mir, wenn der Vestenberg erst jetzt von seiner Reise zurückgekehrt ist und er verlangt, mich noch am Sonntag zu sprechen, dann kann es nur um diese Geschäfte gehen!«

»Du meinst den neuen Zweig des Gewürzhandels, von dem uns Richard von Oertzen berichtet hatte?«

Valentin zog die Schultern hoch.

»Was könnte sonst so wichtig sein, Johann?«

»Also gut, aber du weißt, wie gern ich Rechnungen durchsehe und nachrechne. Wenn du meine Hilfe brauchst, ich bin sofort bei dir!«

Etwas geistesabwesend nickte Valentin und war gleich darauf im Comptoir verschwunden.

Hieronymus Vestenberg war mit dem Glockenschlag drei Uhr im Leupolthschen Haus und ließ sich melden. Johann hörte, wie der Hausknecht ihn hereinführte, wartete ab, bis er bei seinem Halbbruder in das Comptoir eintrat und folgte ihm auf dem Fuße. Dabei erwartete er, böse Blicke von Valentin zu erhalten, aber nichts dergleichen geschah. Vielmehr war er erschrocken über das wachsbleiche Gesicht und meinte sogar, ein unsicheres Vibrieren in dessen Stimme zu hören, als er den Patrizier begrüßte. Johann beeilte sich, seinen Eintritt mit dem Zurechtrücken von zwei Stühlen zu begleiten, sodass gleich darauf alle drei um den mit Urkunden und Schriftstücken überladenden Tisch saßen.

Valentin nickte ihm kurz und mit sorgenvoller Miene zu, dann räusperte sich Vestenberg mehrfach vernehmlich und begann seine Rede.

»Wie Ihr vielleicht gehört habt, war ich für einige Zeit in Augsburg und habe geschäftliche Dinge mit Herrn Jakob Fugger von der Lilie besprochen.«

Hieronymus Vestenberg hielt für einen Moment inne und musterte die beiden Brüder, die seinen Blick ruhig erwiderten. Nur die nervös mit einem Schriftstück spielenden Hände Valentins zeigten Johann an, dass er mit dieser Situation bereits gerechnet hatte. Herr Vestenberg räusperte sich erneut und fuhr dann fort:

»Euer Vater hat einen hohen Kredit bei dem Herrn Fugger aufgenommen. Daran waren bestimmte Dinge gebunden, Sicherheiten, wie sie bei der Höhe des Kredites üblich sind.«

»Ist uns bekannt, Herr Vestenberg, wenn Ihr bitte zur Sache kommen wollt!«, ließ sich Valentin hören, und nur Johann fiel die heisere Stimme auf. Ratsmitglied und Fernhändler Hieronymus Vestenberg, Erzfeind und Konkurrent des Hauses zu Leupolth und möglicher Schwiegervater Valentins, hieb blitzschnell mit der flachen Hand auf die Tischplatte.

»Ich bin bereits mitten in der Sache, um die es geht, Leupolth!«, antwortete er mit ungewöhnlicher Schärfe. »Wenn Ihr schon so schlau tut, wird Euch auch bekannt sein, dass die Familie Fugger eine Faktorei in Antwerpen betreibt, über die sie einen großen Teil ihres Fernhandels abwickelt. Euer Vater Harlach war es nun, der versucht hat, gemeinsam mit Jakob Fugger ein Geschäft zu finanzieren, nachdem er es auch mir unterbreitet hatte. Ich war durchaus interessiert, beteiligte mich letztlich nach einem Gespräch mit Jakob Fugger auch und muss nun in Augsburg erfahren, dass dieses Geschäft nicht zustande gekommen ist, ja, mehr noch – die Termine für die erste, größere Rückzahlung verstrichen sind.«

»Herr Vestenberg, warum erzählt Ihr uns Dinge, die uns längst vertraut sind?«, erkundigte sich nun Valentin, das Gesicht noch um eine Spur blasser, aber dabei mit gefasster Stimme. »Johann und ich wurden von unserem Vater eingeweiht. Es ging darum, dass unsere beiden Handelshäuser mit Unterstützung des Fuggers die Faktorei in Sevilla ausbauen wollten, um dem übermächtigen Gewürzhandel der Portugiesen etwas entgegenzusetzen. Fugger hatte sich allerdings das Recht vorbehalten, eine eigene Faktorei in Lissabon einzurichten. Und wenn er jetzt, bevor mein Vater von seiner Geschäftsreise zurückgekehrt ist, von überfälligen Rückzahlungsterminen spricht, so ist das nicht Rechtens und schon gar nicht guter Kaufmannsbrauch. Ich erkläre Euch hiermit, dass der Herr Jakob Fugger über jeden Schritt meines Vaters informiert wurde!«

Johann schluckte mehrfach heftig, denn er erahnte, was auf ihr Haus zukommen konnte. »So, das mag ja auch alles zutreffen, Herr zu Leupolth. Allerdings hatte der Herr Fugger allen Grund zu einem Kontakt mit mir, weil er sehr beunruhigende Nachrichten aus Sevilla erhalten hat, die unser dortiges Unternehmen betreffen.«

»Hat er das?«, antwortete Valentin jetzt und brachte sogar ein kleines Lächeln zustande.

»Jetzt hört sich doch alles auf!«, wurde Vestenberg laut und schlug erneut auf die Tischplatte. »Da tut dieser Gimpel so, als wäre alles in bester Ordnung und ich, der ich Eurem Vater die Hand zur Versöhnung gereicht habe, der bereit war, gemeinsam mit ihm in dieses Geschäft einzusteigen, von dem sich Euer Vater hohe Gewinne versprach, muss von Eurem Statthalter in Sevilla erfahren, dass die Karavelle schon vor Wochen in einem Sturm gesunken ist.«

»Aber das ist doch gar nicht wahr! Warum sollte außerdem von Oertzen so etwas behaupten und anstatt uns zu benachrichtigen, sich an Fugger in Augsburg wenden?«

Vestenberg zog die Schultern hoch und fletschte plötzlich seine gelben Zähne zu einem hässlichen Grinsen. »Er wird wohl seine Gründe für dieses Handeln gehabt haben. Jedenfalls habe ich hier eine ganze Menge von Depositenzetteln sowie Wechsel auf Euer Haus bekommen, die nun fällig sind.«

Jetzt war es mit Valentins Beherrschung vorüber. Er sprang auf und eilte um den Tisch herum, wo ihm jedoch sein Halbbruder den Weg versperrte.

»Valentin, ich bitte dich!«, raunte er ihm zu und konnte ihn schließlich nach einem raschen Blickwechsel aufhalten. Der junge zu Leupolth, der wirklich einen Moment lang dabei war, sich auf den alten Vestenberg zu stürzen, griff stattdessen zu einigen Papieren, die Vestenberg bei dem Gespräch auf den Tisch gelegt hatte.

Sein Blick flog über die Dokumente, dann auf die Unterschrift, bevor er sie mit einer raschen Handbewegung auf den Tisch warf. Schweigend starrte er Vestenberg an, dann schritt er langsam zu seinem Platz zurück und ließ sich darauf fallen.

»Nun, Herr Valentin zu Leupolth? Es dürfte sehr schwer für Euch werden, diese Schulden zu begleichen, nicht wahr?«

»Und Ihr wollt mir wirklich erklären, dass Ihr diese... Papier vom Fugger gekauft habt?«

Mit einem listigen Lächeln tippte sich der alte Patrizier an die Nase.

»Nein, Fugger hat mir einen Handel vorgeschlagen. Ich habe ihm meinen Anteil an dem Geschäft abgetreten. Er wird in der nächsten Zeit auf Euch zukommen, und ich befürchte, dass er nicht so rücksichtsvoll dabei ist wie ich. Jedenfalls drückte sich Jakob Fugger so aus, dass er nicht auf die Rückkehr Eures Vaters warten wird. Und diese

Papiere kaufte ich bei einem anderen Geldverleiher, Ihr werdet ihn gewiss kennen.«

Valentin hatte sich wieder gefangen, seine blassen Wangen bekamen plötzlich sogar wieder Farbe, und mit einer verächtlichen Handbewegung deutete er auf die Papiere, die Vestenberg jetzt lächelnd wieder einsteckte.

»Gut und schön, die Karten liegen auf dem Tisch. Mit dem Haus Fugger werde ich reden, das wird sich regeln lassen. Was Ihr jedoch da treibt, ist eines Nürnberger Kaufmanns und Mitglied des Rates nicht würdig. Ich werde Euch noch heute dem Rat anzeigen und Euch dem Landvogt melden.«

»Was untersteht Ihr Euch, Leupolth! Versteht Ihr nicht, dass es um die Existenz Eures Hauses geht? Und da wagt Ihr es, mir zu drohen?«

»So ist es, Herr Vestenberg, denn eines kann ich auf die Bibel beschwören: Diese Papiere sind sämtlich gefälscht!«

»Was!«, schrie der alte Patrizier und erhob sich mit ungeahnter Schnelligkeit von seinem Sitz. »Sie tragen alle die Unterschrift Richard von Oertzens, Eurem Vertreter in Sevilla!« Bei diesen Worten schienen dem alten Kaufmann die Augen buchstäblich aus dem Kopf zu quellen. Sein Gesicht war dunkelrot angelaufen, seine Stimme überschlug sich, und der ausgestreckte Zeigefinger zitterte heftig.

»Und wurden alle von ihm gefälscht! Es wird Euch schwerfallen, das Gegenteil zu beweisen. Schaut doch einmal auf die Daten der Ausstellung, Herr Vestenberg! Sie wurden alle auf den Juni des Jahres 1500 datiert, habt Ihr das wohl bemerkt?«

Vestenbergs Hand zitterte noch stärker, als er sie jetzt wie zur Abwehr des Bösen mit gekreuztem Zeige- und Mittelfinger gegen Valentin erhoben hatte. Aber schließlich gelang es ihm, noch einmal die Papiere aus seinem seidenen Wams zu zerren und einen Blick auf Datum und Unterschrift zu werfen. Hastig durchwühlte er alle, und sank dann mit einem Klagelaut auf den Stuhl zurück.

Johann war ebenfalls aufgesprungen und eilte zu dem schwer atmenden Mann, dessen Gesicht sich allmählich bläulich verfärbte. Die Zunge hing ihm ein Stück heraus, die Augen waren leicht verdreht, sodass man das Weiße sehen konnte.

»Mein Gott, Valentin, der alte Mann stirbt uns unter den Händen!«

»Schick den Hausknecht zu Medicus Stromer, aber schnell. Ich rufe Barbel, dass sie uns bei einem Aderlass hilft!«

»Gut, und du bist dir da mit den Wechseln vollkommen sicher, Val?« Johann sprach plötzlich flüssiger als jemals zuvor. Die gefährliche Situation schien seine Sprachhemmung auf einen Schlag aufzuheben.

»Natürlich! Sie wurden alle bereits sechs Monate vor Eröffnung unserer Faktorei in Lissabon ausgestellt. Zu der Zeit befand sich von Oertzen noch in Augsburg.«

»Und – es ist seine Handschrift?«

»Kein Zweifel möglich, Johann, vergleiche seine verschiedenen Aufstellungen. Wir müssen uns klarmachen, dass wir Richard von Oertzen schnellstens das Handwerk legen müssen, bevor er noch mehr Schaden anrichtet. Nicht auszudenken, was da in der Faktorei in Sevilla geschieht, wenn Vater dort so unvermutet auftaucht!«

Damit beendeten die beiden jedoch ihr Gespräch, denn der ohnmächtige Kaufmann erforderte ihre ganze Aufmerksamkeit. Barbel hatte eine Magd gerufen und begann, gemeinsam mit ihr Vestenberg kalte Umschläge auf Stirn und Handgelenke zu legen, bis der Medicus endlich eintraf.

Schon beim Anlegen der Presse und noch weiter beim ersten Aderschnitt hatte Valentin das Gefühl, dass hier alle Hilfe zu spät kam. Der Medicus hatte sich beeilt, aber schon, als er sich über Vestenberg beugte, bestätigte er mit den Worten: »Das habe ich schon lange erwartet«, dass hier keine menschliche Hilfe mehr helfen konnte. Der Hausknecht musste einen Geistlichen holen, und in der nächsten Stunde trug man den toten Patrizier aus dem Haus seiner schärfsten Konkurrenten. Medicus Stromer, der dem Fuhrwerk nachsah, drehte sich zu den beiden Halbbrüdern um und sagte: »Eurem Vater habe ich es auch damals gesagt. Die Völlerei ist der Tod der Reichen, und er hat auf mich gehört. Bei Vestenberg waren die Säfte schon lange nicht mehr im Einklang, aber er wollte nicht auf mich hören. Ein Übermaß an Schwarzer Galle, sonst häufig bei den Frauen zu finden, mag auch in seinem Fall zum Tod geführt haben. Wer überbringt die schlechte Nachricht in das Haus der Vestenbergs?«

»Das werde ich übernehmen müssen!«, sagte Valentin mit leiser Stimme. Er drückte sich gewiss nicht vor dieser unangenehmen Aufgabe, aber der Gedanke, dass nun Enndlin mit dieser schrecklichen Nachricht durch einen Fremden überrascht wurde, behagte ihm noch weitaus weniger. So wollte er sich schon auf den Weg machen, als der Medicus mit dem Kopf auf die Tür zum Comptoir deutete.

»Auf ein Wort, Ihr Herren!« Dabei warf er einen scheuen Blick in den Flur, aber Barbel Eisfeld hatte sich nach dem Tod Vestenbergs zurückgezogen. »Also, Eure Mutmaßung, es handle sich bei der Toten um die Grit Georgi, hat sich bestätigt. Ich habe noch zwei Personen, die sie gut kannten, nach den Schuhen befragt und die Bestätigung bekommen, dass solche von der Müllertochter getragen wurden. Ihr Kopf wurde mit einem schweren Gegenstand zertrümmert, aber man hat sie nicht nach ihrer Ermordung an der Stelle begraben, die Ihr mir genannt habt.«

»Was? Wieso nicht?«

Der Medicus zog ein pfiffiges Gesicht, dann sprach er mit leiser Stimme weiter.

»Alle Anzeichen an dem verwesten Körper deuten darauf hin, dass man die junge Frau zunächst ins Wasser geworfen hat. Aus welchem Grund auch immer muss ihr Körper zu einem späteren Zeitpunkt wieder aufgetaucht sein und wurde dann beerdigt.«

»Aber – das ist ja... unglaublich!«

»Tja, aber vertraut mir, ich habe schon öfter Wasserleichen in den verschiedensten Stadien gesehen, und Grit hat einwandfrei einige Zeit im Wasser gelegen. Und noch etwas. Das Skelett der Toten ist vollständig, bis auf einen Finger.«

»Ein Finger fehlt... der Grit?«, stieß Valentin gequält hervor, denn er hatte Schwierigkeiten, den Namen der Toten auszusprechen. Was er von ihr gesehen hatte, hatte so wenig Ähnlichkeit mit dem schönen Körper der sinnlichen Müllertochter.

»Der mittlere Finger der rechten Hand, und er wurde nicht etwa von einem Tier geschnappt, sondern vermutlich von ihrem Mörder entfernt. Es gibt noch erkennbare Spuren an den Knöchelchen des zweiten und vierten Fingers. Für mich ein Hinweis darauf, dass jemand dort den mittleren Finger mit einem Beil abgetrennt und dabei wenig Rücksicht auf den Rest der Hand genommen hat.«

»Oh wie schrecklich!«, keuchte Johann und atmete heftiger.

»Was bedeutet das jetzt für die Tat?«

»Das weiß ich nicht, aber wir müssen es in jedem Fall dem Rat vortragen. Ich kann nur vermuten, dass der Mörder ihr den Finger abgeschlagen hat, an dem sie einen Ring trug, durch den man vielleicht die Tote erkannt hätte. Und natürlich muss jemand dem Müller Nachricht vom Fund seiner toten Tochter geben.«

»Aber bester Medicus – das müsst Ihr übernehmen, zwei solche Nachrichten an einem Tag zu überbringen sind ein wenig... zu viel, zumal man mir immer nachgesagt hat, dass ich schuld am Verschwinden von Grit sei.«

Medicus Stromer schenkte ihm einen kritischen Blick.

»Und – seid Ihr, Valentin?«

Doch bevor der junge Patrizier darauf eine heftige Antwort geben konnte, ergriff der Arzt die Tasche mit seinen Instrumenten, war zur Tür hinaus und kehrte in sein Haus zurück.

10.

Nürnberg, Pfingstsonntag

Eines musste man Valentin zu Leupolth zugestehen.

Im Falle einer schrecklichen Nachricht, bei einem Unfall im Lagerhaus oder einem tödlichen Ausgang einer nächtlichen Auseinandersetzung nach dem ausgiebigen und maßlosen Alkoholgenuss unter Freunden, stand er zu seinem Wort. Auf diese Weise hatte er öfter den Eltern seiner Saufkumpane schlechte Nachrichten überbringen müssen und hatte an ihrer Seite als erster Tröster ausgehalten.

Doch was heute in ihm vorging, konnte niemand nachvollziehen, aber auch nicht beschreiben. Der Hausknecht der Familie Vestenberg hatte ihn kurz und sehr abweisend gemustert, was bei Valentin eine typische Reaktion verursachte: Er sah sehr von oben herab auf die Knechte und Mägde, mit denen er es notgedrungen zu tun hatte. Als dann aber die schöne Enndlin vor ihm stand, war es mit seiner Fassung vorüber. Nur stockend konnte er berichten, dass ihr Vater zu ihm in einer geschäftlichen Angelegenheit gekommen war, plötzlich einen heftigen Anfall erlitt und starb, als Medicus Stromer gerade das Haus betreten hatte. Enndlin starrte ihn an, die von ihm einst so geliebten braunen Augen weit geöffnet, die roten Lippen zu einem schmalen Spalt zusammengepresst. Heute sah sie völlig anders aus, viel reifer als bei ihrer letzten Begegnung. Vermutlich lag es daran, dass sie ihre Haarpracht zusammengebunden hatte und unter einer dunkelgrünen Samthaube mit Ornamenten verbarg, ganz passend zu ihrem herrlichen Kleid aus kostbarem Samt, das ihre schlanke Figur so vorteilhaft unterstrich.

Und diese Erscheinung hatte auch Einfluss auf Valentin zu Leupolth.

Zunächst einmal schämte er sich sehr für sein Verhalten, schien mit einem Schlag wie von einem nur kurz anhaltenden Rausch ernüchtert zu sein, und gab sich nicht nur als Freund der trauernden Enndlin, sondern als der ihr nach dem Tod des geliebten Vaters am nächsten stehende

Mensch, der noch vor Kurzem bei jedem Eid geschworen hätte, diese Frau bis an das Ende seiner Tage zu ehren und zu lieben. Bis dann Osanna Ortsee in sein Leben trat. Und obwohl er Enndlin zum Greifen nahe vor sich hatte, ihr nach der schrecklichen Botschaft vom Schmerz wie versteinert wirkendes Gesicht dicht vor seinem war, musste er zunächst gewaltsam das Bild von Osanna verdrängen, was ihm nicht vollständig gelang.

Enndlin hatte die Nachricht vom Tod ihres Vaters zunächst stumm aufgenommen und schien auf eine Reaktion von Valentin zu warten. Doch der blieb ebenso stumm und steif stehen wie ein Fremder. Erst, als sich die Lippen Enndlins bewegten, einen Namen formten, und dann plötzlich einen wilden, kaum menschlichen Schrei ausstießen, wurde etwas in Valentin bewegt und veränderte den bewegungslos Verharrenden. Er erkannte die hilflose, junge Frau vor sich und konnte plötzlich gar nicht mehr anders, als seine Hände nach ihr auszustrecken, sie an sich zu ziehen, und Kopf an Kopf mit ihr im gleichen Rhythmus zu atmen und zu fühlen.

Dann kam das vertraute Gefühl der Nähe wieder, mischte sich mit ihrem Körpergeruch und dem frischen Duft von Blumen, und Valentin schmiegte seine Wange an ihre, presste ihren bebenden Körper an sich, strich ihr mit der einen Hand beruhigend über den Rücken, der von ihrem Schmerz geschüttelt heftig bebte.

»Es tut mir leid, Enndlin, so unendlich leid! Was immer jetzt geschieht, ich bin an deiner Seite! Sprich mit mir, und ich werde alles tun, um dich wieder lächeln zu sehen!«

Aber Enndlin war nicht in der Lage, auch nur ein einziges Wort zu flüstern. Nur stumm presste sie sich an Valentins Körper, und dessen Lippen strichen sanft über ihren Hals, seine Hände kosten ihren Rücken, ihre Hüften und... Sie hatte irgendwann das Gefühl, zu schweben, einfach loslassen zu können, weil da jemand war, der sie festhielt und beschützte.

Es dunkelte bereits, als er das Trauerhaus mit dem Versprechen verließ, schon am frühen Morgen zurückzukehren und sich um alle erforderlichen Dinge zu kümmern. Selbstverständlich würde er auch mit dem Rat der Stadt und vor allem, dem Gildemeister sprechen.

»Enndlin, ich werde Barbel Eisfeld bitten, heute Abend zu dir zu kommen und bei dir so lange zu bleiben, wie du ihren Trost haben möchtest. Sie sagt manchmal etwas sehr Weises, und mein Vater liebt diesen Ausspruch: ‚Ich bin nur ein Grashalm im Wind, wie wir alle! Der Wind bewegt uns, drückt uns nieder und richtet uns auf, aber wir müssen stark sein und widerstehen können! Gott der Herr wacht über uns und hat uns lieb.' Das gibt uns Trost in solchen Augenblicken, und alles Weitere wird sich finden!«

Noch einmal eilte sie nach diesen Worten in seine Arme, und schließlich schieden die beiden mit einem zarten Kuss. Als Valentin in die kühle Abendluft trat, fühlte er, dass er richtig gehandelt hatte. Die schöne Osanna Ortsee, die nun vergeblich vor dem Hallerthor auf ihn gewartet hatte, wäre nicht mehr als eine weitere Affäre, und würde wieder vergessen sein, wenn sie mit ihrer Familie nach Hamburg zurückkehrte. Er schalt sich einen Narren, seine Enndlin zu schmählich verraten zu haben, und schwor sich zugleich, das alles wieder gutzumachen. So beschäftigt mit seinen Gedanken, achtete er nicht auf seine nähere Umgebung und bemerkte deshalb auch nicht die Gestalt, die in einen dunklen Umhang gehüllt war und das schlichte, schmucklose Barrett tief in die Stirn gezogen hatte. Mit raschen Schritten war sie an seiner Seite, und Valentin zuckte zusammen, als er die spöttische Stimme Metzes neben sich vernahm.

»Hast du der jungen Waise dein Mitgefühl ausgesprochen, Val?«

»Wo zum Teufel kommst du jetzt her, Metze? Schnüffelst du mir etwa nach?«

»Na hör mal, Val, ich bin vom Sonnenaufgang bis spät in der Nacht für dich unterwegs und habe mich sehr angestrengt, um drohendes Unheil von dir abzuwenden – und werde so schroff von dir begrüßt?«

Valentin zu Leupolth gab nur ein unwilliges Brummen von sich und dachte nicht daran, seinen Schritt zu verlangsamen, als Metze ihm plötzlich eine Hand auf die Schulter legte und ihn schließlich mit festem Griff anhielt.

»Was?«, fauchte ihn Valentin an.

»Der Ring!«, antwortete Metze und näherte sein Wieselgesicht dem des jungen Kaufmanns. »Du erinnerst dich vielleicht noch an die beiden Ringe? Den aus dem Mehlfass und den ähnlichen, nur schmaleren, ja, dämmert es dir, Val?«

»Komm schon, lass mich nicht weiter herumraten, Metze! Seit dem Entdecken der toten... Grit... Ich will...« Erneut stockte Valentin und starrte Metze Losekann mit einem Gesicht an, in dem sich deutlich seine Angst spiegelte.

»Nun, lass uns einen Augenblick hier in die Gasse treten, wo man uns nicht sofort bemerkt. Ich habe heute, am heiligen Sonntag, den Goldschmiedemeister Michael Holteisen gesprochen. Es war sein Zunftzeichen in den Ringen, und er bestätigte mir, dass er sie einst für Mutter und Tochter in identischer Form angefertigt hat.«

»Für Mutter und Tochter?«, wiederholte Valentin.

»Ja, und zwar für die Ehefrau und die Tochter des Müllers Georgi!«

»Was sagst du da? Metze, wenn das wahr ist...«

»Ist es, mein Freund. Du weißt, dass du dich auf Metze Losekann verlassen kannst, felsenfest. Ich habe zwei Stadtsoldaten mitgenommen und bin zum Müller gegangen. Als er die beiden Ringe erblickte, griff er zu einem scharfen Messer und wollte mir an die Gurgel gehen.«

»Der... Müller...?«

»Mein Gott, Valentin, spreche ich denn so undeutlich, dass du alles wiederholen musst? Ich brauchte noch nicht einmal die Hilfe der Stadtsoldaten, als ich ihm das Messer aus der Hand schlug und ihm mit der Faust die Nase zertrümmerte. Ha, das hättest du sehen sollen, Val! Als ihm das Blut aus der Nase schoss, brach der Kerl wimmernd zusammen und gestand alles!«

»Gestand alles – was um Himmels willen, gestand der Müller?«

»Und ich habe immer geglaubt, dass ein so Hochgeborener wie du vom lieben Gott ein Pfund mehr Verstand bekommen hat als alle anderen, die dir dienen müssen. Valentin zu Leupolth! Der Müller ist hinter den etwas lockeren Lebenswandel seiner lieben Tochter gekommen, es gab einen Streit – und da hat er sie erschlagen und in den Weiher hinter der Mühle geworfen. Irgendwann muss die Leiche aber wieder an die Oberfläche gekommen sein, wie der Medicus vermutete, und in seiner Panik hat er sie dann daneben vergraben, wobei ihn der Knecht beobachtete.«

»Grauenvoll, die eigene Tochter! Und der Ring?«

»Tja – den wollte er der Toten nicht lassen, aber er saß zu fest. Also musste er den Finger abschlagen.«

»Meine Güte, ist das widerlich!«, rief Valentin aus und trat aus der Gasse, um eilig nach Hause zu laufen, denn mit dieser grässlichen Geschichte war ihm auch wieder die arme Enndlin eingefallen, die ja auf Barbel wartete.

Metze hielt mit ihm Schritt und ergänzte noch seinen Bericht mit der Bemerkung, dass die Stadtsoldaten den Müller im Gefängnis abgeliefert hatten und sein Geständnis bezeugen würden. So ist für dich in dieser Angelegenheit also nichts mehr zu befürchten!«

Unvermittelt blieb Valentin stehen, nestelte seinen Geldbeutel vom Gürtel und drückte ihn Metze in die Hand. »Du hast dich als wahrer Freund bewährt, Metze, aber jetzt muss ich mich um das Naheliegende kümmern. Dabei werde ich sicher oft auf deine Hilfe angewiesen sein, das hier ist nur für die Geschichte mit der armen Grit. Bitte, sprich doch mit Medicus Stromer, dass er ihre sterblichen Überreste nicht für seine Studien verwendet, sondern ihr ein ehrliches Grab zukommen lässt. Ich komme für alle Kosten auf. Jetzt entschuldige mich aber bitte, wir sehen uns morgen im Comptoir!«

»Wird alles so besorgt werden, mein lieber Val!«, antwortete Metze mit dem ihm eigenen, ironischen Unterton, verbeugte sich noch einmal in gespielter Demut und eilte durch die Nacht davon.

11.

Nürnberg, Ende Juni 1502

Als der Mann in die Burgschmietgasse eingebogen war und gleich darauf sein Pferd in den Stall von Jurijan Leiningen führte, erkannte ihn der Hofschmied der Familie Leupolth sofort, obwohl er Haupt- und Barthaare in ungewöhnlicher Länge trug und sein Wams mit dem Familienwappen zerschlissen und beschmutzt war. Sein von der Sonne gebräuntes Gesicht schien müde und abgespannt zu sein, und auch sein Pferd sah so aus, als könnte es eine längere Ruhezeit gut vertragen. Einer der Schmiedegesellen sprang herbei, um ihm das Pferd abzunehmen, und dankbar nickte ihm der Kriegsknecht zu.

»Meine Güte, Peyr! Du bist zurück aus Spanien, aber du siehst nicht nach guten Nachrichten aus!«, empfing ihn Jurijan an der Haustür, und gleich darauf trat auch seine Frau Brida heraus, einen gut gefüllten Weinbecher in der Hand.

»Der Herr ist tot!«, verkündete Peyr mit dumpfer Stimme, griff dankbar nach dem Weinbecher und trank behutsam davon, als würde es sich um ein sehr kostbares Gut handeln, dass man nur langsam genießen durfte. »Vermutlich ermordet, wie mein Gefährte Carolus, den man aus einem Kanal gezogen hat.« Peyr spürte, wie gut ihm der Wein tat, trank noch einen Schluck und sah das Schmiedepaar an. »Habt Ihr etwas zu essen für mich? Ich habe in den letzten zwei Tagen nur ein trockenes Stück Brot gehabt!«

»Komm herein und ruhe dich aus, Peyr. Wir schicken gleich einen Knecht hinüber zum Handelshaus, dann können die Brüder hier zu uns kommen und sich anhören, was passiert ist!«

»Vielen Dank!«, antwortete der Soldat abwehrend. »Aber das möchte ich doch lieber im Haus vortragen, wenn auch Frau Barbel dabei ist. Ich denke, es wird sie ebenso betreffen wie Valentin und Johann.«

»Das musst du wissen, Peyr, aber unter uns gesagt: Du siehst aus, als könntest du es kaum noch bis zum Marktplatz schaffen!«

»Es wird schon gehen, wenn ich erst eine Kleinigkeit im Magen habe. Mir würde ein Stück Brot und etwas Käse genügen, das kann ich unterwegs zu mir nehmen und bin dann gestärkt genug, um meine Botschaft auszurichten. Das wird die Frau Barbel ohnehin mehr Kraft kosten als mich der ganze Weg hierher!«

Die Frau des Schmiedes war schon wieder ins Haus gelaufen, rief nach einer Magd und gleich darauf reichte man dem Kriegsknecht das Gewünschte. Herzhaft biss er in das frisch gebackene Brot, bedankte sich mit einem Kopfnicken, weil er mit Genuss kaute, und machte sich auf den Weg zum Haus der Familie zu Leupolth.

Gerade überquerte er den großen Markt vor der Frauenkirche, auf dem wieder reges Treiben herrschte, als er seinen Namen hinter sich vernahm. Erstaunt drehte er sich um, denn er hatte nicht damit gerechnet, dass ihn jemand unterwegs erkennen würde.

»Du bist es wirklich, Peyr, dem Himmel sei Dank für deine gesunde Rückkehr! Was macht mein Vater, hat er noch in der Faktorei zu tun und dich deshalb allein zurückgeschickt?«

Das war nun ganz und gar nicht in seinem Sinne, den jungen Herrn zu Leupolth ausgerechnet hier, am Rande des Marktplatzes, zu treffen. Verblüfft sah er von ihm zu der schlanken Frauengestalt, die neben ihm stehen geblieben war. Sie trug ihre langen, rötlich-blond schimmernden Haare offen zu einem schwarzen, schmucklosen Kleid, was sie zu einer auffallenden Erscheinung im Gewimmel der Marktbesucher machte. Peyr fiel ein, dass er diese Schönheit schon einmal in einem der Patrizierhäuser gesehen hatte. Es musste sich wohl um die Tochter aus dem Haus Vestenberg handeln, denn neben ihr stand eine rundliche, ältere Magd, die er dort einmal angetroffen hatte, als er für Harlach zu Leupolth einen Beutel mit Silber abgeben musste – eine Aufgabe, für die man einen Bewaffneten anstelle eines Knechts schickte.

Rasch verbeugte er sich vor den Personen, die bei ihm stehen geblieben waren, und mit dem geschulten Blick eines erfahrenen Soldaten erkannte er sofort die dunklen Schatten um die Augen der schönen Patrizierin und schloss daraus, dass sie wohl einen Trauerfall in der Familie hatte.

Wie seltsam, der junge Herr in Begleitung einer Trauernden, und ich überbringe ihm die Nachricht vom Tod seines Vaters. Aber das kann ich wohl kaum hier auf offener Straße berichten!, dachte Peyr. Laut aber sagte er:

»Herr, bitte, entschuldigt mich, können wir hier an der Seite kurz reden? Ich möchte nicht, dass andere uns hören können!«, sagte er mit leiser Stimme und richtete seinen Blick auf den Boden. Dabei bemerkte er den Schmutz auf seinen Schuhen und den Beinkleidern, der ihm bis zu diesem Augenblick vollkommen gleichgültig war. Aber gegenüber diesen fein geputzten Menschen war es ihm nun unangenehm, aber Valentin zu Leupolth antwortete rasch:

»Keine Umstände, Peyr. Neben mir steht meine künftige Gemahlin, Enndlin Vestenberg, die alles mithören kann, was mich betrifft. Ist es wegen meinem Vater? Er ist tot, nicht wahr?«

Stumm nickte der Kriegsknecht und wagte es nicht, seinen Blick zu heben.

»Wie ist er gestorben, Peyr, sprich mit mir, ich mache dir keine Vorwürfe!«

»Er wurde ermordet wie mein Waffengefährte Carolus, den man aus einem Kanal in Sevilla gezogen hat.«

Valentin stieß die angehaltene Luft vernehmlich aus, während die junge Frau an seiner Seite eine Bewegung machte, die den Soldaten aufblicken sah. Er bemerkte, dass ihr blasses Gesicht noch eine Spur bleicher geworden war und sie sich an den Arm ihres Verlobten klammerte.

»Und der Mörder?«, erkundigte sich der junge Herr mit kaum vernehmbarer Stimme.

»Richard von Oertzen, der auch mich töten wollte. Ich konnte ihm jedoch entkommen!«

Jetzt sah er seinem jungen Herrn in das finstere Gesicht und wartete einfach ab, was nun passieren würde. Er kannte den oft jähzornigen Valentin seit Jahren und war darauf gefasst, dass der ihn für den Tod des Vaters verantwortlich machen würde. Aber nichts dergleichen geschah.

»Hör zu, Peyr, geh in unser Haus, ich komme nach, wenn ich Enndlin nach Hause gebracht habe. Nur eine Frage noch vorab: Hast du etwas von dem Herrn Richard erhalten, vielleicht ein Kästchen, nicht sehr groß? Es mag auch ein Beutel aus Leinen oder Leder sein, ich weiß es nicht, nur, dass es sich dabei um Gewürze handelt, die das Aussehen von Nüssen haben.«

»Nüsse?«, antwortete Peyr erschrocken, denn sofort wurde ihm klar, was er dem Mann abgenommen und im Kanal wieder verloren hatte. Aber dann hatte er sich wieder unter Kontrolle und antwortete verwundert: »Nein, Herr, Nüsse habe ich nicht gesehen. Aber es ging auch alles viel zu schnell, ich traf auf Flussschiffer, die Carolus gefunden hatten und suchte dann das Haus mit der Faktorei auf. Ich vermutete, dass Herr Richard allein sei, aber er hatte eine starke Wache im Untergeschoss, die versuchte, mich zu fassen. Nur mit einem Sprung in den Kanal konnte ich ihnen entkommen.«

Nachdenklich nickte Valentin zu den Worten, schließlich wandte er sich an Enndlin. »Nun sind wir erneut im Schicksal vereint, meine Liebe. Wir haben beide den Vater verloren, wenn auch auf sehr unterschiedliche Weise. Ich geleite dich nach Hause, und anschließend kümmere ich mich um die Dinge, die nun geschehen müssen.«

»Valentin, warte einen Moment. Es genügt, wenn Ira den Korb mit den Einkäufen allein zurückträgt. Lass mich jetzt nicht allein, ich möchte mit dir in euer Haus kommen.«

»Bist du dir sicher?«, erkundigte sich Valentin mit warmer Stimme. »Ist das nicht alles zu viel für dich, mein Liebes?«

»Keineswegs, Valentin. Ich glaube, du hast mich am gestrigen Tag gesehen, wo ich in aller Ruhe die erforderlichen Anweisungen erteilt habe, die für die Bestattung meines Vaters erforderlich sind. Mir ist es lieber, ich bin an deiner Seite und kann dir zur Seite stehen – und natürlich

Barbel, für die es eine harte Stunde werden wird. Aber gemeinsam stehen wir das durch, Valentin!«

Der junge Kaufmann zog sie an sich und drückte ihr einen Kuss auf die Stirn. Schließlich nickte er dem Kriegsknecht zu, und gemeinsam gingen sie zum Haus der Familie zu Leupolth, das in seltsamem Kontrast zu den schlechten Nachrichten von der Sonne nahezu vergoldet schien. Auf den Fenstern, den Giebeln und den zahlreichen Verzierungen spiegelten sich die Sonnenstrahlen und blendeten die Vorübergehenden, wenn sie einen staunenden Blick auf den hier dargestellten Reichtum warfen. Das alles änderte aber nichts an den düsteren Stunden, die seinen Bewohnern nun unmittelbar bevorstanden.

Epilog
»Requiem aeternam dona eis, Domine«, begann die Heilige Messe zum Gedenken an den verstorbenen Hieronymus Vestenberg, und dicht an dicht gedrängt waren alle in der Frauenkirche versammelt, die dem angesehenen Ratsherrn und Kaufmann der Stadt die letzte Ehre erweisen wollten.

Valentin zu Leupolth glaubte schon nach kurzer Zeit, kaum noch Luft holen zu können, so dicht waberten die Weihrauchwolken durch den hohen Kirchenraum. Aber er hielt eisern durch, hatte Enndlins Hand genommen und hielt sie fest in seiner. Die junge Frau war einigermaßen gefasst, aber mit einem kleinen Tüchlein musste sie sich dennoch immer wieder die Tränen aus dem Gesicht wischen. Valentin hatte nur Augen für seine Verlobte und nutzte die Zeit in der Kirche für ein stilles Gebet, in dem er Gott für den kurzzeitigen Verrat an Enndlin um Verzeihung bat und zugleich die Bitte anfügte, ihren Bund zu segnen und ihn vor anderen Versuchungen zu schützen. Das war aufrichtig und ehrlich von ihm gemeint, denn er war nach dem Tod Vestenbergs im Haus der zu Leupolth sehr aufgewühlt gewesen und hatte begonnen, was er in den folgenden Nächten ohne seinen Stiefbruder fortsetzte. Valentin ging alle Papiere seines Vaters durch, um jeden Irrtum auszuschließen.

Was auch immer der alte Hieronymus Vestenberg im Hause des Fugger in Augsburg erfahren hatte – Valentin hatte die damals geschlossenen Verträge überprüft und mit Erleichterung festgestellt, dass an eine vorzeitige Rückzahlung des Kredites gar nicht zu denken war. Die Papiere, die ihm Vestenberg präsentierte, hatten einer Überprüfung auch nicht standgehalten. Ein Kurier, der von ihm sofort nach Augsburg geschickt wurde, kehrte mit der Nachricht zurück, dass Jakob Fugger ihm keinerlei Papiere verkauft hätte, wohl aber erfahren habe, dass der Nürnberger Patrizier auch mit anderen Geldverleihern gehandelt hatte.

Nun sah Valentin gefasster in die Zukunft und malte sie sich bereits in den hellsten Farben aus, als sich der Trauerzug zum Friedhof von St. Johannis bewegte, wo der Kaufmann an der Seite seiner Frau zur letzten Ruhe gebettet wurde. Plötzlich ergab es sich beim Vorbeischreiten der Trauergemeinde am offenen Grab, dass ein blasses Gesicht, umrahmt von rötlich-blonden Haaren, unvermittelt vor Valentin auftauchte. Osanna Ortsee beugte sich leicht vor und raunte ihm zu: »Mich lässt man nicht ungestraft warten! Du wirst mich erst noch kennenlernen, Valentin!« Er starrte der Erscheinung erschrocken nach, als sie schon wieder zwischen den anderen verschwand.

Enndlin Vestenberg hatte diese Szene wohl bemerkt, richtete aber ihren Blick gerade auf das Grab, als Valentin zu ihr trat, den Arm um ihre Schulter legte und sie etwas an sich zog.

»Nichts wird jemals aus meiner Vergangenheit zwischen uns treten, Enndlin. Johanns Mutter Barbel Eisfeld sagt immer, dass wir vor Gottes Angesicht nur wie ein Grashalm im Wind sind. Das mag sein, aber wenn wir vom Wind auch gebeugt sind, so richten wir uns immer wieder auf und sind gemeinsam stark, meine geliebte Frau!« Damit hauchte er einen zarten Kuss auf ihre Wange, ohne auch nur einen Gedanken an die Umstehenden zu verschwenden.

INTERLUDIUM:
DAS HAUS ZU LEUPOLTH UND
EIN ECHTER FILIGRATEUR

Das Vogelgezwitscher verstummte schlagartig.

Metze vernahm das Knarren der großen Räder und gleich darauf einen Peitschenknall, der die beiden Ochsen antrieb.

Das war sein Signal.

Ein rascher Blick noch zur Sonne, die schon kräftig durch die Blätter der Bäume schien.

Kein Zweifel, es war das erwartete Fuhrwerk.

Metze Losekann hatte gründlich vorgesorgt. Seine Erfahrung lehrte ihn, dass bei einem solchen Überfall für gewöhnlich das Drohen mit dem dicken Eichenknüppel genügte, um die Fuhrknecht von jedem Widerstand abzuhalten. Doch zu seiner eigenen Sicherheit trug er ein scharfes Messer im Gürtel. Man konnte ja schließlich nie wissen, was so einem dieser trägen Burschen noch einfallen würde, wenn er die Ware seines Herrn herausgeben musste.

Jetzt musste das Gespann jeden Moment zu sehen sein, und unwillkürlich klammerte seine Faust den dicken Knüppel fester. Doch plötzlich zerriss ein lauter Ruf die Stille, und zwei Burschen mit verwegenem Aussehen sprangen auf den Weg. Der eine fiel den Ochsen ins Geschirr, um sie anzuhalten, während der andere darauf wartete, sich hinter den Fuhrknecht auf den Wagen zu schwingen.

»Hilfe, Überfall!«, schrie der Mann erschrocken auf, als er die beiden Männer erblickte. Er wollte sich jedoch nicht kampflos ergeben, sondern griff zur Ochsenpeitsche, um sie den ihm nächsten Kerl um die Ohren zu hauen. Als er ausholte, war der Wegelagerer jedoch schneller.

»Du willst mich schlagen, Kerl?«, brüllte er dabei laut und riss dem Fuhrknecht die lange Peitsche aus der Hand. »Ich werde dir zeigen, was es heißt, sich mit dem Schwarzen Hantz anzulegen!«

Mit diesen Worten warf er die Peitsche auf den Weg und schwang sich auf den Wagen.

»Was...«, rief in diesem Augenblick verwundert der andere, der noch bei den Ochsen stand. Mehr konnte er nicht mehr herausbringen, denn da traf ihn ein heftiger Schlag mit einem Knüppel, und er sank ohnmächtig auf den Fahrweg.

Der andere war gerade damit beschäftigt, den Fuhrknecht zu überwältigen, der noch einmal einen Hilferuf ausstieß, bevor ihn der Räuber von hinten umklammerte und mit sich riss. Der Schwarze Hantz hatte noch gar nicht mitbekommen, was mit seinem Genossen unterdessen geschah.

Aus dem Augenwinkel bemerkte er wohl eine Bewegung neben dem Fuhrwerk, maß ihr aber weiter keine Bedeutung zu. Er hatte den linken Unterarm um den Hals des Fuhrknechtes geschlungen, der heftig mit den Beinen strampelte. In der rechten Hand blitzte ein Messer auf, und in dem Augenblick, in dem er zum Schnitt ansetzen wollte, traf auch ihn ein wohlgezielter Hieb.

Doch Hantz hatte einen harten Schädel.

Er ließ zwar das Messer fallen und lockerte auch den Griff um den Hals des Fuhrknechtes, aber trotzdem gelang es ihm noch, sich zu Metze herumzudrehen.

»Dir werde ich helfen, mir in's Handwerk zu pfuschen!«, stieß sein Gegner aus, und mit einem zweiten, wohlgezielten Hieb fiel er vom Bock und schlug hart auf dem Weg auf.

»Alles in Ordnung?«, erkundigte sich Metze bei dem Fuhrknecht, der heftig nach Atem rang. »Hilf mir mal, diese Burschen zu fesseln, wir können sie nicht einfach laufen lassen!«

»Aber... aber...«, stammelte der Fuhrknecht und rang noch immer nach Luft.

»Nichts da, hilf mir, ehe die Burschen wieder zu sich kommen. Oder willst du dir doch den Hals abschneiden lassen?«

Mit diesen Worten sprang Metze herunter und drehte den Niedergeschlagenen herum. Der Mann regte sich noch nicht, und als sich jetzt der Fuhrknecht wieder aufrichtete und ein wenig unsicher zu den beiden heruntersah, rief ihm sein Retter zu:

»Nun mal rasch, du hast doch gewiss Stricke auf dem Wagen? Hilf mir, die beiden Räuber zu fesseln. Es wird sicher den Rat der Stadt Nürnberg erfreuen, wenn wir sie beim Vogt abliefern!«

Jetzt schien der Mann endlich aus seiner Erstarrung zu erwachen, griff hinter sich zwischen die Ballen und zog gleich darauf eine ganz Handvoll verschieden dicker und langer Stricke hervor. Er warf sie Metze zu und stieg dann etwas umständlich herunter, um ihm behilflich zu sein.

»So, und jetzt rauf mit ihnen auf den Wagen, und wir können weiterfahren.«

»Wir? Ich meine – du und ich wollen jetzt nach Nürnberg?«

»Fass erst einmal die Füße von dem Burschen an, und dann rauf mit ihm. Du wirst ja wohl keine zerbrechlichen Waren geladen haben, oder?«

»Nein, das sind alles Ballen mit guten Tuchstoffen!«, erwiderte der Fuhrmann und starrte auf den Gefesselten.

Metze grinste vor sich hin, als sie den ersten Mann gemeinsam auf das Fuhrwerk legten. Er hatte sich nicht vertan, es war genau die Frachtlieferung für den reichen Tuchhändler, die an diesem Morgen eintreffen sollte. Kurz dachte er an seinen Informanten und bedauerte im gleichen Moment, dass ihm die zwei Burschen dazwischengeraten waren.

Als auch der zweite auf den dicken Ballen lag, deutete Metze auf das friedlich wartende Ochsengespann.

»Worauf warten wir noch? Lass uns weiterfahren, ab hier wird der Wald lichter und bietet keine Gefahr mehr für weitere Räuber.«

Der etwas rundliche Fuhrknecht schien nicht mit schneller Auffassungsgabe gesegnet zu sein. Sein rötliches Gesicht wandte sich von den gefesselten Mitreisenden zu Metze und wieder zurück. Dabei hatte er die Augen weit aufgerissen, und als er sah, dass sein Retter noch ein Messer vom Weg aufnahm und zu sich steckte, machte er eine erschrockene Handbewegung.

»Du... du hast ein Messer?«, erkundigte er sich schwerfällig und starrte auf den Gürtel, in dem deutlich sichtbar der Griff des Messers zu sehen war.

»Nein, jetzt habe ich sogar zwei!«, antwortete Metze und grinste dabei über sein ganzes Gesicht.

»Zwei!«, wiederholte der Fuhrmann und starrte noch immer auf den Gürtel.

»Komm jetzt, du wirst doch wohl vor mir keine Angst haben, was? Ich begleite dich nach Nürnberg und helfe dir, die Ware sicher zum Haus der Leupolths zu fahren. Ich heiße übrigens Metze. Metze Losekann.«

Damit hielt er dem noch immer fassungslosen Fuhrknecht die Hand hin.

Der zögerte, reichte ihm schließlich auch seine und brummte dazu:

»Bruno, der Fuhrmann.«

Ihn schien offensichtlich die Tatsache, dass sein Retter zwei Messer besaß und dazu noch den mächtigen Eichenknüppel, den er jetzt auf das Fuhrwerk legte, mehr, als die beiden Räuber, die ihn in mörderischer Absicht gerade noch bedroht hatten.

»Also Bruno, vorwärts, dein Herr wartet sicher schon!«

»Ja, das wird so sein!«, antwortete Bruno und nahm nun endlich wieder auf dem Holzstück Platz, das seine Unterlage während der Fahrt war. Die Peitsche hatte er schon wieder aufgehoben, aber jetzt benötigte er nicht nur das Knallen der Peitsche, sondern auch den Ochsenstab mit dem Haken daran. Auch der lag hinter ihm griffbereit, und Bruno tastete kurz danach, um dann die Ochsen kräftig anzutippen. Sie schienen so träge zu sein wie ihr Lenker, schnauften jetzt aber kurz und setzten sich dann wieder schwerfällig in Bewegung.

»Metze!«, wiederholte Bruno dabei leise, den Namen wie ein Stück Fleischknorpel im Mund hin und her bewegend. »Was bist du denn für einer, Metze?«

Der lachte fröhlich auf und deutete auf den Weg, der jetzt in gerade Richtung zwischen den Feldern entlangführte und direkt auf die Mauern der Stadt Nürnberg zulief.

»Ich wandere durch das Land und suche mir meine Arbeit, wo es gerade passt!«, antwortete Metze fröhlich.

»Wo es gerade passt!«, wiederholte der Fuhrknecht und schenkte seinem Nachbarn einen ungläubigen Blick. »Was ist denn das für ein Handwerk, Metze?«

»Handwerk? Oh ja, das ist ein ganz besonderes Handwerk, Bruno Ich bin ein Filigrateur.« Metze besaß eine blühende Phantasie und hatte spontan einfach einen Begriff genannt, der im einfiel. Er hatte erst kürzlich bei einem interessanten Silberschmuck die Fertigungskunst des Goldschmiedes bewundert und dabei erfahren, dass man solche Verzierungen als filigran bezeichnete. Jetzt meinte er, dieser Begriff wäre wohl für einen Fuhrknecht geeignet.

Aber da hatte er Bruno unterschätzt, denn wissbegierig war der in jedem Falle. So blieb die Frage auch nicht aus.

»Was macht denn aber so ein... ein Fili...Mann?«

Metze zog ein überaus pfiffiges Gesicht.

»Also, Bruno, ein Filigrateur ist jemand, der etwas herausfindet. Etwas ganz Besonderes, auf das sonst so leicht kein Mensch gekommen wäre. Verstehst du das?«

Während die Ochsen ihren gemütlichen Zockeltrab gingen und das Fuhrwerk in den ausgefahrenen Rinnen des Fernhandelsweges hin und her schlug, blickte Bruno seinen Retter mit offenem Mund und verständnislosen Augen an.

»Nein, das verstehe ich nicht, Metze.«

»Gut, also, ich finde heraus, warum der Mond einmal eine ganz große Scheibe zeigt, und dann wieder nur eine schmale Sichel.«

»Das... das findest du heraus?«, erkundigte sich Bruno erstaunt.

»Ja, das ist die Arbeit eines Filigrateurs. Natürlich nicht nur, was den Mond betrifft, sondern auch die Sterne, die Sonne, der Wind, der Regen, Schnee und alles, was damit zusammenhängt. Das verstehst du doch, Bruno?«

Noch einmal ein gleicher Blick wie zuvor, dann schüttelte der Fuhrknecht langsam den Kopf.

»Also – wenn der Filigrateur herausgefunden hat, dass es bald wieder Vollmond ist, dann geht er zu einem Bauern und sagt ihm, dass er sich vorsehen muss.«

»Der Bauer soll sich vorsehen?«

»Ja, denn bei Vollmond soll er keine Kühe melken. Die Milch könnte sauer werden und die Kuh hinterher krank!«

»Und... das alles weißt du und kannst es herausfinden. Und dann sagst du es einem Bauern. Und der freut sich dann, dass du es herausgefunden hast.«

Metze musste an sich halten, um nicht laut herauszuplatzen.

Aber jetzt hatte ihn ein kleines Teufelchen gepackt, und er spielte diese Geschichte weiter, während hinter ihnen die beiden Gefesselten stöhnten und sich hin und her drehten, um ihre Fesseln abzustreifen.

»Und damit bekomme ich ein schönes Stück Geld. Für mein Herausfinden. Und weil der Bauer jetzt keine saure Milch hat.«

Bruno staunte mit offenem Mund.

»Das hört sich nicht nach schwerer Arbeit an!«, meinte er schließlich.

»Täusche dich da ja nicht, Bruno. Dazu muss man an einem Sonntag geboren sein. Nur uns Sonntagskindern kann diese Gabe zuteilwerden. Auch nicht allen, da muss einfach alles zusammen passen.«

»Also, Metze...«, begann Bruno wieder zögernd, während sie sich in langsamer Fahrt dem Stadttor näherten, »ich kenne die Martha recht gut... also, ich meine, sie ist mir gut... glaube ich jedenfalls. Und die Martha hat mir mal gesagt, sie wäre etwas Besonderes. Sie wurde auch auf einen Sonntag geboren!«

Metze witterte eine neue Gelegenheit, stieß dem Fuhrknecht freundschaftlich in die Rippen und sagte dann:

»Ja, du liebe Güte, Bruno! Dann schnapp dir die Martha! So ein Glückskind lässt man doch nicht einfach laufen! Hast du sie geküsst?«

Jetzt wurde Bruno vor Verlegenheit feuerrot.

»Also... das ist ja so... jedenfalls, beinahe!«, brachte er schließlich heraus.

»Beinahe nur?«

»Ja, also – ich war so weit und hatte schon den Mund gespitzt. Aber da lachte die Martha und meinte, ich müsste mir mal den Bierschaum abwischen.«

»Dann bist du also mit ihr in einer Schenke gewesen? Das ist doch schon mal ein guter Anfang!«, frohlockte Metze.

»Naja, das weiß ich nicht. Aber die Martha, die ist da ja Schenkmädchen. Deshalb bin ich auch immer im Goldenen Hirschen.«

Metze sah ihn lächelnd von der Seite an.

»Bruno? Weißt du noch, welchen Beruf ich habe?«

Der Fuhrknecht drehte den Kopf zu ihm, zog die Augenbrauen hoch und antwortete dann:

»Ja, das hast du mir ja gesagt. Du bist ein Fili... ein Fili... Herausfinder.«

»Filigrateur heißt mein Beruf, den man nicht erlernen kann. Das muss man können.

Soll ich für dich herausfinden, ob die Martha dich mag?«

»Das... das würdest du für mich tun, Metze?«, rief der Fuhrknecht erfreut aus und ließ noch einmal die Peitsche über den Köpfen der Ochsen knallen, denn jetzt waren sie fast vor dem Tor angelangt.

»Mache ich gern für dich. Aber jetzt sind wir am Stadttor, und dann helfe ich dir bei den Leupolths weiter.«

»Das ist gut!«, lächelte Bruno. Nach einem kleinen Augenblick ergänzte er: »Kennst du denn die Leupolths?«

»Bruno! Du hast mir doch erzählt, dass du Ware für das Handelshaus lieferst. Und außerdem – ein Filigrateur findet alles heraus!«

Bruno schlug sich klatschend an die Stirn und sagte nur: »Wie dumm von mir!«

Metze biss sich auf die Innenseiten seiner Wangen, um sein Lachen nicht laut werden zu lassen.

»Heda, Bursche, dich kenne ich doch!«, rief in dem Moment eine der mürrisch dreinschauenden Torwachen und stützte sich dabei auf seinen langen Spieß.

Metze sah sich rasch um, dann deutete er auf den Fuhrknecht.

»Das ist Bruno. Wir fahren Tuchballen für das Haus Leupolth!«

Die Wache antwortete nicht, aber ein zweiter Torwächter kam heran und blickte auf den Frachtwagen. Seine Miene verfinsterte sich, als er die beiden Gefesselten erblickte.

»Wen habt ihr da auf dem Wagen gefesselt liegen?«

Bruno grinste und deutete auf Metze.

»Dem da verdanke ich mein Leben! Diese beiden Räuber haben mich überfallen im Waldstück vor Nürnberg. Ich hatte schon das Messer am Hals, als Metze wie ein Unwetter zwischen die Kerle fuhr, sie niederschlug und mich damit rettete.«

Die beiden Soldaten wechselten einen raschen Blick.

»Metze also. Und der Bursche war zufällig dort im Wald unterwegs?«, erkundigte sich der Soldat, der meinte, Metze Losekann von irgendeiner, wenig schmeichelhaften Begegnung bereits zu kennen.

»Ja, das war so. Er ist ein... Fili... ein Herausfinder, Da war es für ihn nicht schwer, zu wissen, was diese Burschen mit mir vorhatten.«

»Ein Herausfinder? Was soll das sein? Für mich sieht er eher aus wie ein Hans Wurst!«, erwiderte der Torwächter.

»Nein, mein Freund, da verwechselst du etwas. Der eine Bursche hier auf dem Wagen stellte sich freundlicherweise vor und gab an, dass er der Schwarze Hantz sei.«

Bei diesem Namen schauten beide Soldaten verwundert auf. Dann gab der eine von ihnen seine Lanz dem anderen, kletterte auf eines der Räder und sprang auf den Frachtwagen.

»Heda, seht euch das an! Ich will doch auf der Stelle vom Blitz getroffen werden, wenn das nicht dieser Mörder, Dieb und Schinder Hantz ist, den der Vogt schon so lange sucht! Na, mein Bürschchen, das wird unseren Meister Carnifex aber freuen!«

Der andere zögerte jetzt auch nicht länger, lehnte beide Lanzen an die Stadtmauer und kletterte ebenfalls auf den Wagen.

Als sie begannen, die Gefangenen über die Ladewand zu heben, sprang Metze vom Bock und half ihnen, die beiden Gefangenen in das Torhaus zu bringen.

»Meine Güte, Metze, da wird sich vielleicht auch etwas für dich ergeben!«

»Ich bin unschuldig!«, antwortete Metze erschrocken und wehrte mit beiden Händen ab.

»Ich meine natürlich eine Belohnung!«, erwiderte der Soldat. »Aber wenn ich es mir recht überlege, glaube ich, dass der Carnifex auch gern mit dir selbst sprechen würde!«

Der drohende Blick, der Metze dabei traf, ernüchterte den jedoch schnell wieder.

»Also, wenn Euer Carnifex noch immer der Meister Frantz ist, so würde er sich in der Tat über meinen Besuch freuen. Ich war es nämlich, der ihm erst letztes Jahr eines der besten Henkerbeile verkauft hat, die er je in den Händen hielt. Also – am besten, ich mache ihm noch heute meine Aufwartung und überzeuge mich davon, dass der Schwarze Hantz und sein Spießgeselle gut bei ihm untergekommen ist.«

Der Soldat musterte ihn nachdenklich, schließlich nickte er.

»Meister Frantz ist noch immer der Henker. Gut also, Metze, dann sei bedankt und vergiss nicht, dich beim

Stadtvogt zu melden. Er wird ein gutes Geld auf diese beiden Schufte ausgesetzt haben!«

»Dann will ich mal den Ratsherrn und Kaufmann Leupolth nicht länger warten lassen. Er wird sich bereits die Augen nach seiner Fracht ausschauen.«

Fröhlich eilte Metze aus dem Dunst des Torhauses, kletterte wieder auf den Wagen neben Bruno und rief fröhlich aus:

»Vorwärts Bruno, Herr zu Leupolth wartet bereits!«

Der nickte nur, obwohl er sich doch sehr wunderte, wieso Metze das wissen konnte. Dann sagte er sich, dass sein Retter ja ein Mann sei, der vom Herausfinden lebte, und dann würde das wohl auch alles stimmen.

Das Ochsengespann wurde schließlich auf den Hof der Faktorei gelenkt, und als die beiden herunterstiegen, eilten auch schon die Knechte herbei, um die Frachtballen herunterzuheben.

Metze packte kräftig mit zu und beobachtete während der gesamten Zeit die Hintertür, die in das Haus führte. Das geschah ohne jegliche Arglist, es gehörte einfach nur zu seinem Leben. Er erfasste mit raschem Blick Zugänge, Fensterkonstruktionen, Hoftüren und sortierte das alles in seinem Gedächtnis für passende Gelegenheiten. Dabei spielte auch stets ein möglicher Fluchtweg die entscheidende Rolle.

Gerade überlegte er, ob er es wohl riskieren könnte, die kleine Pforte in der Mauer zu öffnen, um einen Blick dahinter zu werfen, als er einen Zuruf vom Haus vernahm.

Er drehte sich herum und sah den jungen Herrn zu Leupolth, der sein blasses Gesicht in vornehmherablassender Art dem Fuhrknecht zuwandte. Metze staunte kurz über die Kleidung, der der junge Kaufmann trug. Trotz der Wärme hatte er über seinem Wams die Schaube gezogen, die nach neuestem Schnitt nur bis zum Knie reichte. Der blütenweiße Mühlsteinkragen zwang ihn, den Kopf sehr gerade zu halten, und die Oberhose war geschickt aufgeschnitten und ließ den Stoff der Unterhose sehen. Alle Kleidungsstücke waren mit Brokaträndern eingefasst.

»Schön, dass du es geschafft hast, Bruno. Wir waren schon ein wenig in Sorge und hatten dich etwas früher erwartet. Aber, wie ich sehe, hast du eine große Warenmenge mitgebracht. Wo ist denn der Ballen aus Frankreich?«

Der Fuhrknecht verbeugte sich demütig und wies auf einen besonders fest verpackten Ballen.

»Hier ist er, Herr zu Leupolth. Und wenn es erlaubt ist, Herr – dieses ist der Metze Losekann. Er hat mir das Leben gerettet und überhaupt möglich gemacht, dass die Fracht unbeschadet auf Euren Hof gelangte.«

Valentin zu Leupolth drehte sich verwundert zu Metze um, der sich beeilte, eine kleine, fast nur angedeutete Verbeugung zu machen.

»So, du hast also das Haus zu Leupolth vor Schaden bewahrt? Wie ist das geschehen?«

»Ganz schlimm, Herr zu Leupolth!«, antwortete Bruno eifrig. »Es war im letzten Waldstück vor Nürnberg. Da kamen zwei wilde Burschen angesprungen, und der eine hatte mir schon sein Messer an den Hals gesetzt, als der Metze kam und beide niederschlug. Wir haben die Übeltäter mitgenommen und bei der Torwache gelassen.«

»Interessant! Dann schulde ich Euch ebenfalls Dank!«, antwortete Valentin und griff schon zu seinem Geldbeutel.

Metze schaltete rasch.

»Ich vermute einmal, Herr zu Leupolth, dass Ihr in dem Ballen aus Frankreich eine Lieferung Seide erwartet?«

Valentin blickte den Fremden erstaunt an.

»Tatsächlich, Ihr seid recht scharfsinnig. Kennt Ihr Euch denn im Tuchhandel aus?«

»Ein wenig!«, antwortete Metze lächelnd.

»Er ist nämlich ein Herausfinder, Herr!«, mischte sich Bruno ein, erfreut, einen so wichtigen Mann zu kennen.

Valentin zu Leupolth runzelte die Stirn, aber Metze machte eine beschwichtigende Handbewegung.

»Bruno hat da etwas nicht richtig verstanden.«

Der eindeutige Blick verriet, was er von dem schlichten Mann hielt. Valentin nickte nur lächelnd, nahm ein kleines Messer heraus und öffnete den Ballen, um die Ware zu prüfen. Dabei stand Metze dicht neben ihm und beobachtete das Mienenspiel des Kaufmanns.

»Erlaubt Ihr mir ebenfalls eine Prüfung?«, erkundigte er sich dann und griff ohne weiteres in den Ballen, fühlte mit wichtiger Miene den Seidenstoff und zog sogar ein Stück heraus, um es gegen das Licht zu besehen. »Das dachte ich mir doch!«, bemerkte er dann. »Was soll das sein, Herr zu Leupolth? Doch nicht etwa *Peau de soie*?«

»Ihr überrascht mich, Metze. Aber ja, was sonst? Versteht Ihr so viel von der Qualität der Seide?«

Jetzt war Metze in seinem Element und die monatelange Arbeit in einem Tuchhaus in der Seestadt Hamburg kam ihm nun zugute.

»Herr zu Leupolth, glaubt es mir und zählt nach, ob es wirklich ein 16bändiges Seidengewebe ist, das man Euch hier geschickt hat. Für mich sieht es aus wie Tarlatan, gemischt mit einem Wollanteil. Wenn ich Euch raten darf, so beziehet Eure Seide lieber aus China. Der Weg ist weiter und die Seide teurer, aber das Beste, was es auf dem Markt gibt.«

Damit trat er zurück, schlug seine Arme unter und machte ein höchst selbstzufriedenes Gesicht. Der Kaufmann rieb und prüfte noch eine ganze Weile an der Seide, schließlich nickte er.

»Ihr scheint in der Tat etwas davon zu verstehen, Herr Metze. Einen Mann wie Euch könnte ich gut in der Faktorei gebrauchen. Seid Ihr frei für meine Dienste?«

»Nun...«, antwortete Metze zögerlich, »das kommt auch ein wenig auf mein Salär an!«

»Das wird passen, Metze!«, rief Valentin zu Leupolth fröhlich aus. »Schlagt ein, Ihr seid mein Mann! Und für das Erste kommt Ihr in der Faktorei dort oben im Obergeschoss unter. Ein geräumiges Zimmer, dazu drei Mahlzeiten am Tag – alles zu Eurem Lohn von 40 Gulden in Silber.«

Metze sah auf die Hand herunter und antwortete:

»Sagen wir 50, Herr zu Leupolth, und eine Kanne Bier zum Essen.«

»Ihr seid mir der Richtige!«, antwortete Valentin lachend, und Metze schlug ein.

Nach dem Abladen lud er Bruno noch in die Schenke ein, in der die Martha arbeitete. Sie bestellten sich zum Bier auch eine deftige Wurst, und als sie den ersten Krug geleert hatten, kam die schöne Schankmaid an ihren Tisch, blickte Metze tief in die Augen und sagte:

»Wollt Ihr mir im Keller behilflich sein? Es ist kein anderer Gast da außer dem alten Mann da hinten in der Ecke, und der Wirt ist noch unterwegs. Es müsste ein neues Fass hinaufgeschafft werden!«

Der Blick aus ihren blauen Augen ging Metze durch und durch.

»Dann will ich mal der schönen Martha behilflich sein!«, antwortete er galant und folgte ihr die schmale Treppe in den Bierkeller hinunter. »Hier ist es recht frisch!«, bemerkte er, und die Schankmaid, die ein Licht in der Hand trug, stellte es auf eines der Fässer und trat dicht an ihn heran.

»Mir ist auch ganz kalt und es wäre mir sehr recht, wenn du mich ein wenig wärmen könntest!«

Metze, der Herausfinder, kam seinem guten Ruf gern nach.

Später, als sie den dritten Humpen geleert hatten und sich auf den Weg zum Anwesen der Leupolths machten, wo auch Bruno im Stall schlafen würde, meinte er zu dem Fuhrknecht:

»Also Bruno, mein guter Rat: Lass die Finger von der Martha, die ist nichts für dich.«

»Was?«, rief der Fuhrknecht erschrocken aus und schwankte dabei leicht.

»Sie sagte mir, dass sie bereits verlobt sei, und dass schon eine ganze Zeit!«

»Verlobt? Meine Güte, Metze, woher... woher weißt du das überhaupt?«

»Du vergisst, mein Freund, dass ich ein echter Filigrateur bin, ein Herausfinder!«

»Auch wieder richtig!«, antwortete Bruno mit schwerer Zunge. »Du bist wirklich ein Freund, Metze.«

»Ja, natürlich, Bruno! Ich achte auch darauf, dass du hier nicht aus Versehen in eine Jauchegrube fällst. Gleich haben wir es geschafft, sieh mal, da vorn ist schon der Hof, und über dem Stalleingang brennt eine Laterne.«

»Metze, du bist der beste Fili... der beste Herausfinder, den ich... jemals getroffen habe.«

»Das ist überall bekannt, Bruno. Nur noch nicht so richtig in Nürnberg, glaube ich.«

Damit öffnete er die Stalltür und sah zu, wie Bruno auf das Strohlager taumelte, bevor er sich seinem neuen Zimmer zuwandte.

‚Das Haus zu Leupolth wird einem echten Filigrateur so einiges zu bieten haben, denke ich!‘, dachte er, sehr zufrieden mit diesem Tag, und löschte seine Öllampe.

2. DAS GEHEIMNIS DES BUCKLIGEN (1504)

1.

Nürnberg im April 1504

Die Augen des wieselgesichtigen Metze Losekann huschten von Valentin zu Leupolth hinüber zu Johann Eisfeld und blieben schließlich auf dem gleichmäßig geformten, hübschen Gesicht Enndlins hängen.

So weich und freundlich sie sonst blickte, in Anwesenheit des undurchsichtigen Metze zeigte sie offen ihre Ablehnung. Der volle, rote Mund war leicht verächtlich verzogen, ihre Augen sandten Blitze, wenn sie in seine Richtung sah. Ihr Gesicht, sonst vornehm blass, war von einer hektischen Röte überzogen, die man sonst nur ganz selten bei ihr sah.

Nach den Worten Valentins war Stille eingetreten, eine unangenehme, fast greifbare Stille. Auf dem Tisch lag das leicht an den Enden aufgerollte Dokument, neben dem verschiedene Tuchproben lagen.

Jetzt nahm Metze eine davon an sich, drehte sich leicht zum Fenster, durch das helles Sonnenlicht in das Comptoir fiel. Nach ihrer Eheschließung waren einige Umbauten im Haus zu Leupolth erforderlich, denn die beiden wünschten sich Kinder und wollten doch kein neues Haus erwerben, sondern das alte Handelshaus behalten und entsprechend verändern. Auch wenn Valentin aus ganz bestimmten

Gründen sich vor größeren Ausgaben scheute, waren es die beiden Frauen, die sich dafür stark machten.

Barbel Eisfeld, die Lebensgefährtin des ermordeten Harlach zu Leupolth und Mutter Johanns, verstand sich mit der bescheidenen, zu jedermann freundlichen Enndlin vom ersten Tag an. Sie unterstützte die junge Ehefrau auf angenehme, zurückhaltende Weise und hatte ihr am Tag der Eheschließung einen kleinen, sehr kunstvoll geschmiedeten Schlüssel in einer reich verzierten Schatulle übergeben. Es war der Schlüssel zu der kleinen Kammer, in der Barbel gern saß. Der ermordete Harlach, ihr Geliebter, hatte die Auslucht mit dem teuren Zylinderglas ausgestattet. Hier saß Barbel gern, um die Menschen auf der Straße zu beobachten, während sie ihren Stickarbeiten nachging. Enndlin wollte davon nichts wissen, aber die kluge Barbel gab ihr einen Kuss auf die Stirn und meinte nur, sie solle keine Närrin sein, denn natürlich würde sie nach dem Einzug der jungen Ehefrau ihren Altersitz im Haus am Kornmarkt nehmen, das sie von ihrem Mann geerbt hatte.

»Ich weiß gar nicht, weshalb wir hier noch lange darum herumreden!«, sagte Valentin mit mürrischem Gesicht. »Schließlich war es doch Metze, der diese Papiere der Walburgs angebracht hat! Er hat sie von dem dubiosen Geldwechsler in Braunschweig gekauft. Und jetzt müssen wir handeln. Es heißt schnell sein, denn es wird sich rasch bei allen Kaufleuten herumsprechen, was mit den Walburgs passiert ist!«

»Ich verstehe deine Sorgen vollkommen, Valentin. Also ist alles soweit besprochen, und Metze wird morgen nach Braunschweig aufbrechen, um mit Elias Walburg zu sprechen. Er soll ja sehr viele Grundstücke in der Neustadt besitzen, das wird für uns noch ein interessantes Geschäft werden. Und wenn er unsere Angelegenheiten in Braunschweig geregelt hat, wird er den Gildemeister Ortsee in Hamburg aufsuchen. Hoffentlich mit dem gleichen Ergebnis!«, ergänzte Johann.

»Es war die beste Gelegenheit, diese Wechsel aufzukaufen, das verstehe ich auch, Valentin, und ich verstehe auch, dass du nicht besonders gern nach Hamburg reisen willst, um mit den Ortsees direkt zu verhandeln!«, fügte Enndlin hinzu und schenkte ihrem Mann einen langen Blick, den er aushielt und dazu sogar noch lächelte. Als ihm vor zwei Jahren die Sechzehnjährige Osanna Ortsee schöne Augen machte und Valentin wie ein verliebter Gockel vor dem Haus umherstolzierte, in dem sie zu Gast war, hatte Enndlin geglaubt, dass eine Welt für sie zusammenbricht. Wie so oft, erhielt sie ihre Informationen zunächst über Gerüchte. An den Brunnen Nürnbergs flüsterten sich die Mägde gern zu, was sie von ihren Nachbarn erfahren hatten. Danach sollte der junge Leupolth auffallend häufig vor dem Haus der Familie von Heroldsberg zu sehen sein. Später hatte ihn eine glaubhafte Zeugin dort erblickt, ihre eigene Küchenmagd, die von den Einkäufen zurückkehrte. Aber als dann nach einem heftigen Streitgespräch ihr Vater, Hieronymus Vestenberg, im Comptoir der Leupolths zusammenbrach und noch vor dem Eintreffen des Medicus verstarb, da besann sich Valentin und stand von der Stunde an wieder treu zu seiner Enndlin. Die Doppelhochzeit fand im September statt, Johann Eisfeld führte Neslin Leinigen, die Tochter des Hofschmiedes, vor den Traualtar, und Valentin heiratete Enndlin. Wie es der Zufall so wollte, bekamen beide Frauen ihre ersten Kinder mit nur wenigen Stunden Abstand voneinander am gleichen Tag. Im Hause Leupolth freute man sich über einen strammen Jungen, der auf den Namen Barthel getauft wurde, und Valentins Stiefbruder Johann freute sich zusammen mit seiner Neslin über die Geburt von Magdalena. Die beiden sehr unterschiedlichen Paare verbrachten viel Zeit miteinander, zumal Stiefbruder Johann noch immer ein wahrer Meister der Zahlen war und Valentin aus mancher Verlegenheit helfen konnte – wie auch am heutigen Tag.

Und Johann bekam das Leben an Neslins Seite ausgesprochen gut. Seine Sprachschwierigkeiten, wenn er sich ereiferte, waren fast vollkommen verschwunden.

»Gut, wie Ihr wollt, dann gehe ich also morgen zu Eurem Hofschmied Jurijan Leinigen, nehme mir dort eines der guten Reitpferde sowie ein Packpferd und reite nach Braunschweig. Und, in Gottes Namen, dann weiter nach Hamburg. Ich nehme an, die Vollmachten erhalte ich rechtzeitig?«, sagte Metze Losekann mit deutlich missmutiger Miene.

»Alles bereit und gesiegelt, hier im Fach verschlossen und morgen für dich bereit, Metze! Und noch etwas. Mach diesem hochnäsigen Gildemeister der Tuchhändler in Hamburg ganz klar, dass wir ihn in der Hand haben. In jeder Beziehung. Deute ruhig an, dass es da noch etwas gibt, das ihm sehr unangenehm sein dürfte, wenn es in Hamburg bekannt wird!«, erklärte Valentin, und in das eingetretene Schweigen folgte dann noch von Metze ein kurzes »Na, denn also, behütet Euch!«

Enndlin schien vor Wut fast zu platzen, und kaum hatte der blasse, bartlose und stets dunkel gekleidete Metze das Comptoir verlassen, zischte sie erleichtert: »Furchtbarer

Mensch! Valentin, wie oft schon habe ich dich gebeten, diesen Mann nicht mehr zu beschäftigen! Er ist schlecht und falsch und wird uns eines Tages großen Schaden zufügen!«

Valentin hatte sich erhoben, weil seine Frau Anstalten machte, das Comptoir zu verlassen. »Du siehst eigentlich ganz bezaubernd aus, wenn du so wütend bist!«, sagte er zärtlich und wollte sie in den Arm nehmen.

»Lass mich!«, sagte sie jedoch abweisend und drängte an ihm vorüber, als er sie lachend mit den Armen umfing und die anfänglich noch Widerstrebende fest an sich zog.

»Enndlin, du tust ihm mit Sicherheit Unrecht. Sieh, es war schon mein Vater, der ihn in seine Dienste nahm, und er hat uns schon sehr oft aus unangenehmen Situationen geholfen, weil er Kontakte mit aller Welt hat. Es gibt wohl keinen Büttel, keinen Stadtsoldaten, noch nicht einmal einen der Nachtwächter, den er nicht beim Namen kennt!«

»Ja, und außerdem das ganze Bettlerpack und die Verbrecher, die sich in den nahen Wäldern verstecken, um die Kaufmannszüge zu überfallen. Geh mir mit Metze, du müsstest es eigentlich doch besser wissen, Valentin!«

Anstelle einer Antwort küsste er seine Frau rasch auf den Mund, schließlich befreite sie sich und lief hinaus, während Valentin lächelnd zu seinem Stiefbruder an den Tisch zurückkehrte.

»Wie stehen unsere Dinge denn nun in Nürnberg, Johann?«

Der neben seinem hochgewachsenen und breitschultrigen Halbbruder eher zart und schmächtig wirkende Johann griff zu einem Stapel mit Dokumenten, blätterte sie rasch durch und sah dann auf.

»Uns gehören jetzt... insgesamt drei Loderer-Werkstätten, die alle auf verschiedene Namen... dem Rat angemeldet wurden. Stets ist Metze Losekann als Vermittler aufgetreten, er hat auch die Ehrbaren Bürger gefunden, die bereit sind, ihren... Namen gegen Bezahlung zur Verfügung zu stellen.« Johann Eisfeld wurde rot, weil er schon wieder stockend sprach, was glücklicherweise aber immer seltener vorkam.

»Gut, aber das kann nur der Anfang sein, wenn wir spätestens im nächsten Jahr den Nürnberger Tuchmarkt beherrschen wollen, Johann. Du weißt, dass es per Ratsverordnung den Loderern nur gestattet ist, einen einzigen Webstuhl aufzustellen. Das heißt, wir haben derzeit drei Webstühle bereit, ein Witz! Was ist mit den Färberwerkstätten?«

»Eine haben wir gekauft, bei der zweiten stehen die Verhandlungen kurz vor einem Abschluss.«

»Das hört sich gut an. Dort sind jeweils drei Webstühle erlaubt, und wir hätten dann, nach erfolgreichem Kauf, neun funktionsfähige Webstühle in Bereitschaft. Aber du weißt auch, dass wir den Ehrbaren nicht vertrauen können. Sowie sie erfahren, dass wir dort die Webstühle mit Arbeitern besetzen, werden sie mit neuen Forderungen kommen und stets die Hand aufhalten«, sagte Valentin nachdenklich und starrte auf die Straße hinaus, ohne jedoch Einzelheiten wahrzunehmen. Doch plötzlich sprang er auf und eilte zur Tür. »Ich glaube, der Bucklige kommt endlich. Jetzt wird es spannend, Johann!«

Gleich darauf führte Valentin den kleinen, buckligen Rheinhart, den Kardätschenmacher, Färber und Tucher, in das Comptoir. Er schleppte dabei eine nicht sonderlich große, aber offenbar schwere Kiepe vor sich her, die er halb unter den großen Tisch im Comptoir schob.

Verlegen drehte Rheinhart die Mütze in den Händen, und als ihm Valentin einen Stuhl anbot, wurde er erst richtig verlegen. Der Handwerker hatte eine Ausbildung in Avignon schon in früher Jugend gemacht und seitdem in verschiedenen Städten gelebt, durfte sich in allen drei Berufen Meister nennen und gehörte genau aus diesem Grund derzeit keiner Zunft an. Vor gut zwei Jahren war es zum ersten Kontakt zwischen dem Hause zu Leupolth und ihm gekommen, aber dann stellte es sich heraus, dass Rheinhart noch einige Zeit für die Auflösung seiner Werkstatt benötigte. Vor einigen Monaten richtete er sich in Nürnberg in einem kleinen Haus, das ihm die Familie zur Verfügung stellte, seine Werkstatt ein. Dann nahm er seine Arbeit auf, arbeitete mit der sogenannten Weberdiestel, einer Art Striegel, die Wolle aufraute und für die Weiterarbeitung zum Färben Tuchmachern und Tuchscherern lieferte. Diese Handwerker spannten die feuchten Tuche auf Rahmen und dehnten sie dabei auf das gewünschte Maß. Nach Wunsch der Abnehmer färbte man sie und raute den Stoff wieder mit der Weberdiestel auf. Der fertig vorbereitete Stoff kam dann für die Weiterverarbeitung auf einen gepolsterten Schertisch, an dem zwei Gesellen das Tuch noch einmal mit der Tuchschere bearbeiten, ihn scherten. Im letzten Arbeitsgang wurde dann die Faserdeckung durch Bürstenstriche gelegt und erhielten ihre endgültige Form. Insgesamt waren vom Aufrauen der Wolle bis zum Einfärben und Scheren viele Arbeitsgriffe erforderlich, die genaue und gute Arbeit der Gesellen erforderten. Da roter Tuchstoff sehr beliebt war, wurden davon entsprechend große Mengen hergestellt, aber auch blaue, grüne und braune Färbungen waren beliebt. Schwarz galt immer als vornehm und war teurer als alle anderen Farben. Nur das Gelbfärben beherrschte niemand mehr, das Wissen war in Vergessenheit geraten und bedeutete nun für den Buckligen und das Haus Leupolth einen interessanten Neubeginn in Nürnberg.

»Ich wäre dann bereit, Ihr Herren, und habe Euch heute eine Probe aus der neuen Werkstatt mitgebracht!«, erklärte Rheinhart mit einem dünnen Stimmchen, das zu seinem wenig ansprechenden Äußeren zu passen schien. Die Natur hatte es mit Rheinhart nicht gut gemeint, der einst als Findelkind vor einer Kirchentür aufgelesen und vor dem sicheren Tod durch Erfrieren gerettet wurde. Er wuchs in einem Kloster auf, erlernte dort schon verschiedene Techniken der Wollbehandlung und vollendete schließlich seine Ausbildung in Avignon, wo man – neben Rouen, Sedan und Essex die besten Kardätschenmacher überhaupt fand.

»Rheinhart, du weißt, es geht um Geld, um sehr viel Geld, sonst würde ein Handelshaus wie das zu Leupolth sich nicht um solche Dingen wie Kardätschen und ihren Herstellern kümmern!«, sagte Valentin mit sehr ernstem Gesicht und finsterer Miene, sodass der kleine, bucklige Handwerker sich noch etwas mehr zusammenkauerte. Valentin mit seiner Körpergröße von mehr als sechs Fuß und seinen breiten Schultern war schon eine imposante Erscheinung. Bei einem verunstalteten und kleinen Menschen musste das noch beeindruckender sein. Tatsächlich verzog der Bucklige sein Gesicht und hatte beide Hände wie zur Abwehr gehoben.

»Natürlich Herr Valentin, das ist mir doch klar! Ich habe viele Jahre schwer gearbeitet, aber immer nur für Herren, die mit meiner Hände Arbeit und meinem Wissen ihr Vermögen vergrößert haben. Für mich blieben da die kleinen Brosamen. Als ich vor gut zwei Jahren das erste Mal von Eurem Angebot hörte, konnte ich mein Glück nicht fassen. Leider wurde ich krank, dann der umständliche Umzug, und noch einmal hatte ich mit meinem Rücken schwere Probleme. Aber jetzt, Herr Valentin, geht es los, ich brenne darauf, für Euch arbeiten zu dürfen und Euch damit zu beweisen, dass das viele Geld, das Ihr mir bereits gegeben habt, die Werkstatt und all die Dinge, die ich für meine Arbeit benötige, sich gelohnt haben. Mehr als das, sie werden sich mehrfach auszahlen!«

»Sehr schön, ich danke dir, Rheinhart. Aber das Wichtigste, damit wir gegen die Kölner Tuche überhaupt bestehen können: Das Gelbfärben!«, erwiderte Valentin zu Leupolth mit gedämpfter Stimme. »Es gibt die Aufteilung der Färber in neue Richtungen, einige sind nur noch Rotfärber. Natürlich könnte jemand wie unser Handelshaus genügend Färber für jede Farbe einstellen, aber das macht wenig Sinn, wenn es keinen Menschen mehr im Land gibt, der Gelbfärber ist!«

»Keine Sorge, Herr Valentin, ich habe die Probe mit dabei! Sie wird Euch überzeugen!«

Bei diesen Worten griff der Bucklige in sein Wams und zog gleich darauf ein bearbeitetes Tuchstück hervor, das in einem wunderbaren, goldgelben Ton leuchtete. Er gab es Valentin in die Hand, der es vor seine Augen führte und damit zur Prüfung ans Fenster trat, bevor er es an Johann weiterreichte.

»Mein Gott, ist das wunderbar!«, rief der aus und strich andächtig über das Stück. »Wenn ich mir meine Neslin damit vorstelle – ich glaube, ihre kupferroten Haare auf diesem Stoff, und sie wird zum Gespräch in Nürnberg, was sage ich, zum Gespräch im ganzen Land!«

»Aber wie steht es mit der Garnprobe, Rheinhart?«, erkundigte sich Valentin, und der Bucklige deutete nur lächelnd auf die Stoffprobe.

»Herr Valentin, ich weiß wohl, dass vor dem Rat der Stadt Nürnberg eine Tuchprobe zerrissen werden muss, um die Qualität des durchfärbten Tuches festzustellen. Man will damit die Garne bevorzugen, die natürlich einfacher zu färben sind. Aber ich glaube, ich kann Euch überzeugen, wenn Ihr einmal reißen wollt?«

Ungläubig blickte Valentin auf die Probe, dann trat er damit ans Fenster und riss mit beiden Händen das Tuch auseinander. Überrascht von dem Ergebnis zeigte er es seinem Stiefbruder.

»Das ist ja – Meister Rheinhart, du bist zu Recht in deinen Berufen mehrfacher Meister. Das ist einfach... ein Wunder!«

Beide Brüder waren erstaunt, wie stark die Wollfäden durchgefärbt waren. Natürlich konnten sie nicht wie ein Garn vollständig durchgefärbt sein, aber für eine Qualitätseinstufung durch den Rat der Stadt war das alle Male ein hervorragendes Ergebnis.

»Wenn Ihr mir erlaubt, Herr Valentin, Herr Johann – ich habe noch mehr von dem gelb gefärbten Stoff in diesem Korb für Eure Frauen mitgebracht!«

Dabei zog er ein einfaches Leinentuch von der Kiepe herunter und griff in das darunterliegende, sorgfältig gefaltete Paket, das sich nun als Tuchballen in der gleichen Farbe entpuppte.

»Rheinhart, du bist ein Goldstück! Unsere Frauen werden jubeln, wenn sie als Erste aus diesem Tuchstoff etwas gefertigt bekommen!«, flüsterte Valentin fast andächtig.

»Und wir werden dafür sorgen, dass sie schon sehr schnell etwas so Auffälliges davon tragen können, dass jede Frau Nürnbergs sich erkundigen wird, wo es eine solche Qualität und eine so leuchtende Farbe gibt!«

»Wie machst du das eigentlich, Meister Rheinhart? Ich meine, niemand außer dir kennt offenbar das Rezept der Gelbfärberei. Aber mir scheint es fast so, als hätte es noch nie zuvor eine solch leuchtende Farbe gegeben!«

Rheinhart lächelte still und antwortete dann nur: »Das, verehrter Herr zu Leupolth, ist mein Geheimnis. Sicher wird man versuchen, meine Färberei nachzuahmen. Aber ich versichere Euch hier, dass es keinen anderen geben wird, der dieses intensive Gelb erzeugen kann!«

Johann war aufgestanden, trat an einen schmalen Schrank und entnahm ihm eine Kristallkaraffe und drei Gläser, die er gleich darauf randvoll mit einer rubinroten Flüssigkeit einschenkte.

»So, mein lieber Meister Rheinhart, jetzt wollen wir einmal auf unseren Erfolg anstoßen! So einen guten Wein hast du in deinem Leben noch nicht getrunken!«

Mit diesen Worten verteilte er die beiden Gläser an Valentin und Rheinhart, aber der kleine Handwerksmeister wusste gar nicht, wie ihm geschah.

»Oh nein, Herr Johann, viel zu viel, das geht doch nicht!«

Die beiden Halbbrüder hielten ihm das Glas entgegen und warteten darauf, dass er auch seines erhob. Doch noch immer zierte sich der Bucklige.

»Ich weiß nicht, Ihr Herren, ich habe noch nie in meinem Leben Wein getrunken, vertrage auch kein Bier, und da...«

»Nichts da, keine Ausflüchte, mein lieber Rheinhart! Heute ist ein Tag zum Feiern, zum Wohle!«

Und Rheinhart ließ sich dazu hinreißen, das Glas sehr schnell zu leeren, und als er endlich die leere Kiepe aufnahm und sich verabschiedete, spürte er bereits die Wirkung. Beim Hinausgehen stieß er mit der Schulter schmerzhaft gegen den Türrahmen, dann verabschiedete er sich zum wiederholten Male mit bleischwerer Zunge, und stand schließlich vor dem Patrizierhaus, um sich zunächst einmal zu orientieren.

Als er aus der Tuchergasse kam, hatte er einen schrägen Gang und beim Durchqueren einer schmalen, bereits dunklen Nebengasse spürte er einen starken Drang in seiner Blase. Kurzerhand setzte er die Kiepe ab, beugte sich etwas vor gegen die Mauer eines Grundstücks und schlug mit einem langen Stöhnen sein Wasser ab. Noch hatte er seine Kleidung nicht geordnet, als er plötzlich kräftig im Nacken gepackt wurde und ihn jemand so hart nach vorn drückte, dass er mit dem Gesicht gegen die raue Mauer stieß und spürte, wie ihm das Blut aus der Nase lief.

»So, da haben wir den Buckligen ja!«, sagte eine Stimme gefährlich leise dicht an seinem Ohr.

»Bitte, ich habe kein Geld bei mir, was wollt ihr von mir?«

»Geld? Wer braucht schon etwas armseliges Geld, das du vielleicht in deiner Geldkatze am Gürtel mitführst? Nein, Meister Rheinhart, aus dir lässt sich mehr herausholen als ein paar Kreuzer oder gar Silberstücke!«

»Bitte, Herr, ich will Euch ja gern mein Geld geben, aber es ist wirklich nicht viel, über das ich...«

»Maul halten! Hör auf, uns etwas vorzumachen, Rheinhart! Wir kennen deine Geschäfte, die du mit den Leupolths machst, und diese Pfeffersäcke werden mit einem wie dir nur dann Geschäfte machen, wenn da etwas wirklich Interessantes zu holen ist!«

»Ich bin ein einfacher Kardätschenmacher und soll für sie die Stoffe bearbeiten, mehr ist es nicht! Ich verstehe nicht, was ich da für Euch tun soll, Herr!«

»Zum letzten Mal, hör auf, mich zu belügen! Und komm nicht auf die Idee, um Hilfe zu rufen. Ich habe hier ein Messer in der Hand, mit dem ich dich beim ersten falschen Laut abstechen werde. Mein Freund steht am Eingang zur Gasse, hoffe also nicht auf irgendeine Hilfe von Passanten.«

»Ich bitte um Gnade, Herr, lasst mich armen Menschen doch laufen!«

Ein verächtliches Auflachen folgte, dann war die Stimme wieder dicht an seinem Ohr, unheilvoll und drohend.

»Für dieses Mal musst du nur sagen, ob es stimmt, was du mit den Leupolths besprochen hast!«

»Was, um Himmels willen, soll denn stimmen, Herr?«

»Du kannst das Gelbfärben?«

Der Bucklige biss sich auf die Lippen und schwieg.

Ein harter Schlag gegen seinen Kopf ließ ihn aufschreien, und dann drohte die Stimme: »Ich schneide dir hier und jetzt gleich zwei Finger ab, dann kannst du ja sehen, ob du noch für die Leupolths arbeiten kannst! Also, antworte: Kannst du Gelbfärben?«

»Ja, Herr, das kann ich, wenn ich die Mittel dafür habe!«

»Na also, dann kommen wir ins Geschäft und du überlebst, zumindest die nächsten Tage!«, zischte ihm der Unbekannte ins Ohr. »Wir sehen uns wieder!«

Und mit einem kräftigen Schlag gegen seinen Hinterkopf verlor Rheinhart das Bewusstsein. Lange Zeit lag er regungslos im Schmutz der dunklen Gasse, bis ihm etwas Nasses auf die geschlossenen Augen tropfte, dann immer mehr Tropfen rasch hintereinander folgten und Rheinhart verwundert seine Augen öffnete und versuchte, etwas zu erkennen.

Ein stechender Schmerz zuckte durch seinen Kopf, und er schloss erneut die Augen. Alles drehte sich. Doch die Regentropfen fielen jetzt dichter, und da war noch etwas anderes, was ihm erst jetzt bewusst wurde. Sein Kopf lag nicht mehr im Dreck der Gasse, sondern auf etwas Weichem, Warmen. Und dann geschah etwas, das Rheinhart noch nie zuvor in seinem Leben passiert war.

Jemand fuhr ihm ganz sanft über die Stirn und die Wangen und flüsterte dabei Worte, die er zunächst gar nicht verstand. Erst nach und nach drangen sie in sein Gehör. Trotzdem begriff er nicht, was dieses Wesen, in dessen Schoß sein Kopf ruhte, zu ihm sagte.

»Wer... wer bist du?«

»Pscht, du musst keine Angst mehr haben, ich passe auf dich auf!«, hauchte eine sanfte Stimme. Wieder liebkoste ihn die Hand, und obwohl der Regen noch etwas stärker auf sie herunterfiel, hatte er nicht das Bedürfnis, sich zu erheben.

Ich muss bei dem Überfall gestorben sein, und jetzt ist ein Engel an meiner Seite, der mich in den Himmel führt. So habe ich mir das nie vorgestellt, aber es ist schön und könnte immer so weitergehen, dachte er. Doch dieser Wunsch erfüllte sich vorerst nicht, denn jetzt wurde der Regen unangenehm und schien die Gasse mit Wasser füllen zu wollen.

»Ich weiß nicht, wer du bist, und weshalb du dich um mich gekümmert hast. Aber wir können hier nicht bleiben, wenn wir uns nicht den Tod in der Nässe holen wollen!«, sagte Rheinhart mit rauer Stimme.

»Wohin gehst du?«

»Ich bin Meister Rheinhart der Tucher und Kardätschenmacher. Meine Werkstatt ist nicht weit entfernt beim Heugässchen.«

»Du bist ein Meister mit einer eigenen Werkstatt?«

Die Stimme klang schüchtern und gehörte offenbar zu einer jungen Frau, das hatte Rheinhart nun schon herausgefunden. Er bemühte sich, auf die Beine zu kommen und bedauerte zugleich den Verlust der Körperwärme, die sich ihm bei dem innigen Kontakt eben noch geboten hatte.

»Ja, ich bin tatsächlich ein Meister meiner Kunst, übe aber auch drei Berufe aus, die zusammengehören wie... wie Bier, Brot und Wurst!«, fügte er lächelnd hinzu, weil ihm kein anderer Vergleich einfiel. Als er etwas schwankend im Dunkel der Gasse stand, spürte er eine Berührung an seiner Hand. Die Frau schob ihre Hand in seine und hielt sie fest.

»Ich helfe dir, damit du sicher nach Hause kommst.«

»Das... ist eigentlich nicht nötig... danke!«, stammelte Rheinhart verwirrt und dachte dabei, dass dieses freundliche Wesen wohl gleich laut aufschreiend davonjagen würde, sobald sie im Licht der nächsten Hauslaterne seine Gestalt erkennen würde. Er musste lange Zeit in der Gasse ohnmächtig gelegen haben, denn er spürte jetzt bei jedem Schritt die von der Nässe und dem Dreck der Gasse vollgesogenen Beinkleider. Auch sein Wams hing ihm schwer über die Schultern, aber die Frau an seiner Seite sprach kein weiteres Wort mehr, auch als sie an einer Lampe vorübergingen, die im leichten Abendwind über einer Tür hin und her schaukelte.

Seltsam! So etwas kann doch nur ein Traum sein! Sie muss doch sehen, wie ungestaltet ich bin, und geht doch mit mir Hand in Hand durch das nächtliche Nürnberg, als wären wir seit langer Zeit gut bekannt! Was geschieht hier mit mir? Oder ist es doch ein Engel?, lauteten die Gedanken, die Rheinhart durch den Kopf gingen. Im Licht der Hauslaterne warf er einen verstohlenen Blick zu seiner Begleiterin, konnte aber nicht sehr viel von ihr ausmachen. Nur, dass sie schulterlange, dunkle Haare hatte, die von der Nässe an ihrem schmalen Gesicht klebten. Dazu trug sie nur ein Kirtle, das ärmellose Unterkleid, dessen Farbe aber selbst das geschulte Auge des Buckligen in der Dunkelheit erkennen konnte. Was ihm jedoch einen Schreck einjagte, war die Tatsache, dass diese junge Frau barfuß ging. Auch hier hatte er sich getäuscht, als er die Farbe ihrer Füße für die Schuhe gehalten hatte.

Vielleicht gehört sie ja zu den Männern, die mich überfallen haben, und soll mich überwachen? Vielleicht bin ich ja dumm genug, sie damit zu meiner Werkstatt zu führen, die sie gar nicht kannten?

Doch gleich darauf ärgerte er sich über solche Gedanken, die unpassend und undankbar waren.

»Hier bin ich schon an meinem Haus angelangt!«, sagte er und zog den einfachen Schlüssel aus dem Gürtel, an dem er ihn mit einer Lederschnur befestigt hatte. Nur einen kurzen Moment zögerte er, dann drehte er ihn im Schloss herum und öffnete die Tür. Er trat über seine Schwelle und tastete nach Stahl und Zunder, um die bereitstehende kleine Laterne zu entzünden. Nach mehreren Versuchen hatte er Funken auf das Zunderstück in seiner Hand fallen gelassen und blies sie behutsam an. Dann kam ein Kienspan darauf, noch einmal angeblasen, und gleich darauf brannte die Kerze in der Laterne. »Darauf bin ich mächtig stolz, weißt du? Ich verwende echte Kerzen, und diese Laterne lässt sich zusammenlegen und hat mir schon häufig auf meinen Wanderungen gute Dienste... wo bist du, Mädchen?«

Verwundert blickte Rheinhart wieder auf die Straße, wo er die schmale Gestalt seiner Begleiterin in einiger Entfernung sah. »Komm zurück, es regnet doch noch immer, und so kann ich dich nicht gehen lassen! Du musst dich trocknen, und ich kann dir auch etwas zu Essen anbieten!«

Die Gestalt schien zu zögern, dann erkannte er im Licht seiner hochgehaltenen Laterne das blasse Gesicht, umrahmt von den nassen, dunklen Haarsträhnen.

»Komm mit herein, du holst dir den Tod da draußen, auch wenn es schon April ist! Die Nächte sind noch recht frisch! Nun mach schon, mir ist auch kalt, ich will die nassen Sachen loswerden!«

Langsam kam sie näher, zögerte noch auf seiner Schwelle und sah sich scheu um, als sie in dem kleinen Flur stand.

Rheinhart hatte ein altes Fachwerkhaus von den Leupolths erhalten, das aufgrund seiner Nähe zum Hauptmarkt und der vorhandenen Werkstatt geradezu ideal für ihr Vorhaben war. Nach hinten hinaus gab es ein großes, brachliegendes Grundstück, das aber von einer soliden Steinmauer eingefasst war. Hier hatte Rheinhart seine Fässer mit den zu färbenden Tüchern, dazu viele kleine und große Behälter mit den Färbemitteln, und konnte ungesehen schalten und walten, wie es seine Arbeit erforderte.

»Es wäre vielleicht ganz gut, wenn du dir etwas anderes überziehen könntest. Aber ich besitze natürlich keine Frauenkleider. Egal, so kannst du nicht bleiben, ich gebe dir etwas von meinen Sachen. Hier drüben ist meine Schlafkammer, wenn du willst, bleibst du nach dem Essen über Nacht in der Küche, wo ich dir ein warmes Lager am Herd einrichten kann.«

Rheinhart achtete nicht darauf, ob sie ihm folgte, sondern er überwand seine Verlegenheit in Anwesenheit der fremden Frau, indem er munter darauf los plauderte. »Hier in dem Zuber ist sauberes Wasser, ich könnte auch noch etwas heiß machen. Nur für ein Bad reicht es nicht!« Mit einem verlegenen Lachen verschwand er in seiner Schlafkammer, um endlich die unangenehm nassen Sachen abstreifen zu können. Rasch hatte er Hemd und Hose gewechselt und trat wieder in die Küche, wo sich die Unbekannte gerade wusch.

Rheinhart erstarrte in der Tür, als er ihren weißen, mageren Körper schimmern sah. Sie hatte ihr hemdartiges Gewand abgelegt und wusch sich mit einem der über dem Zuber hängenden Lappen gerade gründlich ab. Verlegen sah er auf ihre kleinen, birnenförmigen Brüste, die sich im

Licht der Faltlaterne erkennen ließen. Sie hatte dagegen keinerlei Probleme, sich so nackt zu zeigen, und als er sich verlegen zurückziehen wollte, rief sie ihm zu:

»Du musst keine Angst haben, Rheinhart. Ich bin eine erwachsene Frau. Gibst du mir bitte das Laken, damit ich mich abtrocknen kann?«

»Aber ich...«, stotterte Rheinhart mit trockenem Mund, als sie zu ihm hinüber ging und nun so dicht vor ihm stand, dass er nicht wusste, wohin er seinen Blick richten sollte.

»Ich bin Alheyt, Rheinhart. Danke, dass du mich mit in dein Haus genommen hast.«

2.

Im Rat der Stadt Nürnberg

»Was wollt Ihr damit andeuten, Herr Ebner?«, erkundigte sich mit einem schiefen Lächeln Valentin zu Leupolth, nachdem der Ratsherr Erasmus Ebner eben die Frage aufgeworfen hatte, wer sich in Nürnberg eigentlich um das aussterbende Handwerk der Loderer bemühen würde? Man hörte bereits, dass das Haus zu Leupolth großes Interesse zeigen würde, und wie stehe es denn mit den anderen Häusern?

»Nun, genau das, was Euch zu bewegen scheint, Herr zu Leupolth!«, erwiderte Ebner scharf. Sein dicker Kopf mit den stark geröteten Wangen, dem spärlichen Haupthaar und den kleinen Augen, die wie aus dem Kopf eines Schweines in die Welt blinzelten, wirkte über dem weißen Mühlsteinkragen geradezu grotesk.

Wirklich wie ein Schweinekopf auf einer Schüssel!, dachte Valentin, musste sich aber sehr beherrschen, um nicht laut heraus zu poltern. Er hatte schon nach ein paar seltsamen Fragen, die ihm andere Ratsmitglieder beim Treffen in der Stadt stellten, darauf gewartet und konnte nun eigentlich vollkommen gelassen reagieren. Trotzdem wäre es ihm erheblich lieber gewesen, dass er nicht schon heute vor dem Rat Rede und Antwort stehen müsste. Nach dem Tod seines Vaters war er nachgerückt, das war für alle selbstverständlich. Doch man beobachtete seine Unternehmungen mit größter Aufmerksamkeit, denn durch die Fusion der Häuser zu Leupolth und Vestenberg als Folge seiner Verheiratung mit Enndlin erweckten Neid und Missgunst der anderen Patrizier.

Valentins Blick wanderte über die ihm zugewandten Köpfe. Jeder der Ratsherren trug, wie es bei den hochgestellten Bürgern überhaupt Mode war, diesen unbequemen Mühlsteinkragen, der sorgfältig mit einer Brennschere gefältet und immer wieder gestärkt werden musste. Dabei war dieses Kleidungsstück, das auch immer mehr von Frauen geschätzt wurde, unbequem und bei warmem Wetter einfach nur lästig.

»Nun, ich nehme einmal an, dass der Herr Ebner, der ja einst Gildemeister der Loderer war, sich Sorgen um die beiden noch in unserer Stadt verbliebenen Loderer macht. Ich kann Euch versichern, verehrter Herr Ebner, dass Euch das durchaus ehrt. Aber wenn Ihr darauf anspielt, dass das Handelshaus zu Leupolth eine aufgegebene Werkstatt übernommen hat, dann sei Euch dazu Folgendes erklärt.«

Ein erneuter Blick in die ihm zugewandten Gesichter der anderen Ratsmitglieder bewies, dass er ihre Aufmerksamkeit hatte. Wo eben noch geflüstert und getuschelt wurde, der eine oder andere in der sich erwärmenden Luft des Saales kurz vor dem Einschlafen war, herrschte plötzlich Stille. Noch nicht einmal das Scharren eines Stuhles oder das laute Zurückstellen eines Bechers war zu vernehmen, als Valentin mit seiner Erklärung fortfuhr:

»Das Haus zu Leupolth fühlt sich verantwortlich für Handwerker, die einst für uns gearbeitet haben. Wie allgemein bekannt sein dürfte, gibt es schon seit vielen Jahren einen Rückgang im Gewerbe der Lodweber. Heute ist es nun in unserer Stadt so weit gekommen, dass es noch zwei Werkstätten gibt, die aber über kurz oder lang ebenfalls ihre Fertigung einstellen werden. Es dürfte auch bekannt sein, dass sich das Kölner Tuch großer Beliebtheit erfreut, auch wenn es von den Tuchern nur in den Farben blau, grün und rot gefärbt werden darf!«

»Sehr richtig!«, pflichteten ihm die Gildevertreter der Tucher bei. »Eine Schande ist diese Beschränkung!«

»Ja, aber, Ihr Herren!«, fuhr Valentin lachend fort. »So verkündet und beschlossen von dem Rat der Stadt Nürnberg bereits im Jahre des Herrn 1407! Und bis zum heutigen Tag – nahezu nach einhundert Jahren, meine Herren! – noch immer gültig. Ich will auch gar nicht auf den nachgefolgten Ratsbeschluss eingehen, dass den Färbern etwas später erlaubt wurde, auch minderwertige Tuche herzustellen und zu verkaufen!«

»Hört, hört!«, riefen einige Ratsherren, die aber mit dem Handel von Tuchstoffen nichts zu tun hatten. Valentin nickte ihnen vielsagend zu, dachte sich seinen Teil, und kam zum Abschluss seiner Rede.

»Ich sprach von der Verantwortung für die alten Handwerker. Jeder der Anwesenden weiß wohl, dass keine Frau nach dem Tod ihres Gemahls die Werkstatt fortführen darf. Bestenfalls könnte sie einen Meister aus dem Beruf ihres verstorbenen Gattens heiraten, um an seiner Seite leben zu können. Jetzt frage ich Euch, Ihr Herren – wie viele solcher Fälle sind Euch bekannt? Dass eine Wittib (Witwe) einen Meister ins Haus nahm, um die Werkstatt fortzuführen?«

Er kannte die Antwort natürlich im Voraus und lächelte siegesgewiss in die Runde, die schweigend den Blick senkte.

»Seht Ihr? Es gibt keinen solchen Fall in Nürnberg. Um nun den hinterbliebenen Witwen und Waisen zu helfen und zu verhindern, dass sie ins Armenhaus müssen, hat das Haus zu Leupolth die erste Loderer-Werkstatt übernommen und die Wittib ausgezahlt. Damit ist ihr Auskommen zumindest gesichert, zumal sie ein Wohnrecht in der Wohnung über der Werkstatt eingeräumt bekommt!«

Jetzt entstand ein stärker werdendes Murmeln unter den Ratsherren, man begann, sich lauter auszutauschen, und Valentin setzte sich wieder mit einem zufriedenen Lächeln auf seinen Platz, rückte den lästigen Kragen noch einmal zurecht und schaute in die Runde.

»Und was ist mit dieser Werkstatt eines ausländischen Kardätschenmachers?«

»Ach, Ihr meint sicher Meister Rheinhart, zudem Färber- wie auch Tuchermeister ist und seine Ausbildung in Avignon tätigte. Nun, was soll mit ihm sein? Er hat sich in Nürnberg niedergelassen und wird seine Kardätschenfertigung nun gewiss bald in Angriff nehmen. Oder habe ich übersehen, dass es irgendwo noch eine Kardätschenwerkstatt gibt?«

Da sprang der ehemalige Gildemeister Ebner plötzlich wie von einer Feder geschnellt auf, stützte seine dicken, fleischigen Hände auf die lange Tafel und rief über den Tisch in Valentins Richtung: »Wollt Ihr mir allen Ernstes weismachen, dass Ihr nur eine Loderer-Werkstatt übernommen habt und das nur aus Barmherzigkeit?«

Valentin zu Leupolth machte sich nicht die Mühe, aufzustehen.

»So ist es, Herr Ebner!«

Das dicke Schweinsgesicht über dem steifen Kragen schien noch dunkler anzulaufen, und die kleinen Augen sahen aus, als würden sie gleich herausspringen.

»Das ist eine elende Lüge, behaupte ich! Ich weiß, dass die Leupolths mindestens zwei Werkstätten gekauft haben, dazu noch die des vor zwei Monaten verstorbenen Tuchers Klingenbiel!«

Erneut blieb Valentin zu Leupolth bei seiner Antwort sitzen und sagte nur verächtlich:

»Ich habe die Befürchtung, dass der Herr Ebner von seinem zu eng geschnürten Duttenkragen zu wenig Luft bekommt. Vielleicht sollten wir den Medicus rufen, ehe ihm der Kopf platzt. Wenn solche Anschuldigungen hier im Ehrwürdigen Rat der Stadt Nürnberg auf den Tisch kommen, habe ich ja wohl das Recht, Beweise zu sehen! Na, Herr Ebner?«

Der ehemalige Gildemeister der Loderer begann vor Zorn nach Luft zu schnappen, und die eben gehörte Bezeichnung Duttenkragen für seinen in der Tat viel zu eng sitzenden Mühlsteinkragen gab ihm noch den Rest. Er fuchtelte nur noch wütend mit den Armen in der Luft herum, und sein Nachbar zog ihn am Wams zurück auf seinen Stuhl, beugte sich zu ihm und sprach beruhigend auf ihn ein.

»So mäßigt Euch doch, Herr Ebner, Ihr erleidet sonst noch einen Schlagfluss! Habt Ihr Beweise für solche Behauptungen, müsst Ihr sie auf den Tisch legen – oder ansonsten besser schweigen!«, sagte Christoph Fürer von Haimendorf halblaut, aber für Valentin noch verständlich.

»Wenn dann keine weiteren Anträge mehr vorliegen, bitte ich doch den Dominus der heutigen Sitzung, selbige zu schließen, damit ich zu meiner Frau eilen kann. Wie ich wohl weiß, könnten sonst die guten Bratwürste platzen!«

Allgemeines Gelächter folgte dieser Bitte, und der gewählte Dominus, einer der Ratsherren aus ihrer Mitte, der die Sitzung leitete, gab den Schreibern das Zeichen, dass nun die Ratssitzung geschlossen sei. Während alle ihre Stühle zurückschoben und dem Ausgang aus dem prachtvollen, lang gestreckten Saal zustrebten, versuchte der noch immer vor Wut bebende Erasmus Ebner dem Valentin in den Weg zu treten und fuchtelte dabei aufgeregt mit den Armen.

»Nein, mein lieber Ebner, keine Zeit! Der Ärger, den Ihr mir mit Euren albernen Fragen bereitet, ist bei Weitem geringer, als der Ärger mit meiner lieben Frau, den ich bekomme, wenn ich nicht rechtzeitig zu Tisch erscheine!« Damit eilte er aus dem Rathaus, während der Ratsherr Ebner hinter ihm mit einem gurgelnden Laut dem Nachfolgenden in die Arme sank.

Kurz vor der eigenen Haustür begegnete ihm Metze Losekann, der offenbar ebenfalls zur Mittagszeit das Leupolthsche Haus betreten wollte.

»Metze, wieso bist du noch nicht unterwegs nach Braunschweig? Und wie ist es möglich, dass Ratsherr Ebner etwas von dem Kauf der Werkstätten erfahren hat? Er wollte mich vor dem gesamten Rat ausquetschen, ich habe ihn natürlich abgeschmettert. Bist du vielleicht ein wenig zu unvorsichtig gewesen?«

»Valentin, ich hatte gehofft, du hättest es schon erfahren. Nun, dann sei froh, dass du die Nachricht von mir hörst, bevor es andere wissen oder gar deine Frau erfährt! Gestern Abend stieg der Hamburger Gildemeister Petrus Ortsee wieder im Haus der Familie von Heroldsberg ab. Ich kann mir also die Reise von Braunschweig nach Hamburg ersparen.«

»Oh, das ist gut zu wissen. Er ist doch hoffentlich allein angereist?«

Metze grinste ihn herausfordernd an, als er antwortete: »Wolltest du dich diesmal nicht mit seiner Tochter treffen? Man hört, dass sie in den zwei Jahren zu einer echten Schönheit gereift ist! Aber ich meine wohl, ihr hübsches Gesicht bereits am Fenster gesehen zu haben, als sie mir zulächelte!«

»Halt dein Lästermaul, Metze, sonst verbiete ich dir meinen Mittagstisch!«, wies ihn Valentin zurecht, öffnete die Tür und rief ins Haus: »Enndlin, ich bin zurück! Was macht mein kleiner Liebling Barthel?«

Die Stubentür öffnete sich, und Enndlin trat heraus, den kleinen Barthel auf dem Arm, der beim Anblick seines Vaters in ein fröhliches Krähen ausbrach und mit Armen und Beinen schlug wie ein noch nicht flügges Küken. Valentin nahm ihn behutsam seiner Mutter aus den Armen, drückte den Kleinen an seine Wange und erkundigte sich:

»Was hat mein kleiner Junge heute alles schon gemacht?«

»Ein ordentliches Paket in seine Tücher gesetzt, sodass dem Mädchen wie seiner Mutter schlecht wurde. Aber er hat offenbar die gute Verdauung von seinem Vater geerbt und gerade erst wieder seinen Hunger gestillt bekommen!«

»Sehr gut, mach nur so weiter, Barthel, damit du bald groß und stark bist und mit deinem Vater und der Magdalena durch Nürnberg bummeln kannst. Willst du das?«

Der Kleine quietschte vergnügt und stieß dann ein kräftiges Bäuerchen aus, was seinen Vater rasch dazu brachte, ihn wieder in die Arme der Mutter zu legen. Er fürchtete doch, dass ihm möglicherweise sonst etwas über das Wams gespuckt werden könnte. Vermutlich würde ihn der Hamburger Gildemeister Ortsee noch heute aufsuchen wollen, und er spürte keinerlei Neigung, das prächtige Wams, das er für gewöhnlich nur zu den Ratssitzungen trug, abzulegen. Es war an den Nähten sehr aufwändig mit Applikationen verziert, und auch sein mächtiger Mühlsteinkragen, der nach der stürmischen Begrüßung durch seinen Sohn wieder etwas gerichtet werden musste, hatte farbige Spitzen an den Falten bekommen, um den Kaufmann noch etwas mehr herauszuputzen.

Metze hatte schweigend das Familienglück betrachtet und folgte seinem Herrn jetzt unaufgefordert in die gute Stube, wo das Essen gleich aufgetragen werden sollte. Gerade räusperte sich Enndlin hörbar, um ihren Unmut über den unerwünschten Gast zu verkünden, da drehte sich Valentin zu ihr herum und sagte mit einem besonderen Lächeln: »Ach, Enndlin, lass doch noch ein Gedeck auflegen, Metze wird heute mit uns zu Mittag essen. Ich brauche ihn, denn er hat mir gerade die Ankunft des Petrus Ortsee aus Hamburg gemeldet.«

»Ortsee ist nach Nürnberg gekommen? Hat das was zu bedeuten?«

»Vermutlich hat er erfahren, wie viele seiner Schuldverschreibungen in meinem Schreibtisch gelandet sind. Jedenfalls muss ich anerkennen, wie sehr er sich beeilt hat, nach Nürnberg zu kommen!«

Valentin wich dem fragenden Blick seiner Frau aus und setzte sich an den Tisch. Mit einem tiefen Seufzer folgte sie ihm nach und gab der Magd das Zeichen, aufzutragen.

3.
Nürnberg, die Werkstatt im Heugässchen

Als Rheinhart am nächsten Morgen die Augen aufschlug, galt sein erster Gedanke Alheyt. Sie lag nicht mehr neben ihm, und mit einem Satz war er aus dem Bett, zog hastig seine Wollhose über und lief hinüber in die Küche, aus der Geräusche drangen. Prüfend zog er den Duft ein, der vom Herd zu ihm zog. Das roch nach gebratenem Speck, Eiern und dazu brodelte im Kessel über dem Herdfeuer der Brei, den sie eifrig mit einem großen Löffel umrührte, um ihn nicht anbrennen zulassen.

Das Bild, das sich ihm hier bot, ließ ihn wie gebannt erstarren. Das Mädchen trug Hemd und Hose von ihm, die er ihr am Abend gereicht hatte. Ihre Haare waren ordentlich mit einem Lederband im Nacken gebunden, und so, wie ihre Hände und Füße jetzt aussahen, musste sie sich schon am frühen Morgen ausgiebig gewaschen haben.

»Was machst du da, Alheyt?«

Sie drehte sich mit einem Lächeln zu ihm um und breitete die Arme aus.

»Das Frühstück für uns, Rheinhart! Ich bin es nicht gewöhnt, so lange im Bett auszuharren, wenn ich denn überhaupt ein Bett für die Nacht habe. Sowie es keinen Schnee mehr gibt, schlafe ich meistens irgendwo in der Stadt im Freien. Jetzt ist alles fertig für ein gutes Frühstück, und ich habe dir auch schon ein Dünnbier aus dem Keller geholt.«

»Aber... das ist doch... warum...«, stotterte er und war sich erst jetzt bewusst, dass er nur die Hose trug und sein hässlicher, verformter Körper vollständig zu sehen war. Rasch drehte er sich auf dem Absatz um, stapfte brummend in seine Kammer, griff sich ein noch sauberes Hemd, das an einem Haken hing, und zog es sich rasch über den Kopf. Erleichtert wollte er sich umdrehen, als ihn plötzlich zwei magere Arme von hinten umfassten und sich ein schmaler Körper an seinen missgebildeten Rücken schmiegte.

»Meinetwegen musst du dich nicht vollständig anziehen, Rheinhart. Aber komm, sonst wird der Speck kalt und der Hirsebrei hängt doch noch an!«

Verwirrt ging er hinter ihr her und fiel schließlich auf den einfachen Schemel, den sie aus seiner Werkstatt geholt hatte, denn hier gab es nur einen alten, wackligen Stuhl.

Fassungslos sah er ihr ins Gesicht und konnte nicht glauben, mit welcher Freude sie ihm Schinken und Eier auf den Teller füllte und dann eine irdene, kleine Schüssel mit dem Hirsebrei daneben stellte. Ein Krug mit dem Dünnbier stand schon neben seinem Teller, und schließlich griff er zögernd nach dem vom häufigen Gebrauch schon geschwärzten Holzlöffel und begann sein Essen. Plötzlich zuckte er zusammen und ließ den Löffel fallen, als stände er in Flammen.

»Aber um Gottes willen, Alheyt, wo habe ich nur meine Augen? Du isst ja gar nichts! Komm, lang zu, du hast hier ja so viel aufgetan, dass ich es unmöglich schaffen kann!«

Doch die junge Frau lachte nur fröhlich.

»Ich habe längst gegessen, Rheinhart. Wer auf der Straße lebt, muss zusehen, dass er seinen Magen füllt, bevor die anderen kommen und alles wegschnappen! Ich bin da wie ein Sperling, immer hungrig und immer auf der Suche nach ein paar Körnern!«

Rheinhart schüttelte den Kopf.

»Du bist mir ein schöner, gerupfter Sperling, Alheyt. Aber ich danke dir für deine Mühe, so ein gutes Frühstück hatte ich nicht mehr, seit ich das Kloster verlassen habe, in dem ich aufgewachsen bin!«

»Du warst in einem Kloster?«, antwortete sie erstaunt.

»Ja, ich bin ein Findelkind. Sieh mich doch an, dann weißt du, warum mich meine Mutter schon als Neugeborenes vor die Kirchentür gelegt hat!«

Ein nachdenklicher Blick aus ihren dunklen Augen. Sie schien zu überlegen, was seine Worte zu bedeuten hatten, dann zuckte sie die Schultern.

»Also, Rheinhart, für mich bist du ein lieber Mensch, der in der Gasse überfallen wurde und den ich da fand, als er ziemlich übel im Straßendreck lag. Du hast mir in dem Moment leidgetan, aber nicht, weil du verwachsen bist. Das stört mich nun wirklich nicht, und wenn du es mir erlaubst, würde ich gern noch etwas bei dir bleiben und uns heute Mittag eine kräftige Suppe kochen. Ich habe in deinem Keller gesehen, dass du da in einer Miete Kohl und

Mohrrüben hast, vom Speck ist auch noch da, und ich könnte...«

»Halt!«, rief Rheinhart aus und streckte seine Hand abwehrend vor. »So geht das nicht, Alheyt!«

Verwirrt sah sie ihn an.

»Warum nicht, Rheinhart? Findest du mich so abstoßend, dass du mich nicht in deinem Haus haben willst?«

Ihre bekümmerte Miene hätte ihn fast aufspringen lassen. Er wollte diesem armen Wesen gewiss nicht wehtun, aber wie sollte diese Geschichte denn weitergehen?

»Ich sage dir, warum das so mit uns beiden nicht geht. Es ist nicht, weil ich kein Geld hätte, um für zwei zu kochen. Nur, du bist in mein Leben gekommen, als ich auf der Straße lag und hast mich beschützt. Dafür habe ich dir Unterschlupf, trockene Sachen und etwas zum Essen gegeben. So ist das für mich in Ordnung. Aber es kann nicht sein, dass du mir jetzt auch noch das Mittagessen kochen willst. Da müssen wir eine Vereinbarung treffen!«

»Und wie soll die aussehen?«, fragte sie mit traurigem Blick.

»Hör gut zu, du kannst es dir natürlich überlegen. Ich wäre ausgesprochen glücklich, Alheyt, wenn du bei mir bleibst und für mich sorgen willst. So einen Menschen hatte ich noch nie an meiner Seite. Aber dann muss ich dir dafür auch etwas bezahlen, sonst wäre das Unrecht.«

Überrascht sah sie ihn an.

»Heißt das – ich darf bei dir bleiben?«

»So lange du das willst, Alheyt. Mit klaren Regeln. Du versorgst mein Haus und ich bezahle dir dafür jede Woche einen Lohn!«

»Rheinhart, du bist... ein Engel!«, rief sie aus, lief um den Tisch, schlang ihre Arme um seinen Hals und drückte ihm einen dicken Kuss auf die Wange.

»Ach ja, noch etwas, Alheyt. Du musst nicht mit mir das Lager teilen. Ich bin schon alt und habe das vierte Lebensjahrzehnt erreicht. Du aber bist ein junges, wenn auch etwas mageres Mädchen, das...«

Weiter kam er nicht mit seiner Rede, denn jetzt verschloss sie ihm mit einem langen Kuss den Mund, bis er etwas atemlos stammelte: »Ich muss jetzt aber in die Werkstatt und...« Doch auch Alheyt hatte kurz Atem geholt und küsste ihn erneut.

Glücksgefühle strömten durch den Körper des Buckligen, er fühlte sich plötzlich ganz leicht und glaubte, im nächsten Moment aus einem wunderbaren Traum aufzuwachen. Doch als sie endlich den Kuss beendete und er seine Augen aufschlug, da war sie noch immer da, und überglücklich küsste er sie jetzt so leidenschaftlich, wie sie das beide in der vergangenen Nacht bereits getan hatten.

Später schloss Rheinhart seine Werkstatt auf und führte sie hinein, deutete auf die Regale, die Rahmen mit Tüchern, die ausgebreitete Wolle und die verschiedenen Gerätschaften.

»Hier arbeitest du also, Rheinhart. Was aber ein Kardätschenmacher tut, weiß ich nicht, habe ich auch nie zuvor gehört. Warum ist die Wolle auf dem Tisch ausgebreitet, und was sind das für stachlige Pflanzen?«

Interessiert war sie neben den Buckligen an den Arbeitstisch getreten und blickte ihn so freundlich lächelnd an, dass ihm schon wieder das Herz heftiger schlug, wie vorhin bei den wilden Küssen. Er dachte an die vergangene

Stunde, aber dann riss er sich gewaltsam von den Traumbildern los und begann mit seinen Erklärungen.

»Die Pflanze nennt man Weberdistel oder auch Karde. Du siehst die stachlige Fruchtkrone, die ich gern als Wolfskamm bezeichne.«

»Wolfskamm? Rheinhart, jetzt machst du dich lustig über mich! Man kann doch keinen Wolf kämmen!«

Da nickte der Mann fröhlich und deutete auf einen der Stängel, den er jetzt aufnahm. »Das natürlich nicht, aber wenn du schon einmal ein Wolfsfell von einem erlegten Tier gesehen hättest, dann wüsstest du auch, wie struppig und stachlig das ist, daher der Name für das Ding, das ich jetzt benutze – schau einmal!«

Mit diesen Worten ergriff er ein Stück von dem Wollgewebe auf dem Tisch und begann nun, kräftig mit dem Oberteil der Pflanze darüberzufahren, als wolle er es glatt kämmen. Schon nach einiger Zeit erkannten beide, wie sich die Oberfläche veränderte, sich glättete und schließlich, als Rheinhart seine Arbeit einstellte, für den nächsten Arbeitsgang vorbereitet war.

»So, jetzt wäre dieses Stück schon beinahe bereit, um weiterverarbeitet zu werden. Das ist natürlich noch nicht so zubereitet, wie ich es normalerweise tue. Hier drüben habe ich meine Vorrichtung, in die ich mehrere Karden stecke, um rascher arbeiten zu können. Ich zeige es dir.«

Damit nahm er einen Gegenstand auf, der aus einem Stab und zwei Querstreben bestand, zwischen die man die getrockneten Fruchtköpfte steckte und anschließend festklemmte. Auf diese Weise gelang das Glätten des Wollgewebes nicht nur erheblich schneller, sondern auch gleichmäßiger und besser.

Begeistert klatschte Alheyt in ihre Hände und bat dann: »Darf ich das auch einmal probieren?«

Ein wenig zögernd gab er ihr sein Arbeitsgerät und schaute mit kritischem Blick auf ihre Hände. Doch schon nach kurzer Zeit strahlte er und rief begeistert aus: »Wie gut du das kannst, Alheyt! Du bist sehr geschickt, und das lässt mich nun wieder ganz andere Gedanken hegen!«

Verwirrt sah die hagere Frau zu ihm hinüber und fürchtete schon, dass er sie nur lobte, weil sie sich so dumm angestellt hatte. Aber das strahlende Gesicht des Buckligen lehrte sie rasch etwas anderes, und als er nun verkündete: »Du bist viel zu talentiert, um meine Köchin zu sein. Weißt du was, das habe ich schon immer allein gekonnt und nie großen Wert darauf gelegt, dass mein Essen auch schmeckte. Aber hier, in meiner Werkstatt, könnte ich wohl jemand gebrauchen, der anstellig ist und versteht, was ich sage!«

»Dann... darf ich dir hier in den nächsten Tagen helfen?«, erkundigte sie sich zaghaft und wagte gar nicht, ihm dabei in die Augen zu sehen.

»So lange du das willst, Alheyt. Und natürlich gegen Bezahlung!«

»Rheinhart, du bist ein wunderbarer Mensch, ich danke dir!«, jubelte sie und flog ihm erneut an den Hals, bedeckte sein Gesicht mit Küssen, bis er ihre Hände fasste und sich sanft von ihr befreite.

»Das muss jetzt erst einmal genügen, Alheyt. Jetzt wollen wir uns dem Färben widmen!«

»Du bist auch Färber?«

»Ich bin Kardätschenmacher, Tucher und auch Färber. Das alles kann ich und beherrsche es gut, habe es in allen drei Berufen zum Meister gebracht. Aber ich will nicht alles hier in dieser Werkstatt ausüben. Ich arbeite ja künftig für das Haus zu Leupotlh und werde weitere Gesellen anlernen, damit wir in verschiedenen Werkstätten die Wolle kämmen und glätten, weben, färben, den Tuchstoff zuschneiden und schließlich in unglaublicher Qualität auf den Markt bringen können. Komm mal mit mir hinaus auf den Hof, wo ich färbe!«

Staunend stand Alheyt vor den verschiedenen Fässern, die in unterschiedlichen Größen hier unter einem halboffenen Schuppen standen.

»Da drüben stehen die Fässchen mit den Pflanzenfarbstoffen. Wir haben Anis, Waid, Indigo, und dort sind die Färbemittel wie Salz, Gallus, Pottasche, Alaun, Kleie, Blau- und Gelbholz. Hier auf den Rahmen trocknen die gefärbten Stoffe und werden in die richtige Breite gezogen, später dann geschnitten, zu Ballen geformt und auf den Markt gebracht.«

Alheyt hatte vor lauter Aufregung rosig angehauchte Wangen bekommen, was ihr in ihrem blassen Gesicht ausgesprochen gut stand.

»Erlaubst du mir, das alles zu erlernen?«

Rheinhart lachte laut auf.

»Alles? Färben, weben, glätten, scheren? Das hatte ich nämlich noch nicht erklärt, das Scheren der Tuche ist noch anstrengender und wird für gewöhnlich von zwei Gesellen ausgeführt!«

»Alles, was du kannst, möchte ich auch erlernen, Rheinhart!«

Jetzt nahm er erneut ihre Hände in seine, sah ihr in die Augen und sagte leise:

»Das gefällt mir außerordentlich gut, Alheyt. Du weißt aber auch, dass es mir verboten ist, einer Frau das Handwerk zu zeigen. Aber du magst immerhin mir in meiner Werkstatt zur Hand gehen, das geht keinen etwas an. Sollte ich Besuch vom Gildemeister der Tucher bekommen, hockst du nur in der Ecke und schaust mir zu.«

»Hm, und wenn ich gerade gefärbt habe und der Gildemeister tritt ein? Ich meine, dann sieht er doch die Farbe an meinen Händen!«

Sie lächelte dabei auf ganz besondere Weise, und wieder dachte Rheinhart für sich, wie es nur möglich war, dass ein solches Wesen buchstäblich über Nacht in sein Leben getreten war. Aber dann zuckte er die Schultern und antwortete:

»Nun, dann muss ich wohl immer die Tür zur Werkstatt verschlossen halten, was?«

Sie zog ihn zärtlich zu sich heran und hauchte im leise zu:

»Das solltest du vielleicht immer so machen, Rheinhart!«

Zum ersten Mal in seinem Leben hatte Meister Rheinhart das Gefühl, einen Menschen getroffen zu haben, mit dem er mehr als nur das Nachtlager teilen könnte. Dem er vielleicht vertrauen könnte und ihm eines Tages – wenn er nicht mehr so arbeiten konnte wie bislang – das letzte Geheimnis anvertrauen würde. Das Geheimnis der Gelbfärberei.

4.

Braunschweig, im Mai 1504

Die Eisheiligen hatten ihm während seines langen Rittes ordentlich zugesetzt, und selbst noch am heutigen Tag, nach der Kalten Sophie, war das Wetter kühl und unbeständig. Doch dann erkannte er in der Ferne die Kirchtürme der Stadt vor sich, und als er den schützenden Umflutgraben der Oker auf der Brücke zum Michaelistor passierte, kam tatsächlich die Sonne zwischen den Wolken hervor und wärmte ihm den Rücken auf angenehme Weise.

Metze Losekann war allein unterwegs, auf einem guten, ausdauernden Pferd und daran mit einem Seil verbunden das Packpferd mit seiner Wechselkleidung und einem Proviantsack. Jetzt passierte er die Torwächter, die ihn gleichgültig betrachteten und seinen höflichen Gruß nicht erwiderten.

Scheint sich seit meinem letzten Besuch in der Stadt nicht viel verändert zu haben. Man ist Fremden gegenüber ablehnend und unhöflich, und wer nicht zu dem alten Welfenvolk gehört, hat erst einmal gar nichts zu melden. Na, ich bin gespannt, wie mich das Haus Walburg empfangen wird!, dachte Metze und trieb seine Pferde die Güldenstraße entlang, bis er an der gewaltigen Martinikirche angelangt war und von dort den Altstadtmarkt erreichte. *Dabei ist ja Braunschweig eine reiche Stadt durch den Fernhandel geworden und im Bund der Hanse eine der führenden Städte!*, gingen seine Gedanken weiter. *Die Wandschneider, wie man hier die Tuchhändler nennt, liefern ihre Ware bis nach England, wo es ja die besten Tuche geben soll! Aber trotzdem ein seltsames Völkchen, diese Welfennachkömmlinge, die sich noch immer der Vergangenheit unter ihrem Herzog Heinrich rühmen. Ja, gewiss, das*

Rathaus der Altstadt ist gewaltig, die Martinikirche beeindruckend und der lange Bau des Gewandhauses mit seiner unglaublichen Größe ein Sinnbild der reichen Tuchhändler der Stadt. Und natürlich – ich hätte darauf wetten können – wird noch immer am Gewandhaus gebaut. Aber ein so beeindruckender Platz mit den gewaltigen Steinbauten – und dann nennt sich diese Gasse, kaum breit genug für ein Fuhrwerk, »Breite Straße«! Ein seltsamer Humor bei den Braunschweigern! Damit hielt er auch schon vor dem großen Holztor, das in der Mitte der Steinmauer eingelassen war, aber nur einen Flügel geöffnet hatte. Ohne Weiteres lenkte er sein Pferd auf den Hof, das angebundene Packpferd folgte, und kaum waren die Hufe der Pferde klappernd auf dem gepflasterten Hof zu vernehmen, sprang ein Stallknecht aus einer kleinen Pforte und eilte auf ihn zu.

»Reib sie beide gut ab und versorge sie ordentlich, ich werde wohl eine Stunde oder länger im Haus der Walburgs bleiben. Aber dass mir die Pferde bereitstehen, wenn ich vor Einbruch der Dunkelheit noch die Herberge aufsuchen will, verstanden?«

»Selbstverständlich, Herr! Dort kommt schon der Hausknecht, der Euch unserem Herrn melden wird!«

Damit führte er die beiden Pferde etwas beiseite, und Metze klopfte sich den Staub der Straße vom Gewand, während ihn der Hausknecht aufmerksam musterte.

»Ich bin Metze Losekann aus Nürnberg, der Handlungsgehilfe des Hauses zu Leupolth. Geh und melde deinem Herrn meine Ankunft!«

Der Hausknecht verbeugte sich demütig, dann zögerte er und sagte schließlich:

»Ein ungünstiger Augenblick, Herr Losekann! Herr Elias ist schon einige Zeit krank und muss das Lager hüten...«

»Das ist freilich unangenehm, aber die Frau Madalen wird ja wohl pässlich sein, oder? Meldet mich nur rasch, ich habe keine Lust, hier noch lange herumzustehen!«

Bei diesen Worten eilte der Knecht gehorsam voraus, und Metze folgte ihm fast auf dem Fuß. Er kannte die Örtlichkeiten, denn vor ein paar Jahren war er schon einmal im Auftrag des alten Herrn Harlach zu Leupolth, der auf so unglückliche Weise in Sevilla ums Leben gekommen war, in diesem Haus. Damals war Elias Walburg eine prächtige Erscheinung, in die edelsten und reich verzierten Stoffe gekleidet. Allerdings auch ein leicht aufbrausender Mann, der ihn ziemlich von oben herab behandelte, bis ihm Metze wortlos einen Wechsel präsentierte, der den Kaufmann auf einen Schlag verstummen und blass werden ließ. Metze hatte damals einen ganzen Tag in der Stadt verbringen müssen, weil der Kaufmann selbst zu seinen Freunden laufen musste, um das Geld zusammenzubringen. Doch in späterer Zeit, das wusste er von den beiden Stiefbrüdern, hatte sich das Handelshaus Walburg wieder erholt und erneut gute Geschäfte mit den Nürnbergern gemacht. Es war vor nicht ganz zwei Jahren, ungefähr zu der Zeit, als die Nachricht vom Tod Harlachs von seinem Kriegsknecht Peyr überbracht wurde, als die Geschäfte erneut schlecht gingen und sich Elias Walburg wieder bei den Leupolths verschuldete. Er musste auf den alten Kontakt zurückgreifen, weil ihm kein Braunschweiger und auch kein Hamburger mehr Geld lieh oder bereit war, seine Schulden zu stunden. Jetzt aber würde es auch in Nürnberg keinen Zahlungsaufschub mehr geben, es stand denkbar schlecht um das Braunschweiger Handelshaus mit seinen einst hervorragenden Verbindungen bis nach England.

Der Hausknecht wollte ihn wohl im Flur warten lassen, aber damit war Metze nicht einverstanden. Er öffnete die Tür zum Comptoir und setzte sich dort an den Tisch, auf dem verschiedene Dokumente lagen. Dann hörte er die laute Stimme einer Frau, und gleich darauf trat Madalen Walburg ein, eine vornehm wirkende, blasse Patrizierfrau in einem kostbar verzierten Kleid. Ihre Haare waren straff zurückgekämmt und unter dem French Hood genannten (halbmondförmiger) Kopfputz, verborgen. Mit einem kühlen Blick nickte sie Metze zu, ging um den Tisch und nahm ihm gegenüber Platz. Alles an ihrem Auftritt war eine einzige Ablehnung gegen den Besucher, der sich erfrecht hatte, hier einfach einzudringen.

»Nun, Herr Losekann?«, forderte sie ihn ohne Gruß und sehr von oben herab auf, ihr zu berichten, was er wollte.

»Nun, Frau Walburg?«, entgegnet Metze im gleichen Tonfall und schlug die Beine übereinander, sodass seine zwar von der Reise verschmutzten, aber doch sehr wertvoll erscheinenden Seidenstrümpfe gut zur Wirkung kamen. Er hatte seine hohen Lederstiefel noch vor der Stadt gegen ein paar kürzere gewechselt, sodass seine rot gefärbten Strümpfe unter der weit geschnittenen Hose nach spanischer Mode gut zu sehen waren. Seine schwarze, pelzverbrämte Schaube hatte er über eine kleine Truhe an der Wand geworfen.

»Hört mal, Metze Losekann, was fällt Euch eigentlich ein, hier so hereinzuplatzen und Euch zu benehmen, als würde Euch das Haus gehören? Mein Mann...«

»Spielt jetzt keine Rolle, wenn Ihr schlau genug seid, mir einmal schweigend zuzuhören, Frau Madalen!«, schnitt ihr Metze im scharfen Tonfall das Wort ab.

Dann zog er die kleine Tasche unter seinem Wams hervor, öffnete sie und entnahm ihr ein paar zusammengefaltete Papiere, die er schwungvoll vor die verärgerte Patrizierin legte.

»Was soll das bedeuten?«, rief sie aus, nahm aber die oberen herunter und warf einen raschen Blick darauf. Metze beobachtete sie mit seinen scharfen Augen genau und sah, dass sie noch eine Spur blasser wurde.

Jetzt war der Moment gekommen, an dem er sich vorbeugte und in lautem Tonfall sagte: »Wie war das doch noch mit Eurem Haus, Frau Madalen? Ihr habt es vielleicht schon geahnt, aber wenn ich diese Forderungen meines Herrn eintreibe, dann bleibt nicht mehr viel von dem, das ihr Euer nennen könnt!«

Das Papier in der Hand der Frau zitterte, und ihre Stimme wurde weich und brüchig, als sie antwortete: »Das... das verstehe ich alles nicht und werde es prüfen müssen!«

Metze erhob sich und antwortete:

»Natürlich, Frau Madalen. Vielleicht könnt Ihr ja auch Eure älteste Tochter, die Geneve, mit dazu holen. Sie machte mir bei Eurem letzten Besuch in Nürnberg ganz den Eindruck, als verstünde sie etwas von Rechnungen, Zahlungen und Fälligkeitsdaten. So, und morgen komme ich nach der Laudes wieder und erwarte, sofort vorgelassen zu werden. Und im Übrigen möchte ich einen trinkbaren Wein zu unserem Gespräch vorfinden. Sollte es noch Fragen geben, ich übernachte wieder in der Herberge *Drei*

Lilien ein Stück hinauf an der Güldenstraße. Gute Nacht, Frau Madalen!«

Damit stiefelte er aus dem Comptoir und schloss kräftig die Tür hinter sich.

Die Frau des Kaufmanns blieb wie erstarrt am Tisch sitzen.

Plötzlich schossen ihr die Tränen aus den Augen, und sie musste ihren Kopf aufstützen, während ein langer Weinkrampf ihren gesamten Körper schüttelte. Bald darauf raffte sie sich auf, trat aus dem Comptoir und rief nach ihren Töchtern Geneve und Dorel, die bei ihrem Vater saßen und versuchten, sein Fieber mit wechselnden Umschlägen zu mildern. Rasch erzählte sie den beiden, was ihnen bevorstand und nahm ihnen das Versprechen ab, kein Wort gegenüber dem schwerkranken Vater verlauten zu lassen.

Die junge Dorel, deren kindliche Unschuldsmiene nicht darauf schließen ließ, was sie in ihrem kurzen Leben bislang schon alles erlebt hatte, hörte den Ausführungen ihrer Mutter aufmerksam zu. Leichten Herzens genoss Dorel jeden Tag ihres Daseins und wenn wieder einmal etwas geschehen war, das andere Frauen in ihrem Alter in arge Verlegenheit versetzt hätte, dann ging sie zur Beichte, erfüllte die auferlegten Bußen und – begann ihr liederliches Leben erneut. Als die Mutter ihren Bericht mit dem üblichen Stoßseufzer geendet hatte, dass ja ihr lieber Junge, der nun schon seit sieben langen Jahren in seinem engen Sarg lag und nach dem gewiss bald eintretenden Tod ihres Elias kein Mann mehr im Haus sei, der sie beschützen konnte, da sprang ihre jüngste Tochter auf, eilte in den Flur, griff zum Umhang und trat auf die Straße hinaus.

»Dorel! Was hast du vor?«, rief ihr die Mutter mit ängstlicher Stimme nach, erhielt aber keine Antwort mehr. Die junge Dorel Walburg stapfte eilig hinüber zur Güldenstraße, auf der noch einige Fuhrwerke zur Waage in der Neustadt unterwegs waren, damit sie ihre fälligen Abgaben für die eingeführten Waren entrichten und dann am nächsten Morgen gleich ihre wartenden Kunden beliefern konnten.

Als sie in die zur Herberge gehörenden Schenke trat und rasch die Gesichter der Gäste überflog, musste sie feststellen, dass der Gesuchte sich nicht unter ihnen befand. Der Wirt hatte sie seit ihrem Eintritt beobachtet und trat jetzt zu ihr heran.

»Wen erwartet Ihr denn, gnädiges Fräulein?«

»Den Gesandten aus Nürnberg. In welchem Zimmer ist er untergebracht?«

»Gleich oben neben der Treppe. Aber Herr Losekann ist noch einmal in die Stadt gegangen und wollte sich dort umsehen. Er sagte, er kenne sich aus und wäre nach Einbruch der Dunkelheit wieder zurück.«

»Es ist gut, ich warte dann oben auf ihn!«

Der Wirt zog verwundert die Augenbrauen hoch, aber als die junge Frau ihm ein Silberstück auf den Schanktisch legte, verstand er und lächelte freundlich. Dorel warf keinen weiteren Blick mehr zu ihm, stieg die Treppe hinauf und ging in das Zimmer, wo sie sich auskleidete und anschließend in den Alkoven legte. Sie musste lange warten und döste dabei schon vor sich hin, bis sie vor der Tür schwere Schritte hörte und gleich darauf Metze Losekann hereinkam, ein kleines Licht in der Hand, das er auf dem Tisch abstellte.

Er gähnte ausgiebig, schließlich kleidete er sich aus und wollte gerade das Licht verlöschen, als eine leise Stimme sagte: »Das kannst du ruhig brennen lassen, Metze!«

Erstaunt beugte er sich über das Bett und sah Dorel in das Gesicht.

»Bist du das etwa, Dorel Walburg?«

»Seit wann bist du ein Freund der langen Reden, Metze? Komm zu mir, es ist schon viel zu lange her, dass wir das Lager geteilt haben!«

Bei diesen Worten schlug sie die Decke zurück, und das flackernde Kerzenlicht reflektierte über ihre weiße Haut. Metze wollte noch etwas erwidern und ihr sagen, dass ihr schöner Körper nichts am Schicksal der Familie ändern könnte, aber da griff sie schon nach seiner Hand und zog ihn zu sich herunter.

Nun gut, dann nehme ich dein Angebot gern an, das versüßt mir den morgigen Tag. Du hast dich nicht verändert, Dorel, du warst schon immer ein Biest und bist wahrscheinlich noch... He, was für ein Tempo!, schoss es Metze durch den Kopf, als sich der geschmeidige Körper der jungen Frau drehte und gleich darauf auf ihm lag.

Ihre Finger wanderten an seinem Körper entlang, dann spürte er ihren heißen Atem, während ihre Zunge um seine Lippen spielte. Kaum eine Stunde war vergangen und die Kerze schon weit heruntergebrannt, als sie an seinem Ohr flüsterte:

»Gibst du uns noch eine Chance, Metze? Ich würde alles tun, um nicht ins Armenhaus zu müssen!«

»Wenn ich dich so erlebe, Dorel, stehen die Chancen dafür gar nicht so schlecht!«, erwiderte Metze und dachte weiter: *Du musst ja nicht wissen, dass wir in Nürnberg schon einen*

Vertrag ausgearbeitet haben, der euch das Schlimmste ersparen kann. Aber Dorel, du musst es natürlich auf deine Weise probieren. So wie schon damals, als die Lage der Familie Walburg schon einmal auf des Messers Schneide stand!

Er genoss die Aufmerksamkeiten der wilden Dorel.

Irgendwann zwischen Mitternacht und dem ersten Hahnenschrei spürte Metze, dass er wieder allein war, und drehte sich zufrieden auf die andere Seite.

Das wird morgen ein schöner Tag werden, wenn ich die Forderungen der Herren Valentin und Johann überbringe. Vielleicht fällt es den drei Frauen aber unter dem Einfluss Dorels so viel leichter, die Papiere zu unterzeichnen, um wenigstens das Gesicht zu wahren und ihr eigenes Haus zu behalten!, waren seine Gedanken kurz vor dem erneuten Einschlafen. Tatsächlich war Metze dann aber schon vor dem ersten Hahnenschrei auf den Beinen, freute sich über das bereitstehende Wasser in einer geräumigen Schüssel, säuberte sich ordentlich und kleidete sich dann langsam an. Erstaunt sah der Wirt aus der Küche, als sein Gast so früh das Haus verließ und die Richtung zum Hagen einschlug, um in das Viertel der Leinenmacher zu gelangen.

Er überquerte die Brücke an der Langen Straße und blieb dort einen Moment stehen, um in das strudelnde Wasser der Oker zu sehen. Sie führte offenbar Hochwasser, eine Folge des schlechten Wetters in den letzten Tagen. Trotz der frühen Stunde waren bereits einige Menschen unterwegs, zum Teil sogar mit kleinen Handkarren. Sie kamen aus der Gegend vom Wendentor herunter zum Hagenmarkt, und schließlich sah Metze hinter einer Gruppe von Feldarbeitern den hoch aufgeschossenen jungen

Mann, der von der mächtigen Katharinenkirche her auf ihn zugesteuert kam.

Wie passend, dachte Metze, *wenn er schon die Beichte abgelegt hat, bevor er die nächste Schweinerei einfädelt. Ja, ich bin für solche Freunde in Braunschweig, Hamburg, Augsburg und noch so einige andere Städte sehr dankbar. Was wäre meine Arbeit für das Haus zu Leupolth ohne sie wert!*

»Guten Morgen, Metze!«, begrüßte der Mann ihn und tippte sich an das Barrett, an dem eine große, leuchtendrot gefärbte Feder bei jedem seiner Schritte auf und ab wippte. Der dürre Mann war ähnlich gekleidet wie Metze, also mit geschlitztem Wams und in gleicher Weise gefertigter Hose. Aus beiden Kleidungsstücken lugte der üppige Samt hervor, und wenn Metze wieder seine roten Seidenstrümpfe trug, so hatte der von ihm Erwartete blaue angezogen.

»Lange nicht gesehen, Cord von Beyerstede. Was machen die Geschäfte?«

Der junge Patrizier warf einen raschen Blick über die Schulter und trat näher an Metze, um nicht so laut sprechen zu müssen.

»Es geht, Metze. Was hat deine Nachricht zu bedeuten?«

»Nun, du wolltest doch immer ein weiteres Haus in der Altstadt besitzen, oder täusche ich mich da?«

Erneut warf der andere einen scheuen Blick umher, aber die wenigen Menschen, die hier unterwegs waren, achteten noch nicht einmal auf sie. Trotzdem nickte Cord hinüber zur Brücke.

»Komm, lass uns ein wenig weitergehen. Hier kennt man mich zwar kaum, aber es wissen doch einige der Leineweber, wer ich bin.«

»Leineweber? Ja, da fällt mir ein: Wer von denen im Hagen ist denn für ein gutes Geschäft zu gewinnen? Du weißt, ich bin zu lange weg aus Braunschweig, um mich noch auszukennen!«

Cord von Beyerstede zeigte ein verschlagenes Lächeln, als er den Nürnberger von der Seite ansah.

»Da solltest du einfach mal den Tile van der Leine fragen, der ist zwar nicht im Hagen ansässig, sondern gleich hier in der Neustadt, in der Reichenstraße, übrigens eine sehr passende Adresse für ihn!«, fügte der Kaufmann hinzu.

»Wieso, ich denke, du empfiehlst mir einen Leinenmacher?«

Cord blieb stehen und musterte das Wieselgesicht neben sich.

»Natürlich, aber wie ich Metze Losekann einschätze, sucht er entweder nach jemand, der genügend Geld für ein Geschäft hat, bei dem vor allem einer verdient: Metze. Oder du suchst jemand, der in einer verzweifelten Lage steckt, bietest ihm die Hilfe des Handelshauses an, und irgendwann übernimmt der Leupolth alles.«

»Was du immer von mir denkst, Cord, ich dachte, du wärest immer gut mit mir gefahren?«

Der Kaufmann lachte fröhlich auf und deutete auf ein Haus neben dem der Familie Achtermann. »Dort hat er sein Domizil, der Herr Tile van der Leine. Er ist Geldwechsler und kennt alle hier, in der Neustadt, im Hagen und bei uns, in der Altstadt.«

»Hört sich gut an, aber den alten Schacherer musst du mir nicht noch ans Herz legen. Ich habe ihn schon vor einiger Zeit kennengelernt und verdanke ihm einige sehr wertvolle Schuldverschreibungen, die nun mein Herr besitzt. Ach übrigens, das erwähnte Haus ist in der Breiten Straße gelegen. Mehr muss ich dir wohl nicht sagen, oder?«

Cord lachte und blieb erneut stehen.

»Ja, sag einmal, Metze, du bist ja ein wahrer Freund! Da gibt es freilich nur eine Familie, der das Wasser bis zum Halse steht. Ach, jetzt verstehe ich auch deine Nachricht erst vollständig! Du bist im Auftrag des Hauses zu Leupolth hier und hast Schuldscheine zu präsentieren! Oh weh, arme, stolze Madalen!«

Metze nickte nur, dazu zeigte sein längliches, blasses Gesicht ein boshaftes Grinsen.

»Du weißt, was du tun musst. Geh zum Rat der Altstadt und melde schon mal dein Kaufinteresse an. Bevor die Sache öffentlich wird, hast du alle Möglichkeiten. Vielleicht treibst du ja noch bei diesem van der Leine einen Wechsel der Walburgs auf? Sie sollen in letzter Zeit ziemlich verzweifelt diese Wische verteilt haben!«

»Ich begleite dich zum Herrn Tile und höre gleich das Neueste!«

Lachend traten die beiden alten Bekannten bei dem Wechsler ein und ließen sich einige interessante Dinge zeigen, die der alte Fuchs in den letzten Monaten aufgekauft hatte. Der zeigte sich über die neuerliche Geschäftsbeziehung mit Metze Losekann hoch erfreut. Zeigte der Geldwechsler in seinem faltenreichen Gesicht einen listigen Zug, so war das Wieselgesicht Metzes kaum vertrauenserweckender, als er sich lachend an den Tisch mit den zahlreichen Dokumentenstapeln und den verschiedenen Haufen Silbermünzen setzte.

5.

Braunschweig, im Haus der Walburgs, Mai 1504

»Guten Morgen, die Damen, alle schon so früh auf den Beinen? Wunderbar, wollen wir gleich hier in der Stube bei einem guten Glas Wein plaudern oder doch lieber in das Comptoir hinübergehen?«, erkundigte sich Metze Losekann überfreundlich, als er die drei Frauen des Hauses Waldburg gemeinsam antraf.

Die Mutter Madalen sah aus, als hätte sie die gesamte Nacht durchgeweint, die ältere Tochter Geneve hatte zwar ebenfalls rotgeränderte Augen, wirkte aber sehr gefasst und ernst. Dorel, das schwarze Schaf der Familie, machte dagegen einen ausgesprochen fröhlichen Eindruck, der so gar nicht zu der schrecklichen Nacht passte, die von den anderen Mitgliedern durchlitten wurde.

Ihr immer noch trotz der neunzehn Lebensjahre kindlich aussehendes Gesicht wirkte mit den leicht geröteten Wangen frisch und munter, und Metze konnte nicht umhin, ihr vertraulich zuzulächeln. Und Dorel erwiderte unbefangen sein Lächeln!

»Nun, ich darf mich wohl erkundigen, ob Ihr die Unterlagen überprüft habt und was Ihr zu sagen habt!«, fuhr Metze fort, weil keine der Damen seine Anrede erwiderte. Jetzt war es Geneve, die eine abweisende Handbewegung machte und mit einer festen, kräftigen Stimme antwortete:

»Nun, Herr Losekann, wir wissen, dass Ihr nur Eurem Dienstherrn Gehorsam leistet, der leider die höchsten Schuldverschreibungen unseres Hauses aufgekauft hat. So, wie es für uns aussieht, sind wir zahlungsunfähig und werden in den nächsten Tagen unser Haus und das gesamte

Hab und Gut verkaufen müssen, um den größten Teil der Schulden im Hause zu Leupolth zu begleichen.«

»Das würde mir unendlich leidtun, Frau Geneve!«, antwortete Metze freundlich und lächelte honigsüß dazu. »Aber ich habe immer eine Menge von Euch gehalten und denke, dass Ihr diesen doch so endgültigen Weg nicht einschlagen wollt, sondern Euch auch das Angebot meines Herrn durch den Kopf gehen lasst.«

Jetzt war es Madalen Walburg, die das Wort ergriff.

»Herr Metze, wir wollen nicht über die Art und Weise reden, mit der uns das Handelshaus zu Leupolth an die Wand drängt. Wäre mein Mann nicht so lange Zeit sterbenskrank gewesen...« Hier musste sie kurz innehalten und sich erneut sammeln, bevor sie mit leiserer Stimme fortfuhr: »Er hätte Mittel gefunden, die noch einmal einen Aufschub erreichen würden. So aber...«

Sie schwieg, während sich ihre Augen mit Tränen füllten.

Metze schüttelte langsam den Kopf.

»Aber, gute Frau Madalen, es gibt doch auch in dieser verzweifelten Lage noch Hoffnung! Es ist zwar richtig, dass Ihr die Firma nebst der Werkstatt überschreiben müsst und habt damit nur einen Teil der Schuld abgedeckt. Aber Herr Valentin zu Leupolth lässt Euch durch mich diesen Vorschlag unterbreiten, den ich hier vor Euch lege! Darin heißt es: Ihr kauft in Eurem Namen bestimmte Werkstätten auf und überlasst sie dann dem Hause zu Leupolth. Was ist denn für Euch Schlimmes dabei, ihn zu unterschreiben und mit Eurem Namen für das Nürnberger Haus zu bürgen? Ihr könnt den restlichen Schuldenteil weiter abbezahlen und das Allerwichtigste ist doch, dass

Ihr das Haus behalten könnt und Eurem Herrn Gemahl die beste Pflege zuteilwerden lassen!«

»Und da ist kein Pferdefuß dabei? Wir sollen lediglich zum Schein diese Werkstätten kaufen und – für das Nürnberger Haus verwalten? Warum kauft ihr sie nicht selbst?«

Diese Fragen kamen von Geneve, und Metze, der seine Angelegenheit schon fast für gewonnen hielt, lächelte erneut auf die gleiche Weise, als er erklärte:

»Liebe Frau Geneve, Ihr müsst doch wissen, dass es Ausländern verboten ist, in Eurer schönen Stadt Geschäfte zu eröffnen oder Werkstätten der Handwerker zu übernehmen! Und der Herr Valentin hat ein großes Interesse daran, künftig auch hier in Braunschweig die hervorragenden Tuchqualitäten anbieten zu können, wie wir es auch in Nürnberg tun werden!«

»Herr Metze, ich habe die vergangene Nacht kaum geschlafen und immer wieder den Vertrag durchgelesen. Wenn Ihr mir hier bei Gott schwört, dass es keine hinterhältige Sache ist und wir nicht zu unserem verlorenen Geld dafür büßen, dass wir für Euch so handeln – dann, meinetwegen!«, erklärte Madalen.

»Wir haben gar keine andere Wahl, Mutter!«, flüsterte Geneve leise.

»Aber ich hätte doch noch eine Bedingung!«, meldete sich nun Dorel, die bislang noch nichts gesagt hatte.

»Eine Bedingung?«

»Ja, Herr Metze. Ich reise mit Euch nach Nürnberg und werde mir dort dieses so sensationelle, neue Verfahren ansehen, das in der Lage sein soll, Tuche in ausreichend guter Qualität so einzufärben, wie Ihr es hier in dem Dokument behauptet.« Dorel hatte das Dokument vom Tisch aufgenommen und mit flinken Augen überflogen. Jetzt lächelte sie so unschuldig wie ein Kind, das vor einer großen Überraschung steht und nicht recht weiß, ob sie auch wirklich für es gedacht ist.

Ein Zucken in den Mundwinkeln verriet, was Metze von diesem Vorschlag hielt.

»Frau Dorel, glaubt Ihr wirklich, dass Ihr genug von solchen Dingen versteht?«, erkundigte er sich.

»Ihr würdet staunen, wenn Ihr wüsstet, von wie vielen Dingen ich etwas verstehe! Also, es ist abgemacht, ich reise mit Euch nach Nürnberg?«

Jetzt staunte Metze aber doch.

»Bitte um Nachsicht, Frau Dorel, aber ich breche schon morgen wieder auf und reite die Strecke sehr scharf, um rasch wieder zurückzukehren!«

»Gut, dann brauche ich etwas länger und werde dafür mit einem unserer Wagen reisen!«

»Dorel!«, sagte ihre Mutter nur leise und vorwurfsvoll.

»Was ist, Mutter? Meinetwegen kann mich Geneve gern begleiten, wenn du sie im Haus nicht benötigst. Sie versteht das Rechnen, ich kenne die Ware und kann sie wohl beurteilen! Soll ich alles tatenlos mit ansehen, wie wir nur durch ein paar fehlgeschlagene Geschäfte ins Armenhaus gehen müssen?«

»Darüber reden wir noch, Dorel. Also gut, ich unterschreibe diesen Vertrag!«

»Das ist gut, Frau Madalen, aber – Euer Gemahl?«

»Ist heute am frühen Morgen verstorben. Ich erwarte jeden Moment den Totengräber, nachdem der Priester unser Haus mit dem Morgengrauen wieder verlassen hat!«

Metze erhob sich und verbeugte sich stumm.

Dabei fiel sein Blick auf Dorel, die ihm ein Zeichen mit den Augen gab.

Verdammtes Frauenzimmer! Dein Vater ist noch nicht kalt, und du sagst offen in seinem Comptoir, dass du mir nach Nürnberg folgen willst! Du bist ein Biest, Dorel, aber bitte – reise mir nach und versüße mir die Zeit in Nürnberg, bis ich deiner überdrüssig bin!

6.
Nürnberg, Ende Mai 1504

Es war schon sehr spät und in den Straßen Nürnbergs längst dunkel geworden, als in der Stube des kleinen Fachwerkhauses zwei Menschen an einem einfachen, aber blank gescheuerten Holztisch saßen und einen dicken Eintopf löffelten. Dazu tranken sie ein gewürztes Bier, das für Alheyt noch ein wenig angewärmt wurde. Die junge Frau fröstelte leicht, was Rheinhart immer wieder in Erstaunen versetzte. Schließlich hatte sie fast ihr ganzes bisheriges Leben auf der Straße zugebracht, im Winter in Scheunen auf dem Land übernachtet und sonst bei Wind und Wetter im Freien gelebt. Aber mit der Begegnung dieser beiden so unterschiedlichen Menschen veränderten sich auch beide stark.

Alheyt sang und trällerte fast ununterbrochen in der Werkstatt, während sie sich von dem Buckligen in die verschiedenen Arbeitsabläufe einarbeiten ließ und ihre Freude daran hatte. Schon bald vertraute ihr der Kardätschenmacher bei dem Auskämmen des Wollgewebes, kontrollierte nur noch gelegentlich mit einem raschen Blick über ihre Schulter und musste sich dann oft schnell retten, denn Alheyt unterbrach zu gern ihre Arbeit, um mit ihm zu schmusen.

»Jetzt doch nicht!«, pflegte er dann verschämt zu sagen, oder auch: »Nicht doch, Alheyt, wenn jetzt jemand in die Werkstatt kommt!«

Aber es gefiel dem buckligen Meister ungemein, von einer so hübschen, jungen Frau, trotz seiner Missgestalt, begehrt zu werden. Auch veränderte sich sein Äußeres, ohne dass er selbst es bemerkte. Seine fast hellgraue Haut wurde rosiger, was sich besonders in seinem Gesicht vorteilhaft zeigte. Sein Wesen wurde ausgeglichener, und das regelmäßige Essen tat ein Übriges dazu.

Kurzum, es war eine glückliche Fügung des Schicksals, dass sich diese beiden buchstäblich im Dreck der Straße gefunden hatten und nun gemeinsam ihr neues Leben gestalteten. An diesem Tag saßen sie zur nächtlichen Stunde beisammen, hatten gerade ihr Essen verzehrt, und Rheinhart goss ihnen noch einmal die Becher mit dem restlichen Bier voll, als sie zusammenschraken.

Gegen die Haustür wurde nicht geklopft, sondern mit aller Gewalt geschlagen.

»Lauf in die Kammer und versteck dich unter dem Bett, Alheyt! Das sind die Männer, die mich in der Gasse niedergeschlagen haben!«

»Aber Rheinhart, ich...«

»Geh, die bringen uns gewiss beide um!«, zischte Rheinhart nur und schob sie schon aus der Stube, während sich die heftigen Schläge an der Haustür wiederholten und jemand draußen rief:

»Mach sofort die Tür auf, Rheinhart, du bist zu Hause, das Licht sieht man bis hier auf die Straße!«

»Ich komme ja schon!«, rief der Bucklige, warf rasch noch einen Blick in die Runde, griff hastig den zweiten

Teller und den Becher und stellte beides auf ein Regal. Kaum hatte er den Riegel zurückgezogen, als die Tür mit Wucht aufgestoßen wurde und krachend an die Wand schlug.

Ein kräftiger Mann stürzte sich sofort auf Rheinhart und hielt ihm einen spitzen Dolch gefährlich nahe an die Brust, während der verängstigte Tuchermeister vor dem Eindringling bis an die Wand zurückwich. Der Fremde trug eine schwarze Maske über dem Kopf, in die nur schmale Sehschlitze geschnitten waren.

»Wer ist noch bei dir?«, schrie ihn der Maskierte an, aber Rheinhart, dem der Angstschweiß aus allen Poren brach, schüttelte nur den Kopf und antwortete: »Niemand, Herr, ich bin ganz allein!«

Brutal schlug ihm der Mann mit der flachen Hand ins Gesicht.

»Noch eine solche Lüge, und du bereust es, Rheinhart! Wo ist das Weib, das bei dir lebt?«

Rheinhart verzweifelte fast, als der Mann sich suchend im Raum umsah.

»Sie... ist nicht hier... Ich habe sie mit einem Auftrag zu den Leupolths geschickt!«

Noch ein misstrauischer Blick des Fremden, dann schloss er die Haustür und legte den Riegel davor.

»Umso besser für dich, wenn wir keine Zeugen unseres kleinen Geschäftes haben!«

»Was für ein Geschäft? Warum überfällst du mich jetzt schon zum zweiten Mal?«

Der Maskierte lachte dröhnend und ahmte seine Stimme nach:

»Was für ein Geschäft? Na, du bist mir vielleicht ein komischer Kauz, Rheinhart! Deine Gelbfärberei natürlich, was denn sonst? Oder gibt es noch etwas anderes in dieser Bruchbude, was einen Wert für mich haben könnte?«

Als der Eindringling begann, sich erneut suchend umzusehen, wurde es Rheinhart abwechselnd heiß und kalt.

»Warte – es gibt in meiner Werkstatt nichts Wertvolles. Hier findest du nur Wolle, Tuchgewebe und ein paar bereits gefärbte Stücke.«

»Aha, und deine Gelbfärberei? Raus mit der Sprache, das ist das Einzige, das mich interessiert! Wo sind deine Aufzeichnungen dazu?«, herrschte ihn der Mann an und hob drohend den Dolch.

»Es gibt keine Aufzeichnungen. Ich habe die Kunst der Gelbfärberei einst bei meinem Meister in Avignon erlernt, auch er hatte keinerlei Aufzeichnungen gemacht. Deshalb ist diese Kunst ja auch nur noch so wenigen vertraut, und ich…«

»Rede nicht so viel dummes Zeug, Rheinhart! Wenn du glaubst, du könntest mich hinhalten, irrst du dich gewaltig! Was ist in den Fässern auf deinem Hof?«

Rheinhart wusste, dass es keinen Zweck hatte, den bereits im Färbebad eingelegten Stoff zu verheimlichen. Aber er schöpfte Hoffnung, wenn es ihm gelang, den Fremden in den Hof zu locken.

»Da sind meine Färbeversuche in den Fässern. Alles, was ich ausprobieren musste, als ich meine Werkstatt hier neu eingerichtet hatte.«

Der Maskierte stand jetzt so dicht vor ihm, dass er dessen blitzende Augen erkennen konnte. Er hatte den Leuchter vom Tisch genommen und hielt ihn dicht an Rheinharts Kopf, als wolle er seine Mimik bei der Frage überprüfen, um den Tucher bei der ersten Lüge zu erwischen.

»Gut, dann wirst du dort auch gelben Tuchstoff haben. Mach mir nicht weiß, dass du davon noch nichts fertig hast. Ich habe die Proben bereits gesehen! Also vorwärts, in den Hof!«

Er hat die Proben gesehen? Also kommt er aus dem Leupoltschen Haus! Mein Gott, die Stimme, seine Figur – das ist der Hausknecht Laurentz! Nur er kann mich beobachtet haben, als ich die Lieferung ins Handelshaus brachte!, wirbelten ihm die Gedanken durch den Kopf, während er mit fahrigen Händen den Riegel zurückschob und in den dunklen Hof trat.

»Gibt es hier keine Laterne? Man sieht ja die Hand vor Augen nicht!«

»Warte, hier bei der Tür steht eine, die ich an der Kerze entzünden kann!«

Als er sich zum Arbeitstisch umdrehen wollte, stand der Unbekannte dicht neben ihm und setzte Rheinhart die Spitze seines Dolches an den Hals.

»Nur eine falsche Bewegung, nur ein lauter Ruf, und ich steche dich auf der Stelle ab, verstanden!«

»Ja, natürlich, und nun lass uns zum Fass mit der Gelbfärberei gehen, ich halte die Laterne!«

Doch der Maskierte blieb noch in der Tür stehen und beobachtete Rheinhart, wie der zu einem größeren Fass ging und den Deckel anhob.

»Wenn du mich reinlegen willst, Rheinhart...«, drohte er ihm mit dumpfer Stimme, aber jetzt hatte Rheinhart einen Schatten hinter dem Eindringling bemerkt und sprach rasch weiter, um ihn abzulenken.

»Hör zu, es bringt doch überhaupt nichts, wenn du mich umbringst. Dann hast du nur den Inhalt von dem einen Fass, das noch nicht einmal geschert wurde. Ich mache dir einen Vorschlag. Du lässt uns künftig in Ruhe, und ich liefere dir als Dank dafür immer einen Tuchballen. In jeder von dir gewünschten Farbe. Ich könnte ihn dort hinten an der Mauer in einem eigenen Fass ablegen, da ist er vor dem Regen geschützt, und du kannst ihn dort durch die kleine Pforte jederzeit und ungestört abholen. Ist das nicht ein guter Handel?«

»Hm«, brummte der Maskierte. »Weiß ich noch nicht. Jetzt aber her mit dem gefärbten Stoff in dieser gelben, leuchtenden Farbe!«

»Bitte!«, sagte Rheinhart und hob den Deckel hoch. »Überzeuge dich selbst, hier, ich halte die Laterne!«

Der Maskierte war ganz offensichtlich durch die Kapuze über seinem Kopf ein wenig in der Sicht beeinträchtigt. Jedenfalls sah Rheinhart, wie er sich hin und her drehte, um etwas in dem Fass zu erkennen. Schließlich rief er zu ihm: »Nun gib mir schon die Laterne, ich kann überhaupt nichts erkennen! Das Zeug hier drin könnte ebenso grün wie blau sein, und ich will doch nicht hoffen...«

Da war der Schatten heran, es gab einen dumpfen Laut, und der Maskierte stürzte gegen das Fass und fiel daneben zu Boden. Als er gegen das Fass stürzte, gab es einen hässlichen Laut, dann rührte sich der Maskierte nicht mehr. Die Laterne brannte noch, und ehe ihr Feuer gefährlich werden konnte, hatte sie Rheinhart aufgenommen und beleuchtete den Niedergeschlagenen.

»Das war gut, aber auch sehr leichtsinnig von dir, Alheyt! Was wäre denn, wenn er dich bemerkt hätte und dich mit dem Dolch...«

Da war die zarte Gestalt der Frau plötzlich dicht bei ihm, legte ihre schmale Hand auf seinen Mund und sagte nur zärtlich: »Pst, Rheinhart, es ist ja alles gut gegangen! Jetzt müssen wir den Kerl hier nur hinausschaffen und den Stadtwachen übergeben!«

Der Bucklige trat beiseite und bückte sich über den Maskierten. Neben ihm lag der Dolch, den er angewidert in eine Ecke des Grundstücks schleuderte. Dann richtete er die Laterne auf ihn und zog die Gesichtsmaske herunter.

»Wie ich es mir dachte, Alheyt! Das ist Laurentz, der Hausknecht der Leupolths! Nur er konnte die gelb gefärbten Stoffe gesehen haben. Er wird gehört haben, was die beiden Halbbrüder besprochen haben, wie viel Geld man mit den neuen Tuchen und vor allem der Gelbfärberei verdienen würde, und hat versucht, sich seinen Teil zu holen.«

»Und der andere in der Gasse? Hattest du nicht von zwei Männern gesprochen?«

»Jedenfalls hatte er mir bei dem Überfall gedroht, dass der andere die Gasse bewachen würde. Aber... was ist das?«

Rheinharts Bewegungen wurden immer hastiger, und schließlich sah er mit ängstlichem Gesicht zu der jungen Frau neben ihm auf, die nun ebenfalls das Gesicht des Maskierten betrachtete.

»Seltsam, seine Augen!«, flüsterte sie dabei leise.

Laurentz hatte die Augen so stark verdreht, dass man das Weiße sehen konnte. Noch einmal tastete Rheinhart nach dem Hals, kniff ihn schließlich sogar in die Nase und sprang dann mit einem leisen Schrei auf.

»Er ist tot! Verflucht noch einmal, was machen wir denn jetzt? Wir haben ihn umgebracht! Als er stürzte, schlug er mit dem Kopf gegen das Fass, und so verrenkt, wie er daliegt...«

»Er ist wirklich tot? Gut, dann haben wir uns vielleicht noch viel Ärger erspart, Rheinhart. Komm, wir legen ihn in den Karren und bringen ihn von hier weg!«

»Aber wohin denn? Wir können ihn doch nicht einfach so...«

»Was denn sonst? Willst du die Stadtwachen rufen und dann ins Verlies geworfen werden? Wer soll dir glauben, dass der Hausknecht der Leupolths in der Dunkelheit bei dir erscheint und von dir wissen will, wie man Tuchstoffe gelb färbt? Nein, wir haben keine andere Wahl. Auf den Karren mit dem Kerl und dann in die Pegnitz!«

»Mein Gott, wie stellst du dir das vor, Alheyt? Wir können doch nicht mitten in der Nacht mit einem Karren und einem Toten durch Nürnberg gehen und...«

»Doch, genau das werden wir tun, Rheinhart. Hilf mir, wenn dir dein Leben lieb ist. Wir müssen schnell handeln!«

Mit diesen Worten griff sie zu einem der leeren Fässer und war schon bei den Füßen des Toten, als der Bucklige noch immer bewegungslos auf seinem Platz verharrte.

»Ich kann ihn nicht allein in das Fass stecken!«, rief ihm Alheyt leise zu.

Endlich raffte er sich auf, und gemeinsam mühten sich die beiden mit dem schweren Körper ab, bis es ihnen gelang, Laurentz vollständig in das Fass zu bekommen. Als seine Füße noch über den Rand standen und er den Deckel nicht darauf bekam, sah er sich hilfesuchend nach einem Werkzeug um und entdeckte dabei den großen Hammer, mit dem die Nägel in die Fassdeckel eingeschlagen wurden. Eine Weile klopfte er noch gegen die Füße, dann endlich ließ sich der Deckel verschließen, und mit schweißüberströmtem Gesicht schlug Rheinhart die Nägel ein. Mit großer Mühe gelang es ihnen schließlich, das Fass auf den Handwagen zu verladen, und während sich Rheinhart bemühte, den Karren bis zur hinteren Mauerpforte zu ziehen, eilte Alheyt zurück in das Haus und kam mit zwei Umhängen zurück.

Jetzt musste sie in der schmalen Gasse hinter dem Grundstück bis zur Wunderburggasse immer ein paar Schritte vorausgehen, während sich Rheinhart einen Zuggurt um die Schultern gelegt hatte, der zwar auf seinem Buckel drückte, aber ihm das Ziehen dennoch erleichterte. Auf diese Weise hofften die beiden, nicht noch der Stadtwache oder einem der Nachtwächter zu begegnen. Es war in der Wunderburggasse, wo man vor ein paar Jahren die Synagoge abgerissen hatte, als Alheyt auf der Stelle kehrtmachte und rasch zu Rheinhart trat, die Arme um seinen Hals schlang und ihn leidenschaftlich küsste.

Der Tucher wollte heftig protestieren, als er ein leises Lachen vernahm und hinter ihnen genau den Nachtwächter der Altstadt vorbeigehen sahen, dem sie nicht begegnen wollten. »Nun aber nach Hause, ihr Turteltauben, es ist gleich Mitternacht!«

»Machen wir!«, antwortete Alheyt fröhlich und stellte sich so, dass der Nachtwächter keinen Blick auf Rheinhart und seinen Karren in der engen Gasse werfen konnte. Schon war der Mann weitergezogen, die Hellebarde über der Schulter und eine Blendlaterne in der Hand. Vorsichtig lugte sie um die nächste Hausecke, dann gab sie Rheinhart ein Zeichen, und die beiden eilten hinunter zum Ufer der Pegnitz, kippten hastig das Fass hinunter und warteten kaum ab, dass es platschend ins Wasser fiel, als sie auch schon auf dem Rückweg waren.

Glücklich langten sie wieder im Heugässchen an, betraten das Grundstück durch die kleine Pforte, und dann verriegelte Rheinhart sorgfältig alle Türen, bevor er sich erleichtert auf den Stuhl sinken ließ.

»Puh, das war ja fürchterlich, Alheyt! Ich muss noch etwas von dem Gewürzbier trinken, mein Rachen ist wie ausgetrocknet!«

»Wenn du den Herd noch einmal anfachst, hole ich das Bier. Es schmeckt einfach besser, wenn es leicht angewärmt ist. Und dann...«, sagte sie mit einem verheißungsvollen Lächeln.

»Ich bin eigentlich sehr müde!«, antwortete Rheinhart, musste aber auch lächeln.

»Das wird sich gleich ändern, mein Lieber!«, lautete die Antwort, und lachend eilte Alheyt die Kellertreppen hinunter, füllte den Steinkrug mit dem Gewürzbier und war im Nu wieder oben, wo sie ihre zwei Becher erneut füllten und kurze Zeit erwärmten.

So gestärkt, löschte Rheinhart den Kerzenrest am Tischleuchter und ließ nur die kleine Tranleuchte auf dem Regal in der Schlafkammer brennen.

»Was ist das für eine seltsame Angewohnheit?«, hatte sich Alheyt schon vor ein paar Abenden erkundigt, als sie sich auskleideten.

»Das Licht ist nur, damit ich mich an deinem schönen Körper erfreuen kann. Und es ist so schwach, dass du von meinem hässlichen Buckel nicht viel erkennen kannst!«

»Dummerchen!«, rief Alheyt und schmiegte sich eng an ihn.

Das Leben zu zweit konnte schöner sein, als es sich jeder von ihnen jemals vorgestellt hatte.

7.

Nürnberg, in den Häusern der Patrizier, Mai 1504

Neslin Eisfeld war ungeduldig. Immer wieder reckte sie sich auf die Zehenspitzen und versuchte, etwas durch die leicht gewölbten Zylinderglasscheiben auf der Straße zu erkennen.

»Frau Eisfeld, so kann ich nicht richtig arbeiten. Bitte, steht doch still!«, klagte die Nadlerin, wie Neslin ihre geschickte Magd nannte. Unter dieser Berufsbezeichnung verstand man eigentlich die Herstellung von Nadeln aller Art, und in Nürnberg hatte sich dieses Handwerk bereits seit dem 14. Jahrhundert gebildet. Zunächst schnitt man aus einem dünnen Draht die gewünschte Nadellänge, spitzte sie zu und schlug dann mit dem Hammer darauf, um sie zu plätten. Das hintere Ende wurde eingeschnitten, um den Faden zu halten, und Brida war so geschickt mit der Nähnadel, dass Neslin sie halb liebevoll, halb neckend so bezeichnete.

»Ich bin nur in Sorge, dass der Johann vorher hereinplatzt, es soll doch schließlich eine Überraschung zu unserem besonderen Tag werden!«

»Ist schon recht, Frau Eisfeld. Aber Ihr habt doch im September geheiratet, oder irre ich mich da?«

»Ja, natürlich, am 15. September 1502, das Datum werde ich ja wohl nicht vergessen können. Und, Nadlerin, gibt es im Leben von Ehepaaren nicht auch andere Daten, an die man gern erinnert wird?«

Lächelnd schaute sie zu ihrer Magd hinunter, die eben an ihrem Kleid das letzte Saumstück festnähte, nachdem sie auf Wunsch ihrer Herrin den Saum noch etwas angehoben hatte, sodass man zumindest beim Gehen der Trägerin auch etwas von den Schuhen sehen konnte.

Brida, die Nadlerin, bekam ein feuerrotes Gesicht und bückte sich über ihre Arbeit.

»So, Herrin, das ist gerichtet. Ich hoffe, es gefällt Euch nun in dieser Länge!«

»Nimm bitte mal den venezianischen Spiegel und stelle ihn so vor mich auf den Boden, dass ich nach unten sehen kann – noch etwas kippen, ja, Nadlerin, das hast du sehr gut gemacht!«

In diesem Moment wurden Stimmen auf dem Flur laut, Johann Eisfeld riss die Tür auf und rief laut: »Und wo sind die beiden schönsten Mädchen der Welt?« Erstaunt blieb er stehen, weil er seine Frau mit der Magd sah, seine kleine Tochter jedoch nicht. Dann trat er einen Schritt näher heran, breitete seine Arme aus und rief: »Mein Gott, Neslin, bist du schön! Das wusste ich ja schon vom ersten Tag unserer Begegnung an, aber jetzt – in diesem Kleid – unglaublich, komm in meine Arme!« Und überglücklich schloss er sie fest in seine Arme und wirbelte sie herum. Nur zufällig fiel dabei sein Blick in den venezianischen Spiegel, den noch immer Brida hielt. Er erkannte die Schuhe seiner Frau und erstarrte für einen kurzen Moment in seiner Bewegung. Schlagartig war ihm der Gedanke an

Grit, die Müllerstochter gekommen, über die sich alle aufgeregt hatten, weil sie Schuhe wie eine Patrizierin trug und den Rocksaum so hoch angesetzt hatte, dass man sie auch bei jeder Bewegung sehen musste. Grit und sein Halbbruder Valentin wurden ein Paar, und dann verschwand die schöne Grit plötzlich. Erst viel später erfuhr Valentin über den Gesellen des Müllers, dass der im Zorn seine eigene Tochter erschlagen und im Mühlteich versenkt hatte. Doch die Leiche kam wieder an die Oberfläche, und er begrub sie in der Nähe, wo sie dann von Valentin, ihm selbst und Metze Losekann bei Nacht und Nebel wieder ausgegraben wurde. Die skelettierte Leiche hatte noch die verschimmelten Überreste ihrer auffälligen Schuhe neben sich liegen, die schließlich ihre Identität klärten und ihren Vater überführten.

Doch so schnell diese furchtbare Erinnerung aufgetaucht war, so schnell verdrängte er sie auch und rief noch einmal, etwas zu laut vielleicht, seine Begeisterung aus.

»Ich danke dir herzlich, Brida, und werde dich dafür gut entlohnen. Jetzt kannst du uns allein lassen!«

Kaum hatte die Nadlerin das Zimmer verlassen, bedeckte Johann das Gesicht seiner Frau mit einer Reihe von Küssen, aber sie stemmte sich etwas von ihm ab und erkundigte sich mit neckendem Tonfall: »Und, was für einen Tag haben wir heute?«

»Na, hör mal, Neslin, du kannst nicht im Ernst glauben, dass ich das nicht wüsste!«, rief er überglücklich aus und wollte sie erneut im Kreis herumwirbeln, als sie ihm noch einmal die Hand auf die Brust legte.

»Nicht so schnell, Johann, ich muss jetzt ein wenig auf meine Gesundheit achten, wenn du wieder Vater werden willst!«

»Neslin! Du machst mich zum glücklichsten Menschen der Welt!«, rief Johann aus, nahm sie auf seine Arme und trug sie hinüber in ihre Schlafkammer.

Unweit entfernt vom Haus der Familie Eisfeld stand das Handelshaus der Familie zu Leupolth. Hier ging es etwas ruhiger zu, denn man hatte gerade aufmerksam dem Bericht Meister Rheinharts gelauscht, der sich sehr gut anhörte und in dem er nun versichert hatte, dass der Produktion von Stoffen in allen gewünschten Farben und zudem guter Qualität in den verschiedenen Werkstätten nichts mehr im Wege stand. Der Bucklige, der sich in den letzten Wochen stets als Tucher bezeichnete, war mit einer sehr großen Lieferung der gewünschten Tuchstoffe zu ihnen gekommen, und erstaunt sah Valentin zu Leupolth, dass sein missgestalteter Rheinhart in Begleitung einer jungen, etwas sehr hageren Frau war, die mit geradezu abgöttischer Verehrung an dem Mann hing. Sie reichte ihm alles zu, kaum dass er eine Hand ausstreckte, sie hing an seinen Lippen, als er Valentin seine Arbeit erklärte, und immer, wenn er ihre Blicke erwiderte, schien ein strahlendes Lächeln über ihre Züge zu huschen. Sie war gewiss keine Schönheit, eher ein wenig herb, aber wenn sie lächelte, veränderte sich ihr Gesicht zu einem so lieben Ausdruck, dass man diese Alheyt einfach gern haben musste.

»Einfach wunderbar, Rheinhart, Ihr seid ein wahrer Meister!«, sagte Frau Enndlin und strich mehrmals mit beiden Händen über den ausgebreiteten Stoff. »Ich freue mich sehr, dass es Euch nun gelungen ist, eine derart große

Menge in dem wunderbaren, leuchtenden Gelb einzufärben.«

»Ja, er hat eine besondere Begabung!«, sagte Alheyt und wurde feuerrot, als sich plötzlich alle Blicke auf sie richteten. »Und ein besonderes... Rezept, sagt man so, Rheinhart?«

Der Bucklige stand daneben, lächelte glücklich und nickte nur.

»Die Gefahr besteht natürlich immer, dass wir den Neid der Konkurrenten herausfordern und es Versuche geben wird, an das Rezept zu gelangen!«, gab Valentin zu bedenken.

»Keine Sorge, Herr Valentin!«, äußerte sich Rheinhart spontan. »Ich glaube nicht daran, dass jemand an das Rezept kommt.«

»Oha, das würde ich aber nun wirklich nicht so konsequent ausschließen!«, antwortete der Kaufmann erstaunt.

»Es gibt kein niedergeschriebenes Rezept, Herr Valentin. Ich habe das bei meinem Meister gelernt, der es von seinem Meister hatte. Seit gut einhundert Jahren wird die Zusammensetzung zum Gelbfärben nicht schriftlich, sondern nur mündlich weitergegeben.«

Valentin musterte ihn nachdenklich, dann blickte er zu Alheyt und dachte dabei: *Dann hüte nur gut deine Alheyt, Rheinhart! Sie wäre das Mittel, dich dazu zu bringen, das Rezept zu verraten. Aber ich hoffe für euch beide, dass das nie geschehen wird!*

»Ja, Herr Valentin, da wäre noch eine Kleinigkeit, bevor wir wieder gehen.« Der Bucklige richtete seinen missgestalteten Körper so gerade auf wie es ihm möglich war. »Ihr wisst, dass ich derzeit kein Mitglied einer Zunft bin. Der alte Gildemeister der Tucher ist skeptisch, weil ich nicht nur in diesem Gewerbe Meister bin, sondern zudem auch als Färber wie als Kardätschenmacher die Meisterbriefe vorweisen kann. Ich sehe mich als Gehilfe des Hauses zu Leupolth, deshalb erbitte ich von Euch, Herr Valentin, die Erlaubnis, meine Alheyt freien zu dürfen!«

Bei diesen Worten war er zu der jungen Frau getreten, hatte ihre Hände mit seinen gegriffen und schaute nun bittend zu seinem Brotherrn auf. Der aber war nur einen Moment von der Bitte überrascht, dann lachte er herzlich und ahmte das Beispiel Rheinharts nach, indem er die Hände seiner Frau ergriff und sie ebenso an sich zog, was sich die schöne Enndlin gerne gefallen ließ.

»Sieh einmal, Rheinhart, Enndlin und ich kommen aus zwei lange Jahre miteinander verfeindeten Häusern und haben unsere Liebe gefunden. Wir haben gegen viele Widerstände kämpfen müssen, aber wir haben uns durchgesetzt. Du, Rheinhart, bist ein freier Mann, noch dazu ein dreifacher Meister. Wenn du für uns nicht mehr arbeiten willst, kannst du gehen, wohin auch immer du willst. Ich freue mich für dich und Alheyt über das Glück, das bei euch nun auch eingezogen ist. Meinen Segen habt ihr, und ich wünsche euch, dass ihr ebenso glücklich werdet wie meine Enndlin und ich!«

Erneut überzog tiefe Röte das Gesicht der jungen, hageren Frau, und auch Rheinhart hatte rötlich gefärbte Wangen, als er jetzt vor dem Patrizier in die Knie sinken wollte. Der aber griff hastig zu und zog ihn wieder hoch.

»Was tust du, Rheinhart? Man kniet nicht vor einem Handelsherrn, sondern nur vor dem Altar, um Gott zu ehren. Und meinetwegen auch vor deiner Verlobten! Aber eines müssen wir an diesem Tag noch tun!«

Verwundert wechselte Rheinhart einen raschen Blick mit Alheyt, die noch immer seine Hände hielt. Valentin zu Leupolth nahm die kleine Glocke vom Tisch und läutete sie kräftig. Als die Tischmagd hereinkam, bestellte er für sie alle Wein und fügte hinzu: »Aber den guten, den es nur zu Festtagen gibt! Heute können wir feiern!«

Rheinhart wechselte einen raschen Blick mit Alheyt, dann sagte er in einem seltsamen Tonfall: »Es ist wohl der Wein, der unser Schicksal lenkt.« Sie verstand seine Worte, während das andere Paar verwundert blickte.

8.

Nürnberg, im Comptoir des Hauses Leupolth

»Ich glaube, Ihr vergesst ein wenig Eure Situation, Herr Gildemeister Ortsee!«, fuhr ihn Valentin zu Leupolth an, nachdem der Hamburger ihm gerade erklärt hatte, dass er sich nicht unter Druck setzen ließe. Bei diesem Gespräch war auch Valentins Halbbruder Johann Eisfeld anwesend, der die Bücher des Handelshauses führte und sich in vielen Vertragsfragen mindestens so gut auskannte wie Valentin.

Es war warm geworden heute in diesen letzten Tagen des Mai im Jahre 1504. Trotzdem trugen die drei Anwesenden alle ihre gefütterten Wämse, aus deren breit geschlitzten Ärmeln der üppige Seidenstoff quoll, ebenso wie bei den in gleicher Art gefertigten und reich bestickten Hosen. Die so gekleideten Patrizier wollten damit ihren Wohlstand zur Schau tragen und beweisen, dass sie sich bei den Stoffen alles leisten konnten, was man ihnen aus Spanien einst vorgemacht hatte. So gab es zwar Abweichungen der spanischen Mode in gewissen Farben und Stickereien, aber die Reichen im Frankenland waren kaum anders als die Patrizier der Hanse gekleidet. Dazu kamen die gewaltigen Mühlsteinkragen, die noch gern mit Spitzenapplikationen verziert wurden. So war es nicht verwunderlich, dass alle drei Männer Schweißperlen auf der Stirn hatten und insbesondere Herr Ortsee unter der Wärme im Raum zu leiden schien, denn er hatte bereits den zweiten Becher mit Wein geleert und starrte mehrfach hinüber zu der großen Kanne, aus der er sich am liebsten selbst nachgeschenkt hätte.

»Ich glaube, da geht es Euch doch ähnlich wie mir!«, konterte eben der Hamburger Gildemeister und verzog seinen Mund zu einem spöttischen Grinsen. »Ein Wort von mir an den Rat, und Ihr fliegt mit Euren windigen Werkstattkäufen auf! Wird das bekannt, gibt es einen unglaublichen Skandal in Nürnberg, der Euch auf lange Zeit schaden wird, Herr zu Leupolth!«

Valentin war bei diesen Worten dunkelrot angelaufen, aber bevor er lospoltern konnte, legte ihm Johann rasch eine Hand auf seinen Unterarm und antwortete vollkommen gelassen: »Wer solche Schulden macht, Herr Gildemeister, sollte ganz behutsam sein, denn es ist zwar heute keine Schande, wenn einen die Umstände in finanzielle Not bringen. Aber wenn man dann in gewissen Hamburger Kreisen erfährt, dass diese Not ja keineswegs nur durch schlechte, kaufmännische Entscheidungen entstanden ist, sondern hauptsächlich eine ganz andere Ursache hat – na, ich glaube, dass man dann einen neuen Gildemeister der Tuchhändler sucht. Und außerdem wage ich zu bezweifeln, dass Eure Gattin, die bezaubernde Frau Ursell, noch weiter an Eurer Seite bleiben wird!«

»Das ist infam, lasst meine Familie aus der Geschichte!«, schrie Ortsee und schlug mit der flachen Hand auf den Tisch.

Jetzt war Valentin nicht mehr zu halten. Er war aufgesprungen, ging zu einem Regal an der gegenüberliegenden Wand und kehrte gleich darauf mit einem Schriftstück zurück, an dem ein Siegel befestigt war.

»Bevor wir nun in die Einzelheiten gehen, für die es beeidete Aussagen gibt, möchte ich Euch an Euren Aufenthalt vor zwei Jahren in Nürnberg erinnern«, erklärte Valentin mit einer plötzlich gefährlich leise klingenden Stimme.

»Was hat das mit meinen Schulden zu tun?«, brauste der Gildemeister auf.

»Wartet, ich helfe Eurer Erinnerung noch ein wenig auf die Sprünge. Lübeck, im Juni des Jahres 1500. Nein? Keine Erinnerung? Vielleicht aber an Frankfurt im März des Jahres 1501? Und noch einmal in dieser für uns alle doch so bedeutenden Messestadt im Oktober des gleichen Jahres?«

Ortsee schien etwas blasser geworden zu sein, gab sich aber vollkommen gelassen, als er antwortete:

»Ihr sprecht in Rätseln, Herr zu Leupolth. Lasst doch diese Spielchen, sie bringen Euch nichts ein. Legt die Karten auf den Tisch, und wir sehen, wie wir die Sache mit den Schuldscheinen regeln können, wie sich das unter ehrbaren Kaufleuten gehört.«

»Ehrbare Kaufleute, Herr Ortsee? Werft bitte einmal einen Blick auf dieses Dokument. Es hat jetzt nichts mit den Finanzen zu tun, wir könnten Euch aufzeigen, dass Ihr am

Ende seid, Ortsee, und eigentlich keine andere Wahl habt. Aber da gibt es noch eine ganze Reihe anderer Geschichten, die Ihr wohl kaum vom Tisch fegen könnt. Schaut auf die Unterschriften unter diesem Protokoll, es sind Advokaten aus Hamburg. Darunter hängt ihr Siegel, und es ist natürlich nur eine Abschrift. Das Original, ebenso unterschrieben und gesiegelt, ist an einem sichern Ort untergebracht. Niemand außer meinem Bruder Johann wird je davon erfahren, wenn Ihr künftig mit uns zusammenarbeitet und uns den Weg in Hamburg frei macht.«

Während er noch sprach, hatte Petrus Ortsee das Dokument hastig überflogen. Jetzt zitterten seine Hände deutlich, sein Gesicht war blass geworden, und seine Blicken flogen von Johann zu Valentin und zurück.

»Das... ist eine unglaubliche Anschuldigung! Wie... kommt dieses Dokument in... Eure Hände?«

Valentin erkannte, dass der Gildemeister am Ende war. Er nahm ihm das Dokument wieder aus der Hand und gab es seinem Bruder, der es gleich darauf in ein Fach des Tisches steckte und es abschloss.

»Das spielt keine Rolle, Ortsee. Jedenfalls werdet Ihr ja wohl nicht an der Aussage dieser armen Eltern zweifeln, die in Anwesenheit von zwei Rechtsgelehrten Eurer Stadt aufgenommen wurde. Wie sagtet Ihr doch, stehen unsere Aussichten, in Hamburg Fuß zu fassen?«

Der Gildemeister erhob sich mit kreidebleichem Gesicht, und Johann erkundigte sich fürsorglich: »Herr Ortsee, Ihr werdet doch nicht vom Schlag getroffen in unserem Comptoir zusammenbrechen, oder? Das haben wir leider schon erlebt, und vielleicht ist es besser, dass Ihr rasch nach draußen geht. Ein leichter Wind auf der Straße ist bestimmt besser als die dumpfe Luft des Comptoirs!«

»Ich... ich weiß nicht...«

Damit hatte er die Tür erreicht und riss sie auf. Noch einem Moment stand er schwankend auf der Schwelle und wollte den beiden Männern im Raum noch etwas erwidern, aber die Zunge versagte ihm den Dienst. Mehr als ein heiseres Krächzen brachte er nicht zustande. Johann, der freundliche junge Kaufmann war es, der die Tür hinter ihm schloss und noch ein gehässiges: »Gruß an die Frau Gemahlin!«, hinterherrief.

»Ein echtes Schwein, dieser Gildemeister!«, sagte Valentin und ließ sich aufatmend auf seinen Stuhl sinken. »Ich hätte nie geglaubt, dass ein Mensch so tief sinken kann. Noch dazu, wo er der Vater von zwei Töchtern ist und seine Frau ja nun auch nicht gerade hässlich gewesen sein kann.«

»Lass es, Valentin, es ist müßig, darüber nachzudenken. Wir jedenfalls haben ihn im Sack, und sein frecher Auftritt, als wir ihm die Wechsel präsentierten und ihm die Wahl ließen, für uns in Hamburg ebenso tätig zu werden wie die Walburgs in Braunschweig, war ja nicht nötig gewesen. Er hätte sich das selbst ersparen können!«

»Bleibst du noch zum Essen, Johann?«

»Nein, vielen Dank, aber Neslin erwartet mich. Ich komme nachher aber wieder ins Comptoir!«

9.
Auf der alten Salzstraße, zwei Reitstunden vor Frankfurt

Metze Losekann war heilfroh, dass er nicht dem Sonnenschein getraut hatte, als er Braunschweig wieder durch das Michaelistor auf der alten Salzstraße nach Frankfurt verließ. Die Schaube, die er für diese Reise ausgesucht hatte, war zwar auch mit einem Pelzkragen versehen, hatte aber in erster Linie einen dichten Pelzbehang nach innen, der ihn an diesem Tag gut wärmte. Vermeiden ließ es sich aber nicht, dass die Kälte trotzdem von unten an ihm hochkroch. Auch die Stiefel mit ihren langen Schäften waren von innen mit Pelz ausgeschlagen, kühlten aber doch während des Rittes erheblich ab, sodass der Reiter immer wieder kleine Pausen einlegen musste, um ein paar schnelle Schritte zu machen und die Kälte etwas zu vertreiben.

Kalte Sophie vorüber und noch immer kein Ende der Kälte im Mai! Was hat das zu bedeuten? Ist denn kein Verlass mehr auf die alten Regeln? Und auf den letzten Schritten fängt auch noch der Gaul an zu lahmen, es kommt also alles zusammen!, dachte Metze, als er erneut an einem Waldrand aus dem Sattel geklettert war und die Hufe kontrollierte. Es war zum Glück kein gelockertes Hufeisen Schuld am leichten Hinken des Pferdes, sondern ein Stein hatte sich auf der alten Straße unglücklich festgesetzt. Er zog seinen Dolch aus dem Gürtel, klemmte sich das rechte Hinterbein zwischen die Oberschenkel, wie er es vom Hofschmied der Leupolths, Jurijan Leinigen, abgeguckt hatte. Endlich gelang es ihm, den Kiesel mithilfe der Messerspitze herauszuhebeln, als sein Blick zufällig auf die im Moment gerade einsam liegende Straße fiel.

Behutsam setzte er den Huf wieder ab und klopfte dem Tier auf die Hinterhand, ging zwischen Pack- und Reitpferd hindurch und fand seinen Verdacht bestätigt. Nur wenige Ellen vor ihm spannte sich ein Seil quer über die Straße. Schmutzig, verdreckt und fast nicht vom Straßenbelag zu unterscheiden. Aber hinterhältig und gefährlich für jemanden, der hier in rascher Gangart sein Pferd antrieb. Es würde stolpern und wahrscheinlich den nicht darauf vorbereiteten Reiter abwerfen. Metze sah sich aufmerksam in der Umgebung um und wusste dann, wo man ihn erwartete. Mit einem kräftigen Schwung war er wieder im Sattel, griff die Zügel und trieb sein Pferd erneut an. Das angebundene Packpferd folgte nach, und dann war sich Metze ganz sicher. Im Straßengraben zu seiner rechten Seite hatten sich mindestens zwei Mann abgeduckt, aber trotzdem schimmerte ein helles Stoffstück zwischen den Zweigen eines Busches hindurch, der dort wuchs und seine Zweige wie ein schützendes Dach über den Graben ausbreitete. Eben bewegten sich die Zweige heftig, und nun wurde es Zeit für Metze, zu handeln. Mit einem lauten Schrei hieb er dem Wallach die Stiefelhacken in die Seiten, und mit einem schrillen Wiehern fiel das Pferd in den Galopp, flog plötzlich über den Graben und jagte mit dem Reiter und dem mitgezogenen Packpferd über den Acker, sodass die Erdstücke hinter ihm nur so aufgewirbelt wurden. Er hatte bereits eine große Strecke zurückgelegt und war dem schützenden Waldrand nahegekommen, als sich hinter ihm lautes Geschrei erhob. Ein Blick über die Schulter zeigte ihm die Wegelagerer, die viel zu spät aus ihrem Versteck aufsprangen und noch ein Stück hinter ihm über den Acker liefen, auf dem die Gerste schon ein tüchtiges Stück aufgelaufen war.

Metze Losekann ließ seine Pferde noch eine Zeit lang weiter ausgreifen, solange es ihm die Bäume gestatteten. Dann verlangsamte er sein Tempo, sah sich noch mehrfach um, ohne Verfolger feststellen zu können und gelangte schließlich nach dem Durchqueren des Waldes wieder zurück auf die uralte Fernhandelsstraße, die von Lüneburg über Braunschweig nach Frankfurt führte. Erst, als die Dämmerung nicht mehr weit war, lenkte Metze seine Pferde auf den Hof einer Herberge, die genau an der Kreuzung zweier gleichgroßer Straßen lag. Er machte sich keine Gedanken darüber, dass außer seinen Pferden keine weiteren im Stall standen, nahm nur seine zusammengeschnürten Sachen vom Packpferd und trat in den Raum der Herberge, der auch als Schenke diente.

Am Schanktisch saß eine mürrisch aufblickende alte Frau, die ein so abweisendes Gesicht machte, dass Metze es schon fast bereute, hier abgestiegen zu sein. Aber er kannte sich an der Fernhandelsstraße aus und wusste, dass es zu weit bis zur nächsten Unterkunft war, und er fühlte sich müde und hungrig.

»Ein Zimmer für mich und etwas zum Essen, gutes Bier dazu und Heu und Hafer für mein Pferd. Was verlangt Ihr dafür, gute Frau?«

Die Wirtin erhob sich nicht von ihrem Stuhl, sondern nuschelte etwas Unverständliches vor sich hin, sodass Metze einen Schritt näher an den Schanktisch trat, seine Rolle mit der Kleidung auf den Boden davor warf und die Hand hinter sein Ohr legte.

»Ich bitte um Entschuldig, aber ich konnte nicht verstehen, was Ihr gerade gesagt habt, gute Frau!«

»Einen Gutengroschen!«, wiederholte sie jetzt und Metze Losekann grinste sie fröhlich an, denn es war erkennbar, dass die Alte kaum noch Zähne im Mund hatte. Nun erhob sie sich aber doch, schlurfte in eine rückwärtig gelegene Kammer und kehrte gleich darauf mit einem Holzbrett wieder, auf dem ein Kanten Brot und ein Stück Käse lagen.

»Oh, damit hatte ich wirklich nicht gerechnet! Das ist ja fürstlich! Und wie ist es mit einem Stück Fleisch?«

»Nich mehr!«, nuschelte die Wirtin und drehte sich um, nachdem sie das frugale Mahl auf den nächsten Tisch abgestellt hatte, vor dem Metze stehen geblieben war. Dann kippte sie aus einem großen Steinkrug Bier in einen Becher und brachte ihn an seinen Tisch. Sie knallte ihn so hart auf die Holzbretter, dass etwas Bier herausschwappte. Metze Losekann nickte artig und war die Freundlichkeit in Person. In Gedanken überlegte er allerdings bereits, wie er der Wirtin ihre Art und Weise, mit dem einzigen Gast umzuspringen, heimzahlen könnte. Doch seine noch immer gute Laune verflog vollends, als er das harte Brot und den noch härteren Käse mit einem abgestandenen Schluck Bier herunterspülte. Er gähnte ausgiebig, griff sein Bündel auf und stand wieder am Schanktisch, wo ihn die giftigen Blicke der Wirtin trafen.

»Kammer?«

Sie deutete nur nach oben, ohne sich weiter zu bemühen, und Metze stieg die knarrende, schmale Treppe an der anderen Seite des Schankraumes hinauf, stieß die erste Tür auf und tastete nach einem Licht. Es roch dumpf und muffig in dem Zimmer, und verärgert kehrte er auf den Flur zurück, um in das nächste Zimmer zu schauen. Doch diese Tür war fest verschlossen, und ebenso die beiden anderen. Also hatte er keine andere Wahl, tastete sich in dem Dämmerlicht des ersten Raumes zum Fenster, dessen Läden verschlossen waren. Als er es öffnete, die Läden zurückschlug und die frische Abendluft hereinströmte, fühlte er sich schon etwas wohler. Der Mond war noch nicht vollständig gerundet, aber sein blasses Licht reichte für eine Orientierung aus. Direkt unterhalb des Fensters befand sich das Dach des Stalles, etwas weiter standen ein paar Bäume, zwischen denen es glitzerte.

Wenn dort das Brauwasser vorüberfließt, ist es nicht verwunderlich, dass das Bier nicht schmeckt! Es sieht doch ganz danach aus, als ginge hinter dem Stall ein Kanal direkt hinüber zu dem Gewässer. Brr, Metze, wer weiß, was du dir da angetan hast! Zum Glück war der Becher noch nicht einmal richtig eingeschenkt!

Das Fenster ließ er für die Nacht geöffnet, auch, wenn es erneut empfindlich kühl geworden war. Dann entschloss er sich, nur die Stiefel auszuziehen, weil ihm der Gedanke gekommen war, dass auch das Bett kaum besser sein dürfte als das Essen in diesem Haus. Die Vorstellung, dass vielleicht eine ganze Legion blutgieriger Wanzen auf ihn lauerte, war ihm nicht sonderlich angenehm, aber er hatte auch keine Lust, sich sein Lager auf den harten Dielen einzurichten.

Die Tür der Kammer wurde von außen mit einer Hebevorrichtung geöffnet, die einen kleinen Holzriegel auf der Innenseite anhob. Das bot Metze aber keine ausreichende Sicherheit für die Nacht, und deshalb schob er kurzerhand die Klinge seines Dolches zwischen den Riegel und die

Türbretter, probierte den Holzriegel, der sich so nicht mehr anheben ließ, und legte sich schließlich auf das Lager.

Er erwachte durch Lärm im Haus, hörte laute Männerstimmen im Schankraum unter seiner Kammer, dazwischen die keifende Stimme einer Frau, vermutlich der Wirtin. Dann knarrten die Treppenstufen, allerdings so, als würde sich jemand Mühe geben, geräuschlos auf der ausgetretenen Treppe nach oben zu gelangen. Mit einem Satz war Metze aus dem Bett und zog seinen Katzbalger, das Kurzschwert, das seit vielen Jahren sein treuer Begleiter war. Der ermordete Harlach zu Leupolth hatte ihn und die für ihn als Begleitschutz tätigen Kriegsknechte mit den besten Waffen ausgerüstet, die man in Nürnberg erwerben konnte. Mit wenigen Schritten stand er an der Tür und lauschte. Jemand war gerade dabei, den Riegel anzuheben. Als der sich nicht bewegte, versuchte er es nochmal und rüttelte schließlich sogar daran. Gedämpfte Stimmen auf dem Flur bestätigten Metze, dass man wohl keinen nächtlichen Höflichkeitsbesuch beabsichtigte. Rasch zog er seine Stiefel an, griff das Bündel auf und war am Fenster, während nun an der Tür Kratzgeräusche vernehmbar waren. Es blieb ihm nichts anderes übrig, als rasch einen Span vom Fensterrahmen mit dem Kurzschwert zu schneiden, und ihn gegen seinen Dolch auszutauschen. Das würde zwar nicht lange halten, aber er hatte auf diese Weise seinen Dolch wieder an sich genommen.

Alles Folgende war eine Sache von wenigen Augenblicken.

Das Bündel flog hinaus auf das Dach des Stalles, dann ließ er sich geräuschlos hinunter, war gleich darauf im Stall und warf seinem Pferd den Sattel über. Noch während er den Gurt anzog und mit routinierten Griffen sicherte, hörte er über sich Lärm vom offenen Fenster. Es blieb ihm kaum noch Zeit, den Führungsstrick des Packpferdes zu fassen und sein Reitpferd anzutreiben, da vernahm er bereits Rufe von der Vorderseite der Schenke. Also blieb ihm nur die Fluchtrichtung zum Bach hinunter, den er von seinem Fenster aus zwischen den Bäumen erkannt hatte. Glücklicherweise erwies er sich als nicht sehr tief, und mit wenigen Schritten war er auf der anderen Seite und jagte einem nahen Waldstück zu. Das Mondlicht lag fahl auf der Umgebung, die nur aus Feldern bestand, auf denen das Korn schon gut anderthalb Ellen hoch stand, obwohl der Mai bislang eher kühl war.

Ist der Mai kühl und nass, füllt's dem Bauern Scheun und Fass!, fiel ihm dazu ein, während er sich bemühte, rechtzeitig Gräben und andere Hindernisse zu erkennen. Aufatmend erreichte er den Waldrand, wo er kurz verhielt und noch einen Blick zurückwarf. Die Bäume am Bachufer verhinderten die Sicht auf die Herberge, aber offenbar waren die Männer ohne eigene Pferde dort eingetroffen. Möglicherweise handelte es sich um die Wegelagerer, denen er vorher auf der Fernhandelsstraße entkommen war, aber das kümmerte ihn jetzt nicht weiter.

Von einer kleinen Anhöhe herab blickte er schließlich auf die Stadt Frankfurt, deren Tore zu dieser frühen Stunde noch verschlossen waren. Also richtete er sich auf eine Wartezeit ein, sattelte sein Pferd wieder ab und band es zusammen mit dem Packpferd an einem Holunderstrauch fest, der prächtig und kräftig seine starken Zweige ausbreitete und bereits die Blütendolden bildete.

10.

Nürnberg, im Handelshaus zu Leupolth, Anfang Juni 1504

Der Bote war vermutlich einer der Gassenjungen, die für diesen Gang zum Leupoltschen Haus ein paar Pfennige erhielt. Verlegen stand er vor der Tür des Hauses, die ihm von einer der Mägde geöffnet wurde. Seit dem spurlosen Verschwinden des Hausknechtes Laurentz mussten alle Aufgaben von den anderen übernommen werden. Die Magd sah auf das klein zusammengefaltete Papier, das ihr die schmutzige Hand des Burschen entgegenstreckte, warf noch einen Blick in die Gasse und schlug ihm kurzerhand die Tür vor der Nase zu.

»Ein Botenjunge hat etwas abgegeben!«, verkündete sie gleich, als auf ihr zaghaftes Klopfen Valentins Stimme zum Eintreten aufforderte. Schüchtern trat sie zu ihrem Herrn und überreichte das Blatt Papier, das zwar Valentins Namen trug, aber keine ihm bekannte Handschrift aufwies. Rasch faltete er es auseinander, überflog die wenigen Worte und bemerkte erst jetzt, dass die Magd noch an der Tür auf weitere Anweisungen wartete.

»Ein Botenjunge, sagst du? Aber die Nachricht kam von keinem Handelshaus, oder?«

»Der Junge war ein schmutziger, verlumpter Bursche von der Straße, Herr!«

»Es ist gut, danke!«

Damit hatte Valentin erneut den Zettel zur Hand genommen und starrte auf die Schrift, die mit steilen, kleinen Buchstaben lautete: »Komm nach der Vesper zum Haus *Goldener Hirsch*. Vater schwer erkrankt. O.O.«

Sofort war ihm bewusst, wer sich hinter den beiden identischen Buchstaben verbarg, und auch die Handschrift ließ den Schluss zu, dass sie von einer Frau stammte. *Diese dreimal verfluchte Osanna Ortsee gibt doch keine Ruhe! Und ich war mir sicher, dass die Ortsees im Haus der Heroldsberg ohne ihre Tochter abgestiegen waren!*

Während er noch überlegte, ob er sich einen solchen Besuch zu der Frau erlauben durfte, die er einmal heiß begehrte, und die ihm Hoffnungen gemacht hatte, wurden plötzlich Stimmen auf der Diele laut, und gleich darauf trat sein Stiefbruder Johann Eisfeld ein und rief ihm fröhlich zu:

»Schau nur, Val, wen ich dir da von der Straße mitbringe!«

Staubbedeckt, mit dickem Schlamm an den Stiefeln und einem Gesicht, dem die Strapazen des langen Rittes noch deutlich anzusehen waren, folgte Metze Losekann in das Comptoir, nickte seinem Dienstherrn nur knapp zu und ließ sich auf einen Stuhl fallen, der den Besuchern vorbehalten war. Als ihn die beiden so ungleichen Brüder erwartungsvoll ansahen, grinste er plötzlich auf seine unnachahmliche Weise, und sein Wieselgesicht wirkte auf einmal wieder so verschlagen wie stets.

»Also war dein Ritt nach Braunschweig erfolgreich!«, kommentierte Valentin, und Metze lachte jetzt laut heraus.

»Nicht nur einfach erfolgreich, Val, sondern noch mit weitreichenden Folgen für mich. Aber unbesorgt, das ist dann nur mein eigenes Leben, das da durcheinandergewirbelt wird!« Dazu zog Metze Losekann ein Gesicht, das unschuldig wirken sollte, bei den beiden Kaufleuten aber eher den Eindruck verstärkte, dass da ein beutegieriges Wiesel ein Kaninchen in die Enge getrieben hatte, dem es gleich an die Kehle gehen würde.

»Du hast also wieder eine Frauengeschichte am Hals!«, kommentierte Valentin. »Aber das ist uns hier nun wirklich vollkommen gleichgültig. Wird Elias Walburg auf unseren Vorschlag eingehen?«

Metze konnte es sich nicht verkneifen, mit einem vollkommen ernsten Gesicht den Kopf zu schütteln, was Valentin sofort wieder in Rage versetzte. Aber bevor der Kaufmann sich laut äußerte, machte der Vertraute des Handelshauses eine beschwichtigende Geste.

»Nicht Elias hat unterzeichnet, sondern Madalen!«

»Was ist das für ein Unsinn!«, polterte Valentin nun doch laut heraus. »Seit wann können Frauen rechtsgültige Verträge unterzeichnen?«

»Oh, im Stand einer Wittib ist das für gewisse Dinge schon möglich und wird auch vom Rat der Altstadt zu Braunschweig anerkannt werden, da bin ich mir ganz sicher. Zudem habe ich meinen guten, alten Freund, den Gewandschneider und Ratsherrn der Altstadt, Cord von Beyerstede ins Bild gesetzt und war mit ihm in der besagten Angelegenheit auch bei dem Herrn Tile van der Leine, einem Geldwechsler in der Neustadt, vorstellig geworden.«

Er machte eine Pause und warf einen begehrlichen Blick zu der Kanne mit dem Wein, und Valentin nickte ihm ungeduldig zu.

Doch Metze ließ sich Zeit für seinen weiteren Bericht, schenkte sich den daneben stehenden Becher randvoll und stürzte ihn in einem Zug hinunter, um noch einmal nachzuschenken. Mit einem erleichterten Seufzer wischte er sich sein glattes Kinn ab und blickte die beiden Kaufleute mit treuherzigem Blick an.

»Wenn es denn recht ist, Ihr Herren, würde ich gern ein wenig ausruhen. Die Dokumente befinden sich hier in der Tasche.« Mit diesen Worten zog er unter seinem Wams eine schmale Lederhülle hervor, die er Tag und Nacht an einem Band um den Hals getragen hatte.

»Und was ist das für eine Geschichte, die dein Leben betrifft, Metze?«, erkundigte sich Valentin, während er die unterschriebenen Dokumente herauszog. »Und wie kommt es, dass der Herr Walburg so plötzlich verstarb? Erinnere mich bitte beim nächsten Schuldner daran, dass wir den Medicus mitnehmen, Johann!«

Die beiden Halbbrüder grinsten fröhlich, und jeder von ihnen wusste, dass ja erst kürzlich einige der Nürnberger Patrizier vom Schlag getroffen wurden, was ihnen im Übrigen allen Medicus Stromer von Reichenbach prophezeit hatte. Die Völlerei in den Häusern, der unmäßige Genuss von Wein und Bier dazu, der Mangel an Bewegung war nach Meinung des Medicus der »Tod der Reichen«. »Die vier Säfte müssen im Einklang stehen, und wenn beim Aderlass zu viel schwarze Galle das Blut vermischt, ist es schon fast zu spät! Auch ein so guter Medicus wie ich kann dann kaum noch helfen!«, pflegte Medicus Stromer gern zu sagen. Dabei rieb er sich immer mit einem teuflischen Grinsen die Hände, was die meisten seiner Zuhörer erschauern ließ.

»Also, der Herr Walburg verstarb in der Nacht nach meiner Ankunft. Nein, schaut mich nicht so an!«, fügte er lächelnd hinzu und hob abwehrend die Hände. »Der Herr ist mein Zeuge, dass ich da meine Finger nicht im Spiel hatte!«

»Im Gegensatz zu seinen Töchtern, richtig? Vermutlich bevorzugst du aber Dorel, die jüngere der beiden«, stellte Johann sachlich fest.

»Dorel, und die habe ich nun am Hals. Sie hat sich entschlossen, mit einem Fuhrwerk der Familie nach Nürnberg zu kommen, um mit Euch bessere Bedingungen auszuhandeln und sich die Tuchwaren selbst anzusehen.«

»Verstehe. Und die besseren Bedingungen führen ja bekanntlich durch dein Bett, richtig so, Metze?«

»Ich bin vollkommen unschuldig an solcher Geschichte, Herr Valentin!«, antwortete der Wieselgesichtige mit vollem Ernst, den er mit der sonst von ihm nicht benutzten Anrede noch unterstrich.

»Wie auch immer, du bist in solchen Dingen erfahren, und jetzt brauche ich noch einmal deine Unterstützung, Metze. Du kennst doch die Räume im *Goldenen Hirsch* in der Johannesgasse gut?« Das klang eher wie eine Feststellung als nach einer Frage, und Metze nickte rasch dazu.

»So gut wie in meinem kleinen Häuschen, Val. Worum geht es denn? Soll ich etwa etwas arrangieren, von dem die Frau Enndlin nichts erfahren darf?«

Diesmal reagierte Valentin zu Leupolth auf die Anspielung ganz gelassen, als er ihm antwortete: »Ganz im Gegenteil, Metze. Meine über alles geliebte Enndlin wird mit dabei sein. Also unterlasse jetzt deine spitzfindigen Bemerkungen und hör mir zu!«

11.

Nürnberg, im Goldenen Hirsch

Die Stunde des Gebetes zur Vesper war gekommen, und Valentin zu Leupolth konnte seine Vorbereitungen rechtzeitig abschließen. Jetzt stand er vor dem großen Steinhaus, in dem insbesondere die wohlhabenden Fernhandelskaufleute während ihrer Reisen abstiegen. Das Haus hatte über zwei Etagen große Schlafräume eingerichtet und bot zudem in einer eigenen Schenke gute Speisen und frisches Bier an. Inzwischen war das *Hirschenbräu* sogar über Nürnbergs Grenzen bekannt geworden und erreichte schließlich nach Augsburg auch Köln.

Man kam jedoch in den *Golden Hirsch* nur nach Inaugenscheinnahme, was die Patrizier immer wieder zum Lächeln brachte, denn niemand kontrollierte zu einem späteren Zeitpunkt, wen der Gast mit hereinbrachte. Jetzt musste jedoch auch Valentin die Musterung über sich ergehen lassen. Nach dem heftigen Reißen an der Stange und dem weithin vernehmbaren Ton der großen Glocke über der Tür wurde ein Fenster geöffnet, und ein sehr gewichtig aussehender Mann mit kräftigem Bartwuchs schaute heraus, ließ seine Augen rasch über den Gast gleiten und öffnete dann die Türe.

»Oh, Herr Valentin zu Leupolth, welche Ehre für unser Haus!«, begrüßte ihn der Majordomus mit einer tiefen Verbeugung.

»Danke, ich werde bereits erwartet.«

»Im ersten Geschoss, Herr zu Leupolth, das erste Gemach zur linken Hand!«

Valentin verkniff sich ein Lächeln, drückte dem Majordomus eine Münze in die Hand und eilte die große

Treppe in das erste Geschoss hinauf. Hier lauschte er nur kurz, dann klopfte er kräftig gegen die mit Intarsien reich verzierte Tür, vernahm eine leise Antwort und trat ein.

Ein schwerer, süßlicher Geruch schlug ihm aus dem verdunkelten Raum entgegen. Die Fensterläden waren geschlossen, in dem ungewöhnlich großen Zimmer befand sich eine breite Bettstatt an der gegenüberliegenden Wand. Sie war als Alkoven gestaltet und schmunzelnd bemerkte Valentin den umlaufend gemauerten Teil des großen Kamins neben dem Alkoven, der dazu diente, Wärme zu spenden, wenn es denn im Bett zu kalt wurde. Jetzt kam jedoch in diesem Raum zur Dunkelheit und den aus zwei Schalen wabernden Rauch auch noch ein Wärmeschub vom Alkoven herüber, der durch das Zurückziehen eines Vorhanges entstand.

Valentin trat einen Schritt näher heran und entdeckte jetzt den hellen Körper einer nackten Frau auf der Bettstatt, die sich genüsslich räkelte und sich bei seinem Näherkommen so aufrichtete, dass ihre Körperform vor dem Licht einer kleinen Laterne gut zur Wirkung kam.

»Wie lange musste ich auf diesen Tag warten, Valentin!«, vernahm er die schmeichelnde Stimme der Frau. »Wie sehr habe ich mich in vielen Nächten nach dir gesehnt! Komm zu mir, lass uns diese Nacht genießen!«

»Osanna, ich glaube weniger, dass du nach Nürnberg gekommen bist, weil du vor Sehnsucht nach mir vergangen bist. War da nicht eher die Lage eures Hauses und der drohende Ruin die treibende Kraft?«

»Aber nein, wie kommst du nur darauf? Ich wollte schon damals mehr, vor zwei Jahren, als ich dich vor dem

Haus der Heroldsbergs sah. Du erinnerst dich wohl? Wir waren vor dem Hallerthor verabredet.«

»Richtig, aber ich bin nicht gekommen und hatte auch danach nie wieder Kontakt zu dir. Und jetzt kommst du nach Nürnberg, lädst mich unter fadenscheinigem Grund in das Zimmer einer Herberge und empfängst mich splitternackt! Was versprichst du dir davon?«

Trotzig musterte die Nackte Valentin und streckte verlangend die Arme nach ihm aus. Doch mit seinen letzten Worten war Valentin langsam zur Tür gegangen und öffnete sie jetzt mit einem Ruck.

»Kommt herein, Ihr werdet als Zeugen benötigt!«

Mit einem Entsetzensschrei flüchtete sich die nackte Osanna in den Alkoven und wollte den Vorhang schließen, als ein blasser, großer Mann rasch zu ihr trat und sie daran hinderte.

Mit schreckgeweiteten Augen sah Osanna von Metze Losekann zu den beiden Stadtsoldaten, die hinter ihm eingetreten waren und weiter zu Valentin, der eben lächelnd seiner Frau den Arm bot und sie an den Alkoven führte.

»Sieh nur, Enndlin, das ist Osanna Ortsee, Tochter des Gildemeisters Petrus Ortsee aus Hamburg. Man könnte fast glauben, sie wäre keine Patriziertochter, sondern eine Hübschlerin, aber sie trägt keine gelben Schleifen an ihrem Kleid, meine ich. Vielleicht überprüfst du es aber mal zur Sicherheit, es scheint dort über dem Stuhl zu liegen. Sollte sie doch diese Abzeichen ihres Berufes tragen, kann ich sie nicht den Stadtsoldaten anzeigen. Andererseits aber...«

Valentin schien nachzudenken und blickte zur Tür, als ein weiterer Zeuge der peinlichen Szene in den Raum trat.

»Andererseits aber kann vielleicht Pater Johannis erkennen, ob es sich vielleicht um eine Buhlschaft handelt, und Osanna besessen ist? Dann wäre sie gar nicht verantwortlich für ihr seltsames Handeln, müsste dann aber wohl eine peinliche Befragung ertragen, weil sie eine Hexe ist und mit dem Teufel im Bund – ach, ich weiß es nicht, ich mag es gar nicht entscheiden!«

Mit einem wilden Aufschrei versuchte die Nackte, sich auf Valentin zu stürzen. Wie eine Furie mit ausgebreiteten Krallenhänden wollte sie aus dem Alkoven springen, aber da war Metze zur Stelle, packte ihre Handgelenke und hielt sie fest.

»Komm, Enndlin, ich kann das nicht länger ertragen. Ich möchte dir auch diesen schrecklichen Anblick ersparen, schließlich sind solche Frauen, wenn sie besessen sind, unberechenbar!«

Damit zog er Enndlin dicht an sich, hauchte ihr einen Kuss auf die Lippen und ging, Arm in Arm, mit ihr zur Tür, während einer der Stadtsoldaten ein Laken aus dem Alkoven nahm, um die noch immer Tobende damit zu bedecken.

»Das wirst du bereuen, Valentin zu Leupolth! Und du, stolze Patrizierfrau, die da so aufgeblasen an seiner Seite geht: Er hat mich verführt, damals, vor zwei Jahren, und als Beweis für seine Tat werde ich das Kind bringen, dass die Folge unseres Liebesverhältnisses war!«

Das Ehepaar blieb auf der Schwelle stehen, und während Enndlin eine versteinerte Miene zeigte, lachte Valentin frei und ungezwungen auf.

»Das ist ein guter Hinweis, Osanna! Die Soldaten haben ihn gehört, und ich werde nun Medicus Stromer bitten, dich im Gefängnis zu untersuchen. Er wird feststellen können, ob du überhaupt jemals ein Kind geboren hast, und dann sehen wir weiter. Ich kann jeden Eid auf die Bibel schwören, dass ich nie mit dir das Lager geteilt habe. Du dauerst mich, Osanna, aber auch das wird Euer Handelshaus in Hamburg nicht mehr retten können! Ich hoffe, dir nie wieder gegenüberstehen zu müssen!«

Damit gingen die beiden hinaus, und Enndlin konnte schon auf der Treppe in das Untergeschoss wieder lächeln.

»Du weißt, was ich dir damals über meine Schwärmerei gesagt habe, Enndlin, und ich schwöre dir bei Gott und allem, was mir sonst noch heilig ist: Diese Frau lügt!«

»Ich weiß es, Valentin, denn ich spüre, dass du eben die Wahrheit gesagt hast!«

Er blieb mitten auf der Treppe stehen, schloss seine Frau in die Arme und küsste sie leidenschaftlich.

12.

Augsburg, im Juni 1504

Der ungewöhnlich hoch gewachsene und breitschultrige Mann erregte überall Aufmerksamkeit, als er mit eiligem Schritt durch die Innenstadt Augsburgs eilte.

Neben seiner vornehmen Kleidung fiel den Bürgern auf, dass der Mann einen dunklen Harnisch mit Goldbeschlägen an den Rändern und ein mächtiges Schwert an der Seite trug. Eine solche Erscheinung war in diesen Tagen keineswegs häufig, und so verwunderte es den Fremden nicht, das die Leute ihn mit großen Augen betrachteten. Sein von der Sonne verbranntes Gesicht schien gar nicht recht zu seinem vornehmen Aufzug und dem teuren Harnisch zu passen.

Doch wenn er auch auf die kleinste Bewegung achtete, schien er nur sein Ziel gradlinig zu verfolgen und hielt schließlich vor dem Haus am Weinmarkt an. Als der Hausknecht die Tür öffnete und ihn kurz musterte, wollte er schon abweisend sagen, dass der Herr Fugger nicht anwesend sei, aber der Fremde ließ ihn gar nicht erst zu Wort kommen, sondern drängte ihn in die Diele zurück.

»Hör zu, und keine Ausflüchte, sonst verpasse ich dir ein paar Maulschellen, dass dir Hören und Sehen vergeht, verstanden! Ich weiß, dass Herr Fugger im Haus seiner Schwiegermutter weilt, und habe eben noch Frau Sibylla Arzt-Sulzer am Fenster gesehen. Du merkst, ich kenne mich aus in der Familie, und jetzt hurtig, oder ich mache dir Beine! Sag dem Fugger, dass ihn Richard von Oertzen erwartet. Er weiß, wer ich bin!«

Der Hausknecht stürzte davon, ohne etwas zu erwidern, und kaum hatte ihn sein Herr in das Zimmer gerufen, stand auch schon der bärtige Fremde mit seinem beeindruckenden Harnisch hinter ihm auf der Schwelle.

»Herr von Oertzen – das ist aber eine Überraschung!«, rief ihm Jakob Fugger zu. »Nur herein mit Euch, und bringt uns frisches Bier, der Herr wird durstig sein!«

Ohne weitere Aufforderung nahm von Oertzen an dem Tisch Platz, an dem Jakob Fugger eben noch gearbeitet hatte. Der Kaufmann sah nur erstaunt auf, dann begann er mit der freundlichen Anrede: »Ihr scheint von der Sonne Spaniens sehr mitgenommen zu sein, Herr Richard. Euer Gesicht sieht ein wenig... verbrannt aus!«

Unwillkürlich machte der Geharnischte eine Handbewegung zu seinem Kopf, dann aber antwortete er mit seltsam dumpfer Stimme:

»Das war weniger die Sonne Spaniens, als vielmehr die über dem Indischen Ozean. Ich war in den vergangenen zwei Jahren viel unterwegs, um mein verloren gegangenes Vermögen wieder zurückzuholen.«

Eine Magd trat ein und stellte zwei gut gefüllte Bierkrüge vor den beiden Herren auf den Tisch und verschwand wieder vollkommen leise. Der Fugger griff seinen Krug und hob ihn hoch. »Auf Eure gesunde Rückkehr! Es hat lange gedauert, bis Euch Augsburgs Mauern wieder zu sehen bekommen! Ihr müsst entschuldigen, dass ich Euch nur in diesem kleinen Comptoir begrüßen kann, aber im Hause Fugger sind große Dinge im Umbruch. In den nächsten Jahren werden wir hier neue Häuser errichten, mein derzeitiges Wohnhaus muss für die Schreiber herhalten, und ich flüchtete mich hierher, in das Haus meiner Schwiegermutter.«

»Das ist vollkommen in Ordnung, Herr Jakob. Ich bin ein anspruchsloser Mensch geworden, das Schicksal hat mich oft hart angefasst!«

Die beiden tranken stumm, und als Richard den Krug wieder abstellte, wischte er sich den Schaum aus dem mächtigen Bart und musterte sein Gegenüber eindringlich. Der Fugger tat jedoch so, als würde er das nicht bemerken, und erkundigte sich freundlich: »Werdet Ihr in der nächsten Zeit wieder in Augsburg tätig werden? Ich könnte Euch das Haus zu guten Konditionen vermieten, das Ihr mir damals überschreiben musstet. Ich bin gern bereit, Euch zu unterstützen, wenn Ihr wieder in Augsburg den Gewürzhandel aufnehmen wollt. Jedenfalls schließe ich das daraus, wenn Ihr vom Indischen Ozean sprecht. Seid Ihr den Spuren Vasco da Gamas gefolgt?«

Bei dem Namen verfinsterte sich die Miene des Geharnischten, und er schüttelte energisch den Kopf.

»Nein, Herr Jakob, ich bin den Portugiesen ausgewichen, wo es nur möglich war, und habe auch nicht vor, den Gewürzhandel wieder aufzunehmen. Vielmehr habe ich auf meinen Fahrten eine ganz andere Ware kennengelernt, die weniger verderblich ist und trotzdem immer gute Preise erzielt.«

»Ihr macht mich neugierig, Herr Richard, und Ihr seid gewiss zu mir gekommen, um mich dafür zu gewinnen, richtig?«

Der Bärtige lehnte sich auf seinem Stuhl zurück, schlug die Beine übereinander und wippte mit dem Fuß, an dem ein kostbar gearbeiteter Schuh in Form der beliebten Bärenklauen saß. Dabei war der Schuh im vorderen Bereich so gefaltet, dass er an die Tatzen eines Bären erinnerte. Solches Schuhwerk war teuer und wesentlich aufwändiger anzufertigen als die weit verbreiten Kuhmaulschuhe.

»Ja, denn mein Unternehmen floriert zwar prächtig und ich verfüge mittlerweile über ein eigenes Schiff, aber ich würde gern ein weiteres in meinen Dienst stellen. Es benötigt einige Zeit, um entsprechend ausgerüstet zu sein. Die Fahrten gingen von der afrikanischen Küste in die Besitztümer der Spanier, meinetwegen auch der Portugiesen, die derzeit in der Neuen Welt wie Pilze aus dem Boden schießen.«

Jakob Fugger schien etwas zu erahnen, denn plötzlich bildete sich über seiner Nasenwurzel eine steile Falte, und seine Augen verengten sich, der Mund in seinem markanten Gesicht, das den Ansatz zur Fleischigkeit und einem Doppelkinn zeigte, wurde schmal.

»Verstehe ich Euch recht, Herr Richard, so wollt Ihr mich für den Sklavenhandel gewinnen?«

»Ihr habt einen scharfen Verstand, Herr Jakob!«, antwortete von Oertzen und leerte den Bierkrug.

»Dann muss ich Euch enttäuschen. Ich werde niemals mit Menschen handeln, so etwas ist mir zuwider«, lautete die entschlossene Antwort des Kaufmanns.

»Tja, das ist sehr schade, denn mit dem Sklavenhandel lässt sich sehr viel Geld auf sehr einfache Weise verdienen.« Damit erhob er sich und gab sich den Anschein, als wolle er das Haus wieder verlassen. Dann blieb er jedoch unvermittelt stehen und nestelte aus seinem Gürtel eine schmale Ledertasche hervor, klappte sie auf und zog ein schon sehr mitgenommen aussehendes Papier heraus. »Da fällt mir gerade ein, dass ich ja noch etwas bei Euch einlösen wollte!«

»Einlösen? Ihr habt einen Wechsel des Hauses Fugger? Guter Herr, das kann ich mir, mit Verlaub, kaum vorstellen. Reicht ihn mir doch bitte einmal herüber!«

»Ist ein wenig mitgenommen, das Dokument, aber trotzdem gültig. Ich bin in diesem Fall als remittendi (Zahlungsempfänger) auf der Rückseite vermerkt, und das Papier wurde auf Sicht ausgestellt. Das heißt, ich darf wohl darum bitten, mir die Summe dieser Tage auszuzahlen, nicht erst nach einer weiteren Monatsfrist.«

Jakob Fugger griff nach einem geschliffenen Glasstein, den er auf die Unterschrift legte, und dann Stück für Stück weiterschob.

»Ihr müsst verstehen, dass ich das Dokument prüfe, weil ich nicht erkennen kann, wann es ausgestellt wurde.«

»Bitte, prüft es, aber es ist in jedem Falle Eure Unterschrift«, erwiderte von Oertzen selbstgefällig und verzog sein Gesicht zu einem seltsamen Grinsen. Doch verwundert beobachtete er, wie der Fugger sich erhob, zu einem kleinen Schrank ging und ihn aufschloss. »Ich muss Euch leider sagen, Herr von Oertzen, dass es sich um eine Fälschung handelt, dabei noch nicht einmal um eine besonders gute. Weder ich noch eine andere Person aus dem Hause Fugger hat dieses Dokument unterzeichnet. Ich darf Euch deshalb bitten, mein Haus zu verlassen und mich künftig nicht mehr aufzusuchen.«

Er stand hinter der Schranktür halb verdeckt, und der Bärtige sprang jetzt mit einem Fluch aus seinem Stuhl, die Hand an seinem Schwertknauf.

»Was für eine billige Ausrede, Herr Jakob Fugger! Aber so kommt Ihr mir nicht davon!«

»Mit diesem Verhalten habe ich bei Euch gerechnet, Herr von Oertzen, und nicht erst seit Eurer Abreise aus Augsburg nach Spanien. Ich möchte Euch aber vor voreiligen Schritten warnen. Dieses hier ist eine recht interessante Konstruktion des Nürnberger Patriziers Martin Löffelholz. Es ist ein mit Pulver und Blei geladenes Gewehr, dessen interessanter Mechanismus – ich habe da schon vorgesorgt – ein wenig umständlich gespannt werden muss. Aber jetzt genügt ein Druck auf diesen unteren Hebel, dann fällt dieses obere Teil in das Zündloch und – die Detonation schleudert eine Bleikugel heraus, die in der Lage ist, jeden bekannten Kürass (Brustharnisch) zu durchschlagen. Möchtet Ihr einmal probieren?«

Mit diesen Worten legte der Fugger den unförmig wirkenden Gegenstand auf sein Gegenüber an, der ungläubig in die drohend auf ihn gerichtete Öffnung starrte.

»Das... das werdet Ihr nicht wagen, nicht in Eurem Comptoir!«

»Oh, keine Sorge! Wenn man mich mit der Hand an der Waffe bedroht, kann ich mich durchaus wehren. Und das Blut, dass Ihr nach dem Schuss versprühen werdet, kann ich meiner Schwiegermutter sicher verständlich erklären.«

»Das ist... unglaublich! Aber wartet nur, Fugger, in dieser Angelegenheit ist noch nicht das letzte Wort gesprochen!«

Damit war Richard von Oertzen an der Tür angelangt und riss sie auf.

»Ich fürchte doch, Herr von Oertzen. Und für den Fall, dass Ihr eine Empfehlung für Nürnberg benötigt – der Herr Löffelholz ist sehr rührig und wird sicher auch gern für Euch tätig. Allerdings ist dieses Ding, das man wohl Gewehr oder Radschlosspistole nennt, nicht ganz preiswert in der Fertigung! Aber ein Sklavenhändler kann das vielleicht sogar bezahlen! Wenn Ihr mich jetzt bitte entschuldigen wollt – ich habe zu tun.«

Richard von Oertzen hatte eine Bewegung hinter sich bemerkt und fuhr auf dem Absatz herum. Die Diele hatte sich mit fünf bewaffneten Soldaten gefüllt, die ihn alle erwartungsvoll ansahen. Er stieß sein Schwert mit einem lästerlichen Fluch zurück, wandte sich ab und war auf der Straße, noch bevor einer der Bewaffneten auch nur einen Schritt in seine Richtung gemacht hatte.

Wutschnaubend wich er im letzten Augenblick einem Reiter aus, weil er ihn zu spät bemerkt hatte. Der Mann führte sein Pferd im Schritt, aber von Oertzen war so in Gedanken versunken, dass er noch nicht einmal aufsah. Dann hätte er sich vermutlich auch sehr gewundert, wer jetzt vor dem Haus der Fugger hielt und aus dem Sattel sprang. Es war niemand anderes als Metze Losekann, der sehr wohl den finsteren Burschen mit dem auffallenden Brustharnisch erkannt hatte.

Gut zu wissen, dass dieser Kerl wieder in unseren Landen weilt. Mal sehen, ob ich herausbekomme, wo er heute nächtigt!, dachte sich Metze, als er einen eisernen Ring an der Mauer nutzte, um sein Pferd anzubinden und dann auf unauffällige Weise dem in der Menge unübersehbaren Oertzen zu folgen. Der sah weder rechts noch links, stapfte mit großen, schweren Schritten in Richtung der Stadtmauer. Als Metze schon fast fürchtete, dass er die Verfolgung abbrechen musste, weil der andere die Stadt durch das Rote Tor verlassen wollte, schwenkte der kurz vor dem mit einem Turm überbauten Tor seitlich ab und trat nach wenigen Schritten in ein kleines, unscheinbares Fachwerkhaus, dessen hinterer Teil unmittelbar an der Stadtmauer mündete.

Langsam schlenderte Metze daran vorbei und hatte den Eindruck, es handele sich dabei um ein unbewohntes Haus, denn im unteren Geschoss waren die runden Butzenscheibenfenster seit einer Ewigkeit nicht mehr gesäubert worden. Doch dann bemerkte er im oberen Geschoss, wie ein Fenster geöffnet wurde, und für einen kurzen Moment war das bärtige Gesicht Richard von Oertzens erkennbar. Metze bummelte weiter, bevor er einen Bogen schlug und zu dem Haus zurückkehrte, in dem derzeit Jakob Fugger arbeitete.

Der Handlungsbevollmächtigte des Hauses zu Leupolth wurde hier freundlich empfangen, musste nicht lange warten und traf endlich auf den Kaufmann und Geldverleiher, um seine mündliche Botschaft an ihn auszurichten. Fugger bestellte ihn zum anderen Tag, weil er ihm ein Dokument mitgeben wollte, mit dem reguliert wurde, was zwischen den beiden Handelshäusern in Augsburg und Nürnberg vereinbart war. Außerdem hatte Metze einen Beutel mit Geld auf den Tisch gelegt, den Jakob Fugger, ohne auch nur hineinzusehen, in den Schrank neben die Radschlosspistole legte. Dann griff er zu Tinte und Feder und bestätigte den Empfang der letzten Zahlung. Mit einem erleichterten Lächeln verabschiedete sich Metze, erfreut, so rasch seinen Auftrag erledigt zu haben. Schon halb im Hinausgehen erkundigte er sich noch beiläufig: »Kann es sein, Herr Fugger, dass ich beim Eintreffen den Kaufmann Richard von Oertzen aus Eurem Haus treten sah?«

»Ja, er hat sich nach zwei Jahren bei mir wieder blicken lassen, aber ich musste ihm endgültig die Tür weisen.«

Metze blieb erwartungsvoll stehen, und der Fugger ergänzte: »Er wollte mir eine gefälschte Schuldverschreibung vorlegen und musste durch die Erfindung des Nürnbergers Martin Löffelholz überzeugt werden, dass es sich nicht lohnt, mit einem Fugger in Streit zu geraten.«

»Martin Löffelholz? Ah, Ihr habt von ihm eine Radschlosspistole erworben? Man sagt, seine Schlösser wären die Besten, aber hat er diese Waffe auch erfunden?«

Jakob Fugger zuckte die Schultern.

»Ich weiß es nicht. Jemand erzählte mir auch, ein italienischer Gelehrter hätte sie konstruiert, aber nur auf dem

Papier. Wie auch immer, sie ist ein vorzügliches Argument in meiner Hand gewesen.«

»Dürfte ich einmal einen Blick darauf werfen, Herr Fugger?«

»Warum nicht?«, antwortete der vergnügt und griff in den Schrank, nahm die lange Waffe vorsichtig heraus und legte sie Metze in die Hand. Der bestaunte sie mit ehrfürchtigem Blick und reichte sie zurück.

»Sehr schwer in der Hand, aber vermutlich muss es eine so stabile Ausführung sein, wenn man bedenkt, was für eine Feuerkraft das Pulver entwickelt!«

»Ihr kennt Euch mit Pulverwaffen aus?«

»Ein wenig, Herr Fugger, ein wenig! Also, dann bis morgen!«

»Bis morgen, Herr Losekann.«

Den Rückweg wählte Metze Losekann wieder die Richtung des *Roten Turmes* und ging noch einmal an dem Haus vorüber, das sich aber äußerlich kaum verändert hatte.

Dann sollte ich vielleicht einmal zu nächtlicher Stunde sehen, ob ich nicht hineingelangen kann. Wenn Richard von Oertzen sich wieder in Augsburg herumtreibt und sich traut, dem Fugger einen gefälschten Wechsel vorzulegen, dann hat der noch einiges vor! Mal sehen, ob mein Freund Linhart ein wenig gutes Geld verdienen will!

Der Mann, dessen Verbindungen den beiden Halbgeschwistern schon mehrfach sehr gute Dienste geleistet hatten, war mit einigen Dingen in Augsburg gut vertraut. Er wusste genau, in welche Schenken man hier noch nach Einbruch der Dunkelheit gehen konnte, wo es die besten Möglichkeiten gab, Hehlerware zu verkaufen und wo es Burschen gab, die nicht lange Fragen stellten, wenn man sie mietete. Einer von diesen Männern war der knapp Dreißigjährige Dieb und Schläger Linhart, den er schon bei früheren Arbeiten angeheuert hatte. Linhart war nicht sonderlich groß, aber sehr schnell und hatte sich schon in jungen Jahren einen Namen auf der Straße gemacht. Wer ihn kannte, wusste, wie rasch er mit dem Messer war, das stets sichtbar in einer einfachen, abgeschabten Lederscheide an seinem Gürtel steckte.

Linhart war der Meinung, dass ein Mann seine Waffen so tragen musste, dass ein möglicher Gegner sie sofort sah und dann wusste, welches Risiko er einging, wenn er ihn angriff. Einige deutlich sichtbare Narben in seinem Gesicht, dazu die nicht sichtbaren auf der Brust und an den Armen bewiesen, dass es nicht gerade selten vorkam, Linhartt in solche Auseinandersetzungen verwickelt zu sehen.

Metze traf seinen alten Bekannten genau in der schäbigen Spelunke im Viertel der *Unehrlichen Berufe*, zu denen neben den Hübschlerinnen in den Städten auch so harmlose Berufe wie der Abdecker, der Bader, aber auch der Totengräber und – natürlich – der Henker gehörten.

»Du hast verstanden, was ich gesagt habe, Linhart. Gewalt nur, wenn es um das eigene Leben geht, und dann auch nur, um den Gegner kampfunfähig zu machen.«

»Aber Metze, du willst doch wohl nicht sagen, dass ich schon mal jemand umgebracht hätte, der mich nicht angegriffen hat!«, erklärte Linhart und starrte ihn durchdringend an. Er hatte einmal einen schweren Schlag mit einem Schwert quer über das Gesicht erhalten, und die dicke, wulstige und schlecht verheilte Narbe entstellte sein ohnehin nicht sehr proportioniertes Gesicht. Die klobige Nase, die dicken Augenbrauen und die stechenden Augen hatte er auch schon vor dem Hieb, und sie verfehlten auch bei den harmloseren Auseinandersetzungen mit betrunkenen Zechern zumeist nicht ihre Wirkung, schon gar nicht, wenn Linhart sein Gegenüber durchdringend anstarrte.

»Du hast mich bislang noch nie enttäuscht. Aber der Mann, den wir heute Nacht aufsuchen wollen, ist ein harter Brocken. Er läuft selbst am hellen Tage in Augsburg mit einem Brustharnisch herum und hat ein Schwert an der Seite, das noch aus längst vergangenen Zeiten stammen muss und wohl ein Eineinhalbhänder genannt wird. Hüte dich also, wenn es hart auf hart geht!«

»So, der Mann ist gepanzert! Gut zu wissen, Metze, aber selbst so ein Harnisch hat seine schwachen Stellen. Habe ich dir mal erklärt, wie ich einen so abgestochen habe, dass die Leute es lange Zeit gar nicht merkten? Er lehnte an einer Wand, den Kopf wie schlafend auf der Brust, und das viele Blut, das aus dem Panzer rann, war längst getrocknet, als man endlich auf ihn aufmerksam wurde. Ich habe ihn unter der Achsel erwischt, als er einmal seinen Schwertarm hochriss. Also, erzähle mir nichts von den Gepanzerten, sie sind dadurch meistens viel zu schwerfällig für einen schnellen Kämpfer wie mich!«

Metze erwiderte nichts darauf, und als sie aufbrachen, hatte er in einem Sack neben einer von den guten Faltlaternen, die ihm der bucklige Tucher besorgt hatte, auch ein paar Stricke und Stoffstreifen, um daraus einen Knebel zu fertigen.

»Du siehst, das Haus steht direkt an der Mauer. Es gibt also keinen Hinterausgang. Sollte jemand das Haus verlassen wollen, muss er an uns vorüber. Im hinteren Raum brennt noch Licht. Ich schleiche mich dort an, um zu sehen, was der Kerl dort treibt. Sollte er das Haus verlassen, was ich nicht annehmen will, dann folgst du ihm, egal wohin! Sollten wir uns verpassen, treffen wir uns zum Mittagsgeläut auf dem Marktplatz!«

Linhart nickte nur zur Bestätigung und verschwand auf der rechten Hausseite im Dunkeln, während Metze sich an das beleuchtete Fenster heranschlich. Vorsichtig richtete er sich auf und wäre um ein Haar der Länge nach hingeschlagen, als er Richard von Oertzen direkt am Fenster stehen sah. Doch der riesige Mann mit dem langen, schwarzen Bart hatte nichts bemerkt. Er schien in die Dunkelheit der Straße zu starren, und als sich Metze dicht an die Hauswand drückte, konnte er hören, dass noch jemand im Raum war und sich mit dem Kaufmann unterhielt. Wortfetzen drangen zu ihm heraus, und als er erkannte, dass sich der Mann am Fenster wieder entfernte, richtete er seinen Oberkörper ganz auf, presste sich neben das Fenster noch dichter an die Wand und konnte nun verstehen, was dort gesprochen wurde.

»...und hierher, die Plane darüber, verstanden?«, vernahm er deutlich, aber nicht die Antwort der anderen Person im Haus. Danach wieder die lautere Stimme: »Natürlich nicht, kein Härchen, so lange bis das Geld da ist. Dann fertigen wir ihn kurz ab!«

Gelächter, eindeutig von zwei männlichen Stimmen. Dann wurde das Licht gelöscht und eine Tür klappte im Haus.

Metze Losekann wartete noch etwas, dann huschte er auf die andere Seite und staunte über Linhart, der sich mit seiner dunklen Kleidung kaum von den Schatten in der Gasse unterschied. Er trat einen Schritt aus der Dunkelheit zu Metze und raunte: »Was jetzt, Metze? Soll ich hier Posten beziehen?«

»Hör zu, Linhart, da ist eine ganz faule Sache im Gang. Dieser Richard von Oertzen ist ein übler Bursche. Ich würde ihm zutrauen, dass er seine Großmutter noch dem Teufel verkauft, wenn er dafür einen Vorteil hat. Ich verdopple deinen Lohn, wenn du hier die Nacht bleibst. Wenn einer der beiden Männer oder beide zusammen das Haus verlassen, verfolge sie, bis du weißt, wohin sie wollen. Dann komm zu mir, und wir besprechen, was wir tun können.«

»Gut, einverstanden. Nur kann ich mir nicht mehr so viele Dinge in unserer schönen Stadt erlauben, die mich in die Nähe des Galgens bringen könnten!«, gab Linhart zu bedenken.

»Keine Sorge, mein Freund. Ich glaube, wenn wir diesen Richard an seinem Vorhaben hindern, wird dein Ansehen in Augsburg erheblich gesteigert werden!«

Damit drehte sich Metze um und eilte davon, um noch ein paar Stunden Schlaf zu erlangen. Er bog in die Straße ein, in der seine Herberge stand, und erstarrte in seiner Bewegung.

Das ist doch gar nicht möglich!, war sein erster Gedanke, als sein Blick auf das Fuhrwerk fiel, das direkt vor der Herberge stand. Man hatte die Pferde bereits ausgeschirrt, aber für das große Fahrzeug war kein Platz auf dem Hof. Metze kannte es gut, und hatte es bei seinem Besuch in Braunschweig auf dem Hof des Handelshauses der Walburgs gesehen. Zuletzt allerdings auch in Nürnberg. Das kastenförmige Fahrzeug mit den vier gleichgroßen Rädern hatte einen kleinen Aufbau im vorderen Bereich, wo zwei Fuhrknechte bequem sitzen konnten. Unter dem Aufbau war Platz für zwei weitere Personen, die unter dem leicht gewölbten Holzdach Schutz vor der Witterung fanden. Metze erinnerte der Aufbau an ein großes, aufgeschnittenes Weinfass, und tatsächlich hatte Elias Walburg bei dieser Konstruktion nicht nur Stellmacher beschäftigt, sondern auch einen Küfer dazu geholt. Die vorhandene Ladefläche des Fahrzeugs konnte zudem ebenfalls mit einer sinnreichen Konstruktion überdacht werden. Dazu waren schwere Rollen mit Segeltuch an den Kastenseiten angebracht, die man über gebogene Stangen rollte und mit Riemen festzurrte.

Als Metze nun zur Herberge ging, war sein Schritt erheblich langsamer geworden, aber dann überzog sein Wiesel-Gesicht doch ein breites Grinsen. *Eigentlich muss mir das doch schmeicheln, dass ich einen derartigen Eindruck auf das Mädchen gemacht habe!* Damit betrat er den Schankraum, in dem zu dieser späten Stunde niemand mehr saß. Bis auf eine Ausnahme. Am hintersten Tisch, in sich zusammengesunken und an Ort und Stelle eingeschlafen, saß eine menschliche Gestalt, vor sich einen geleerten Teller und eine fast heruntergebrannte Kerze.

Dorel Walburg hatte einen weiten Umhang um sich geschlagen, ihren Kopf auf die Tischplatte gelegt, und ihre rötlich-blonden Haare waren unter ihrer Kappe herausgerutscht. Ihre ansonsten blassen Wangen zeigten einen leichten, rötlichen Hauch, der ihrem immer noch fast kindlichen Gesicht etwas Liebliches verliehen. Metze konnte nicht anders, er musste diesen Anblick genießen.

So zog er sich leise einen Schemel heran und setzte sich der jungen Frau gegenüber. *Metze, alter Junge!*, schoss es ihm bei diesem Anblick durch den Kopf. *Du wirst dich doch wohl nicht in diese junge Frau verlieben?*

Als hätte sie seine Anwesenheit plötzlich gespürt, ging ein Zucken durch die Schlafende. Einen Augenblick später schlug sie verwundert die Augen auf und blickte Metze erstaunt an. Plötzlich entdeckte er einen Schimmer über ihren grünlichen Pupillen, und mit einem leisen Aufschrei richtete sich Dorel vollkommen auf. Sie musste sich eine Träne abwischen, aber dann lächelte sie.

»Metze!«, hauchte sie, und der sonst nicht so leicht zu erschütternde, mit allen Wassern gewaschene Mann spürte, wie sein Herz berührt wurde.

»Dorel, du dummes, ungezogenes Mädchen! Was treibt dich an, mir von Nürnberg nach Augsburg zu folgen? Bist du nicht ganz gescheit, oder was soll ich davon halten?«

Auch Dorel reagierte anders, als er es erwartet hatte.

Er hatte sie bislang als kaltes, berechnendes Frauenzimmer eingestuft, die mit ihrem unschuldigen Aussehen, einem perfekten Augenaufschlag und einem koketten Wesen jeden Mann um den Finger wickeln konnte, auf den sie es abgesehen hatte. Sie war in der entscheidenden Nacht vor dem Gespräch zwischen ihrem Vater und Metze in sein Bett in Braunschweig gekommen, und nachdem Metze seinen Rückweg angetreten hatte, nahm sie das Fuhrwerk ihrer Familie und reiste ihm bis nach Nürnberg nach. Eine junge Frau, allein in einem ungeschlachten, ungefederten Fuhrwerk und in der Gesellschaft von zwei rauen Fuhrknechten. Als sie sich in Nürnberg begegneten, hatte Metze ihr klargemacht, dass ihre Anwesenheit nichts an dem Vorhaben seines Herrn ändern könnte. Das Haus Walburg war verloren, und durch die Handelsbeziehungen mit dem Haus Ortsee in Hamburg waren die Verstrickungen so tief, dass es keine Rettung geben konnte. Es sei denn eine Milderung, willigte man in den Vertrag ein, den Metze überbracht hatte. Und den Madalen Walburg am Morgen nach dem Tod ihres Mannes unterzeichnet hatte. Dorel musste sich schon unterwegs während der beschwerlichen Fahrt gefragt haben, ob sie deshalb so entschlossen aufgebrochen war, weil sie wirklich glaubte, in Nürnberg mit Metzes Hilfe mehr für ihre Familie herausholen zu können, oder aber – ob der eigentliche Grund Metze Losekann selbst war.

Jetzt aber, wo sie Metze gegenübersaß, lösten sich ihre Tränen und stürzten ihr in wahren Bächen aus den Augen. Einen Moment wartete Metze erschüttert ab, dann stand er auf, legte den Arm um sie, flüsterte ihr ein paar beruhigende Worte ins Ohr, und schließlich sagte er etwas lauter:

»Komm, Dorel, wir können nicht die ganze Nacht hier in der Schankstube verbringen und alles unter Wasser setzen. Das überlassen wir der Lech und den anderen Flüssen.«

Dorel sah unter dem Tränenschleier zu ihm auf, schließlich nickte sie, und die beiden stiegen hinauf in das Obergeschoss, wo sich die Kammern für die Gäste befanden.

13.
Augsburg mit Jakob Fugger
Ein wenig beunruhigt hatte Metze Losekann an diesem Morgen die Herberge verlassen. Linhart war nicht gekommen, und das konnte zweierlei Ursachen haben, überlegte Metze auf dem Gang zum Comptoir Jakob Fuggers. Entweder, Richard von Oertzen hatte sein Vorhaben noch

nicht begonnen. Oder man hatte Linhart erwischt und ausgeschaltet. Im schlechtesten Fall sogar umgebracht. Mit großen Schritten überquerte Metze den Weinmarkt und stellte erstaunt fest, dass die Tür zum Fugger-Haus nicht verschlossen war. Er stieß sie auf und rief laut nach den Knechten, ohne eine Antwort zu erhalten.

Mit wenigen Schritten hastete er über die Diele und fand die Tür zum Comptoir Jakob Fuggers weit geöffnet. Ein umgekippter Schemel lag mitten im Raum, daneben waren ein paar frische Blutspuren auf den Fußbodenbrettern zu sehen. Nirgendwo war etwas von der Anwesenheit anderer im Haus zu hören, und nachdem er noch einmal laut gerufen hatte, fiel ihm die Waffe des Fuggers ein. Als er die Tür des Schrankes öffnete, sah er sofort den länglichen Gegenstand, der mit einem Wolltuch abgedeckt war. Dann hielt er die Radschlosspistole in der Hand und überzeugte sich davon, dass sie noch gespannt war. Für einen zweiten Schuss hätte er ohnehin keine Zeit und hätte auch gar nicht gewusst, wie man das Schloss erneut spannt. Das seltsame Werkzeug neben der großen Pistole kannte er nicht, vermutete aber einen Zusammenhang mit der Waffe.

Als er auf die Straße trat, vernahm er einen erschrockenen Ausruf.

Ein bürgerliches Pärchen war wohl in Begleitung ihrer Magd unterwegs zum Einkaufen und wich ängstlich an die gegenüberliegende Hauswand zurück, als er mit der Waffe in der Hand herausstürmte. Doch für eine Erklärung war keine Zeit. Während Metze durch die Gassen Augsburgs hetzte, bemühte er sich, die schwere Waffe in den Gürtel zu schieben, was ihm nur mit viel Mühe gelang. Er sah schon den rot angestrichenen Stadtturm, als er plötzlich zurückprallte und rasch in einer Hofeinfahrt verschwand. Nur ein kurzes Stück vor ihm hatte er eine seltsame Gruppe erblickt. Da ging unverkennbar Richard von Oertzen, groß und gewichtig mit dem matt schimmernden Harnisch, der schwarzen Kleidung und einem Barrett, an dem weiß und rot gefärbte, lange Federn wippten. Gemeinsam mit einem untersetzten Mann zog er einen Karren, dessen Ladung abgedeckt war.

Sie hatten sich nicht umgesehen, und als Metze jetzt behutsam um die Ecke sah, waren die Männer gerade an dem Haus angelangt, dass Linhart in der Nacht beobachten sollte. *Wo steckt dieser unzuverlässige Bursche eigentlich? Die beiden spazieren hier mit seltsamer Fracht durch Augsburg und was macht meine Hilfskraft?* Doch dann entdeckte er Linhart auf der anderen Straßenseite, der ihm ein Zeichen gab.

Die beiden Männer hatten ihren Frachtkarren eben in die Diele des Hauses geschafft und die Tür wieder verschlossen. Metze huschte hinüber zu Linhart, der ihn gleich mit den Worten empfing:

»Beinahe schiefgegangen, Metze. Ich war gerade dabei, die beiden Burschen zu verfolgen, als sie das Haus vor kaum einer Stunde verließen. Natürlich musste ich mich vorsehen, dass man mich dabei nicht bemerkte. Leider wurde die Stadtwache dadurch auf mich aufmerksam, und ich musste vor ihnen fliehen. Weil ich nicht wusste, wohin die beiden wollten, kehrte ich hierher zurück, um dich dann zu holen, wenn sie zurückgekehrt waren.«

»Die Stadtwache also. Kann mir schon denken, dass sie nicht zu deinen Freunden gehören!«, gab Metze leise zurück, und Linhart erwiderte: »Es gab leider in der vergangenen Woche ein kleines Missverständnis. Die Frau eines bekannten Patriziers behauptete in der Öffentlichkeit, ich hätte ihr Schmuck gestohlen, und ich sollte von der Wache festgenommen werden. Zum Glück konnte ich ihr beweisen, dass sich die Halskette nur gelöst hatte und noch in ihrem Kleid steckte!«

»Aha, ja, diese Unglücksfälle sind schuld an dem schlechten Ruf eines Ehrbaren Bürgers!«, erwiderte Metze. »Jetzt aber los, wir müssen in das Haus gelangen.«

»Wie stellst du dir das vor? Durch die Tür vielleicht?«

»Schau mal an der Hausfassade hoch!«

Mehr benötigte Linhart nicht. Er hatte das schmale, offene Fenster sofort gesehen und auch erkannt, dass er sich wohl durchquetschen konnte. Im nächsten Moment stand Metze an der Hauswand, Linhart kletterte auf seine Schultern und zog sich in das Fenster. Gleich darauf erschien sein Kopf wieder, und leise rief er hinunter: »Alles in Ordnung, Metze. Sie scheinen im Keller zu sein. Ich mache dir ein Fenster im Untergeschoss auf!«

Die Warterei zerrte furchtbar an Metzes Nerven, bis endlich ein Fenster zu dieser Seite geöffnet wurde und ihm Linhart die Hand bot. Gleich darauf lauschten beide auf der Diele des Hauses nach den Geräuschen, die aus der offenen Kellertür klangen. Jemand stöhnte, und dann war die Stimme Richard von Oertzens deutlich zu verstehen.

»Mach dir keine Mühe, Fugger, hier kommst du erst wieder heraus, wenn das Lösegeld eingetroffen ist. Und keine Sorge, uns hat niemand beobachtet, ein Handkarren mit Waren kommt öfter in das Haus meines Freundes hier, der im Übrigen sehr schnell mit dem Messer bei der Hand ist. Wir lassen dich jetzt allein, du kannst ruhig schreien und toben, hier unten hört dich niemand. Das Haus ist uralt und wurde auf einer der alten römischen Ruinen errichtet. Dieser Teil des Kellers gehörte einst zu einem Kanal hinunter zur Lech. Sollte es also etwas länger mit dem Lösegeld dauern, könnte es hier auch feucht werden.«

Lachend gingen die beiden Männer zur Treppe, als der Kleinere von ihnen plötzlich vor der unteren Stufe stehen blieb.

»Still – was war das?«

»Ich habe nichts gehört, wer soll denn jetzt auch...«

»Warte, ich gehe voran. Sollte sich jemand eingeschlichen haben, werden wir das gleich herausfinden!«

Der Gang wurde durch eine flackernde Fackel in einer Wandhalterung notdürftig erleuchtet, und mit wenigen Schritten war der Untersetzte auf der Treppe.

Metze und Linhart, die diese Worte verstanden hatten, standen hinter der geöffneten Tür, um den Burschen abzufangen und unschädlich zu machen, während sich Richard unten an der Treppe etwas zurückzog, um notfalls ihren Gefangenen als Geisel zu nehmen, sollte vielleicht doch die Stadtwache etwas bemerkt haben und ihnen gefolgt sein.

Kaum war der Untersetzte die Kellertreppe hinaufgeschlichen und kam an der Tür vorüber, packte Metze seine rechte Hand, in der er das Messer hielt, und schlug ihm den Griff der Pistole gegen den Kopf. Lautlos sackte der Mann zusammen, doch das Messer fiel polternd auf die Dielenbretter.

»Was ist da los, Tile?«, erklang die Stimme Richards.

»Komm rauf!«, flüsterte Metze geistesgegenwärtig, und gleich darauf erklangen die schweren Schritte des gepanzerten Richard auf den Stufen. Linhart hatte sein Messer bereit, Metze seinen Katzbalger, als der kräftige Mann aus dem Keller trat. Doch sie hatten ihn unterschätzt.

Wenn Richard von Oertzen auch lange Jahre als Kaufmann in Augsburg tätig war, so hatte er doch immer seine Körperkräfte geschult und war ein ausgezeichneter Schwertkämpfer. Das war ihm in den letzten Jahren bei seiner Tätigkeit als Sklavenhändler oft eine gute Hilfe gewesen, und auch jetzt ließ er sich nicht von beiden Männern überrumpeln.

Mit einem raschen Schlag auf den Unterarm entwaffnete er Linhart und versetzte ihm gleich darauf einen Fausthieb ins Gesicht, der ihn auf Metze zurücktaumeln ließ. Mit unglaublicher Schnelligkeit drehte sich Richard auf dem Absatz herum, zog die Kellertüre hinter sich zu und sprang die Treppen hinunter.

»Schnell, *Linharrt*, sonst war alles umsonst!«, rief Metze, riss die Kellertür auf und sah noch, wie der Mann mit dem Harnisch in einem gemauerten Gewölbegang verschwand. »Bleib stehen, Richard, dein Spiel ist aus!«, rief er ihm nach, aber sein Gegner lachte nur dröhnend.

Dann sah er ihn am Ende des Ganges damit beschäftigt, eine schwere Eichentür von den davorgelegten Querriegeln zu befreien. Ein Sprung, und Metze war dicht hinter ihm. Richard hatte sein Schwert gezogen und drang sofort auf ihn ein, wurde aber durch die Enge des Ganges daran gehindert, weit auszuholen. So gelang es Metze mit einer raschen Körperdrehung, dem Hieb zu entgehen, und durch seinen Katzbalger konnte er die Klinge des gegnerischen Schwertes noch einmal abwehren.

»Was glaubst du eigentlich, wen du vor dir hast, du Krämerseele!«, schrie ihn Richard wutentbrannt an. Im Licht der Fackel hatte er Metze erkannt und drosch jetzt in rascher Folge mit seinem Schwert auf ihn ein, sodass der Schritt für Schritt zurückweichen musste. »Du mischt dich immer wieder in Dinge ein, die dich nichts angehen, Metze! Früher hast du mehr auf deinen Vorteil geachtet, heute scheinst du der Hund eines Krämers zu sein. Aber Hunde, die beißen, werden getötet, so wie du jetzt!«

Mit dem nächsten Hieb verlor Metze sein Kurzschwert, und als Richard erneut ausholte, soweit ihm das hier unten nur knapp möglich war, riss Metze die Radschlosspistole aus dem Gürtel und hoffte, dass sie funktionieren würde. Mit einem Wutschrei stürzte sich der riesige Gegner auf ihn, und Metze betätigte den Abzug. Einem Donnerschlag gleich entlud sich die Waffe und füllte den Gang mit einer dichten Schwarzpulverwolke. Beißender Schwefelgestank breitete sich aus und reizte die Nase Metzes. Der Schütze war durch den Knall wie betäubt, und als sich der Rauch etwas legte, stand Richard noch immer aufrecht vor ihm. Doch das Schwert war ihm aus der Hand gefallen, und der hünenhafte Mann stützte sich mit der linken Hand am Mauerwerk ab. Mit der rechten tastete er verwundert über seinen Panzer, der ein kreisrundes Loch in der Herzgegend aufwies. Noch schien er nicht verstanden zu haben, was da gerade geschehen war, doch dann lief ein dicker, roter Blutstrahl aus dem Loch über den geschwärzten Panzer.

Richard von Oertzen riss den Mund über seinem dichten, langen Bart auf, als wolle er laut schreien. Doch dann kam nur ein Röcheln heraus, und wie ein gefällter Baum schlug er nach vorn auf die Steine des Ganges. Metze wartete noch einen Moment ab, denn noch immer klingelten ihm die Ohren und er war nicht in der Lage, auf Geräusche zu achten, bis ihm jemand auf die Schulter klopfte.

Doch was ihm Linhart da ins Ohr rief, verstand er nicht.

Aber beide wussten, was nun zu tun war. Sie stiegen über den Toten, entfernten die Querriegel vor dem Verlies und nahmen den völlig aufgelösten Jakob Fugger zwischen sich, um ihn aus dem Haus zu schaffen.

14.

Aufbruch aus Augsburg

»Ich verstehe ja, dass du die Gelegenheit nutzen willst und Valentin zu Leupolth den Beweis liefern möchtest. Aber genügt denn da nicht auch deine Aussage, die ich beeiden kann?«, sagte Dorel Walburg mit einem Gesicht, das Metze rührte. Also schloss er sie in die Arme, hauchte ihr einen Kuss auf die Stirn und sagte:

»Meine liebe, verrückte Dorel! Du hast dir da unnötige Probleme aufgeladen, als du auf die Idee gekommen bist, mir nach Nürnberg nachzureisen. Aber das genügte dir noch nicht, du hattest keine Lust verspürt, in Nürnberg auf meine Rückkehr zu warten und musstest mit diesem Ungetüm von Fahrzeug über die Landstraße rattern und nach Augsburg eilen. Und wozu nun? Um als Transporter mit einer Leiche zurückzufahren.«

Das zarte Gesicht der jungen Frau war erneut von leichter Röte übergossen, und das gab den Ausschlag. Metze konnte diesem immer erstaunlich unschuldig blickenden Gesicht nicht widerstehen. Mit einem schweren Seufzer erhob er sich von der Bank im Schankraum und deutete mit dem Kopf zu den beiden Fuhrknechten hinüber, die schon aufmerksam herübergeschaut hatten.

»Ich hoffe, deine Leute sind zuverlässig und können schweigen?«

Dorel nickte. »Sie sind schon seit Jahren im Dienste meiner Eltern und werden schweigen. Ich habe nur Angst, dass wir am Stadttor kontrolliert werden!«

»Da kann ich dich beruhigen, Dorel. Wir werden morgen Augsburg verlassen, und ich weiß genau, wer an unserem Tor Wachdienst hält. Ich habe öfter hier zu tun gehabt, und mein alter Freund Linhart hat da heute noch eine kleine Besorgung für mich zu erledigen. Glaube mir, wir werden morgen früh ungehindert Augsburg verlassen können. Und, um auf deine Frage zurückzukommen: Natürlich würde es ausreichen, wenn du und ich dem Herrn zu Leupolth versichern, dass Richard von Oertzen tot ist. Ich bin mir aber sehr sicher, dass er sich vom Tod des Mörders seines Vaters überzeugen will.«

»Was macht dich so sicher, dass er der Mörder ist?«

»Peyr, einer der beiden Kriegsknechte Harlachs, hat ihn überwältigt und das Geständnis von ihm gehört!«, antwortete Metzte gelassen. »Und er ist einer der zuverlässigsten Männer des Handelshauses. Sieht man einmal von mir ab!«

Dorel lachte fröhlich auf.

»Metze, das war ein guter Scherz. Weißt du eigentlich, wie man über dich in Braunschweig spricht? Hast du schon einmal von Osanna gehört, was man in Hamburg von dir denkt?«, erkundigte sie sich mit einem herausfordernden Blick.

»Nein, Dorel, das weiß ich natürlich nicht. Und ehrlich gesagt, ist es mir auch vollkommen egal. Natürlich arbeite ich für das Haus zu Leupolth. Aber würde sich das nicht für mich auszahlen, nun – ich bin immer noch ein freier Mann und ein Ehrbarer Bürger dazu!«

Die junge Frau grinste ihn jetzt so herausfordernd an, dass er sie lachend in den Arm nahm und sie leidenschaftlich küsste, was sie sich gern gefallen ließ. Dann aber machte er sich plötzlich los, rief die Fuhrknechte und war draußen, noch ehe Dorel überhaupt zwei Schritte gemacht hatte.

Gleich darauf saßen die beiden in dem »Halbfass« auf dem Fuhrwerk, wie es Metze lachend nannte. Die Fuhrknechte saßen vor ihnen, und nun ging es in langsamer Zockelfahrt quer durch Augsburg zum Roten Turm. Hier ließ Metze das Fuhrwerk neben dem Haus, in dem man Jakob Fugger für kurze Zeit gefangen gehalten hatte, anhalten, stieg zusammen mit Dorel aus und sah sich um. Niemand blickte neugierig zu ihnen herüber, obwohl auch zu dieser Stunde schon viele Menschen unterwegs waren und zum Roten Turm strebten oder von dort in die Stadt kamen.

Im Haus hielt sich Linhart auf, den Metze nach der Untersuchung durch den Kommandanten der Stadtwache und in Anwesenheit eines Büttels dort postiert hatte, um eventuelle Neugierige fernzuhalten. Es hatte sich allerdings in Augsburg wie ein Lauffeuer herumgesprochen, dass der reiche Jakob Fugger das Opfer einer Entführung wurde, die durch einen Nürnberger Bevollmächtigten eines bekannten Patrizierhauses in letzter Minute verhindert wurde. Die Stadtwache befreite dann die Dienerschaft des Fuggers aus dem Keller des Hauses, als sie alles durchsuchten, um sich zu überzeugen, dass nichts gestohlen wurde.

Der Untersetzte, der dem von Oertzen bei der Sache geholfen hatte, war ein stadtbekannter Dieb und Totschläger, der schon längst einen Anspruch auf den Strick hatte, bislang aber jeder Anklage geschickt entkommen war. Jetzt nutzte ihm das alles nichts mehr, als die Soldaten in das Haus kamen, fanden sie ihn gefesselt im Keller liegen. Später erklärte Jakob Fugger dem Hauptmann in Anwesenheit des Büttels und eines Schreibers, was ihm geschehen war und lobte dabei überaus die Rolle des Herrn Metze Losekann und seiner Helfer. Die wurden allerdings nicht näher bezeichnet, denn natürlich hatte weder Metze noch Linhart ein Interesse daran, dass man mehr über die Tätigkeiten dieser beiden in Augsburg erfuhr.

Linhart hatte die Wartezeit genutzt und den Toten, der auf ausdrücklichen Wunsch des Fuggers dem Mann überlassen wurde, der ihn gerettet hatte, in Tücher gewickelt und zum Abtransport bereitgemacht.

Ohne viele Umstände packten die Fuhrknechte mit an und wenig später lag der tote von Oertzen auf dem Fuhrwerk, das nun zurück zu der Herberge fuhr, wo man noch zu Abend speisen und die Nacht verbringen wollte. Auf der Ladefläche ihres Fuhrwerkes hatten die Knechte Fässer und Kisten aufgeladen, die zu einer Lieferung des Hauses Fugger gehörten. So wurde es jedenfalls deklariert. Niemand musste erfahren, dass es sich um ein kleines, sehr günstiges Nebengeschäft für Metze handelte. Auf jeden Fall war damit die Sicht auf den eingewickelten Leichnam versperrt. Und Metze hegte keine Sorge, dass jemand in der Nacht auf das Fuhrwerk klettern würde, um den Inhalt der Fässer zu untersuchen. Die beiden Fuhrknechte schliefen dort und hüteten die Ladung wie ihren Augapfel, einen Katzbalger griffbereit an ihrer Seite.

Als Dorel Walburg am anderen Morgen erwachte, musste sie feststellen, dass das Lager neben ihr verlassen war. Erschrocken sprang sie auf und sah den lachenden Metze gerade in die Kammer zurückkehren, dabei ein Holzbrett mit köstlich duftendem, frischen Brot balancierend, daneben Wurst und Käse in großen Stücken.

»Guten Morgen, du Langschläfer!«, rief er ihr fröhlich zu. »Heute wollte ich es einmal wie die reichen Leute machen und mit dir das Frühstück im Bett einnehmen! Schade, dass du nun schon wach bist, ich hätte dich ganz sanft wachgeküsst!«

»Metze, ich schlafe noch!«, antwortete Dorel fröhlich, sank auf das Lager zurück und schloss ihre Augen, bis Metze wieder neben ihr lag und sie auf beide Augen und den Mund küsste. »Guten Morgen, du Schöne!«, sagte er dazu sanft. »Es ist Zeit, aufzustehen und zu frühstücken, damit wir die wunderbare Stadt Augsburg möglichst bald hinter uns lassen können!«

»Was für eine Überraschung!«, rief Dorel aus und tat, als würde sie das Holzbrett erst jetzt entdecken. Metze schnitt ihnen von der Wurst und dem Käse große Stücke herunter, dann brach er den Brotlaib auseinander und reichte ihr alles hinüber.

»Ist jetzt mit dem Fugger alles in Ordnung, Metze? Musst du noch einmal in sein Haus?«

»Nein, das wurde alles noch gestern geregelt, denn er musste ja beim Rat der Stadt Anzeige erstatten und wird wohl als Entschädigung das Haus zugesprochen bekommen, das der Richard von Oertzen von seinem Gehilfen angemietet hatte. Wenn wir fertig gefrühstückt haben, können wir aufbrechen, mich hält nichts mehr in Augsburg.« Mit diesen Worten war er an das kleine Fenster ihrer Kammer getreten, öffnete es und sah hinaus. Als er den Kopf zurückzog, sagte er leise: »Wir könnten jetzt aufbrechen, Dorel, deine Fuhrknechte haben schon angespannt.«

Doch Dorel hatte noch eine andere Idee. Sie war aufgestanden und ging mit leicht wiegendem Schritt auf Metze zu, der plötzlich beim Anblick ihres nackten, wohlgeformten Körpers von einem ganz seltsamen Gefühl erfasst wurde. *Ich dachte, das würde mir nicht mehr passieren. Aber ich kann es nicht leugnen, ich bin verliebt! Und das ausgerechnet in Dorel Walburg, die schon immer als das »Schwarze Schaf« der Familie galt! Obwohl – hätte ich noch eine eigene Familie, ich glaube schon, dass man mich ebenso bezeichnen würde...*

Am Abend dieses Tages hatten sie zweidrittel der Wegstrecke geschafft und übernachteten wieder in einer Herberge an der Fernhandelsstraße, und weil sowohl Dorel wie auch Metze während des Essens so verliebt nebeneinander auf einer der Bänke saßen, kam danach die ältere Wirtin an ihren Tisch, baute sich davor auf und sagte zu den beiden:

»Wenn man euch beide so sieht, dann möchte man noch einmal jung und verliebt sein. Gell, ihr seid erst frisch verliebt und noch wie die Turteltäubchen, da haben mein Mann und ich gedacht, wir geben euch einen Korb mit leckeren Sachen mit, damit ihr die Fahrt gut übersteht. Und wenn ich mir deinen eher hageren Kerl so ansehe, ist er ein wenig blass um die Nase. Außerdem würde ich ihm raten, sich einen Bart um das Kinn wachsen zulassen, wie ihn mein Thomo seit nunmehr dreißig Jahren trägt, nicht wahr – Thomo, nun komm doch einmal herüber zu dem jungen Glück und bring den Wein mit!« Sie hatte die letzten Worte über die Schulter dem Wirt zugerufen, der am Schanktisch hantierte und nun mit einem Krug und zwei Bechern herüberkam.

»So, bitte die Herrschaften. Das ist ein ganzer guter Tropfen, der hier bei uns angebaut wird. Er schmeckt nicht nur, sondern kräftigt auch die Manneskraft, wenn ihr versteht, was ich meine!«, bemerkte er dazu, und seine rundliche Ehefrau stieß ihm lächelnd in die Seite.

»Das ist außerordentlich freundlich von euch Wirtsleuten. Aber da müsst ihr noch zwei Becher holen und euch zu uns setzen. Der letzte Gast ist doch schon gegangen, und so gern wir gemeinsam allein sind – wenn dieser Wein wirklich auch nur halb so gut ist, wie ihr uns sagt – dann sollten wir ihn zusammen trinken!«

15.
Nürnberg, im Juni 1504

Alheyt packte rasch zu, als Rheinhart den großen Rahmen anhob, auf den der Stoff gespannt war. Gemeinsam legten sie ihn auf den großen Arbeitstisch, über den ein fingerdickes Tuch bereitet war. Dann nahmen beide eine von Rheinhart gefertigte Kardätsche aus den Weberdisteln zur Hand und begannen, gleichzeitig und mit großen, kräftigen Bürstenstrichen den Stoff aufzurauen.

»Du entscheidest, wenn wir mit dem Scheren beginnen können!«, sagte Rheinhart nach einer Weile, in der sie stumm an dem Tuchstoff gearbeitet hatten. Alheyt nickte ihm zu, fuhr noch einmal prüfend mit ihrem Werkzeug über den Teil ihrer Arbeit und verglich sie dann mit der Rheinharts.

»Vorbereitet für das Scheren, Meister!«, verkündete sie dann fröhlich, und Rheinhart wollte eine der beiden Tuchscheren aufnehmen, die aus zwei gut halbmeterlangen Blättern bestand und durch einen Hebel mit Riemen zusammengehalten wurde. Damit fuhr man über das Tuch und musste noch einmal unter großem, körperlichen Einsatz die Fasern scheren, bevor dann als letzter Gang vor der Prüfung durch einen Zunftmeister mit der Bürste die Strichrichtung ausgeführt wurde. Aber Alheyt hielt rasch seine Hand fest, mit der er die Tuchschere ergriffen hatte.

»Haben wir uns nicht eine kleine Pause verdient?«, sagte sie bittend und beugte ihr Gesicht dicht zu seinem hinüber.

»Eigentlich schon, aber ich wollte jetzt das Scheren mit dir durchführen, danach hätten wir den ganzen restlichen Abend für uns!«

»Ja, das dachte ich auch, als du es mir gestern vorgeführt hast, Rheinhart. Aber von der Schererei warst du dann so müde, dass du noch am Esstisch eingeschlafen bist. Deshalb schlage ich vor, dass wir jetzt eine kleine Pause machen.«

Noch bevor Rheinhart darauf antworten konnte, hatte sie schon ihre Arme um seinen Hals geschlossen und bot ihren Mund zum Kuss dar. Dem Anblick dieser schwellenden Lippen konnte er nicht lange widerstehen, und glücklich genossen die beiden ihre Pause, als sie plötzlich erneut durch heftiges Klopfen gestört wurden. Rasch ordnete Rheinhart seine Kleidung und eilte zur Tür, während die junge Frau den schweren Riegel in die Halterung legte, mit der sie die Werkstatt von innen versperren konnten. Seit dem Erlebnis mit dem Hausknecht hatte Rheinhart einige Sicherungen dieser Art eingebaut.

Als er öffnete, sah er in das Gesicht des Büttels der Altstadt, der ihm freundlich zunickte.

»Rheinhart, immer noch beim Arbeiten, das ist recht so, du bist einer der ganz fleißigen Meister in unserer Stadt, und ich hoffe nur für dich, dass dein Herr zu Leupolth das zu schätzen weiß und deine Arbeit entsprechend gut bezahlt!«

Der Büttel hatte den uralten Namen Ullein, mit dem er von jedermann angesprochen wurde, und war, trotz seines mitunter doch recht schwierigen Amtes, überall beliebt.

»Schön, dass du mal vorbeikommst, Ullein. Ich will doch aber nicht hoffen, dass dich die Amtsgeschäfte zu mir geführt haben, oder?«

Der Büttel sah an ihm vorbei in die Diele und erkundigte sich dann leise: »Ist sie immer noch da?«

Erstaunt drehte sich Rheinhart um und tat, als wüsste er nicht, von wem Ullein sprach. Dann schien es ihm einzufallen, und rasch antwortete er: »Du meinst doch wohl meine Alheyt, nicht wahr? Warum sollte sie denn nicht mehr da sein, wir sind verlobt und haben bereits einen festen Termin für unsere Hochzeit. Da wird sie doch nicht vorher ausziehen wollen, zumal sie ja in Nürnberg gar kein Heim hat!«

»Ja, das habe ich gehört. Sie soll auf der Straße gelebt haben, aber wo immer ich nachgefragt habe – niemand konnte mir etwas über eine Alheyt sagen.«

Rheinhart runzelte die Stirn und setzte gleich nach: »Du willst mir doch nicht mitteilen, dass meine geliebte Alheyt in Schwierigkeiten steckt, weil sie – wie übrigens auch ich – ein Findelkind ist und keinen Familiennamen kennt? Das ist mit dem Rat schon besprochen worden, und es gibt...«

»Rheinhart! Was ich sagen will – niemand hat sich jemals über eine junge Frau beschwert, auf die ihre Beschreibung passt. Es kann also durchaus sein, dass sie noch gar nicht lange in Nürnberg lebte, als du sie aufgegabelt hast!«

Jetzt stieß der Bucklige ein lautes Schnaufen aus und stemmte die Arme in die Seiten. »Also, mein lieber Ullein, das ist doch alles geklärt und vor dem Herrn Richter zu Protokoll gegeben worden und von Herrn Valentin zu Leupolth bestätigt. Wir sind nun...«

Nochmals unterbrach ihn der Büttel.

»Ich kann sagen, was ich will, Rheinhart, du willst mich einfach missverstehen, nicht wahr? Wahrscheinlich arbeitest du viel zu viel und vernachlässigst dabei die Kleine. Was ich dir mitteilen wollte, ist die Tatsache, dass kein Mensch in unserer Stadt etwas gegen deine Alheyt vorbringen konnte, verstehst du das? Obwohl sie auf der Straße lebte und sich wohl mit Bettelei durchschlug, gibt es nichts Nachteiliges über sie zu sagen. So, war das jetzt deutlich genug?«

»Meine Güte, Ullein, was bist du für ein umständlicher Mensch, wahrscheinlich schon von Amts wegen. Danke für deine gute Nachricht, das ist doch eine Erleichterung für mich, auch wenn ich dir gestehen muss, dass es mir auch egal gewesen wäre, wenn Alheyt von Diebstahl und – der Hurerei – gelebt hätte. Jetzt ist sie ein anderer Mensch, lebt bei mir und hilft mir, und wird in nächster Zeit meine Ehefrau.«

»Das ist wunderbar, und ich werde auch bei eurer Hochzeit in der Kirche sein. Heiratet ihr in der Frauenkirche?«

»Nein, sondern in St. Klara. Die Kirche ist für uns groß genug, und wir passen dazu. Sie ist ja auch Teil unserer Altstadt, in der wir leben.«

»Gut, dann mach jetzt Feierabend, nimm deine Alheyt mal so richtig in den Arm und küsse sie herzlich, das wird dich auf andere Gedanken bringen!«, sagte Ullein und wandte sich zum Abschied.

Rheinhart, der ja gerade nichts anderes getan hatte, bevor der Büttel klopfte, musste sich zusammennehmen, um nicht laut herauszuplatzen. Ullein war schon fast aus dem Haus, als er sich noch einmal umdrehte und sagte: »Ach ja, hast du es schon gehört? Man hat den Hausknecht der Leupolth aus der Pegnitz gezogen, diesen Laurentz.«

»Ach, wirklich? Wie kam das denn überhaupt, er war ja schon einige Zeit verschwunden!«

»Ich vermute mal, dass er irgendwo betrunken in den Fluss gestürzt ist und nicht wieder herauskam. Gefunden hat man ihn weit außerhalb der Stadt, wo sich sein Körper an einem umgestürzten Baum verfangen hatte. Kein schöner Anblick, aber – egal, lasst euch deshalb den Abend nicht verderben!«

»Nein, Ullein, machen wir nicht. Dank für deinen Besuch und deine guten Wünsche!«

Damit wollte er die Tür erleichtert schließen, als der Büttel noch einmal zurückkehrte.

»Ich werde schon alt und vergesslich, Rheinhart. Heute kam der Metze Losekann aus Nürnberg zurück, ganz feudal, ich habe ihn auf dem Hauptmarkt gesehen. Zusammen mit einer jungen Frau und den Fuhrknechten kam er mit einem ganz seltsamen Gefährt in die Stadt. Unter einem halben Weinfass können da die Menschen ganz gut im Trockenen sitzen, und die Ladefläche führt Handelsgüter mit sich. Davon mal abgesehen, musste ich mir eine besondere Ladung ansehen. Stell dir nur mal vor, der Metze hat einen Toten mitgebracht, von dem er behauptete, dass er der Mörder des alten Harlach zu Leupolth sei.«

»Was? Wie ist das denn möglich, Ullein? Der alte Harlach ist doch in Sevilla ermordet worden!«

»Ganz recht! Und der nun ebenfalls tote Mörder war der Mann, dem Harlach seine Faktorei in Sevilla anvertraut hatte. Es soll damals, als die Nachricht von seinem Tod durch den Soldaten Peyr überbracht wurde, viel Böses herausgekommen sein. Da hat der Herr von Oertzen, so der Name des Mörders, wohl auch Wechsel und Schuldverschreibungen gefälscht und sich damit ein schönes Leben gemacht!«

»Donnerwetter, das Beste erzählst du erst zum Schluss! Aber jetzt muss ich hinein, die Alheyt wird sich schon sorgen, warum ich hier so lange rede! Danke, Ullein, und noch einen angenehmen Abend für dich und deine Familie!«

Erleichtert schloss Rheinhart die Tür und legte auch hier einen Balken vor, während Alheyt, die ängstlich an der Werkstatttüre gelauscht hatte, die Tür dort nun aufriss und in die Arme ihres geliebten Rheinharts flog.

»Hast du das gehört? Sie haben den toten Laurentz weit vor den Toren der Stadt aus der Pegnitz gezogen. Von einem Fass war dabei nicht die Rede, es wird wohl längst unterwegs zerbrochen sein.«

»Halt mich gut fest, Rheinhart, ich habe das Gefühl, alles dreht sich um mich!«, hauchte die junge Frau, und Rheinhart presste sein Gesicht glücklich an ihren Hals, und bedeckte ihn mit zahlreichen, heißen Küssen. Dabei ging ihm vieles durch den Kopf:

Ja, ich habe den Menschen gefunden, dem ich einmal mein Geheimnis anvertrauen werde. Ich hoffe, Gott schenkt uns noch viele Jahre und vielleicht sogar ein Kind, das einst meine Gelbfärberei fortführen kann!

3. DAS SCHWARZE GOLD (1530)

1.

Genua, August 1530

An diesem glühend heißen Tag wurde den Bewohnern der Stadt Genua ein besonderes Schauspiel geboten. Rasch hatte sich die Nachricht von der Ankunft der beiden Galeonen verbreitet, und die Hafenarbeiter und Lastenträger, die man Camalli nannte, kamen zusammen und lachten erfreut bei dem Anblick der beiden prächtigen Schiffe, die mit voller Besegelung auf den Hafen von Genua zusteuerten. Die Camalli waren in der Zunft der Compagnia dei Caravana vereint, die dafür sorgte, dass kein Schiff ohne ihre Zustimmung ent- oder beladen wurde. Das Löschen der Fracht wurde zunächst von Vertretern der Compagnia mit dem Schiffsführer ausgehandelt, bevor auch nur ein einziger Lastenträger seinen Fuß auf den Decksboden setzen konnte. Wer nun in Richtung des Piers *Molo Vecchio* strebte, an dem noch immer gebaut wurde, erkannte auch die beiden fast identischen Schiffe.

»Was soll die Aufregung?«, rief einer der jüngeren Lastenträger seinen Kameraden zu, die eifrig ihre Handkarren ergriffen hatten und dem Pier zustrebten. »Das sind doch ganz gewöhnliche Karavellen, wie sie jede Woche hier festmachen!«

Höhnisches Gelächter antwortete ihm.

»Geh nach Hause zu Muttern!«, antwortete ihm ein erfahrener, kräftiger Mann, der nur eine wadenlange Hose trug und den dunkelbraun gebrannten Oberkörper schutzlos der Sonne darbot. »Wenn du keine Ahnung hast und eine Galeone nicht von einer Karavelle unterscheiden kannst, bist du hier fehl am Platze, Jungchen!«

Das erneute Gelächter der anderen Lastenträger verstimmte den jungen Mann, der nun auch seinen Karren aufnahm und den anderen still folgte.

»Karavelle, Galeone, was macht das schon für einen Unterschied? Gehören alle den reichen Pfeffersäcken, und wir schuften uns für einen Hungerlohn hier zu Tode, nur damit daheim die Geschwister und die alten Eltern etwas zu essen bekommen!«

Seine Bemerkung war eigentlich nur für ihn selbst gedacht, aber einer der älteren Lastenträger hatte sie trotzdem gehört und blieb stehen.

»Loris, wenn du auch wirklich im Grunde genommen recht hast, was für ein Schiff den Hafen anläuft, so ist es doch nicht egal, ob wir auf eine Karavelle oder eine Galeone warten!«, erklärte ihm Onno, der ältere Lastenträger und wartete, bis Loris zu ihm aufgeschlossen hatte. »Aber zumeist sind die Galeonen reine Kriegsschiffe der Spanier oder Portugiesen, und da lohnt es sich kaum, bei der Hitze zum Pier zu laufen, weil es nichts oder nur wenig zum Ausladen gibt. Dagegen haben die Faktoreien der großen Handelshäuser sich in letzter Zeit von den breitbauchigen Karavellen verabschiedet, auch wenn die mehr Fracht aufnehmen können. Nur sind sie leider zu schwerfällig und wurden dadurch immer häufiger Opfer der Piratenüberfälle.«

»Dann verstehe ich die Aufregung der anderen noch viel weniger, Onno. Wenn das da zwei Kriegsschiffe sind, weshalb wollen alle unbedingt als Erste am Pier sein, um ihren Frachtanteil zu erhalten? Ich sehe noch nicht einmal den Zunftmeister dort stehen, der uns einteilt!«

»Wie ich dir gerade erklären wollte. Diese beiden Galeonen gehören zwar von der Bauweise her zu den schnellen Kriegsschiffen und haben auch Kanonen an Bord, um sich gegen die Piraten zu verteidigen. Aber das vordere Schiff trägt, wie man jetzt deutlich erkennen kann, die Flagge des Hauses zu Leupolth, die in Genua eine Faktorei besitzen. Es ist die *Alheit zu Leupolth*, und die zweite Galeone ist die *La Santa Trinidad*, die dem Haus der Welser gehört. Die beiden sind offenbar dabei, eine Wettfahrt auszutragen.«

»Eine Wettfahrt?«

»Du weißt nicht sehr viel über die hiesigen Faktoreien, nicht wahr, Loris?«

»Nein, nicht wirklich. Ich höre dir gern weiter zu...«

»Also – die *Alheit* steht unter dem Kommando des Barthel zu Leupolth, das ist der Eigner, nicht der Kapitän. Kapitän ist ein gewisser Christoph Grander. Und die *La Santa* steht unter dem Kommando des Anton Welser. Die beiden Eigner sind eigentlich enge Freunde und geschäftlich eng miteinander verbunden. Aber sie sind auch immer im Wettbewerb miteinander, welcher von beiden der Bessere ist, mehr Erfolg als der andere hat – im Geschäftsleben wie bei den Frauen!«

Die beiden Lastenträger waren jetzt am Pier angelangt, wo sich der Zeugmeister der Compagnia dei Caravana, eingefunden hatte und bereits damit begann, farbige Stoffstreifen zu verteilen. Die trug jeder um den rechten Oberarm gebunden und war damit deutlich für alle Lastenträger einem Schiff zugeteilt. Gelben Stoff bekamen die Arbeiter für die *Alheit*, blauen die für die *La Santa*. Barthel zu Leupolth hatte selbst darauf bestanden, für sein Handelshaus die Farbe Gelb zu nehmen. Seit der Zeit, als der bucklige Meister Rheinhart nach Nürnberg kam und als Einziger das Gelbfärben der Tuchstoffe verstand, wurde der Hintergrund des Familienwappens in Gelb geändert, davor waren deutlich abgesetzt in roter Ausführung ein Helm, ein Turm und ein steigender Löwe. Dieses Banner hatte jetzt die *Alheit* gesetzt, das Tuch entfaltete sich schnell im Wind und flatterte, für alle erkennbar, vom Heck der Galeone. Kaum war das gelbe Tuch entfaltet, folgte das rote Tuch mit dem Wappen am Heck des anderen Schiffes nach. Die Welser hatten auf rotem Grund einen geflügelten Helm und ein rot-weiß geteiltes Schild mit einer Lilie in gespiegelten Farben.

Durch die Reihen der Lastenträger ging ein Ruf des Staunens, denn keines der beiden noch immer in rascher Fahrt heranrauschenden Schiffe hatte auch nur einen Fetzen Segel geborgen. Es wurde langsam riskant, denn es gab durchaus einige Untiefen in Landnähe. Die Bucht mit dem großen Hafen und dem noch nicht ganz fertig gestellten Pier war ausreichend genug, um eine ganze Armada aufzunehmen. Aber die eigentliche Einfahrt in den Hafen von Genua war zwischen dem Leuchtturm auf der Landspitze von San Benignos und der gegenüberliegenden, felsigen Seite. Die wurde auf Veranlassung der Seekonsuln so gestaltet, dass man den Hafen im Notfall mit einer großen Eisenkette sperren konnte.

Doch die beiden Galeonen segelten jetzt so dicht nebeneinander auf den Pier zu, dass sich schon Nervosität unter den Zuschauern breit machte. Die einen blieben gelassen auf ihren Plätzen stehen und boten Wetten auf die Ankunft der ersten Galeone, die anderen sahen schon das mit Sicherheit kommende Unglück voraus.

Doch dann kam der Moment, in dem die *Alheit* eine Schiffslänge Vorsprung herausgefahren hatte. Beim Passieren des Leuchtturms fielen auf einen Schlag alle Segel, und das gewaltige Schiff wurde erheblich langsamer, trotzdem lief es noch mit ziemlicher Geschwindigkeit längs des Piers, noch immer dicht gefolgt von der *La Santa*, wo man ebenfalls die Segel gerefft hatte.

Taue flogen hinüber auf das Land, wurden von den Männern dort aufgefangen und gleich um die dicken Steinpoller geschlungen, die auf dem Pier fest verankert waren. Knarrend spannte sich das erste Tau, das zweite wurde mittschiffs festgezurrt, gleich drauf auch das vom Vorschiff. Das ganze Schiff schien unter dem starken Druck zu zittern, die dicken Taue spannten sich, als wollten sie jeden Moment zerreißen. Schließlich war das Schiff festgemacht, und gleich darauf wiederholte sich dieses Manöver bei der dahinter liegenden Galeone.

Kaum lag die *Alheit* fest vertäut, als ein großer, von der Sonne gebräunter Mann über das Deck lief, sich an einem Tau über Bord schwang und mit einem eleganten Sprung auf dem Pier stand. Die Lastenträger applaudierten ihm kräftig und stießen laute Jubelrufe aus, aber der blonde Hüne hielt sich nicht einen einzigen Moment bei ihnen auf. Schon hetzte er den Pier entlang zur Altstadt, und wer ihm da gefolgt wäre, hätte erkannt, dass er zielstrebig auf eine Taverne zulief, die sich im Schatten der Kathedrale *San Lorenzo* befand. Hier griff sich der Blonde einen Stuhl, schob ihn zum ersten freien Tisch hinüber und rief in den Schankraum ein lautes:

»Prendo – una bottiglia di vino!«, und nahm in der Nachmittagssonne an dem Tisch Platz.

»Maria – der Deutsche ist wieder da!«, rief eine männliche Stimme, und ein leiser Aufschrei antwortete. Hastig griff die junge Frau einen Krug, füllte ihn am Fass hinter dem Schanktisch, griff noch zwei Tonbecher vom Regal und eilte damit hinaus, wo sie der blonde Hüne fröhlich anstrahlte.

»Maria – du siehst wunderbar aus! Jedes Mal, wenn ich erneut nach Genua komme, bist du noch etwas schöner geworden!«

Die junge Frau mochte Anfang Zwanzig sein, hatte eine schlanke Figur, ein Gesicht mit leicht erhöhten Wangenknochen und dunklen Augen, aus denen sie den Blonden jetzt anfunkelte.

»Barthel, du verdammter Schmeichler! Wo hast du dich wieder herumgetrieben? Mama mia, das müssen jetzt wohl an die acht Monate sein, seit du mich verlassen hast!«, sagte sie, während sie ihm den Becher füllte.

»Dich habe ich nicht wirklich verlassen, Maria. Hier drin trage ich immer dein Bild!« Damit klopfte Barthel sich auf die Herzgegend. »Komm zu mir, Maria, küss mich und sage mir, dass du mich noch heute erwartest!«

Sie gab ihm einen flüchtigen Kuss auf den Mund und sah sich gleich darauf scheu um. Doch der einzige Gast, der sich im Schankraum befand, konnte sie bei dieser Begrüßung nicht beobachten. Aber rasch wollte sie sich ohne Antwort abwenden, als der blonde Barthel schnell zugriff und sie an einem Handgelenk festhielt. Noch bevor sie dagegen protestieren konnte, hatte er sie auf seinen Schoß gezogen und küsste sie leidenschaftlich, bis sie ihm mit der Hand auf die Schulter klopfte. Dann sprang sie auf und sagte leise:

»Barthel, wenn uns hier jemand beobachtet! Komm gegen zehn Uhr zu mir, du kennst meine Kammer. Und jetzt muss ich zurück, schau mal dort drüben kommt dein Freund Anton angelaufen. Schön, dass er wieder die Zeche bezahlen muss!«

Damit war sie im Schankraum und mit einem zornigen Ausruf kam der Welser an den Tisch, griff den zweiten Becher, kippte ihn randvoll und leerte ihn in einem Zug aus.

»Du elender Hundsfott, du Krämerseele! Du verfluchter...«

»Schön, dich in Genua zu treffen, Anton! Nimm Platz und lang ordentlich zu, die Zeche bezahlst du ja ohnehin!«

Der Welser starrte den Freund reglos an, dann glätteten sich seine Gesichtszüge langsam, und er zog sich einen anderen Stuhl heran, griff zum Krug und goss sich erneut den Becher ein. Mit einer stummen Geste schob ihm Barthel seinen hinüber, und Anton goss auch ihn voll.

»Auf den verrücktesten Menschen, der je an Bord einer Galeone gefahren ist!«, rief Anton laut und prostete seinem Gegenüber zu.

»Auf den besten Verlierer und meinen Freund Anton Welser!«, antwortete ihm Barthel, und die beiden stießen lachend die Becher gegeneinander und leerten sie aus.

»Aber im Ernst, Barthel, ich weiß nicht, wie lange solche Manöver noch gut gehen können. Wir haben doch den Schiffsraum bis unter das Deck vollgeladen mit Waren, die unsere Schiffe nicht so leicht manövrieren lassen wie mit unserer sonst üblichen Fracht! Vielleicht verzichten wir das nächste Mal auf die Wettfahrt und entscheiden dann hier bei Maria mit einer Münze, wer von uns beiden gewonnen hat!«

Barthel legte den Kopf leicht schief, kniff die Augen zusammen und antwortete:

»Zeig doch mal bitte, wie du das machen willst, Anton!«

Grinsend zog der Welser seine Geldkatze vom Gürtel, entnahm ihr eine Dublone und hielt sie in der Hand.

»Wappen oder Kreuz?«

»Wappen!«, antwortete Barthel und lächelte.

Anton warf die Goldmünze in die Luft und wollte sie wieder einfangen, um sie dann auf den Tisch zu legen. Doch blitzschnell kam ihm Barthel zuvor, fing die Dublone noch im Flug ab und legte sie, mit der Hand darüber, auf den Tisch.

»Du hast das Kreuz, nicht wahr, Anton?«

»Richtig.«

»Und hast du noch eine zweite Dublone wie diese?«

Damit nahm Barthel die Münze hoch und drehte sie abwechselnd auf beide Seiten, wo jeweils nur das Kreuz zu sehen war – Symbol für den katholischen Glauben. Lachend griff Anton erneut in die Geldkatze und zog eine zweite Dublone hervor, die er neben die andere legte. Als Anton auch diese Münze wendete, zeigte sie auf beiden Seiten das Wappen.

»So dachte ich mir das, immer auf der Seite der Gewinner, was?«, sagte Barthel und erhob sich. »Ich bin hungrig geworden und werde bei Maria für uns etwas bestellen. Ich nehme an, dass wir beide derzeit keinen Fisch mehr sehen können, oder?«

»Schrecklich, ich brauche ein ordentliches Fleischstück, das weißt du doch, Barthel! Und bring uns noch etwas von dem Wein mit, der läuft ja hinunter wie Öl!«

Die beiden Kaufleute, die mit ihren Schiffen aus Neu-Spanien zurückgekehrt waren und nun darauf warteten, dass ihre Ladung gelöscht wurde, um dann in ihre Heimat zurückzukehren, waren seit zwei Jahren geschäftlich verbunden. Daraus entwickelte sich eine starke persönliche Freundschaft, und die Wettbewerbe zwischen den beiden gleichaltrigen Männern waren die Späße großer Kinder, die sich noch immer übertreffen wollten. Dabei hatte jeder von ihnen in den letzten zwei Jahren Dinge erlebt, die manchem anderen schlaflose Nächte bereitet hätten. Nicht so bei Anton Welser und Barthel zu Leupolth, die ohne mit der Wimper zu zucken, an der afrikanischen Küste in die Dörfer der Eingeborenen einfielen, Frauen und Kinder verschleppten und die Männer gnadenlos töteten, wenn sie sich ihnen in den Weg stellten. Neu-Spanien benötigte viele Sklaven, denn die dort lebenden Eingeborenen erwiesen sich als wenig brauchbar für die harte Arbeit in der Neuen Welt.

Vor zwei Jahren hatte das Haus der Welser in Augsburg einen weitreichenden Vertrag mit Kaiser Karl V. geschlossen. Für eine unglaublich hohe Summe erhielten sie das Recht, vier Jahre lang in der Kolonie Neu-Spanien (Venezuela) zu schalten und zu walten, wie sie wollten. Die Welser ließen eine Flotte ausrüsten und neue Schiffe bauen, die tausende von Sklaven in die spanischen Kolonien brachten, Gold und Gewürze, Perlen, Edelholz sowie Farbstoffe wie Indigo auf dem Rückweg nach Europa transportierten.

Der Augsburger Welser-Gesellschaft schlossen sich weitere Handelshäuser an, darunter die Fugger sowie die Leupolths aus Nürnberg. Als Barthel zu Leupolth im Frühjahr 1528 die erste Fahrt an die afrikanische Küste unternahm, war die Tinte auf dem Vertrag mit Kaiser Karl V. noch nicht richtig getrocknet. Doch die langen Seewege machten das wieder wett, und als sie mit den ersten Sklaven in Neu-Spanien landeten, erkundigte sich niemand, ob dieser Handel denn mit Fug und Recht geschah und von der Krone genehmigt wurde, denn der Vertrag mit dem spanischen Königshaus zur Lieferung der Sklaven wurde ein paar Wochen vor dem Vertrag mit dem Kaiser unterzeichnet und kostete die Gesellschaft die schwindelerregende Summe von zwanzigtausend Dukaten, die von den beteiligten Handelshäusern gemeinsam aufgebracht werden musste. Doch schon nach den ersten Fahrten zeichnete es sich für die Augsburger Gesellschaft ab, dass man diese Summe binnen eines Jahres nicht nur wieder hereinholen würde, sondern bereits ein Vielfaches der Ausgaben.

So konnte es kaum verwundern, dass weitere Schiffe in den Dienst gestellt wurden, und man dabei den Typ der Galeone wählte, weil das Schiff schneller und beweglicher war als die Karavellen, zudem auch mit Kanonen ausgerüstet werden konnte.

Die beiden jungen Kaufleute aus Deutschland hatten ein umfangreiches Essen eingenommen, dazu noch einigen Wein getrunken, und nun wollte Barthel aufbrechen, weil eben ein Nachtwächter im Vorbeigehen die zehnte Abendstunde ausgerufen hatte.

»Du zahlst, wir sehen uns morgen am Pier!«, sagte Barthel zu Anton und klopfe ihm auf die Schulter, während er in den Schankraum rief: »Qualche bottiglia di vino me la prenderei volentieri – ich würde gern noch ein paar Flaschen Wein mitnehmen!«

»Was zum Teufel redest du da für einen Unsinn, Barthel?«, rief ihm Anton mit schwerer Zunge hinterher. »Als ob ein Einziger in dieser Spelunke dein Italienisch verstehen würde!«

Doch der Wirt kannte den Deutschen schon lange genug und stellte ihm einen Korb mit zwei Flaschen Wein hin. Barthel bedankte sich dafür, deutete nach draußen und sagte: »Er zahlt alles für heute Abend!«

»Buona notte, Signore Barthel!«, antwortete der Wirt lächelnd, während der blonde Hüne den Korb griff und mit beschwingten Schritten rasch wieder auf die Straße trat, hinter der Trattoria in eine schmale Gasse einbog und an einem Fenster behutsam anklopfte. Gleich darauf wurde es geöffnet, Marias Gesicht erschien für einen Moment, durch ein Licht erhellt, und wenig später entriegelte sie ihre Tür.

»Endlich, komm herein, Geliebter!«, flüsterte sie und zog ihn an der Hand hinter sich her. Ihre Kammer lag im ersten Stock, im unteren Bereich wohnte ein älteres Paar, das zum Glück für die beiden schwerhörig war. Niemand bemerkte, wie sie die schmale Stiege nach oben gingen und gleich darauf auch die Tür von innen verriegelt wurde.

Maria stellte das Licht auf den kleinen Tisch, nahm zwei Gläser vom Regal und stellte sie neben den Korb, in dem Barthel die Weinflaschen transportiert hatte.

»Wie schön, dass du endlich wieder einmal in Genua bist, Liebster! Wie viel Zeit bleibt uns diesmal?«

Barthel zog die schöne Schankmaid an sich und bedeckte ihr Gesicht mit leidenschaftlichen Küssen. Dann flüsterte er ihr ins Ohr: »Leider nur diese Nacht, aber ich bin bald wieder aus Nürnberg zurück, und dann haben wir eine ganze Woche für uns, bis wir wieder ablegen!«

»So kurze Zeit nur? Wie soll ich das nur aushalten?«, raunte sie und begann, ihr Kleid von den Schultern zu streifen.

»Willst du gar nicht wissen, was ich dir mitgebracht habe, Maria?«

»Du selbst genügst mir vollkommen!«, antwortete sie, und Barthel zog sie erneut in seine Arme, um sie abermals zu küssen. Immer drängender wurde ihre Zunge, immer heftiger ihr Atem, schließlich machte sie sich stumm von ihm los, zog ihn an der Hand zu ihrem Bett und wartete ungeduldig, bis er endlich neben ihr lag.

»Ich habe dir aber wirklich etwas mitgebracht, Maria!«, hauchte er in ihr Ohr.

»Später, Liebster!«, lautete die Antwort, und dann sprachen die beiden zunächst nicht mehr.

2.
Genua, bei Maria und beim Admiral

»Was für wunderbare Farben! Und die Seide ist dick und schwer, so etwas habe ich noch nie besessen, Barthel!«, sagte Maria mit Tränen in den Augen. Die Sonne schien bereits kräftig in das kleine Fenster, als Barthel fertig angekleidet war und sich verabschieden wollte.

»Es ist eine indische Arbeit, Maria. Die Menschen dort können unglaublich schöne Farben herstellen und die Seide damit färben. Ich habe sofort an dich gedacht, als ich dieses Tuch gesehen habe. Aber jetzt, meine Liebe, muss ich wirklich hinunter zum Hafen und mit einem der hohen Seekonsuln sprechen, bevor ich meine Heimreise antreten kann. Während die Fracht hier gelöscht wird, sorge ich dafür, dass alles an die richtigen Adressen weitergeht, und das bedeutet für mich noch eine Menge Arbeit. Dann kommt die endlose Reise bis Nürnberg, auch dort wird viel Arbeit auf mich warten. Aber ich denke, wenn ich in einem Monat wieder in Genua bin, haben wir eine ganze Woche für uns!«

»Ich kann kaum so lange auf dich warten, Barthel. Versprich mir, dass du mindestens die eine Woche für mich hast!«

»Versprochen, mein Herz!«, antwortete er, küsste sie noch einmal und ging dann leise die schmale Treppe nach unten, zog die Haustür auf und war am Ende der schmalen Gasse angelangt, als ein vornehm gekleideter, älterer Herr auf ihn zutrat und ihn ansprach.

»Signore Barthel zu Leupolth?«

»Der bin ich, was kann ich für Euch tun?«, gab Barthel überrascht zurück.

»Händigt mir bitte Euer Schwert und den Dolch an Eurem Gürtel aus!«, sagte der Mann und streckte verlangend die Hand aus.

»Was fällt Euch ein?«, antwortete Barthel und wollte einen Schritt in die Gasse zurückmachen, als plötzlich links und rechts von dem Fremden Soldaten auftauchten und ihre langen Spieße auf den Deutschen richteten.

»Bitte, tut einfach, was ich Euch sage. Es würde mir sehr leidtun, wenn ich Gewalt anwenden müsste!«

»Wer, zum Teufel, seid Ihr und was soll das alles?«

»Wer ich bin, spielt im Moment keine Rolle. Noch einmal, Signore – Eure Waffen bitte, jetzt!«

Der Mann hatte die letzten Worte im scharfen Tonfall gesprochen, und Barthel, der schon oft in schwierigen Situationen einen kühlen Kopf behielt, sah ein, dass er sich hier besser beugen sollte, um weiteren Ärger zu vermeiden. Hätte er nur ein paar Schritte aus der Gasse machen können, wären seine Möglichkeiten, Widerstand zu leisten, erheblich besser gewesen. So aber konnte er mit seinem Schwert wenig gegen die langen Spieße ausrichten, und händigte es deshalb, zusammen mit dem Dolch, an den Unbekannten aus.

Die Soldaten umringten ihn dicht, dann ging es durch die Straßen Genuas, wobei ihnen die Menschen neugierig nachstarrten. Es war schon interessant, einen offenbar wohlhabenden jungen Mann inmitten der Bewaffneten zu sehen, doch Barthel zu Leupolth sah stur geradeaus über die Schulter des vor ihm marschierenden, älteren Mannes. Endlich hatten sie einen Palast erreicht, dessen Fassade auf beeindruckende Weise mit großen Säulen verziert war. Der Reichtum des Besitzers spiegelte sich zudem in den übermannsgroßen Figuren wider, die aus weißem Marmor gefertigt waren und im ersten Stock des Palastes auf einer umlaufenden Balustrade standen und auf die Stadt sahen. Der Palast lag auf einem Hügel, und der Blick vom Obergeschoss aus musste atemberaubend sein. Doch Barthel registrierte das zwar alles mit schnellen Blicken, starrte aber mürrisch seinem Entführer ins Gesicht, als der ihm mit einer einladenden Handbewegung die Tür öffnete.

»Bitte, Signore, tretet ein, es wird Euch sicher interessieren, wo Ihr hier seid. Nun, es gibt wohl kaum jemand in der Stadt, der den Palast des Admirals nicht kennt. In seinem Namen darf ich Euch willkommen heißen. Bitte, nehmt hier in diesem Raum für einen Moment Platz, dann werde ich Euch anmelden.«

Barthel blieb vor dem Weißhaarigen mit ärgerlicher Miene stehen, schlug die Arme vor der Brust unter und sagte trotzig:

»Und wenn ich nicht will?«

»Sollte mir das unglaublich leidtun, Signore Barthel zu Leupolth, aber mein Herr hat darauf bestanden, Euch am heutigen Morgen zu sprechen.«

»Euer Herr?«

»Ja, Signore. Admiral Andrea Doria, Fürst von Melfi. Er hatte sich schon gedacht, dass Ihr erst ein wenig Überredung benötigt, um zu dieser frühen Stunde in seinen Palast zu kommen. Bitte, nehmt doch Platz.«

Damit öffnete er die Tür zu einem großen Raum, dessen Deckenhöhe wohl doppelte Mannsgröße aufwies und in dem ebenfalls mehrere Marmorstatuen standen und mit ihren toten, weißen Augen den unfreiwilligen Besucher zu mustern schienen. Noch immer zögerte Barthel auf der Schwelle, und der ältere Herr räusperte sich diskret. Als ihm der Nürnberger Kaufmann erneut einen finsteren Blick zuwarf, deutete der nur mit dem Kopf vielsagend auf die Soldaten, die neben der Tür Aufstellung genommen hatten, dabei ihre Spieße mit der rechten Hand umfassten und die linke Hand auf das Schwert stützten.

Also zuckte Barthel die Schultern und trat ein.

Leise schloss sich die Tür hinter ihm, und während er langsam an den Figuren vorüberschritt, die alle römischen Ursprungs zu sein schienen, fiel ihm erstmalig die absolute Stille in dem großen Saal auf. Nichts vom hektischen Treiben in einem solchen Palast, in dem die Dienerschaft immer viel zu erledigen hatte, drang durch die massiven, schweren Türen zu ihm. Auch die ungewöhnlich großen Fenster, die durch Vorhänge halb verdunkelt waren, ließen keinen Straßenlärm herein. Barthel entdeckte an einer Wand ein Regal mit Büchern und Pergamentrollen, ging langsam darauf zu und bemerkte unmittelbar neben diesem Regal eine Männerfigur, die ihn mit ihren weißen, leblosen Augen anzustarren schien. Die Figur kam ihm bekannt vor, ohne dass er sagen konnte, wen sie darstellte. Einer der römischen Cäsaren war es sicher nicht, denn die trugen ja für gewöhnlich einen Lorbeerkranz auf dem Kopf. Diese Gestalt hatte ein markantes Gesicht und streckte die rechte Hand aus.

Vermutlich ein Gelehrter, der mich auffordert, mir die Bücher anzusehen!, dachte Barthel und schaute interessiert auf die erste Rolle, die seine Neugierde durch das daran hängende Siegel erweckt hatte.

Er zog die Rolle heraus und warf einen raschen Blick darauf. Barthel zu Leupolth war durch seine Seereisen imstande, solche Karten sofort zu erkennen und zuzuordnen. Hier handelte es sich ganz offensichtlich um eine Karte von Neu-Spanien. Neugierig geworden, zog er das erste Buch heraus, schlug den Deckel auf und las den Titel:

»Historia y leyenda de El Dorado su Autor Padre Hidalgo Rodriguez«. Ein leises Geräusch hinter ihm ließ ihn herumfahren.

»Seid mir willkommen, Signore zu Leupolth. Ich bin Admiral Andrea Doria, und derzeit offiziell gar nicht in Genua. Bitte, entschuldigt die ungewöhnliche Art meiner Einladung, aber ich war mir nach den Berichten, die ich über Euch erhalten habe, ziemlich sicher, dass Ihr mir sonst nicht die Freude Eurer Anwesenheit gemacht hättet.«

Barthel verneigte sich nur kühl und antwortete:

»Wenn Ihr schon so gut über mich informiert seid, Admiral, so müsstet Ihr auch wissen, dass ich gerade erst aus Neu-Spanien zurückgekehrt bin und mein Schiff, die *Alheit zu Leupolth*, beim Löschen ihrer Ladung überwachen muss. Außerdem wartet mein Haus in Nürnberg dringend auf meine Rückkehr.«

Admiral Doria lächelte nur und deutete zu einem Tisch, an dem mehrere Stühle standen. In der Mitte gab es eine große, silberne Kanne und mehrere Trinkgefäße. Der Admiral hatte ein markantes Gesicht mit etwas tiefliegenden, dunklen Augen, hohen Wangenknochen, einer leicht fleischigen Nase und einem harten Zug um die schmalen Lippen. Das Kinn war mit einem üppigen Bartwuchs versehen, der bis auf die Brust reichte. Barthel hatte ihn nur kurz taxiert und verstanden, was diesem Mann zum mächtigsten Mann der Republik Genua gemacht hatte. So, wie er sprach und dabei gestikulierte, genügte sein Wort, um als Befehl von seinen Untergebenen ausgeführt zu werden. Darüber konnte auch nicht das freundliche Lächeln täuschen, das er dem Patrizier aus Nürnberg schenkte. Barthel hatte wohl bemerkt, dass es seine Augen nicht erreichte, die ihn kalt und abschätzend musterten.

»Mag sein, aber es hielt Euch nicht davon ab, die vergangene Nacht in den Armen der Schankmaid Maria zu verbringen. Außerdem müsst Ihr heute noch eine gewisse Contessa aufsuchen, bevor Ihr an Eure Heimreise denken könnt.«

Barthel wollte auffahren, aber eine rasche Handbewegung hinderte ihn, etwas zu antworten. Die Augen des Admirals funkelten ihn jetzt mit unverhohlener Wut an, aber noch mäßigte der Mächtige seine Stimme, als er fortfuhr.

»Hört mir gut zu, Signore Barthel. Eine falsche Entscheidung von Eurer Seite könnte fatale Folgen haben. Ihr seid Mitglied der Welser-Gesellschaft in Augsburg geworden, Anton Welser ist Euer Compagnon und auch das Haus Fugger ist bei Euren Unternehmungen beteiligt.«

Hier machte der Admiral eine Pause, griff zur Silberkanne und schenkte ihnen jeweils einen der silbernen Pokale voll, reichte dann den einen an Barthel hinüber und trank aus seinem, ohne ihn zum Trinken aufzufordern.

»Was ich Euch jetzt sage, ist keine Bitte und für Euch auch keine Möglichkeit, die einen anderen Weg offenhält. Mein Haus wird ab sofort mit in die Gesellschaft aufgenommen. Wie mir zugetragen wurde, werdet Ihr in Kürze vom Fugger ein weiteres Schiff zur Verfügung gestellt bekommen, das unter dem Kommando meines Kapitäns Alession Lombardi segelt. Hier ist die Urkunde, dass meine Anteile, die ich an der Karavelle *Sibylla* besitze, mit dem heutigen Tag dem Handelshaus zu Leupolth gehören.

Auch der Kapitän ist Euer Mann, Ihr bezahlt ihn entsprechend.«

Jetzt musste Barthel doch einmal widersprechen.

»Hört mir auch einmal zu, Admiral Doria. Was Ihr da von mir verlangt, ist ganz einfach so nicht machbar. Ich habe keinen Einfluss auf die Welser-Gesellschaft in Augsburg. Auch mein Handelshaus ist nur einer der dortigen Partner, und noch nicht einmal der größte. Ich schlage vor, dass Ihr mit den Herren Fugger und Welser selbst verhandelt. Und schließlich hat mir der Fugger das Schiff bereits versprochen!«

»Das ist nicht ganz richtig, Signore Barthel. Er hat Euch seinen Anteil zugesagt – lest die Urkunde genau. Mir gehört aber durch einen guten Freund, der nun leider ausgefallen ist, die andere Hälfte der Karavelle. Ich will, dass Ihr für mich arbeitet, ohne dass es an die große Glocke gehängt wird. Und mein Name darf nicht genannt werden. Es wird nicht Euer Schaden sein, denn ich bezahle überdurchschnittlich gut für die Waren. Dabei könnt Ihr zunächst nach Afrika segeln, um das *Schwarze Gold* zu holen, wie Ihr es nennt. Aber in Neu-Spanien werdet Ihr dann den Padre treffen, von dem dieser Bericht stammt. Ihr habt gerade den Titel gelesen. Padre Hidalgo Rodriguez ist der Einzige, der an dem See war, in dem die Indios Unmassen von Gold ihren Göttern geopfert haben. Das holt Ihr mithilfe der Indios wieder heraus, füllt damit die Laderäume der Schiffe und kehrt zurück. Mehr Gewinn könnt Ihr auch mit zehn Fahrten und noch mehr Sklaven nicht erlangen! Sollte das mit dem Gold jedoch eine Fehlinformation sein, haltet Euch nicht unnötig auf, Sklaven werden in Neu-Spanien noch sehr viele benötigt! Die Karavelle bietet viel Platz, ist schnell und gut bewaffnet!«

»Das ist das Dümmste, das ich jemals gehört habe!«, antwortete Barthel.

Er machte Anstalten, sich zu erheben, als plötzlich eine Hand des Admirals vorschnellte und er das linke Handgelenk Barthels ergriff. Der reagierte sofort und packte mit einem sehr harten Griff den Hals des Admirals und verstärkte den Druck noch, als er plötzlich ein unangenehmes Gefühl an der Hüfte spürte. Etwas sehr Spitzes bohrte sich dort in seine Haut, und der Admiral krächzte heiser: »Lass los, du Hund, oder ich steche dich ab!« Zugleich verstärkte sich das Gefühl, und Barthel wusste jetzt, dass Andrea Doria ein Messer hatte, das er ihm langsam in die Seite stach. Er löste seine Hand vom Hals des Gegners und der richtete sich schwer atmend auf.

»Ich glaube, Ihr seid an den Falschen geraten, Admiral! Niemals werde ich für Euch einen solchen Pakt eingehen, schon gar nicht, gezwungenermaßen!«, schnaubte er wütend und rieb sich die kleine Wunde, aus der Blut floss.

»Und ich glaubte, in Euch einen harten, aber guten Gefolgsmann gefunden zu haben. Gut, Ihr wollt es nicht anders!« Noch ehe Barthel ahnte, was der andere beabsichtigte, griff der einen verborgenen Klingelzug und riss daran. Irgendwo in der Ferne erklang ein leiser Glockenton, aber Barthel war bereits auf dem Weg zur Tür, ohne sich noch einmal nach dem Gegner umzusehen. Als er die Tür öffnen wollte, wurde sie von außen aufgestoßen, und er musste zurückspringen, um sie nicht gegen den Kopf zu bekommen. Sofort umzingelten ihn die Soldaten, die Lanzen stoßbereit auf ihn angelegt.

»Vorwärts, bringt ihn nach unten und übergebt ihn Raphael, der weiß, was er zu tun hat!«, rief mit durchdringender Stimme der Admiral hinter ihm. Es blieb Barthel nichts anderes übrig, als den Soldaten zu gehorchen. Zwei Mann rissen ihm die Arme auf den Rücken und fesselten sie, gleich darauf erhielt er einen derben Stoß in den Rücken, der ihn nach vorn taumeln ließ. Durch einen langen, gemauerten Gang, in dem nur einige Fackeln für etwas Licht sorgten, ging es schräg nach unten, bis sie in einem großen Kellerraum mit gewölbter Decke standen.

Hier hingen eiserne Ketten an den Wänden, und im Hintergrund erkannte Barthel die Umrisse einer Holzbank, an deren beiden Enden eine Vorrichtung angebracht war, die durch die Räder und Stricke erahnen ließen, um was es sich dabei handelte. Hier unten herrschte nicht nur die dumpfe, feuchte Luft aus dem Gang. Dazu kam ein seltsames Gemisch nach Blut, Schweiß und anderen, menschlichen Gerüchen. Barthel lief ein Schauer über den Rücken, als sich eine breitschultrige Gestalt aus der Dunkelheit löste und auf sie zukam.

Der Mann mochte etwa seine Größe haben, war aber in den Schultern um einiges breiter. Sein Gesicht war mit einer schwarzen Kapuze bedeckt, die nur Schlitze für die Augen besaß. Der Oberkörper des Mannes war nackt und glänzte vom Öl, mit dem er sich eingerieben hatte. Schweigend traten die Soldaten auf ihn zu, und der Maskierte schlug seine mächtigen Unterarme übereinander.

»Was soll diese Vorstellung!«, rief Barthel laut, aber weder der Maskierte noch einer der Soldaten sagte ein Wort.

»Ich bin ein Fernhandelskaufmann aus Nürnberg und nicht zum ersten Mal in Genua. Ihr werdet es nicht wagen, mir...«

Weiter kam Barthel in seiner Rede nicht.

Plötzlich hatte sich der Maskierte bewegt, unglaublich schnell und unvorhersehbar. Eine Faust landete in der Magengegend Barthels und ließ ihn zusammenklappen. Er keuchte und schnappte nach Luft, als ihn der zweite Schlag in das nach vorn geneigte Gesicht traf. Der Maskierte hatte einfach eine seiner kräftigen Fäuste von unten nach oben geschlagen und riss Barthel wieder hoch, um ihm in rascher Folge zwei weitere Tiefschläge zu versetzen, die ihm die Luft aus dem Körper trieben und in die Knie brechen ließen.

Zwei weitere Schläge gegen den Kopf, und der Kaufmann stürzte in bodenlose Finsternis, während der Maskierte noch weiter auf ihn einschlug. Als er wieder zu sich kam, hatte er das Gefühl, ertrinken zu müssen. Für einen Lidschlag glaubte er sich im Meer, dann hörte er die Stimme seines Peinigers und schlug die Augen auf. Der Mann hatte ihm eiskaltes Wasser über den Kopf gekippt, und als er nun nach Atem schnappend wieder in der Gegenwart gelandet war, traf ihn der nächste harte Schlag mitten ins Gesicht.

Barthel schmeckte Blut im Mund und hatte das Gefühl, dass zwei Zähne gelockert waren. Doch noch zwei weitere, ebenso harte Schläge gegen den Kopf musste er hinnehmen, dann versank er erneut in gnädiger Bewusstlosigkeit.

Sein nächstes Erwachen war jedoch sehr seltsam.

Als Erstes spürte er sein zerschlagenes Gesicht und probierte sofort mit der Zunge, ob seine Zähne noch festsaßen. Die Augen konnte er nur sehr mühsam etwas öffnen, sie waren unter den furchtbaren Schlägen zugeschwollen. Dann wurde ihm bewusst, dass er in warmen, sehr angenehm duftenden Wasser lag, den Kopf auf einer Unterlage, und jemand ihm mit einem Tuch immer wieder über das Gesicht fuhr.

»Mein armer, dummer Barthel!«, flüsterte die Stimme, und der Nürnberger fragte sich, ob er wirklich wieder bei Bewusstsein war oder träumte. Dann wurde es deutlicher, jemand war neben ihm beim Badezuber mit dem herrlichen Wasser, liebkoste sein geschwollenes Gesicht und sprach auf ihn ein.

Das ist doch verrückt! Ich war doch eben noch im Folterkeller dieses irren Admirals! Wie kann ich da die Stimme meiner geliebten Contessa Tarcisa Grimaldi hören? Sie kann doch unmöglich im Keller des Admirals sein...?

3.

Genua, in den Armen der Contessa

In den nächsten Stunden genoss Barthel zu Leupolth zunächst einmal das Bad mit den wohlriechenden Essenzen, dann die kühlenden Umschläge und schließlich das behutsame Einreiben seiner blaurot angelaufenen Stellen im Gesicht und am übrigen Körper. Der Henker des Admirals hatte ihn übel zugerichtet, aber dabei weder einen Knochen zerschlagen noch die Zähne gelockert, wovor sich Barthel am meisten gefürchtet hatte.

Contessa Tarcisa Grimaldi ging mit einer solch liebevollen Umsicht vor, dass Barthel sich langsam entspannte, und als die Nacht dieses für ihn so furchtbaren Tages hereinbrach, genoss er ihre körperliche Nähe noch mehr.

Immer, wenn er sich nach den Umständen erkundigte, die ihn in den Palast der Contessa brachten, verschloss ihm die schöne Frau mit einem Kuss die Lippen. Da durch die Schläge auch seine Lippen aufgeplatzt waren, Tarcisa aber unglaublich zart und liebevoll vorging, entspannte er sich allmählich immer mehr und dachte sich, dass auch später noch Zeit für ein ausführliches Gespräch war. Es beunruhigte ihn nur, dass Anton Welser nichts über seine lange Abwesenheit wusste, aber auch in dieser Hinsicht konnte ihn die Contessa beruhigen. Sie hatte einen Boten zum Pier geschickt, und Anton hatte natürlich nur mit einem Schulterzucken reagiert. Es war ihm vollkommen klar, dass Barthel nach dem Besuch bei Maria auch die Contessa aufsuchen würde, bevor er die Reise nach Nürnberg antreten konnte.

»Bitte, erkläre mir doch, wieso ich aus meiner Ohnmacht in deinem Badezuber aufwache! Da werde ich von einem Henkersknecht halb totgeschlagen und wache in deinem Palast auf, werde umhegt und gepflegt und...«

»Scht!«, machte die Contessa und küsste ihn erneut zart. »Mein kleiner, dummer Kaufmann aus Nürnberg! Du hast offenbar keine Ahnung, mit wem du dich da angelegt hast! Admiral Andrea Doria ist der mächtigste Mann der Republik!«

Barthel wollte sich aufrichten, aber Tarcisa drückte ihn sanft auf die Kissen zurück.

»Hör mir gut zu, Barthel. Genua hat keinen Dogen, wie du wohl weißt. Würde es einen geben, wäre es Andrea Doria. Er ist reich und mächtig, seine Familie sitzt an allen einflussreichen Positionen, und der Admiral ist zudem ein

Liebling Kaiser Karl V. Wer sich ihn zum Feind macht, hat schon verloren!«

»Trotzdem wird es nicht leicht für ihn werden, wenn ich ihn beim Kaiser anklage. Du hast die Misshandlungen gesehen, die ich durch seinen Befehl erhalten habe. Außerdem will er sich in die Handelsgeschäfte der Welser-Gesellschaft drängen. Und wir sollen ihm das Gold der Indios aus Neu-Spanien bringen. Wenn du mich fragst: Der Mann ist einfach verrückt! Aber man wird sehen, was der Kaiser zu einer beeideten Anklage macht, die ich...«

Erneut unterbrach ihn die Contessa. Diesmal legte sie ihm nur behutsam einen Finger auf den Mund und antwortete mit leiser Stimme:

»Hör mir bitte zu, Barthel. Wenn Admiral Doria sich etwas in den Kopf gesetzt hat, dann bekommt er es auch. Er hat für den Kaiser die osmanische Flotte empfindlich geschlagen und ist eben dabei, zu einem weiteren Schlag gegen den Sultan auszuholen. Niemand zweifelt an seinem Erfolg. Und du willst dich gegen einen so mächtigen Mann stellen? Gegen einen Günstling des Kaisers?«

»Und wie will er deine Aussage widerlegen?«

»Meine Aussage?« Die Contessa lachte hell auf, dann strich sie Barthel zart über Kopf und Wangen. »Meine Aussage ist überhaupt nichts wert. Der Admiral hat mich und meine Familie vollkommen in seiner Hand. Und noch etwas musst du wissen, Barthel: Er ist gar nicht hier, nicht in Genua, nicht in Italien, verstehst du? Es wird hochrangige Beamte und Offiziere geben, die beschwören können, dass er niemals sein Flaggschiff verlassen hat, sondern mit der Flotte vor der Küste des osmanischen Reiches ankert, um beim geringsten Anzeichen von Widerstand erneut zuzuschlagen.«

Nachdenklich starrte der Kaufmann aus Nürnberg vor sich hin. Erst, als ihn Tarcisa wieder sanft an der Wange berührte, schreckte er aus seinen finsteren Gedanken auf und sah sie mit einem durchdringenden Blick an.

»Tarcisa, du musst dich ja nicht vor den Rat der Stadt stellen. Ich bringe ihn zur Anzeige, du bestätigst meine Aussage mit einem Protokoll, das wir von einem Advokaten gegenzeichnen lassen. Ich verwende es nur, wenn man mir keinen Glauben schenkt!«

»Ach, mein lieber, dummer Dickschädel!«, antwortete die Contessa ihm zärtlich. »Da hat jemand den Stolz des mächtigen Kaufmanns, Sklaven- und Gewürzhändlers gebrochen, und nun rennt er wie ein Stier gegen jedes Hindernis, das sich ihm in den Weg stellt. Begreife doch bitte, mein Lieber, dass der Admiral niemals in diesen Tagen in Genua war!«

»Er kann sich ja nicht durch die Luft bewegt haben, Tarcisa. Es wird ein Schiff geben, auf dem er nach Genua gekommen ist, und das werde ich finden. Wenn du mir nicht helfen willst, dann werde ich die Sache selbst in die Hand nehmen müssen!« Mit diesen Worten wollte er aus dem Bett steigen, sank aber gleich darauf mit einem Schmerzenslaut zurück.

Behutsam streichelte Tarcisa ihn und sagte leise:

»Das Schiff, mein lieber, dummer Barthel, liegt inzwischen am Pier neben der *La Santa* und deiner *Alheit*. Es ist die Karavelle *Sibylla*, von der er dir nach meinem Wissen seine Anteile überschreiben will, und natürlich wird Kapitän Alession Lombardi jeden Eid schwören, dass er sich von seinem Herrn, dem Admiral, vor der osmanischen Küste verabschiedet hat. Aber gut, geh nur, lauf zum Magistrat und erstatte deine Anzeige. Ich werde dich vermissen, aber nicht bei deinem Begräbnis anwesend sein und öffentlich um dich trauern.«

Damit erhob sich die Contessa und eilte aus dem Raum, ohne auf Barthels Rufe zu achten. Er starrte an die hohe Decke des Raumes, in dem er auf dem Bett lag und kam zu dem Entschluss, dass er endlich selbst wieder auf die Beine kommen musste. Behutsam richtete er sich auf und ignorierte dabei die Schmerzen, die ihm durch den Kopf jagten. Allerdings konnte er seine Kleidung nicht finden. Nur ein frisches, langes Hemd, das gerade ausreichte, seine Blöße zu bedecken, hatte ihm die Contessa übergezogen. Also schleppte er sich mit langsamen Schritten zur Tür, öffnete sie und sah nach beiden Seiten den Flur hinunter. Nirgendwo entdeckte er jemand, kein Laut drang aus dem Palast zu ihm. Erneut musste er nach ein paar Schritten innehalten, weil sich alles um ihn herum drehte. Schwer atmend blieb er an der kostbaren Seidenbespannung im Flur stehen, schließlich ging er weiter zu der breiten Steintreppe, als er jemand im unteren Bereich sprechen hörte.

»Na, dann will ich mal selbst mit ihm sprechen!«, vernahm er gleich darauf die wohlbekannte Stimme von Anton Welser, der jetzt die Stufen hinaufeilte, dabei immer zwei Stufen zugleich nehmend. »Ach du liebe Güte!«, rief er aus, als er Barthel an der Treppe stehen sah. »Was ist das denn für eine gruselige Erscheinung, Contessa? Ich glaube, hier hat sich einer der Komödianten aus der *Commedia del arte* bei Euch eingeschlichen. Er ist noch in voller Maske, und ich würde wetten, dass es sich um Fricasso handelt, Il Capitano höchstpersönlich!«

»Ich gebe dir gleich einen Capitano, dass du die Treppe hinunterfliegst und dir vorkommst, als hätte man dich mit Knüppeln ordentlich durchmassiert, du... du Lump, du!«, erwiderte Barthel brummig und erntete dafür ein lautes Lachen des Freundes. Als der dann neben ihm stand, wurde er gleich wieder ernst.

»Das sieht danach aus, als hätte dich einer der gehörnten Ehemänner erwischt, Barthel! Wie kann man denn so grün und blau und rot im Gesicht sein und dazu so verschwollen, als wäre man in ein Nest mit Wespen gefallen? Aber komm, lass uns in dein Schlafgemach gehen, du siehst mir ganz danach aus, als würdest du jeden Moment selbst die Treppe hinunterkugeln!«

Tatsächlich hakte Anton den Freund fürsorglich unter und ging mit ihm zurück in das verlassene Zimmer, wo sich Barthel ziemlich erleichtert wieder auf das Bett fallen ließ.

»Hör zu, Barthel, die Lage ist ernst, das wirst du begriffen haben. Ich verstehe aber auch nicht, wie du dich mit einem Mann wie dem Admiral anlegen konntest!«

»Das weißt du bereits?«

»Ja, natürlich, zum einen überbrachte mir ein Bote aus seinem Haus die von dir unterzeichnete Urkunde...«

»Was für eine Urkunde?«, schrie Barthel empört aus und zuckte erneut zusammen, weil er sich zu rasch bewegt hatte.

»Natürlich die, mit der du ihm bescheinigt hast, dass er als vollwertiger Gesellschafter eintritt, die Hälfte deines Anteils erhält und dass er als seinen Beitrag dafür seine

Anteile an dem Schiff *Sibylla* dir überschrieben hat. Ich habe das zur Kenntnis genommen und bereits veranlasst, dass man eine beglaubigte Abschrift nach Augsburg sendet. Dann war Kapitän Alession Lombardi bei mir, hat sich vorgestellt und wartet nun darauf, was wir beide als die vor Ort anwesenden Vertreter der hiesigen Faktorei verfügen!«

»Verfügen, verfügen! Hat sich was mit Verfügen! Dieser Lombardi kann segeln, wohin immer er will, aber nicht mit mir!«, ereiferte sich Barthel zu Leupolth und ließ sich erschöpft in die Kissen sinken. Erneut wurde er von einem starken Schwindelgefühl überfallen und schloss die Augen, in der Hoffnung, dass sich nichts mehr um ihn drehte, wenn er sie wieder öffnete. Leise fügte er nach einer Weile hinzu: »Ich habe niemals etwas unterschrieben, Anton!«

Der warf ihm einen mitleidigen Blick zu, den Barthel aber nicht wahrnehmen konnte, weil er noch immer seine Augen fest verschlossen hielt. Mit gedämpfter Stimme antwortete ihm der Welser: »So, wie man dich zugerichtet hat, hätte ich jedenfalls alles unterschrieben, das darf ich dir wohl versichern!«

Barthel atmete mehrfach tief ein und aus, schlug endlich die Augen wieder auf und starrte den Freund an. »Mag ja sein, Anton, und vielleicht habe ich es ja wirklich im halb bewusstlosen Zustand unterschrieben, in der Hoffnung, dass diese furchtbaren Schläge endlich aufhören würden. Aber der Mann ist ein Verbrecher, den wir anzeigen müssen! Ich wollte mich gerade ankleiden und zum Magistrat, als du gekommen bist.«

»Hör mir gut zu, Barthel. Du kennst mich, wir haben schon manchen Kampf Seite an Seite überstanden und führen wohl eine gute Klinge. Als du mich vor drei Monaten vor dem Entern durch diese Piraten gerettet hast, hast du gezeigt, dass du auch in aussichtslos erscheinenden Situationen noch einen klaren Kopf behältst und zu kämpfen verstehst. Aber du hast die Contessa hier an deiner Seite, und ich weiß, dass sie sich weigert, etwas gegen den Admiral vorzubringen, das ihr später zum Nachteil wird.«

»Aber die Grimaldis sind eine mächtige Familie in Genua!«, warf Barthel ein.

»Sicher. Aber die Familie Doria ist viel mächtiger und zudem auf allen wichtigen Positionen. Schließlich genießt der Admiral das Vertrauen des Kaisers – und da willst du, ein kleiner Fernhandelskaufmann aus dem fernen Nürnberg, eine Anklage vorbringen?«

»Was rätst du mir also?«

»Das Löschen der Ladung hat bereits begonnen. Kapitän Lombardi drängt darauf, so schnell wie möglich eine Fahrt hinüber in die Bucht von Benin zu unternehmen. Alle drei Schiffe sollen zusammen losfahren, und es gibt für uns bereits neben der üblichen Rückfracht noch eine ganz besondere, mit der wir weiteren Gewinn in unglaublicher Höhe einfahren werden.«

Ein kritischer Blick zum Freund, und Anton fuhr fort:

»Du weißt doch wohl hoffentlich, wozu man Guajak verwendet?«

»Nein, nie gehört. Was ist das? Ein neues Gewürz?«

Anton Welser grinste.

»Gewürz – nicht direkt. Aber man sagt auch, dass man das Harz der Pflanze, das auch aufgrund seiner Heilwirkung *Lignum vitae* genannt wird, beim Verbrennen durchaus anregende Wirkungen auf die Leistungen eines Mannes zeigt. Übrigens, da ich gerade davon rede – hier sollte mal frischer Wind in das Schlafgemach gehen. Es riecht wie in einem Badehaus, das gerade von einer Segelschiffmannschaft aufgesucht wurde!«

»Du bist ein ziemlicher Schuft, Anton, sich über deinen besten Freund so lustig zu machen. Aber für ein stimulierendes Harz muss doch keine besondere Fahrt von drei Schiffen durchgeführt werden. Zudem führt kein Weg drum herum, ich muss zuerst nach Nürnberg reisen!«

»Also, um die Dinge beim Namen zu nennen: Diese Pflanze, besser das Holz, hart wie das Eisenholz, hat ein Harz, das man gegen die Franzosenkrankheit anwendet.«

»Gegen die Syphilis soll es ein Kraut geben?«

»Ja, eben dieses *Lebensholz*, Barthel. Hör zu, ich mache das schon. Mit deinem Einverständnis übernehme ich unter mein Kommando alle drei Galeonen. Wir segeln zunächst rüber zur afrikanischen Küste und füllen die Laderäume mit dem *Schwarzen Gold*. Auf dem Rückweg werden wir sehr tief liegen, denn, wie mir Kapitän Lombardi ausrichten ließ, sollen auf uns riesige Warenmengen warten. Allein so viel Gold, dass wir es auf drei Schiffsbäuche verteilen müssen, wollen wir nicht im ersten Sturm untergehen. Also – schlag ein, Barthel!«

Mit diesen Worten streckte ihm Anton Welser die Hand entgegen.

Barthel zu Leupolth überlegte nur einen winzigen Moment, dann schlug er ein. Während der Freund freudestrahlend den Raum verließ, kehrte die Contessa mit einer Schüssel, in der sich eine wohlriechende Salbe befand, zu ihm zurück.

»Komm, ich helfe dir, dein Hemd über den Kopf zu streifen, sicherlich wird dir das nicht leichtfallen. Aber meine kräuterkundige Magd hat eine Salbe angerührt, die den Heilprozess beschleunigt.«

Gehorsam hob Barthel seine Arme hoch, und geschickt zog ihm Tarcisa das Hemd über. Dann wollte sie zur Salbe greifen, aber Barthel schlug seine Arme um ihren Körper, zog ihren Kopf zu sich und küsste sie leidenschaftlich. Als sich die Contessa rasch von ihrem Gewand befreite und sich auf ihn legte, erkundigte er sich leise: »Was für ein Kraut verbrennst du eigentlich in diesem Zimmer? Etwa etwas, das stimulierend wirkt?«

Sie lachte leise, küsste ihn und ließ ihre Hand über seine Lenden wandern.

»Du hast zwar einen rot und blau geschlagenen Körper, Barthel, aber in diesem Bereich scheint mir noch alles einwandfrei zu funktionieren – auch ohne Stimulanz!«

Der Rest seiner Worte ging unter den Küssen der Contessa unter, und glücklich spürte Barthel, dass es zwar bei solchen Spielen noch immer an vielen Stellen heftig schmerzte, aber die Lust diese Schmerzen unterdrücken konnte.

4.

Nürnberg, Mitte September 1530

Die Tür zum Comptoir im Handelshaus der Familie zu Leupolth wurde nur ganz behutsam einen Spalt breit geöffnet, und das lächelnde Gesicht einer Frau im besten Alter schob sich hindurch.

»Ist es erlaubt, Herr zu Leupolth?«, erkundigte sie sich zaghaft und löste damit einen lauten Schrei des Hausherrn aus, der hinter seinem Tisch aufsprang und ihr entgegeneilte.

»Mein Gott, Magdalena! Wie schön du geworden bist!«

Mit diesen Worten schloss Barthel zu Leupolth Magdalena von Defersdorf, geborene Eisfeld, überglücklich in die Arme. Seine Begrüßung war so stürmisch, dass er sie dabei gegen die Tür drückte und es damit unmöglich machte, dass jemand der Besucherin folgte. Das war auch gut so, denn bei der Umarmung blieb es nicht. Die beiden tauschten leidenschaftliche Küsse aus, und Magdalena schien erheblich mehr Gefühle für Barthel zu zeigen, als das unter auch nur entfernt Verwandten üblich sein sollte. Tatsächlich hatten die beiden ein leidenschaftliches Verhältnis vor gut einem Jahr begonnen, das sich einfach so zwischen ihnen ergeben hatte.

Magdalena und Barthel waren eigentlich wie zwei Geschwister, wenn auch Magdalenas Vater, Johann Eisfeld, nur ein Stiefbruder Valentins war. Wie es der Zufall so wollte, kamen beide am gleichen Tag und zur gleichen Stunde zur Welt, und als gäbe es dadurch ein unsichtbares Band, das sie miteinander verknüpfte, verbachten sie in ihrer glücklichen Kinderzeit fast jeden Tag gemeinsam, während ihre Väter im Comptoir saßen und zusammen das Handelshaus zu Leupolth führten. Durch die Heirat zwischen Valentin zu Leupolth und Enndlin Vestenberg waren zwei mächtige Nürnberger Handelshäuser vereint worden, und die Kinder setzten fort, was ihre Väter einst begonnen hatten.

Nun war es Barthel, der das Haus weiterführte, und der alte Valentin ließ sich nur noch gelegentlich blicken, um ein paar Ratschläge zu erteilen. Viel lieber ging er mit seinem Stiefbruder an der Pegnitz entlang, um dann dort in einem Wirtshaus einzukehren und gemeinsam mit ihm über die vergangenen Zeiten zu plaudern und neben dem guten Essen auch den einen oder anderen Becher Wein zu leeren.

Jetzt löste sich Barthel etwas von Magdalena, weil ihn diese Begrüßung so erregt hatte, dass er die schöne Patrizierin am liebsten gleich in die kleine Kammer hinter seinem Comptoir geführt hätte. Aber das wäre überstürzt gewesen, zumal es sein konnte, dass sie gekommen war, um den Besuch ihres Gemahls anzukündigen.

»Barthel, ich kann dir nicht beschreiben, wie sehr ich diesen Augenblick herbeigesehnt habe. Ich will gar nicht wissen, wie viele Tage, Wochen und Monate vergangen sind, seid du nach Genua abgereist bist. Kaum hörte ich von deiner Rückkehr, musste ich eine Gelegenheit finden, zu dir zu eilen, ohne dass jemand Verdacht schöpfte.«

»Und das ist dir gelungen? Oder will etwa dein Mann...«

»Sprich nicht von ihm, nicht in dieser Stunde, Barthel, die uns allein gehört!«

Damit ließ sie ihn kurz los, schob den Riegel an der Comptoirtür vor, drehte sich wieder um und nahm Barthel schweigend an die Hand. Die kleine Kammer, in der schon der alte Harlach, Barthels Großvater, gern zwischendurch nach dem Essen eine Stunde schlief, war nur einfach möbliert. Es gab ein Bett, einen Tisch, einen Stuhl, und ein kleines Butzenscheibenfenster, durch das etwas von dem strahlenden Sonnenschein fiel und dem kleinen Raum etwas Freundliches verlieh. Barthel staunte, wie schnell Magdalena sich von ihrem Kleid befreit hatte und jetzt nur in dem knöchellangen Kirtle, dem ärmellosen Unterkleid, vor ihm stand. Er trat zu ihr, nahm ihr noch immer schönes Gesicht in beide Hände und küsste sie erneut zärtlich.

»Barthel! Ich will dich...«

Weiter kam sie jedoch nicht, denn Barthel fürchtete das Versprechen, das seine Jugendliebe möglicherweise in dieser Situation abgeben würde. Mit geübten Händen ließ er das Unterkleid über ihre Schultern gleiten und liebkoste gleich darauf ihre schweren, üppigen Brüste. Als sie schließlich auf dem Lager zueinander fanden, fürchtete Barthel nur, dass man ihre Lustschreie im ganzen Haus hören könnte. Doch nur wenige Augenblicke später kam der Punkt, an dem ihm das ebenfalls vollkommen egal war.

Wer wollte ihm in seinem eigenen Haus Vorhaltungen über seinen Lebenswandel machen? Er war noch immer unverheiratet, und dass Magdalena niemand auch nur ein Sterbenswörtchen von ihrer Liebe verriet, war ihm auch klar.

Erschöpft lagen die beiden dicht aneinandergepresst, und erst jetzt fiel es Barthel auf, dass Magdalena als einziges Kleidungsstück noch immer ihre Haare unter dem French Hood zusammengesteckt trug – als verheiratete Frau zeigte man nicht mehr sein offenes Haar, sondern versteckte es unter der Haube. Lächelnd löste er den Kopfschmuck und strich ihre kupferfarbenen Haare mit den Fingern auseinander.

»Das habe ich an dir schon als Kind gemocht, Magdalena – diese unglaubliche Farbe deiner wundervollen Haare!« Mit diesen Worten vergrub er sein Gesicht in der üppigen Haarpracht und zog tief ihren Geruch in sich ein. Kamille und vielleicht auch ein Hauch Lavendel glaubte er zu erkennen, und seine schöne Geliebte antwortete leise: »Du hattest schon immer eine Vorliebe für besondere Farben, Barthel. Aber vermutlich auch deshalb, weil dich dein Vater Valentin schon früh in die Geheimnisse der Färberei eingeführt hat. Der bucklige Rheinhart hatte ja Dank seines Geheimnisses die Gelbfärberei wieder nach Nürnberg gebracht, und du...«

»Und ich?«, unterbrach Barthel sie leise und strich zärtlich mit seinen Lippen an ihrem Hals entlang. »Ich habe auch ein ganz besonderes Geheimnis, Mag...«

Das leise Gelächter der glücklichen Frau drang nicht aus dem Comptoir bis in den Flur hinaus, wo sich zwei Mägde aus der Küche eingefunden hatten, die sich gegenseitig anstießen und die Hände vor den Mund hielten, als sie kurz zuvor die begeisterten und ziemlich eindeutigen Rufe und Schreie aus dem Raum vernommen hatten.

»Ach, der Herr Barthel!«, flüsterte die eine von ihnen verträumt. »Ich wünschte mir, er würde auch heute Nacht einmal an meinem Bett sitzen und mir ein Lied zur guten Nacht singen!«

»Du bist gut!«, antwortete die andere ebenso leise. »Als ob du mit ihm singen würdest!«

Kichernd eilten die beiden in die Küche zurück, bevor sie noch einer der Hausknechte oder gar der Schreiber, die aus den Lagerhäusern zurückkehrten, hier überraschen konnte. Doch das Wiedersehen der beiden Liebenden wurde durch nichts gestört, und als Frau Magdalena von Defersdorf das Haus wieder verließ, erinnerte nur noch eine leichte Röte auf ihren Wangen von den vergangenen Stunden, die sie in den Armen Barthels verbracht hatte.

Der Herr des Hauses beschloss, noch an diesem späten Nachmittag eine Inspektion der Lagerhäuser vorzunehmen und sich vom gegenwärtigen Stand der Vorräte selbst zu überzeugen. Barthel zu Leupolth hatte gelernt, dass man mit Zahlen viele Seiten füllen konnte. Ob sich aber die angegebenen Warenmengen tatsächlich in den Lagerhäusern des Handelshauses befanden, war eine andere Sache. Gerade war er im zweiten Stock des Hauses in der Wörthstraße gestiegen, wo sich die Mehlvorräte befanden, und öffnete stichprobenweise ein paar Fässer, als er seinen Namen hörte.

»Ich bin hier oben bei den Mehlfässern!«, rief er, ohne sich umzudrehen.

»Das ist schön, Barthel, denn auf diese Weise können wir einmal darüber nachdenken, was wohl seinerzeit geschehen wäre, wenn ich deinem Vater keinen Stoß in den Rücken gegeben hätte. Ich vermute mal, dass ein gewisser Barthel dann gar nicht auf Gottes schöner Erde wandeln würde!«

Verwundert hatte sich der Kaufmann bei dieser Anrede umgedreht und blickte in das blasse, bartlose und faltenreiche Gesicht eines großen Mannes, der allerdings schon leicht nach vorn gebeugt ging und einen kräftigen Stock als Stütze benutzte.

»Metze Losekann, hat man dich noch immer nicht zur Hochzeit mit des Seilers Tochter eingeladen?«, spottete Barthel beim Anblick des Mannes, der über viele Jahre für seinen Vater gearbeitet hatte und dabei nicht immer korrekte Methoden verfolgte.

»Und du, Barthel, noch immer nicht von der Syphilis aufgefressen? So, wie du in deinem kurzen Leben herumgehurt hast, ist das ein wahres Wunder!«

Der kräftige Barthel umarmte den alten Freund, sodass der schließlich ausrief: »Es ist ja gut, Barthel, zerdrücke einem alten Mann nicht den Brustkorb! Und wenn du mit deiner freundlichen Anspielung wissen willst, warum mich der Henker nicht schon längst geholt hat – ich kann es dir beantworten. Ich weiß einfach zu viel über den Carnifex der Stadt Nürnberg!«

Lachend klopften sich die beiden gegenseitig auf die Schulter, und schließlich sagte Barthel: »Komm mit mir, Metze, lass uns einen auf die alten Zeiten trinken und ein wenig erzählen. Ich habe in den letzten Monaten viel erlebt!«

»Das glaube ich dir unbesehen. Es wäre mir aber sehr lieb, wenn es Bier und Bratwurst geben würde, ich habe im Moment einen kleinen Widerwillen gegen fränkischen Wein!«

»Oh, das glaube ich dir nicht, Metze! Ich habe schon erlebt, welche Mengen du davon in dich hineingeschüttet hast und glaube nicht, dass es jemals zu viel sein könnte!«

»Gut, zugegeben!«, sagte der Alte und verzog sein Wieselgesicht zu einem Grinsen. »Aber heute ist mir nach Bratwurst und Bier.«

»Worauf warten wir dann noch?«

Eine Stunde später saßen die beiden noch in der Schenke am Ufer der Pegnitz, schauten auf den Fluss hinunter und sprachen einem weiteren Humpen Bier zu. Die leeren Holzteller und die Messer darüber deuteten auf den Genuss der Bratwürste, und eben lachte Metze Losekann fröhlich auf, als sein Blick auf die Messer fiel.

»Weißt du eigentlich, dass es einmal ein Verbot des Rates gab, eigene Messer zu benutzen? Der Wirt musste die

Messer zum Schneiden herausgeben und sofort wieder einsammeln, sonst riskierte er eine hohe Geldstrafe, sollte die Stadtwache zur Kontrolle kommen.«

»Nein, das ist mir nicht bekannt, Metze. Weshalb solches Verbot?«

»Es gab nach dem reichlichen Biergenuss zu viele Messerkämpfe, und da jeder der jungen Patrizier sein Messer am Gürtel trug, wurde kurzerhand verboten, damit in eine Schenke zu gehen.«

»Na, dann Prosit: auf das Nürnberger Bier!«

»Das ist mein Stichwort, Barthel!«, sagte der listige Alte und beugte sich vertraulich zu ihm hinüber. »Ich kenne eine gute Brauerei, die in Schwierigkeiten geraten ist!«

Barthel setzte den Krug ab, wischte sich den Schaum vom Kinn und sah gespannt in das Wieselgesicht des alten Metze.

»So, und weshalb geriet die Brauerei in Schwierigkeiten? Wenn ich mich so umsehe, wird doch reichlich Bier getrunken – also, heraus mit der Sprache ohne lange Umschweife, Metze. Was ist da vorgefallen?«

Der Alte warf einen scheuen Blick in die Umgebung, dann kicherte er und antwortete:

»Man hat sich ein wenig... verhoben!«

»Das verstehe ich nicht, was bedeutet das, Metze, sprich klares Deutsch mit mir!«

Noch einmal warf der Alte einen Blick über die Schulter.

»Du kennst doch die Familie von Heroldsdorf, nicht wahr?«

Barthel lachte fröhlich heraus.

»Natürlich. War da nicht einmal eine Geschichte mit einer Tochter, die so wild hinter meinem Vater her war?«, erkundigte er sich.

»Lass ihn das bloß nicht hören, Barthel! Nein, es war keine Tochter des Hauses, sondern Osanna Ortsee, die dort mit ihren Eltern untergekommen war. Na, so ganz falsch liegst du jedenfalls nicht. Das Haus Ortsee besteht seit der damaligen Geschichte nicht mehr, der Vater von Osanna, seinerzeit Gildemeister der Tuchhändler in Hamburg, hatte da gewaltigen Dreck am Stecken, und dann die Schulden – egal, das wollte ich gar nicht erzählen. Aber diese Osanna hat einen Braumeister in Hamburg geheiratet, und der wiederum wollte Anteile einer hiesigen Brauerei kaufen.«

»Was ja wohl für einen Ausländer nicht möglich ist, da sei der Nürnberger Rat davor!«, rief Barthel rasch und leerte seinen Humpen.

»Richtig, aber du weißt ja aus eigener Erfahrung, wie man das macht. Ich muss dich nicht an die Übernahme gewisser Färberwerkstätten erinnern, habe ich recht? Also, kurz und gut, auch der Braumeister Stürzberg bediente sich solcher... Zwischenkäufer und erwarb die Anteile, die ihm erlauben würden, auch in Nürnberg seinen Geschäften nachzugehen.«

»Bislang ist alles noch sehr langweilig!«, antwortete Barthel und tat, als würde er ein Gähnen unterdrücken. Ein Grinsen flog über das Wieselgesicht seines Gegenübers, und dann antwortete er: »Barthel zu Leupolth, du solltest dich was schämen, deinen alten Paten so hinters Licht zu führen! Du weißt doch längst, was ich dir anbieten will, sonst würdest du nicht so unverschämt grinsen. Also gut, hier in meiner Tasche sind die Schuldscheine von Stürzberg. Seine Zwischenkäufer haben ihn hereingelegt.«

»Und wie viel sind diese Scheine wert? Ich meine, ohne deine Provision, Metze!«

Als der alte Vertraute der Familie zu Leupolth in sein Wams griff, eine lederne, schmale Tasche herauszog und dem Kaufmann zur Prüfung gab, überflog der rasch die Zahlen und rief dann nach der Schankmaid, um für sie beide noch einmal die Humpen füllen zu lassen.

Und am Abend dieses Tages hatte Barthel zu Leupolth den zahlreichen Unternehmungen seines Handelshauses mit einem vergnügten Lächeln ein Brauhaus hinzugefügt. Schon bei dem Gedanken an die Frau, die sich einst zwischen seine Eltern drängte, überlief ihn ein freudiger Schauer. Wie alt mochte diese Osanna wohl sein? Nun, sicher nicht viel jünger als sein Vater. So um das sechste Lebensjahrzehnt. Erneut musste Barthel breit grinsen.

5.

Anfang Oktober 1530, unterwegs

Auf der Fernhandelsstraße herrschte an diesem trockenen Tag dicht vor Augsburg ein reges Treiben. Zahlreiche Fuhrwerke waren schon früh aufgebrochen, um die Stadt zeitig zu erreichen und die Märkte mit den Erzeugnissen der Region zu beliefern. Kohl, Mohr- und Steckrüben, dazu viele Mehlsäcke und einiges mehr hatte die Landbevölkerung schon zumeist vor Sonnenaufgang geladen und sich dann auf den Weg gemacht. Barthel zu Leupolth störte das nicht sonderlich, denn er als einzelner Reiter, nur mit einem zusätzlichen Packpferd, kam überall rasch an den Karren und Fuhrwerken vorbei. Auch er war mit dem ersten hellen Lichtstreifen aufgebrochen und wollte den restlichen Tag nutzen, um sich mit seinen Handelspartnern zu besprechen. Im Hause Fugger hatte es ja in den vergangenen fünf Jahren große Veränderungen gegeben, als der kinderlos verstorbene Jakob seiner Frau alles hinterließ, und seine Neffen in das Geschäft einstiegen. Mit Anton Fugger hatte Barthel schon mehrfach zu tun gehabt und in ihm einen Mann kennengelernt, der das Erbe seines Onkels in würdiger Weise weiterführte.

Als Barthel seine Pferde über den Weinmarkt lenkte, staunte er über die geschäftigen Bauarbeiter, die hier für das Haus Fugger tätig waren. Die ohnehin schon beeindruckende Anlage, die man nur noch die »Fuggerhäuser« nannte, mit Innenhöfen nach florentinischem Vorbild, wurde seit ein paar Jahren erneut erweitert. Barthel, der immer bei seinen Reisen auf dem Hin- oder Rückweg einen Halt in Augsburg plante, war beeindruckt von dem Bild, das sich ihm hier bot. Er wusste auch, dass Jakob Fugger eine Siedlung für bedürftige Handwerker und Tagelöhner errichtet hatte. Am heutigen Tag wurde er vom Majordomus empfangen, der natürlich aus Nürnberg über die Ankunft des Kaufmanns informiert war, denn ohne Vorbereitung würde kein Fugger jemand empfangen. In den Fuggerhäusern gab es nicht nur den Handelssitz des Hauses nebst der ehemaligen Wohnung für das Ehepaar, sondern auch zahlreiche Unterkünfte für ihre Gäste. So musste Barthel nicht lange überlegen, in welche Herberge er gehen würde, sondern erfreute sich an einem geschmackvoll eingerichteten und großen Raum, in dem man auch Waschschüssel und einen Krug mit Wein bereithielt.

Kaum eine Stunde später saß er mit dem Fugger in dessen Privatcomptoir, wo sie ungestört von den Schreibern und Angestellten in Ruhe über die Probleme von Genua sprechen konnten. Verblüfft war Barthel allerdings, als er rasch erkannte, dass Anton Fugger bereits über alles informiert war. Er ärgerte sich ein wenig über sich selbst, dass er versäumt hatte, schon auf dem Herweg über Augsburg zu reisen, aber die lange Seereise steckte ihm noch in den Knochen. Dann wollte er auch keineswegs mit seinem in allen Farben schillernden Gesicht dem Nachfolger des mächtigen Kaufmanns und Finanziers unter die Augen treten. Jetzt aber nickte Anton Fugger mit ernster Miene zu dem kurzen Bericht, den ihm Barthel zu Leupolth lieferte, lehnte sich schließlich zurück und antwortete:

»Ich danke Euch für den zusammengefassten Bericht, Herr Barthel, der im Wesentlichen bestätigt, was ich schon erfahren habe. Der Admiral selbst ließ mir auch ein Schreiben zukommen, in dem er Euch allerdings nur am Rande erwähnt. Nun, ich habe nichts gegen eine Erweiterung einzuwenden, und da er seine Anteile an der Karavelle *Sibylla* mit eingebracht hat, sehe ich da keine ernsthaften Probleme. Ich verstehe Euren Groll, denn wer wird schon gern durch Misshandlungen zu etwas gezwungen. Aber ich möchte Euch doch auch bitten, keinen Zwist mit dem Admiral zu beginnen, denn langfristig könnte er unsere Geschäfte stark stören.«

»Dann soll ich also mit allem einverstanden sein, nur weil dieser... dieser Admiral die Macht dazu hat?«, ereiferte sich Barthel.

Anton Fugger, der einen üppigen, dunklen Backenbart in seinem eher bleichen Gesicht als auffallenden Kontrast trug, zog die buschigen Augenbrauen hoch und betrachtete seinen Besucher weiterhin mit ernstem Blick. Kein Muskel zuckte jetzt in seinem Gesicht, er schien durch Barthel hindurchzusehen. Doch dann ging ein Ruck durch den Kaufmann, er griff ein Dokument auf, das er schon neben sich hatte und schob es Barthel hinüber.

»Das ist die Urkunde, die Euch meine Besitzanteile an der Karavelle *Sibylla* überschreibt. Hier ist festgehalten, dass das Haus Fugger fünfundvierzig Prozent des Erlöses erhält, natürlich von jeder Fahrt. Der Rest ist Euer Anteil. Was Ihr mit dem Admiral ausmacht, ist einzig und allein Eure Sache. Ich denke, das ist akzeptabel, Herr zu Leupolth, und könnte Euch für alles andere entschädigen.«

Barthel starrte wie benommen auf die Urkunde.

Der Fugger schenkt mir seine Anteile an einem Schiff und ich erhalte fünfundfünfzig Prozent des Gewinnes? Wo ist der Haken? Und der Admiral? Die Hälfte von meinen fünfundfünfzig Prozent? Oh, verflucht, darauf war ich in keiner Weise vorbereitet! Jetzt, Vater, könnte ich deinen Rat dringender denn je gut gebrauchen!

»Stört Euch nicht an dem Namen, Herr Barthel, den hat mein Onkel damals nach der Hochzeit mit Sibylla Artzt übernommen. Wir wollten das Schiff nicht umtaufen, weil es Unglück bringen soll. Aber gewiss ist Euch auch bekannt, dass meine Tante nur sieben Wochen nach dem Tod ihres Mannes erneut heiratete, den Geschäftsfreund meines Onkels, Konrad Rehlinger. Aber das sind alte Geschichten, die uns nicht belasten sollen. Hier ist die Feder, dort steht die Tinte. Eine Abschrift schickt unser Comptoir natürlich nach Nürnberg zu Euren Händen.«

Barthel griff zwar nach der Feder, verharrte aber noch immer zögernd.

»Ich verstehe nicht, warum ich Eure Anteile an der Karavelle...«

»Nun, Herr Barthel, ich denke, Ihr seid ein Mann mit schneller Auffassungsgabe. Die zwei Galeonen sind natürlich noch nicht in Genua zurück. Ich habe für Euch einen besonderen Auftrag. Als Schiffseigner steht Euch an Bord eine großzügige Unterkunft zur Verfügung, größer und gediegener eingerichtet als die des Schiffsführers. Dort werdet Ihr ungestört die Fahrt verbringen können, und Kapitän Alession Lombardi genießt mein volles Vertrauen, auch wenn er ein Mann des Admirals ist. Er ist bereits unterrichtet.«

Während Barthel noch immer verwundert innehielt, schien sein Gegenüber etwas unruhig zu werden, denn er hüstelte jetzt leise in der entstandenen Pause. Also tunkte der Nürnberger die Feder ein, unterschrieb schwungvoll die Urkunde und erhob sich wieder.

»Schön, dass wir uns so rasch einig geworden sind, Herr Barthel!«, erwiderte Anton Fugger, erhob sich ebenfalls und drückte ihm die Hand. »Es ist alles für Eure Weiterreise vorbereitet und wir gehen davon aus, dass Ihr unsere Gastfreundschaft noch die nächsten zwei Tage genießen wollt. Wir sehen uns dann beim Abendessen. Einen Gruß von mir an die Frau Gemahlin!«

Barthel verbeugte sich stumm und ging hinaus, wobei ihm die tollsten Gedanken durch den Kopf wirbelten. *Besonderer Auftrag! Karavelle Sibylla. Anteile vom Fugger und vom Admiral! Was wird hier gespielt? Und dann noch einen Gruß an die Frau Gemahlin! Ich dachte, der Fugger wäre über meine Verhältnisse bestens im Bilde! Wie kann er da Grüße an meine Frau ausrichten?*

Die Antwort auf diese Frage fand Barthel zu Leupolth, als er sein Gemach im Hause der Fugger wieder betrat. Am Tisch saß eine Gestalt, die einen leichten Umhang trug sowie einen Schleier über dem Gesicht. Bei ihrem Anblick erstarrte Barthel und war unfähig, auch nur einen einzigen Schritt weiter in den Raum zu gehen. Die Gestalt jedoch reagierte schnell, erhob sich und eilte mit ausgebreiteten Armen auf ihn zu.

»Ich träume, Magdalena! Sag mir, dass ich das nur träume! Es ist unmöglich, dass du hier in Augsburg im Haus der Fugger bist!«

Magdalena von Defersdorf schlug ihren Schleier zurück und bot ihm anstelle einer Antwort ihre vollen Lippen zum Kuss, doch Barthel zögerte. Leise erklang ihre vorwurfsvolle Stimme: »Begrüßt man so seine liebende Ehefrau, Barthel?«

»Magdalena, was um Himmels willen hast du getan? Wie kommst du auf diese wahnsinnige Idee, nach Augsburg zu reisen und dich für meine Ehefrau auszugeben, wo ich...«

Weiter kam er nicht, denn sie küsste ihn wild und leidenschaftlich, presste dabei ihren Körper an seinen und umschlang seinen Hals mit ihren Armen.

»Ich bin frei, Barthel, frei, wie wir es uns immer gewünscht haben!«

»Aber – dein Mann!«, keuchte er, als er sich für einen Moment freimachen konnte.

»Lebt nicht mehr, Barthel! Verstehst du nicht? Ich musste dich mit dieser Nachricht erreichen, bevor du wieder monatelang auf den Meeren unterwegs bist!«

Barthel hielt sie zwar jetzt ebenfalls fest im Arm, aber er konnte nicht glauben, was er da hörte. »Was ist geschehen, wieso lebt dein Mann Scheurl von Defersdorf nicht mehr? Seit wir uns in meinem Comptoir...«

Magdalena legte ihm einen Finger auf die Lippen, dann zog sie ihn an der Hand zum Bett, wo sie sich beide auf die Kante setzten. Die schöne Frau nahm ihre Kappe mit dem Schleier ab, schüttelte ihre langen Haare aus und begann ihre kurze Erzählung.

»Scheurl kam von einer Reise aus München zurück, als in einem Waldstück sein Fahrzeug von Räubern überfallen wurde. Als er in die Tasche griff, vermutete wohl einer der Verbrecher eine Waffe und schoss ihn in den Kopf. Er war sofort tot, und dass der Fuhrknecht den Überfall überlebt hat, verdankt er nur einem Zufall. Während die Kerle noch alles, was in ihren Augen wertvoll war, vom Fuhrwerk warfen, kamen Soldaten vorbei, die einen Kaufmannszug begleiteten. Die Burschen flohen, und der Fuhrknecht überbrachte mir nun die Nachricht von Scheurls Tod. Ich wusste, dass du zu dem Fugger wolltest, ließ sofort ein Fahrzeug anspannen und reiste noch in der Nacht hierher, wo ich mich bei meinem Eintreffen heute Morgen als deine Frau ausgab, sonst hätte ich wohl auf dem Flur warten müssen.«

Barthel schwirrte der Kopf. Er erkannte die Probleme, die sich aus dieser Situation ergeben würden, und überlegte blitzschnell, wie er aus dieser Affäre kam, ohne sein Gesicht zu verlieren und Magdalena zu kränken.

»Hör mir zu, Magdalena, der Fugger glaubt nun, dass du meine Frau bist. Also werden wir dieses Spiel auch heute Abend so durchführen. Ich werde vermutlich nicht vor übermorgen aufbrechen. So lange spielst du deine Rolle an meiner Seite, aber dann versprichst du mir, dass du nach

Nürnberg zurückkehrst und dort auf meine Rückkehr wartest. Einverstanden?«

»Mit allem, was du anordnest, Liebster. Wann ist das Abendessen? Habe ich genügend Zeit, mich noch ein wenig frisch zu machen?«

»Natürlich, Mag. Schau mal, was ich vor meiner Abreise aus der Werkstatt des Peter Henleins erstanden habe!«

Mit diesen Worten zog Barthel stolz aus seiner Reisetasche einen kleinen Stoffbeutel, den er auf den Tisch stellte. Dann nahm er den runden Gegenstand heraus, der die junge Witwe an eine Dose erinnerte, klappte den Deckel auf und wies strahlend auf das Innere. In dem golden glänzenden Behälter erkannte Magdalena im Kreis angeordnete Zahlen, in der Mitte einen Zeiger.

»Was ist das? Ein nautisches Instrument?«

»Nein, das ist ein Aeurlein, eine kleine Uhr, von der ich die Zeit ablesen kann. Und deshalb kann ich dir ziemlich genau sagen, dass wir zwei Stunden und eine halbe haben, bevor wir zum Abendessen gehen müssen.«

Magdalena starrte auf dieses Wunderwerk, berührte es vorsichtig und sagte dann: »Und dieses Aeurlein, diese Uhr, arbeitet wirklich zuverlässig? Ich meine, in diesem Behältnis und ohne, dass die Sonne darauf fällt?«

Barthel lachte fröhlich und nahm Magdalena wieder in den Arm.

»So ist es, ein wahres Wunderwerk der Uhrmacherkunst.«

»Zwei und eine halbe Stunde! Und ich wollte mich frisch machen! Barthel, sei doch bitte so gut, und hilf mir aus meinem Kleid«, und nach einem schelmischen Lächeln und einem weiteren Kuss fügte sie hinzu: »Mit den Verschlüssen kennst du dich ja gut aus.«

Beim großen Abendessen machte Magdalena einen großen Eindruck auf die anwesenden Familienmitglieder und Geschäftspartner. Ihr Kleid aus dunkelroter Seide war nach englischer Mode geschnitten, die Taille dabei stark betont. Fast könnte man glauben, dass Kleid und Haarfarbe so passend auf sie abgestimmt waren, als hätte sie diesen festlichen Empfang geplant. Der French Hood saß auf dem höchsten Scheitelpunkt und ließ dadurch noch einiges von ihrer Haarpracht sehen, obwohl sie ansonsten fest unter der Haube zusammengesteckt waren.

Magdalena von Defersdorf war zwar nach dem Eintreffen der Nachricht vom Tod ihres Mannes Hals über Kopf aufgebrochen, aber keineswegs allein. Neben den beiden Fuhrknechten, die ihren Reisewagen lenkten, hatte sie auch ihre Magd Gera mitgenommen, die in aller Eile die wichtigsten Kleider ihrer Herrin in eine Reisekiste packen musste und dann an ihrer Seite im geschlossenen Teil des Fahrzeugs sitzen durfte.

Barthel war vom überraschenden Erscheinen seiner Geliebten verstimmt und sah sich plötzlich in einer Situation, die ihm überhaupt nicht behagte. Nur einen Moment dachte er an die Contessa und sogar auch an Maria, die beide in Genua auf ihn warten würden. Dann stand sein Entschluss für ihn fest. Er würde Magdalena in jedem Falle zurück nach Nürnberg schicken müssen, so verlockend auch die Aussicht war, sie während der langen Reise an seiner Seite zu wissen. Als sie sich zu später Stunde zurückzogen, verabschiedete sich Anton Fugger sehr freundlich und bat dabei Barthel zu Leupolth, ihnen doch bei seiner nächsten Reise unbedingt gemeinsam mit seiner bezaubernden Frau erneut die Ehre des Besuches zu machen.

»Und noch etwas, mein Lieber. Wir haben ja nun besprochen, dass Ihr Eure Reise bereits morgen fortführen könnt. Das Fahrzeug mit den Waren wird Euch folgen können und ist ja weiter keine Behinderung für Euch. Pferd und Packpferd lasse ich natürlich nach Nürnberg zurückschaffen.«

Barthel verbeugte sich verlegen, denn das widersprach nun vollkommen seinem Plan. »Das ist zu freundlich, Herr Anton, und kann von mir eigentlich...«

»Ach was, Barthel, Ihr seid zu bescheiden. Es ist mir eine Freude. Ach, übrigens habe ich Eurer liebreizenden Gemahlin den Brief für unsere Faktorei in Vaduz mitgegeben. Man wird sich glücklich schätzen, Euch mindestens ebenso gut zu bewirten wie es uns in Augsburg möglich war. Eine Fuhrwerk steht Euch für diese Reise zur Verfügung.«

»Vaduz?«, echote Barthel und machte dabei ein nicht sonderlich gescheites Gesicht.

Anton Fugger lachte fröhlich auf.

»Also, mein guter Herr Barthel, natürlich werdet Ihr Eure Reiseroute über Vaduz wählen, schon Eurer Gemahlin zuliebe!« Und im leisen, vertraulichen Flüsterton fügte er hinzu: »Die Grafschaft gehört schon fast dem Hause Fugger. Die Herren von Hohenem verstehen überhaupt nicht, mit Geld umzugehen. Wollten wir alle Wechsel präsentieren, wäre Vaduz schon morgen im Familienbesitz. Aber das ist nicht in unserem Sinne. Jedenfalls derzeit nicht. Glückliche Reise!«

Damit schritt der Fugger zurück in den großen Saal, in dem sie gerade noch fröhlich gefeiert hatten und neben dem ausgezeichneten Essen wohl auch ein wenig zu viel vom guten Wein getrunken hatten. Jedenfalls schwirrten die verrücktesten Gedanken durch Barthels Kopf, als sie das Schlafgemach erreicht hatten, und Magdalena sich von allem Putz befreite. Selbstverständlich benötigte sie dazu keine Magd, denn Barthel – nun, er kannte sich mit den Schwierigkeiten der weiblichen Bekleidung bestens aus.

6.

Genua, Ende Oktober 1530

Am Pier von Genua standen zwei seltsame Personen dicht zusammen. Eine von beiden war ziemlich groß, kräftig und mit kurzen, blonden Haaren. Das Gesicht, von der Sonne gebräunt, war bartlos, und in diesem Augenblick sehr ernst. Die andere Person war gut einen Kopf kleiner, auffallend schlank und als sie die Hand hob, um das schmale, blasse Gesicht zu beschatten, fielen ihre langen, feingliedrigen Finger auf. Ein scharfer Beobachter hätte in dieser zweiten Person sofort eine Frau vermutet, trotz der kurzgeschnittenen Haare, dem Barrett auf den kupferfarbenen Haaren und der groben Kleidung aus Wolle.

»Was für ein wundervolles Schiff!«, sagte sie gerade, und blickte ihren Begleiter mit einem glücklichen Lächeln an.

»Ein alter, bestimmt wurmstichiger und langsamer Kahn, wenn du mich fragst, Mag! Aber nun sind wir einmal vor Ort, und haben keine andere Wahl mehr. Wir müssen an Bord, Zeit, dich von deiner Gera zu verabschieden.«

»Muss das wirklich sein, Barthel? Ich meine, wenn sie eine Abteilung, nur einen kleinen Verschlag vielleicht, neben unserer Unterkunft erhält? Mir wäre es sehr lieb, wenn ich eine Frau in meiner unmittelbaren Nähe wüsste!«

Barthel zu Leupolth seufzte tief auf und zuckte die Schultern.

»Da drüben scheint Kapitän Lombardi auf uns zu warten. Wir werden hören, was er uns dazu sagen kann.«

»Ihr müsst Herr Barthel zu Leupolth sein!«, rief ihnen der Kapitän von der Schanz der Karavelle zu. »Kommt herauf, hier ist eine bequeme Planke!«

»Die sieht gar nicht so schlimm aus, Mag, kannst du sie hinaufgehen, ohne dass ich dir die Hand reiche? Ich möchte nicht, dass man an Deck...«

»Schon gut, Barthel, ich weiß, auf was ich mich eingelassen habe!«, antwortete Magdalena leise, und Barthel dachte: *Ich leider nicht, meine liebe Mag. Hätte uns der Fugger nicht einen solchen Streich gespielt und uns praktisch schon in Vaduz angemeldet – ich glaube nicht, dass ich mich von dir hätte breitschlagen lassen, dich ausgerechnet bei einer solchen Fahrt an Bord eines Schiffes zu wissen. Nun ist es geschehen – Alea iacta est, der Würfel ist geworfen worden, wir müssen nun das Beste für uns daraus machen!*

»Herzlich willkommen an Bord, Herr Barthel!«, sagte Kapitän Alession Lombardi freundlich und führte eine formvollendete Verbeugung aus. Und leise setzte er hinzu: »Und das ist Eure Frau Gemahlin? Wie nett ihr die Männerkleidung steht!«

»Hört mir gut zu, Lombardi. Meine Frau würde gern ihre Magd mit an Bord nehmen. Gibt es eine Unterbringung, einen Verschlag für ein Lager, in der Nähe unserer Räumlichkeiten?«

Der Kapitän dachte nur kurz nach, dann grinste er und nickte.

»Kommt mit mir hinunter, ich zeige Euch alles. Ist die Magd noch in der Stadt?«

»Ja, sie sitzt praktisch auf unserer Reisekiste und wartet auf die Entscheidung, ob sie an Bord darf oder zurückreisen muss!«, antwortete Barthel.

»Es wird ohnehin nicht ganz einfach werden, Frau zu Leupolth!«, sagte der Kapitän bedächtig, als er ihnen zum Niedergang vorausschritt. »Wenn ich Euch einen guten Tipp geben darf, dann lasst Euch so wenig wie möglich auf Deck sehen. Seeleute sind abergläubisch und nehmen an, dass eine Frau an Bord Unglück auf der Reise bringt.«

»Das ist ja nicht gerade schön für uns, wenn meine Gera mich begleitet!«, erwiderte Magdalena leise, aber der Kapitän hatte ihre Worte vernommen.

»Macht Euch darüber nicht allzu viele Sorgen. Unsere Mannschaft besteht fast ausschließlich aus deutschen Seeleuten, nur zwei sind aus Neu-Spanien. Niemand wird wagen, offen zu murren. Ich möchte nur jeden Konflikt von Anfang an vermeiden. So – da wären wir!«

Mit diesen Worten schloss er eine massive Tür auf und überreichte Barthel den großen Schlüssel. Die Kajüte, die den beiden für die Fahrt zur Verfügung stand, war die des Schiffseigners, der für gewöhnlich die Reisen begleitete. Es war auch gar nicht so ungewöhnlich, dass die nicht nur die Ehefrau, sondern oft auch Kinder mit an Bord nahmen. Dementsprechend groß war diese Unterkunft. Es gab ein ausreichend großes Bett, einen festgeschraubten Tisch mit zwei ebenfalls an den Planken befestigten, bequem aussehenden Stühlen, einen Schrank und ein Regal an der Wand, dazu ein paar hölzerne Haken für die alltäglichen Dinge.

»Das sieht doch durchaus danach aus, als könnte ich mich hier wohlfühlen, Barthel!«, ließ sich Magdalena vernehmen, und Barthel bemerkte dazu nur knapp: »Warte ab, bis wir den ersten Sturm erwischen. Wir haben es sehr eilig, denn auf keinen Fall wollen wir in die Winterstürme geraten.«

»So, und das wäre ein Raum für die Magd!«, sagte Lombardi und öffnete die Tür zu einem Verschlag unmittelbar neben der Kajüte des Eigners. Hier gab es zwar Platz für ein Bett, aber auch nicht viel mehr. Wand und Decke waren abgerundet und bildeten einen Teil der Schiffswand.

»Gut, Barthel, mach mir doch bitte die Liebe und stimme zu, dass die Gera mich begleiten darf!«

»Ich hätte mich niemals auf diese ganze Geschichte einlassen dürfen, das weißt du. Aber wir wollen jetzt nicht streiten. Wenn du meinst, dass du das arme Mädchen da über Nacht einsperren kannst, soll es mir auch recht sein. Ich kann nur hoffen, dass wir kein schweres Wetter bekommen. In dem Fall möchte noch nicht einmal ich, der nun schon wirklich Sturmfahrten erlebt hat, in einer solchen Mausefalle sitzen.«

Magdalena sprach nicht weiter, sondern schaute ihn nur mit dem Ausdruck an, dem er noch nie widerstehen konnte. Sie hatte damit schon in den glücklichen Kindertagen alles von Barthel bekommen, was sie wollte – und das gelang ihr heute, unter den veränderten Umständen, noch viel leichter.

Die Karavelle *Sibylla* war zum Auslaufen bereit, man hatte nur auf die Ankunft des Eigners gewartet. Da für die

Mannschaft nichts weiter zu tun war, hatte ihnen Kapitän Lombardi den Landgang erlaubt und damit den Weg für die beiden weiblichen Passagiere vereinfacht. Nur die Deckwache bemerkte, dass der neue Schiffseigner mit zwei Personen unter Deck ging und dass man eine große Reisetruhe hinuntertrug. Der Mann lehnte sich gelangweilt an den Aufgang zum Vorderkastell und dachte sich nur, dass dieser Nürnberger wohl seine Familie mitbrachte – was ja auch beinahe zutraf.

Kapitän Alession Lombardi war es eine Ehre, das neue Eignerpaar im Schiff herumzuführen und dabei zu erklären, welcher Art ihre schwimmende Heimat in den nächsten Monaten sein würde.

»Die meisten der anderen Schiffe, die zur Flotte des Hauses Welser gehören, sind Galeonen, und auch Herr Barthel besitzt eine solche und wird die Vorteile dieser Schiffsart kennen und schätzen. Aber unsere *Sibylla* ist trotzdem ein ausgesprochen gutes Schiff, dreimastig und sehr schnell, dabei wendig wie kaum ein anderes Schiff.«

Der Kapitän merkte, dass Barthel etwas einwerfen wollte, und fuhr rasch fort: »Ein großer Vorteil ist die Segelfläche, die wir zur Verfügung haben, ferner unsere Kanonen und die Stärke der Mannschaft, sollten wir einmal angegriffen werden. Hier geht es hinunter zum Kanonendeck, das auch als Quartier für unsere sechzig Seeleute dient. Darunter ist dann der Laderaum, umgebaut für unser *Schwarzes Gold*!«

»Das möchte ich mir gern einmal ansehen!«, sagte Magdalena leichthin, und die beiden Männer wechselten einen raschen Blick, wobei Barthel durch ein Kopfnicken zustimmte.

»Unser Schiff hat eine Ladefähigkeit nach portugiesischer Benennung von gut achtzig toneladas, nach deutscher Rechnung sind das etwa sechzig Tonnen. Aber wir laden ja auf der ersten Fahrt überwiegend das *Schwarze Gold*, und Ihr könnt Euch gleich davon überzeugen, dass wir Platz für einhundertzwanzig Sklaven geschaffen haben.«

Als nun die Luke zum unteren Deck geöffnet wurde, griff Magdalena nach der Hand Barthels, und dicht an ihn geschmiegt stiegen sie die Treppen hinunter. Hier empfing sie dumpfer Modergeruch, obwohl man schon bei der Ankunft das gesamte Deck ausgeräuchert hatte und dabei sogar Schwefel verbrannte, um die möglichen Krankheiten zu vertreiben.

Kapitän Lombardi trug eine kleine Laterne, bei deren spärlichem Licht kaum die nähere Umgebung ausgeleuchtet wurde. Soweit erkennbar, waren an den Schiffswänden sowie in der Mitte lange Holzbänke angebracht, von denen Ketten herunterhingen. Die Zwischenabstände waren so eng, dass kaum ein Mensch dazwischen durchgehen konnte.

»Einhundertzwanzig Menschen? In diesem Raum, auf diesen Bänken zusammengepfercht? Barthel, das ist doch schrecklich!«, raunte Magdalena leise in das Ohr ihres Geliebten, aber der antwortete nicht. »Können wir bitte wieder nach oben gehen, ich bekomme hier keine Luft mehr!«

Noch immer wortlos, wandte sich Barthel zum Aufgang und brachte Magdalena in ihre Kajüte, vor der bereits die junge Gera wartete. Die Magd war noch keine zwanzig Jahre alt, aber schon seit gut fünf Jahren im Dienste ihrer Herrin. Und als sie der Nürnberger Kaufmann nun so betrachtete, musste er unwillkürlich lächeln. Sie erinnerte ihn an den eigenen Haushalt, wo junge Frauen glücklich waren, wenn sie eine feste Anstellung, eine Unterkunft und regelmäßiges Essen erhielten. Trotzdem würden sich wohl nur sehr wenige zu einer solchen Reise ins Ungewisse entschlossen haben. Gera hatte ein rundliches Gesicht mit offenen, klaren Zügen. Ihre Augen leuchteten förmlich auf, als sie Magdalena ansah, und mit einem scheuen Blick zu Barthel zeigte sich eine leichte Röte auf ihren Wangen. Die schwarzen Haare trug sie nach hinten zusammengesteckt und unter der schlichten Haube versteckt.

»Gera, ist alles in Ordnung? Sind die Sachen unter Dach und Fach? Barthel hat mir gesagt, wir müssen alles regelmäßig lüften, weil die Luft der Meere feucht ist und die Sachen stockig werden könnten.«

»Ich werde alles gern beherzigen! Ich bin ja so froh, dass ich an Eurer Seite bleiben darf, Herrin! Mit dem Tod Eures Gemahls war ich doch sehr besorgt...«

Magdalena hob rasch die Hand, um sie zu unterbrechen.

»Gera, alles wird gut werden – erwähne aber bitte Scheurl nicht mehr, ich möchte ihn aus meinen Gedanken verbannen!«

Die drei setzten sich in der geräumigen Eigner-Kajüte zusammen, und während Barthel die Zeit nutzte, und die Ladelisten durchging, unterhielten sich die beiden Frauen leise über die mitgenommenen Gegenstände, die in aller Eile in die Reisetruhe gelegt wurden. Magdalena lobte dabei insbesondere die Umsicht ihrer Magd, die trotz der gebotenen Eile gut gearbeitet hatte und auch Kleinigkeiten nicht vergaß.

7.
Auf dem Weg zur Sklavenküste, Anfang November 1530

Es geschah kurz vor dem Einlaufen in den Golf von Guinea.

Schon am Abend hatte Kapitän Lombardi aufmerksam den Himmel beobachtet und schließlich Barthel davon unterrichtet, dass man in der Nacht mit einem Sturm rechnen müsste. Die Wellen waren bereits schaumgekrönt, als Barthel nach Einbruch der Dunkelheit das Deck verließ, um zu Magdalena zu gehen und ihr beizustehen, sollte sie seekrank werden. Er selbst fürchtete die Seekrankheit nicht, denn über die vergangenen Jahre hatte er zahlreiche Stürme überstanden, ohne auch nur jemals etwas von Übelkeit verspürt zu haben. Doch als er seine Unterkunft betrat, hatte es die Magd Gera bereits erwischt. Sie lag auf einer Decke in ihrer Kajüte, und noch bevor Barthel sich dazu äußern konnte, sagte Magdalena leise:

»Sie leidet furchtbar, Barthel, da möchte ich sie nicht in ihrer Kammer allein lassen.«

»Gut, und wie fühlst du dich selbst?«

»Ich finde das Schaukeln irgendwie seltsam, aber ich habe auch kein Problem damit. Nur, wenn ich das gelb-grüne Gesicht von Gera sehe, krampft sich bei mir alles zusammen, das arme Kind leidet ja fürchterlich!«

»Eigentlich kann man wenig gegen diese Krankheit machen, ich habe selbst schon alte Seeleute erlebt, die davon noch befallen wurden. Nimm doch einmal dort drüben das kleine Kästchen und gib Gera davon zwei Löffel in einen Becher mit Wein, das könnte ihr Linderung verschaffen!«

Magdalena öffnete das Kästchen und schnupperte daran.

»Es riecht nach Ingwer – was ist noch in dem Pulver?«

»Ein Gemisch aus Ingwer und Galgant und ein wenig Zitwer, eine bewährte Mischung. Ich habe sie mir vor ein paar Tagen von Lombardi für euch geben lassen.«

Magdalena mischte den Becher für Gera an und verabreichte ihr den Wein. Tatsächlich schien sich ihr Zustand zu verbessern, dankbar kroch sie auf ihr Deckenlager, und Magdalena legte sich schließlich neben Barthel, der bereits eingedöst war.

Mitten in der Nacht schreckte er hoch, weil der wärmende Körper neben ihm fehlte. Einen Moment lauschte er, aber außer den vom Sturm erzeugten Geräuschen war nicht viel zu unterscheiden. Das Schiff ächzte und knackte in sämtlichen Fugen und rollte dabei stark von der einen auf die andere Seite. Doch Barthel hatte den Eindruck, dass der Sturm sich schon wieder gelegt hatte, auch wenn es noch pfiff und in der Takelage rüttelte, dass man es bis unter Deck deutlich hörte. Aber als er etwas vor der Tür poltern hörte, war er doch gleich auf den Beinen und griff nach seinem Dolch, den er auch während des Aufenthaltes auf dem Schiff immer in der Nähe hatte. Jetzt war es ihm, als würde er einen Hilfeschrei vernehmen, der aber in den Geräuschen des Schiffes unterging.

Er zog die Tür auf und stand auf dem dunklen Gang, der vor ihrer Kajüte verlief und auf der einen Seite den Aufgang zum Deck hatte, ein Stück weiter hinunter einen Niedergang zum Kanonendeck. Von dort kam jetzt ein leises Wimmern, und Barthel strengte seine Augen an, um etwas in der Dunkelheit auszumachen. Schemenhaft bewegten sich in der Dunkelheit Körper, schienen miteinander zu ringen. Dann wurde etwas beiseite geschleudert, prallte mit einem Aufschrei gegen die Schiffswand und lag dann still davor.

»Dir werde ich helfen, du Hure!«, keuchte eine Stimme, dann folgte das hässliche Geräusch von reißendem Stoff, und ein weiterer Schrei wurde erstickt.

Jetzt war Barthel heran und war sich sicher, dass einer der Seeleute Magdalena gepackt hatte, und ihr mit einer Hand den Mund verschloss. Während er sie bedrängte, gelang es ihr noch einmal, einen Schrei auszustoßen, da packte Barthel den Kopf des Mannes bei den Haaren und riss ihn mit aller Kraft zurück. Der Seemann stieß einen heiseren Schrei aus, und Barthel konnte gerade zurückspringen, als ihm etwas das Hemd aufschlitzte und eine brennende Spur auf seiner Brust hinterließ. Auch der Gegner wich aus, versuchte, ihn von der Seite anzugreifen und Barthel drehte sich rasch mit ihm und stieß dann seinen Panzerbrecher dem Mann in die Brust. Der verharrte mitten in seiner Bewegung, dann taumelte er ein paar Schritte zur Seite und war plötzlich in der Dunkelheit verschwunden.

»Mag, ist alles in Ordnung?«, rief Barthel besorgt, denn seine geliebte Gefährtin war in die Knie gebrochen. Als er sie an den Armen zu sich heraufzog, spürte er, wie sie an allen Gliedern zitterte. Er nahm sie auf und trug sie in die Kajüte, wo er sie behutsam auf das Bett legte. Einen kurzen Moment später war er wieder auf dem Gang, tastete über den Körper der ohnmächtigen Gera und brachte sie schließlich auch auf seinen Armen zu ihrem Lager.

Gern wäre er noch einmal hinaus, um nach dem nächtlichen Angreifer zu sehen, da aber Gera jetzt ein leises Stöhnen hören ließ und Magdalena sich zugleich aufrichtete, wagte er es nicht, die beiden Frauen in dieser Situation allein zu lassen. Er verschloss die Kajütentür sorgfältig und legte den starken Holzriegel vor.

»Oh mein Gott, Barthel, es war so schrecklich!«, rief Magdalena aus und schluchzte heftig, während er den Arm beschützend um ihre Schultern legte.

»Warum habt ihr die Kabine verlassen, Mag?«

»Es ging Gera so schlecht, so wollte hinauf auf das Deck, um frische Luft zu atmen. Da habe ich sie begleitet, und obwohl das Schiff noch immer vom Sturm hin und her über die Wellen getrieben wird, ging es ihr etwas besser. Dann, als wir wieder hinuntergingen... plötzlich dieser Mann, der erst Gera packte und sie dann von sich stieß, weil sie wohl nach dem Erbrochenen roch. Aber ich...«

»Scht, ganz ruhig, Mag, ich bin bei dir! Wir haben Glück gehabt, dass es so ausgegangen ist. An Bord sind sechzig Seeleute und dazu noch ein paar Offiziere. Selbst gemeinsam solltet ihr euch nicht auf dem Deck zeigen.«

»Du hast so fest geschlafen, und ich wollte dich nicht wecken.«

»Ich werde jetzt zu Alession Lombardi gehen und ihm den Vorfall melden. Wir müssen den Mann finden, bevor ihn einer der Matrosen entdeckt. Verriegele die Tür hinter mir, ich klopfe dreimal und nach einer kurzen Pause noch einmal.«

»Kannst du nicht bei uns bleiben, Barthel?«

Er drückte sie fest, küsste sie zart auf die Stirn und erhob sich.

»Es ist besser, der Kapitän und ich sehen nach dem Angreifer.«

Auf dem Gang wartete er ab, bis das Schaben des Riegels deutlich zu vernehmen war, schließlich eilte er hinüber zur Kajüte des Kapitäns und klopfte ihn heraus. Kapitän Lombardi war schnell auf den Beinen, brachte eine Blendlaterne mit, und in dem gebündelten Lichtstrahl suchten sie die Stelle ab, an der der Angreifer so plötzlich verschwunden war. Sie entdeckten ihn schließlich am Niedergang zum Kanonendeck, wo er sich auf halber Strecke nach unten bei seinem Sturz verfangen hatte. Sein verrenkter Hals ließ keinen Zweifel mehr, dass er sofort tot gewesen sein musste. Barthels Dolch, der Panzerbrecher, wie man solche Waffen nannte, die durchaus ein Rüstungsteil durchstoßen konnten, steckte noch tief in der Wunde, die kaum geblutet hatte.

Die beiden Männer trugen ihn hinauf auf das Deck und warfen ihn ohne weiteres Federlesen ins Meer. Weder der Steuermann noch eine der Deckhands hatten bemerkt, was da im Heck des Schiffes vorgegangen war. Der Sturm hatte bedeutend an Kraft verloren, aber noch immer heulte und pfiff er in der Takelage und den gerefften Segeln, die schaumgekrönten Wellen schimmerten hell in der Dunkelheit, wenn sie sich wieder zu Bergen auftürmten und mit mächtiger Kraft heranrollten. Aber die Karavelle zog ihre Bahn, und als der Sturm gegen Morgen nur noch ein guter Wind war, der die schnell entrollten Segel wieder prall füllte, konnten alle an Bord damit rechnen, gegen Mittag ihr Ziel anzulaufen. Zuvor trat einer der Bootsleute zu Kapitän Lombardi und vermeldete ihm einen vermissten Mann. Der Kapitän nickte nur dazu, brummte etwas, dass der Mann in der Nacht über Bord gegangen sei und bedeutete dem Bootsmann zugleich, dass der Fall damit für ihn erledigt war.

Die Sonne kam am frühen Vormittag endlich durch die graue Wolkenbank, die den Himmel bis zum Horizont mit dem Meer in gleicher Farbe verschmelzen ließ. Zwar waren die Wellen immer noch sehr stark und trugen weiße Schaumkronen, aber die Karavelle *Sibylla* machte gute Fahrt, und tatsächlich kam zur Mittagszeit der breite Sandstreifen in Sicht, an dem man ankern würde. Hier wurde der Sklavenmarkt abgehalten, zu dem sowohl die Häuptlinge kriegerischer Stämme ihre Gefangenen brachten, als auch Händler aus dem fernen Arabien ganze Sklavenkarawanen trieben. Diese Menschen mussten oft unter größten Entbehrungen lange Märsche zurücklegen, bis sie an der inzwischen nur noch »Sklavenküste« genannten Bucht von Guinea eintrafen. Unterwegs starben zahlreiche ältere Gefangene, aber auch Kinder, Frauen und schwache Männer. Niemand machte sich deshalb Gedanken um die Opfer, und es war Barthel schon bei seinen früheren Fahrten so vorgekommen, als würden gerade die dunkelhäutigen Kriegshäuptlinge ihresgleichen mit der größten Brutalität behandeln.

Als sie vor dem Strand ankerten, war noch ein portugiesisches Schiff vor Ort, und man war bereits damit beschäftigt, sich die besten und kräftigsten Sklaven aus einer großen Gruppe herauszusuchen. Neben Barthel zu Leupolth stand Kapitän Alession Lombardi an der Reling und betrachtete das Treiben an Land.

»Ihr solltet Eurer Frau das nicht zumuten, Herr Barthel!«, sagte er gerade und deutete mit dem Kopf auf das große Podest, auf dem gerade mehrere Sklaven zusammengetrieben wurden.

»Warum denn nicht, Herr Lombardi? Ich bin nicht so zart besaitet wie manch andere Frau!«, erklang hinter den beiden eine helle Stimme, und erschrocken starrte Barthel Magdalena ins Gesicht. Sie hatte sich einen breitrandigen, dunklen Hut aufgesetzt, trug ihre Männerkleidung und mit scharfem Blick hatte Barthel erkannt, dass sie sich wieder stark geschnürt hatte, um ihre weiblichen Formen zu verbergen. Er fragte sich indes, ob eine solche Verkleidung noch Sinn machte.

»Es war nur ein gut gemeinter Ratschlag, denn auf diesen Märkten geht es sehr brutal zu!«, erwiderte der Kapitän ein wenig verstimmt. Aber Barthel zu Leupolth nahm ihm die Bedenken.

»Wenn meine Magdalena wirklich mit an Land gehen will, sehe ich da keine Probleme. Vorausgesetzt natürlich, wir können für ihre Sicherheit garantieren.«

»Es war bislang immer so üblich, dass unsere Begleitmannschaft mit guten Gewehren ausgerüstet ist und für die Sicherheit an Land sorgt. Außerdem ist die Mannschaft unter Waffen auf Deck, bereit, im Notfall einzugreifen. Auch die Kanonen auf der Steuerbordseite sind bereit, die Luken werden geöffnet, wenn unser Boot ablegt.«

Barthel stand dicht neben seiner Geliebten, wagte aber nicht, den Arm um sie zu legen. Schließlich war sie ja wie ein Mann gekleidet und galt so bestenfalls als einer der Diener des Schiffseigners, obwohl sich der eine oder andere in der Mannschaft schon so seine Gedanken gemacht hatte.

»Alles in Ordnung?«

»Ich brenne darauf, mir einmal direkt das *Schwarze Gold* ansehen zu können, Herr Barthel zu Leupolth. Also – worauf warten wir noch?«

8.
Auf dem Sklavenmarkt
Die Portugiesen hatten jedenfalls ihren Spaß.

Lautes Gelächter und obszöne Zurufe begleiteten die Vorführung von weiblichen Sklaven, die alle völlig nackt auf das große Holzpodest geführt wurde. Soweit erkennbar, waren die Frauen alle jung, einige noch im Kindesalter. Viele von ihnen landeten in den Harems der anwesenden Orientalen, unter denen sich selbst alle Hautschattierungen zeigten, auch wenn nur Gesichter und Hände von ihnen zu sehen waren. Mit scharfem Blick für das Geschehen erkannte Barthel ein paar Sklavenhändler, von denen er bereits mehrfach kräftige, gesunde Männer gekauft hatte, und blieb deshalb vor dem Podest stehen.

Als es darum ging, ein paar Frauen in einer Gruppe zu verkaufen, blieb Barthel dicht bei Magdalena stehen, um ihr Gesicht zu beobachten und eventuell sofort reagieren zu können, wenn ihr das Treiben zu bunt wurde. Aber seine Geliebte betrachtete alles mit großen Augen, ließ ihre Blicke über die schlanken, ebenholzfarbigen Körper gleiten und sah dann zu den Kaufinteressenten, die ausnahmslos alle ältere Männer waren. Der Verkäufer, ein Araber mit einem schmalen, dunkelbraunen Gesicht und einer geradezu abstoßenden Physiognomie, hatte eine lange Nilpferdpeitsche in der Hand, die er ständig in Bewegung setzte, um damit die Versteigerung voranzutreiben. Er ließ das Ende um die Knöchel der Sklaven kreisen, um sie dazu zu bringen, eine bestimmte Stelle des Podestes einzunehmen. Und er gab mit der anderen, leicht verdickten Seite, seinen Schreibern und Aufsehern schnelle Zeichen. Magdalena staunte, mit welcher Geschwindigkeit hier die Menschen verkauft wurden, als handele es sich bei ihnen um eine verderbliche Ware, die man rasch aus dem hellen Sonnenlicht schaffen müsste.

Plötzlich kam Unruhe in eine Gruppe männlicher Sklaven, die etwas abseits unter Bewachung warten mussten, bis die letzten Frauen auf dem Podest verkauft wurden. Zwei, drei laute Schreie, dann teilte sich die Gruppe aus Sklaven und ihren mit Gewehren ausgerüsteten Bewachern plötzlich, Körper flogen zu beiden Seiten weg, und ein riesiger, tiefschwarzer Sklave bahnte sich einen Weg durch die Menge.

Noch ein lauter Schrei, dann hatte der Riese einem der Wächter die Waffe aus der Hand gerissen, drehte sie herum und schmetterte den Kolben auf den Kopf des Mannes. Weitere Schreie erklangen und alarmierten die nächsten Männer, die mit ihren langen Gewehren in den Händen herangelaufen kamen und sie auf den Mann anlegten. Der zögerte nicht einen einzigen Moment, sondern griff den nächsten Wächter an, riss ihm das Krummschwert aus der Hand, mit dem der sich ihm in den Weg stellen wollte, und schlug es ihm gegen den Hals. Eine Blutfontäne spritzte auf, der Mann taumelte und fiel den nächsten vor die Füße. Das genügte dem Riesen, er hatte plötzlich einen Mann an sich gerissen, hielt ihn wie einen Schutzschild vor sich und hieb mit dem Krummschwert so geschickt nach allen Seiten, dass die Wachen Schritt für Schritt vor ihm zurückwichen.

Jetzt kam auch Bewegung in die anderen Männer in der Gruppe, aus der er sich befreit hatte. Kaum, dass jemand der Umstehenden überhaupt begriff, was da geschah, stürzten sich etwa zehn kräftige Gefangene auf ihre Wächter, entwaffneten sie und schlugen mit den erbeuteten Krummsäbeln wild um sich. Laute Schreie gellten über den Platz und riefen nach Verstärkung, dazwischen mischten sich die Klagelaute der Verwundeten und einige Todesschreie.

Barthel und Magdalena sahen sich plötzlich von den fast nackten, schwarzen Körpern umringt. Die wild um sich schlagenden schwarzen Krieger boten einen furchterregenden Anblick, denn sie wussten, dass es für sie jetzt um Leben und Tod ging. Wild rollende Augen in vor Wut verzerrten Gesichtern, das schimmernde Weiß der gefletschten Zähne dazu, und die Kriegsschreie der Kämpfenden ließen Magdalena um ihr Leben fürchten.

Barthel hatte längst seine Waffen in der Hand.

Wie bei früheren Gelegenheiten trug der kampferprobte Kaufmann bei Landgängen eine Radschlosspistole im Gürtel, dazu das Kurzschwert und den Dolch. Die Radschlosspistole war mittels Spannschlüssel bereit, der Katzbalger, das Schwert mit der nur knapp einen halben Meter langen Klinge blitzte in der Sonne. Aber noch wartete Barthel ab, denn gegen die langen Krummsäbel hatte er nur eine geringe Chance. Jetzt war keine Zeit mehr, über Magdalenas Rolle nachzudenken. Sie hatte sich hinter seinen breiten Rücken geflüchtet und beobachtete aus dem Augenwinkel, wie sich die Männer vom Schiff mit Gewehren in den Händen näherten.

Plötzlich stand der breitschultrige Barthel Auge in Auge dem gleichgroßen Sklaven gegenüber. Nur einen Lidschlag lang zögerte der Sklave, das Krummschwert schon zum Schlag erhoben. Das kostete ihn sein Leben, denn plötzlich gab es einen lauten Knall und der Riese brach mit einem verwunderten Gesichtsausdruck in die Knie, während ihm das Blut mit jedem Herzschlag aus seiner aufgerissenen Brust spritzte. Dann kippte er nach vorn auf das Gesicht und rührte sich nicht mehr.

Barthel steckte die abgeschossene Radschlosspistole wieder in den Gürtel und drehte sich zu Magdalena um. Doch die blieb mit schreckgeweiteten Augen stehen und starrte auf den Toten, der in seltsam verkrümmter Haltung vor ihr lag. Aber schon wogte der Kampf zwischen den Sklaven und den Wachen dicht um sie herum. Der Tod des Anführers hatte nur für einen ganz kurzen Moment das Geschehen zum Stocken gebracht. Als die anderen sahen, dass der riesige Körper ihres Anführers zusammenbrach, hieben sie mit umso größerer Wut auf ihre Gegner ein.

»Komm, das ist kein Anblick für dich!«, sagte Barthel leise und griff jetzt nach Mags Hand, da sie nicht reagierte.

Willenlos ließ sie sich beiseite führen, und Kapitän Lombardi, der eben noch mit dem Araber gesprochen hatte, der die Frauen verkaufte, kam zu ihnen herübergelaufen. Mit ihm waren auch die bewaffneten Seeleute, die sich jetzt mit den anderen vereinigten, die vom Steuermann losgeschickt wurden. Fassungslos starrte Magdalena auf das Kampfgeschehen, als von der Schiffsmannschaft eine Salve auf die Kämpfenden abgefeuert wurde. Dabei achteten die Schützen nicht darauf, wen ihre Kugel erwischte. Sie feuerten mitten in das Kampfgewühl, und der ersten Salve folgte gleich darauf eine zweite, die den Kampf beendete.

Der Sand färbte sich blutrot unter den zusammengebrochenen Körpern, die teilweise in grotesken Haltungen übereinander gestürzt waren, wo sie das tödliche Blei getroffen hatte. Erst jetzt kamen weitere Araber herbeigelaufen, trieben die überlebenden Sklaven zusammen und töteten jeden, der nicht sofort seine Waffe fallen ließ.

Neben den Schreien der Araber und dem Stöhnen der Verwundeten mischten sich jetzt auch die Wehklagen der Frauen, die man abseits zusammengetrieben hatte und durch Lanzenträger bewachte.

Barthel zu Leupolth, der etwas Ähnliches schon einmal erlebt hatte, war von dem Geschehen nicht sonderlich berührt. Ein Aufstand wurde blutig beendet, das war schon aus Gründen der Disziplin erforderlich. Ihn störte lediglich, dass Magdalena alles hautnah miterlebt hatte und ihn jetzt mit wachsbleicher, verstörte Miene ansah, als erwartete sie von ihm, dass er dieses schreckliche Bild verändern könnte. Aber als er versuchte, sie an der Hand von dem blutdurchtränkten Strand fortzuziehen, leistete sie Widerstand. Sie starrte hinüber zu den Frauen, die vermutlich unter den getöteten Männern Verwandte hatten, denn die verzweifelten Schreie in ihrer fremden Sprache brauchten keine Übersetzung. Die dort postierten Wachen hatten große Mühe, die Frauen zurückzuhalten. Doch schließlich gelang es einer Frau, sich loszureißen und über den Strand auf eine Stelle zuzulaufen, an der mehrere getötete Sklaven lagen. Schreie der Verfolger wurden von ihr missachtet, und als sie sich wehklagend neben einen Toten auf den Strand warf, war einer der Araber dicht hinter ihr. Mit weit aufgerissenen Augen verfolgte Magdalena das Geschehen. Blitzschnell hatte der dunkelhäutige Wächter die Entflohene an den Haaren zurückgerissen, dann schnitt er ihr mit einem Krummdolch in der anderen Hand den Hals durch und stieß die Sterbende zu den Toten.

Ein gellender Schrei ließ den Araber aufschauen und einen Schritt von den Toten wegmachen. Der Schrei hatte sich Magdalenas Kehle entrungen, aber Barthel presste sie dicht an sich und hielt dem Wächter sein Kurzschwert entgegen. Dem Mann schien ein Blick in das vor Wut dunkelrot angelaufene, verzerrte Gesicht des Deutschen zu genügen, um sich abzuwenden und zu den anderen zurückzukehren.

»Komm, ich bringe dich zurück an Bord!«, sagte Barthel halblaut nach einem prüfenden Blick in die Runde.

Jetzt widerstrebte seine geliebte Magdalena nicht mehr, sondern ließ sich willenlos von ihm zu dem kleinen Boot geleiten, das sie an Land gebracht hatte. Kaum war sie wieder auf der Karavelle, als sie in die Kajüte eilte, wo sie Trost bei Gera fand. Die Magd war zwar noch von der Seekrankheit schwach und hatte ihr Lager in der Ecke noch nicht wieder verlassen. Aber jetzt trösteten sich die beiden Frauen, und Barthel kehrte zurück an den Strand, um die Verkaufsverhandlungen zu führen.

Die Portugiesen hatten das Geschehen aus sicherer Entfernung von Bord aus beobachtet. Jetzt lichteten sie ihren Anker, und der Wind blähte ihre Segel. Stolz rauschten sie davon, als ginge sie das ganze schreckliche Geschehen an Land nichts weiter an.

9.

Seegefecht vor Neu-Spanien, Dezember 1530

Die Ausdünstungen von einhundertzwanzig eng zusammenliegenden Menschen waren schon in den ersten Wochen so stark über das Kanonendeck nach oben gezogen, dass der Kapitän befahl, nur noch zu den Mahlzeiten die Zwischenluken zu öffnen. Davon bekamen seine Passagiere zunächst wenig mit, aber als Barthel zu Leupolth eines Tages die Geschütze kontrollieren wollte, schlug ihm eine so üble Wolke entgegen, dass er es nicht lange aushielt, seine Besichtigung kurzerhand abbrach und Kapitän Alession Lombardi aufsuchte.

»Ich fahre nun schon seit dem Beginn dieser Touren an die afrikanische Küste mit einem Schiff der Welser, dann mit meinem eigenen und jetzt mit dem von Admiral Doria und dem Fugger übernommenen Schiff. Aber selten habe ich einen derartigen Gestank aus dem Frachtraum vernommen!«, begann er seine Rede, und der Kapitän sah ihn mit großen Augen verwundert an.

»Das bedauere ich sehr, Herr Barthel, aber ich habe bei meiner letzten Fahrt sehr schlechte Erfahrungen gemacht. Um für eine bessere Durchlüftung zu sorgen, hatte ich den Sklaven erlaubt, einmal am Tag das Deck aufzusuchen. In der Zwischenzeit öffneten wir die Stückpforten im Kanonendeck, sodass frische Seeluft den Gestank vertreiben konnte.«

Während der Kapitän erzählte, sah sich Barthel aufmerksam bei ihm um. Im Hintergrund befand sich in einer Art Verschlag das Bett, daneben hingen an ein paar Holzhaken Kleidungsstücke sowie ein Gürtel mit einem Säbel. Auf dem Tisch, vor dem Lombardi saß, waren Karten und nautische Geräte verstreut. Der Kapitän benutzte auch einen baculus Jacobi, den Jakobstab, zur Berechnung von Winkeln. Ein Blick auf die ausgebreitete Seekarte, und Barthel wusste, dass es sich um eine identische Kopie der Karte handelte, die er selbst verwendete. Sie basierte auf den Fahrten der Portugiesen und sollte sogar noch von Vasco da Gama korrigiert worden sein. Die ersten Berichte für künftige Afrika-Reisende stammten aus der Zeit Heinrich des Seefahrers, der bereits vor gut einhundert Jahren Entdeckungsreisen anregte und finanzierte. Man sammelte die Berichte der Seefahrer und wertete sie entsprechend aus. Dazu gehörte auch die regelmäßige Vermessung mit dem Jakobstab, und die ermittelten Werte wurden streng geheim gehalten und auch keinem fremden Kartenmacher übergeben.

Der Kaufmann hatte den Kapitän gerade in den Berechnungen der Route gestört, aber Lombardi war ein umgänglicher Mann und ließ den anderen nicht wissen, was er jetzt lieber täte, als über die Gerüche im Frachtraum zu reden. Für ihn waren die Sklaven eine Ware wie jede andere. Und seinen Standpunkt versuchte er nun, dem Nürnberger verständlich zu machen, der wahrscheinlich mehr solcher Fahrten in den vergangenen zwei Jahren unternommen hatte als er selbst.

Im Dezember des Jahres 1528 hatte das Handelshaus der Welser den Vertrag mit Kaiser Karl V. geschlossen. Alles war für die erste Fahrt vorbereitet, und man erzählte sich später lächelnd, dass die Tinte unter diesem Dokument noch nicht getrocknet war, als noch im Dezember das erste Schiff nach Afrika aufbrach, noch unter spanischer Flagge. Mit an Bord befanden sich fünfzig Bergarbeiter aus Sachsen mit ihren Frauen, die in Santo Domingo die neuen Kupferminen für die Welser erschlossen. Und Kapitän Lombardi hatte von seinem eigentlichen Herrn, Admiral Andrea Doria ein Dossier über Barthel zu Leupolth erhalten, in dem dessen bisherige Aktivitäten akribisch genau aufgeführt waren. Das Einzige, was dort nicht enthalten war, war die Ehefrau des Kaufmanns, die ihn nun begleitete. Wohl aber wurde eine Contessa Tarcisa Grimaldi erwähnt, die mit der Familie Doria eng verbunden war und ihnen nach den Treffen mit dem Nürnberger stets interessante Informationen lieferte.

Nun also saß der neue Schiffseigner ihm gegenüber und erkundigte sich nach den schlechten Gerüchen im Laderaum. *Wenn du wüsstest, wie froh ich bin, dass es dort nur nach Schweiß, Kot und Urin riecht und nicht nach verfaulten, eitrig gewordenen Wunden wie bei der letzten Fahrt, dann würdest du mich verstehen, Barthel!*, dachte er und wunderte sich wieder einmal über den stets vollkommen glatt rasierten und sauber gekleideten Kaufmann. *Wie macht er das bloß? Ich habe nach einem Tag auf Deck zahlreiche Teerflecken an der Kleidung, die ich längst nicht mehr entfernen kann. Er dagegen läuft herum, als würde er zum Empfang beim Kaiser gehen! Naja, wer zwei Frauen um sich herum hat, kann wohl auch mit sauberer Wäsche glänzen. Dabei hätte seine Magd um ein Haar die Leine verloren, mit der sie die Wäsche aus dem Heckfenster ins Meer gelassen hatte, um sie auf diese Weise gründlich auszuspülen! Wäre ich nicht zufällig in der Nähe gewesen, hätte die Gera wohl ziemlich viel Ärger bekommen. Na, ich will mich nicht beklagen, schließlich hat sie mir ja einen Überrock wieder gut gereinigt und das Loch geschickt vernäht.*

Er schrak aus seinen Gedanken auf, weil Barthel plötzlich schwieg und ihn nachdenklich musterte.

»Bitte um Entschuldigung, Herr Barthel, ich war kurz in Gedanken bei unserer Schiffsroute und konnte Euch nicht folgen!«, rief er rasch aus und räusperte sich verlegen.

»Besteht denn Grund zur Beunruhig, Kapitän? Ich meine, wir sind mitten in der Regenzeit vor der Küste Neu-Spaniens, und da ist sicherlich auch wieder mit einem dieser heftigen Stürme zu rechnen, oder?«

Alession Lombardi lächelte und machte eine abwehrende Handbewegung.

»Nein, das ist es nicht, Herr Barthel. Aber wir sind in der Nähe der Inseln, und hier gibt es häufig Piraten, die uns kurz vor dem Erreichen unseres Zieles noch die Beute abjagen wollen.«

»Ja, das kenne ich gut, Kapitän. Wir hatten im zweiten Jahr ein echtes Problem mit zwei kleinen, aber sehr wendigen Schiffen, die von Piraten geführt wurden und uns in der Nacht angriffen. Aber wir waren gewarnt und auf der Hut, schlugen sie zurück und konnten beide Schiffe versenken. Ich denke, mit den Kanonen der *Sibylla* werden wir sie uns vom Hals halten können. Da bin ich wieder bei unserem Thema, der Luft aus dem Frachtraum, die bis in unsere Kajüte dringt und den Frauen das Atmen schwer macht.«

Kapitän Lombardi deutete auf eine Karaffe und silberne Becher, die am Rand des Tisches in einem dort verschraubten Gitterbehälter standen.

»Wein, Herr Barthel?«

»Ja, gern, es ist heute wieder sehr schwül und ich bin froh, dass ich an Bord keinen dieser lästigen Mühlsteinkragen tragen muss – sie wären ja bereits nach kurzer Zeit vom Schweiß tropfnass!«

Der Kapitän lachte zu dieser Bemerkung und schenkte ihnen von dem dunkelroten Rebensaft ein, und die beiden nahmen einen Schluck, bevor Lombardi erklärte: »Also, ich hatte angeordnet, dass die Sklaven immer in Gruppen auf das Deck kommen dürften. Das geschah für gewöhnlich in den Abendstunden bei angenehmen Temperaturen und dem Wind, der unsere Segel füllte. Doch es ließ sich dadurch leider nicht die Tat eines Verblendeten verhindern.«

Barthel zu Leupolth sah gespannt auf, und der Kapitän fuhr in seiner Erzählung fort.

»Ihr habt ja erlebt, zu was die Sklaven fähig sind. Der Widerstand am Strand war völlig aussichtslos und musste für die Aufständischen zum sicheren Tod führen. Trotzdem haben sie sich gewehrt, als die Gelegenheit dazu günstig schien.«

»Ihr hattet einen Aufstand an Bord Eures Schiffes?«

»Nicht mit Waffengewalt, aber trotzdem tödlich für zehn Sklaven. Ein ziemlich kräftiger und junger Bursche hatte sich wohl mit dem zweiten Mann abgesprochen, der neben ihm in Ketten ging. Natürlich wurden die Sklaven nicht von den Ketten befreit, wenn sie auf das Deck durften. Nun, diese beiden Männer sprangen über Bord, kaum, dass sie das Deck betreten hatten. Sie waren dabei so ungestüm vorgegangen, dass sie die anderen acht durch die Ketten mit sich ins Meer zerrten. Also sind auf einen Schlag zehn Mann verloren gegangen, und wozu? Was haben sie davon gehabt, ihr Leben einfach so fortzuwerfen?«

»Gut, das kann ich verstehen. Ein solcher Zwischenfall ist ärgerlich und auch vermeidbar. Aber trotzdem, Kapitän

Lombardi, möchte ich Euch bitten, die Luken öffnen zu lassen und über die Geschützpforten für ausreichende Frischluft zu sorgen. Ich fürchte, dass wir sonst weitere Ausfälle noch kurz vor unserer Ankunft zu verzeichnen haben. Was ist eigentlich mit den beiden Fällen, die plötzlich Fieber bekamen?«

»Alles wieder wohlauf, Herr Barthel. Unser Medicus hat ihnen einen Aderlass verpasst und dafür gesorgt, dass die beiden Kranken eine fettige Brühe erhielten, damit sie wieder zu Kräften gelangten. Sie werden bei unserer Ankunft auf eigenen Beinen laufen können!«

Das war eine wichtige Aussage, denn der Kaufmann wusste wohl, was es bedeutete, Sklaven in das Land zu bringen, die nicht in der Lage waren, aus eigener Kraft zu gehen. Die von den Welsern eingesetzten Verantwortlichen in Neu-Augsburg würden sie gnadenlos in ein Seuchenhaus einweisen lassen, wo sie zumeist innerhalb kürzester Zeit starben. Möglicherweise war auch das einer der Gründe, weshalb Admiral Andrea Doria nur aus dem Hintergrund agieren wollte.

In diesem Augenblick krachte unweit der Karavelle ein Schuss, und die beiden Männer stürzten auf das Deck, um sich einen Überblick zu verschaffen. Der Steuermann deutete nach Backbord hinüber, wo sich am Horizont im Dunst ein schmaler Streifen abzeichnete.

»Zwei Schiffe, eine Karacke, dicht daneben hält sich die kleine Kraweel. Wäre ich nicht dabei gewesen, Kapitän, als wir die Piraten in diesen Gewässern auf den Meeresgrund schickten, hätte ich geglaubt, sie würden es erneut versuchen!«

»Klar Schiff zum Gefecht!«, brüllte der Kapitän über das Deck, und die Bootsleute liefen hinüber zum Niedergang des Mannschaftsdecks und wiederholten den Befehl.

Überall trappelten eilige Füße über das Deck, und die Kanoniere öffneten die Stückpforten, um ihre Geschütze bereitzuhalten.

Die beiden feindlichen Schiffe näherten sich in rascher Fahrt und hatten dabei den Vorteil, dass sie nicht kreuzen mussten. Sie konnten in direkter Linie auf die größere Karavelle zusteuern, und Barthel erkannte den Sinn ihres Manövers sofort.

»Was habt Ihr vor, Kapitän?«

»Kurz anluven und dann eine Wende zur anderen Seite. Erste Breitseite auf die Karacke.«

»Gut, das hätte ich auch vorgeschlagen. Ihr scheint Euer Handwerk auch in solchen Fällen zu verstehen. Ich bin gleich zurück bei Euch, will nur rasch zu meiner Frau, damit sie weiß, was uns bevorsteht.«

Damit sprang Barthel rasch hinunter zur Kajüte, und als er die Tür öffnete, sah ihn Magdalena erschrocken an.

»Kein Grund zur Aufregung, Liebes, aber ich wollte dir lieber sagen, was der Kanonenschuss zu bedeuten hat. Wir werden von Piraten angegriffen, die uns mit dem Schuss zur Übergabe bewegen wollten. Offenbar ist ihnen nicht klar, wie gut bewaffnet die *Sibylla* ist, oder es sind Narren, die mit offenen Augen in ihr Verderben rennen wollen.«

»Soll ich nicht lieber mit Gera an Deck kommen?«

»Nein, das halte ich für zu gefährlich, Mag. Wenn auf die Masten geschossen wird, kommt immer Takelage auf das Deck herunter und könnte euch treffen. Keine Sorge, ich komme sofort wieder zu dir, wenn die Gefahr vorüber ist.«

»Barthel?«

»Ja?«

Magdalena trat dicht zu ihm und schlang ihre Arme um seinen Hals. Die warmen, vollen Lippen pressten sich auf seine, und für einen köstlichen Augenblick vergaß Barthel alles andere, bis sie ihn wieder freigab.

»Pass gut auf dich auf, ich brauche dich!«

Lächelnd verneigte sich Barthel und schloss die Tür leise hinter sich, um gleich darauf wieder seinen Platz neben dem Kapitän einzunehmen. Der hatte inzwischen die Befehle für die erforderlichen Manöver erteilt, und die Piraten, die mit drohenden Gesten in den Wanten hingen oder sich über ihre Schanz beugten, fühlten sich bereits sehr siegessicher.

Das größere Schiff der Angreifer, von dem auch der Warnschuss gefallen war, erkannte nicht das Täuschungsmanöver der *Sibylla*. Als es danach aussah, dass die Karavelle auf der Steuerbordseite angreifen wollte, reagierte der Steuermann auf der Karacke, wie es sich Kapitän Lombardi gewünscht hatte. Durch ein geschicktes Segelmanöver rauschte die *Sibylla* in dem Augenblick heran, als das feindliche Schiff seine Position einnehmen wollte. Die Geschützrohre waren auf ihren Lafetten durch die Stückpforten gerammt, und während die Karavelle mit geblähten Segeln vorbeifuhr, brüllten sie auf und spien ihre tödliche Ladung der Karacke entgegen. Das alles vollzog sich sehr schnell, und als die kleinere und wendigere Kraweel zu Hilfe eilten wollte, waren die Folgen der ersten Breitseite katastrophal. Die Salve hatte die Seite aufgerissen und das

Kanonendeck nahezu vollständig verwüstet. Aber schon hatte Kapitän Lombardi das nächste Manöver einleiten lassen. Die *Sibylla* vollführte auf kleinstem Radius eine Halse, kam erneut dicht herangerauscht, zeigte drohend die Mündungen auf der anderen Seite und feuerte nun die zweite Breitseite ab. In einem Hagel von größeren Splitterstücken wurden die meisten Piraten am Deck regelrecht heruntergefegt. Das Piratenschiff begann fast sofort nach dem Beschuss zu sinken, und als nun die Kraweel mit schäumender Bugwelle heranschoss, wurde auch sie unter Feuer genommen. Es gelang dem Feind, auch eine Breitseite auf die *Sibylla* abzufeuern, die aber aufgrund der noch zu großen Distanz wenig Wirkung zeigte. Ein Teil der Schanz wurde fortgerissen, und zwei Kugeln fegten gefährlich tief über das Deck, ohne weiteren Schaden zu verursachen. Barthel zu Leupolth, der gerade damit beschäftigt war, sich mit einer Abteilung zum Entern fertigzumachen, spürte den mächtigen Luftstrom, der über ihre Köpfe hinwegging, und duckte sich automatisch. Aber da waren die Kugeln schon hinter ihrem Schiff im Wasser versunken, und eine weitere Breitseite beschädigte auch die Kraweel so stark, dass sie krängte und Wasser zog.

Das war der Moment, an dem die *Sibylla* längsseits ging, die Enterhaken flogen hinüber, und als die Entermannschaft auf das feindliche Deck sprang, das sich bereits gefährlich neigte, fand sie nur noch wenig Gegenwehr vor. Barthel war in seinem Element. Wer ihn in seinem Comptoir in Nürnberg erlebt hatte, wo er mit blassem, frisch rasierten Gesicht, einem Mühlsteinkragen und in vornehmer, schwarzer Samtschaube umherstolzierte, der konnte sich kaum vorstellen, wer hier an der Spitze der Seeleute auf ein feindliches Deck sprang, zwei Pistolen in den Händen und sie rasch hintereinander auf Kapitän und Steuermann abfeuernd, die auf dem Achterkastell standen. Die abgeschossenen Waffen schob er in den Gürtel, riss Katzbalger und Dolch heraus und stürzte sich in das dichteste Kampfgetümmel. Bereits nach ganz kurzer Zeit hatte seine Mannschaft auch den Letzten der Piraten über Bord geworfen, und nun wurde es Zeit, auf das eigene Schiff zurückzukehren.

Das Deck der Karacke wies jetzt eine gefährliche Schräglage auf. Dazu kam, dass es vom Blut der Getöteten schlüpfrig war und keinen festen Halt mehr bot.

Mit einem verächtlichen Lächeln um die Mundwinkel stellte sich Barthel an die Schanz seines Schiffes und beobachtete, wie die Trümmer der beiden Piratenschiffe durch die Wellen auseinandergetrieben wurden.

»Barthel, dem Himmel sei Dank, du bist unverletzt!«, rief Magdalena erleichtert aus. Verwundert drehte er sich um und erkannte seine Geliebte zusammen mit der Magd Gera, die beide einen sehr interessanten Anblick boten. Auch Gera hatte Männerkleidung angelegt, die Haare unter einer runden Mütze verborgen, und beide hielten lederne Eimer in den Händen, mit denen sie gerade einen kleinen Brand erfolgreich bekämpft hatten, der am Kastell nur wenig Schaden angerichtet hatte.

»Ich staune, Mag! Was hat euch denn dazu gebracht, mitten im Kampfgeschehen nach oben zu gehen?«

»Ach, Barthel, du hast gut reden! Sitz du mal da unten im Schiffsleib, wenn es draußen kracht und du das Holz splittern hörst! Wir haben es einfach nicht ausgehalten, und als hier das glühende Stück einer Kugel in das Holz einschlug, kamen wir wohl gerade rechtzeitig!«

Barthel nahm sie in die Arme, küsste sie auf Stirn, beide Wangen und schließlich auf den Mund und sagte leise an ihrem Ohr: »Ich bin stolz auf meine mutige Mag!«

»Herr Barthel, auf ein Wort!«, vernahm er die Stimme des Kapitäns.

»Was ist geschehen, Ihr seid ja richtig nervös geworden! Der Kampf ist doch sehr schnell vorüber, die Piraten auf dem Meeresgrund!«

»Kommt bitte mit unter Deck. Eine der Kugeln ist unterhalb der Wasserlinie eingeschlagen!«

10.

Neu-Augsburg, Dezember 1530

Als die beiden Männer das Kanonendeck betraten, stand dort noch eine dicke Pulverwolke. Es roch unangenehm nach Schwefel, während die Kanoniere dabei waren, mit nassen Lappen die Rohre auszuwischen und die Kanonen wieder gefechtsklar zu machen. Aus dem zum Frachtraum geöffneten Luken drangen ängstliche Rufe heraus, dazwischen gab es laute Hammerschläge. Rasch war Barthel am Niedergang und stieg ein paar Stufen hinunter. Der Geruch war hier kaum noch zu ertragen, da war der Schwefelgeruch nach verfaulten Eiern auf dem Kanonendeck geradezu angenehm. Aber in den Geruch der menschlichen Ausdünstungen hatte sich noch ein weiterer gemischt: Der Geruch nach ängstlichen Menschen. Auch das kannte Barthel von seinen früheren Reisen, und hier unten war die Angst der an ihre Bänke mit Eisenketten angeschlossenen Menschen verständlich, denn der Einschlag der Kugel hatte ein beträchtliches Loch in die Bordwand gerissen.

Doch der Schiffszimmermann war schon mit zwei Gehilfen bei der Arbeit und hatte bereits zwei starke Planken über dem Loch befestigt. Trotzdem drang noch immer das Meerwasser in einem Schwall ein, und die drei Seeleute waren völlig durchnässt.

Der Vorteil einer Karavelle ist jedoch die Bauart der Beplankung. Die Namensgebung dieses Schiffstyps kam von der kraweel-Beplankung, der nebeneinander liegenden Planken im Unterschied zu der Klinkerbauweise der früheren Schiffe.

Als Barthel sah, wie einer der Männer mit hervorquellenden Augen auf das hereinbrechende Wasser starrte und dabei an seinen Eisenschellen riss, trat er zu ihm und legte ihm zur Beruhigung die Hand auf die Schulter. Der Mann zitterte am ganzen Körper und wirkte mit seiner Hysterie auch auf die anderen ein. Zwar konnte sich der Nürnberger nicht mit ihm verständigen, aber als der Sklave verwundert aufsah und die beiden gut gekleideten Weißen sah, die sich vollkommen ruhig neben ihre Bänke stellten, fiel allmählich etwas von seiner Angst ab. Er deutete allerdings noch immer mit den Händen auf das am Loch hereinsprudelnde Wasser, aber jetzt legte der Schiffszimmermann eine weitere Schicht auf und befestigte sie mit wuchtigen Schlägen, während einer der Gehilfen das Pech zum Verschmieren bereithielt, und der andere die Lücken zwischen den Planken fest mit Werg verstopfte. Schon tröpfelte nur noch eine geringe Wassermenge herein, und als das Pech verstrichen war, hörte auch das auf.

»Siehst du wohl, mein Bursche, es ist alles wieder in Ordnung. Du glaubst doch wohl nicht im Ernst, dass wir euch hier unten ersaufen lassen würden?«, sprach Barthel mit beruhigendem Tonfall auf den Mann ein. Der verstand zwar keines seiner Worte, aber die ruhige Stimme und das nun wieder verschlossene Loch in der Schiffswand ließen ihn wieder langsamer atmen. Noch einmal klopfte ihm der Kaufmann beruhigend auf die Schulter, wie bei einem guten Freund. Erst, als er an der Seite des Kapitäns wieder nach oben stieg, wurde ihm diese Situation noch einmal bewusst.

Diese Menschen haben mir vertraut! In ihrer schlechten Lage sind die Weißen in ihr Rattenloch hinuntergestiegen und haben ihnen Mut zugesprochen! Und die Blicke der schwarzen Menschen, als ich zu ihnen sprach! Man könnte fast glauben, sie wären uns vielleicht doch etwas näher und nicht nur zum Arbeiten taugliche Burschen! Aber Unsinn – du wirst weich, Barthel, das muss die Anwesenheit von Mag machen! Wieder einmal muss ich mich ernsthaft fragen, welcher Teufel mich geritten hat, sie wirklich mit auf diese Reise zu nehmen! Aber hatte ich eine andere Wahl? Wie hätte ich vor dem Fugger dagestanden, wenn ich ihm die Wahrheit über uns beide erzählt hätte?

»Kapitän Lombardi, die Mannschaft hat vorzüglich gearbeitet. Gebt ihnen ein Fass Wein zum Dank und lasst uns bei nächster Gelegenheit ankern. Morgen werden wir das Schiff in einen einwandfreien Zustand versetzen und dann unter voller Beflaggung nach Neu-Augsburg segeln!«

Am Abend dieses ereignisreichen Tages saßen die drei Passagiere zusammen mit dem Kapitän in ihrer geräumigen Kajüte. Der Schiffskoch hatte ihnen aus den arg zusammengeschmolzenen Resten eine wohlschmeckende

Mahlzeit zubereitet, jetzt klang der Abend bei einem Glas Wein aus.

»Werden Sie sich länger in Neu-Augsburg aufhalten wollen, Frau Magdalena?«, erkundigte sich Kapitän Lombardi. Die Gefährtin des Schiffseigners hatte nach dem Feuereinsatz Mühe gehabt, Hände und Gesicht vom Ruß zu befreien und sich dann dafür entschieden, nach langer Fahrt zum Ende dieser Reise wieder Kleider zu tragen. Schon das unangenehme Umwickeln der Brüste ließ sich nur schlecht atmen, was bei den feucht-warmen Temperaturen der letzten Tage nicht gerade angenehm war.

»Nun, ich werde einmal sehen, was sich in dieser neuen Hauptstadt der Welser inzwischen getan hat. Barthel hat mir ja von den sächsischen Bergarbeitern berichtet, die in Häusern nach guter deutscher Art wohnen. Inzwischen gibt es noch mehr ausgewanderte Handwerker, darunter Bäcker, Schuhmacher und, für uns Frauen nicht ganz unwichtig – auch einen Schneider, der sich mit seiner Werkstatt von einfachen Reparaturen zu vollständiger Anfertigung der Garderobe anbietet. Nun wird eine Bergarbeiterfrau sicher nicht nach der neuesten spanischen oder englischen Mode bekleidet sein, aber ich hege doch die Hoffnung, einige Dinge, die auf der Reise sehr gelitten haben, auszubessern oder neu erwerben zu können.«

Alession Lombardi lächelte bei dem Gedanken, dass die vornehme Patrizierfrau ausgerechnet in der Kolonie etwas Brauchbares für sich entdecken wollte. Doch die Siedlung selbst wurde ja schon drei Jahre zuvor von dem Spanier Juan de Ampiés als Santa Ana de Coro gegründet und erhielt erst durch die Ankunft der Welser den Namen Neu-Augsburg. Der Vertrag mit der Krone sah zudem die

Gründung von zwei weiteren Städten in Neu-Spanien vor, sowie den Bau von drei Festungen. Es sollten nach und nach sechshundert Siedler in das Land gebracht werden, und derzeit befand sich etwa ein Drittel der vorgesehen Anzahl im Land.

»Sonderlich lange Zeit werde ich allerdings nicht müßig im Land verbringen«, warf Barthel ein. »Es geht um den raschen Verkauf unserer Ware, und dann werden wir sehen, was uns die neuen Kupferminen liefern werden. Auch bei meinen früheren Fahrten habe ich schon reichlich Gold, Silber und Edelsteine mitnehmen können, aber bei dieser Fahrt werden wir den Frachtraum auch zusätzlich mit einer anderen Ware füllen.«

Erwartungsvoll sah ihn Magdalena an, und Barthel wies auf ein kleines, unansehnliches Kästchen, das er hervorgeholt und auf das Bett gestellt hatte. Er nahm ein kurzes, grünlich-gelbes Stück heraus und legte es auf den Tisch.

»Zuckerrohr? Fast hätte ich mir gewünscht, dass das Haus Fugger damit beginnt, auch Zuckerrohr in Neu-Spanien anzubauen anstatt nur auf Hispaniola!«, sagte der Kapitän erfreut.

Magdalena nahm das runde Stück in die Hand und betrachtete es nachdenklich. Natürlich kannten alle Zuckerrohr, das seit vielen Jahren für hohe Summen gehandelt wurde und nur in den Häusern der Reichen Verwendung fand.

»Und das wird jetzt auch in Neu-Spanien angebaut?«, erkundigte sie sich.

»Richtig, Mag. Und deshalb braucht das Land noch mehr Sklaven. Wir werden dafür sorgen, dass der Nachschub nicht ausgeht.«

Mit einem leichten Stirnrunzeln hakte sie nach: »Weshalb können die Einheimischen diese Arbeit nicht erledigen? Es wäre doch viel einfacher, wenn man die Indios anlernen würde!«

»Ja, da habt Ihr wohl Recht!«, sagte schmunzelnd der Kapitän. »Aber leider sind die einheimischen Eingeborenen zu schwächlich für harte Arbeit!«

Als Magdalena ungläubig zu Barthel sah, nickte der zur Bestätigung.

»Es war Pater Las Casas, ein Dominikaner, der vorschlug, die Afrikaner dafür ins Land zu holen, und Königin Isabella von Spanien genehmigte 1510 den Transport von Sklaven. Wir erinnern uns doch alle an das Ereignis, als Cristobal Colon nach Hispaniola kam. Er brachte die Zuckerrohrpflanze dorthin, aber als der Dominikaner Bartolomé de Las Casas dort lebte, gab es kaum noch Eingeborene. Sie starben wie die Fliegen bei der Arbeit auf den Plantagen.«

»Und so kam das Haus Welser schließlich zum Zug, und das wird in den nächsten Jahren noch ein großes Geschäft für alle Beteiligten werden!«, ergänzte Kapitän Lombardi ein wenig doppeldeutig.

»Da bin ich mir sehr sicher, Kapitän!«, ergänzte Barthel und ob seinen Becher, um auf die Zukunft anzustoßen.

»Übrigens ist dieser Pater ursprünglich ein Soldat gewesen und hat auch auf Kuba gekämpft, bevor er Geistlicher wurde. Also durchaus ein Mann, der im Leben steht und gewiss etwas von den Indios verstand, als er die Sklaven aus Afrika empfahl.«

Als Barthel sich etwas später neben Magdalena ausstreckte und das Licht verlöscht hatte, sagte sie leise: »Es ist ja eigentlich furchtbar, wie diese schwarzen Menschen zur Ware bestimmt und gehandelt werden, Barthel.«

»Da stimme ich dir nicht zu, Mag. Schließlich werden sie von Menschen ihrer Rasse eingefangen und verkauft. Sie können gut arbeiten, werden für ihre Arbeit mit Essen, Trinken und Kleidung versorgt und leben in festen Häusern. Alles Dinge, die sie früher in ihrer alten Heimat kaum kannten. Und vergiss nicht, dass die Allerchristliche Königin Isabella von Spanien selbst den Sklavenhandel zugelassen hat.«

»Aber es sind auch Menschen mit einer Seele!«, warf Magdalena ein.

Barthel griff ihre Hand, führte sie an seine Lippen und hauchte einen zarten Kuss darauf.

»Siehst du, meine Liebe, genau das glaube ich nicht. Sie wissen nichts von Gott und beten irgendwelche Götzen an. Selbst diejenigen, die sich von den Priestern taufen ließen, werden immer wieder überrascht, wie sie ihre alten Götzen anbeten. Nein, ich glaube nicht, dass diese Sklaven eine unsterbliche Seele besitzen.«

Und wir brauchen sie nicht nur auf den Plantagen, sondern auch in den Kupferminen. Wie ich hörte, sind auch die Sachsen dem Klima nicht gewachsen und sterben ebenfalls sehr häufig am Fieber und anderen, unbekannten Krankheiten. Er war zuversichtlich, dass der Sklavenhandel noch über viele Jahre den Handelshäusern die Kassen füllen würde. Dazu die Edelmetalle und Edelsteine, als Nächstes das Zuckerrohr, und dann war da noch – die Stadt des Kaziken, der die Straßen und die Dächer der Häuser mit Gold decken ließ.

Barthels Gedanken eilten zurück in das Haus des Admirals in Genua. Hier hatte er das Buch entdeckt, aber sich nicht näher damit befassen können. Doch der Titel blieb ihm im Gedächtnis haften und bewegte ihn immer wieder erneut: »*Historia y leyenda de El Dorado su Autor Padre Hidalgo Rodriguez*«. Dieser Pater sollte sich derzeit in Neu-Augsburg aufhalten, und er war begierig darauf, seine Bekanntschaft zu machen.

Alles verlief wie geplant, zur Mittagszeit des nächsten Tages ankerte die Karavelle *Sibylla* vor der Küste Neu-Spaniens, direkt gegenüber der Stadt Coro, die nun den Namen Neu-Augsburg führte. Ein Boot brachte Barthel, Magdalena und Gera zusammen mit dem Kapitän an Land, wo sie als Erstes die Faktorei der Augsburger Gesellschaft aufsuchten und Bericht erstatteten. Währenddessen sorgten die Seeleute dafür, dass das *Schwarze Gold* ausgeladen wurde, an Land kam und sich dort in einem umzäunten Bereich, einem Viehcorral nicht unähnlich, aufhalten sollte, bis die Käufer sie begutachten konnten.

Als ein Arzt der Handelsgesellschaft kam und die Sklaven untersuchte, stellte es sich heraus, dass während der Überfahrt von den einhundertzwanzig männlichen Sklaven nur fünfzehn gestorben und der See übergeben wurden – ein außerordentlich gutes Ergebnis, denn man war inzwischen daran gewöhnt, dass etwa ein Drittel der zusammengepferchten Menschen die Überfahrt nicht überstand.

»Eure anderen Schiffe sind mit dem Anton Fugger bereits vor gut vier Wochen wieder aufgebrochen, Herr Barthel!«, erzählte ihm der Leiter der hiesigen Faktorei, ein Mann namens Pedro Maria Rodriguez, dessen Herkunft ein wenig nebulös war. Er sprach allerdings neben Spanisch und Portugiesisch auch Englisch und hatte sich von der Sprache der Einheimischen so viel angeeignet, dass er sich mit ihnen verständigen konnte. So war nun dieser Mann, in dessen Adern mit Sicherheit auch das Blut indigener Vorfahren floss, zum wichtigsten Statthalter der Welser-Fugger-Kompanie in Neu-Augsburg. »Und wenn Ihr zu den Kupferminen reist, möchte ich Euch auch ans Herz legen, einmal einen Ausflug nach Neu-Nürnberg einzuplanen. Die Ortschaft wurde vor wenigen Monaten gegründet und ist in der kurzen Zeit bereits ein aufblühendes Städtchen geworden. Ah, ich rede und rede, und da kommt doch der beste Kenner des Landes selbst!«, unterbrach sich Rodriguez. »Darf ich bekanntmachen? Der Nürnberger Kaufmann Barthel zu Leupolth mit seiner Gemahlin, dann Kapitän Lombardi – und das ist der beste Kenner des Landes und stammt, wie Ihr selbst, aus Nürnberg! Bartolomé Flores, genannt El alemán!«

Ein sehr gut aussehender Mann mit nur leicht gebräunter Gesichtshaut trat in das Comptoir, nahm seinen breitrandigen Hut ab und verbeugte sich höflich vor Magdalena und ihrer Magd Gera, die sich schüchtern in eine Ecke gedrängt hatte.

»Das ist wieder typisch für diesen Pedro Maria Rodriguez – immer muss er maßlos übertreiben. Ihr solltet übrigens seinen Bruder kennenlernen – ein sehr freundlicher Geistlicher und das ganze Gegenteil dieses Herrn hier. Im Übrigen bin ich Hans Blümlein, seines Zeichens Deckenweber aus Nürnberg.«

»Donnerwetter, ein Nachbar!«, rief Barthel erfreut und drückte dem Überraschten freundlich die Hand. »Und was hat Euch hier herübergeweht? Die Weberei wird doch hier wohl kaum goldenen Boden haben, oder irre ich?«

Der Mann stimmte in das fröhliche Gelächter ein und nahm Platz, nachdem ihn der Leiter der Faktorei dazu aufgefordert hatte. Es gab eine gut gekühlte Zitronenlimonade für alle, denn auch die Zitronen baute man im feuchtwarmen Klima des Landes an.

»Ich bin zunächst einmal in Sevilla durch meine Fuhrwerke und den Handel mit guten Pferden zu einem gewissen Vermögen gekommen, habe den Handel weiter ausgebaut und damit in Spanien gute Erfolge erzielt. Irgendwann brachten es meine Verbindungen mit sich, dass ich eine Fahrt nach Neu-Spanien unternahm – und da bin ich heute noch!«

»Interessant, und Ihr kennt Euch im Land aus?«

»Das will ich wohl meinen. Was interessiert Euch besonders?«

»Die Kupferminen. Wie ist der Ertrag?«

»Oh, außerordentlich gut, kann ich wohl sagen. Aber trotzdem kein Vergleich zu den großen Minen auf Hispaniola. Wenn Ihr investieren wollt, rate ich Euch, auf die Insel zu gehen.«

»Darüber würde ich später gern mehr von Euch erfahren. Seid Ihr noch morgen vor Ort und würdet Ihr mir etwas von Eurer Zeit gewähren?«

»Das lässt sich einrichten, Señor Barthel – bitte um Verzeihung, das rutscht einem jetzt schon so heraus – Herr Barthel! Sie finden das Haus, in dem ich für gewöhnlich bei meinen Aufenthalten in Neu-Augsburg wohne, direkt diese Straße weiter hinunter an der ersten Kreuzung. Das große, weiße Haus mit den Säulen davor ist das erste, das hier im Ort auf diese Weise errichtet wurde.«

»Herzlichen Dank, das will ich gern tun. Und eine Frage auch an unseren erfahrenen Leiter der Faktorei, weil Herr Blümlein – ach, herrlich, jetzt könnte ich um Verzeihung bitten – Señor Bartolomé Flores – das gerade erwähnte: Ist Euer Herr Bruder wohl anwesend?«

»Hidalgo? Aber ja, er ist gerade dabei, zusammen mit seinen Ordensbrüdern eine Kirche zu errichten!«

»Und wäre es wohl möglich, auch ihn zu sprechen?«

»Wenn Ihr gestattet, Señor Barthel, können wir den Padre morgen gern gemeinsam aufsuchen. Kommt zu mir gegen elf Uhr, dann reden wir über das Geschäft mit den Kupferminen und bummeln dann hinüber zum Padre, dem ich ohnehin noch eine Lieferung mit gutem, spanischen Wein versprochen habe.«

Die Aussicht, mit einem Fremden über die Aufzeichnungen zu sprechen, die der Padre über El Dorado niedergeschrieben hatte, fand bei Barthel keine große Begeisterung. Anderseits sagte er sich, dass ein Kenner des Landes auch nicht die schlechteste Begleitung war. So willigte er also ein, und als man zurück an Bord der *Sibylla* ging, war der Nürnberger in guter Stimmung. Nur der Gedanke, wie er dieses Unternehmen vor Magdalena verbergen konnte, beschäftigte ihn noch bis zur Schlafenszeit. Und seine Geliebte spürte, dass er über etwas nachdachte, über das er nicht sprechen wollte.

Erst in ihrer Kajüte ergriff sie die Initiative.

»Barthel, sag mir bitte eines ganz offen und ehrlich: Hast du Geheimnisse vor mir? Nein, bitte keine Ausrede!«, fügte sie rasch hinzu, als er sie liebevoll in die Arme nahm und ihr den Mund mit einem Kuss verschließen wollte. »Ganz offen heraus, wir haben jetzt so viele Dinge miteinander geteilt, gelten offiziell als Mann und Frau – wäre es da nicht angebracht, mich in deine Geheimnisse einzuweihen?«

»Geheimnisse?«, echote Barthel und zog ihren Duft tief ein, als seine Nase an ihrem Hals lag. Da war sie wieder, diese Mischung von Wärme, einem Hauch von Lavendel und einem Duft, den er nicht sofort identifizieren konnte, aber der für Magdalena eigen war. Nahm er dieses Gemisch sinnlich wahr, dann konnte es nur die Frau sein, die er mehr als alles andere liebte. Bei diesem Gedanken schob sich ein anderes Bild vor sein geistiges Auge. Er sah sehr deutlich die schöne und temperamentvolle Contessa vor sich, die ihn anfunkelte und des Verrats bezichtigte. Doch bevor ihm eine passende Antwort einfiel, dachte er daran, dass er vermutlich den ganzen Ärger mit Admiral Andrea Doria ihr zu verdanken hatte. Die Grimaldis waren seit Generationen mit der Familie Doria verbunden, das hatte er sich schon mehrfach ins Gedächtnis gerufen. Aber konnte es sein, dass ihn Tarcisa Grimaldi so verraten hatte? Ein anderes Gesicht tauchte vor seinem geistigen Auge auf. Er sah die Schankmaid Maria vor sich, ihre einfache Kammer, hörte ihre Seufzer und ihr Stöhnen, wenn er sie küsste, und... schrak auf, weil ihn Magdalena erneut küsste.

Mein Gott, Barthel, was bist du für ein Narr! Warum hast du damals zugelassen, dass Magdalena diesen ekelhaften alten Scheurl von Defersdorf heiratete, nur weil ihr Vater meinte, der Patrizier wäre eine gute Partie? Du wusstest doch ganz genau, dass Johann seine Tochter niemals dazu gezwungen hätte!

Er konnte nicht mehr zurück, jetzt war der Punkt erreicht, an dem er ihr alles erklären musste. Es ging nicht um das *Schwarze Gold* in Neu-Spanien, nicht um die Kupferminen, und eigentlich auch nicht um das Zuckerrohr. Das alles versprach hohe Gewinne, aber es verblasste auch jämmerlich gegen das eine große Ziel, das er nur durch den Blick auf einen Buchtitel immer wieder vor Augen hatte: El Dorado, die Goldstadt eines indianischen Kaziken. Und nie zuvor konnte er hoffen, diesem Ziel so nahe wie gerade jetzt gekommen zu sein.

Der Autor dieses Buches, Padre Hidalgo Rodriguez, befand sich ganz in der Nähe. Und am morgigen Tag würde er ihn aufsuchen und von ihm selbst hören, was er über diese Stadt wusste. Aber es war ihm auch klar, dass er dann aufbrechen würde, um die Stadt mit den goldenen Dächern und Straßen zu finden.

Schließlich musste er sich selbst gegenüber einräumen, dass es ihm gar nicht um das Gold dieser schon legendären Stadt ging. Barthel zu Leupolth war reich, sehr reich. Nicht so reich wie Anton Fugger, und auch nicht so reich wie die Welser. Aber doch so reich, dass er sich dieses Abenteuer mühelos leisten konnte. Sollte es sich als Fehlschlag erweisen – was tat es? Es wäre nur ein kleiner Passiv-Posten auf seiner Bilanz mit den Geschäften in Neu-Spanien.

11.
Unterwegs nach El Dorado, Dezember 1530

»Ihr habt also die Bekanntschaft des Admirals gemacht?« Das war weniger eine Frage als vielmehr eine Feststellung. Der Padre mochte bereits das sechste Lebensjahrzehnt überschritten haben, wirkte dabei aber noch immer sehr rüstig. Als Barthel mit Pedro Maria Rodriguez die Baustelle aufsuchte, an der dessen Bruder die Aufsicht führte, war das die Begrüßung nach einer kurzen Vorstellung.

»Ihr meint...«, antwortete Barthel zögernd, denn mit dieser Begrüßung durch den Franziskaner hatte er nicht gerechnet.

»Admiral Andrea Doria. Es gibt nur zwei Exemplare meines Buches. Eines davon besitzt der Kaiser. Das andere der Admiral. Deshalb vermute ich, habt Ihr meine Niederschrift eines alten Berichtes dort bei ihm gesehen.«

Barthel schluckte und nickte mit dem Kopf, weil er plötzlich einen trockenen Hals hatte. *Dann wird der Admiral früher oder später auch von meinem Besuch erfahren. Ich kann nur hoffen, dass ich hier Wesentliches über die Goldstadt höre und damit diesem Ziel näher komme!*

»Nun, Señor Barthel, wir müssen nicht lange um den heißen Brei reden. Ich weiß, um was es bei der geheimnisvollen Stadt geht, der die Spanier den Namen El Dorado gegeben haben. Es geht dabei um eine uralte Legende, deren Mittelpunkt Manóa ist, wie es die Guajiro nennen. Sie leben in der Nähe von Neu-Nürnberg, Ihr solltet Euch deshalb mit Bartolomé Flores zusammentun, er ist der beste Kenner der Gegend.«

»Ich hatte das Vergnügen, gestern seine Bekanntschaft zu machen. Trotzdem hätte ich gern etwas mehr von Ihnen erfahren, Padre. Was sind Eure Quellen?«

Der Franziskaner warf ihm einen belustigten Blick zu.

»Mündliche Überlieferungen, Señor Barthel, wie Ihr es Euch vielleicht denken könnt. Ich war dort in einer Mission tätig und habe einen alten Indio kennengelernt, der mich in die Bräuche und auch die Sprache seines Volkes eingeweiht hat. Er ist eine meiner Hauptquellen und behauptet, dass er noch mit seinem Großvater zu dem See gegangen ist, in dem der Kazike regelmäßig badete, um das Gold abzuwaschen.«

»Das verstehe ich nicht. Ein Kazike badete in einem See, um sich – Gold abzuwaschen? Wie ist das gemeint, Padre? Eine symbolische Handlung?«

Der Franziskaner lachte fröhlich auf.

»Señor Barthel, Ihr macht mir Spaß! Nein, nach den mündlichen Überlieferungen der Guajiro besaßen diese Indianer so unglaublich große Mengen an Gold, dass ihr Kazike jeden Tag in Goldstaub badete, um es dann, mit dem Untergang der Sonne, wieder abzuwaschen.«

Barthel warf Pedro Rodriguez einen zweifelnden Blick zu.

»Dann hat sich wohl alles Weitere damit erledigt. Ich kann mir nicht vorstellen, dass man Reste von diesem Goldstaub noch in dem See finden könnte!«, sagte er dann und schüttelte den Kopf über den Gedanken, der ihn seit dem Tag, an dem er den Buchtitel entdeckt hatte, nicht mehr losgelassen wollte.

»Ihr scheint sehr schnell aufzugeben!«, merkte der Padre an. »Könnt Ihr Euch nicht vorstellen, dass ein Volk, dessen Herrscher täglich im Goldstaub badet, mit diesen unglaublichen Goldmengen noch ganz andere Dinge getan hat?«

Barthel schaute auf und wartete darauf, dass der Padre in seiner Erzählung fortfuhr.

»Gut, ich verstehe, Ihr habt mein Buch nicht lesen können. Nun, ich will auch die Goldgier nicht weiter anstacheln, ich sehe schon an den Blicken, die Ihr mit meinem Bruder tauscht, dass Ihr am liebsten noch zu dieser Stunde aufbrechen wollt, um in der Umgebung von Neu-Nürnberg nach der sagenhaften Stadt El Dorado zu suchen. Ich kann Euch nicht daran hindern, möchte aber darauf hinweisen, dass im Falle eines Falles die Kirche zwanzig Prozent erhält, der Kaiser dagegen nur zehn, alles andere ist Euer Eigentum – wenn Ihr es denn fortschaffen könnt!«

Das Gesicht, das der Franziskaner bei diesen Worten zog, ließ keinen Zweifel daran, dass er sich genau das nicht vorstellen konnte.

»Gut, dann werde ich mich also aufmachen, mit Bartolomé Flores über die Möglichkeiten reden, und, wenn Euer Bruder Zeit hat, ihn bei dieser Reise mitnehmen.«

»Das ist soweit auch alles gut gedacht, aber das Wichtigste habe ich Euch noch nicht gesagt, Señor Barthel. Wenn Ihr an der Küste vor Neu-Nürnberg landet, müsst Ihr Euch auf einen Tagesmarsch einrichten. Wenn Ihr nach der Landung in nordöstlicher Richtung geht, seht Ihr schon von Weitem den einzigen Berg der Umgebung. Er liegt direkt an dem See. Dort könnt Ihr, mit viel Glück, auf den Bewahrer der alten Legenden treffen. Vorausgesetzt natürlich, dass er noch lebt. Es ist schließlich Jahre her, seit ich von dort zurückgekehrt bin. Damals gab es weder die Stadt noch überhaupt andere Weiße außer uns Franziskanern.«

»Und wie finde ich den Mann?«

»Er wird Euch finden, wenn er es will. Andererseits könntet Ihr dort Tage nach seiner Unterkunft suchen und sie nicht entdecken. Wäre er damals nicht in unsere Mission gekommen, um zu erfahren, welchen Zauber wir dort zelebrieren, hätte ich niemals von seiner Existenz erfahren.«

Barthel schüttelte den Kopf.

»Dann hat Euch dieser – was eigentlich? Zauberer? – der Indios aufgesucht und Euch sofort das Geheimnis von El Dorado erzählt?«

Der Padre lächelte mitleidig.

»Natürlich nicht. Wir nannten diesen Mann den *Heiligen des Sees*, und er war kaum eine Stunde bei uns, als wir die Gelegenheit erhielten, ihm bei einem Leiden zu helfen, mit dem er selbst vergeblich herumlamentiert hatte.«

Verwundert sah ihm Barthel ins Gesicht, und der Franziskaner wartete deshalb noch etwas ab, bevor er fortfuhr: »Der alte Indio hatte einen vereiterten Zahn, und ich habe ihm das Ding herausgerissen. Einfach so, mit einem Bohrer, und er hatte nicht gerade wenig Eiter dahinter, den er mir zum Dank auf mein Habit spuckte. So wurden wir aber Freunde.«

»Ich danke Euch, Padre, das dürfte vorerst genügen. Sollte ich Erfolg haben, erfahrt Ihr es direkt von mir.«

»Darauf freue ich mich schon heute, Señor Barthel. Wenn Ihr vor Reisebeginn die Beichte ablegen wollt, stehe ich Euch gern zur Verfügung.«

»Besten Dank, Padre, aber ich denke, das wird nicht nötig sein.«

Damit kehrten die beiden Männer zurück in die Faktorei, wo die nächsten drei Tage damit verbracht wurden, die Sklaven zu verkaufen und neue Fracht an Bord der *Sibylla* zu schaffen. Während dieser Zeit lebte Barthel zusammen mit Magdalena und der Magd Gera auf der Karavelle, weil ein kurzfristiges Beziehen eines Hauses zu umständlich gewesen wäre. Allerdings nutzte Gera die Zeit, um die gesamte Wäsche gründlich zu reinigen, alles zu lüften und in der warmen Sonne auf dem Deck zu trocknen. Zwar war sie noch immer in Sorge vor möglichen Übergriffen durch einen der Seeleute und führte deshalb ein kleines, aber scharfes Messer am Gürtel, das ihr Magdalena geschenkt hatte. Doch niemand kümmerte sich um sie, denn die Seeleute fanden ihr Vergnügen in der kleinen Stadt, in der es eine Taverne mit einem halbwegs trinkbaren Wein gab und dazu ein paar Frauen, die für wenig Geld zu allem bereit waren, für das man sie bezahlte.

Nur eines bereitete Barthel wirkliche Sorgen bei dem Gedanken, vielleicht schon in kürzester Zeit auf die Goldstadt zu stoßen. Das war Bartolomé Flores, jener Hans Blümlein aus Nürnberg, der ihn auslachte, als er ihm von dem Bericht des Padres und seinem Buch erzählte.

»Aber, bester Señor Barthel, glaubt doch bitte einem erfahrenen Landsmann von Euch, der mehr von den Indios gesehen und erfahren hat als mancher andere, dass dieses El Dorado ganz gewiss nicht an der Küste Neu-Spaniens liegt. Ich habe schon als Faktor (Inhaber) der Niederlassung für die Herren Lazarus Nürnberger und Jakob Cromberger auf Hispaniola gearbeitet, kenne inzwischen sehr viel von Neu-Spanien und plane zusammen mit einigen anderen Herren eine Expedition nach Peru. Auch Francisco Pizarro, der das Land unterworfen hat, glaubt an die sagenhafte Goldstadt in den Urwäldern von Peru. Wenn Ihr einen guten Rat nicht verschmäht, Herr Barthel – lasst die Finger von diesem Ausflug an den See bei Neu-Nürnberg. Es ist vergeudete Zeit.«

»Aber das Buch, das der Padre für den Kaiser geschrieben hat, und von dem Admiral Andrea Doria eine Abschrift in seinem Haus besitzt?«

Flores machte eine verächtliche Handbewegung.

»Ich kenne den Admiral sehr gut, weil ich auch zwei Jahre lang in Genua gelebt habe und mit sehr großem Erfolg meine Geschäfte verfolgen konnte. Der Admiral ist ein leidenschaftlicher Sammler von solchen Berichten, wird aber wohl kaum ein einziges Silberstück für eine solche Suche investieren wollen.«

Barthel schwieg und starrte nachdenklich in die Ferne.

»Ich sehe schon, dass ich tauben Ohren predige. Gut, fahrt dorthin, sucht diesen alten Indio, und ich bin sicher, dass Ihr mir schon bald zustimmen werdet, dass man diese Zeit besser hätte nutzen können. Wisst Ihr was, mein lieber Landsmann? Kommt mit mir nach Peru, in ein, zwei Jahren werde ich dort ebenfalls eine Faktorei gründen, und wir könnten dort gemeinsam nach dem El Dorado suchen, wo es sich vermutlich tatsächlich finden lässt. Mit Perlen, Edelsteinen, Gold und schließlich dem Zucker können wir beide dort mehr verdienen, als viele andere, die jetzt noch versuchen, auf Hispaniola Fuß zu fassen.«

Das Gespräch hatte zwei Tage vor dem Ablegen der Karavelle stattgefunden, und als man sich an diesem Morgen zur Abreise rüstete, kam der erfahrene Flores noch einmal vorbei, um sich zu verabschieden.

»Es war mir eine große Freude, Euch kennenzulernen, Señora Magdalena! Wenn es mir Euer Gemahl gestattet, möchte ich Euch zur Erinnerung noch ein Geschenk mitgeben.«

»Oh, ich hatte meinen Mann so verstanden, dass Ihr uns auf der Reise nach Neu-Nürnberg begleiten wolltet, Señor Bartolomé!«

»Ich bedaure außerordentlich, aber meine Geschäfte in Neu-Augsburg halten mich noch auf. Aber Señor Pedro wird ja mit an Bord sein, und einen besseren Begleiter für diese Reise könnte ich nicht benennen. Also – adios, adieu, lebt wohl, meine Freunde aus der alten Heimat! Grüßt mir Nürnberg ganz herzlich und erzählt vom alten Hans Blümlein, der sein Glück in der Neuen Welt gefunden hat!«

»Das werde ich gern tun, Señor Bartolomé!«, erwiderte Barthel, während Magdalena das Tuch auseinanderschlug, in das man ihr Geschenk gewickelt hatte. Als sie es in der Hand hielt, stieß sie einen überraschten Schrei aus.

»Meine Güte, Herr Blümlein, das ist nicht Euer Ernst!«, rief sie fassungslos aus und hielt Barthel den kleinen Handspiegel entgegen. Der Rahmen war so dicht mit Perlen besetzt, dass vom Holz nichts mehr zu erkennen war. Das Auffallendste an diesem Spiegel war jedoch ein riesiger Smaragd, der den oberen Teil schmückte.

»Ich bin überwältigt, Señor Bartolomé, ein solches Geschenk können wir doch gar nicht...«

»Unsinn, lieber Freund, kein weiteres Wort mehr. Ich sehe, welche Freude Eure schöne Frau daran hat, und mir war es eine große Freude, nach so langer Zeit einmal wieder Landsleute zu treffen – und noch dazu aus Nürnberg. Lebt wohl und gebe Gott, dass wir uns einmal gesund wiedersehen!«

»Tausend Dank für den wunderbaren Spiegel!«, rief ihm Magdalena noch nach, als er schon wieder am Ufer stand und ihnen noch einmal zuwinkte.

»Ein interessanter Mensch!«, bemerkte Barthel. »Ich werde versuchen, den Kontakt zu ihm zu halten. Offenbar ist Bartolomé Flores auf dem besten Weg, einer der reichsten und wichtigsten Männer in der Neuen Welt zu werden!«

Magdalena lehnte sich gegen seine Schulter und seufzte leise.

Barthel legte seinen Arm um sie und küsste sie auf den Scheitel.

»Du musst keine Angst haben, Mag. Diese Fahrt die Küste weiter hinauf und meine Erkundung des Landesinneren wird nicht gefährlicher werden als eine Reise von Nürnberg nach Augsburg!«

»Natürlich, Barthel. Und ich weiß auch, warum.«

»So, und warum bist du davon so überzeugt?«

»Weil ich dich auch dort begleiten werde, Geliebter!«

»Mutest du dir da nicht ein wenig zu viel zu, Mag? Schon die heiße Sonne wird dir zu schaffen machen, und ich weiß derzeit noch nicht einmal, ob wir in der neu gegründeten Stadt Pferde oder gar ein Fuhrwerk auftreiben können!«

»Wir werden sehen!«, antwortete sie lächelnd. Die beiden blieben an der Schanz stehen und sahen zu, wie die Karavelle ablegte, die Leinen herübergeworfen wurden, der Wind die Segel blähte und die *Sibylla* nahm rasch Fahrt auf. Die Reise verlief ohne Zwischenfälle, Sonne und Wind meinten es gut mit den Reisenden, und die rund hundertsiebzig Seemeilen lange Strecke bewältigten sie innerhalb von zwei Tagen mühelos.

»Das dürfte überhaupt keine Schwierigkeiten machen!«, erklärte ihnen gerade Pedro Maria Rodriguez, als Magdalena mit Barthel über die Möglichkeiten einer Reise ins Landesinnere sprach. »Wenn Ihr mir erlaubt, werde ich in die Stadt vorauseilen und uns Pferde besorgen. Aber wollt Ihr wirklich mitreiten, Señora Magdalena?«

»Selbstverständlich! Und macht Euch keine Sorgen um meine Reitkünste! Ich habe schon mit kaum zehn Jahren Wettreiten mit Barthel ausgetragen – und fast alle davon gewonnen!«

Sie lächelte freundlich zu ihrem Geliebten hinüber, der in diesem Augenblick aber keineswegs glücklich war. Die Sonne brannte unbarmherzig über Neu-Spanien, und das feucht-warme Wetter war nur erträglich, wenn es einen leichten Wind vom Meer herüber gab.

12.

Der Alte vom See

»Dort drüben finden wir bei den Bäumen sicher Schatten, Mag. Wir werden rasten und uns ein wenig erholen. Es ist diese feuchte Luft, die einem so zusetzt. Kein Wunder, dass einem das Hemd am Körper klebt!«

Die drei Reiter lenkten ihre Pferde auf die Baumgruppe zu und waren erleichtert, als sie zwischen den Stämmen wieder das Wasser des großen Sees erkannten, an dessen Ufer sie bislang geritten waren.

»Hier ist es so angenehm kühl, dass ich am liebsten bis zum Sonnenuntergang bleiben würde!«, sagte Magdalena, als Barthel und Pedro von den Pferden zurückkamen, die sie vorsorglich angebunden hatten. Sie glaubten noch immer, einen See vor sich zu haben, befanden sich aber tatsächlich am Ufer einer Meerenge. Das konnten die drei Reisenden jedoch nicht erkennen, zumal das Wasser im südlichen Teil anstandslos von den Pferden getrunken wurde – es war durch den Zufluss zahlreicher Flüsse und Bäche nicht mehr salzig wie das Meerwasser.

Gera, die Magd Magdalenas, konnte sie schon deshalb auf diesem Ritt nicht begleiten, weil sie nicht reiten konnte. Sie hatte aber ihren Herrschaften einen randvollen Korb mit Proviant gepackt, und Barthel hatte eben eine Flasche Wein geöffnet und ihnen aus den einfachen Bechern eingeschenkt.

Als er Magdalena den Becher überreichen wollte, erstarrte er in der Bewegung.

»Ganz ruhig bleiben, wir sind von Indios umzingelt!«, sagte er halblaut und behielt den Becher in der Hand.

Magdalena beherrschte sich gut in dieser unvermuteten Gefahr, trat neben Barthel und blickte den seltsamen Männern gefasst entgegen, die plötzlich zwischen den Bäumen standen. Keiner von ihnen war sonderlich groß, aber alle waren bewaffnet. Barthel erkannte sowohl Pfeil und Bogen in den Händen der Krieger wie auch Lanzen mit scharfen Spitzen. Niemand von ihnen regte sich. Ihre Haut war ziemlich dunkel, die langen Haare hingen ihnen bis auf die Schultern herunter, und mehrere der Krieger waren vollständig nackt, während andere einen schmalen Lendenschurz trugen. Etwas peinlich berührt bemühte sich Magdalena, den Blick nicht zu senken, als jetzt einer der Männer auf sie zutrat und Barthel mit dem Finger auf die Brust tippte. Dann deutete er zum Seeufer hinüber, wiederholte das Zeichen noch einmal und der Nürnberger sagte zu den beiden anderen: »Ich glaube, sie wollen, dass wir mitkommen. Wahrscheinlich befindet sich ihr Dorf in der Nähe.«

»Aber Barthel, können wir das riskieren?«, erkundigte sich Magdalena besorgt, und er antwortete mit ruhiger Stimme:

»Wenn sie uns umbringen wollen, könnten sie das jeder Zeit tun, Mag. Ich habe die Pistole und ein Messer am Gürtel, das Gewehr ist am Sattel befestigt, bei Pedro verhält es sich ebenso. Das heißt, wir könnten mit den beiden Schüssen aus unseren Pistolen zwei Krieger töten, hätten aber zugleich die Pfeile und Lanzen der anderen zu fürchten. Nein, ich glaube, es ist besser, wenn wir mit ihnen gehen. Sie sehen uns zwar nicht gerade freundlich an, aber ich kann auch keinen Hass in ihren Gesichtern erkennen. Wir haben keine andere Wahl, also lasst uns mit ihnen gehen.«

»Und die Pferde?«, warf Pedro ein.

»Tja – die werden wir wohl an dieser Stelle lassen müssen, denke ich. Geht alles gut, können wir sie nachher hier abholen. Also, Pedro, nur Mut.«

Die Eingeborenen achteten darauf, dass die drei dicht von ihnen umschlossen wurden und passten ihr Schritttempo den Weißen an. Als sie um eine mit Bäumen bestandene Landecke bogen, überraschte sie der Anblick von zahlreichen Hütten, die auf Pfählen direkt vor ihnen am Ufer standen.

»Das ist also ihr Dorf!«, sagte Barthel erstaunt. »Noch ein kurzes Stück zu Pferd, und wir wären mitten unter ihnen gewesen.«

»Würde auch keinen Unterschied machen!«, antwortete Pedro lakonisch.

»Was sind das für Indios, könnt Ihr dazu etwas sagen?«

Pedro Rodriguez zog die Schultern hoch.

»Wenn ich nach dem Bericht meines Bruders gehe, leben hier Völker der Wayuu-Indianer, die er als Guajiro bezeichnete«, antwortete Pedro.

»Guajiro? Dann wären wir ja bei den richtigen gelandet! Allerdings werde ich wohl den Traum von El Dorado schneller begraben müssen, als ich dachte. Wenn ich diese armseligen Hütten sehe, kann nicht viel vom Gold übrig geblieben sein!«

Pedro lachte nur auf, aber es klang nicht fröhlich.

Aus den Hütten schauten jetzt immer mehr Frauen und Kinder heraus und einige der Kinder kletterten rasch an einem schräg angelehnten Baumstamm herunter, der wohl als Leiter diente. Bald darauf umschwärmte sie eine laute Kinderschar und begleitete sie bis zu einer großen Hütte, die nicht auf Pfählen stand. Vielmehr war sie wie ein großes Dach eines europäischen Hauses errichtet, an Vorder- und Hinterseite offen, mit einer Feuerstelle in der Mitte, deren Rauch problemlos abstreichen konnte. Hier wurde gerade etwas über einem Feuer zubereitet, das nach Pedros Meinung eine Ziege sein konnte.

»Aber diese Indios essen eigentlich alles, was sie erlegen können. Es ist also möglich, dass es sich genauso gut um einen Affen handeln kann wie um einen der Hunde aus der Ansiedlung«, erklärte Pedro.

»Reizende Aussichten!«, kommentierte Barthel das, und warf einen Blick in Magdalenas Gesicht, die sich aber keineswegs zu ekeln schien. Vielmehr betrachtete sie sehr interessiert die vollkommen nackten Frauen aller Altersstufen, die hier geschäftig hin und her eilten und offenbar damit beschäftig waren, Essen für das Dorf zu bereiten.

»Jetzt verstehe ich auch viel besser, warum man diese Gegend seit einiger Zeit Klein-Venedig nennt! Es war wohl Amerigo Vespucci, der vor etwas mehr als dreißig Jahren an diesen See kam und die Häuser beschrieb!«, erklärte Barthel seiner Mag.

Doch zu weiteren Erklärungen blieb keine Zeit, denn jetzt schien sich eine Delegation wichtiger Männer zu nähern, denn die Krieger, die sie noch immer dicht umstanden, wichen ehrerbietig vor ihnen zurück.

»Oh, man trägt da wohl einen Thron heran!«, flüsterte Pedro. Tatsächlich kam hinter den würdevoll schreitenden Männern, die alle wesentlich älter waren als die sie umgebenden Krieger, ein Gestell, auf dem ein Mann saß, der ein geradezu biblisches Alter haben musste. Er wirkte schon fast wie ein bis zum Skelett abgemagerter Toter, den man vielleicht aus zeremoniellen Gründen hierher brachte. Doch als das Gestell abgestellt wurde, schlug der Mann seine tief in den Höhlen liegenden Augen auf und betrachtete die drei Weißen.

Magdalena musste mit einem leichten Schauer über den Rücken den Blick abwenden. Der Alte sah auch zu schrecklich aus. Seine dünnen, braunen Arme wirkten wirklich wie die eines lange im Grab liegenden Körpers. Aber als sie sich nun langsam hoben und der Alte dazu eine dünne, hohe Fistelstimme ertönen ließ, da fiel der Bann bei ihr und sie sah nur noch einen alten, schwachen Greis in dem weißhaarigen Menschen auf dem Thron.

»Mio... amigo... Hidalgo?«, sagte die brüchige, kaum hörbare Stimme des Alten und deutete mit der Hand auf die Fremden.

Pedro Maria Rodriguez reagierte sofort, denn dies musste der Mann sein, von dem sein Bruder berichtet hatte. Er trat einen Schritt vor, verbeugte sich tief wie bei einem fürstlichen Empfang und antwortete: »No Hidalgo – hermano (Bruder) Pedro!«

»Hermano?«, kam zweifelnd die Antwort, und Pedro beeilte sich, hinzuzufügen:

»Compadre Hidalgo – Bruder Hidalgo! Pedro!«

»Pedro!«, wiederholte der Alte, schien aber den Sinn der Vorstellung nicht verstanden zu haben.

»Ich hatte gehofft, der Alte verstände etwas mehr Spanisch!«, raunte Pedro den anderen zu. »Schließlich hat die Mission hier einige Zeit bestanden, und er hat von dem alten Mann auch einiges von ihrer Sprache erlernt! Wenn ich nur wüsste, was...«

»querer... doro!«, rief der Alte jetzt schon deutlicher und fügte gleich noch etwas in seiner Sprache hinzu.

»Was meint er mit doro? Oh verflucht, der Alte meint das Gold, d'oro!«, kombinierte Barthel, und bei diesen mit lauterer Stimme vorgebrachten beiden Wörtern erhoben die Krieger plötzlich in einer drohenden Geste ihre Speere und zielten damit auf die drei Fremden.

»No, no, doro!«, antwortete Barthel rasch und hoffte, dass der Alte wenigstens den Sinn begriff. »No d'oro, Hambre (Hunger)!« Im Moment, als er das Wort aussprach, hoffte er inständig, dass der Alte nicht damit glaubte, dass sie »Hunger auf Gold« hatten. Aber diese Befürchtung schien nicht zuzutreffen, denn der alte Mann sprach jetzt mit den ihn begleitenden Männern, in denen Barthel den Rat des Dorfes vermutete. Dabei sah er auch, dass der Alte mit der Hand zum Mund fuhr und die Bewegung des

Essens nachahmte, was von den Umstehenden mit Gelächter beantwortet wurde.

»Hidalgo!«, rief der Alte plötzlich wieder, und Pedro antwortete erneut: »No Hidalgo. Compadre! Pedro!«

Jetzt streckte der Alte seine rechte Hand in seine Richtung aus und wies mit einem knöchrigen Zeigefinger auf ihn. Wieder erteilte er seinen Begleitern einen Befehl, und gleich darauf sprangen zwei Krieger auf Pedro zu, packten ihn an den Oberarmen und schleppten ihn direkt zu dem Gestell.

»He, langsam!«, rief ihnen Pedro wütend zu, und Barthel überlegte bereits, ob er seine Pistole vom Gürtel lösen sollte. Vermutlich kannten diese Wilden keine Pistole, sonst hätte er sie wohl kaum noch behalten dürfen.

Jetzt stand Pedro unmittelbar vor dem Alten, der sich plötzlich vorbeugte, seinen Mund weit aufriss und mit dem Finger hineindeutete.

»Du meine Güte!«, rief Pedro erschrocken aus. »Der Alte muss denken, dass ich genauso erfahren bin wie mein Bruder Hidalgo in der Behandlung von Zahnschmerzen. Aber der Kerl hier stinkt aus dem Maul wie verfault, und ich kann nur dick geschwollene Beulen erkennen, wo eigentlich Zähne sein sollten!«

»Dann ist es auch klar, warum man uns in dieses Dorf gebracht hat. Würde der alte Häuptling nicht ständig unter verfaulten Zähnen leiden, hätten sie uns vielleicht schon alle bei unserem Rastplatz umgebracht!«, antwortete Barthel, und ängstlich drückte sich Magdalena an ihn. »Ganz ruhig, noch besteht keine Gefahr!«, raunte er ihr zu.

»Kannst du eine Eiterbeule mit dem Messer öffnen, Pedro?«

»Na sicher kann ich das, wenn die anderen den Alten festhalten. Aber mir wäre es lieber, du würdest mir dabei helfen. Nur vorsichtig, wenn du in die Nähe seines Maules kommst, der Gestank ist kaum noch auszuhalten!«

Als Barthel einen Schritt auf das Gestell zumachen wollte, streckten sich ihm sofort zwei Lanzen mit spitz zugeschlagenen Steinen darin entgegen.

»Ich will nur helfen!«, sagte er im beschwichtigenden Tonfall und streckte seine Hände behutsam aus. Doch die Krieger wichen keinen Zoll zur Seite.

»Medico!«, rief Pablo dem Alten zu, der ihn jedoch nur fragend ansah. »Doctor!«, fügte er noch hinzu, aber der Alte verstand nichts, bis Pedro nun ein anderes Wort einfiel, das er dem Alten fröhlich zurief und dabei auf Barthel deutete. »Padre! Er ist ein Padre, verstehst du alte Eiterbeule das vielleicht?«

Tatsächlich hatte der alte Häuptling begriffen, was ihm da dieser seltsame Weiße mitteilen wollte. Ein Padre war auch Hidalgo, der ihm vor langer Zeit bei seinen Zähnen geholfen hatte. Also zeigte er jetzt ein Lächeln um die eingefallene Mundhöhle und rief mit seiner Fistelstimme den Kriegern etwas zu, die daraufhin zur Seite traten und Barthel hindurchließen.

»Hört mir zu, Señor Barthel. Ein oder zwei dieser ekelhaften Eiterbeulen kann ich wohl aufschneiden, aber Ihr müsst seinen Kopf festhalten. Ich werde mein Messer heiß machen und rasch arbeiten. Sollte dann noch mehr erforderlich sein, wechseln wir uns bei der Arbeit ab. Vorausgesetzt, ich bin dann noch nicht in Ohnmacht gefallen.«

Mit einer sehr langsamen Bewegung zog Pedro sein Messer aus der Scheide und zeigte es dem Alten, der zur

Bestätigung nickte. Dann ging er hinüber zu dem Feuer, über dem noch immer das Tier gedreht wurde und das Fett zischend in die Glut tropfte. Hier bückte er sich und hielt die Messerspitze einige Zeit direkt in die Glut, dann eilte er mit schnellen Schritten zurück, und während der Alte von sich aus wieder den Mund öffnete, griff Barthel beherzt an den totenkopfähnlichen Schädel des Mannes, an dem die letzten Haare in kleinen Büscheln herunterhingen. Pedro zeigte sich sehr geschickt, und als der Alte sich plötzlich mit einer Kraft aufbäumte, die man seinem ausgemergelten Körper nicht zugetraut hätte, zog er die Klinge zurück. Gleich darauf gab der Häuptling einen Schwall übelriechender Flüssigkeit im hohen Bogen von sich, und Pedro entging dem Strahl nur um Handbreite.

»Oh mein Gott!«, stöhnte er dabei und presste sich den Ellbogen vor das Gesicht.

»Was macht er jetzt?«, rief Barthel besorgt, denn der Alte begann zu röchelnd und zu keuchen, als würde er mit dem Tod kämpfen.

»Verdammt, ich hoffe nur, er erstickt nicht an seinem eigenen Schleim!«, rief Pedro besorgt aus. Plötzlich waren die Krieger wieder heran und hielten ihnen die Speere auf die Brust. Die beiden Männer wichen zurück, wobei Barthel mit zwei schnellen Schritten wieder an der Seite von Magdalena stand, die vor Schreck vollkommen starr und zu keiner Bewegung fähig verharrte.

»Was ist geschehen?«, erkundigte sie sich besorgt, und Barthel legte schützend den Arm um ihre Schulter.

»Wir wissen es nicht, möglicherweise stirbt er.«

»Oh Gott, und was geschieht dann mit uns?«

Während die Berater hilflos um den alten Häuptling standen und sich laut unterhielten, schöpfte Barthel plötzlich wieder Hoffnung.

»Da kommt unverhoffte Hilfe aus der Stadt!«, sagte er mit einem tiefen Seufzer.

Tatsächlich hatten jetzt auch die Krieger die Ankömmlinge bemerkt. Waren sie eben noch um das Wohl ihres Häuptlings besorgt, so eilten sie jetzt der Reiterschar entgegen, die eben zwischen den Bäumen am Ufer entlangsprengten und mit ihren blitzenden Helmen und den Brustpanzern ein beeindruckendes Bild boten.

»Holla, da sind ja unsere deutschen Freunde!«, rief der erste Reiter, ein Mann mit einem sonnenverbrannten Gesicht und einem dichten, schwarzen Bart. Er hielt eine Pistole schussbereit, und gleich darauf waren auch die anderen fünf Reiter an seiner Seite, während die Dorfbewohner jetzt Schutz hinter ihren Kriegern suchten. Die waren zwar vor den Gepanzerten ein ganzes Stück zurückgewichen, machten aber nicht den Eindruck, als würden sie sich kampflos ergeben wollen. Ihre Blicke musterten die fremden Reiter genau, und als der Anführer nun sein Pferd zu dem seltsamen Gestell mit dem alten Mann lenkte, neben dem die drei Weißen standen, sonderten sich mehrere Krieger von den anderen ab und gingen in einiger Distanz parallel zu dem Reiter ebenfalls mit.

»Hallo, wenn das nicht mein alter Freund Pedro Maria Rodriguez ist, der sich heute in aller Frühe die Pferde geliehen hat, ohne mir einen *guten Tag* zu wünschen! Caballeros – oh, pardon, Señora, meine Herren – ich bin Friedrich Karl zu Bottenstedt aus der schönen Stadt Augsburg und hier im Dienste der *Welser-Fugger-Gesellschaft* als Hauptmann der Stadt Neu-Nürnberg. Ich hoffe doch sehr, dass die Wilden keine Schwierigkeiten gemacht haben? Señora – alles in Ordnung?«

»Oh Hauptmann, wie wunderbar, dass Ihr und Eure Männer gerade zu diesem Augenblick hier eintreffen! Wir fürchten, dass der alte Mann stirbt, nachdem ihm Pedro Eiterbeulen im Mund geöffnet hat!«

Der Hauptmann warf nur einen Blick über die Männer, die noch immer das Gestell umringten. »Ach was, der alte Häuptling ist zäh wie Leder! Niemand weiß, wie alt er ist, aber er hat hier schon vor dreißig Jahren gelebt, als Pizarro hierhergekommen ist.«

»Hat er damals etwas von dem sagenhaften El Dorado erzählt?«, erkundigte sich Barthel rasch.

»El Dorado?« Hauptmann zu Bottenstedt lachte aus vollem Hals, und auch die anderen Reiter stimmten mit ein. »Ja, natürlich, er behauptet immer wieder hartnäckig, dass in grauer Vorzeit ihr Kazike in diesem See gebadet hätte, um sein Gold abzuwaschen. Ich glaube, man braucht nicht viel von den Wilden zu verstehen, um zu erkennen, dass es hier niemals Gold gegeben hat!«

»Unsere Pferde stehen dort drüben bei den Bäumen!«, sagte Magdalena. »Begleitet Ihr uns bis dorthin, damit wir hier problemlos wegkommen?«

»Ist mir eine Ehre, Señora!«, erwiderte der Hauptmann mit einem Lächeln und tippte sich an den Helm. »Aber keine Sorge, diese Burschen hier sind ziemlich harmlos.«

»Gut, dann wollen wir ihre Gastfreundschaft nicht länger genießen!«, sagte Barthel erleichtert und wollte sich gerade abwenden, als ein durchdringender Ruf des Alten erklang. Erstaunt sahen ihn alle an, denn plötzlich schien er wie umgewandelt zu sein. Er hob beide Hände und bewegte sie rasch auf sich zu. »Wir sollen wohl noch einmal zu ihm kommen!«, ergänzte er, und gemeinsam schritten Pedro und Barthel an das Gestell, auf dem der alte Mann jetzt mehr lag als saß. Er hatte zwei kleine Gegenstände in die Hände genommen, die von grünen Blättern und irgendeinem Pflanzenteil fest umwickelt waren. Als die beiden Weißen vor ihm standen, drückte er ihnen die Dinger in die Hände und verzog seinen zahnlosen Mund zu einer Grimasse, die wohl seine Freude ausdrücken sollte.

»Nehmt besser die Geschenke an Euch, Freunde, es könnte sonst als Beleidigung aufgefasst werden. Nicht, dass wir diese Wilden zu fürchten hätten, aber man will ja auch gute Nachbarschaft halten!«, sagte Hauptmann zu Bottenstedt lachend. Die beiden Männer starrten auf die grünen Wickel, zuckten die Schultern und gingen dann los, wobei der Hauptmann Magdalena anbot, auf sein Pferd zu steigen.

»Das ist sehr freundlich von Euch, Hauptmann, aber ich habe mich genügend ausruhen können und denke, dass nach dieser Aufregung ein wenig Gehen meiner Aufregung nützlich ist!«

Auf diese Weise erreichten sie die Stelle ungefährdet, an der sie die Pferde angebunden hatten. Hier zog Barthel seinen Dolch heraus und durchtrennte die aus Pflanzen gedrehten Bänder, um den kleinen Gegenstand auszupacken. Mit einem lauten Pfiff durch die Zähne präsentierte er gleich darauf eine knapp daumengroße Figur auf der flachen Hand.

»Gold!«, sagte Magdalena staunend und nahm die Figur, die einen Menschen mit einem seltsamen Kopfschmuck darstellte, behutsam in die Hand. Gleich darauf zeigte auch Pedro eine ähnliche Figur vor.

»Ich glaube fast, dieses sagenhafte El Dorado ist nicht in Peru!«, sagte Barthel nachdenklich, als sie bereits wieder in den Sätteln saßen und zurück in die Stadt ritten.

»Darauf würde ich nicht wetten, Herr Barthel!«, antwortete ihm mit einem breiten Lächeln der Hauptmann. »Als Pizarro hierher kam, haben seine Leute jede Hütte durchsucht, jeden Krug umgedreht und hinter jeden Stein geschaut. Wenn der Alte aus Dankbarkeit Gold verschenkt, so muss er das keineswegs hier am See gefunden haben. Diese Wilden laufen meilenweit durch die Wildnis, um andere Stämme zu treffen, mit denen sie Tauschgeschäfte machen. Wer weiß, bei welcher Gelegenheit diese Figuren hierher gelangt sind!«

13.
Auf dem Weg ins Glück

Die Karavelle Sibylla war wieder im Karibischen Meer unterwegs. Eben hatte Barthel zu Leupolth den Steuermann aufgesucht, der dafür zu sorgen hatte, dass das große Ruderblatt im Heck jeder Bewegung einwandfrei folgte. Durch die lange Seereise bedingt, setzten sich Muscheln am Bootsrumpf fest, Würmer fraßen sich langsam durch das Holz, und wenn sich in den empfindlichen Steuermechanismus Algen und anderes Seegetier verklemmten, konnte es zu Problemen bei den notwendigen Segelmanövern und dem Ausgleich des Kurses über das Steuerruder kommen. Zudem war Kapitän Lombardi ständig dabei, den Kurs mit dem Jakobkreuz nachzumessen, und ständig waren die Seeleute mit dem Loggen beschäftigt. Dazu wurden die Logleinen über Bord geworfen, an deren Ende das mit Blei beschwerte Logscheit hing. Mittels einer Sanduhr, der sogenannten Loguhr, wurde die Entfernung der Leine gemessen, bevor das auf der Stelle schwimmende Logscheit wieder eingeholt wurde. Kapitän Lombardi wurde dabei durch Barthel zu Leupolth tatkräftig unterstützt, denn der Patrizier war stolz über seine mechanische Uhr, die man mit der ablaufenden Sanduhr verglich und die unterschiedlichen Zeiten schriftlich festhielt.

Auch ein Astrolabium kam dabei zum Einsatz, eine flache Scheibe, mit der man den sich drehenden Himmel darstellen konnte. Alles diente nur einem besonderen Zweck: Barthel wollte die bereits angefertigten Seekarten überarbeiten und damit Fehler ausmerzen, die bei den früheren Fahrten der Portugiesen entstanden waren.

Während der Nürnberger Patrizier gerade damit beschäftigt war, den Stand der Sonne zu bestimmen und ihre Position mit den anderen Aufzeichnungen zu vergleichen, trat Magdalena auf das Deck, verharrte einen Augenblick und beobachtete dabei Barthel mit einem liebevollen Lächeln.

Plötzlich blickte er auf und sah Magdalena unmittelbar vor sich.

Sie hatte seit Beginn der Rückreise von Neu-Nürnberg auf die Männerkleidung verzichtet, und wenn auch Gera noch ein wenig scheu war, so begleitete sie doch ihre Herrin bei jedem Gang über das Deck gern. Übelkeit machte sich bei der weiteren Fahrt nicht mehr bemerkbar, und manchmal musste Barthel über den Eifer der jungen Magd schmunzeln, die alles tat, um ihren Herrschaften das Leben an Bord so angenehm wie möglich zu gestalten. Sobald es das Wetter nur zuließ, schleppte sie das vollständige Bettzeug auf das Deck, knotete es geschickt an irgendwelche Taue, sodass es nicht davonwehen konnte, wusch und bezog alles ständig neu, sodass Barthel schon lästerte, dass er sauberer nach Genua zurückkehren würde als bei ihrer Abreise.

»Bedauerst du den so raschen Abbruch deiner Suche nach El Dorado?«, erkundigte sich Magdalena, als er sie mit offenen Armen empfing und sie sich an ihn schmiegte. Zwar schien auch heute noch die Sonne kräftig von einem nahezu wolkenlosen Himmel herunter, aber die frische Brise, die die Segel der Karavelle mächtig anschwellen ließ, ließ sie trotzdem manchmal frösteln. Bemerkte Barthel das, legte er lächelnd seinen Arm um sie und drückte sie an sich, und seine geliebte Mag genoss das sehr.

»Nein, Mag, eigentlich nicht. Weißt du, der Gedanke an dieses Buch im Hause des Admirals hatte in mir den Wunsch verursacht, mich an diesem Menschen zu rächen. Es war der Gedanke, dass ausgerechnet ein Buch aus seinem Haus mich für alles entschädigen würde, was ich durch seinen furchtbaren Folterknecht erleiden musste. Heute bin ich allerdings weit davon entfernt, und das ist in erster Linie dein Verdienst, geliebte Mag!« Zärtlich küsste er sie bei diesen Worten auf beide Wangen, bevor sich ihre Lippen zu einem innigen Kuss vereinten.

Eine Weile hielten sie sich schweigend in den Armen und schauten auf das Meer hinaus. Dann räusperte er sich und erkundigte sich so leise, dass sie Mühe hatte, seine Worte zu verstehen, obwohl er sie dicht an ihrem Ohr flüsterte.

»Was glaubst du, Mag, sind wir beide zu alt für ein Kind?«

Sie lachte leise auf und strich ihm mit der Hand über den Nacken. Dann verstärkte sie ihren Druck, sodass er sich etwas vorbeugte und ihren innigen Kuss leidenschaftlich erwiderte.

»Du Dummerchen, deine Frage kommt ein wenig zu spät!«, lautete ihre Antwort.

Barthel stutzte, aber als sie ihm lächelnd das Gesicht zudrehte, hatte er verstanden.

»Mag, du machst mich zum glücklichsten Menschen der Welt!«, sagte er lauter, als es eigentlich beabsichtigt war. Als sie sich erneut küssten, strich er liebevoll über ihren Bauch.

»Das wollte ich auch, Liebster, aber vielleicht sollten wir doch bei unserer Ankunft in Genua etwas regeln, das mich noch ein wenig bedrückt.«

»Was bedrückt dich, meine über alles geliebte Frau?«, erkundigte er sich und bedeckte ihr Gesicht mit zahlreichen, zarten Küssen.

Lachend wehrte sie ihn etwas ab und antwortete:

»Du bezeichnest mich auch jetzt wie schon zuvor in der Öffentlichkeit als etwas, was ich auf dem Papier noch nicht bin, Barthel: Deine Frau.«

Jetzt lachte er fröhlich heraus.

»Aber Mag, was für ein Unsinn! Als ob eine Unterschrift auf einer Urkunde oder der Segen eines Geistlichen etwas ändern würde! Wir sind ein Paar, und wenn wir es richtig betrachten wollen, schon seit dem Tag, an dem wir laufen konnten. Nein, sag jetzt nichts. Ich weiß, dass du deinen Vater mit der Einwilligung zur Hochzeit glücklich gemacht hast. Und sieh es doch einmal so: Wenn wir nach unserer

Rückkehr vor den Altar treten, um unsere Verbindung mit dem Segen der Kirche zu versehen – ist es nicht so, dass das Handelshaus der Familien zu Leupolth und auch Vestenberg nun noch vermehrt wird durch das angesehene Haus der Familie deines verstorbenen Mannes, der Familie von Defersdorf? Meine über alles geliebte Mag, mach dir eines doch klar: Du wirst die Herrin eines der mächtigsten Handelshäuser Nürnbergs! Unsere Nachfolger werden das weiter ausbauen, was wir von unseren Eltern vererbt bekamen. Der Tuchhandel, die Färberei, der Gewürzhandel – denk doch nur einmal an den Handel mit den Muskatnüssen, den mein Großvater Harlach auf so geschickte Weise eingefädelt hat! Jetzt mein Werk, das wir gemeinsam ausbauen werden – der Handel mit Neu-Spanien. Das *Schwarze Gold* wird noch über viele, viele Jahre unsere Kassen zum Überlaufen bringen. Denk dir doch nur einmal, dass die Welser über viertausend Sklaven liefern sollen! Und dann der Handel mit dem Zuckerrohr, die Perlen, das Silber, die Kupferminen und natürlich – das Gold der Indios. Sie haben es, und sie achten es wenig, tauschen es gern bei uns gegen Waren ein. Unser Haus wird wachsen, blühen und gedeihen. Vielleicht werden wir nicht ganz so mächtig werden, wie es die Fugger schon heute sind. Aber mir ist nicht Bange vor Vergleichen, und das Haus Welser wird kaum besser dastehen als unser Nürnberger Handelshaus!«

Erneut küssten sich die beiden innig, und erst, als die *Sibylla* durch einen auffrischenden Wind ein wenig in Schräglage geriet, trennten sich die beiden wieder, um gemeinsam den Blick nach Osten zu richten, wo irgendwann in den nächsten Wochen die Küste Spaniens wieder auftauchen würde.

Einen winzigen Moment lang dachte Magdalena an die beschwerliche Rückreise von Genua nach Nürnberg, aber dann legte sie den Kopf an die Schulter ihres Geliebten und dachte, wie schön es sein würde, wenn nach ihrem erstgeborenen Kind noch weitere das altehrwürdige Handelshaus in Nürnberg mit ihrem Lachen und Toben erfüllen würden. Fest drückte sie Barthels Hand und sah der Zukunft mit einem freudigen Lächeln entgegen. Sie würde an der Seite des einzigen Menschen stehen, den sie wirklich jemals geliebt hatte. In diesem Augenblick flehte sie Gott an, ihnen beiden noch viele, glückliche Jahre zu schenken.

Epilog

Barthel zu Leupolth kehrte mit seiner geliebten Magdalena glücklich nach Nürnberg zurück. 1531 kam ihr erster Sohn zur Welt und wurde auf den Namen Merte getauft. In den Folgejahren wurden Laurentz und Ella geboren. Das Handelshaus der Familien Leupolth, Eisfeld und Vestenberg wurde um das der von Defersdorf noch vermehrt. Dadurch entstand eines der mächtigsten Patriziergeschlechter im Frankenland. Und es gelang Barthel endlich, seinen verhassten Partner, Admiral Doria, auszuzahlen. Zu seinem Erstaunen war der Mann nur zu gern bereit, sich aus dem Sklavengeschäft zurückzuziehen. Zwar fand keiner von ihnen jemals das legendäre El Dorado, aber der Handel mit dem *Schwarzen Gold* brachte weiterhin hohe Gewinne, insbesondere auch in Bezug zu dem Anbau von Zuckerrohr. Man rechnete damit, dass ein Sklave pro Jahr drei bis vier Tonnen Zucker erwirtschaftete. Sein Kaufpreis hatte sich damit bereits nach zwei Jahren amortisiert. Insgesamt fünf Jahre würde er seine volle Arbeitskraft einbringen können, danach war er verbraucht und wurde oft krank. Aber zu diesem Zeitpunkt waren längst die nächsten Sklaventransporte eingetroffen. Im 18. Jahrhundert stiegen die Preise für Sklaven deutlich an, und man begann damit, sie regelrecht auf den eigenen Plantagen zu *züchten*.

Durch den Handel mit Tuchen, den Färbereien, dem ausgebauten Gewürzhandel und dem Handel mit Gold, Silber und Edelsteinen aus der Neuen Welt kam noch das Brauhaus hinzu, das in Nürnberg unter dem Namen *Leupolths Löwenbräu* mit dem Wappen der Familie versehen dafür sorgte, dass kaum ein Bürger an einem Produkt aus dem Patrizierhaus vorbeikam – sei es ein hervorragender Tuchballen in qualitätsvoller Einfärbung, sei es ein Säckchen mit Salz, Pfeffer oder den noch immer sehr begehrten Muskatnüssen. Dazu kam der wunderbar weiße Zucker, ein Luxus, den sich lange Zeit nur die Reichsten erlauben konnten. Ein Goldschmied aus einer Werkstatt des Hauses zu Leupolth verarbeitete Perlen und Edelsteine aus Neu-Spanien zu einem Schmuck, der sein Vorbild in dem Handspiegel fand, den Magdalene einst von dem mächtigen Bartolomé Flores geschenkt bekam. Dass dieser Goldschmiedemeister dereinst den großen Smaragd auf diesem schönen Stück als Fälschung entlarvte, tat der Sache keinen Abbruch. Der Spiegel wurde von Magdalena in hohen Ehren gehalten, und Kopien davon ließen sich die reichen Patrizierfrauen nur zu gern anfertigen.

Die Niederlassungen in Braunschweig und Hamburg florierten ebenfalls und festigten das Imperium des Hauses zu Leupolth. Nachfolgende Generationen konnten zuversichtlich in die Zukunft blicken.

4. AHORNBLÄTTER, ROT WIE BLUT (1777)

1.

Frühjahr 1777, Boudoir der Gräfin

Gretha legte großen Wert darauf, von den anderen Hausangestellten stets nur als Zofe bezeichnet zu werden, nicht als Magd. Da unterschied sie ganz deutlich zwischen ihrer Position und den Küchenmägden wie den Hausmägden, die für die Sauberkeit und die Wäsche verantwortlich waren. Mit dem Einzug der gnädigen Frau war auch sie mitgekommen, und hatte sogleich das Zepter über die anderen Diener geschwungen. Lediglich die alte Köchin bot ihr Paroli, und die beiden waren sich lange Zeit spinnefeind, bis es einen Auftritt mit dem Hausherrn, Graf Karl Wilhelm zu Mayenthal, gab. Er kam eines Tages in die Küche gestürmt und wütete dort laut schreiend herum, riss ein paar Töpfe und Kupferbehälter von den Regalen, verstreute einen Behälter mit Mehl und warf zu guter Letzt das Gestell mit den frischen Eiern um.

Genau in diesem Moment kam Gretha, die Zofe herein, stemmte ihre Arme in die Hüften und funkelte den Grafen wütend an.

»Herr Graf, ich muss doch sehr bitten!«

Als sich der so Angesprochene erstaunt zu der Zofe umdrehte und zu einer entsprechenden Antwort ansetzte, schnitt sie ihm kurz das Wort ab.

»Ich glaube nicht, dass unsere Köchin diese Behandlung verdient hat! Wenn Ihr der Meinung seid, dass Euer Essen nicht genügend gewürzt war, dann wäre es die Pflicht der Tischmagd gewesen, Euch die gewünschten Gewürze zu holen. Aber Ihr kommt hier in die Küche getobt und richtet ein solches Chaos an, dass man den Kopf schütteln muss. Das ist nicht recht von Euch!«

Graf Karl Wilhelm schnappte sichtlich nach Luft, fand aber keine Worte, und Gretha setzte noch einmal nach: »Wenn Ihr also die Güte besitzt und die Küche wieder verlasst, damit die von Euch angerichtete Unordnung wieder verschwinden kann, wäre ich Euch sehr verbunden!«

Dicht vor der couragierten Zofe blieb der Graf stehen, da sie ihm nicht den Weg frei- machte.

»Du sieh dich bloß vor, Gretha! Noch bin ich der Herr im Hause, hüte dich!«

»Und du solltest dich hüten, noch einmal in mein Bett zu kriechen, du Lüstling!«, flüsterte die Zofe zurück. Der Graf blieb wie vom Donner gerührt stehen, die Augen schienen ihm buchstäblich aus den Höhlen zu treten. Er öffnete den Mund, war aber nicht in der Lage, etwas zu sagen. Gretha trat so dicht an ihn heran, dass sie seinen sauren Atem riechen konnte und zischte ihm zu: »Das Schnupftuch, das du Widerling beschmutzt zurückgelassen hast, habe ich bislang noch nicht meiner Herrin gezeigt. Was sie wohl dazu sagen würde?«

»Das ist ja…!«, stieß Graf Karl Wilhelm aus, dann schob er die Zofe beiseite und war hinaus, noch bevor sie weitere Dinge so unglaublicher Art vorbringen konnte.

»Was war das denn, Gretha?«, lachte die dicke Köchin und verzog ihr dickes, rötliches Gesicht zu einem breiten Grinsen.

»Nichts weiter, Lisa. Du musst dir von dem Graf nur nicht jede Unverschämtheit bieten lassen.«

»Aber du hast...«

»Vergiss es wieder, du hast nichts gehört und weißt nichts. Das ist besser so, für uns alle, glaube mir, Lisa! Und jetzt muss ich zur Gräfin, denn der gnädige Herr wird sich hoffentlich für den heutigen Tag nicht mehr sehen lassen. Ah – hörst du? Eben hat er die Haustür ins Schloss geworfen. Wunderbar, dann wird es wieder einmal ein ruhiger Abend für die Gräfin und mich!«

Sie wollte hinauseilen, aber Lisa legte ihr eine Hand auf den Unterarm.

»Das vergesse ich dir nie im Leben, danke, Gretha!«

»Wir müssen doch zusammenhalten, Lisa!«, antwortete die Zofe schon im Hinausgehen.

Seit dieser Zeit war die Zofe Gretha anerkannt beim übrigen Hauspersonal. Es war nicht so, dass sie ihre Position ausnutzte, nur war sie allein für die Garderobe der gnädigen Frau zuständig und zudem so etwas wie ihre persönliche Vertraute. So blieb es für sie auch kein Geheimnis, dass Gräfin Friederike seit einiger Zeit eine Liaison mit einem jungen Leutnant hatte, der kaum halb so alt sein mochte wie ihr Gemahl.

Auch am heutigen Tag war der Graf am späten Nachmittag ausgegangen, um im Kreis gleichgesinnter, älterer Herren den einen oder anderen Schoppen Wein zu leeren und dabei eine Runde Monte zu spielen. Erfahrungsgemäß dauerten diese Abende bis weit nach Mitternacht, aber diesmal war alles anders. Graf Karl Wilhelm verlor schon in der ersten Stunde viel Geld, und es war kaum nach neun Uhr, als er einen Schuldschein unterschreiben musste, der ihn in arge Verlegenheit bringen würde. All das wusste er, glaubte aber, dass seine Frau wie immer für seine Schulden aufkommen würde, schon aus lauter Dankbarkeit, dass sie durch die Heirat nun den Titel einer Gräfin führen konnte.

Mit schwerem Kopf und unsicherem Gang wankte der Graf durch die Gassen Nürnbergs und gelangte schließlich an sein Palais, das sich in der Hirschelgasse befand und aufgrund seiner Größe in Nürnberg nur das Mayenthal-Schloss hieß.

Während Gretha sich im Vorzimmer ihrer Herrin mit einer Näharbeit beschäftigte und dabei versuchte, die Geräusche aus dem Boudoir zu überhören, hämmerte der Graf mit beiden Fäusten an die Tür und riss schließlich den Klingelzug. Dadurch alarmiert, klopfte die Zofe an die Tür ihrer Herrin.

»Verdammt, Friederike, hast du nicht gesagt, er käme nie vor Mitternacht nach Hause?«, rief der junge Offizier, der eben aus dem Bett sprang, in seine Kniebundhose schlüpfteg und seine Füße in die Stiefelschäfte quälte.

»Aber Liebster, das ist doch kein Grund, so überstürzt aufzubrechen! Komm zu mir, Johann!«

Doch der junge Mann streifte sich in aller Hast das Hemd über den Kopf, griff Uniformrock, Dreispitz und den Gürtel mit dem Degen auf, als die Gräfin sich erhob.

»Johann! Es besteht nicht der geringste Anlass, so überstürzt aufzubrechen! Gib mir einen Kuss!«

Der Leutnant bückte sich etwas zu ihrer hinunter und küsste sie flüchtig auf den Mund. Aber die Gräfin ließ nicht locker.

»So entkommst du mir nicht, Geliebter! Komm, einen letzten Kuss!«

Während sie ihm die Arme um den Nacken schlang und ihre üppigen Lippen auf seine legte, wurden Stimmen im Vorzimmer laut.

»Geh mir aus dem Weg, oder ich vergesse mich!«, schimpfte lautstark Graf Karl Wilhelm.

»Bitte, Friederike, keinen Skandal, das kann ich mir wirklich nicht erlauben!«, sagte der Leutnant schließlich und befreite sich aus ihren Armen. Im nächsten Augenblick war er am Fenster, und Friederike hauchte ihm noch einen Kuss zu.

»Übermorgen, Johann, zur gleichen Stunde!«

Im nächsten Moment warf er seine Sachen aus dem Fenster, um die Hände frei zu bekommen, hielt sich am steinernen Sims fest und griff an das Spalier, an dem sich eine Kletterrose emporrankte. Zwei, drei vorsichtige Schritte von Sprosse zu Sprosse, es knackte verdächtig unter seinen Füßen. Schließlich ließ er sich fallen, ging elastisch in die Knie, federte ab, griff seine Sachen auf und lief um das Haus herum, wo sein Pferd in einer schmalen Gasse geduldig auf ihn wartete.

Während er lachend seinen Rock überwarf und sich den Dreispitz auf den Kopf stülpte, stand im Boudoir seiner Geliebten der gehörnte Ehemann am Fenster, drohte mit der Faust in die Dunkelheit und stieß mit schwerer Zunge Verwünschungen aus. Gräfin Friederike ging, splitternackt wie sie aus dem Bett kam, an ihm vorüber, drängte ihn mit einer Hand beiseite und schloss mit der anderen das Fenster.

»Du… hast mir schon wieder… Hörner aufgesetzt!«, keuchte ihr Mann, sichtlich nach Luft ringend und bei jedem Wort mit der Zunge anstoßend. »Ich lasse… mich nicht länger… von dir zum Hahnrei machen! Das hat… ein Ende… oder ich… helfe nach!«

»Du wirst auf der Stelle mein Boudoir verlassen, Karl Wilhelm, sonst vergesse ich mich! Wir haben klare Regeln getroffen, als wir uns zu einer Ehe entschlossen haben. Ich bringe das Geld mit in die Ehe, du den Titel und das Schloss. Was ich ansonsten mache und wen ich mir in mein Bett hole, das geht dich überhaupt nichts an!«

»Ich lasse… mir das… nicht mehr bieten! Du kopulierst mit… jedem Mann, der… hier hereinspaziert…«

»Raus! Auf der Stelle!«, schrie ihn seine Frau an, und als er ihren nackten Körper mit stierem Blick betrachtete, deutete sie unmissverständlich zur Tür.

»Ich… gehe nicht. Habe… auch meine Rechte… als Ehemann!«, lallte er und begann, seine samtene Kniebundhose aufzunesteln.

»Unterstehst du dich auch nur für einen Moment, dich vor mir zu entblößen, schneide ich dir das Ding ab!«, schrie sie ihn an, und als der Graf noch immer sich um die Knöpfe an seinem französischen Hosenlatz bemühte, stand sie plötzlich vor ihm und hielt ein kurzes, dünnes Messer in der Hand. »Wage es, und ich kastriere dich auf der Stelle! Gretha! Komm herein und hilf mir, dieses betrunkene Schwein aus meinem Boudoir zu bringen!«

Die Zofe stand bereits an der Tür und hatte erschrocken festgestellt, dass ihre Herrin tatsächlich ein Messer in der Hand hielt und sich offenbar damit gegen ihren Mann zur Wehr setzen wollte.

»Um Gottes willen, Herrin!«, rief sie laut und griff den Arm des Betrunkenen, um ihn hinauszuzerren.

»Oh, Gretha, das... das ist gut... die Gräfin ist... unpässlich... da müssten wir beide... uns einig werden... es soll auch... dein Schaden nicht... sein!«

Die beiden Frauen antworteten nicht mehr, fassten den Grafen auf beiden Seiten unter und schoben ihn mit vereinter Kraft aus der Tür durch das Vorzimmer und hinaus auf den Flur.

Schließlich wurde die Tür zugeworfen und verschlossen.

Die beiden Frauen lehnten sich schwer atmend von innen dagegen, dann begann die Gräfin plötzlich laut zu lachen. Sie konnte nicht aufhören und steckte schließlich auch ihre Zofe mit dem Gelächter an, und während ihr Gemahl Karl Wilhelm sich auf dem Flur bemühte, die richtige Tür zu seinem Zimmer zu finden, griff Friederike zu einer Karaffe mit Wein, nahm die beiden Becher vom Tisch und goss sie voll. Anschließend reichte sie Gretha den einen davon und sagte:

»Es wird immer schlimmer mit dem Grafen, so geht das nicht weiter. Ich werde morgen unseren Advokaten aufsuchen und mich beraten lassen. Sollte er wieder Spielschulden gemacht haben, werde ich die Trennung noch in dieser Woche vollziehen lassen. Er musste schließlich schon beim letzten Mal ein Dokument unterschreiben, in dem er sich verpflichtete, die Karten nie wieder anzurühren.«

»Ob das wirklich so einfach geht, Gräfin?«, erkundigte sich Gretha schüchtern, aber Friederike lachte nur laut heraus.

»Warum denn nicht? Weißt du, auch bei den vornehmen Herrschaften geht es nicht anders zu als in deinen Kreisen. Nur habe ich andere Möglichkeiten als eine Bürgersfrau, denn ich besitze das Geld und habe ihn nur des Grafentitels wegen geheiratet. Außerdem sah er damals nicht schlecht aus, hatte beste Manieren und war ein gern gesehener Gast bei allen Patrizierfamilien und sogar in den Herrschaftshäusern. Aber das muss nun ein Ende haben. Darauf trinken wir jetzt, Gretha! Zum Wohl!«

Während die beiden Frauen den Wein austranken, war Leutnant Johann zu Leupolth auf dem Weg in seine Wohnung. Seine Familie, die sich bis ins 14. Jahrhundert in Nürnberg nachweisen ließ, hatte in den vergangenen Jahrzehnten alle Häuser in der Tuchgasse gekauft. Wo früher ihr Lagerhaus war und sich einige einfache Bürgerhäuser befunden hatten, wurde vor fast fünfzig Jahren alles abgerissen und mit zweistöckigen Steinhäusern neu bebaut. Die zu Leupolths hatten sich da von dem Haus der Fugger am Weinmarkt in Augsburg beeinflussen lassen. Seit Generationen waren die Handelshäuser freundschaftlich verbunden, und in früheren Jahren hatte man sogar gemeinsam Handel in Neu-Spanien betrieben.

In einem der Steinhäuser hatte der junge Leutnant seine Wohnung in der ersten Etage, im unteren Bereich gab es einen Salon, den er nach neuester Mode mit schweren, englischen Möbeln und Kristallleuchtern ausgestattet hatte, um hier in ungestörter Atmosphäre seine Freunde zu empfangen und gemeinsam bei Wein und etlichen Tabakpfeifen über die Dinge zu sprechen, die in dieser Zeit die Welt bewegten und in Atem hielten. In den Neu-England-Kolonien war es zum Aufstand gegen die englische Krone gekommen. Die Schüsse, die am 19. April 1776 bei Lexington fielen und britischen Soldaten galten, waren der Auftakt. Noch immer war kein Ende abzusehen, und es folgten die Ereignisse von Ticonderoga im Mai, wobei das strategisch wichtige Fort kampflos in die Hände der Aufständischen fiel. Anschließend folgte die monatelange Belagerung der Stadt Boston, die schließlich zu einer Schlacht mit über eintausend Toten führte und von den Briten gewonnen wurde. Doch in der Zwischenzeit hatte General George Washington das Kommando übernommen und das Heer der Revolutionäre auf insgesamt rund vierzehntausend Mann gebracht. Als es ihm gelang, die Anhöhen vor der Stadt einzunehmen, um dort Artillerie aufzufahren, zogen die Briten unter dem Kommando von Generalmajor William Huwe ihre neuntausend Soldaten aus der Stadt ab und segelten nach Nova Scotia ab.

Natürlich hatte Leutnant Johann zu Leupolth überwiegend Freunde aus dem Kreis der Offiziere. Einige ältere hatten noch im Siebenjährigen Krieg gedient, der unter Friedrich II., genannt *Der Große*, mit aller Härte geführt wurde und sowohl auf preußischer wie auf österreichischer Seite unglaublich hohe Verluste zeigte. Er dauerte von 1756 bis 1763 und endete im Februar des Jahres mit dem Friedensvertrag von Hubertusburg zwischen den Staaten Preußen, Österreich und Sachsen.

Das fränkische Heer, zu dem die Offiziere gehörten, verfügte über zwei Reiterregimenter. Johann gehörte zum Kürassier-Regiment von 1681, das nach dem Kriegsende von Feldmarschall Adam Friedrich von Tresskau geführt wurde. Der Leutnant hatte Urlaub erhalten, war zusammen mit mehreren Kameraden nach Nürnberg zurückgekehrt und wartete jetzt eigentlich nur darauf, dass sich die deutschen Fürsten entschließen würden, der englischen Krone ihre Unterstützung anzubieten.

Schon seit Wochen machten Gerüchte die Runde, dass ein Subsidien-Heer aufgestellt werden sollte, zu dem sich Freiwillige bei überdurchschnittlich hohem Sold melden konnten. Das war in den letzten Wochen das Gesprächsthema im Salon des Hauses zu Leupolth, und Georg Wilhelm zu Leupolth, der ältere Bruder Johanns und der Leiter des Handelshauses, sah diese Entwicklung voller Sorge.

Aber immer, wenn die beiden völlig unterschiedlichen Brüder über das Thema sprachen, gerieten sie aneinander.

»Was für ein Wahnsinn, Johann! Du wirst doch nicht in ein fremdes Land gehen und dich für den englischen König totschießen lassen! Die Kolonisten und die Briten können ihren Streit doch allein austragen, was geht das uns an!«

Johann hatte sich auf einen bequemen Stuhl im Comptoir seines Bruders gefläzt, sah aus dem Fenster auf das Treiben in der Gasse beim gegenüberliegenden Lagerhaus und schüttelte jetzt den Kopf.

»Du bist doch der Kaufmann, Bruderherz! Wenn du daran denkst, dass ein paar Tausend Soldaten mit allem ausgerüstet werden müssen, was ein Soldat im Feld so braucht, dann muss dir doch das Herz im Leibe hüpfen! Von den Monturen und den Hüten über Hemden, Hosen, Strümpfe, Schuhe weiter zu den Musketen, den Schießpulvervorräten und schließlich auch dem Proviant, den eine solche Armee benötigt, wenn sie auf dem Marsch ist!«

»Ich hasse diese Vorstellung, am Elend dieser armen Menschen auch noch Geld zu verdienen!«, schleuderte ihm

Georg entgehen, was bei seinem Bruder zu einem wahren Lachanfall führte. »Als ob diese Soldaten freiwillig in das fremde Land gingen!«

»Nun lass aber mal die Kirche im Dorf, Bruder! Unsere Vorväter haben einen großen Teil unseres Vermögens damit verdient, dass sie Sklaven gehandelt haben. Zusammen mit den Welsern haben sie in dem damals Klein-Venedig oder Neu-Spanien genannten Land die Kupferminen ausgebeutet, die Indianer unterworfen, Perlen, Silber und Gold tonnenweise nach Europa geschafft – und du hast Skrupel, die Armee zu beliefern? Lass dich auslachen, Bruder!«

»Aber es wird wieder Presswerbungen geben! Die Werbeoffiziere machen die jungen Männer betrunken, stecken ihnen das Werbegeld zu, und wenn sie aufwachen, sind sie bereits Soldaten!«

Der Leutnant schnaubte verächtlich durch die Nase.

»Einen solchen Unsinn kann auch nur jemand erzählen, der vom Militär überhaupt nichts versteht, Georg. Ein Subsidien-Heer gibt es seit Menschengedenken immer wieder, denn nicht jeder Herrscher kann sich ein stehendes Heer leisten. Wenn eine solche Armee aufgestellt wird, und es nicht Freiwillige sind, die sich dazu melden – was glaubst du wohl, was nach der Anwerbung und dem ersten Sold passiert? Richtig, die Burschen laufen schneller fort, als sie ihr Handgeld vertrinken können. Nein, glaube mir, Bruder: Die Werbung geschieht ehrlich, es gibt ein gutes Handgeld, und dann den Sold. Ich glaube, dass nach dem großen Krieg, den wir selbst zum Glück nur am Rand erlebt haben, weil wir Kinder waren, noch genügend Altgediente nicht wissen, wie sie ihr Leben jetzt ohne das

Militär fristen sollen. Viele haben doch nie etwas anderes gelernt! Ich fürchte fast, du kennst die Welt nicht mehr, Georg. Geh doch mal in eine Schenke und höre zu, was die Leute erzählen! Zwischen deinen Zahlenkolonnen gibt es kein Leben!«

Doch diese Gespräche führten zu nichts, wenn auch Johann in den letzten zwei Wochen allmählich eine Veränderung in der Einstellung seines Bruders feststellen konnte. Je aufregender die Nachrichten aus der Neuen Welt lauteten, desto leiser wurden seine Einwände. Schon sprach er gar nicht mehr davon, dass ein Kaufmann sich nicht am Elend der Soldaten bereichern dürfe, sondern prüfte den Einkauf geeigneter Stoffe für die Anfertigung von Monturen, den Uniformröcken. Er sprach mit verschiedenen Schuhmachern, erkundigte sich nach dem Preis von Zinn, das für die Herstellung der Knöpfe benötigt wurde, und kalkulierte offenbar immer deutlicher mit den Möglichkeiten, die sich ihm boten.

Gestern war es dann so weit. Georg erklärte seinem verblüfften Bruder, dass er in Verhandlungen mit einer hessischen Gruppe von Offizieren getreten sei, die von ihrem Landesfürsten den Auftrag erhalten hatten, die Preise für gewisse Gegenstände einzuholen. Da das Haus zu Leupolth noch immer gute Handelsverbindungen nach Braunschweig und Hamburg hatte, kamen nicht mehr nur bloße Gerüchte nach Nürnberg, sondern mittlerweile konkrete Berichte ihrer Agenten vor Ort. Und insbesondere die Nachrichten aus Braunschweig hatten den Nürnberger Kaufmann in helle Aufregung versetzt.

Als am Nachmittag dieses Tages Johann seinen Bruder aufsuchte, um mit ihm über ein paar aktuelle Dinge zu reden, die mit der Post aus den Neu-England-Staaten eingetroffen waren, erlebte der Leutnant seinen Bruder in denkbar schlechtester Stimmung.

»Wenn du so schlechte Laune hast, Georg, kann ich ja wieder gehen!«, sagte Johann, als ihm sein Bruder kaum den Gruß erwiderte und nur Augen für das Schriftstück in seinen Händen hatte.

»Nein, schon gut, und ich muss ja einräumen, dass ich dir Unrecht getan habe. Hätte ich schon früher auf dich gehört, hätten wir bereits ein gutes Geschäft unter Dach und Fach gehabt. So aber blieb für uns nur noch ein kleiner Teil übrig.«

Der Leutnant setzte sich wieder auf den Stuhl, seinem Bruder gegenüber, griff zu der Karaffe auf dem kleinen Tischchen und schenkte sich etwas von dem Wein ein. Dann stopfte er sich seine lange Tonpfeife, die er zusammen mit dem Tabakbeutel und dem Feuerzeug immer gleich dort liegen ließ, wenn er wieder in seine Wohnung hinüberging. Es war ihm einfach zu umständlich, die empfindlichen, langen Tonpfeifen hin und her zu tragen. Aber er liebte den angenehm kühlen Rauch aus den holländischen Tonpfeifen, während sein Bruder eine der herkömmlichen Pfeifen aus Meerschaum bevorzugte. Diese Pfeifen, aus dem Tonmineral Sepiolith gefertigt und aus der Türkei nach Deutschland gelangt, erfreuten sich rasch größerer Beliebtheit als die aus Porzellan gefertigten. Und da das Handelshaus zu Leupolth auch schon seit mehr als einem Jahrzehnt erfolgreich im Tabakhandel war, galt die Sorge der Brüder natürlich dem Markt in der *Neuen Welt*, von dem die meisten Lieferungen zu ihnen gelangten.

»Was ist jetzt genau passiert, dass du eine so üble Laune zeigst, Bruderherz?«

»Ach, die Braunschweiger Truppen rüsten bereits. Ein General aus Hessen wurde von Herzog Carl zum Oberbefehlshaber ernannt, du hast den Namen wohl schon einmal mir gegenüber erwähnt, ein Riedesel zu Lauterbach, meine ich.«

»Ja, den Herrn habe ich von einem Kurzbesuch beim hessischen Hof noch in guter Erinnerung, Georg. Was ist denn nun mit der Truppe?«

»Es wurde bereits auf Wunsch König Georgs III. ein Subsidien-Heer aufgestellt, das in Kürze ausrücken wird. Unsere Niederlassung in Braunschweig konnte nur die Weißknöpfe (Zinn), ein paar hundert Wasserflaschen, Leder für die Koppel und Patronentaschen sowie einiges an Kleingeräten liefern. Der Hauptauftrag ist an einen anderen Kaufmann gegangen, unser Partner in Braunschweig teilte mir eben mit, dass dessen Preise so niedrig waren, dass wir zugezahlt hätten.«

Johann stieß eine mächtige Qualmwolke aus und zeigte dann mit dem Pfeifenstiel auf das Schriftstück.

»Dann sei doch froh, Georg! Du hast nichts versäumt!«

»Ach was, Johann! Der Krieg wird, wie du selbst immer wieder sagst, nicht in ein paar Monaten beendet sein. Das heißt, es werden immer neue Truppenkontingente auf den Weg gebracht werden, und die benötigen ihre Monturen, Hemden, Hosen, und was weiß ich denn noch alles!«

Mit einem wütenden Gesicht schleuderte Georg das Schreiben über den Tisch, wo es Johann geschickt auffing und überflog.

»Na, das sind ja prächtige Zahlen, da kann ich deinen Ärger schon verstehen. Die erste Division verlässt in Kürze die Stadt und marschiert zur Küste, wo sie nach England eingeschifft wird. Aber gut, das ist nun verpasst. Lass uns daher alles daran setzen, in Hessen einen Vertrag zu erhalten, der uns Freude bereitet!«

»Du hast gut reden, Johann! Kannst du nicht nach Kassel reiten und dort mit ein paar wichtigen Militärs reden?«

»Ich? Georg, wie stellst du dir das vor? Ich bin ein kleiner Leutnant und muss in der nächsten Woche zu meinem Regiment zurück. Keiner der Herren, die für die Beschaffung zuständig sind, wird sich auch nur nach mir umdrehen, wenn ich meine Meldung mache und darum bitte, allergnädigst vorgelassen zu werden. Nein, Georg, da bin ich nicht der richtige Mann!«

»So meinte ich das auch gar nicht, Johann. Ich glaube fast, du willst mich absichtlich missverstehen!«, antwortete Georg brummend und rieb sich über den Nasenrücken, eine Angewohnheit, die er häufiger im Eifer machte.

»Na, dann möchte ich wissen, was dich wieder bewegt!«, antwortete Johann fröhlich. Sein Bruder beugte sich über den Tisch, sah ihm in die Augen und sagte nur ein Wort:

»Friederike!«

Johann erstarrte mitten in seiner Bewegung und hielt die Tonpfeife wie zur Abwehr vor sich.

»Das ist nicht dein Ernst, Georg!«, brachte er schließlich heraus.

»Aber warum denn nicht? Ich denke, die Gräfin zu Mayenthal ist eine gebürtige Kasselerin und hat ihren Herrn Gemahl am Hof des Landgrafen Friedrich II. von Hessen-Kassel kennengelernt – oder bin ich da falsch informiert?«

Der Leutnant war aufgestanden und legte die erloschene Pfeife zurück auf den kleinen Tisch. Anschließend strich er seinen Uniformrock glatt und griff nach dem Dreispitz.

»Du kannst nicht wirklich glauben, dass ich die Gräfin um Vermittlung bitte, Georg!«

»Und weshalb nicht? Ich habe aus Kassel erfahren, dass es um die Ausstattung von fünfzehn Regimentern geht, verstehst du? Wir reden hier nicht von drei- oder fünftausend Soldaten aus dem Braunschweiger Herzogtum, Johann! Es geht um etwa zwölf- oder gar bis zu sechzehntausend Soldaten, die alle ausgestattet werden müssen! Was hast du plötzlich gegen einen zusätzlichen Gewinn?«

»Natürlich nichts, Georg!«, antwortete Johann und stülpte sich den Dreispitz auf. Er trug keine gepuderte Perücke, sondern sein echtes, braunes Haar lang genug, um vorschriftsgemäß den Zopf zu flechten und die Seiten mit den Locken zu drehen. Jetzt warf er seinem Bruder einen langen Blick zu, bevor er sich zur Tür drehte. Als er sie öffnete, rief ihm Georg nach: »Überlege es dir noch einmal, Johann. Ich finde da nichts Ehrenrühriges dran, wenn du deine Bettgefährtin um einen Gefallen bittest!«

Bettgefährtin!, widerholte der junge Leutnant diesen Ausdruck in Gedanken. Er würde heute Abend seine Friederike aufsuchen. Aber war sie nur eine Bettgefährtin? War das nicht in Wahrheit Liebe zwischen ihnen beiden? Von ihrer Seite hatte sie es jedenfalls mehrfach betont, und auch Johann glaubte, sie wirklich zu lieben. Aber während der stürmisch verlaufenden Begegnungen war er sich nicht mehr sicher, ob es nicht vielmehr die Leidenschaft war, die ihn beherrschte. Konnte er sich überhaupt ein Leben ohne Friederike vorstellen?

2.

Unerwartete Besucher

Zu ungewöhnlich früher Zeit wurde in der Tuchgasse an eine Haustür geschlagen. Es waren zwei in dunkle Röcke gekleidete Herren mit einem schneeweißen, sorgfältig gefalteten Jabot im Kragenausschnitt, perfekt gepuderten Perücken, sehr blassen Gesichtern und großen, schwarzen Dreispitzen auf den Köpfen, die da Einlass begehrten. Schließlich öffnete ihnen ein Hausknecht, betrachtete die leicht blasiert wirkenden Gesichter und knurrte:

»Der Herr Leutnant schläft noch!«

Damit wollte er die Tür wieder schließen, aber rasch hatte einer der Herren seinen Fuß dazwischen gestellt und drückte die Tür mit der Hand wieder auf.

»Hör Er mal, Kerl! Wir sind die Anwälte Schneider und Schneider und nicht zu dieser frühen Stunde hierhergekommen, um uns von einem ungehobelten Hausdiener die Tür weisen zu lassen. Wenn Er nicht augenblicklich seinen Herrn weckt, machen wir Ihm Beine, verstanden?«

Doch noch bevor der Hausknecht antworten konnte, rief eine fröhliche Stimme von der Treppe her: »Lass die Herren Advokaten doch bitte in den Salon, ich komme sofort!«

Kaum hatten die beiden Anwälte den vornehmen Salon betreten, der auch auf sie Eindruck machte, da stand schon der Leutnant lächelnd vor ihnen und erkundigte sich: »Meine Herren – zu ungewöhnlich früher Stunde und dann gleich zu zweit! Das sieht nach amtlichen Geschäften aus, nur heraus mit der Sprache, dann habe ich es hinter mir! Und da der Besuch von zwei Advokaten zur Morgenstunde Ärger verspricht, bin ich froh, noch nicht gefrühstückt zu haben. Man übergibt sich so leicht wieder bei schwerer Kost. So, nun also, frisch heraus mit Ihrem Begehr!«

Einer der beiden elegant gekleideten Herren verzog leicht die Mundwinkel, als er ein Schriftstück aus der Rocktasche zog.

»Gehe ich recht in der Annahme, es mit Leutnant Johann zu Leupolth zu tun zu haben?«, erkundigte er sich mit näselndem Tonfall.

Johann riss sich zusammen, um nicht laut herauszuplatzen, und hielt sich auch zurück, als er antwortete:

»Ihr ergebener Diener, meine Herren!«

»Dann haben wir hier die Forderung unseres Mandanten, des Grafen Karl Wilhelm zu Mayenthal zu einem Duell.«

Mit diesen Worten vollführte der Mann eine elegante Bewegung und hielt dem Leutnant das Schriftstück hin, nach dem der Offizier jedoch nicht griff. Der Anwalt hatte damit gerechnet, und in einem peinlichen Schweigen sahen nun alle zu, wie es langsam auf den Boden schwebte, ohne dass sich jemand danach bückte.

»Ich betrachte das und Ihren Besuch als sehr schlechten Scherz, meine Herren. Deshalb schlage ich vor, wir vergessen diese peinliche Angelegenheit, Sie nehmen diesen Wisch von meinem Fußboden auf und verlassen das Haus blitzschnell. Dann könnte ich freundlich lächeln und glauben, ich hätte nur schlecht geträumt.«

Die beiden Anwälte wechselten einen raschen Blick, dann antwortete der Sprecher wieder:

»Sie scheinen die Lage falsch zu verstehen, Herr Leutnant zu Leupolth. Unser Mandant ist kein anderer als Karl Wilhelm Graf zu Mayenthal, den Sie beleidigt haben und der Ihnen deshalb durch uns seine Forderung zum Duell überbringen lässt.«

Johann starrte die beiden wortlos an, bis den Anwälten sein Blick unangenehm wurde und sie von einem Fuß auf den anderen traten. Aber sie machten keinerlei Anstalten, den Raum zu verlassen. Der Leutnant ging hinüber zu einem Wandschrank, schloss ihn auf und entnahm ihm zwei langläufige Steinschlosspistolen. Er spannte die Hähne der Waffen und richtete sie dann auf die beiden Anwälte.

»Was tun Sie da!«, rief der eine von ihnen entsetzt aus und wich zurück, wobei er gegen seinen Partner stieß und beide nun um ein Haar gestolpert werden.

»Nichts von Bedeutung, meine Herren Advokaten. Ich zeige Ihnen nur meine neueste Erwerbung aus Regensburg. Diese beiden hervorragend gearbeiteten Pistolen stammen aus der Werkstatt der Büchsenmachermeister Kuchenreuter. Ich schätze sie aufgrund ihrer Präzession. Was die Brüder Kuchenreuter in die Hand nehmen, wird zur Qualitätswaffe. Wenn Sie sich von der Wirksamkeit solcher Pistolen überzeugen möchten, bleiben Sie bitte noch einen Moment an der Stelle stehen, während ich Ihnen die Funktion demonstriere. Aufgepasst – ich zähle bis Drei! Eins...«

Schon bei der ersten Zahl waren die beiden Anwälte auf den Flur gelaufen, und jetzt klappte die Eingangstür, während Johann in ein lautloses Gelächter ausbrach.

Dann rief er laut nach seinem Burschen.

»Sag einmal, Ernst, kann hier eigentlich jeder ein- und ausgehen, wie er möchte?«, erkundigte er sich bei dem

Mann, als der verwundert den Salon betrat und den Leutnant mit den beiden Pistolen in den Händen erblickte.

»Herr Leutnant?«, erkundigte sich Ernst, als hätte er ihn nicht verstanden. Dann aber nickte er rasch und ergänzte: »Der Hausknecht öffnet die Tür, Herr Leutnant.«

»Ja, das habe ich wohl erkannt. Hör zu, Ernst: Du wirst jetzt in den Palast dieses Grafen zu Mayenthal hinübergehen. Dann verlangst du in meinem Namen, vorgelassen zu werden und erklärst ihm, dass ich den Grafen für nicht satisfaktionsfähig halte, hast du das verstanden?«

»Jawohl, Herr Leutnant. Darf ich dem Graf auch mitteilen, dass uns Soldaten jegliches Duell verboten ist? Schon gar gegen Zivilpersonen?«

Johann lachte fröhlich auf.

»Das kannst du gern tun, Ernst, Hauptsache, du bist rasch wieder zurück und berichtest mir von seiner Reaktion. Und jetzt los, ich will endlich frühstücken und dann von dir hören, was du erlebt hast!«

Der Bursche machte eine Kehrtwendung und war im nächsten Augenblick vor der Haustür, um zum gräflichen Palast zu laufen.

Johann hatte kaum sein Frühstück verzehrt, als sein Bursche wieder eintrat und Meldung machte.

»Halten zu Gnaden, Herr Leutnant, aber der Graf ist ein Esel!«

Der Offizier liebte es, den Morgen mit einer wohl gefüllten Kanne Kaffee zu beginnen. Auch der Handel mit den rohen Bohnen gehörte inzwischen zum Alltag des Hauses Leupolth. Johann lächelte bei dem Gedanken daran, wie das Getränk im Nu die Häuser der Patrizier erobert hatte und der Rat der Stadt sich aufgrund der neuen

Steuer die Hände rieb, die man, ganz dem preußischen Beispiel folgend, sofort auf den Kaffee legte.

»Und was hat dich zu dieser Meinung gebracht, Ernst?«

»Ihr hättet ihn einmal erleben sollen, als er mich angehört hatte. Ich habe ja schon einmal erlebt, was der Einschlag einer Kanonenkugel bewirkten kann. Das müsst Ihr Euch in etwa auf den Grafen vorstellen. Kaum sah er mich in meiner Montur, da lief er schon rot an und seine Hände begannen zu zittern. Als ich ihm dann noch Eure Nachricht überbrachte, hatte ich wirklich Sorge, dass sein dunkelrot angelaufener Kopf platzen könnte.«

»Das kann natürlich schon mal passieren, wenngleich ich auch Derartiges noch nicht gesehen habe, Ernst!«, antwortete der Leutnant und verkniff sich dabei sein Grinsen. »Aber seine Antwort?«

»Der Herr Leutnant werde schon sehen, wohin seine Verweigerung führt. Bei nächster Gelegenheit würde er ihn einfach über den Haufen schießen wie einen... bitte um Verzeihung, Herr Leutnant... wie einen tollen Hund!«

»Das hat er gesagt?«, rief Johann laut heraus und schlug mit der flachen Hand auf den Tisch.

»Halten zu Gnaden, Herr Leutnant, das – ja!«

Noch bevor die beiden ihre interessante Unterhaltung fortsetzen konnten, wurde heftig an die Haustür geschlagen. Gleichzeitig riss jemand an dem Klingelzug, als wollte er ihn herausreißen.

»Meine Güte!«, sagte Johann zu seinem Burschen und erhob sich von seinem Frühstückstisch. »Das wird doch wohl nicht dieser alte Trottel sein, der dir auf dem Fuß gefolgt ist?«

Sein Bursche war ans Fenster getreten und warf einen Blick auf die Gasse.

»Nein, das sind zwei Gendarmen, Herr Leutnant!«

Erneut wurde geklopft und an der Klingel gerissen.

Mit schnellen Schritten war Johann an der Tür und öffnete selbst in dem Augenblick, in dem einer der beiden Männer gerade mit einem dicken Stock dagegen schlagen wollte.

»Holla, lasst mir die Tür heil, ich bin nicht schwerhörig!«, rief er dem verdutzt zurückweichenden Polizisten zu. Beide waren vermutlich altgediente Soldaten, die jetzt als Feldgendarmen für Recht und Ordnung in der Stadt sorgten. Sie hatten von der Sonne gebräunte Gesichter, beide einen ordentlich geschnittenen Schnurrbart, weiß gepuderte Perücken mit dem vorschriftsmäßigen Zopf. Auf dem Rücken trugen sie ihre kurzen Büchsen an einem Riemen. Der Leutnant erkannte mit einem Blick, dass man diese Ordnungshüter mit einem Säbel und der sogenannten Jägerbüchse ausgestattet hatte, einer großkalibrigen, gezogenen Waffe, die seit dem vergangenen Krieg bei Scharfschützen verstärkt zum Einsatz kam. Zusätzlich hatte jeder der Gendarmen einen kräftigen Knüppel in der Hand, der wohl geeignet war, einem aufsässigen Burschen Benehmen beizubringen. Das schien dem Leutnant neu zu sein, denn er hatte bislang noch keinen Gendarmen mit einem Holzknüppel bewaffnet gesehen.

»Herr Leutnant Johann zu Leupolth?«, schnarrte jetzt der eine der beiden, nachdem er seine Fassung wieder gewonnen hatte und einen raschen Blick in den Flur des Hauses geworfen hatte, wo Ernst abwartend stand.

»So ist es, was kann ich für Euch tun?«

»Wir sind im Auftrag des Rates in der Stadt und überprüfen die Rechtmäßigkeit der Zoll- und Steuerpapiere.«

Johann lächelte und deutete auf den nächsten Eingang.

»Da seid ihr bei mir falsch, Kameraden. Das Handelshaus wird von meinem Bruder Georg betrieben und befindet sich im nächsten Gebäude. Ist schon ein wenig verwirrend, weil ja alle Häuser in der Gasse zum Leupolth'schen Haus gehören. Geht nur ein Stück weiter und klopft dort ebenso an, es wird schon jemand öffnen!«

»Halten zu Gnaden, Herr Leutnant, aber wir wollen in dieses Haus eintreten!«, schnarrte der zweite Gendarm und deutete auf den Bereich hinter Johann.

»Oh, und darf ich auch den Grund für eure Neugierde erfahren?«, spottete er.

»Jawohl, Herr Leutnant!«, antwortete wieder der andere und zog ein Papier aus seiner Montur. »Bei Euch riecht es so wunderbar nach frisch gebranntem Kaffee!«

Johann stutzte, dann machte er eine einladende Handbewegung.

»Nur herein, meine Herren Gendarmen! Ein Tässchen wird sich noch finden lassen!«

»Bedaure, Herr Leutnant, wir sind im Dienst und dürfen nichts zu uns nehmen. Es geht uns aber um die Papiere, die Ihr bekommen habt, wenn Ihr den Kaffee ordnungsgemäß gekauft, verzollt und versteuert habt!«

Verblüfft starrte Johann in das braun gebrannte Gesicht des Polizisten.

Der bemühte sich, ernst und streng auszusehen, obwohl ihm das gewiss nicht leicht fiel, denn dieser junge Offizier machte sich offensichtlich lustig über sie. Auch der andere Gendarm fühlte sich sichtlich unwohl, aber dann straffte sich seine Gestalt, er reckte das Kinn vor und ergänzte dann die Bemerkung seines Kameraden:

»Wenn Ihr also die Güte haben wollt, uns die Papiere vorzulegen?«

Jetzt musste Johann herzlich lachen.

»Ja, ist das denn die Möglichkeit? Jetzt hat man die braven Herren Gendarm zu Kaffeeschnüfflern gemacht? Nein, das ist ja köstlich!« Und erneut lachte er so heftig, dass ihm schließlich die Tränen über die Wangen rollten. Die beiden Gendarmen standen verlegen auf der Diele und wussten nicht, was sie jetzt davon zu halten hatten. Bei jedem anderen Bürger wären sie längst in die Küche gestürmt, wo der Kaffee in einer offenen Pfanne geröstet, gemahlen und zubereitet wurde, um sich von den vorhandenen Papieren zu überzeugen. Hier aber handelte es sich um einen Offizier, und da war Vorsicht geboten.

Jetzt wischte sich Johann die Wangen trocken und deutete hinüber zum Salon.

»Bitte, meine Herren, treten Sie doch ein. Gehe ich recht in der Annahme, dass Ihr beiden neu in Nürnberg in diesem Amt seid? Wir sind uns jedenfalls noch nicht begegnet, sonst könnte ich mich an Eure Gesichter erinnern. Also, dann will ich mal meinen Pflichten als anständiger Bürger der Stadt Nürnberg nachkommen. Hier im Schreibfach sind meine Papiere, bitte um Kontrolle!«

Die Gendarmen prüften genau die Dokumente, händigten sie wieder aus und salutierten.

»Ergebensten Dank, Herr Leutnant. Bitte uns nun zu entschuldigen, wir gehen nur unserer Pflicht nach.«, vermeldete der erste der beiden.

»Aber, gestattet uns eine Frage dazu, Herr Leutnant!«, fuhr der andere fort. »Wie kommt es, dass die Papiere auch mit Eurem Namen unterzeichnet sind?«

»Schon recht, fragt nur. Aber wissen die Herren denn nun auch, in welchem Haus sie sind?«

Die beiden Gendarmen warfen sich einen verwunderten Blick zu.

»Ja, schon, im Haus zu Leupolth!«, verkündete dann der andere. Die beiden schienen gut aufeinander eingespielt zu sein, denn nachdem der eine von ihnen eine Antwort oder Frage gestellt hatte, war anschließend der andere dran. Johann hatte natürlich auch das sofort bemerkt und hatte wieder Schwierigkeiten, Ernst zu bleiben.

»Ganz recht. Und unsere Familie betreibt seit Generationen ein Handelshaus in dieser schönen Stadt. Und zu einem Handelshaus im 18. Jahrhundert gehört manchmal auch der Handel mit Kaffee. Deshalb also auch auf den Papieren die Unterschriften meines Bruders Georg Wilhelm zu Leupolth, der unser Handelshaus leitet.«

Die beiden Gendarmen waren sichtlich verlegen und schauten auf den Boden.

»Nun, ist doch alles in Ordnung, meine Herren! Was mich bei dem Einsatz als Kaffeeschnüffler interessiert: Ihr geht also tatsächlich durch die Gassen und Straßen von Nürnberg und schnüffelt, wo es nach frisch gebranntem Kaffee duftet? Und dort verlangt ihr dann, die Papiere zu sehen?«

»Ja, Herr Leutnant, das ist unsere Aufgabe. Ihr könnt Euch sicher nicht vorstellen, wie viele Menschen den Kaffee bei irgendwelchen dubiosen Händlern kaufen und weder auf die ordnungsgemäße Verzollung achten noch bereit sind, die Kaffeesteuer zu entrichten!«, führte einer der beiden Schnauzbärtigen an.

»Interessant. Was passiert denn in einem solchen Fall? Ich meine, angenommen, ich hätte jetzt keine Papiere gehabt – was hättet ihr beide da getan?«

»Halten zu Gnaden, Herr Leutnant, aber dann gibt es kein Pardon mehr.«

»Will heißen?«, erkundigte sich Johann und musste sich erneute das Grinsen verbeißen.

Der Sprecher zeigte auf den handfesten Knüppel und erklärte dann:

»Also, gesetzt den Fall, es sind keine Papiere vorhanden. Dann müssen wir den Kaffeevorrat auf die Straße kippen.«

»Wie bitte? Alles in die Gosse? Was für eine Verschwendung!«

»Ist aber so, Herr Leutnant. Dann zerschlagen wir das Kaffeegeschirr.«

»Das ist ein Scherz, nicht wahr?«, antwortete Johann mit gespieltem Entsetzen.

Beide Gendarmen schüttelten energisch die Köpfe.

»Keineswegs, Herr Leutnant. Wir haben die Anweisung, als Weitung der vorgesehenen Bestrafung das auf dem Tisch befindliche Geschirr zu zerschlagen.«

»Meine Güte, was bin ich froh, dass ich nicht das teure Fürstenberg aus der Braunschweigischen Manufaktur für mich zum Frühstück benutze!«, spottete der junge Offizier, während der Gendarm mit seiner Erklärung fortfuhr:

»Außerdem wird ein Strafbefehl über zweihundertTaler verhängt.«

»Zweihundert...!«

Jetzt war Johann wirklich überrascht, und stolz wiederholten die beiden Polizisten:

»Zweihundert Taler. Das kann sich im Wiederholungsfalle bis zum Doppelten steigern, Herr Leutnant!«

»Mir wird ganz schwindelig, meine Herren Gendarmen! Aber auf den Schreck muss ich noch eine Tasse trinken – wie wär es mit einem frisch aufgebrühten Kaffee, meine Herren?«

»Nein, wirklich nicht, das dürfen wir nicht annehmen. Einen guten Tag, Herr Leutnant!«

Damit salutierten beide erneut militärisch, machten auf dem Absatz kehrt und marschierten an Ernst vorüber und verließen das Haus.

Jetzt aber gab es für Johann kein Halten mehr.

Erneut lachte er so herzlich, dass ihm wieder die Tränen über die Wangen rollten und steckte damit schließlich auch seinen Burschen an.

»Komm, Ernst, auf diesen ereignisreichen Vormittag nehmen wir beide aber einen Kaffee zu uns!«

3.
Eine Bluttat und ihre Folgen

Johann bereitete gerade das Kondom aus Schafsdarm vor, weil beide erneut die Lust überkam. Eigentlich hatte es Friederike gern übernommen, das Kondom über sein steifes Glied zu ziehen und die daran befestigten Bänder dann zu verschließen. Die beiden Liebenden sahen das immer gern als Auftakt für ein neues Vergnügen an, aber jetzt legte sie ihm die zarte, feingliedrige Hand auf seine und sagte leise:

»Lass es weg, Johann.«

»Aber Liebste, du...«

Weiter kam er nicht, denn sie hatte erneut seinen Kopf zu sich herangezogen und küsste ihn leidenschaftlich. Dann umschloss sie seinen Körper mit ihren Beinen und presste sich gegen ihn.

»Friederike, ich...«

Ein weiterer Kuss, und diesmal entwickelte sie eine solche Leidenschaft, dass er schwieg und ihre Zärtlichkeiten genoss. Irgendwann in einer kleinen Pause flüsterte sie ihm ins Ohr: »Lass uns aus Nürnberg verschwinden, Johann, ich halte dieses Leben nicht mehr aus!«

»Aber wohin willst du gehen, Friederike? Und dein Leben hier einfach so aufgeben – für mich?«

Zwischen den folgenden Küssen antwortete sie mit zärtlicher Stimme: »Du bist meine große Liebe, Johann. Noch ist es nicht zu spät für mich, Kinder zu bekommen. Ich will eines, nein zwei, drei – von dir, Johann! Lass uns heute Nacht den Anfang eines neuen Lebens machen. Du bleibst bis zum Morgen bei mir, dann erkläre ich meinem Gemahl, dass ich ihn verlassen werde.«

»Aber Friederike, wie willst du das alles gestalten und dein Vermögen vor ihm retten?«

»Dafür ist Vorsorge getroffen. Der Graf hat erneut sein schriftlich beim Advokaten hinterlegtes Gelübde gebrochen und hohe Spielschulden angehäuft. Das war Teil unserer Vereinbarungen: Hört er nicht mit seiner Spielleidenschaft auf, wird unser Ehevertrag auf mein Betreiben hin gelöst.«

»Gut, das ist also geregelt, Liebste. Ich bin ja nun auch nicht gerade arm und kann mich auf meinen Bruder Georg jederzeit verlassen. Wenn du schon so weit vorausgeplant hast, wirst du auch schon ein Ziel gefunden haben, oder?«

»Lass uns nach Paris gehen, Geliebter, dort besitze ich, wie du weißt, ein kleines Haus am Stadtrand. Wir genießen den Frühling in der Stadt, die die Mode bestimmt und ein anderes Leben bietet als in diesem miefigen, bürgerlichen Nürnberg, wo jeder uns beobachtet, um sich dann wieder das Maul zu zerreißen.«

Die beiden verfielen erneut in einen wilden Liebestaumel, und zwischendurch schwor ihr Johann, dass er nie wieder von ihr weichen wolle, komme auch, was da kommen wolle.

»Paris, meine über alles geliebte Friederike! Das wird unser neues Leben, und sicher finde auch ich bald eine geeignete Tätigkeit! Es wäre ja sogar denkbar, dass ich in die französische Armee eintrete – die Sprache spreche ich ja so leidlich!«

»Ach, Johann, Johann, ich bin so glücklich!«, stöhnte Friederike und bedeckte sein Gesicht erneut mit Küssen. »Paris wird wunderbar, und du wirst sehen – schon bald wirst du gar nicht mehr daran denken, etwas anderes zu tun, als mich zu lieben!«

Sie lachten glücklich, und als sie jetzt erschöpft in die Kissen fielen und sich in Löffelchenstellung aneinander schmiegte, sagte sie leise in sein Ohr: »Es wird wunderbar, Johann, und wir werden Kinder haben – viele Kinder, und die Leute werden unsere hübschen Kinder bewundern und sagen, dass sie ein Zeichen für unsere Liebe sind!«

»Eine wundervolle Vorstellung, Liebes«, antwortete Johann leise, als ihn plötzlich ein Gedanke durchzuckte. »Du hast doch die Tür zum Boudoir verschlossen?«

Friederike drehte sich wieder zu ihm um und hauchte leise: »Aber ja, glaubst du, ich möchte ausgerechnet in der heutigen Nacht gestört werden? Küss mich, Johann, komm zu mir!«

Wieder vergaßen die beiden Liebenden die Welt um sich herum, als es plötzlich einen unglaublich lauten Krach gab. Die Tür flog gegen die Wand, und das Licht einer Blendlaterne fiel auf das zerwühlte Lager.

»Habe ich Euch endlich erwischt!«, schrie eine vor Wut überschnappende Stimme. Gleich darauf erkannte Johann hinter der Laterne eine verdächtige Bewegung, drehte sich herum und warf sich von dem Bett flach auf den Boden. Hier lag sein Gürtel mit dem Degen, dessen Griff er in dem Augenblick packte, als ein zweites Krachen in seinen Ohren klingelte. Im Aufblitzen des Schusses erkannte er, wo sein Gegner stand und sprang auf ihn zu. Er hatte nicht Friederikes Schrei gehört, denn noch immer war er wie taub nach dem Knall der abgefeuerten Waffe. Dazu erfüllte Pulverrauch und Schwefelgestank den Raum. Doch jetzt hatte er seinen Gegner erreicht, der die abgefeuerte Pistole achtlos auf den Boden warf und erneut den Arm hob. *Eine zweite Waffe! Der Verrückte hat zwei Pistolen mitgebracht, um uns zu töten!*, zuckte der Gedanke durch Johanns Kopf, und mit einem schnellen Degenstoß hoffte er, den Arm des Angreifers zu treffen. Doch auch dieser Schuss krachte, und Johann spürte ein feuriges Brennen, das ihm über den Kopf fuhr. Noch immer konnte er nichts hören, aber jetzt griff er die Laterne auf und hielt sie dem Angreifer entgegen.

Karl Wilhelm Graf zu Mayenthal lag mit glasigem Blick neben der aufgebrochenen Tür, während aus der Wunde unmittelbar über dem Herz das Blut schoss.

»Friederike, ist alles in Ordnung?«, rief Johann mit überlauter Stimme, denn noch immer konnte er nicht wieder richtig hören.

Rasch trat er an das Bett und hob die Laterne, weil seine Geliebte wohl nicht geantwortet hatte. Als der Lichtschein auf ihr Gesicht fiel, stieß er einen entsetzten Schrei aus und taumelte zurück, wobei ihm die Laterne aus der Hand fiel. Der Schuss hatte sie mitten ins Gesicht getroffen und ihre zarten Züge mit brutaler Gewalt zerstört. Der Anblick war so schrecklich, dass Johann spürte, wie sich ihm der Magen umdrehte.

In dem Augenblick, in dem er sich neben dem Bett übergab, klopfte ihm jemand auf den Rücken, aber er reagierte nicht darauf, krümmte sich würgend zusammen und wäre in diesem Moment am liebsten gestorben. Erst jetzt drangen die Worte an sein Ohr, die ihm Gretha zurief.

»Ihr müsst hier fort, Leutnant, schnell! Die Schüsse sind in der Nachbarschaft gehört worden! Findet Euch ein Gendarm oder der Nachtwächter hier vor, wird man Euch für den Tod der beiden verantwortlich machen!«

»Gretha! Wo bist du die ganze Zeit gewesen?«

»Der Herr hatte mich in einer Kammer im Erdgeschoss eingeschlossen. Als ich die Schüsse hörte, bin ich durch eines der Fenster hinaus. Jetzt nur schnell, ich höre schon Schritte auf der Treppe!«

Johann verharrte noch einen Moment und blickte ein letztes Mal in das schrecklich entstellte Gesicht seiner Geliebten. Dann drückte er einen Kuss auf ihre Hand, legte sie behutsam zurück und war im nächsten Augenblick am Fenster, um auf die gleiche Weise zu entfliehen wie erst kürzlich. Er erreichte das Pflaster, als über ihm Lärm erklang und jemand laut nach der Polizei rief.

Hastig eilte er um die nächste Ecke, seine zusammengeraffte Kleidung noch in den Armen. Dann zog er sich an, behielt aber die Stiefel in der Hand, weil jetzt deutlich Schritte hinter ihm erklangen. Johann hetzte um die nächsten Straßenecken und jagte zur Gasse mit den Leupolth'schen Häusern. Als er in sein Haus trat, rief er lautstark nach seinem Burschen, und als der aus dem Schlaf gerissene Ernst mit großen Augen seinen Herrn erblickte, der in seiner Schlafkammer dabei war, ein paar Dinge in einen großen Mantelsack zu stecken, ahnte er vielleicht etwas von dem Geschehenen.

»Keine Zeit für Erklärungen, Ernst. Geh in den Stall und sattle mein Pferd, ich muss noch in dieser Stunde Nürnberg verlassen!«

»Der Graf?«

»Schlimmer, Ernst. Er hat Friederike erschossen, bevor ich ihn mit dem Degen traf.«

»Aber, Herr Leutnant, Ihr blutet am Kopf!«

»Eine Schramme, mehr nicht. Der Graf hat mich knapp verfehlt. Jetzt los, eile dich, es gibt kein Zurück mehr für mich!«

»Wo wollt Ihr hin, Herr Leutnant?«

»Weg, über die Grenze, in ein anderes Land, nur fort von Nürnberg!«

»Ich komme mit Euch!«

»Unsinn, es genügt, wenn ich desertiere! Und jetzt, eile dich, Ernst!«

Der Bursche lief hinunter zum Hof, während Johann weiter Bekleidung einpackte. Schließlich eilte er, den Mantelsack über der Schulter, in seinen Salon, nahm die beiden Kuchenreuter-Pistolen heraus, warf sie zusammen mit einem Pulverhorn, der Kugelform und mehreren Bleistangen sowie einer Dose zurechtgeschlagener Feuersteine zu den anderen Dingen und war gleich darauf in der Küche, um Proviant einzupacken.

Als er gleich darauf den Stall betrat, hatte Ernst zwei Pferde gesattelt und schaute beim Licht einer kleinen Laterne seinen Herrn erwartungsvoll an.

»Ist nicht wahr, Bursche! Ich kann dich nicht mitnehmen!«

»Aber, Herr Leutnant! Es ist doch meine Aufgabe als Offiziersbursche, jederzeit an Eurer Seite zu stehen!«, erwiderte der Soldat treuherzig.

Johann zögerte.

In diesem Augenblick riss jemand heftig die Stalltür auf.

»Kann mir mal jemand verraten, was hier zu so später Stunde los ist?«, polterte Georg los, denn er hatte zunächst nur den Burschen erkannt.

»Ich verlasse Nürnberg, Bruder.«

»So überstürzt und zu nächtlicher Stunde? Was ist geschehen, Johann, sprich mit mir!«

»Der Graf hat Friederike erschossen, bevor ich ihn tötete. Das ist alles. Mein Leben ist sinnlos geworden, ich verschwinde und werde in den nächsten Jahren wohl kaum wieder nach Nürnberg kommen!«

»Aber... Johann! Das ist doch nicht dein Ernst! Gut, du bist Offizier geworden und nicht Kaufmann. Das habe ich akzeptiert. Aber ich schätze deinen guten Rat, und hatte darauf gehofft, dass du nach deiner Militärzeit in das Handelshaus eintrittst und mit mir gemeinsam...«

»Leider nicht, Bruderherz. Ich hätte Nürnberg ohnehin in den nächsten Tagen verlassen. Friederike wollte mit mir nach Paris gehen.«

»Nach Paris?«

»Ja, sie besitzt dort ein Haus. Aber das hat sich ja nun für alle Zeiten erledigt. Leb wohl, Georg, vergiss mich nicht!«

Damit umarmte er den Bruder, aber Georg schob ihn etwas von sich und sagte:

»Wirf dein Leben nicht fort, Johann! Du bist Offizier und stehst am Anfang deiner Karriere! Tue nichts Unüberlegtes!«

»Drauf geschissen, Bruderherz. Mein Leben ist mit dem Tod Friederikes zerstört und sinnlos. Also, versuche gar nicht erst, mich aufzuhalten. Mein Entschluss steht fest!«

Die kurze Unterredung hatte Ernst genutzt, den Mantelsack des Leutnants hinter dessen Sattel zu schnallen, zusammen mit einer Decke, in der sich sein Jagdgewehr befand. Er selbst hatte vor einem Jahr von seinem Herrn ein gleiches Gewehr geschenkt bekommen, das er jetzt ebenfalls in einer Decke aufschnallte. In den beiden Pistolentaschen des Offiziers am Sattel steckten zwei weitere Pistolen.

Die beiden saßen auf, und Georg, der ein verzweifeltes Gesicht zog und seinen Bruder gern aufgehalten hätte, trat beiseite.

»Leb wohl, Johann, und gib auf dich Acht, dass wir uns eines Tages gesund in Nürnberg wiedersehen!«

»Adieu, Georg!«

Damit trieb er sein Pferd an, und wenige Minuten später galoppierten die beiden Reiter durch das nächtliche Nürnberg. Stadttore, die man über Nacht schloss, gab es schon seit einiger Zeit nicht mehr, und auch die Türme waren nicht mehr mit Wachen besetzt. So konnten sie wenig später ihren Pferden freien Lauf lassen, wobei sie sich auf der Fernstraße in Richtung Rothenburg hielten. Noch war Johann zu Leupolth nicht wirklich klar geworden, wohin er seine Flucht richten sollte. Doch noch hatte er die Worte seiner Friederike im Ohr und schlug unwillkürlich die Richtung zur französischen Grenze ein.

4.

Ein alter Bekannter in Paris

Es fiel Johann nicht sonderlich schwer, das Haus seiner geliebten Friederike ausfindig zu machen. Man kannte die Dame aus Deutschland seit Jahren, und als man erfuhr, dass sie einen Grafen geheiratet hatte, lud man das Paar auch häufiger zu den Gesellschaften ein. Allerdings war sie nur ein einziges Mal in Begleitung ihres Mannes gesehen worden, danach war sie höchstens einmal im Jahr allein in dem kleinen Chalet am Stadtrand der pulsierenden Metropole Paris. Zwar hatte der König seinen Aufenthaltsort nach Versailles verlegt, aber das Zentrum Frankreichs blieb das ständig größer werdende Paris.

Johanns Bursche Ernst kümmerte sich um den Haushalt, besorgte aus der Nachbarschaft eine Dienstmagd, die für die beiden kochte, ihre Wäsche reinigte und auch im Haus für Sauberkeit sorgte. Leutnant Johann zu Leupolth hatte inzwischen seinen Abschied eingereicht, ohne jedoch eine Anschrift zu hinterlassen. In den Abendstunden ritt er oft in Gesellschaft seines Burschen in die Stadt, wo sie ihre Pferde in einem Mietstall unterstellten und sich dann in das Nachtleben stürzten. In den ersten Tagen war Johann sehr verzweifelt und versuchte, seinen Kummer zu ertränken. Sein Bursche schwieg zu allem, sorgte aber stets dafür, dass er gemeinsam mit ihm in das Chalet zurückkehrte.

An diesem Tag Anfang April schien die Frühlingssonne kräftig vom nahezu wolkenlosen Himmel, und eigentlich wäre das schon ein Anlass für gute Laune gewesen. Aber die Erinnerung an die letzte, gemeinsame Nacht holte Johann wieder ein, und die verheißungsvollen Worte Friederikes, dass sie gemeinsam den Frühling von Paris erleben wollten, machten ihm das Herz nicht gerade leichter.

»Ich reite in die Stadt, um einmal zu erfahren, wie die Sache in den Kolonien drüben in Amerika steht, Ernst! Wer weiß, vielleicht gehen wir beide noch über das Meer und suchen unser Glück in den Reihen der dortigen Armeen.« Ernst, der mit vollem Namen Ernst Friedemann Müller hieß, sah seinen Leutnant verwundert an, dann erkundigte er sich vorsichtig: »Und an welches Regiment habt Ihr da gedacht, Herr Leutnant? An die Armee der Rebellen oder an die der Briten?«

Johann zuckte die Schultern und machte ein verschlossenes Gesicht, als er den Blick in die Ferne richtete.

»Das weiß ich noch nicht. Und es ist mir, ehrlich gesagt, auch vollkommen egal. Beide Seiten behaupten, im Recht zu sein. George Washington will die Freiheit von der englischen Krone erringen, nun gut, das mag ein edles Motiv sein. Aber sie bleiben doch immer noch Rebellen gegen ihren rechtmäßigen König.«

»Werdet Ihr vor dem Abend wieder zurück sein?«

»Auch das weiß ich nicht, Ernst. Mach dir keine Gedanken, ich komme schon wieder. Du weißt doch, Unkraut vergeht nicht so schnell.«

Damit war er auf dem Rücken seines Wallachs und trieb ihn auf der Landstraße zur Stadtgrenze von Paris, während ihm sein Bursche kopfschüttelnd nachsah. Ohne, dass er es bemerkt hatte, war die Dienstmagd aus dem Haus getreten und sah dem Reiter nach.

»Allez, on va s'amuser«, sagte sie mit einem schelmischen Lächeln. »Wir amüsieren uns jetzt.«

Ernst kannte nur ein wenig französische Ausdrücke, aber das Wort amuser hatte er wohl verstanden. Als ihm die recht dralle Magd jetzt mit dem Kopf ein Zeichen in Richtung Haus machte, verstand er vollständig und folgte ihr nach. Allerdings hatte er nicht erwartet, dass eine Dienstmagd aus einem Vorort von Paris derartige Dinge kannte, die sie ihm nun alle zeigte. Was er von ihrer Sprache nicht verstand, erklärte sie ihm durch Berührungen, und kaum eine halbe Stunde später wünschte sich Ernst, dass sein Leutnant bis zum kommenden Morgen fortbleiben würde.

Johann war, wie stets bei seinen Besuchen, zunächst in den Mietstall geritten und saß nun in der wärmenden Frühjahrssonne und genoss einen Wein, den er allerdings mit Wasser verdünnte. Es war ihm noch zu früh für einen starken Genuss, und heute wollte er unbedingt einen klaren Kopf behalten. Er hatte ein Exemplar der Wochenzeitung *La Gazette* erhalten und blätterte nun begierig nach weiteren Nachrichten aus den Kolonien, denn die Schlagzeile verkündete wenig Gutes für die Sache der Rebellen. Zwar hatte man mit der Belagerung Bostons einen Erfolg gegen die britische Armee erreicht, aber der offenbar sachkundige und militärisch gebildete Berichterstatter räumte den Revolutionären langfristig wenig Chancen ein. Erstaunt las Johann, dass die meisten Soldaten Washingtons nie eine richtige Ausbildung erhalten hatten. Zwar konnten sie, als Bewohner der weiten, amerikanischen Wildnis und der ständigen Bedrohung durch verschiedene Indianerstämme alle schießen und waren den Umgang mit Pulver und Blei gewohnt – aber die militärische Disziplin fehlte weitgehend. Oft war es während eines Gefechtes geschehen, dass die Revolutionäre nach dem ersten Schusswechsel ihre Musketen fortgeworfen hatten und vor den britischen Soldaten in die Wälder flohen, um ihren Bajonetten zu entgehen.

Der Kommentator schloss seinen interessanten Bericht mit der Meldung, dass der amerikanische Kongress bereits im Juni 1775 Militäraktionen gegen Kanada zuließ. Hintergrund dieses Vorgehens war der Gedanke, dort zusammen mit den Briten auch die Franzosen zu vertreiben und Kanada als 14. Kolonie aufzunehmen.

Johann war von diesen Berichten sehr aufgewühlt, leerte den Rest seines verdünnten Weines und beschloss, nach Hause zurückzukehren. Als er in die schmale Straße einbog, in der sich der Mietstall befand, stieß er um ein Haar mit einem älteren Mann zusammen, der mit einem »Pardon!« an ihm vorübereilen wollte.

Doch verwundert sah ihm Johann nach und rief dann laut:

»Steuben?«

Der etwas zur Fülle neigende Herr mit grau gefärbter Perücke drehte sich ebenfalls um und antwortete:

»Bist du das, Leupolth?«

Im nächsten Augenblick lagen sich die beiden Männer in den Armen und klopften sich den Rücken.

»Menschenskind, ich denke, du bist Leutnant bei den Kürassieren? Oder schon Hauptmann? Und was machst du hier in Paris?«

»Dasselbe könnte ich dich ja fragen, ich denke, du bist in Amt und Würden beim Markgraf Carl Friedrich von Baden-Durlach?«

»War ich auch, Johann, bis vor einer Woche noch. Jetzt habe ich eine neue Aufgabe gefunden, von der ich dir gern erzähle. Komm, ich hatte es zwar gerade noch eilig, aber nun kann das warten. Lass uns da drüben in die Schenke gehen und unser Wiedersehen feiern. Ich bin dir noch immer etwas schuldig, mein Lieber!«

Der ältere war schon auf den ersten Blick ebenfalls als Offizier oder zumindest lang gedienter Soldat erkennbar. Er hielt sich kerzengerade, und als die beiden jetzt die Straße überquerten, um einen Platz in dem Wirtshaus einzunehmen, waren auch seine Schritte, die eines ans Marschieren gewöhnten Mannes. Während sie also auf einen freien Tisch zusteuerten, sagte Johann halblaut: »Du bist mir überhaupt nichts mehr schuldig, Friedrich! Das war eine Ehrensache unter Kameraden für mich!«

Der so Angesprochene drehte sich rasch zu ihm um.

»Nein, wohl kaum ein anderer hätte diese Aussage für mich gemacht. Du weißt, wie alles zusammenhing, und ich Narr bin blindlings in diese Falle getappt. Wenn es irgend geht, lass mich wissen, ob ich dir helfen kann, Johann! Du hast mir damals mehr als nur die Karriere gerettet – vielleicht sogar mein Leben!«

»Unsinn!«, stieß der Leutnant lachend aus, als sie Platz genommen hatten.

»Komm, Johann, erzähle mir bei einem Glas Wein, wie es dir inzwischen ergangen ist und vor allen Dingen, was dich in diesen unruhigen Tagen, wo die Welt wieder einmal auf dem Kopf steht, nach Frankreich getrieben hat!«

»Das will ich gern tun, Friedrich. Ich bin der Liebe wegen hier gelandet, aber nicht, wie du vielleicht vermutest. Die Frau, die ich liebte und mit der ich nach Paris gehen wollte, um ein neues Leben zu beginnen, ist tot. Ich bin trotzdem hierhergekommen, weil ich nicht wusste, wie ich mich sonst aus der Geschichte ziehen sollte, die mit ihrem gewaltsamen Tod zusammenhängt.«

»Moment, der Reihe nach, Johann. Aber lass uns zunächst einmal auf diese glückliche Schicksalsfügung anstoßen, die uns so unverhofft zusammengebracht hat!«

Die beiden stießen an, dann begann Johann, in kurzen, knappen Sätzen seine Geschichte zu erzählen.

Friedrich Wilhelm von Steuben hörte ihm aufmerksam zu und unterbrach ihn nicht ein einziges Mal. Dafür war ihm Johann sehr dankbar, und er spürte, wie wohl es ihm tat, endlich einmal alles, was ihn bedrückte und in seinen Träumen noch verfolgte, einem anderen zu erzählen.

Als er sich schließend schweigend zurücklehnte und seinen Wein austrank, sagte Steuben in die entstandene Stille: »Sehr schlimm, was du da mitgemacht hast. Aber ich denke mal, das Schicksal ist dir gnädig, mein lieber Johann! Ich treffe mich morgen mit Benjamin Franklin, dem amerikanischen Botschafter hier in Paris. Eingeladen hat mich zu diesem Gespräch der Kriegsminister, Claude-Louis, Comte de Saint-Germain. Es geht darum, mir einen überaus interessanten Posten in der amerikanischen Armee anzubieten. Für mich steht schon heute fest, dass ich nach Amerika gehen werde.«

»Oh, das hört sich ja interessant an! Offen gestanden, hatte ich auch bereits daran gedacht, mich in den Kolonien ein wenig umzusehen.«

»Gut, Johann, dann lass uns die Sache gemeinsam angehen. Du begleitest mich morgen zu diesem Gespräch!«

»Einfach so? Ich bin nur ein kleiner Leutnant!«

»Ja, aber als wir uns kennenlernten und ich etwas über die Kriegsführung vortrug, bist du nicht nur der aufmerksamste Schüler gewesen, sondern hast im Manöver anschließend gezeigt, dass du meine Lehren verstanden hast. Also – keine Ausflüchte, wir treffen uns morgen gegen elf Uhr im Kriegsministerium!«

Steuben hielt ihm die Hand hin, und Johann zögerte keinen Moment, einzuschlagen.

»In Ordnung, Friedrich, aber jetzt bist du mit deinem Bericht dran. Warum verlässt du deinen Markgraf?«

»Ich habe es, offen gestanden, einfach satt, Johann. Aber lass uns noch ein Glas Wein bestellen, dann plaudert es sich leichter!«

Und dann staunte der junge Leutnant über den Bericht des 47-jährigen Steuben, der nicht nur mit dem badischen Hausorden der Treue und dem damit verbundenen Adelstitel geehrt wurde, sondern auch als Hofmarschall des Fürsten von Hohenzollern-Hechingen lange Reisen mit ihm unternommen hatte.

Es war schon kurz vor Einbruch der Dunkelheit, als Johann zu Leupolth wieder im Sattel saß und eilig dem Chalet zustrebte, um seinem Burschen die Neuigkeiten zu berichten.

5.

Nach Amerika! Mai 1777

Die amerikanische Küste musste nach Auskunft des Steuermannes in den nächsten Tagen in Sicht kommen, aber nun war ein Sturm aufgezogen, und die *Levante* kreuzte, um dem ungünstigen Wind doch noch etwas Fahrt abzutrotzen. Das Meer war von dunkelgrüner Farbe und stark aufgewühlt, was zur Folge hatte, dass einige der Mitreisenden krank und elend in ihren Kojen lagen. Während für die Mannschaften Hängematten üblich waren, hatten Steuben und Leupolth jeweils eine kleine Kammer zugewiesen bekommen, die kaum mehr als das mit Holz eingefasste Bett und einen fest montierten Schrank aufwies. Ernst Friedemann Müller hatte es, nach eigener Meinung, am besten getroffen. Er schlief im Mannschaftsraum in einer Hängematte und schwärmte von dieser guten Einschlafhilfe, die ihn in den Schlummer wiegte, kaum, dass er die Augen geschlossen hatte.

Johann hatte sich einigermaßen in seine unbequeme Lage in der Koje gefügt, wobei er sich mit den Beinen so abstützte, dass er das Schaukeln nicht mehr ganz so unerträglich empfand. Aber Friedrich Wilhelm Steuben litt schrecklich unter der Seekrankheit. Sah man ihn an Deck eilen, wo er auf der windabgewandten Schiffsseite dem Meeresgott opferte, dann war sein Gesicht gelblich-grün angelaufen, und am nächsten Tag fühlte er sich nicht in der Lage, seine Koje zu verlassen.

Aber an diesem Tag nach dem Sturm hatten sich die Elemente wieder etwas beruhigt. Zwar waren die Wellen immer noch sehr hoch und stark, und die *Levante*, ein französisches Schiff, kämpfte tapfer dagegen an. Aber man hatte sich der Küste wieder nähern können und alle erwarteten nun ungeduldig den Ruf des Ausgucks, der das nahe Land verkündete.

Als dann der Ruf aus dem Krähennest ertönte, war es allerdings nicht die Ankündigung des sehnsüchtig erwarteten Landes, sondern die sich rasch nähernde Fregatte unter englischer Flagge.

»Was bedeutet das für uns?«, erkundigte sich Johann beim Steuermann, den er gerade aufgesucht hatte, um sich einen besseren Überblick von ihrer derzeitigen Position zu verschaffen.

»Im schlechtesten Falle werden sie unser Schiff durchsuchen!«, sagte der Franzose und zuckte die Achseln. »Wir befinden uns zwar nicht im Kriegszustand mit England, aber unsere Nationen mögen sich auch nicht sonderlich.«

»Das Schiff durchsuchen? Aus welchem Grund?«, erkundigte sich Johann und erntete dafür ein Lächeln des Steuermannes.

»Es wäre ja denkbar, dass wir Konterbande für die Rebellen an Bord haben!«

»Konterbande?«

»Ja, verbotene Waren, die wir in Kriegszeiten nicht nach Amerika bringen dürfen. Dazu gehört eine ganze Menge Zeug, das sich kein Mensch wirklich merken kann. Da kommt der Brite schon angerauscht, Kapitän Moreau kommt heraus, na, dann müssen wir wohl beidrehen!«, bemerkte der Steuermann und verzog das Gesicht. Tatsächlich erteilte der Kapitän den Befehl zum Beidrehen, noch bevor die englische Fregatte das Zeichen dazu gab.

Aber ein Blick auf die drohend geöffneten Stückpforten, aus denen die Kanonenrohre herüberstarrten, genügte, um die unbewaffnete *Levante* zur Vorsicht zu mahnen.

»Ahoi, *Levante*!«, ertönte eine Stimme durch ein Messingsprachrohr, das sich der Kapitän der Fregatte vor den Mund hielt. Wir kommen längsseits und gehen an Bord!«

»Verdammt!«, murmelte Kapitän Moreau, aber da gab es keine Ausflüchte. Der Brite warf Enterhaken herüber, die sich in die Bordwand der *Levante* krallten, und wenig später lagen die beiden Schiffe dicht aneinander vertäut. Ein Steg wurde herübergeschoben und an Bord der *Levante* gesichert, dann kamen ein paar Offiziere in Begleitung von Seesoldaten an Deck, die alle ihre Gewehre in den Händen hielten.

Die beiden Kapitäne begrüßten sich sehr distanziert, dann erkundigte sich der Brite:

»Führen Sie Konterbande mit an Bord, Sir?«

»Nein, das würde ich niemals wagen!«, antwortete der Franzose. Damit griff er eine geteerte Segeltuchtasche von seiner Schulter und überreichte sie dem Briten, der nur einen kurzen Blick hineinwarf und sie nach hinten, einem anderen Offizier, reichte.

»Bitte, gehen Sie uns voran in den Laderaum. In der Zwischenzeit kann Ihr Erster Offizier die Passagiere auf das Deck bitten, damit wir ihre Papiere kontrollieren können.«

»Was? Seit wann gibt es denn so etwas? Wir befinden uns nicht in britischen Hoheitsgewässern, und ich habe nur der Gewalt gehorcht, mon Capitaine!«, sagte der französische Kapitän verärgert.

»Wollen Sie sich weigern, Sir?«, entgegnete ihm kurz und sehr hochnäsig sein britischer Kollege.

»Ich werde mich hüten, wenn an Bord Ihrer Fregatte vierundzwanzig Neunpfünder-Kanonen auf mein Schiff gerichtet sind!«, antwortete der Franzose verbittert und trat zu seinem Offizier, um ihm entsprechende Anordnungen zu geben.

Doch die Untersuchung des Frachtraums führte zu keinerlei Problemen, und erst, als der britische Kapitän in Begleitung von zwei Seesoldaten die Kapitänskajüte betreten wollte, prostierte Kapitän Jean Moreau dagegen.

»Das geht nun wirklich zu weit, Monsieur! Das ist meine Kajüte, und ich erlaube Ihnen nicht, sie zu betreten, haben Sie das verstanden?«

Der englische Kapitän stutzte nur kurz, dann deutete er auf die Tür zu Steubens Kajüte. »Was ist das?«

»Die Kajüte eines deutschen Reisenden. Er leidet sehr unter der Seekrankheit.«

»So? Gut, dann werde ich mich davon überzeugen!«

Mit diesen Worten stieß der Brite bereits die Tür auf und prallte von dem Geruch zurück, der ihm in dem engen Raum entgegenschlug.

»Damned!«, brummte er ungehalten und presste sich ein Taschentuch vor Mund und Nase. »Der Kerl kotzt ja noch immer!«

»Tja!«, kommentierte Kapitän Moreau, während sich ein gelb-grün angelaufener Friedrich Wilhelm von Steuben versuchte, etwas aufzurichten.

»Pardon, wünsche rasche Genesung!«, brachte der gegnerische Kapitän mit Abscheu in der Stimme hervor und eilte hinauf auf das Deck, wo er tief durchatmete.

»Also, alles in schönster Ordnung, Monsieur!«, sagte er dann zu dem Franzosen. »Gehen Sie hinauf nach Boston? Dann Obacht, dort sitzen die Rebellen und verstehen wenig Spaß, wenn man sie falsch anspricht! Aber das wird sich in Kürze wieder ändern, die britische Armee ist gerade dabei, die Gegend um Boston herum von den Rebellen zu säubern! Gute Reise!«

Damit tippte er sich an den Dreispitz und kehrte auf sein Schiff zurück.

Die Enterhaken wurden gelöst und zurückgeworfen, die Fregatte brasste ihre Segel an und entfernte sich in rascher Fahrt wieder.

Erst, als sie außer Sichtweite war, wandte sich Kapitän Moreau an seinen Ersten Offizier und sagte halblaut: »Glück gehabt, mon ami. Es hätte auch anders ausgehen können!«

»Oui, mon Capitaine! Aber ich war mir sehr sicher, dass der Brite nicht unsere Schiffswände abklopfen wird.«

Johann hatte zwar diese Worte verstanden und grübelte über den Inhalt nach, sagte aber nichts weiter und beschloss, einfach abzuwarten, bis sie endlich den Anker warfen und sie das Festland betreten konnten. Doch bis zu diesem Zeitpunkt sollten noch weitere zwei Tage vergehen, die Johanns Unruhe schürten.

Was hatte Kapitän Moreau gemeint, als vom Abklopfen der Schiffswände gesprochen hat und dem Glück, dass sie hatten? Also wurde doch Konterbande an Bord der Levante *mitgeführt?* Johann zu Leupolth spürte, wie die Wut in ihm aufstieg. Was für ein unsinniger Mist, ihn und Steuben mit einem solchen Schiff nach Amerika zu holen! *Wir sind als Gäste des Kongresses einer besonderen Behandlung sicher! Das waren die Worte Steubens, aber wie konnte er da sicher sein, nicht an Bord eines Schmuggler-Schiffes zu fahren? Wusste er von der versteckten Ladung?*

Johann nahm sich vor, ihn darauf anzusprechen, aber dann klärte sich alles von allein auf.

Die *Levante* lief in eine Bucht etwas oberhalb von Boston gelegen, und das kurz vor Einbruch der Dämmerung. Laternen wurden an Bord angezündet und verbreiteten einen eher ungewissen Schein, aber dann wurde eine Laterne an Land geschwenkt, und Kapitän Moreau beeilte sich, ebenfalls nach einer Laterne zu greifen und das Signal zu beantworten. Wenig später stieß ein großes Boot vom Ufer ab und wurde zur *Levante* gerudert.

Johann stand neben Friedrich an der Reling und beobachtete das nächtliche Treiben.

»Kein Mensch hat uns etwas von Konterbande erzählt!«, sagte Friedrich ärgerlich und hieb mit der Faust auf das Holz der Reling. »Nicht auszudenken, wenn man etwas davon entdeckt hätte und wir alle vor ein britisches Kriegsgericht gekommen wären!«

»Na, nun malst du aber sehr schwarz, Friedrich! Warum sollten denn harmlose Reisende mitschuldig an Schmuggelware sein?«

Der Freiherr betrachtete Johann kopfschüttelnd.

»Das meinst du nicht im Ernst, oder? Stell dir einmal vor, wir hätten Waffen für die Rebellen geladen! Ich glaube, wir wären noch an Bord der Fregatte füsiliert worden!«

»Da kommen die Männer an Bord. Lass uns doch einfach mal sehen, was da jetzt geschieht!«, meinte Johann. Es waren zehn Männer, die schlichte, dunkle Kleidung der Arbeiter trugen. Sie eilten unter Führung eines Bootsmannes den Niedergang zum Laderaum hinunter, und bevor sie jemand daran hinderte, waren die beiden Offiziere ebenfalls hinuntergegangen.

Dort war gerade ein Teil der Mannschaft damit beschäftigt, die doppelte Schiffswand zu entfernen, die hier über die gesamte Länge des Laderaums verlief. Brett für Brett wurde sorgfältig aus der Halterung genommen und beiseite gelegt. Die Art und Weise, mit der hier gearbeitet wurde, zeigte den Freunden, dass man bereits ausreichend Erfahrungen gesammelt hatte. Und die doppelte Schiffswand war so konstruiert, dass man sie jederzeit wieder einfügen konnte.

Nach und nach kamen längliche Pakete zum Vorschein, die man in Segeltuch geschlagen hatte, um sie gegen Feuchtigkeit zu schützen. Ein Paket nach dem anderen verschwand auf dem Rücken eines Arbeiters, wurde an Deck gebracht und in das Boot heruntergelassen. Zum Schluss folgten fünf dickere Pakete nach. Steuben war mit den letzten Arbeitern nach oben geeilt und hielt jetzt einen der Männer fest, während Johann neben den Kapitän trat, der die ganze Aktion überwachte.

»Was hat das zu bedeuten, Kapitän Moreau?«, erkundigte sich Friedrich Wilhelm Steuben mit scharfem Tonfall. Der Arbeiter, den er am Arm festgehalten hatte, versuchte, sich zu befreien, aber der Freiherr packte umso fester zu. »Hiergeblieben, mein Bester!«, raunte er dem Mann zu, der ihn jedoch nicht zu verstehen schien.

»Das sind Waffen aus französischer und deutscher Fertigung zur Unterstützung unserer amerikanischen Freunde!«, erklärte Kapitän Moreau seelenruhig.

»Wie bitte? Sie bringen uns mit dem Schmuggel von Waffen in Lebensgefahr und tun jetzt so, als handele sich um eine Bagatelle? Hätte man uns erwischt, würden wir jetzt an der obersten Ra der Fregatte hängen, Herr Kapitän!«, schrie ihn Steuben an.

Doch der Franzose lächelte nur freundlich und deutete auf das Paket.

»Öffnen Sie es einmal, Monsieur Steuben, und dann beantworten Sie sich selbst die Frage, wie hoch wohl das Risiko einer Entdeckung war?«

Ungeduldig deutete Steuben auf das Paket, und der Arbeiter legte es gehorsam auf das Deck, wickelte das Segeltuch darum ab und wartete gespannt auf das weitere Geschehen, während Kapitän Moreau mit einer Laterne auf den Gegenstand leuchtete. Was da auf dem Segeltuch lag, erinnerte im ersten Augenblick an ein durchgesägtes Gewehr. Der Schaft war vorhanden und gut ausgebildet, ferner das Steinschloss, aber dann gab es einen sehr dicken, goldglänzenden Fortsatz.

»Was ist das?«, erkundigte sich Johann erstaunt.

Steuben nahm die seltsame Waffe auf und betrachtete sie aufmerksam.

»Ein Handmörser im Kaliber .75. Man nennt diese Waffe auch einen Granatschießer oder -werfer. Ich habe solche Dinger bereits in den Händen einer speziell dafür ausgebildeten Gruppe erlebt. Sehr beeindruckend, das kann ich dir versichern, Johann!«

Mit diesen Worten reichte er den Handmörser dem Leutnant, der erstaunt über das Gewicht war. »Na, das Ding wiegt doch mit Sicherheit seine fünf Kilo! Muss schon ein kräftiger Schütze sein, wenn er das halten und abfeuern will!«

»Das trifft zu, Johann. Jetzt nimm bitte einmal die Laterne und schau dir den Fertiger des Handmörsers an!«

»Die Buchstaben und dazu die Krone? Verdammt, das Zeichen kenne ich doch!«, sagte der Leutnant verblüfft.

»Ich will dich nicht mit Einzelheiten langweilen, Johann. Aber sowohl die berühmte Muskete mit dem schönen Namen Brown Bess, die sowohl bei den Briten wie als Nachfertigung bei den Revolutionären äußerst beliebt ist, stammt aus dieser Fabrikation!«

Johann starrte auf den Handmörser, den der Arbeiter jetzt wieder sorgfältig einwickelte, als auch zu Steuben und dann zum Kapitän. Er begriff, was ihm der erfahrene Offizier gerade mitteilte.

»Du willst mir also sagen, dass dieser Mörser, wahrscheinlich auch die anderen Gewehre, aus einem englischen Magazin stammen? Wie ist das möglich?«

»Geld öffnet alle Türen, Johann. Du solltest langsam lernen, niemandem zu trauen. Der Kapitän der Fregatte war John Freemont, ein Kapitän, den ich vor Jahren einmal in London traf, um mich mit ihm über die Kriegsführung zur See auszutauschen. Und? Hast du ein einziges Anzeichen bemerkt, dass er mich erkannte, als er in meine Kajüte trat? Nein? Und glaubst du Unschuldslämmchen noch immer, dass dieser Kapitän Freemont nicht genau wusste, welches Schiff er da durchsuchen ließ?«

Johann starrte ihn fassungslos an und rang nach Worten.

»Friedrich... mir wird gerade ganz schwindelig! Du... du willst mir doch nicht erklären, dass alles nur ein abgekartetes Spiel ist? Dass die Engländer selbst die Waffen liefern, die ihren Untergang in den Kolonien herbeiführen sollen, und dass britische Offiziere ebenfalls davon wissen, bestochen werden und – schweigen?«

Freiherr Friedrich Wilhelm von Steuben wandte sich zum Niedergang und sagte nur gleichmütig: »Denk, was du willst, Johann. Ich sage nichts dazu.«

6.
Überall Rotröcke

Fuhrwerke standen am Ufer bereit, die Waffen wurden aufgeladen und darüber kam eine dicke Schicht mit Stroh, darauf wiederum Kisten mit Porzellan. Jedenfalls stand das in großer Schrift mit schwarzer Farbe auf die Kisten gepinselt, und entsprechend vorsichtig wurden sie verladen. Friedrich Wilhelm Steuben und Johann zu Leupolth standen dabei, während Ernst Friedemann Müller auf ihr persönliches Gepäck achtete. Als die Fracht verladen und mit einer Plane gegen Feuchtigkeit gesichert wurde, gab der Anführer der Fuhrleute Ernst ein Zeichen, nun auch das Gepäck aufzuladen.

»Auf geht es also, Johann, das amerikanische Abenteuer lockt!«, verkündete Steuben und deutete auf die Fahrzeuge, die sich gegen den nächtlichen Himmel abzeichneten. »Bessere Reisemöglichkeiten werden uns wohl nicht geboten werden!«

»Mir wäre zwar ein Pferd lieber, aber gut, dann eben so!«

Wenig später ruckten die schweren Frachtfahrzeuge an, und die drei Deutschen machten es sich am Rand des beladenen Wagens so bequem wie möglich. Johann nahm eine seiner Kavalleriepistolen hervor und kontrollierte sie, aber Steuben legte seine Hand darauf und meinte mit leiser Stimme:

»Die solltest du lieber versteckt halten, Johann. Ich will ja nicht behaupten, dass ich diesen finsteren Fuhrleuten vertraue. Aber keiner von ihnen trägt offen eine Waffe bei sich. Sollten wir einer Patrouille begegnen, könnte es fatal für uns ausgehen, sollten wir bewaffnet sein.«

»Friedrich, du willst mir doch wohl nicht gerade weismachen, dass in diesem wilden Land, wo jedes Kind mit einem Gewehr umgehen kann, ein Mann mit einer Pistole Verdacht erregt?«

Johann konnte das Gesicht seines Freundes nicht richtig erkennen, aber der schien eine besorgte Miene zu machen, als er nach vorn starrte und versuchte, etwas in der Dunkelheit auszumachen. Schließlich antwortete er noch immer leise: »Ich bin vorsichtig. Wir werden mit Sicherheit Abschnitte passieren, die von den Briten kontrolliert werden. Oder was glaubst du, weshalb wir das Porzellan obendrauf geladen haben?«

»Wenn es sich denn um Porzellan handelt!«, lachte Johann auf. »Wohl gar für die Festtafel General Washingtons, was?«

Die Schaukelei auf den schlechten Wegstrecken lullte Johann langsam ein. Er hatte sich mit seiner Decke zusammengerollt und schlief nach einer Weile, während sein

Bursche kein Auge schließen konnte. Ernst war unruhig und besorgt, schien hinter jedem dunklen Umriss eines Baumes, einer Hecke oder hinter einem kleinen Hügel einen Feind zu wittern, und beschloss deshalb, lieber zu wachen. Auch Steuben blieb lange Zeit wach, bis ihn endlich auch der Schlaf übermannte.

Der Morgen graute bereits, als sie noch eine kleine Farm erreichten, wo die Pferde ausgespannt wurden und sich die Fuhrknechte zusammen mit den drei Deutschen um ein kleines Feuer scharten, dass der Farmer für sie angefacht hatte und ein paar Stücken Fleisch briet.

»Selten habe ich ein so köstliches Stück Fleisch gegessen!«, bemerkte Ernst und starrte kauend mit Verwunderung auf das dicke Stück weißen Fleisches in seiner Hand, während ihm der Bratensaft vom Kinn tropfte.

»Oh, beg your pardon! Help yourself – Entschuldigung, hilf dir selbst!«, sagte der rundliche Farmer, der mit seinem geröteten Kopf und den dicken Wangen an einen deutschen Bauern erinnerte. Er griff zu einem Tonkrug und gab ihn dem verdutzten Ernst in die Hand. Der verstand aber nun gar nicht, was er damit sollte, und der Farmer machte ihm mit Zeichen klar, dass er etwas von dem Inhalt über sein Fleisch kippen sollte. Der Offiziersbursche entkorkte den Tonkrug und roch an dem schmalen Hals.

»Was soll das denn sein? Riecht süßlich!«, bemerkte er und gab den Krug an Johann weiter. Der schnupperte ebenfalls daran, goss sich eine kleine Menge über sein Fleischstück und probierte.

»Sirup!«, sagte er dann lächelnd, und Steuben schüttelte sich. »Süßer Sirup? Das ist ja unangenehm!«

»Please, give me the mug!«, bat jetzt einer der Fuhrknechte und streckte die Hand nach dem Tonkrug aus. Und mit Entsetzen sahen die drei Deutschen, wie nacheinander jeder der Einheimischen eine ordentliche Portion von dem Ahornsirup über sein Fleisch kippte und voller Genuss rasch hineinbiss, wobei der Sirup nach allen Seiten heruntertropfte. Johann zu Leupolth, der Französisch, Englisch, Spanisch und auch etwas Italienisch sprach, erkundigte sich bei dem Farmer nach dem Fleisch und dem Sirup und übersetzte es dann für seine Gefährten.

»Ja, das ist ein Genuss, nicht wahr? Wir machen das sehr gern zum Frühstück. Ein ordentliches Fleischstück, dazu den Ahornsirup, und man geht gestärkt an die Arbeit. Noch etwas mehr?«

»Nein, vielen Dank, ich bin gesättigt. Und das Fleisch stammt sicher von einem Wasservogel, vermute ich? So weiß wie es ist und fest?«, erkundigte sich Johann, und der Farmer lachte.

»Du sprichst unsere Sprache sehr gut, aber die Gebräuche sind dir fremd, nicht wahr? Das ist Turkey, Truthahn, inzwischen habe ich eine ganz ansehnliche Menge davon gezüchtet. Nur die selbst gezogenen werden so fleischig, der wilde Truthahn hat nicht viel Fleisch zu bieten, da würdest du allein schon zum Frühstück einen ganzen für dich allein essen wollen!«

»Also, Truthahn oder Puter, ist für uns nicht ganz so gebräuchlich, aber interessant. Und wie kommst du nun an die wilden Tiere? Hast du ein Gelege ausgenommen und mit Hühnern ausgebrütet?«

Der Farmer lachte fröhlich, sodass sein dicker Bauch über der einfachen Kniebundhose wippte. Er trug nur ein langes, schlichtes Hemd dazu, keine Strümpfe, und an den Füßen so klobige Holzschuhe, dass Johann vermutete, dass er sie selbst gefertigt haben musste. Als jetzt auch seine Frau vom Gebäude herüberkam, bot sie ein ähnliches Bild. Auch sie war rund und rot im Gesicht, trug nur ein bodenlanges Hemdkleid, aus dem unten ähnliche Holzschuhe herausschauten wie bei ihrem Mann. Aber eine weit geschnittene Haube bedeckte ihr offen getragenes Haar, und erstaunt stellte der junge Leutnant für sich fest, dass sowohl Haube wie Kleid von bemerkenswert weißer Farbe war, obwohl sie doch schon im Haus gewirkt hatte. Wie er später erfuhr, hatte sie auch das Feuer angefacht und sogar das Holz dafür geschlagen.

Für einen flüchtigen Moment sah Johann das Gesicht seiner Friederike vor sich und musste bei dem Gedanken lächeln, dass sie beide sich eine solche schlichte Hütte irgendwo in den Kolonien errichteten und ein Leben als Kolonisten führten. Doch dann schob sich das letzte Bild vor diese Erinnerung, und Johann schauderte bei dem Gedanken zusammen, was die Pistolenkugel mit ihrem Gesicht angerichtet hatte. Er sah den Farmer an, der noch etwas erzählte, und schüttelte den Kopf. »Ich dachte, du möchtest dich vielleicht in der Gegend ansiedeln?«, sagte er gerade. »Das mit den Truthühnern könnte ein guter Ansatz sein. Wenn du dein Feld bestellst, kümmert sich deine Frau um das Vieh und Hühner und Truthühner. Pass mal auf, nur ein paar Jahre, und du bist ein wohlhabendes Mitglied unserer kleinen Kolonie! Und wenn du etwas besorgen musst – in Boston gibt es alles.«

»Ich und Truthühner!«, musste Johann jetzt schmunzelnd bemerkten, und der Farmer sah das als Aufforderung an, ihm das Landleben noch ausführlicher zu erklären.

»Wir helfen uns alle untereinander. Wenn es darum geht, das Haus mit Schindeln zu decken, so kommen ein paar Nachbarn zusammen, spalten das Holz und am Abend ist das Dach fertig. Und beim Roden helfe ich dir gern, wenn du noch kein eigenes Gespann hast. Ach ja, noch etwas, weil du ja aus Deutschland kommst. Vergiss alles, was du von der deutschen Landwirtschaft kennst. Hier ist alles, aber wirklich alles anders. Schon die deutschen Pflüge schaffen es nicht, den noch nie bestellten Boden aufzureißen. Dafür wirst du schon im ersten Jahr eine Ernte haben, die dir über den Winter hilft. Ich wette mir dir, dass du im Folgejahr schon davon verkaufen kannst, weil alles hier wie wild treibt!«

Johann lächelte ein wenig schwermütig und seufzte.

»Der Gedanke könnte mich schon begeistern, aber...«

»Mit den Truthühnern musst du dir auch keine Gedanken machen, Mate. Das sind die dümmsten Tiere der Welt! Du streust den wilden Tieren im Wald ein wenig Mais hin und stellst eine umgedrehte Holzkiste auf. Ein kleiner Ast genügt, sodass sie der Maisspur folgen können, die du mit ein wenig mehr Mais unter der Kiste enden lässt.

Die Truthühner kommen, fressen begeistert alles auf und – sind gefangen!«

Der Farmer lachte schallend, und Johann bewunderte erneut, wie sein Bauch dabei auf und ab wippte. Aber er hatte das System noch nicht richtig erkannt.

»Wieso gehen die Vögel nicht auf dem gleichen Weg wieder hinaus, wie sie hineingegangen sind?«

»Das meinte ich ja!«, rief der Farmer lachend aus. »Sie sind zu dumm, sich zu bücken! Ist der Mais aufgefressen, richten sie sich auf und – sind gefangen. Ich habe noch nie erlebt, dass ein einziger Truthahn sich bückte, um unter der aufgestellten Kiste wieder hervorzukommen!«

Jetzt stimmte auch Johann in das Lachen ein und übersetzte den Gefährten rasch, was sie alle so heiter gestimmt hatte. Als einer der Fuhrknechte sich erhob und zu den Pferden ging, um sie wieder anzuschirren, sah ihnen der Farmer schmunzelnd zu. Dann deutete er auf die Waldstücke am Horizont und warnte:

»Seht euch vor den Rotröcken vor! Sie treiben sich noch überall in der Umgebung herum, und sie haben indianische Späher! Die Rotröcke und die verdammten Rotfelle sind eine Gefahr für jeden anständigen Kolonisten!«

Schließlich war es so weit, sie brachen auf und lenkten die Fuhrwerke wieder rumpelnd zurück auf die Straße, die nach Norden zu der Stadt Concord führte. Hier sollten sie auf die Armee Washingtons treffen und die gefährliche Ladung übergeben.

»Heute Abend werden wir keine Farm in der Nähe finden!«, erklärte einer der Fuhrknechte Johann. »Wir werden am Ufer des Massabesic Lake übernachten. Das ist eine waldreiche Gegend und wird uns ausreichend Schutz vor Streifpatrouillen der Rotröcke bieten!«

Johann übersetzte das den Gefährten wieder, und Steuben erklärte mit einem tiefen Seufzer: »Hätte ich mich nur besser auf Amerika vorbereiten können, ich würde etwas darum geben, die Sprache zu verstehen!«

»Keine Sorge, Friedrich, du hast ja mich und vorläufig werde ich dir auch nicht von der Seite weichen!«

»Das ist gut zu wissen, Johann, und dafür bin ich auch dankbar! Ich werde mich bei Washington für dich verwenden und darum bitten, dass du eine Adjutanten-Stelle bekommst, damit ich immer jemand in der Nähe habe, auf den ich mich verlassen kann und der meine Anordnungen rasch umsetzt!«

Johann stieß einen Seufzer aus.

»Danke, Friedrich, aber du weißt, dass ich kein Postenjäger bin. Wo es mir gefällt, bleibe ich, auch als einfacher Soldat. Aber stimmt es, was ich noch in Paris in den Zeitungen gelesen habe? Die amerikanischen Milizionäre gehen nach Hause, wenn ihre Dienstzeit vorüber ist?«

Die untergehende Sonne schickte ihre letzten Strahlen auf die drei Fahrzeuge, die jetzt am Ufer des Sees entlangrumpelten. Steuben musste kurz die Augen schließen, weil ihn ein Sonnenstrahl im Gesicht traf, dann kribbelte seine Nase, und er nieste mehrmals hintereinander.

»Siehst du, Johann, ich kann es nicht leugnen – ich habe es beniest! So ist es bei den Milizen, sie werden für einen bestimmten Zeitraum aktiviert, zum Beispiel für drei Monate, danach gehen sie nach Hause, und zwar auf den Tag genau. Ich hörte von Beispielen, dass auf diese Weise bevorstehende Schlachten schon verloren gingen, weil die Milizionäre am Vortag feststellten, dass ihre Verpflichtung beendet war und sie durch nichts in der Welt zu bewegen waren, noch den nächsten Tag zu kämpfen. Im vergangenen Jahr kam es zudem vor, dass die Armee Washingtons bedeutend geschwächt wurde, weil hunderte von Milizionären nach Hause eilten, um ihre Ernte einzubringen.«

Johann schüttelte ungläubig den Kopf.

»Eigentlich gar nicht vorstellbar. Aber holla, wohin fahren wir denn? Der Weg wird ja immer holpriger!«

Die drei Deutschen mussten sich am Wagenrand festhalten, so sehr schaukelte und hoppelte das Fahrzeug auf felsigem Untergrund.«

»Wir sind gleich da!«, rief ihnen einer der Fuhrknechte zu. »Da vorn sind die Massabesic Cliffs. Wir schirren aus, binden den Pferden die Beine zusammen, damit sie nicht zu weit fortlaufen können, und beziehen unser Lager dort oben auf den Cliffs!«

Als die Bremsen festgedreht wurden und die Fuhrknechte heruntersprangen, sagte einer von ihnen grinsend zu Johann: »Pass auf die Redskins auf, sie sind hier überall am See!«

»Was? Wir campieren inmitten eines Indianergebietes? Warum das?«

»Keine Sorgen, wir stellen Wachen aus. Die Algonkin in dieser Gegend sind nicht gut auf die Weißen zu sprechen, aber sie sind zum Glück nicht mit den Briten im Bund.«

»Also mit eurer Armee?«

Der Fuhrknecht spuckte im hohen Bogen aus.

»Leider nicht. Der hiesige Sagamore, wie sie ihren Häuptling nennen, ist nur an Waffen interessiert.«

»Dann ist es wohl besser, wir lassen unsere in dieser Nacht nicht auf dem Wagen!«

Der Fuhrknecht grinste nur und nahm seine eigene Longrifle vom Kutschbock, hing sich das Pulverhorn um und ging zu den anderen hinüber, die das erste Gespann ausschirrten.

»Sieht nicht nach einer ruhigen Nacht aus, oder?«, bemerkte Friedrich lakonisch, als er sah, wie Johann seine beiden Reiterpistolen herauszog, sie überprüfte und dann an seinen Burschen weiterreichte.

»Ich mache mir so meine Gedanken. Der Fuhrmann meinte, es gäbe hier Indianer, die es auf Waffen abgesehen haben. Also denke ich mal, wir sollten unsere bei uns behalten, nur zur Sicherheit. Aber es werden Wachen ausgestellt, und wie ich es sehe, sind wir da oben auf den Felsen ganz gut gedeckt!« Dabei wies er auf die sich in der einsetzenden Dunkelheit deutlich abzeichnenden Felsen. »Ernst, du hast deine Jägerbüchse hoffentlich schussfertig? Die Pistolen sind dir vertraut, ich werde meine beiden Kuchenreuter bereitlegen und meine Büchse bekommt frisches Pulver auf die Pfanne. Die Jägerbüchsen sind mir noch immer die liebsten Stücke, und ich möchte sichergehen, kein Schnappen zu hören, wenn ich sie abdrücke.«

Den drei Soldaten war klar, was er meinte. Versagte das Pulver auf der Pfanne, weil es feucht oder anderes unbrauchbar geworden war, nutzte die beste Büchse nichts mehr. Zum Nachladen kam man nur mit ausreichender Zeit. Während eine Muskete mit ihrem glatten Lauf von einem gut ausgebildeten Soldaten dreimal in der Minute geladen und abgefeuert werden konnte, benötigte man aufgrund der gezogenen Läufe bei einer deutschen Jägerbüchse etwas mehr als eine Minute, um zu laden. Die Kugel musste mit dem Ladestock fest hinuntergestoßen werden. Die Waffe besaß gegenüber der Muskete aber den großen Vorteil, auch auf eine weite Distanz sicher zu treffen.

Man verzichtete heute auf ein Feuer, um die Position auf den Felsen nicht zu verraten, und begnügte sich mit einer Portion Brot und Käse, die sie dem Farmer abgekauft hatten. Die amerikanischen Fuhrleute verzichteten bei der Einteilung der Wachen auf die Teilnahme der Deutschen, denen sie mangels Erfahrung in der Wildnis wenig zutrauten.

Das war Johann durchaus recht, wenn er sich auch vorgenommen hatte, so lange wie möglich wachzubleiben. Aber irgendwann war er doch eingenickt und schreckte aus tiefem Schlaf auf und blickte zum sternenklaren Nachthimmel. Er schätzte es auf etwa eine Stunde nach Mitternacht. Ringsum herrschte tiefe Stille, nur einer der Fuhrleute atmete tief und gleichmäßig neben ihm.

Eine innere Unruhe ergriff den Leutnant, ohne dass er sagen konnte, was ihn geweckt hatte. Ein Stück weiter erkannte er Friedrich und Ernst, aber dann stutzte er. Wo war der Posten abgeblieben?

Johann richtete seinen Oberkörper auf und versuchte, die Umgebung zu erkennen. Nirgendwo bemerkte er einen Wachtposten.

Gerade wollte er Friedrich wecken und auf diesen Umstand hinweisen, als er unterhalb des Felsens eine Bewegung ausmachte. Kein Zweifel, dort liefen zwei oder drei Gestalten in gebückter Haltung den Abhang hinauf. Während er mit dem Fuß gegen Friedrichs ausgestrecktes Bein stieß, nahm er die Büchse auf und spannte den Hahn. »Was...?«, krächzte Friedrich mit verschlafener Stimme. Dann aber erkannte er den Leutnant mit der Waffe im Anschlag, griff sofort zu seiner eigenen Muskete und brachte sie ebenfalls in Anschlag.

»Indianer dort vor uns!«, raunte Johann, und jetzt war auch Ernst neben ihnen, die beiden Pistolen in den Händen.

Gerade wollte der Leutnant ihnen noch zuraunen, nicht zu früh zu schießen, als rings um sie her die Hölle losbrach. Schreiend stürzten dunkle Körper auf sie zu, und der laute Krach der Jägerbüchse mischte sich in das Angriffsgeschrei der Feinde. Kaum hatte er die Büchse abgefeuert, als er auch schon die Hähne der Kuchenreuter-Pistolen spannte und abwartete, wo sich der nächste Gegner zeigen würde. Doch nach diesem ersten Schuss herrschte plötzlich wieder Stille. Zwar waren nun auch alle Fuhrknechte auf den Beinen und hielten ihre Waffen schussbereit, aber es geschah nichts weiter.

»Achtung – da rechts!«, rief Johann aus, als er aus dem Augenwinkel eine Bewegung ausgemacht hatte. Ein Schatten schnellte sich vom Boden ab und direkt auf ihn zu. Er hob die rechte Hand und feuerte, und nun gellte erneut das Kriegsgeschrei von allen Seiten. Die zweite Pistole wurde auf einen Krieger abgefeuert, der plötzlich direkt vor ihm auftauchte und eine Keule schwang. Der Mann blieb einen Moment wie erstarrt stehen, dann stieß er einen Gurgellaut aus und brach zusammen.

»Hier herüber, Freunde, sie kommen von allen Seiten. Wir können uns den Rücken an dem Felsbrocken freihalten!«

Gleich darauf waren die drei dort vereint, und jetzt wechselten sie sich ab, schossen nur noch einzeln, damit immer einer von ihnen laden konnte. Das hielt ihnen eine Weile die Feinde auf Distanz, aber als plötzlich von Seiten der Fuhrknechte kein Schuss mehr fiel und die Angreifer sich zu sammeln schienen, sagte Johann mit halblauter Stimme:

»Wir haben keine Chance, Freunde! Die Roten haben die Fuhrknechte getötet und sammeln deren Waffen ein, gleich werden sie alle auf uns losbrechen. Eine Möglichkeit wäre die Flucht ins Ungewisse – hier den schmalen Pfad am Felsen hinunter!«

»Los, nicht lange überlegen, da drüben kommen sie heran!«, antwortete Friedrich und feuerte in die Richtung.

Dann eilten sie in der Dunkelheit einen kaum erkennbaren Pfad hinunter, kamen mehrfach ins Rutschen und Johann konnte sich vor einem Sturz nur retten, indem er sich auf den Hosenboden fallen ließ und ein Stück den Felsenhang hinunterrutschte. Jetzt knallten hinter ihnen ein paar Schüsse, und sie hörten, wie die Kugeln auf Steine klatschten. Die drei Deutschen rafften sich am Fuß des Kliffs rasch wieder auf, hingen sich die Gewehre über und luden ihre Pistolen im Laufen. Keiner von ihnen hatte damit Schwierigkeiten, jeder hatte seine Erfahrungen damit gesammelt und konnte seine Waffen selbst in den schwierigsten Situationen wieder schussfertig machen. Die größte Schwierigkeit bestand dabei nicht im Laden des Laufes, sondern mit der Zündpfanne. Eigentlich nahm man gern dafür das feinkörnige Zündkraut, aber dazu war im Gefecht keine Zeit mehr. So füllte jeder erst den Lauf, stieß die Kugel hinunter ohne weitere Verdämmung und gab dann aus dem Pulverhorn noch etwas frisches Pulver auf die Pfanne.

Ernst war der Erste, der bei den ersten Baumstämmen eintraf und dort anhielt. Als Friedrich und schließlich Johann an ihm vorübergelaufen waren, feuerte er noch einmal seine Pistole auf den ersten Feind ab, der eben auf dem Felsenpfad erkennbar wurde. Ein Schrei zeigte ihm, dass er gut getroffen hatte, und schon lief er hinter den beiden Offizieren her, erneut Pulver in den Lauf der abgefeuerten Waffe schüttend.

»Zwecklos, durch den nächtlichen Wald vor den Burschen herzulaufen!«, rief Johann den anderen zu. »Wir haben nur eine Chance! Dort vorn glitzert der See im Mondlicht, und wenn es uns gelingt, Deckung am Ufer zu finden, könnten wir diesen Burschen vielleicht entkommen!«

Niemand antwortete ihm, und als die drei keuchend den See erreicht hatten, lief Johann vorweg bis zu einem lang gezogenen Gebüsch, das sich hier auf mehr als tausend Meter am Ufer langzog. Nach ein paar Metern zwang er sich hindurch, stand gleich darauf am Wasser und stieg hinein.

»Es geht ganz gut hier, Freunde! Das Gebüsch ragt weit über das Wasser, und wenn wir uns hier darunter schieben, muss man schon sehr gute Augen haben, um uns zu entdecken.«

»Man sagt doch, dass die Indianer gute Fährtenleser sind!«, gab Friedrich zu bedenken.

»Kann sein. Man sagt aber auch, dass sie ihre Feinde nicht in der Nacht angreifen!«, antwortete Johann lakonisch und schob sich weiter im Wasser unter die Büsche, dabei die Waffen hoch über den Kopf haltend.

7.
Loyalisten? Royalisten?

Die drei deutschen Soldaten hatten nicht vor, bis zum Morgengrauen im Wasser unter dem Gebüsch auszuharren. Vielmehr war es Johann, der damit begann, langsam unter den überhängenden Zweigen weiterzugehen, immer darauf bedacht, die Waffen und das Pulverhorn vor dem Wasser zu schützen. Das war recht mühsam, und trotzdem sah keiner von ihnen einen besseren Weg, den Indianern nicht erneut über den Weg zu laufen.

Auf diese Weise waren sie bis zum Morgengrauen am Seeufer entlanggezogen, als Johann plötzlich auf der Stelle stehen blieb und seine Waffe leicht anhob. Er bemühte sich, durch die dichten Zweige etwas am Ufer auszumachen, und auch die beiden anderen lauschten. Ganz deutlich hatte in unmittelbarer Nähe jemand gerufen, aber es hörte sich an, als würde jemand nach einer Frau rufen, die vielleicht zum Wasser gegangen war.

Jetzt erklang der Ruf erneut und nun gab es keinen Zweifel mehr.

»Betsy, verflucht noch einmal, warum gehst du allein an den See hinunter? Haben wir nicht gestern erst in der Nähe die Spuren von Indianern gesehen?«, erklang die ärgerliche Männerstimme, und Johann machte den anderen ein Zeichen, abzuwarten.

»Ich kann auf mich selbst aufpassen!«, kam die resolute Antwort, und gleich darauf platschte es dicht neben dem Gebüsch, in dem sich die drei noch immer duckten. »Außerdem habe ich meine geladene und gespannte Pistole bei mir!«, setzte die Stimme fort, und Johann machte den anderen ein Zeichen, sich nicht zu rühren. »Hast du gehört, Franky? Ich kann auf mich aufpassen und habe meine Pistole dabei!«

Das war nun eine sehr seltsame Antwort, fand der Leutnant und verharrte auf der Stelle, wagte kaum, noch zu atmen. Warum betonte jemand einem anderen gegenüber, dass er eine geladene Pistole in der Hand hatte? Dann erkannte Johann den Sinn dieser Rede, denn behutsam teilte jemand dicht neben ihm die Büsche auseinander.

Raffiniertes Frauenzimmer!, dachte Johann. *Sie hat etwas von uns bemerkt und will uns damit mitteilen, dass sie keineswegs ein schutzloses Wesen ist, während ihr Begleiter nun mit Sicherheit ebenfalls seine Waffe bereithält!*

Jetzt schimmerte etwas Helles durch die Büsche, ein Zweig vor seinem Gesicht bewegte sich, und blitzschnell packte Johann zu, erwischte die Hand mit der Pistole, und riss heftig daran. Es gab einen leisen Aufschrei, dann stürzte etwas an ihm vorüber in den See und versank. Im gleichen Augenblick folgte ein Mann, der erschrocken auf die sich kringelnde Wasseroberfläche starrte und verzweifelt rief: »Betsy? Wo bist du?«

Erneut plätscherte es laut, und dann sah Johann den Mann, der bis zu den Oberschenkeln ins Wasser gegangen war und verzweifelt nach seiner Gefährtin suchte.

»Betsy! Ich kann nicht schwimmen!«, stieß er verzweifelt aus, und Johann handelte blitzschnell. Er riss sich das Pulverhorn und die Büchse von der Schulter, legte die Pistolen darauf und reichte das Bündel Ernst, der ihm erstaunt zusah. Dann schnellte er sich vom Ufer ab und verschwand im nächsten Augenblick unter dem Wasser.

»Was ist hier los?«, rief der Mann im Wasser, aber da hielten ihm zwei Fremde ihre Pistolen vor die Brust und deuteten ihm an, zurück auf das Ufer zu gehen. Der Amerikaner mochte vielleicht sechzehn, achtzehn Jahre alt sein, hatte am Kinn den ersten, zarten Bartflaum und starrte die Fremden mit großen Augen an.

»Rauf mit dir und keine falsche Bewegung, sonst fährt dir mein Blei in die Stirn!«, herrschte ihn Steuben an, und der junge Mann, der ihn nicht verstand, blickte wie gebannt auf die Pistole, die der Fremde ihm entgegenhielt. Aber er gehorchte, hob die Hände und wich zurück auf den festen Untergrund, wo er einfach sitzenblieb. Friedrich Steuben und Ernst hockten sich in ihren nassen Sachen daneben und beobachteten die Oberfläche des Sees, auf der sich nichts tat.

»Das war doch eine Frauenstimme?«, sagte Steuben schließlich, und Ernst deutete auf das Wasser hinaus, das eben erneut in Bewegung geriet. Dann tauchte der Kopf Johanns aus den Fluten, er holte tief Atem und verschwand noch einmal für einen Augenblick. Als er aber erneut nach oben kam, hatte er etwas im Arm, und schwamm nur mithilfe seiner Beine zum Ufer.

»Hilf mir Ernst, sie ist ohnmächtig!«, rief er hinüber, und gleich darauf watete sein Bursche ein Stück weit hinaus, um ihm beim Bergen der Frau zu helfen. Sie mochte Anfang der Zwanzig sein, hatte langes, braunes Haar und ein leicht von der Sonne gebräuntes Gesicht. Ihre Gestalt wirkte schlank und fast zierlich. Sie schien aus einer Stadt zu kommen, aber das war jetzt alles nebensächlich. Johann legte sie auf die Seite und versuchte, den Mund der Ohnmächtigen zu öffnen, um das Wasser herauslaufen zu lassen. Es gelang ihm, indem er im hinteren Bereich auf den Unterkiefer drückte. Zwar lief wirklich Wasser aus ihrem Mund, aber die Hilfe schien zu spät zu kommen. Das wachsbleiche Gesicht der jungen Frau blieb unbewegt.

»Hilf mir noch einmal, Ernst, ich nehme sie hoch, ihr Kopf muss dabei nach unten hängen!«

Der Bursche unterstützte seinen Offizier bei dessen Bemühen, und als Johann die junge Frau über seine verschränkten Arme so hing, dass ihr Kopf fast wieder den Boden berührte, stürzte das Wasser in einer kleinen Fontäne aus ihrem Mund.

Anschließend legte er die Frau wieder auf die Erde und wartete das Ergebnis seiner Bemühungen ab. Ihre Lider flatterten, konnten sich aber nicht öffnen.

»Luft, sie braucht Luft, sie kann nicht atmen!«, rief Johann aus und begann, ihr das Kleid aufzuschnüren. Das dauerte ihm aber zu lange, er kam mit den verknoteten und nassen Bändern nicht zurecht, und zog deshalb sein Jagdmesser aus dem Gürtel, durchtrennte kurzerhand die Verschnürung und öffnete ihr das Kleid.

Jetzt zog die Frau etwas Luft durch den Mund ein, aber Johann war das noch nicht genug. Er bückte sich über sie und presste seine Lippen fest auf ihre, um dabei seine Atemluft in sie zu pressen. Das hatte nun den gewünschten Erfolg, die fast Ertrunkene schlug die Augen auf, und für einen kurzen Moment war Johann überrascht von dem Blau ihrer Iris. Dann geschah allerdings etwas, mit dem keiner der Männer am Ufer gerechnet hatte.

Johann stöhnte plötzlich auf, rollte sich zur Seite ab und presste seine Hände auf den Schoss.

»Du Schwein!«, rief die junge Frau dabei mit krächzender Stimme, versuchte, auf die Beine zu kommen, und als ihr das nicht gelang, warf sie sich mit ihrem Oberkörper auf den Leutnant, während ihre rechte Hand zugleich nach einem Stein griff und ausholte. »Dich werde ich...«

»Halt!«, donnerte eine Stimme. Und wenn auch die Frau das Wort nicht verstand, so erkannte sie doch, was ihr dieser andere Fremde da an die Stirn presste. Pistolen waren ihr vertraut, und tatsächlich hatte sie schon einmal in den Lauf einer Waffe geschaut, als sie ihr vor den Kopf gehalten wurde. Als sie aufblickte und das wutverzerrte Gesicht des Mannes sah, war ihr klar, dass dies kein Trick war.

Sie ließ den Stein fallen und erhob sich langsam von dem Mann, von dem sie annahm, dass er eben versucht hatte, sie zu vergewaltigen. Als sie den älteren Mann sah, der neben ihrem Gefährten ebenfalls eine Waffe in der Hand hielt, hob sie langsam ihre Hände. »Gut, ihr verdammten Schweine, ich habe verloren. Aber glaubt nicht, dass ich es euch leicht mache! Drei Männer, was seid ihr für widerliche Bastarde, über mich herzufallen!«

»Also, nun beruhige dich mal, Betsy!«, antwortete ihr Johann und stand auf. Während die Frau ihn noch immer wütend anfunkelte und sich wohl fragte, woher er ihren Namen kannte, grinste sie dieser Kerl auch noch unverschämt an.

»Wenn das nicht genug war, kann ich dir noch einmal zwischen die Beine treten!«, zischte sie wütend.

Aber Johann machte trotzdem einen Schritt auf sie zu, grinste womöglich noch unverschämter und deutete dann auf ihr zerschnittenes Kleid. In ihrer Wut hatte Betsy überhaupt nicht gemerkt, dass ihr Oberkörper kaum noch bedeckt war. Mit einem Schrei zog sie das Kleid über den Brüsten zusammen und drehte sich zum See um.

Als Johann jetzt ebenfalls, mehr aus Zufall, einen Blick über den See warf, zuckte er zusammen. In der Ferne bewegte sich ein dunkler Gegenstand auf dem Wasser und schien auf ihre Uferstelle zuzuhalten.

»He, Betsy, kann es sein, dass wir gleich Besuch von den Indianern erhalten?«

Die Angesprochene starrte jetzt ebenfalls in die Richtung, in die sein Arm wies, dann warf sie einen Blick in das Gesicht des Mannes, der eben ihr Leben gerettet hatte.

»Verdammt, wer seid ihr? Loyalisten? Sind das eure Verbündeten?«

»Wir sind weder Loyalisten noch Royalisten, noch Siedler aus der Gegend, Betsy. Wir kommen aus Deutschland und wollen eigentlich in den Norden! Aber die Indianer sind uns dazwischen gekommen. Wir haben in der Nacht gegen sie gekämpft und konnten uns nur im See vor ihnen verstecken.«

Die junge Frau warf ihm einen kritischen Blick zu, dann musterte sie kurz die anderen neben ihrem Gefährten und schien zu glauben, was der Fremde ihr da gerade mitgeteilt hatte. Offenbar hatte sie wohl seine Bemühungen etwas missverstanden, aber das tat ihr keineswegs leid. Sie kannte die Männer und war auf der Hut, zumal sie ihren eigenen Mann erst kürzlich verloren hatte.

»Kommt mit mir, wir müssen hier verschwinden. Wo die Burschen auftauchen, gibt es auch bald mehr.«

»Aber wo willst du mit uns hin? Wir können uns doch hier nirgendwo verstecken!«

»Unsere Pferde sind dort hinten angebunden. Wir haben nur zwei Reitpferde und zwei Packtiere, das muss für uns alle genügen. Franky, los geht's, die Rothäute kommen über den See. Wir haben keine andere Wahl als diese drei Gentlemen mitzunehmen.«

»Aber Betsy, das sind doch…«

»Nein, offenbar nicht, dachte ich auch. Los jetzt, sie sind schon viel zu dicht!«

Damit raffte sie ihren Rock zusammen und lief einfach los, während nun die drei Soldaten sich auch nicht mehr um den jungen Mann kümmerten, sondern so rasch wie möglich der Frau folgten. Wenig später hatten sie sich auf den Pferden verteilt, wobei Johann ein seltsames Gefühl beschlich, denn diese Betsy hatte ihm angeboten, hinter ihr aufzusitzen. Ihr Pferd sei das Kräftigste, und wenn er noch nie geritten sei, solle er sich ruhig an ihr festhalten.

Ohne mit der Wimper zu zucken, zog sie ihren Rock weit bis über die Knie hinauf und verknotete ihn seitlich, um ungehindert in den Sattel zu steigen. Als Johann noch zögerte, rief sie ihm unwillig zu: »Was ist nun mir dir? Willst du weiter meine Beine anglotzen, oder möchtest du, dass ich meine Brüste zeige, die du ja von ihren Hüllen befreit hast!«

Diese freche Rede gefiel Johann irgendwie, und kaum saß er auf dem Pferderücken, als sie dem Tier die Hacken in die Seiten hieb und es davonjagte, ohne Rücksicht auf die anderen. Johann legte beide Arme um ihre Hüften, was sie widerspruchslos duldete, und genoss den wilden Ritt sogar, trotz der noch immer nassen und unangenehm am Körper klebenden Kleidung.

8.
Im Krieg ist alles erlaubt! Ende Juni 1777

Nach einer guten Stunde schnellen Rittes durch ein dichtes Waldstück erreichten sie schließlich ein massives Blockhaus. Es stand auf einer Lichtung, war stark verbarrikadiert und offenbar seit langer Zeit unbewohnt, wie das hohe Gras ringsumher zeigte. Betsy war sofort aus dem Sattel und prüfte die nähere Umgebung auf Spuren fremder Besucher, bevor sie beruhigt zu den anderen zurückkehrte und auf einen halboffenen Stall an der einen Seite wies, in dem die Tiere untergebracht wurden. Der Platz davor war mit einer Fenz umgeben, dem einfachen Farmerzaun, bei dem schmale Baumstämme so angeordnet wurden, dass sie einen kleinen Wall bildeten.

»Franky, kümmerst du dich bitte um das Feuerholz? Gentlemen, sowie das Feuer im Gang ist, können wir endlich unsere Kleidung trocknen und etwas zu Essen bereiten. Wir sind hier ziemlich sicher!«, bemerkte Betsy, nachdem sie die Tür entriegelt hatte. Der davor quer gelegte Balken schien ihr keine Mühe zu bereiten, und als sie in die Hütte trat, schaute Johann dabei in den Raum, in dem durch die verschlossenen, schmalen Fensteröffnungen kein Licht fiel. »Wir müssen etwas improvisieren. Es gibt Pemmikan und, wenn wir Glück haben, ist der Schinken dort oben an der Decke noch genießbar. Mehr haben wir nicht, außer frischem Wasser aus einem Brunnen hinter dem Haus.«

»Pemmikan?«, erkundigte sich Johann und erstarrte plötzlich in seiner Bewegung, denn er erkannte, dass sich Betsy das schlichte Hemdkleid über den Kopf zog. Ihr nackter, weißer Körper schimmerte in der Dunkelheit des Raumes, als sie in eine Ecke ging und dort hantierte.

»Ja, was ist denn mit dir? Hast du ein Problem, mich vollkommen nackt zu sehen? Du hast dir ungeniert meine Brüste angesehen, als du das Kleid zerschnitten hast, mir deine Zunge in den Hals geschoben, als ich ohnmächtig war – jetzt kannst du dir auch den Rest ansehen, ich werde deshalb nicht tot umkippen!«, erklärte sie und griff in eine Truhe, um sich eine Decke herauszuholen und um die Schultern zu hängen.

»Was ist Pemmikan?«, wiederholte Johann seine Frage und stellte fest, dass sein Rachen seltsam trocken war. Und als sie mit der Decke um die Schultern wieder näher kam, spürte er, dass ihn diese Frau erregte. Rasch wandte er sich ab und ging hinaus, während hinter ihm ihr Lachen ertönte. Sie zog mit der Hand die Decke über der Brust zusammen und trat zu den anderen auf die Lichtung.

»Zieht euch doch die klammen Sachen herunter, ihr holt euch noch den Tod!«, sagte sie zu den beiden Soldaten, während ihr jugendlicher Begleiter damit beschäftigt war, in einer Feuerstelle vor der Hütte das Holz aufzuschichten.

Johann übersetzte für die beiden, und als Betsy merkte, dass die beiden zögerten, wies sie hinter sich. »In der Truhe gibt es noch weitere Decken. Sie sind vielleicht ein wenig stockig, aber immer noch besser als diese Sachen, die ihr am Körper habt.«

Nachdem die beiden verstanden, was ihnen Johann übersetzte, war Betsy mit einer ledernen Tasche von den Pferden zurückgekehrt.

»Das ist Pemmikan!«, beantwortete sie seine Frage und legte ihm die Tasche in den Schoß. Er hatte sich auf einen Holzklotz beim frisch aufflackernden Feuer gesetzt und dachte gar nicht daran, sich so einfach vor ihr zu entkleiden. Als er ein wenig fassungslos auf seine Hand starrte, mit der er etwas aus der Tasche gezogen hatte, das jetzt schwer und fettig darauf lag, lachte sie fröhlich auf.

»Pemmikan wird von den Indianern als Winternahrung bereitet, dient aber auch auf Kriegszügen als wichtige Verpflegung, wenn die Jagd nicht möglich ist. Du erkennst Fett, in dem sich getrocknete Beeren und Nüsse befinden. Das ist für die Krieger wichtig, um bei Kräften zu bleiben. Es wird heute Abend und morgen früh unsere Mahlzeit sein, dazu vielleicht etwas von dem geräucherten Schinken. Solltest du aber nicht endlich einmal deine feuchten Sachen ablegen, sehe ich schwarz für dich. Ich nehme mal an, dass dich bald das Fieber erwischt. Du kannst dann aber ruhig in der Hütte bleiben und dich auskurieren. Indianer werden sicher nicht hier vorbeikommen, wahrscheinlich auch keine Briten. Die Hütte liegt ziemlich abseits von allen üblichen Wegen und dient uns als Zwischenaufenthalt. Es gibt ein paar Verstecke in der Umgebung mit Waffen, Blei und Pulver.«

»Dann gehörst du also zu den Revolutionären und wolltest deshalb wissen, ob wir Loyalisten sind?«

»Hm!«, lautete die unbestimmte Antwort.

Dann bedachte sie ihn mit einem auffordernden Blick, und als eben die beiden Gefährten aus der Hütte traten, die Decken umgeschlungen, lachte er auf.

Was für eine Situation! Drei halbnackte Männer und ein noch bekleideter Jüngling mitten in der Wildnis Nordamerikas in Gesellschaft einer halbnackten Frau! Wenn ich das daheim erzähle, dann..., dachte Johann und unterbrach seine Gedanken, weil er erneut an Friederike denken musste. *Nein, Johann, hör endlich auf, dich mit diesem Bild zu quälen! Du bist hier in einer vollkommen anderen Welt. Es herrscht Krieg, und da sind auch noch diese Wilden – also komm auf den Boden zurück und denk an deine unmittelbare Nachbarschaft! Ja, natürlich auch an diese Betsy, warum nicht. Sie hat schließlich einen begehrenswerten Körper und – ein hübsches Gesicht.* Sofort schämte sich Johann über diese gedankliche Reihenfolge, aber schließlich hatte er gesehen, was sie auch jetzt nur notdürftig bedeckt hatte.

»Was ist eigentlich mit diesem Franky los?«, erkundigte er sich, als er vorsichtig etwas von diesem seltsamen Fett-Beeren-Gemisch probiert hatte und es für durchaus schmackhaft hielt.

Verwundert sah ihn die junge Frau an.

»Wieso, was soll mit ihm los sein?«

Johann zuckte die Schultern und lachte.

»Hätte ich ihn nicht am See deinen Namen rufen gehört, würde ich glauben, dass er stumm wäre!«

Betsy lachte nun auch fröhlich auf und sah in die Richtung, in die der junge Mann gerade verschwunden war. Offenbar wollte er nach den Pferden sehen und legte keinen Wert darauf, sich auszuziehen um seine Hose zu trocknen.

Jetzt setzten sich auch Friedrich und Ernst neben sie an das Feuer und betrachteten verwundert, was ihnen Johann direkt aus der Ledertasche anbot. Er hatte jetzt, bei näherer Betrachtung, auch festgestellt, dass es sich nicht um ein bearbeitetes und gegerbtes Leder handelte, in dem das Pemmikan aufbewahrt wurde. Vielmehr handelte es sich um einfache, enthaarte Rohhaut, die durch das enthaltene Fett vom Pemmikan geschmeidig gehalten wurde.

Auch den beiden Soldaten schmeckte die indianische Speise, und während sie zulangten, berichtete Johann den beiden anderen, was sie bislang erlebten und wobei sie ihre kostbare Fracht an die Indianer verloren hatten. Das aber brachte Betsy in helle Aufregung.

»Das hättest du mir auch ruhig etwas früher berichten können, John!«

Erstaunt blickte er sie an.

»Ja, ich nenne dich John, deinen deutschen Namen kann ja niemand aussprechen. Und Ernst hört sich auch seltsam an, Ernest passt da besser, so wie Fred für den alten Mann da drüben.«

Johann schmunzelte, denn bei der Anrede blickte Steuben erstaunt zu ihnen herüber und der Leutnant kniff ein Auge zu, um ihm mitzuteilen, dass die Amerikanerin gerade einen Scherz gemacht hatte. Also lächelte er auch etwas und wandte sich dann wieder dem Fett-Beeren-Gemisch zu.

»Ich weiß nicht, was wir fünf Leute mit unseren wenigen Waffen gegen die Krieger unternehmen wollten!«, antwortete Johann etwas mürrisch. »Oder hast du eine Idee, wie wir die Frachtwagen zurückholen können?«

»Natürlich nicht. Ich hoffe aber, dass wir morgen, spätestens übermorgen auf die Armee stoßen werden. Dann kann es nur bedeuten, dass wir den Indianern nachsetzen müssen. Vielleicht wäre es gut, wenn du mich dabei begleiten würdest.«

»Ich und dich begleiten? Wieso willst du an den See zurückkehren?«

Betsy lächelte freundlich, und erneut war Johann fasziniert von ihrer Augenfarbe. Er konnte den Blick nicht von ihr abwenden, als sie kurz und knapp erklärte:

»Weil ich die Stelle leichter wiederfinde, als du. Ich wette, du weißt noch nicht einmal, in welcher Richtung sich der See befindet.«

»Hm«, brummte diesmal Johann nur, musste ihr aber insgeheim zustimmen.

»Wenn wir uns im Blockhaus schlafen legen, ist das für uns alle sicherer. Ich werde ein paar Dinge einrichten, die uns im Falle einer Gefahr wecken werden. Es sei denn, jemand von euch schläft so tief, dass er nur durch einen Kanonenschuss zu wecken ist!«

»Wir sind alle drei Soldaten, Betsy, und es gewohnt, rasch wach zu werden, wenn wir nicht im heimischen Bett schlafen.«

»Gut, das beruhigt mich. Also, ich verschwinde jetzt und komme nicht vor einer halben Stunde zurück. Frank, du sorgst dafür, dass die Feuerstelle ordentlich gelöscht wird. Die anderen können sich schon mal einen Platz aussuchen, wo sie ihre Decke ausbreiten.«

»Was hast du vor?«, erkundigte sich Johann, doch Betsy schenkte ihm als Antwort nur ein freundliches Lächeln. Sie verschwand kurz in der Hütte und machte sich erneut an der Truhe zu schaffen, dann kam sie mit einem Leinenbeutel in der Hand zurück, der beim Gehen ein seltsames Klappern ertönen ließ.

Johann wäre ihr gern gefolgt, aber er fürchtete den Spott der anderen. Schließlich war Betsy noch immer nackt unter der Decke, und da wollte er nicht so offen hinter ihr herlaufen. Als er den anderen erklärte, warum sie unbesorgt in der Hütte schlafen konnten, nickten die beiden nur kurz dazu, während Frank schon seine Decke nahm und sich in der Nähe der Truhe an einer Hüttenwand seinen Schlafplatz einrichtete. Auch die beiden anderen suchten sich eine geeignete Ecke, während Johann im Eingang sitzenblieb und auf die Rückkehr Betsys wartete. Es wurde bereits richtig dunkel, und sie war noch immer nicht zurück.

Ich hätte sie nicht allein gehen lassen sollen! Schließlich ist sie hier inmitten dieser Wildnis splitternackt unter der Decke, und wenn sie so einem anderen Mann begegnet... Johann schüttelte unwillig den Kopf über diese Gedankengänge, stand auf, griff seine an der Wand lehnende Jägerbüchse und untersuchte sie. Aus alter Gewohnheit wischte er mit der kleinen Bürste, die er zusammen mit einer dünnen Nadel zum Räumen des Zündloches immer in der Patchkammer des Schaftes führte, das Pulver von der Pfanne und füllte frisches auf. So gerüstet, verknotete er die Decke unter den Achseln, griff die Waffe auf und ging langsam in die Richtung, die er Betsy hatte einschlagen sehen.

Er war noch nicht sehr weit gekommen, als ihn das Knacken eines Zweiges in der ihn umgebenden Dunkelheit aufschreckte. Sofort verharrte er auf der Stelle und versuchte, etwas zwischen den Bäumen zu erkennen. Kein Zweifel, nur wenige Schritte vor ihm stand plötzlich eine Gestalt, die jetzt eine hell schimmernde Hand hob.

»Puh, hast du mir einen Schrecken eingejagt, Betsy! Ich habe mir Sorgen gemacht, weil du so lange ausgeblieben bist!«

»Das ist aber lieb von dir!«, antwortete sie und trat auf ihn zu. »Du bist schon ein seltsamer Mensch, John! Erst ziehst du mich in den See und kurz bevor ich ertrinke, rettest du mich, entkleidest mich halb und küsst mich. Und jetzt gehst du durch den dunklen Wald und suchst nach mir. Ist das nicht gefährlich?«

Als sie noch einen Schritt auf ihn zumachte, schluckte er plötzlich heftig. Die Decke war von ihren Schultern gerutscht, ihre weiße Haut schimmerte leicht in der Dunkelheit, und plötzlich war ihr Gesicht ganz nahe an seinem, sodass er ihren Geruch wahrnahm. Es war eine seltsame Mischung aus dem Rauch des Feuers, dem Duft des Waldes und irgendwelchen Beeren. Und der erregte ihn stark.

Im nächsten Augenblick spürte er ihre Lippen weich auf seinen und erwiderte ihren Kuss.

»Betsy!«, flüsterte er leise, aber sie legte ihm nur einen Finger auf den Mund und hauchte: »Im Krieg ist doch alles erlaubt, John! Warum küsst du mich nicht noch einmal?«

9.

Ein Brief nach Nürnberg, August 1777
Mein lieber Georg,
da hockst du nun in deinem Comptoir in Nürnberg, blätterst in Aufträgen und Rechnungen, addierst Zahlen und fragst dich am Ende eines Tages, was du heute wohl für das Vermögen des Hauses zu Leupolth hereingebracht hast.

Recht so, Bruderherz, das ist ganz die Art des guten Kaufmanns. Du setzt das Erbe unserer Vorväter würdig fort, was ich von mir nicht behaupten kann. Vielleicht hast du ja deinen Bruder Johann längst vergessen, und ich hätte es auch verdient.

Ich weiß, dass ich in meiner Liebe zu Friederike schwer gesündigt habe, aber was kann ein schwaches Herz gegen die Liebe machen? Ihr Mann hat sie getötet und wollte auch mich töten – ich habe mich gewehrt und musste fliehen. Das alles ist in wenigen Momenten geschehen, und doch trägt man sein Leben lang an diesen Dingen.

Genug davon!

Ich habe in Paris den Freiherrn Friedrich Wilhelm von Steuben, einen alten Freund vom Militär, getroffen und mein Glück gemacht. Er ging nach Amerika, um Generalmajor und Generalinspekteur der Kontinentalarmee zu werden. Nun, ich ging mit ihm, an der Seite mein treuer Bursche Ernst. Nach einer stürmischen Überfahrt wur-

den wir auf der Reise von Boston nach Concord von Indianern überfallen. Wir drei konnten uns mit knapper Not retten, das Schicksal mischte die Karten neu für mich. Aber – hier im ganzen Land herrscht Krieg, die Kolonien sind durcheinandergewirbelt, alles redet nur noch von Freiheit.

Wie soll ich es dir beschreiben?

Friederike habe ich geliebt und werde sie nie vergessen. Als ich in dieses Amerika kam, glaubte ich nicht, dass mein wundes Herz jemals wieder lieben könnte. Und doch, mein Bruder, und doch! Ich traf mitten in der Wildnis Betsy, und sie ist eine ganz besondere Frau.

Fast wäre ich auch Farmer geworden, stell dir das einmal vor! Dein wilder Bruder Johann, der hier übrigens nur John genannt wird, der lieber mit dem Degen focht und die Pistole abfeuerte, hat für eine Zeit den Pflug ausprobiert. Wie das alles möglich war, würde zu weit führen, sollte ich es dir hier schildern. Nur so viel, dass wir in der Nähe von Bennington eine von den Loyalisten verlassene Farm übernommen haben, meine Betsy und ich. Die Loyalisten, also die an der englischen Krone hängen, fliehen alle nach Kanada.

Jawohl, und auch der gute Ernst war von der Landwirtschaft begeistert, wir haben uns wirklich Mühe gegeben. Indes ging der Generalmajor daran, die ziemlich desolate Armee des Generals Washington auf Vordermann zu bringen. Du glaubst ja gar nicht, wie so ein amerikanischer Milizionär daher gestiefelt kommt! Keine wirkliche Montur, die es aber auch gibt. Die meisten tragen robuste Hemden mit einem merkwürdigen, doppelt gelegten Kragen und ausgeschnittenen Fransen. Einige scheuen sich nicht, darauf Parolen zu pinseln, wie gerade erst gelesen: ‚Liberty!‘, das heißt ‚Freiheit‘! Oder auch, um es dir gleich zu übersetzen, noch drastischer: ‚Freiheit oder Tod!‘

Und ein paar Gruppen haben sich Fahnen gefertigt, auf der eine zerstückelte Schlange zu sehen ist, und darunter steht dann ‚Don't tread on me', oder auch ‚Join or die!', was das Erste etwa bedeutet: ‚Reiz mich nicht!' und das andere wohl ‚Unterstütz uns oder stirb!'. Du siehst, die Patrioten übertreiben auch hier gern.

Na, so ging es immer weiter, aber es brachte uns zunächst eine ruhige Zeit auf unserer Farm. Mit den Briten hatten wir zum Glück nichts abzumachen, aber dann ging alles drunter und drüber.

Es begann damit, dass wir eines Tages einen Brief des Generals erhielten, in dem er uns einlud, ihn im Hauptquartier aufzusuchen. Also, wenn George Washington an so unwichtige Leute schreibt, dann gehört es sich auch, dass man der Einladung Folge leistet. Und sie war ja auch gar nicht an mich, den ehemaligen deutschen Leutnant gerichtet, sondern an meine Betsy.

Ach, was meine militärische Laufbahn angeht – ich hatte nur so etwas wie Urlaub von der Kontinental-Armee genommen, zu der ich noch gar nicht gehörte. Das geschah nach einem wilden Gefecht, mit dessen Schilderung ich dich nicht langweilen möchte. Aber der Freiherr von Steuben forderte mich danach an, denn er hat noch immer Schwierigkeiten mit der Sprache.

Eigentlich hatten Betsy und ich ihm beim Abschied gesagt, dass wir unser Landleben genießen wollen und zusehen, wie alles neu wächst und sprießt. Stell dir vor, Georg, wir haben sogar ernsthaft an Kinder gedacht. Doch in diesen Zeiten? Wir wollen aber an die Zukunft denken.

Aber dann – kam doch alles ganz anders.

Davon demnächst mehr, Bruderherz, ich muss schließen, weil der Kurier nur einmal im Monat die Post auf allen Farmen einsammelt und dann nach Boston bringt. Wer weiß, wann du diesen Brief in den Händen halten kannst. Vergiss nicht deinen Bruder Johann, der dich immer liebt!

Johann, frisch ernannter Major der Kontinental-Armee

PS: Du solltest mal sehen, wie sich hier das Laub verfärbt! Der Ahorn wird blutrot!

Ein unglaublicher Anblick!

PPS: Wir müssen auch bald unsere Farm verlassen, der amerikanische Junge, Frank, wird hier vor Ort bleiben und alles in Ordnung halten.

Noch einmal überflog der Schreiber seine Zeilen, dann nahm er die Streubüchse, schüttete den Sand über die noch feuchte Tinte und klopfte anschließend das Blatt in die Schublade des Tisches ab, an dem er saß. Dabei zuckte er zusammen, denn er hatte eine falsche Bewegung gemacht und die Wunde in seiner Schulter schmerzte.

Aber so einfach konnte Johann diesen Brief nicht schließen. Immer wieder überflog er die Zeilen, als Betsy leise hinter ihn trat, den Arm um ihn legte und dann, Wange an Wange, noch einmal gemeinsam mit ihm die Zeilen überflog.

»Du hast nichts von dem Gefecht gegen die Indianer geschrieben!«, sagte sie leise und küsste ihn auf die Wange.

»Nein, dann hätte ich auch meine Verwundung erwähnen müssen. Und warum sollte ich Georg unnötig beunruhigen? Sieh, der Brief wird Monate brauchen, bis er in Nürnberg eintrifft. Bis dahin kann ich dich auch wieder in meinem linken Arm halten, reiten und schießen und...

Betsy beugte sich etwas vor und küsste ihn zärtlich.

»Das kann ich auch ohne Arme!«, sagte er leise.

»Ich weiß noch etwas anderes!«, antwortete sie ebenso leise, nahm seine gesunde Hand und zog ihn mit sich.

10.
Das Gefecht, Ende Juni 1777

Dicht aneinander geschmiegt hatten sich Betsy und Johann direkt hinter der Tür des Blockhauses schlafen gelegt, nicht jedoch, ohne vorher den schweren Balken von innen vorzulegen. Johann, der sich etwas auf seinen leichten Schlaf einbildete, schreckte hoch, als ihm Betsy über das Haar strich und in sein Ohr flüsterte: »Wir müssen die anderen wecken! Die Feinde versuchen, uns im Schlaf zu überrumpeln!«

Johann fuhr hoch und griff sofort zu seiner Jägerbüchse, die er direkt neben dem Eingang an die Wand gelegt hatte.

Im Nu waren alle wach, und flüsternd erklärte ihnen Betsy, dass ihr Alarmsystem funktioniert habe. Während alle ihre Waffen bereit machten, bat Betsy darum, ihr bei der Truhe zu helfen. Frank und Johann griffen sofort zu und zogen die schwere, große Truhe ein Stück beiseite, und als sich Betsy an der Stelle auf den Boden kauerte, erkannten sie eine Falltür im Holzboden des Hauses. Der Deckel wurde hochgeklappt und gegen die Wand gelehnt, dann schlug Betsy Stahl und Feuerstein zusammen, fing die Funken geschickt auf einem Stück Zunder auf und gleich darauf brannte das Licht einer kleinen Laterne.

»Was machst du?«, erkundigte Johann sich staunend, denn vor ihm gähnte ein schwarzes, viereckiges Loch.

»Das ist eines unserer Waffenverstecke. Hilf mir, die Musketen nach oben zu bringen, wir werden sie benötigen. Schaffen wir es nicht gegen die Übermacht, ist das der Ausweg für uns, sollten die Indianer das Haus in Brand stecken!«

»Indianer? Woher weißt du überhaupt, dass uns ein Feind belauert?«

Im Schein der Laterne wirkte das Lächeln der jungen Frau beruhigend. Das Licht zeichnete ihr Gesicht weich, und die lang herunterhängenden Haare erweckten den Eindruck, als würde Betsy sich im tiefsten Frieden befinden und nur mal eben nach dem Herd sehen, ob die Glut noch für das Frühstück ausreichte.

»Ich habe bei Einbruch der Dunkelheit ein paar Stricke zwischen den Bäumen gespannt und Zinnbecher und anderes Geschirr daran befestigt. Nur ein Indianer wird so vorsichtig sein, dass es bestenfalls einen zarten Laut gibt. Doch der genügt mir, ich bin dergleichen seit vielen Wochen gewöhnt und sofort auf den Beinen. So, genug der Worte, hier ist für jeden noch eine weitere Muskete, gegen Feuchtigkeit in geteertes Segeltuch gewickelt. Macht euch auf einen langen, harten Kampf gefasst. Pulver und fertige Kugeln für die Musketen sind hier in Menge! Jeder nimmt eine der Schießscharten an einer Wand für sich, Frank nimmt die Musketen entgegen und lädt nach, ich decke die Seite mit dem Stall.«

»Oh, und die Pferde?«

»Ich habe als Erstes bei meinem Gang in den Wald die Fenz geöffnet. Sie sind vorerst in Sicherheit, wenn wir sie nachher auch suchen müssen!«, antwortete Betsy ihm. Dann trat sie dicht zu Johann, schlang die Arme um seinen Hals und küsste ihn leidenschaftlich, ohne Rücksicht auf die anderen zu nehmen. Friedrich Wilhelm von Steuben drehte sich mit einem dezenten Hüsteln beiseite, aber auch das störte die Liebenden nicht weiter.

Etwas atemlos löste sich Betsy von Johann und sagte dann nur:

»Also los, Freunde. Gelingt es uns nicht, die Angreifer fernzuhalten, ist der Gang der letzte Ausweg. Er mündet etwas weiter zwischen dichten Büschen, ist aber keineswegs unauffindbar. Denkt daran, falls ihr ihn benutzen müsst! Es ist durchaus möglich, dass am anderen Ende auch Feinde auf uns warten!«

Es war Ernst Friedemann Müller, der den ersten Schuss abgab.

Er hatte die schmale Schießscharte an seiner Seite geöffnet, die Büchse hindurchgeschoben und den Stecher betätigt. Jetzt genügte ein sanfter Druck auf den Abzug, und der Schuss löste sich, ohne dass die Waffe dabei verrissen werden konnte. Genau das war der Augenblick, als sein Gewehr sich krachend entlud, und die Menschen im Blockhaus vernahmen einen dumpfen Laut des Getroffenen. Jetzt aber war unter den Feinden kein Halten mehr. Sie standen jenseits der Lichtung zwischen den Bäumen und schossen auf das Blockhaus, ohne jedoch den geringsten Schaden anrichten zu können. Die Kugeln steckten in den dicken Balken, und als die Verteidiger mit einer Salve antworteten, brach gleich darauf gellendes Kriegsgeheul unter den Bäumen aus. In großen Sprüngen kamen die dunklen Gestalten über die Lichtung, schwangen ihre Äxte und Kriegskeulen und wollten offenbar damit die Tür einschlagen. Aber sie kamen noch nicht einmal auf die Hälfte der Entfernung heran, als die nächste Salve sie stoppte. Das Kriegsgeschrei ging in die Schreie der Verwundeten und Sterbenden über.

Doch das schien die anderen, die noch an den Bäumen abgewartet hatten, nur noch mehr anzustacheln. Kaum war die Salve erfolgt, sprangen sie über ihre Kameraden hinweg und näherten sich dem Blockhaus. Doch hatte keiner der Angreifer damit gerechnet, dass die Schützen schon längst wieder eine andere, fertig geladene Waffe in der Hand hielten und sofort wieder schossen. Die drei deutschen Soldaten verzichteten jetzt auf ihre gezogenen Büchsen, die nur auf größere Entfernung Vorteile gebracht hätten. Jeder benutzte die schnell zu ladende Muskete und feuerte, sobald sich nur einer der Feinde in ihrem Schussfeld zeigte. Nach dem dritten Abfeuern der Verteidiger trat plötzlich Ruhe ein. Auf dem Platz stand eine dichte Pulverwolke, die sich mit der Dunkelheit zu einer undurchdringlichen Wand vermischt hatte. Das war für alle der gefährlichste Moment, denn die Angreifer konnten diese Situation für einen weiteren Angriff nutzen.

Doch die Indianer hatten sich zurückgezogen, alles blieb ruhig.

»Die Sonne geht auf!«, verkündete Betsy, die nach Osten sah. »Und die Indianer kommen erneut. Jetzt mit Feuer, aufgepasst!«

Tatsächlich liefen jetzt von allen Seiten die Angreifer über die Lichtung, schwangen stark lodernde Brände in der Hand und warfen sie auf das Blockhaus. Noch machte die nächste Salve die Heranstürmenden wieder kampfunfähig, aber schon sprangen die nächsten hinter ihnen heran. Wieder wurden blitzschnell die Musketen im Blockhaus gewechselt und aus den Öffnungen geschossen, aber die ersten Brände flogen trotzdem auf das Dach des Blockhauses.

Gleich darauf hatten sich die Angreifer erneut zurückgezogen.

Als der Pulverdampf langsam verschwand, lagen auf der Lichtung nur die Toten in seltsamen Verrenkungen, so, wie sie die Kugeln zurückgeworfen hatten.

»Was jetzt? Brennt das Dach bereits?«, wollte Ernst wissen.

»Noch nicht!«, kam Betsys beruhigende Stimme. »Das sind schwere Balken, die nicht ohne Weiteres gleich in Flammen aufgehen. Wir müssen nur sehen, dass es nicht zu viele sind, die gleichzeitig ihre Brände schleudern! Haltet euch bereit!«

In diesem Moment drang an Johanns Ohr ein Ruf, und erstaunt drehte er sich zu der Seite um, an der Betsy ihre Muskete hinaushielt.

»Da ruft jemand! Was ist das für eine Teufelei?«

»Ich sehe einen Weißen zwischen den Bäumen, der uns zuwinkt!«, rief Steuben aus. »Sind hier eure Leute in der Nähe, Betsy?«

»Durchaus möglich, denn die Hütte ist ja bei unseren Milizen bekannt, und wenn sie die Schüsse gehört haben...«

»Hallo, das Haus!«, rief der Mann vom Rand der Lichtung herüber. »Hier kommt Hilfe! Keine Sorge, die Indianer sind auf der Flucht, meine Leute sind hinter ihnen her!«

»Gott sei Dank, das kommt zur rechten Zeit!«, antwortete Betsy erleichtert.

»Der Mann trägt aber keine Montur, Betsy, sondern nur eines dieser braun gefärbten Hemden mit dem Doppelkragen!«, warnte Johann.

»Du bist zu vorsichtig, Johann. Wer sollte uns denn hier aufsuchen, wenn nicht eine Abteilung der Miliz? Komm, hilf mir bei dem Balken, John!«

Der Deutsche warf noch einen besorgten Blick aus der Schießscharte, aber der Weiße hatte die Hände gehoben und keine sichtbare Waffe. Also hob Johann gemeinsam mit Betsy den Balken aus der Halterung und folgte ihr hinaus.

»Welcher Abteilung gehört ihr an?«, erkundigte sich Betsy und machte einen Schritt auf den Weißen zu.

»1st New Hampshire Regiment, Madame, Generalmajor John Stark!«, antwortete der Mann und hatte noch immer die Hände in der Luft, als er langsam über die Lichtung schritt.

»Alles in Ordnung, Freunde!«, rief Betsy in das Blockhaus zurück, als Johann einen Warnschrei ausstieß. Er hatte etwas zwischen den Bäumen aufblitzen sehen und warf sich instinktiv gegen Betsy. Beide stürzten zu Boden, als eine Kugel dicht neben ihnen in die Wand des Blockhauses schlug. Der angebliche Milizionär hatte plötzlich eine Pistole in der Hand und legte auf Johann an, der sich eben aufrichtete und ebenfalls seine Pistole aus dem Gürtel gerissen hatte und anschlug. Fast gleichzeitig krachten die Schüsse, und Johann spürte den heftigen Schlag gegen seine linke Schulter. Er wurde herumgerissen und fiel über Betsy, die laut aufschrie. Jetzt fielen auch wieder aus dem Blockhaus Schüsse, und Johann, der jetzt versuchte, mit Betsy in die Sicherheit des Hauses zurückzurobben, sah, wie Steuben und Ernst ihre Waffen aus der offenen Tür abfeuerte.

»Schnell, jetzt los!«, schrie ihnen Steuben entgegen, und Johann, der gegen eine Welle von Übelkeit und Schmerzen ankämpfte, die ihn zu überwältigten drohte, schaffte es, sich aufzurichten. Dann war Betsy an seiner Seite, stützte ihn und brachte ihn zurück in die Blockhütte. Gleich darauf legten die beiden Soldaten den schweren Riegel wieder vor und traten mit den Musketen, die ihnen Frank reichte, zurück an die Schießscharten.

Aber nach dieser List der Feinde war wieder Ruhe eingetreten, und Johann spürte, wie er langsam zu Boden sank. Dunkelheit hüllte ihn ein, und er kämpfte noch gegen die Ohnmacht an, als ihm Betsy schon das Hemd öffnete und das Blut mit einem zusammengepressten Lappen stoppte.

»Gebt mir aus der Truhe Werg und Leinen, schnell, es liegt gleich obenauf!«, ordnete sie an, und mehr hörte Johann nicht mehr. Alles um ihn drehte sich immer schneller, dann sank er in bodenlose Schwärze und nahm von seiner Umgebung nichts mehr wahr.

Als er die Augen aufschlug, lag er noch immer auf dem Boden des Blockhauses und sah in Betsys besorgtes Gesicht.

»John, Liebster, wie fühlst du dich?«

»Schlecht!«, krächzte er mit seltsam klingender Stimme, und besorgt beugte sie sich über ihn, küsste ihn zart, und er kommentierte das gleich: »Schon besser!«

»Ich konnte die Blutung stoppen, es ist ein glatter Durchschuss. Wir müssen aufpassen, dass du keinen Wundbrand bekommst und du solltest deinen Arm nicht unnötig bewegen, damit die Blutung nicht erneut beginnt. Mehr kann ich im Moment nicht für dich tun, John.«

»Und die Feinde?«

»Es gab nach der Hinterlist mit diesem verdammten Weißen noch einen Angriff, aber seitdem hat sich kein einziger mehr hier sehen lassen. Mag sein, dass die Indianer auf Verstärkung warten. Kann aber auch sein, dass sie eine andere Strategie verfolgen und uns belagern, bis uns die Lebensmittel ausgehen.«

»Schöne Aussichten!«, sagte Johann matt und ließ den Kopf wieder sinken. Er hatte erneut das Gefühl, ohnmächtig zu werden, schloss die Augen und dachte angestrengt nach. Aber in seinem wirren Zustand fiel ihm keine Lösung ein, und als er beim nächsten Mal die Augen aufschlug, fiel durch die schmalen Schießscharten grelles Sonnenlicht in den Raum. Erstaunt bemerkte er, dass die Tür weit offen stand und Ernst neben ihm auf dem Boden saß und ihn musterte.

»Na, was ist jetzt wieder los?«, erkundigte sich Johann mit trockener Kehle und nahm dankbar das Wasser entgegen, das ihm sein Bursche reichte.

»Sie sind weg.«

»Wirklich? Keine neue Kriegslist?«

»Nein, wirklich nicht. Diese Betsy ist schon ein ganz verrücktes Frauenzimmer, Herr Leutnant. Halten zu Gnaden für diese Bemerkung, aber es ist doch wahr! Die traut sich Dinge, die kaum ein Mann machen würde! Ihr seid kaum wieder weggekippt, da ist sie durch den Geheimgang raus. Steuben wollte sie aufhalten, aber sie hat so getan, als würde sie ihn nicht verstehen. Na, und als sie endlich zurückkam, brachte sie die Streitaxt eines toten Indianers mit und verkündete mit so fröhlichem Gesicht, dass es jeder verstehen musste, dass die Indianer fort waren. Ich habe so meine Sprachkenntnisse erweitert, denn jetzt weiß ich, was es heißt, wenn jemand sagt: ‚No indians anywhere!' oder so ähnlich. Es scheint aber wirklich zu stimmen, denn zusammen mit diesem Frank ist sie wieder hinaus und hat unsere Pferde zurückgebracht. Glaubt Ihr, Herr Leutnant, dass Ihr reiten könnt?«

Johann stieß die angehaltene Luft aus.

»Mir wird ja nichts anderes übrigbleiben, Ernst. Je eher wir hier verschwinden können, desto besser, glaube ich! Komm, hilf mir mal hoch, ich will nach draußen!«

Als er auf die Lichtung trat und Ernst ihn dabei seitlich stützte, zuckten die Bilder des gerade erst Erlebten an ihm vorüber. Noch einmal sah er den winkenden Weißen, der sich als amerikanischer Milizsoldat ausgegeben hatte und doch mit den Indianern gemeinsame Sache machte. Was waren das für Menschen, die ihre eigene Rasse verrieten? Als hätte Betsy seine Gedanken erraten, trat sie von dem Unterstand der Pferde auf ihn zu und begrüßte ihn erst mit einem erleichterten Lächeln, dann mit einem ausgiebigen Kuss.

»Der Verräter liegt dort drüben, John. Wir haben ihn durchsucht und in seiner Tasche den Brief gefunden, der ihm unseren Transport ankündigte. Dieser Mann muss entweder der Anführer der Indianer gewesen sein oder aber sie zumindest auf unsere Wagenkolonne angesetzt haben. Und noch eines ist damit sicher: Wir haben Verräter in den eigenen Reihen, die unsere Ankunft und unseren Ankerplatz bei Boston verraten haben. Vermutlich sollten wir schon dort überfallen werden, aber die Nähe der Stadt hielt die Verbrecher wohl zurück.«

»Das ist ja ein starkes Stück! Und wo sind die Waffen jetzt?«

»Diese Indianer haben sie, aber ihr Dorf muss in der Nähe des Sees liegen. Sobald wir auf unsere Leute treffen, werden wir sie aufsuchen.«

»Wir?«

»Ja, natürlich, ich werde doch, wie ich dir schon gesagt habe, den Ort als Einzige bestimmen können, oder nicht?«

»Hm. Und was wird mit mir?«

»Wie kannst du so etwas fragen, John?«

Zärtlich schmiegte sie sich an ihn und achtete dabei darauf, nicht seinen linken Arm zu berühren, für den sie eine Schlinge angefertigt hatte.

11.
September 1777, Besuch bei George Washington

»Ich habe mir bei den Evensons das Fuhrwerk ausgeliehen, John!«, empfing Betsy ihn, als er auf die überdachte Veranda des kleinen Farmhauses trat und in die Sonne blinzelte. Es war ein herrlicher Spätsommertag, den die Kolonisten als Indian Summer bezeichneten, wie Johann erfahren hatte. Die Wälder ringsumher begannen sich zu verfärben, und staunend hatte er eines Morgens zur nächsten Bergkette geschaut, wo das erste, flammende Rot der Ahornbäume zu sehen war. Betsy war neben ihn getreten, hatte ihren Kopf auf seine gesunde Schulter gelegt und wie träumend ebenfalls in die Ferne geschaut.

»Ich weiß nicht weshalb, aber wenn ich diese roten Blätter dort drüben sehe, muss ich an Blut denken!«, sagte Johann.

Darauf erwiderte sie leise: »Warte nur die nächsten Tage und Wochen ab, John, und du wirst ein unglaubliches Naturerlebnis genießen können. Das wird ein flammendes, gold-rotes Blütenmeer! Ich wette mir dir, so etwas gibt es in Deutschland nicht!«

»Das stimmt, denn wir haben gar nicht so viele Ahornbäume in unseren Wäldern stehen, musst du wissen. Buchen und Eichen sind unsere häufigsten Laubbäume, dazu kommen alle Sorten von Tannen und anderen Nadelbäumen. Das ist auch sehr schön, vor allem, wenn dicker Schnee die Tannen bedeckt.«

Sie betrachtete ihn eine Weile nachdenklich, bevor sie ihm die Frage stellte:

»Wann kehrst du wieder in deine Heimat zurück, John?«

Verblüfft sah er ihr in die Augen und spürte wieder das Gleiche, wie beim ersten Mal, als er in diese wunderbaren, blauen Augen gesehen hatte und er das Gefühl bekam, sich darin zu verlieren.

»Warum sollte ich das, Betsy? Ich fühle mich hier sehr glücklich an deiner Seite!«

Sie antwortete nicht, sondern sah erneut zu den fernen Wäldern. Dann drehte sie sich plötzlich ab und verschwand im Haus, wo sie der verblüffte Johann bald darauf laut mit Töpfen und Kannen klappern hörte.

Heute waren sie nun reisefertig, und er hatte sich gewundert, weshalb sie unbedingt mit dem ersten Lichtschimmer das Pferd sattelte und in die Nachbarschaft ritt.

»Ich bin zwar kein Krüppel, Betsy, und könnte durchaus reiten. Aber deine Fürsorge rührt mich, und natürlich nehme ich gern ein so angenehmes Reisen in Anspruch!«

Ernst, der ihr Gepäck bereits verlud, übernahm das Kutschieren, und für das reisende Paar gab es eine gut gepolsterte Bank auf dem Fahrzeug. Zudem bestand die Möglichkeit, ihnen bei schlechtem Wetter Schutz unter einer kräftigen Leinwandplane zu bieten, die man über Stangen ziehen konnte. Doch danach sah es nicht aus, alles versprach einen weiteren, sonnigen Spätsommertag, als das Fuhrwerk die kleine Farm verließ und sich auf den Weg zu Washingtons Quartier machte, das sich in der Nähe der Ortschaft Bennington befand. Hier hatten seine Truppen vor kaum vier Wochen einen großen Sieg über die britischen Truppen errungen. Weil in dieser Gegend Waffen und Material für die amerikanische Armee zusammengezogen wurde, dazu auch zahlreiche Pferde von den weit verstreuten Farmen geliefert wurden, marschierte die britische Armee in Richtung der Vermont Republic, deren kürzliche Gründung vom Staat New York nicht anerkannt wurde. Verwunderlich war das nicht, denn zu diesem Zeitpunkt befand sich New York in britischer Hand. Bei der Schlacht von Bennington am 16. August 1777 wurden die Briten aufgehalten und zurückgetrieben.

Nun rollten die drei voller Spannung dem Treffen entgegen, zudem sie der General durch einen Boten eingeladen hatte. Betsy war ziemlich aufgeregt, zumal Washington die Einladung an sie adressiert hatte. Man kannte ihren Aufenthaltsort durch den Generalmajor von Steuben. Aber der Bote stellte sich unwissend, konnte zu der schriftlichen Einladung keine weiteren Mitteilungen machen, und nun fieberten beide dem großen Ereignis entgegen.

Die Entfernung von ihrer Farm bis zum Generalhauptquartier betrug kaum eine Fahrtstunde, und schon lange, bevor sie die Zelte in der Ebene vor den bläulich schimmernden Bergen Vermonts erkannten, begegneten ihnen immer wieder berittene Patrouillen, die an ihnen vorüberjagten.

Ein einzelnes Gespann mit Zivilisten schien niemand zu interessieren, sie wurden erst von einem Vorposten angehalten und kontrolliert. Als Betsy dem in blauer Montur gekleideten Soldaten die Einladung überreichte, warf der nur einen raschen Blick auf die Unterschrift, trat zurück und salutierte. Ernst trieb die Pferde erneut an, und nach einer Viertelstunde mussten sie auf einem Sammelplatz anhalten und absteigen. Hier empfing sie ein Ordonanzoffizier, der sie durch die langen Zeltgassen des Lagers führte. Der junge Mann, der erheblich jünger zu sein schien als Johann, trug auf der linken Schulter eine Epaulette und wies sich damit als Leutnant der Kontinental-Armee aus.

»Fast wie in der Heimat!«, bemerkte Johann, als sie zu Dritt hinter dem Offizier gingen. »Die Zelte sind sogar mit farbigen Zahlen gekennzeichnet, sodass man die Kompaniezugehörigkeit rasch erkennt. Ich hätte mir hier so viel Disziplin gar nicht vorgestellt!«

Johann hatte sich natürlich mit Betsy in englischer Sprache unterhalten, und der Offizier drehte sich jetzt lächelnd zu ihm um und sagte: »Sie werden staunen, Herr Major, welche Wunder in kurzer Zeit General von Steuben bewirkt hat!«

»Ja, das glaube ich. Aber darf ich erfahren, woher Sie von meinem Dienstgrad erfahren haben?«

Der Leutnant blieb stehen, salutierte und antwortete:

»Ich wurde beauftragt, die Uniform für Herrn Major bereitzulegen und alles dafür Erforderliche ebenfalls. Mir wurde gesagt, dass unserem Herrn General heute die offizielle Urkunde nebst der Uniform überreicht wird!«

»Oh, dann bin ich also doch nicht nur dein Begleiter, Betsy!«, bemerkte Johann lachend, während Betsys Wangen eine leichte Röte überflog.

»Das hatte ich auch nie wirklich angenommen, John.«

Dann hatten sie ein großes und farbig gestaltetes Zelt erreicht, das in der Länge wohl gut sechs Meter maß und in der Breite nicht ganz die Hälfte. Zwei mächtige Masten trugen das geschwungene Dach, an dem man die Seitenwände angeknüpft hatte und mit zahlreichen weiteren, kürzeren Masten im gleichmäßigen Abstand gespannt hielt. Durch eine umlaufende Verzierung, die Scalopps, deren geschwungene Bögen zudem noch farbig eingefasst waren, und ein paar bunte Dreieckwimpel an den Zeltstangen machte es einen freundlichen und vor allem großzügigen Eindruck. Es wirkte nicht wie das Zelt eines Offiziers, in dem er notgedrungen die Nächte verbrachte, sondern eher wie ein kleiner, mobiler Palast für öffentliche Empfänge.

Der Leutnant trat ein und meldete ihre Ankunft, und gleich darauf wurden sie hineingebeten.

Johann hielt den Atem an.

Von der Zeltdecke hingen an zwei Seiten richtige Kronleuchter herunter.

Auf dem Boden lagen dicke Teppiche. In zwei bequem aussehenden, faltbaren Stühlen saßen die beiden Gastgeber und blickten das eintretende Paar erwartungsvoll an.

Der Herr mit dem rundlichen Gesicht mit dem Beginn eines Doppelkinns, die straff sitzende, geknöpfte Weste und der ebenfalls spannende Überrock verrieten den Politiker, Erfinder und genialen Autor zahlreicher Artikel und Bücher: Benjamin Franklin.

Neben ihm saß General George Washington, auch sein leicht gerötetes Gesicht wirkte rund, und unter seiner cremefarbenen Weste war auch der Ansatz eines Bauches erkennbar. Beide zeigten zur Begrüßung ein freundliches Lächeln und deuteten auf zwei weitere Stühle, die der junge Leutnant rasch zurechtrückte. Kaum saßen die beiden vor den mächtigsten Männern der Neu-England-Kolonien, als Franklin auf ein Papier deutete, das vor ihnen auf dem Tisch lag. Damit sie es besser erkennen konnten, hob er es auf und lächelte dabei.

»Ich unterstelle einmal, dass dieses Motiv bekannt ist. Ich habe es einst während meines Aufenthaltes in England entworfen. Es ist eine in acht Teile gehackte Klapperschlange mit dem Motto ‚Join or die'. Viele unserer Milizionäre haben entweder Schlange und Motto oder nur das Motto auf ihre Hemden geschrieben.«

»Ja, ich konnte einige bei unserer Aktion gegen die Indianer kennenlernen, als wir uns die Gewehre von ihnen zurückholten!«, erwiderte Johann.

»Darauf kommen wir gleich noch!«, warf Washington ein, der der Ordonanz ein Zeichen gab, den Gästen aus seiner Karaffe etwas einzuschenken.

»Gut also, nun meinte unserer Oberster Befehlshaber, es wäre an der Zeit, für die Armee eine eigene, gut erkennbare Fahne einzuführen. Ich hatte mein Motiv vorgeschlagen, entweder auf einem grünen oder einem gelben Untergrund, meiner Meinung nach gut auf Entfernungen zu erkennen!«, führte Franklin aus. »Aber unser General and Commander-in-chief of the Continental Army hier meinte, dass es etwas Einprägsameres sein müsste und hat einen eigenen Entwurf dazu gefertigt.«

Bei diesen Worten nahm Franklin ein weiteres Blatt hoch und reichte es Betsy, die erneut gerötete Wangen hatte und ständig an ihrer Haube herumzupfte, weil sie glaubte, dass ihre Haarpracht darunter hervorquoll.

Sie nahm das Blatt, warf einen Blick darauf und zeigte es Johann.

In einem Kreis befanden sich dreizehn sechszackige Sterne.

»Trauen Sie sich zu, Miss Betsy, das als Grundlage unserer neuen Fahne zu nähen?«

»Ich?«, rief Betsy erschrocken aus. »Weshalb ich?«

»Nun«, gab Washington lächelnd zur Antwort. »Einmal wissen wir, dass Sie etwas vom Nähen verstehen. War es nicht so, dass Sie ein Handwerk erlernt haben, bei dem man mit Nadel und Faden gut umgehen muss?«

»Das stimmt, ich wurde Polsterin«, antwortete Betsy verlegen, ohne den Sprecher dabei anzusehen. Ihr Gesicht war jetzt wie mit roter Farbe übergossen.

»Na, sehen Sie! Und da Sie nun bei verschiedenen Aktionen – nicht zuletzt an der Seite unseres Herrn Major hier – sich als wahre Patriotin erwiesen habe, dachte ich, Sie hätten vielleicht Freude an einer solchen Arbeit!«

»Wie soll... der andere Teil der Fahne aussehen? Eine Grundfarbe? Oder darf ich Vorschläge machen?«, erkundigte sie sich zaghaft.

»Darum bitten wir sogar, Miss Betsy, denn auch Mr. Franklin hier an meiner Seite brennt darauf, etwas in den Händen zu halten, das man getrost unseren Truppen dem Feind entgegentragen könnte!«

Ein rascher Seitenblick zu Johann, der ihr aufmunternd zunickte.

Dann deutete sie auf die Sterne und begann mit ihren Erklärungen.

»Ich würde die Sterne nur mit fünf Zacken ausführen, das sieht eleganter aus und gibt einen nicht ganz so unruhig wirkenden Kranz, wenn es für die Kolonien dreizehn sein sollen.«

Die beiden Herren nickten ihr lächelnd zu, und Betsy fuhr aufgeregt fort:

»Dann würde ich den Kreis so ausführen, dass weiße Sterne in einem Bogen auf blauem Untergrund stehen. Den Rest der Fahne dann mit dreizehn Querstreifen, oben mit einem roten angefangen, dann weiß, immer so weiter, der untere, dreizehnte, dann wieder in roter Farbe. Das wäre eine Fahne, die man weithin erkennen könnte!« Während sie sprach, hatte sie einen Stift vom Tisch aufgenommen und arbeitete an der Skizze Washingtons, der ihr dabei schmunzelnd zusah.

»Sehr gut, das scheint mir in der Tat gelungen zu sein. Sagen Sie, Miss Betsy, dürfen wir Sie und unseren Herrn Major wohl bitten, noch ein paar Tage unsere Gäste zu sein? Sie erhalten ein Offizierszelt zur Verfügung und könnten vielleicht Ihre Arbeit beginnen, während der Herr Major in seine Aufgaben eingewiesen wird? Wenn mich nicht alles täuscht, erwartet ein gewisser Generalmajor dringend seinen Adjutanten!«

»Oh, sehr gern!«, riefen beide fast wie aus einem Mund aus, und Washington gab der neben ihm stehenden Ordonanz erneut ein Zeichen.

Der Leutnant trat vor und überreichte dem Oberbefehlshaber eine Urkunde.

Zu dem feierlichen Akt erhoben sich nun alle Anwesenden, und George Washington verlas nun den Text der Urkunde, mit der John zu Leupolth zum Major der Infanterie befördert wurde – im Namen des Kongresses für seine Verdienste im Kampf mit Milizionären. Dann wurden Hände geschüttelt, und Betsy fiel ihrem John um den Hals, traute sich aber nicht, ihn in Anwesenheit der hohen Herren zu küssen.

»Herzlichen Dank!«, stammelte Johann und spürte, wie er selber feuerrot wurde.

»Leutnant, bringen Sie den Major und Miss Betsy in das ihnen zur Verfügung gestellte Zelt. Herr Major, machen Sie uns bitte die Freude und kommen Sie heute Abend zum Essen in mein Zelt. Ich bin sicher, Generalmajor Steuben wird sich freuen, Sie bei dieser Gelegenheit in Uniform zu sehen.« Johann salutierte strahlend und trat aus dem Zelt, wo er bereits von einem sehr unruhig gewordenen Ernst empfangen wurde, der ihm sofort die Montur nebst Weste, Hose, Dreispitz und Stiefeln abnahm.

»So eine Montur möchte ich aber auch tragen, Herr Major!«, meldete er sich dabei fröhlich, und Johann drehte sich zu ihm um. »Als Major, Ernst? Ist das nicht ein wenig übertrieben?«

Lachend traten sie gleich darauf vor das Zelt, das nur wenige Meter entfernt von Washingtons Zelt bei den anderen Offizierszelten stand. Auch staunten sie erneut über die gediegene Einrichtung. Während ein Teil mit Leinwand abgetrennt war und dahinter ein bequemes, breites Bett stand, befanden sich im anderen Teil Tisch, Stühle, mehrere Laternen und eine Truhe für die persönlichen Dinge.

»Tja!«, meinte Johann grinsend. »Dann werden wir wohl in Kürze unsere kleine Farm wieder aufgeben müssen! Nur gut, dass wir vorerst nur Gemüse angebaut haben und noch keine Tiere zu versorgen sind!«

»Du meinst, ich sollte hier mit dir leben?«, erkundigte sich Betsy ungläubig.

»Ja, natürlich, was denn sonst?«, gab Johann lachend zurück, zog sie in seine Arme, um nun endlich den langen Kuss nachzuholen, den er sich im Zelt des Oberkommandierenden erspart hatte.

12.
Dreizehn Sterne, dreizehn Streifen, September 1777

»Das mit dem Blockhaus habe ich ja nun von Ihrem Burschen erfahren!«, sagte Leutnant Ryan, der junge Ordonanzoffizier, beim Abendessen zu Johann. Die beiden standen mit anderen Offizieren bei einem Glas Wein und plauderten, während Betsy Kopfschmerzen vorgeschoben hatte und bereits in das Zelt gegangen war. Tatsächlich aber fieberte sie ihrer Aufgabe entgegen und wollte die neue Fahne so rasch wie irgend möglich nähen. Als die Dämmerung hereinbrach, hatte ihr Ernst alle Laternen angezündet und auf dem Tisch so drapiert, dass sie mit dem vorhandenen Stoff arbeiten konnte. Sie hatte sich eine Schablone für die Sterne angefertigt und war bereits dabei, sie auf dunkelblauen Stoff aufzunähen.

»Ja, das war nichts Besonderes!«, wehrte Johann ab, aber nun wurden auch einige der umstehenden Offiziere neugierig und drängten ihn, doch einen Bericht darüber abzugeben, wie es ihm gelang, die Brown-Bess-Musketen und vor allem die Handmörser den Indianern wieder abzujagen.

»Wir waren gerade vom Blockhaus aufgebrochen, als wir auf eine Abteilung Miliz trafen. Ein Kundschafter hatte die Schüsse gehört und war in der Annahme, die Briten würden da ihrer Armee ein Gefecht liefern, zur Einheit zurückgelaufen. Ich erfuhr von dem Kundschafter, dass sich tatsächlich ein Dorf der Abenaki in der Nähe befand und schlug den Männern vor, sich dort einmal umzusehen.«

»Das hätte ich nicht riskiert!«, sagte ein älterer Captain, der sich seinen grauen Schnauzbart nach beiden Seiten strich und mit kleinen, funkelnden Augen den frisch ernannten Major musterte. Der Altersunterschied zwischen den beiden war beträchtlich, und möglicherweise auch der Grund für den Widerspruch des Offiziers.

»Da gab es für mich keine lange Überlegung. Wir wussten, dass die Indianer nach dem Gefecht bei dem Blockhaus geschwächt waren. Außerdem befand sich ein Weißer bei ihnen, der uns in eine Falle locken wollte. Das erzählte ich, und da gab es kein Halten mehr, wir sind zu dem Dorf.«

»Mit diesen schlecht ausgebildeten Männern, die kaum ein Scheunentor treffen können? Leichtsinnig, nicht mutig, möchte ich meinen!«, kommentierte der Captain.

Aber Johann ließ sich nicht irritieren und fuhr mit seiner Schilderung fort.

»Wir waren kaum in Sicht des Lagers gekommen, als wir schon unter Beschuss gerieten. Die Männer gingen in Deckung, wir erwiderten das Feuer und teilten uns dann in zwei Gruppen auf, um das Dorf zu umgehen und von zwei Seiten aus anzugreifen. Das gelang uns schließlich auch.«

»Da muss das Glück aber mit Ihnen gewesen sein, Major!«, ließ sich der Captain erneut hören. »Ein Haufen undisziplinierter Milizionäre greift ein Dorf mit Wilden an und – was? Überrennt es? Schießt es zusammen?«

Jetzt stieg in Johann langsam die kalte Wut hoch, aber er konnte sich beherrschen.

»Nun, Sie haben vielleicht bereits von Generalmajor Steuben gelernt, wie man in Preußen zu kämpfen versteht. Zufälligerweise war ich auch in Deutschland Soldat und habe bei Steuben Vorträge über die Technik des Infanteriekrieges gehört. Später überzeugte er sich dann im Manöver, dass wir verstanden, welche Taktik er empfahl. Das habe ich den Männern erzählt, wir haben es so gemacht, wie ich es von Steuben gelernt habe – und das war alles.«

Hinter ihm klatschte jemand in die Hände, und als sich Johann erstaunt umdrehte, lachte ihn Friedrich Wilhelm von Steuben an.

»Johann zu Leupolth, du alter Haudegen! Endlich sehe ich dich in der Uniform eines Majors der Kontinental-Armee! Sei mir herzlich willkommen, mein Adjutant!«

Da die anderen Offiziere der deutschen Sprache nicht mächtig waren, sahen sie dieser Begegnung erstaunt zu, und als Steuben dem jungen Offizier auf den Rücken klopfte, forderte er ihn auf, den Anwesenden doch ruhig etwas mehr von seiner Kriegstechnik zu erklären. »Ich habe ja nur geraten, was du wohl gerade erzählt hast. Ich hörte meinen Namen und etwas von ‚Taktik', deshalb kombiniere ich nur, du hast von den Vorlesungen der Kriegsakademie berichtet.«

»Ja, das habe ich wirklich, Friedrich. Aber eigentlich war ich mit dem Bericht durch.«

»Na, das kann ich mir kaum denken, wenn ich in die fragenden Gesichter der Herren Offiziere sehe. Lass dich nicht aufhalten, ich gehe hinüber zu Washington, wir sehen uns dann später noch!«

»Was war das – Steuben kennt Sie persönlich – erzählen Sie, Major!«, riefen die Offiziere durcheinander, kaum dass der Generalmajor weitergegangen war.

»Also, kurz und gut seine Lehren: Auch kleine Einheiten müssen vermeiden, sich zu schnell zu verschießen. In der preußischen Armee kennt man den Begriff des *Peloton-Feuers*. Dabei kniet die erste Reihe der Gruppe ab und feuert, die zweite über ihre Köpfe, während die Reihen drei und vier feuerbereit sind und fünf und sechs nachladen. Auf diese Weise kann man sehr effektvoll Feuer auf den Feind geben, ohne auf dem Fleck zu lange zu verharren. In einer Schlacht ist die Bewegung ganz wichtig, denn sonst hat die Artillerie ausreichend Zeit, die Infanteristen unter Beschuss zu nehmen.«

»Und das haben Sie mit den Milizionären gemacht? Sie sind auf diese Weise gegen die Indianer vorgegangen? Unglaublich!«

»Genau so haben wir es gemacht. Schon nach der dritten Salve gab es kein Gegenfeuer mehr. Die überlebenden Krieger sind einfach davongelaufen. Als wir in das Dorf einrückten, verschwanden die Letzten von ihnen in den Wäldern.«

»Und die Waffen? Hatte man Ihnen nicht drei vollständig beladene Fuhrwerke fortgenommen?«

Johann drehte sich jetzt erneut zu dem nervenden Captain, der aber nun wirklich gespannt war.

»So ist es, Captain. Wir fanden fast alle Musketen in dem Lager vor, dazu einige Pferde, die wir damit beluden, und was sie nicht mehr tragen konnten, hängten sich die Männer über die Schultern. Auf diese Weise brachten wir die Musketen und die Handmörser, richtige Granatwerfer, wieder in den Besitz der amerikanischen Armee!«

»Unglaublich, ein Hurra auf den Major!«, rief der nun vollkommen begeisterte Captain aus, und die Offiziere stimmten in den Ruf ein.

»Ich möchte noch anmerken, was ich vom Burschen des Herrn Major erfahren habe!«, meldete sich Leutnant Ryan zu Wort. »Nicht allein, dass der Major die Männer so erfolgreich gegen die Indianer führte und die Waffen zurückbrachte. Er war bei dem Gefecht am Blockhaus durch einen Schuss an der linken Schulter verwundet, und war doch der Letzte, der die Kampfstätte bei dem Dorf der Abanaki wieder verließ!«

Erneut brandete Jubel auf, und als Johann an diesem Abend erst spät in sein neues Zelt zurückkehrte, wunderte er sich über die Beleuchtung.

Als er eintrat, fand er Betsy über eine Menge Stoff auf dem Tisch zusammengesunken. Sie war vollkommen übermüdet eingeschlafen. Behutsam nahm er sie in den Arm und küsste die schlaftrunkene Geliebte wach.

»John – du noch hier? Entschuldige, ich habe gerade geträumt, dass du schon mit der Armee losmarschiert bist, um die Briten ins Meer zu treiben. Dabei ärgerte ich mich, dass die neue Fahne noch nicht fertig war. Sie sollte euch vorauswehen, und ich...«

Johann hatte das Tuch unter ihr aufgenommen und breitete es aus.

»Aber Betsy, das ist ja wunderbar geworden! Die Fahne ist fertig, und sieht wirklich nach etwas Besonderem aus! Sie wird Washington gefallen, am liebsten würde ich sie ihm noch jetzt mitten in der Nacht überbringen, nur, um sein Gesicht zu sehen, wenn ich sie ihm vor die Nase halte!«

»Unterstehen Sie sich, Herr Major!«, sagte Betsy neckend, nahm ihm die Fahne aus der Hand und zog ihn mit sich hinter die Abtrennung.

13.

Auf dem Weg nach Saratoga, September 1777

Da hatte es an diesem Morgen ein mächtiges »Hallo« gegeben, als Betsy und Johann vor das Zelt des Oberkommandierenden traten und ihm die Flagge überreichten. Washington ließ sofort zum Antreten trommeln, und während die neue Fahne der Kolonien von einem Fähnrich übernommen und an einem Stab befestigt wurde, spielten die anwesenden Musiker einen preußischen Marsch, den Steuben ganz zufällig in seinem Papierkram mitgebracht hatte.

Eine Stunde später marschierte die Armee in Richtung des Dorfes Saratoga. Ein gewaltiges Heer der Briten, das man auf gut zehntausend Soldaten schätzte, hatte sich unter General Burgoyne aus Kanada in Bewegung gesetzt. Alles deutete darauf hin, dass man sich der amerikanischen Armee entgegenwerfen wollte, um die Ereignisse von Bennington zu korrigieren.

Es wurde Mittag, als die Kundschafter auf schweißbedeckten Pferden heransprengten und die Annäherung der Briten meldeten. Washington, Steuben und der übrige Generalstab, darunter nun auch Major Johann zu Leupolth, berieten sich kurz, als ein weiterer Kundschafter herangaloppierte. Sowohl er wie auch sein Pferd schienen am Ende der Kräfte zu sein, und der Mann musste zunächst einen Schluck Wasser bekommen, damit er überhaupt sprechen konnte.

»General!«, japste er dann heraus. »General, bei Freemans Farm ist General Arnold auf die Briten gestoßen! Oberst Morgan hat mit seinen Männern sofort den Angriff befohlen und die Briten weit zurückdrängen können, während General Arnold versucht, ihnen den Weg durch die Wälder abzuschneiden. Aber die Briten konnten sich sammeln und zum Gegenangriff formieren! Unsere Männer brauchen dringend Unterstützung!«

»Gut, was machen die Truppen unter den Generälen Poor und Learned, Soldat?«

»Sie rücken ebenfalls vor, um Arnold zu unterstützen. Aber die Briten haben ebenfalls Verstärkung erhalten. Uns machen insbesondere die deutschen Scharfschützen zu schaffen! Sie verfügen über weittragende Büchsen und suchen sich unsere Offiziere aus, die sie auf große Distanz von den Pferden schießen!«

»Verdammt, ich habe es geahnt! Diese verfluchten Deutschen mit ihren Jägerbüchsen!«, rief Washington aus, und Johann zuckte buchstäblich zusammen. Da jeder Offizier seine Waffen selbst aussuchen konnte, hatte er die mitgebrachten Kavalleriepistolen Ernst überlassen, der jetzt mit der Infanterie marschierte und darüber richtig glücklich schien. Johann selbst hatte seine beiden Kuchenreuter-Pistolen dabei, und an einem Lederriemen hing quer über seinen Rücken die Jägerbüchse.

»Ich habe ebenfalls eine solche Büchse, Exzellenz!«, vermeldete er und fügte hinzu: »Wenn Ihr mir gestattet, General, dann will ich gern etwas nach vorn reiten und sehen, ob ich diese Jäger ausfindig machen kann!«

Washington schien über den Vorschlag kurz nachzudenken, schüttelte dann aber den Kopf.

»Nein, das ist gut gemeint, aber ich denke, Steuben braucht Sie jetzt hier. Wir können uns in einer solchen Situation nicht erlauben, einen Befehl missverständlich auszuführen. Bleiben Sie beim Generalmajor, das ist mir in jedem Falle lieber!«

Johann salutierte und trieb sein Pferd wieder an die Seite Steubens, während nun der Stab weiterritt, um sich von einem nahen Hügel einen Überblick über die Lage zu verschaffen. Die Armee marschierte indessen geradewegs zu der von den Kundschaftern bezeichneten Farm, um dort auf die Briten zu treffen.

Zehn Offiziere um Washington und Steuben ritten nun auf den Hügel zu, der ein gutes Sichtfeld über die Felder der Farm bot. Hier waren die Kämpfe jedoch vorüber, ein noch nicht abgeerntetes Maisfeld lag zerwühlt und mit den umgekippten, dicken Maiskolben trostlos vor den Offizieren. Jemand reichte Washington ein ausziehbares Fernrohr, und der General musterte die gesamte Umgebung sehr aufmerksam.

»Ein Melder, General!«, verkündete einer der Offiziere. Gespannt wartete man auf die Mitteilung des Soldaten, der jetzt auf den Stab zujagte.

»General, General!«, rief der Mann aufgeregt schon von Weitem, als er Washington erkannte. »Zwei Meilen östlich von hier verschanzt sich General Burgoyne! Wir haben ihn stoppen können!«

»Wo ist Arnold?«

»Zusammen mit Gates dabei, sich gegenüber zu verschanzen. Ich soll Exzellenz zudem vermelden, dass Arnold sich beschwert hat, weil Gates ihm keinen Entsatz geschickt hat. Daraufhin wurde Arnold seines Kommandos enthoben!«

»Was? Wer ordnet denn einen solchen Blödsinn an?«

»Achtung, Artilleriebeschuss!«, rief einer der anderen Offiziere.

Sofort wurden die Pferde den Hang hinabgetrieben, und noch bevor der Abschuss einer Kanone zu vernehmen war, hörte man über den Köpfen das Pfeifen einer vorüberfliegenden Kanonenkugel.

»Man hat uns offenbar erkannt!«, bemerkte Washington lakonisch. »Gut, die Hälfte der Herren bleibt hier und zeigt sich immer mal wieder, damit der Beschuss nicht aufhört. Steuben, Leupolth, Ryan, Frederikson, mir folgen!«

»Aber Herr General...«, wollte Major Frederikson einwenden, aber Washington trieb bereits seinen Schimmel um den Hügel und ritt auf ein kleines Wäldchen zu, dass sich auf halber Strecke zwischen ihrem eben verlassenen Hügel und der vermuteten Kampflinie befand.

»Herr General, Sir, bitte – was haben Sie vor?«, rief jetzt auch Leutnant Ryan erschrocken, als er erkannte, dass Washington einem kleinen Bachlauf folgte, der sich auf das Waldstück zuschlängelte. »Das ist doch viel zu gefährlich!

Wenn der Feind dort sitzt, kann er uns in jedem Augenblick unter Feuer nehmen!«

Washington verzog das Gesicht und sagte in tadelndem Tonfall:

»Leutnant Ryan, ich weiß, was ich tue. Glauben Sie mir, in den Jahren des *French and Indian* war habe ich gelernt, Entfernungen richtig einzuschätzen und mich darauf einzustellen. Sonst wäre ich wohl kaum heute hier. Also, bleiben Sie ruhig, vertrauen Sir mir. In kaum einhundert Yards gibt es wieder einen Hügel, von dem wir vermutlich über den Wald sehen können. Ich möchte mich davon überzeugen, ob Burgoyne sich dort festsetzen will. Wir werden den Hügel zu Fuß besteigen und jede erforderliche Vorsicht walten lassen! Also vorwärts!«

Auch Steuben warf Johann einen besorgten Blick zu, doch der General trieb den Schimmel wieder an. Johann dachte in diesem Moment an den großen König, wie man Friedrich II. gern nannte. Auch er bevorzugte in den Schlachten einen Schimmel, und mehrfach wurde ihm das Pferd unter dem Sattel weggeschossen. Immer aber war seine Wahl wieder ein Schimmel, und offenbar war auch der amerikanische Oberbefehlshaber genauso eingestellt wie der König von Preußen. Tatsächlich stieg er am Fuß des Hügels vom Pferd, und die Offiziere folgten ihm hinauf. Dort setzte Washington erneut das Fernglas an und spähte hinüber zu dem Wäldchen, ohne jedoch etwas zu erkennen.

»Der Feind hat sich dort nicht festgesetzt, sonst würde man zwischen den nicht sonderlich dicht stehenden Bäumen Bewegungen erkennen können. Wo sind die Schanzen, die Burgoyne errichten lässt?«

»Exzellenz, ich kenne diese Gegend sehr gut, weil ich in der Nähe aufgewachsen bin!«, meldete sich jetzt Major Frederikson. »Meine Vorfahren siedelten sich in der Gegend von Bemis Heights an, meine Eltern zogen später hierher und errichteten ihre Farm kaum fünf Meilen von hier entfernt. Da drüben fließt der Mill Creek, davor stehen unsere Truppen, wie der Kundschafter meldete. Nördlich davon liegt jetzt Freemans Farm. Wenn wir diesem Bach weiter folgen, kommen wir an eine Landstraße, die nach Saratoga führt. Östlich von uns verläuft der Hudson River, davor befinden sich die River Hills. Wenn wir jetzt von hier aus aber westlich reiten und...«

»General!«, schrie Johann auf, der etwas zwischen den Bäumen aufblitzen sah.

Zugleich warf er sich auf Washington, riss ihn von den Füßen und rollte mit ihm ein Stück den Abhang hinunter.

»Was zum Teufel!«, stieß Washington aus, aber der zweite Schuss vom Wäldchen schlug nur eine Armlänge entfernt von ihnen in die Erde und spritzte einen kleinen Regen aus Dreck und Steinchen zu ihnen herüber.

»In Deckung, General, kommen Sie!«, schrie Johann und stützte den Oberbefehlshaber bei dem abschüssigen Gelände, bis sie wieder bei den Pferden angelangt waren und dort schwer atmend verharrten.

»Donnerwetter, Major, Sie haben mir wohl das Leben gerettet!«, rief er dann aus und reichte Johann die Hand.

»Ich habe Sie gewarnt, General. Das ist eine deutsche Jägerbüchse, und ohne Zweifel steckt dort drüben ein Scharfschütze im Baum. Wir werden unsere Deckung nicht verlassen können, solange der da drüben auf uns wartet!«

Mit diesen Worten griff Johann nach seiner eigenen Büchse, nahm sie vom Rücken, öffnete die Pfanne und schüttete das Pulver hinunter. Anschließend füllte er aus dem Pulverhorn frisches Pulver auf, klappte die Pfanne zu und wollte sich auf den Weg machen, als ihn Washington aufhielt.

»Was haben Sie vor, Major? Sie wollen doch nicht ohne Deckung zu dem Wäldchen hinüber? Das erlaube ich nicht!«

»Exzellenz, ich weiß, was ich tue. Ich laufe hier im Bachbett ein Stück weiter, damit ich ein sicheres Ziel erfassen kann. Wenn es Ihnen lieber ist, könnte ich aber auch den Schützen zu einem weiteren Schuss reizen und dann feuern, wenn er sich durch das Mündungsfeuer verrät. Aber das ist auch ein Risiko, denn wenn sich jemand von uns auf dem Hügel zeigt, befindet er sich in Lebensgefahr!«

Washington zögerte, sah Johann nachdenklich in die Augen und nickte scchließlich.

»Gut also, versuchen Sie Ihr Glück, aber setzen Sie Ihr Leben nicht aufs Spiel! Denken Sie an Betsy, die im Lager heute auf Sie wartet!«

»Keine Sorge, Herr General! Ich weiß, was ich tue. Ich nutze die Deckung des Baches und werde den Burschen von unten heraus aus dem Baum holen, auf dem er sitzt.«

»Viel Glück!«

Damit war Johann schon hinter der Uferkante verschwunden, und die anderen erkundigten sich erstaunt, was der Major beabsichtigte.

Der war unterdessen, so schnell das in dem flachen Wasser und dem weichen Untergrund des Baches möglich war, ein ganzes Stück näher an das Wäldchen gekommen, als es dort erneut aufblitzte. Johann konnte nicht sagen, ob der Schuss ihm galt oder den Offizieren um Washington hinter dem Hügel, aber er hatte jetzt sein Ziel erkannt und schoss sofort zurück.

Dann sah er, wie ein Mann aus den Ästen stürzte und am Fuß des Baumes liegenblieb. Rasch pirschte er sich noch vorsichtiger näher heran. Johann befürchtete, dass sich weitere Scharfschützen dort verbargen, konnte aber niemand ausmachen. Ein Blick zu dem Mann, der aus dem Baum gefallen war, und er sah, dass der sich wieder regte.

Blitzschnell hatte er wieder Pulver auf die Pfanne geschüttet, schloss den Deckel und betätigte schon den Stecher, um schneller feuern zu können. Mit der Jägerbüchse im Anschlag näherte er sich dem Mann in einer auffallenden Montur. Der Uniformrock war dunkelgrün, aber auffallend leuchteten die Rabatten, die zur Seite aufgeschlagenen Kragenteile sowie die Rockschöße. Als er sich behutsam dem Mann näherte, erkannte er, dass der ein langes Messer aus der Scheide gezogen hatte und ihn, halb aufgerichtet, erwartete.

»Ja, komm nur, du Kanaille, damit ich dich mit zur Hölle nehmen kann!«, rief ihm der Mann mit hasserfüllter Stimme in deutscher Sprache zu. Er hatte den Dreispitz verloren, aber seine Haare, die nicht durch eine Perücke bedeckt waren, waren von dickem Blut verklebt. Entweder hatte er den Mann in den Kopf getroffen, oder diese Verletzung rührte vom Sturz her. Wenige Meter vor dem Verwundeten blieb er stehen, die Büchse schussbereit. Der deutsche Jäger hob den Hirschfänger, den Johann zuerst für ein Messer gehalten hatte, und richtete die Spitze auf den Feind. Doch bevor einer von beiden noch etwas sagen konnte, durchlief ein Schauer den Verwundeten, seine Hand zitterte und der Hirschfänger entfiel seinen Händen. Gleich darauf kippte er zur Seite und bewegte sich nicht mehr.

Johann wartete mit klopfendem Herzen ab, was nun geschah.

Weder aus dem Wald hinter dem Jäger noch von den Seiten her war ein Geräusch zu vernehmen. Der Scharfschütze musste allein vorgegangen sein und konnte der Versuchung nicht widerstehen, auf die Offiziere zu schießen. Jetzt war Johann an ihm heran und stieß ihn mit dem Lauf seiner kurzen Büchse an. Der Mann fiel vollständig auf die Seite und rührte sich nicht mehr. Als Johann sich über ihn bückte und nach seinem Hals tastete, spürte er keinen Pulsschlag mehr.

Da habe ich also in Amerika einen deutschen Soldaten erschossen!, zuckte es ihm durch den Kopf. *Johann zu Leupolth, du bist nicht nur ein Ehebrecher und Deserteur, nein, jetzt auch noch der Mörder eines Deutschen, der im Dienst der Engländer steht. Und du stehst im Dienst der Amerikaner. Bist du eigentlich vollkommen verrückt geworden? Was treibst du hier auf diesem Schlachtfeld?*

Während dieser Überlegungen fiel sein Blick auf den schwarzen Lederbehälter, den der Soldat an einem Gurt vor dem Bauch trug. Rasch bückte er sich, um ihn zu öffnen, weil er hoffte, vielleicht dort einen Brief oder ein Dokument zu finden, das den Mann auswies. Als sein Blick hinüber zu den Bergen ging und er dort die leuchtenden, roten Ahornblätter erblickte, dachte er wieder an das Rot von Blut. *Jetzt habe ich meinen Anteil dazu geleistet!*

Noch mehr Blut auf den Blättern! Ob dort drüben jedes rote Ahornblatt wohl für einen toten Soldaten steht?

Zu spät hörte er das leise Rascheln hinter sich, und als er aufspringen und ausweichen wollte, traf ihn ein heftiger Schlag auf die kaum verheilte Schulter, der ihm Schmerzen durch den Körper jagte. Gleich darauf traf ihn ein weiterer Schlag direkt auf den Kopf, und Johann stürzte über den toten Soldaten.

Um ihn standen drei Männer mit grünen Monturen und hellen Lederhosen, die kurzen Jägerbüchsen in den Händen.

»Was machen wir mit dem Amerikaner? Wir sollten ihn gleich hier an Ort und Stelle abfangen, dann ist die Sache erledigt!«, sagte einer der drei und zog seinen Hirschfänger aus der Scheide.

»Blödsinn, denk doch mal nach, bevor du einen Ohnmächtigen abschlachtest! Das ist ein Offizier, wie du wohl sehen kannst, und noch dazu ein Major mit seinen zwei Schulterstücken. Außerdem scheint er zum Generalstab zu gehören, wenn er in Gesellschaft von George Washington geritten ist!«

»Woher willst du wissen, dass das überhaupt Washington war!«, antwortete ein anderer spöttisch.

»Glaubst du, dass so viele amerikanische Offiziere auf einem Schimmel reiten? Und noch dazu von einem Hügel aus unsere Armee beobachtet? Nein, den Mann nehmen wir mit, wir können ihn später als Geisel austauschen!«

»Gut, also fesselt den Kerl, wir schleppen ihn abwechselnd bis hinter unsere Linien. Was machen wir aber mit unserem Kameraden?«

»Na, was sollen wir mit einem Toten machen? Wir werden ihn hier an Ort und Stelle begraben müssen, oder hat jemand von euch einen anderen Vorschlag?«

Mit mürrischen Gesichtern begannen die drei, mithilfe ihrer Klingen ein flaches Grab auszuheben, in das sie schließlich ihren Kameraden betteten, die Erde um ihn wieder anhäuften und noch ein paar Zweige darüberdeckten.

Dann brachen sie auf, um mit ihrem Gefangenen in das Lager zu gelangen.

14.

Noch ein Brief. Sorel, Kanada, Weihnachten 1777
Mein lieber Bruder,

wahrscheinlich bin ich schon auf dem Weg nach Hause, wenn du diesen Brief erhältst. Oder aber ich werde gegen einen gefangenen britischen Offizier ausgetauscht, aber diese Hoffnung sinkt mit jedem neuen Tag.

Ich weiß mir sonst keinen anderen Rat, seit man mich am Tag der britischen Kapitulation bei Saratoga mit einer kleinen Gruppe einer deutschen Jägereinheit nach Kanada geschafft hat, wo das Hauptquartier der Hilfstruppen in Sorel ist.

Ich habe seit dieser Zeit nichts mehr von meiner Betsy erfahren können, nur ein wildes Gerücht erreichte mich vor zwei Wochen, dass sie bei einem Überfall der Briten auf das Lager der Amerikaner mit vielen anderen erschossen wurde. Ich weiß es aber nicht, erhalte keine konkreten Nachrichten und bin verzweifelt.

Ich hatte dir nicht geschrieben, dass ich vor meinem Eintritt in die Kontinental-Armee bei einem Kampf verwundet wurde. Mein linker Oberarm wurde glatt durchschossen. Dank der Pflege von Betsy verheilte die Wunde recht gut. Dann aber schlug man mich nieder, und ein Hieb traf dabei meinen verletzten Arm. Das führte zu Komplikationen, und während meines langen Weges in die Gefangenschaft erhielt ich natürlich keine richtige Behandlung.

Nun kann ich froh sein, dass man mir den Arm nicht im hiesigen Lazarett abgeschnitten hat, wie es der Arzt zunächst wollte.

Georg, wenn du mich noch aufnimmst, so kann ich dir sicher noch als Schreiber helfen, denn es ist ja glücklicherweise der linke Arm.

Bis auf den Arm geht es mir gut, wenn ich nur etwas über Betsy erfahren könnte. Aber der Kommandant hier vor Ort, der General Riedesel, hat mir gesagt, dass man einen deutschen Offizier, der im Dienst der Amerikaner steht, nicht gegen einen gefangenen Briten austauschen kann. Er hat mir nicht viel Hoffnung gemacht, dass ich hier in Kanada entlassen werde, sondern meinte, dass ich vielleicht mit einem der Schiffe nach Deutschland zurückkehren könnte.

Ich bin verzweifelt, Georg!

Aber ich muss den Brief jetzt abschließen, denn die Deutschen übergeben ihre Post einem Schiff, das uns auch mit notwendigen Dingen versorgt.

Was für ein elendes Weihnachtsfest!

So lebe denn wohl, mein Bruderherz, bete für mich und hoffe auf ein Wiedersehen in der Heimat –

Dein verzweifelter Bruder Johann

5. DAS ROTE KORSETT (1877)

1.

Nürnberg, März 1877

Wilhelm öffnete so behutsam wie möglich die Tür des Hauses und war schon fast auf der Straße, als ihn der donnernde Ruf »Wilhelm!« auf die Stelle bannte und er furchtsam zu seinem Vater sah, der eben im Türrahmen erschien. Nichts im Haus schien ihm zu entgehen, obwohl doch gerade noch die Tür zu seinem Büro fest verschlossen war.

»Was hatten wir vereinbart, Wilhelm?«

»Ich habe meine Schulaufgaben gemacht, Vater!«

»Auch die Schönschreibübungen im Heft?«

»Alles, sehr sauber, wie du das verlangt hast, Vater!«

Ein Blick in die treuherzig zu ihm aufsehenden blauen Augen, und Friedrich Wilhelm zu Leupolth wurde weich.

»Gut, aber du hast die guten Sachen an. Tu mir den Gefallen, und sieh dich ein wenig vor! Ich möchte nicht das Lamento deiner Mutter erneut hören, wenn Jacke und Hose wieder vor Schmutz starren oder sogar ein Loch bekommen haben.«

»Ich sehe mich schon vor, Vater!«

Wilhelm blickte sehnsüchtig die Gasse hinunter, in der seine Familie seit Generationen wohnte und die alten Fachwerkhäuser den modernen Steinbauten weichen mussten.

»Gehst du zu den Schröder-Kindern hinüber?«

»Hm«, antwortete Wilhelm maulfaul und fragte sich dabei, weshalb sein Vater ein so großes Interesse an seinen Spielgefährten zeigte.

»Also nicht!«

Wilhelm, dem dieses Verhör schon viel zu lange dauerte, trat von einem Fuß auf den anderen.

»Ich weiß es noch nicht, Vater. Erst gehe ich zum Markt hinüber und sehe, wer da ist. Vielleicht treffe ich auch Siegmund, Heinrich und Joseph, und wir spielen zusammen.«

»Gut, mit den Jungs von den Steins bin ich sehr einverstanden. Der Mann ist Beamter und ein sehr rechtschaffener dazu. Also gut, junger Mann, dann los mit dir! Aber um sechs Uhr bist du wieder daheim, keine Minute später! Schau auf die Kirchturmuhren und richte danach deinen Rückweg ein!«

»Mache ich, Vater!«, rief Wilhelm und war schon ein ganzes Stück die Gasse hinunter, bog gerade in Richtung Markt ein, als seinem Vater noch etwas eingefallen war. »Und dass du mir auf keinen Fall diesen Gustav Brötel... zu spät, na, ich kann mich ja auch auf meinen Wilhelm verlassen!«, fügte er an, schüttelte noch einmal den Kopf und wollte gerade wieder in sein Haus treten, als sein Blick zufällig auf die gegenüberliegende Seite fiel.

In der Tuchgasse gab es auf jeder Straßenseite nur vier Häuser, die alle seit Generationen der Familie zu Leupolth gehörten. Es war Georg, Friedrichs Vater, der auf der einen Seite goldene Schriften an den Fassaden anbringen ließ.

»Modehaus zu Leupolth« stand auf seiner Häuserseite, »Gewürzhandel weltweit – zu Leupolth«, stand auf der

Seite, auf die Friedrich jetzt blickte. Dort wurde gerade ein Fenster im ersten Stock zum Lüften geöffnet. Nach drei harten Wintermonaten schien dieser Märztag der Beginn des Frühlings zu sein. Die Sonne brannte mit erstaunlicher Kraft und die Menschen wandten dankbar ihre Gesichter nach oben, um ein wenig Wärme zu bekommen. Doch das durften nur kurze Momente sein, denn intensive Sonne würde die Haut bräunen und den Eindruck verursachen, dass man zum Arbeitermilieu gehörte. Denn nur die körperlich hart im Freien arbeitenden Menschen hatten eine gebräunte Haut. Insbesondere die Frauen schützten sich vor den Sonnenstrahlen und trugen gern breitrandige Hüte. Als Friedrich Wilhelm nun durch das Fenster aufmerksam wurde, blickte er in ein Gesicht, das wie aus Porzellan geformt schien. Ein kirschroter Mund in dem weißen, zarten Gesicht spitzte sich wie zu einem Kuss, und eine kleine Hand hob sich zu einem Gruß.

Mein Gott, Cousine Helene, du bist wieder die Versuchung selbst! An einem sonnigen Märztag wie dem heutigen sitzt du da oben in deiner feudalen Wohnung, lächelst mir zu und weckst Sehnsüchte, die einem das Blut in den Adern kochen lassen. Eines Tages, das schwöre ich, eines Tages...

Hinter ihm im Haus fiel eine Tür zu und das Geräusch riss ihn aus seinen Gedanken. Noch ein kurzer Blick hinauf in die erste Etage, aber nun war Helene nicht mehr zu sehen, und mit einem seltsamen Lächeln im Gesicht kehrte Georg wieder in sein Büro zurück, schloss seine Tür leise hinter sich und sank mit einem schweren Seufzer auf seinen Stuhl.

Unbewusst tasteten seine Finger zu einem Stift und begannen, etwas auf dem Papier zu skizzieren. Als es an der

Tür klopfte, schrak er zusammen, starrte auf die Zeichnung und knüllte sie hastig zusammen. Auf seine Aufforderung trat nur sein Commis ein, der Gehilfe aus der Buchhaltung, der ihm die Nachmittagszeitungen brachte.

Mit einem leichten Kopfnicken bedankte sich Friedrich und warf seine Zeichnung in den Papierkorb. Doch bei der Zeitungslektüre fand er heute auch keine Ablenkung, erhob sich wieder, trat an das Fenster seines Büros und sah hinüber zum Nachbarhaus. Doch in der ersten Etage war das Fenster längst wieder geschlossen, von Helene keine Spur.

»So wird das heute nichts mehr, so kann ich mich nicht konzentrieren!«, sagte Friedrich halblaut vor sich hin, griff zu seinem Hut und dem Wintermantel und war wenig später unterwegs auf der Straße, um zum Markt zu eilen und dort in seinem Lieblingslokal einen Schoppen Wein zu trinken, eine Zigarre zu rauchen und die dort ebenfalls ausliegenden Zeitungen durchzusehen.

Als er das Ende der Gasse erreicht hatte und sich noch einmal umdrehte, musterte sein Blick die prächtigen Fassaden mit ihren zahlreichen Verzierungen und Figuren.

Die Familie zu Leupolth hatte schon vor rund einhundert Jahren die alten Fachwerkhäuser der Gasse abreißen lassen und dafür moderne Steinhäuser errichtet, die mit allem Komfort ausgestattet waren. Kaum sechzig Jahre, nachdem 1814 in London die ersten Gaslaternen brannten, hatten die Häuser alle Gasbeleuchtungen erhalten. In Berlin, Hannover, Dresden und Frankfurt wurden Gasfabriken gegründet, und als Friedrich Wilhelms Vater Georg davon erfuhr, gab er keine Ruhe, bis es auch 1828 eine Gasfabrik in Nürnberg gab, in deren Gesellschaft er als aktiver Gesellschafter eintrat. Ein Jahr später wurde der knapp 29jährige Unternehmer auch der Direktor der Gasanstalt. Wenn es danach noch lange dauerte, bis die ersten einhundert Familien Gas in ihren Häusern hatten, so war doch der Fortschritt nicht mehr aufzuhalten.

Das Gas wurde aus Steinkohle gewonnen und kam in eigenen Leitungen in die Haushalte, wo es zunächst nur für die Lampen verwendet wurde. Die Leuchtkörper schaltete man alle einzeln an, man drehte dazu den jeweiligen Gashahn auf. Das wurde geschickt mit zwei kleinen Ketten gelöst, an denen man einfach zog, um den Hahn in die entsprechende Stellung zu bringen. Nicht lange darauf hatten die Leupolths auch einen Gasherd in ihrem eigenen Haus aufstellen lassen, weitere folgten in den anderen Häusern, die man zu Beginn des 19. Jahrhunderts in Mietwohnungen umgewandelt hatte.

Als die englische Königin Victoria beabsichtigte, regelmäßig Schloss Ehrenburg in Coburg aufzusuchen, wurde dort eine Toilette mit Wasserspülung eingebaut. Als Friedrich zu Leupolth davon erfuhr, reiste er noch im Jahre 1860 nach Coburg, durfte die Anlage besichtigen und machte sich davon Aufzeichnungen. Kaum wieder in Nürnberg, sprach er mit verschiedenen Handwerkern, und schließlich erhielt auch das Wohnhaus der Familie eine solche Anlage – eine Toilette mit Wasserspülung!

Dann gab es Probleme mit der Kanalisation, weil die Fäkalien nicht über die erste Sickergrube hinaus abgeleitet wurden. Friedrich zu Leupolth reiste sogar bis nach London, wo es bereits öffentliche Toiletten mit Wasserspülung gab, ließ sich von den dort erweiterten Gruben und Kanalsystemen überzeugen und begann bei seiner Rückkehr nach Nürnberg sofort damit, auch diese Ideen umzusetzen. Kaum fünfzehn Jahre später besaß nicht nur die Gasse mit den Häusern der alteingesessenen Nürnberger Familie ihr eigenes Kanalsystem, sondern nach und nach auch einige Straßen in der Nachbarschaft.

So kam es, dass die Familie zu Leupolth eigentlich nur aus eigenem Anspruch heraus ihre luxuriös ausgestatteten Wohnhäuser zum Vorbild für andere werden ließ, und neben dem Bau weiterer solcher Häuser auch der Handwerkszweig einer eigenen Gas- und Wasser-Installation entstand.

Dabei hatte das Handelshaus zu Leupolth im 19. Jahrhundert nach wie vor seinen Schwerpunkt in der Textilbranche führend ausgebaut und belieferte im gesamten Kaiserreich Geschäfte mit Stoffen, aber immer häufiger auch mit den dazu passenden Schnittmustern. Die gab es bereits in den verschiedenen Modezeitungen des 18. Jahrhunderts, aber es war der Großvater, Reinhard zu Leupolth, der diese Anleitungen zum Selbernähen in der Originalgröße auf große, dünne Papierbogen drucken ließ. Mit entsprechenden Zugaben waren die Muster variabel und passten für verschiedene Größen. Da konnte der nächste Schritt nicht länger auf sich warten lassen. Es war Georg zu Leupolth, der die Gefährdung durch die modernen Webstühle aus England rechtzeitig erkannte und dafür sorgte, dass sein Haus neue Quellen für den verstärkten Einkauf von Baumwolle in Amerika erschließen konnte. Als Nächstes probierte dann sein Sohn Friedrich, fertig genähte Kleidung auf den Markt zu bringen, zunächst nur einfache Dinge. Doch die wurden den reisenden Händlern auf den Märkten buchstäblich aus den Händen gerissen, und ein neuer Zweig der alteingesessenen Patrizierfamilie entstand: Die Herstellung fertiger Bekleidung für Frauen, Männer und Kinder. Da konnte nun Friedrichs Schwester Vanessa ihre Talente entfalten. Sie skizzierte mit nur wenigen Linien auf dem Papiere Kleider, ließ sich dabei von den neuesten Modezeitungen aus aller Welt inspirieren und hatte bald eine eigene Kolumne in der führenden deutschen Zeitschrift *Der Bazar*, eine illustrierte Damenzeitung. Zunächst allerdings hatte Friedrich Wilhelm ihr verboten, dort unter ihrem Namen zu veröffentlichen, weil er die Meinung vertrat, dass es sich nicht gehörte, wenn Frauen für Zeitungen schrieben. So veröffentlichte sie schlicht unter der Abkürzung *V.L.* und wurde innerhalb weniger Ausgaben zu einer sehr beliebten Ideengeberin für modische Damen. Und mit ihren Zeichnungen und Anleitungen stieg die Nachfrage rasant, die Zeitung wechselte vom monatlichen Erscheinen zum vierzehntägigen, schließlich zum wöchentlichen. Auf die Bitten des Herausgebers, ihnen noch mehr Material zu liefern, stellte Vanessa zwei Bedingungen. Die eine hielt sie Friedrich Wilhelm vor, der schließlich zustimmen musste, alle weiteren Artikel, Zeichnungen und Schnitte mit dem vollen Namen seiner Schwester zu genehmigen. Die andere Bedingung ging an den Verleger des *Bazar*. Ab sofort wurde bei den Veröffentlichungen darauf hingewiesen, dass sowohl Schnitte wie auch Stoffe im Haus zu Leupolth, Nürnberg, vorhanden waren und dort geordert werden konnten.

Es dauerte kein halbes Jahr, und die ständig steigende Nachfrage nach bereits fertiger Kleidung brachte Erweiterungen im Haus zu Leupolth mit sich. Friedrich Wilhelm mietete weitere Räumlichkeiten an, in denen nun Näherinnen die Kleidung nach den Entwürfen Vanessas in verschiedenen Größen nähen mussten. Selbst die weiblichen Besteller, die mit ihren eigenen Körpermaßen nicht zurechtkamen, aber auch weder Talent zum Selbstschneidern noch eine Schneiderin zur Hand hatten, die bereit war, nach den Mustern zu nähen, wurden bedient. Vanessa entschied, dass sie ein zugeschnittenes Kleid erhielten, das bei den Nähten genügend Zugabe besaß und schließlich nur von einer einfachen Näherin auf die Körpermaße zusammengenäht werden konnte.

In der nächsten Phase plante Friedrich mit seiner talentierten Schwester die Einrichtung von Geschäften im gesamten Kaiserreich, zunächst in Berlin und Düsseldorf. Beide Städte hatten einen besonderen Ruf in Sachen Mode, und als zunächst am Kurfürstendamm in Berlin das erste Geschäft eröffnet wurde, gab es einen unerwarteten Ansturm. Die Polizei musste eingreifen, weil so viele Menschen sich ein fertiges Kleidungsstück der Marke ‚Leupolth' kaufen wollten, dass die Droschken und Kutschen vor dem Geschäft ein undurchdringliches Chaos verursachten. Erst die Androhung, man würde die Feuerwehr rufen und die Menge mit Wasserschläuchen auseinandertreiben, zeigte Wirkung. In mehreren, langen Reihen stellten sich die Kaufwütigen, überwiegend weiblichen Geschlechts, auf dem Trottoir auf und warteten geduldig, bis sie in die Verkaufsräume eingelassen wurden. Bereits am zweiten Tag war das Geschäft weitgehend ausverkauft. Man hatte aber sehr schnell auf die riesige Nachfrage reagiert, dank des anwesenden Friedrich Wilhelm zu Leupolth, der sich dieses Ereignis nicht entgehen lassen wollte. Schon, als er eine Stunde vor Öffnung seines Geschäftes die wartenden Massen sah, ordnete er an, dass einige Musterstücke nicht verkauft werden durften. Als dann, ein paar Wochen später, die Eröffnung des zweiten Geschäftes in Düsseldorf auf der seit 1851 so genannten Königsallee erfolgte, hatte Friedrich aus seinen Erfahrungen in Berlin gelernt.

Jetzt waren es ausgesuchte Verkäuferinnen, die selbst die Kleidung trugen, die hier angeboten wurde. Für Vanessa und Friedrich bedeutete das eine sehr schöne, aber auch anstrengende Zeit. Sie hatten sich eigens dafür zwei Wochen lang in einem Hotel in Düsseldorf eingemietet und Anzeigen geschaltet, in denen die zukünftigen Verkäuferinnen gesucht wurden. Sie sollten nicht älter als zwanzig Jahre alt sein, ein hübsches Gesicht und vor allem – eine einwandfreie Figur haben, um die Fertigkleidung des Hauses zu Leupolth vorteilhaft zu präsentieren. Es verstand sich von selbst, dass nur das Geschwisterpaar anreiste, denn seine Frau Emma Viktoria Luise konnte die drei Kinder nicht allein dem Hausmädchen überlassen. Und Bruder Karl Ludwig hatte mit seinen Maschinen ganz andere Interessen.

Die zwei Wochen gestalteten sich insbesondere für Friedrich zu Leupolth ausgesprochen lustvoll, auch wenn Vanessa zu Leupolth ein waches Auge auf ihren überaus gut aussehenden Bruder hatte. Friedrich wirkte auf die Damenwelt auf besondere Weise, sein Aussehen war schon interessant, seine Kleidung stets hochmodern und auf Maß für ihn geschneidert. Er selbst gratulierte sich zu dieser neuen Geschäftsidee, die ihn auch in den nächsten Monaten kreuz und quer durch das Kaiserreich führen würde. Natürlich blieb es seine Aufgabe, in weiteren Städten Geschäfte zu eröffnen und sich dabei natürlich um das weibliche Verkaufspersonal zu bemühen. Und trotz der Anwesenheit von Vanessa gab es Möglichkeiten für heimliche Verabredungen mit einigen überaus neugierigen und modebewussten Damen. Gern hätte Friedrich Wilhelm seinen jüngeren Bruder Karl Ludwig überzeugt, dass er während seiner Abwesenheit die Geschäfte leiten sollte. Aber schon beim ersten Gespräch erteilte der ihm eine klare Abfuhr.

»Nein, Friedrich, ich eigne mich nicht für die Arbeit in einem stickigen Büro und an einem Schreibtisch. Zahlenkolonnen machen mich nervös, und ich würde schon nach kurzer Zeit hinausstürzen und nicht ins Büro zurückkehren wollen.«

»Aber stickige Luft herrscht doch auch in deiner Werkstatt, und wenn ich an deine zahlreichen Zeichnungen und Entwürfe denke, dann wimmeln sie noch geradezu von Zahlen und Berechnungen!«

»Nein, das siehst du völlig falsch, Friedrich. Die große Halle lässt mir die Luft zum Atmen, die ich benötige, damit sich mein Geist frei entfalten kann. Du kennst mein Ziel, und dem widme ich mein ganzes Schaffen. Wenn du daran interessiert bist, dass ich einen mechanischen Webstuhl für unsere Firma verbessern soll, bin ich jederzeit dein Mann. Allerdings erfordert das von meiner Seite viel Zeit, denn wie du sicher weißt, werden die Webstühle schon seit 1788 mit Dampfkraft angetrieben. Es war ein englischer Pastor, der die Webstühle modernisierte, und jetzt, mit der Dampfkraft, könnte ich nur versuchen, die Maschinen leiser, kleiner und vor allem – schneller zu machen!«

»Ich traue dir durchaus zu, Karl, dass du dazu in der Lage bist. Aber ich habe nicht den Platz frei, um dir eine weitere Halle dafür zur Verfügung zu stellen. Und ich sehe derzeit auch wenig Sinn in einem verbesserten Webstuhl. Zunächst sollten wir die Baumwollverarbeitung verbessern und vielleicht hast du ja eine Idee, wie eine Maschine die Sklavenarbeit in Amerika übernehmen könnte. Dann müssten keine weiteren Kriege mehr für die Freiheit dieser Menschen geführt werden!«

Karl lächelte bei den Worten seines Bruders.

»Also Friedrich, damit brichst du aber eine alte Tradition des Hauses zu Leupolth. Wenn ich mich recht erinnere, wurde durch unseren Vorfahren Barthel zu Leupolth der Begriff *Schwarzes Gold* überliefert. Sein Bild hängt ja in der Galerie, ich erinnere mich an einen ziemlich unschuldig blickenden Mann, dem man nicht den Handel mit Menschen zutrauen würde.«

Friedrich zuckte gleichgültig mit den Schultern.

»Und wenn schon. Das waren andere Zeiten, immerhin war dieser Barthel im 16. Jahrhundert aktiv, und wenn nicht er und einige andere Kaufleute damals das Geschäft gemacht hätten, wären die Portugiesen die alleinigen Sklavenhändler geworden. Also, was meinst du nun zu einer Maschine, die Baumwolle ernten kann?«

»Sicher kein unlösbares Problem. Ich hörte erst kürzlich von einem Bekannten aus England, dass es bereits seit gut zwanzig Jahren ein Patent auf eine solche Maschine gibt!«

Friedrich sprang begeistert aus seinem Sessel auf.

»Ja und? Mann, Kerl, Bruderherz! Da sitzt du ganz bequem auf deinem Stuhl und könntest doch längst dieses Patent besorgt haben und mit dem Bau dieser Maschinen beginnen! Der gesamte amerikanische Markt steht dir dann offen, und wir könnten unseren Einkauf der Baumwolle damit in Amerika verbinden!«

»Na, deine Begeisterung in allen Ehren, Friedrich. Aber wenn dieses Patent eingetragen wurde, wird es nicht einfach sein, es zu kaufen. Eine solche Maschine wäre ja ihr Gewicht in Gold wert. Ich will den Gedanken nicht vollkommen aufgeben, zumal ich meinem Ziel, eine pferdelose Kutsche durch die Stadt zu lenken, noch nie so nahe war wie heute. Sobald mir das gelungen ist, widme ich mich der Baumwollpflückmaschine, versprochen, Friedrich. Aber in den nächsten Wochen werde ich verstärkt Probefahrten mit meiner Dampfkutsche machen, du wirst sehen, das Gefährt stellt die Welt auf den Kopf!«

»Es wird aber alle Kutscher arbeitslos machen und die zahlreichen Pferde? Alle nur zum Metzger und aus mit den herrlichen Karossen und den mehrspännigen Pferden davor? Ich kann mir nicht vorstellen, dass heutzutage ein Mensch mit entsprechendem Titel – ich will gar nicht von Seiner Majestät, dem Kaiser, reden – sich darauf einlässt, in einer Pferdelosen Kutsche zu fahren. Das ist zu wenig... pompös, denke ich!«

»Aber dafür ungeheuer schnell, ausdauernd, und vor allem: Im Winter wird das Gefährt durch den erzeugten Dampf geheizt! Außerdem überlege ich auch, eine Vorrichtung im vorderen Teil anzubringen, die mit dem Dampf den Schnee schmelzen lässt!«

Friedrich lachte.

»Dann schmilzt deine Teufelsmaschine ihren eigenen Weg frei? Und wenn sie vorüber ist, friert das getaute Zeug sofort wieder?«

Sein Bruder schüttelte den Kopf und antwortete mit ernster Miene:

»Das kommt davon, wenn man einem Textilfabrikanten ein modernes Fortbewegungsmittel vorstellen will. Nein, mein lieber Bruder! Die Stadt erwirbt ein paar von meinen Dampfkutschen und lässt sie morgens durch die Straßen fahren, wobei die Schneeflächen restlos aufgelöst werden. Dann kann jeder Fußgänger und jeder Reiter auch gern noch passieren.«

Friedrich grinste noch breiter, als er mit der nächsten Frage seinen Bruder ganz bewusst provozierte.

»Gut, Fußgänger und Reiter – wenn es die noch geben sollte – können dann also ungehindert durch die Stadt eilen. Aber du vergisst deine Radfahrer! Was macht denn dein Schnellrad?«

»Du bist einfach nicht reif für den Fortschritt und meine Maschinen, Friedrich. Das liegt aber wohl nur an deinem Dickschädel. Deine Frau Emma, unsere Schwester Vanessa, aber ganz besonders Cousine Helene sind da hellauf begeistert«

»Helene?«, rief Friedrich unwillkürlich aus und hätte sich am liebsten gleich auf die Zunge gebissen.

»Helene!«, gab Karl nun ebenfalls mit einem breiten Grinsen zur Antwort. Ihm war nicht entgangen, dass sein Bruder in der letzten Zeit vermehrt die Gegenwart der äußerst attraktiven Frau suchte. Aber verdenken konnte er ihm das nicht, denn auch er musste sich eingestehen, dass er zumindest ein wenig in die schöne Cousine verliebt war.

2.

Unterwegs in Nürnberg, März 1877

»Möönsch, Wilhelm, wie kann man denn so daneben treten?«

»Das ist doch kein Ball, Gustav! Ein Lumpenbündel bleibt ein Lumpenbündel, und wenn wir es noch so eng knoten! So macht das jedenfalls keinen Spaß!«

Die Jungen hatten alle ihre Jacken abgelegt und waren mit einem dicken Lumpenbündel damit beschäftigt, es sich gegenseitig abzujagen und über eine Linie zu treiben.

»Fuß-Ball habe ich mir jedenfalls etwas anders vorgestellt!«, maulte nun auch Siegmund, und die anderen steckten die Hände in die Taschen und starrten trotzig auf das Lumpenbündel, das sich beim letzten Tritt wieder in seine Bestandteile aufgelöst hatte, das nun auf der Straße lag.

»Kannst du nicht deinen Vater dazu überreden, einen richtigen Ball zu kaufen? Ich denke ihr habt noch immer Handelsbeziehungen nach Braunschweig? Was ist denn mit der Adresse, oder war das nur Angabe?«, mischte sich nun auch noch einer der anderen Jungen ein.

Wilhelm warf Joseph Stein einen bösen Blick zu.

»Du musst gerade reden, Jupp! Wer hat denn heute wohl am wenigsten getroffen, was? Aber ihr habt ja recht, das ist nicht besonders gut, was wir hier machen.«

»Wilhelm, du hast uns doch von dieser Familie Waldburg oder so ähnlich erzählt, oder? Die kommen aus Braunschweig, wo eine Firma bereits diese Lederbälle nähen lässt?«

»Die heißen Walburg, das stimmt, und sie kommen wirklich aus Braunschweig. Vor langer Zeit haben sie so etwas wie eine Niederlassung von uns betrieben. Aber die besteht nicht mehr, und nur die Cousins treffen sich gelegentlich, weil da mal irgendeiner nach Braunschweig geheiratet hat. Oder auch umgekehrt, ich weiß es nicht wirklich!«

»Na, bei deiner Familie wundert mich das auch nicht, Wilhelm! Hast du überhaupt eine Ahnung, wie viele Verwandte du hast?«, erkundigte sich der kleine Heinrich, der jüngste der drei Stein-Brüder.

Wilhelm sah ihn kurz an und meinte dann nur: »Putz dir mal die Nase, Heinrich! Der dicke Rotz guckt dir heraus!«

Als der Kleine beleidigt und sehr laut die Nase hochzog, klopfte ihm Wilhelm wohlwollend auf den Rücken. »Aber du hast ja recht, Heinrich. Ich habe wirklich keine Ahnung, wie viele Onkel, Tanten, Cousins und Cousinen ich habe.«

»Was ist denn nun mit deinem Braunschweig? Hast du jemand, den wir nach einem Ball fragen können?«, wollte Gustav Brötel wissen, der am wildesten von allen Jungen aussehende, mit dem Wilhelm nicht spielen sollte.

»Nur eine Cousine, die bei Tante Helene zu Besuch ist.«

»Das ist doch prima, dann gehst du mal hin und erkundigst dich ganz höflich, was so ein Ball kostet und ob die liebe Cousine den bestellen kann!«

»Ich soll ein Mädchen nach einem Ball fragen?«, antwortete Wilhelm entsetzt und tippte sich vielsagend an die Stirn. »Die weiß höchstens, wo es Puppen zu kaufen gibt!«

Die Jungen lachten fröhlich, aber dann verkündete Wilhelm stolz:

»Ich rede mal mit meinem Vater. Der ist ja im Moment sehr viel unterwegs, weil im gesamten Kaiserreich neue Leupolth-Geschäfte eröffnen. Selbst, wenn es noch keins in Braunschweig geben sollte – vielleicht fährt er da vorbei, wenn er nach Hamburg muss, und bringt mir einen mit!«

»Hurra für Wilhelm!«, rief Gustav begeistert, und die anderen stimmten sofort noch einmal in den Ruf ein.

Aber es war dann ausgerechnet der kleine Heinrich, der sich erkundigte:

»Weißt du denn, was so ein Lederball kostet?«

Die Jungen sahen sich etwas betroffen an.

»Nein, das weiß ich nicht, aber wir werden es dann ja hören!«

»Ist doch wohl für einen Leupolth kein Problem, so ein Ding zu kaufen, oder?«, stichelte Gustav, aber Wilhelm antwortete ganz ruhig:

»Da irrst du dich aber sehr, Gustav. Nur weil mein Vater viel Geld verdient hat, kann ich noch lange nicht bestimmen, was er für mich kaufen soll! Wenn ich etwas außerhalb von Weihnachten und meinem Geburtstag haben will, muss ich es von dem Geld zusammensparen, was ich mir mit Botengängen verdienen kann! Mein Vater sagt immer, dass ein Leupolth kaufmännisches Geschick haben muss, wenn er etwas im Leben erreichen will.«

»Gut, Wilhelm!«, sagte Gustav rasch. »Das ist jetzt die Gelegenheit für dich! Beweise ihm, dass du kaufmännisches Geschick hast und bitte ihn einfach, einen Lederball zu besorgen!«

»Das ist aber nur Verhandlungsgeschick!«, antwortete Wilhelm mit ernster Miene.

»Das musst du ihm anders erklären! Du besorgst den Ball, wir spielen damit. Weil wir Spaß daran haben, erzählen wir das unseren Eltern. Die fragen natürlich, woher der Lederball kommt, und wir erzählen, dass dein Vater den für uns besorgt hat«, führte Gustav mit wichtiger Miene aus.

»Ja, und weiter?«

»Mann, sei nicht so langsam im Denken! Wenn unsere Eltern das hören, werden sie denken, was für ein netter Mann ist doch dieser Friedrich zu Leupolth! Schenkt seinem Sohn einen Lederball! Wir sollten mal wieder bei ihm Stoff kaufen, wenn er so nett zu den Kindern ist!«

Die anderen lachten, und Wilhelm klopfte Gustav auf den Rücken.

»Gut erklärt, Gustav. Werde ich ihm so weitersagen.«

»Vergiss aber nicht, meinen Namen zu verschweigen!«, sagte Gustav lachend und boxte den Freund leicht in die Rippen.

Die Jungen nahmen die Lumpen auf und versteckten sie hinter einem Mauereckstein, der vor unglaublich langer Zeit einmal aufgestellt war, um die Hausecke vor den Kutschrädern zu schützen. Im Laufe der Jahre hatte er sich etwas verändert und war ein Stück nach vorn gerutscht. Dort hinein stopfte jetzt Wilhelm das Lumpenbündel. Man wusste ja nie, ob man nicht doch noch einmal mit einem solchen Bündel spielen musste.

3.

Frühstücksgespräche, März 1877

Friedrich Wilhelm zu Leupolth war mit diesem Tag höchst zufrieden.

Es schien fast so, als hätte dieser erste Frühlingshauch im März das ganze Kaiserreich wachgerüttelt. Mit der Nachmittagspost trafen mehrere Anfragen aus verschiedenen Städten nach neuen Geschäften ein, und bei dem Gedanken an die Auswahl der nächsten Verkäuferinnen erfüllte ihn geradezu ein Glücksgefühl. Nur für einen winzigen Moment durchzuckte ihn der Gedanke, seiner Schwester Vanessa anzubieten, daheim zu bleiben und in der Zwischenzeit die Geschäfte allein zu führen. Doch dann besann er sich, dass sie mit ihrer Anwesenheit Vertrauen bei der Damenwelt schuf, und was sich dann später bei einem Gespräch unter vier Augen und einem Gläschen Sekt entwickelte, das – nun ja, das war eben eher zufällig und keineswegs herbeigeführt, dachte Friedrich jedenfalls, um sich selbst eine Rechtfertigung zu geben. Wie konnte er denn ahnen, dass eine der jungen Damen, die für die engere Auswahl der Geschäftsführung in Betracht kam, seinem Charme so rasch erliegen würde?

In euphorischer Stimmung trat er an das Fenster, um einen letzten Blick für den heutigen Tag hinüber zu werfen, wo im ersten Stock bereits das Licht entzündet wurde. Nun wollte er die Läden vor dem Bürofenster schließen, öffnete dazu das Fenster und – erstarrte.

Er konnte seinen Blick nicht mehr von dem Fenster der ersten Etage abwenden, als er dort die Umrisse von Helene sah. Umrisse? Es kam ihm geradezu so vor, als würde sie vor der Gasbeleuchtung, die an einer starren Stange von der Decke hing, tanzen. Friedrich blinzelte, aber dann stand es für ihn fest. Dort drüben führte Helene einen Tanz auf, der offenbar nur ihm galt. Und immer, wenn sie das matte Gaslicht passierte, schien es ihm, als sei sie bei diesem Tanz splitternackt.

Friedrich spürte, wie ihn allein dieser Gedanke an die nackte Helene erregte. Kurz überlegte er, ob er nicht hinübergehen sollte, bei ihr klopfen und unter irgendeinem Vorwand bei ihr noch zu dieser Stunde eintreten sollte.

Doch in diesem Augenblick verlosch das Licht im Haus gegenüber.

Friedrich hielt den Atem an und starrte durch die Dunkelheit auf die Hausfront, verzweifelt bemüht, auch in der nächtlichen Finsternis noch etwas zu erkennen. Schließlich jagte ihm ein kalter Schauer über den Rücken, und er verschloss nun erst die Fensterläden, anschließend das Fenster selbst und stand noch für einen Moment sinnend in seinem ebenfalls dunklen Büro.

Das ist doch alles Unsinn, Friedrich! Warum verrennst du dich in die Vorstellung, dass Helene dich zu sich locken will? In einer Woche ist die nächste Stadt dran, in Köln sind bereits die Anzeigen geschaltet, dann Essen, später Krefeld. Weiter nach Norden, Braunschweig, dann Bremen und Hamburg. Das sind pro Stadt mindestens zehn Vorstellungsgespräche, und du kannst dir die Schönsten der Schönen aussuchen. Nicht eine Einzige hatte mein Angebot abgelehnt, jede witterte die Chance, mit dem Chef der bekannten Marke eine Beziehung einzugehen, die ihr nur Vorteile bringen würde. Wenn ihr wüsstet, ihr dummen Gänse! Aber trotzdem – Helene ist ein Sonderfall! Das waren seine Gedanken, als er nach oben, in das Obergeschoss des Hauses, ging, in dem seine Familie lebte und eine sehr großzügig geschnittene Wohnung hatte. Jedes Kind verfügte über ein eigenes Zimmer mit Bett, Tisch, Stühlen und einem geräumigen Schrank. Erst am Ende des Ganges befanden sich die elterlichen Schlafzimmer, jeder hatte seinen eigenen Bereich. Schon kurz nach der Hochzeit hatte Friedrich Wilhelm seiner Emma Viktoria Luise erklärt, dass er fürchterlich schnarchen würde, insbesondere, wenn er etwas mit seinen Geschäftspartnern gegessen und getrunken hatte.

Doch heute erwartete ihn Emma noch lesend im Salon, und als er eintrat, erhob sie sich mit einem erwartungsvollen Lächeln.

»Du kommst spät, mein Lieber, hast du schon etwas gegessen?«

»Ja, habe ich. Ich bin zum Markteck und habe dort gleich etwas gegessen, weil mir der Wein sonst nicht bekommen wäre. Wollen wir ins Bett gehen?«

Friedrich Wilhelm zog seinen Überrock aus und legte ihn über einen Stuhl. Anschließend öffnete er seine seidene Weste, zog noch einmal die Taschenuhr heraus und warf einen Blick darauf. Erschrocken stellte er fest, dass es bereits nach zehn Uhr war, und er konnte sich nicht erklären, was er die letzten zwei Stunden getan hatte.

»Gern, ich habe mich schon nach dir gesehnt!«, antwortete sie und stand auf, um ihn in die Arme zu schließen. Sie hielt ihm den Kopf so hin, dass er sie einfach küssen musste. Emma war für ihn durchaus noch immer reizvoll, eine üppige, ein wenig in die Jahre gekommene Frau, deren gepflegtes Äußeres und vor allem ihr angenehmer Duft nach verschiedenen Essenzen – heute war es übrigens ein Lavendelgeruch – ihn immer wieder in den Bann schlugen.

Ja, er hatte es mit seiner Wahl gut getroffen. Emma Viktoria Luise war eine ideale Ehefrau mit üppigen Kurven, nicht zu rund und nicht zu mager, dazu wenig anspruchsvoll im Bett. Kurz und gut, seine Ehefrau war für ihn das, was er als ‚gute Hausmannskost' bezeichnete. Angenehm im Geschmack, wie man es liebte, dabei leicht verdaulich.

Als sie jetzt ihre Bluse öffnete und ihre schweren Brüste im Licht der Gaslampe matt schimmerten, dachte Friedrich beim Anblick des einfachen, geschnürten Mieders, das ihre Figur betonte, die Büste hob und die Hüfte vorteilhaft schnürte, dass diese Erfindung des vergangenen Jahrhunderts zwar durchaus zweckmäßig war, aber doch wenig optische Reize bot. Warum verstärkte man nicht den oberen Teil des Stoffes, um die Brüste besser anzuheben, und ließ das ganze Mieder dann in einer schmalen Spitze auslaufen, die schon auf einen weiteren Körperteil deutete und zugleich ein wenig – appetitanregend war? Als er die Lippen seiner Frau mit seinen umschloss und sie ihm spielend mit der Zunge entgegenkam, stand für ihn fest, dass er etwas für diesen Bekleidungsbereich tun musste, um das einfache Mieder, mochte es auch bereits ausgeschnitten sein, noch etwas erotischer zu gestalten. Doch jeder weitere Gedanke war jetzt auf andere Dinge gerichtet, und die Planung für ein verbessertes Mieder wurde auf den nächsten Tag verschoben.

Am Frühstückstisch sitzend hatte er bereits eine Idee, die langsam reifte. Mit dem Stift fuhr er über ein Blatt Papier, das er neben seinen Teller gelegt hatte, und skizzierte eine dreieckige Form, zeichnete daneben Stäbe und Stützhilfen und war so vertieft in seine Arbeit, dass ihn erst das Erscheinen der beiden Mädchen aus seinen Gedanken riss.

»Guten Morgen, Papa! Was machst du da? Malst du auf das Tischtuch?«, begrüßte ihn die sechsjährige Friederike, während ihre zwei Jahre ältere Schwester nach einem kritischen Blick auf die Zeichnungen nur fröhlich anmerkte:

»Papa arbeitet schon vor dem Frühstück, Mama! Bestimmt zeichnet er neue Kleider für uns!«

»Machst du eine Zeichnung für Tante Vanessa?«, bemerkte Friederike, und er sah sie liebevoll lächelnd an.

»Warum für Vanessa, mein Schatz?«

»Weil sie doch so toll zeichnen kann, Papa! Wenn ich groß bin, möchte ich auch so für unsere Firma arbeiten. Ich habe schon viele Ideen und werde zusammen mit Augusta viele, viele schöne Kleider zeichnen und anfertigen lassen. Da wird der Wilhelm staunen, was wir Mädchen können!«

Friedrich Wilhelm drückte erst Augusta, dann Friederike an sich und gab ihnen einen Wangenkuss. Als gleich darauf Wilhelm neben seinen Schwestern stand und seinen Vater mit den großen, blauen Augen aufmerksam betrachtete, reichte er ihm zur Begrüßung die Hand wie unter Männern üblich. So hatte er das einmal begründet, als Wilhelm sich bei ihm mit leicht weinerlicher Stimme erkundigte, weshalb er keinen Morgenkuss mehr bekam.

»Männer schütteln sich die Hand, Frauen begrüßt man mit einem Kuss!«, hatte sein Vater dazu lächelnd bemerkt, und für sich selbst gedacht: *Mit dieser Einstellung wirst du dein Leben meistern, mein Junge. Du siehst schon mit deinen knapp zehn Jahren so aus, als würdest du mal die Herzen aller Mädchen brechen können.* Dann gab es bestenfalls ein Haarewuscheln und einen kleinen, anerkennenden Knuff gegen die Schulter für Wilhelm. *Ich bin ein guter Familienvater. Mein steter Hunger nach den Frauen hat damit nichts zu tun. Ich liebe meine Frau und meine Kinder. Wenn mir nun die Natur diesen starken Drang verliehen hat – ist es meine Schuld? Und ist es meine Schuld, dass die jungen Dinger verrückt nach mir sind?* Er schreckte aus den Gedanken auf, als Emma zu ihm trat, ihm einen Kuss auf die Wangen hauchte und dabei flüsterte: »Was für eine schöne Nacht, Liebster. Das sollten wir bald wiederholen! Du bist mir immer viel zu lange auf deinen Reisen unterwegs!«

Friedrich Wilhelm reagierte darauf mit einem tiefen Seufzer und einem verliebten Blick zu seiner Frau, dann hielt er ihr seine Tasse entgegen und wartete darauf, dass sie ihm den Kaffee einschenkte. Schon beim Trinken dieser ersten Tasse überlegte er wieder, wie die Kaffeepreise derzeit standen und ob er richtig reagiert hatte, als er eine ganze Schiffsladung von diesem Südamerikaner gekauft hatte, den er eigentlich nicht mochte.

Señor Carlos Quispe, Händler aus Brasilien und vom gesamten Auftritt her ganz sicher ein Beau, ein Schönling, der im kalten Monat März in Nürnberg ganz in weiß gekleidet herumlief. Weißer Stadtrock über weißer Weste, weißer Hose, cremefarbenen Stiefeln, dazu ein innen pelzgefütterter Umhang gegen die Kälte. Ein Hut mit breiter Krempe – natürlich aus weißem Filz, dazu seine leicht gebräunte Haut und ein verwegenes Oberlippenbärtchen – Friedrich Wilhelm konnte sich schütteln, als er an die Begegnung mit Quispe dachte. Aber der Mann schien sein Geschäft von Grund auf zu verstehen, und unter Ausschluss aller anderen Kaufleute in Nürnberg bekam das Haus zu Leupolth den einzigen Kaffee in diesem Frühjahr geliefert. Nach Auskunft des brasilianischen Händlers hatte es in Südamerika einen unerwarteten Frosteinbruch gegeben, der einen großen Teil der Kaffeepflanzen zerstört hätte. Wenn nicht in den nächsten Wochen doch noch Kaffee von Übersee eintraf, hätte Friedrich Wilhelm zu Leupolth ganz nebenbei wieder einmal ein geschicktes

Händchen bewiesen. Doch die von ihm belieferten Kaffeehäuser waren, ebenso wie die Brauerei mit dem Nürnberger Löwenbräu, auf dem das Familienwappen prangte, nur Nebengeschäfte und wurden von dem Kaufmann als Liebhaberei bezeichnet, die ein paar Taler nebenbei einbrachte.

Er schrak erneut zusammen, als seine drei Kinder fröhlich losprusteten und starrte verwundert auf seine rechte Hand. Die Tasse war noch halbvoll, und während ihm die Gedanken durch den Kopf jagten, hatte er die Hand etwas gesenkt und damit den Kaffee auf die Tischdecke gekleckert.

»Seht ihr, so geht das, wenn man nicht aufpasst! Und was sage ich euch immer wieder: Beim Essen und Trinken wird nicht herumgehampelt! Man sitzt ordentlich und gerade und achtet darauf, nicht zu kleckern!«

»Ja, Liebster, das hast du nun unseren Kindern sehr gut gezeigt. Also Kinder, aufgepasst! Macht es nicht so wie euer Papa!«

Erneutes Lachen, dann war das Frühstück beendet und die Kinder durften aufstehen. Auch die beiden Mädchen, Augusta und Friederike, trugen ihre Matrosenkleidchen, die sich im Übrigen ebenfalls als Verkaufsschlager in den Läden des Hauses zu Leupolth entwickelt hatten. Doch sein Sohn Wilhelm hatte offenbar noch etwas auf dem Herzen. Es war noch etwas Zeit, bevor er in die Schule gehen musste, aber sein Vater fand es irgendwie auffallend, wie er im Zimmer herumlief, als würde er etwas im Frühstückssalon suchen. Wohlgefällig betrachtete er den für sein Alter ungewöhnlich großen Jungen mit den leicht gewellten, aber sorgfältig von seiner Mutter frisierten Haaren und korrekt bekleidet mit dem frisch gebügelten, blauweißen Matrosenanzug, Es war für den Vater selbstverständlich, dass die ganze Familie die Sachen trug, die man verkaufte, und er hatte dafür gesorgt, dass auch die Kinder die beliebten Anzüge in ausreichender Anzahl zur Verfügung hatten, um jeden Tag frisch und wie aus dem Ei gepellt an der Hand der Mutter durch die Stadt zur Bildungsanstalt zu gehen – Wilhelm auf die Knabenschule, Augusta auf die Lehranstalt für höhere Töchter, beides selbstverständlich kleine, private Schulen, die mehr vermitteln konnten als die einfache Elementarschule. Nur die kleine Friederike besuchte die erste Stufe der Mädchen-Elementarschule und würde in zwei Jahren auf die Lehranstalt ihrer Schwester wechseln.

»Na, Wilhelm, ist es denn noch nicht Zeit für die Schule?«

»Nein, Vater!«, antwortete der sichtlich erleichtert, dass der strenge Vater ihn überhaupt wahrgenommen hatte. »Noch eine gute Stunde Zeit bis zum Beginn. Darf ich dich etwas fragen?«

»Ja, natürlich, weshalb denn nicht?«

»Musst du – musst du in der nächsten Zeit einmal nach Braunschweig reisen?«

Friedrich Wilhelm ließ seine morgendliche Zeitungslektüre sinken und sah seinen Sohn verwundert an.

»Wie kommst du denn da drauf, Wilhelm? Ach, ich weiß, du hast mitbekommen, dass deine Tante Helene Besuch von den Walburgs hat!«

»Ja, das meine ich aber nicht. Es gibt in Braunschweig ein neues Spiel, von dem man überall hört.«

»Ein neues Spiel, Wilhelm? Na, da will ich doch mal nicht hoffen, dass du dich für diese neumodische Fußlümmelei interessierst, vor der die Lehrer bereits warnen?«, erkundigte sich Friedrich und machte dazu eine strenge Miene.

Wilhelm war entsetzt.

So verlief das Gespräch jedenfalls ganz und gar nicht in der gewünschten Richtung!

»Fußlümmelei, Vater? Den Ausdruck habe ich noch nie gehört! Was ist das?«

Friedrich Wilhelm fixierte seinen Sohn mit strengem Blick und antwortete:

»Man könnte auch von dem Stauchballspiel reden, wie es Professor Planck nennt!«

»Aber Vater, was sind das für seltsame Ausdrücke? Das Fußballspiel hat sich doch auch ein Professor ausgedacht, der Doktor Konrad Koch, ein Lehrer an einer Schule in Braunschweig! Es soll im Herzogtum Braunschweig bereits Schulen geben, an denen man dieses Spiel im Turnunterricht spielen kann!«, beteuerte Wilhelm treuherzig.

»Also doch Fußball! Hör mir mal gut zu, Wilhelm! Alles, was ich bislang darüber gehört habe, ist absolut lächerlich! Der Mensch macht sich zum Affen, wenn er in gekrümmter Körperhaltung hinter einem Lederball herläuft und nur ein Ziel hat, nämlich diese Lederkugel über eine Linie oder Mal zu bringen, das der Gegner verteidigt!«

»Aber Fußball ist ein tolles Spiel, man wählt seine Spieler in eine Spielschaft, einer von uns ist der Spielkaiser, und dann geht es los! Und du sagst selbst immer, wir sollen auch im Winter draußen spielen und uns bewegen! Fußball ist ein tolles Spiel im Winter, man kann es sogar auf dem Schnee spielen!«

Friedrich Wilhelm beugte sich etwas vor und starrte seinem Ältesten in die Augen, bis Wilhelm es nicht mehr aushielt und den Blick senkte.

»Ich frage mich nur, woher deine Kenntnisse dieses... dieses *Aftersports* stammen, mein Sohn!«

»Aber Vater!«, rief Wilhelm in seiner Verzweiflung laut heraus, denn er sah bereits seine Felle davonschwimmen. »Es stand ja alles in deiner Zeitung, über den Professor Koch, über das neue Spiel, das den Jungen überall so gut gefällt, über die Lederbälle, die erst aus England kamen und jetzt in Braunschweig genäht werden!«

»Hör mir gut zu, Wilhelm!«, donnerte plötzlich sein Vater unnötig laut heraus. »Ich möchte von diesem Zeug nichts mehr hören, hast du mich verstanden? Und ich wünsche nicht, dass du oder ein anderes Mitglied unserer Familie jemals daran denkt, sich solch eine Lederkugel zu besorgen und der hinterher läuft. Haben wir uns verstanden?«

»Aber, Vater, das ist doch...«

»Haben wir uns verstanden?«, brüllte Friedrich Wilhelm, und sein Sohn brachte mühsam ein leises »Ja!« heraus, bevor er seine Schulsachen aufgriff und hastig den Raum verließ.

4.
Die schöne Cousine
Friedrich Wilhelm war begeistert.

Da hatte ihm doch sein Sohn den besten Grund geliefert, einmal über die Straße zu gehen und der schönen

Helene einen guten Tag zu wünschen. Vielleicht sogar auch der Verwandtschaft aus Braunschweig ein paar Fragen nach den dortigen Geschäften zu stellen.

Wer von den Braunschweigern mag denn überhaupt nach Nürnberg gereist sein? Hoffentlich nicht diese alte Schachtel Cosima mit ihrem trotteligen Mann Waldemar, dem beim Anblick eines Dienstmädchens der Sabber aus dem Mundwinkel tropft!, dachte Friedrich, als er seinen Rock zuknöpfte und sich anschickte, das Büro zu verlassen. *Halt mal, Friedrich, sei nicht so ungerecht gegenüber dem alten Waldemar. Nicht mehr lange, und du bist so ein Greis geworden wie er! Aber wenn mir dann auch noch eine schöne Frau gefährlich werden kann, achte ich doch auf meinen Speichelfluss!* Er blickte in den Spiegel, rückte noch einmal das sorgfältig gefaltete Halstuch zurecht und stülpte sich anschließend den Zylinder auf seine volle Haarpracht, rückte ihn ein wenig keck über das rechte Ohr und war mit seinem Anblick zufrieden.

Gerade stand er an der Treppe, als Emma aus ihrem Zimmer trat und ihn verwundert ansah.

»So früh gehst du schon aus dem Haus?«

»Oh, ich hatte gar nicht bemerkt, dass du noch nicht mit den Kindern unterwegs bist!«, antwortete er verlegen, und mit einem sehr besorgten Gesichtsausdruck trat seine Frau auf ihn zu.

»Friedrich, ist dir wohl?«

Erstaunt trat er einen Schritt zurück und antwortete:

»Weshalb soll mir denn nicht wohl sein, Emma?«

»Weil ich schon seit einer halben Stunde wieder von dem morgendlichen Gang mit den Kindern zurück bin. Magda hat uns, wie immer begleitet, und ist eben dabei, meine Schuhe zu trocknen. Es ist wieder etwas wärmer geworden, der Schnee taut überall und durchnässt das Leder!«

Stumm betrachtete Friedrich seine Frau, dann griff er zur Uhrenkette, zog sie heraus, klappte den Deckel auf und spürte, wie sich alles um ihn langsam drehte.

»Um Himmels willen, Friedrich, was ist mit dir?«, rief seine Frau besorgt aus und stützte ihn.

»Nichts, nichts, gar nichts, ein leichter Schwindel, ich bin wohl zu schnell aufgestanden. Also, ich muss jetzt los und bin zum Mittag wieder daheim.« Und in Gedanken setzte er hinzu: *Vielleicht übertreibe ich es in der letzten Zeit etwas. Auch Doktor Rheinschmid warnte mich mehrfach, ich wäre keine dreißig Jahre mehr und sollte mich ein wenig zügeln! Zügeln! Kann man einem Hengst Zügel anlegen, wenn er nicht will?* Doch ein plötzlicher Schmerz, der durch seine Brust jagte und ihm den kalten Angstschweiß auf die Stirn trieb, ließ ihn seine Gedanken sofort wieder bereuen. *Lass es langsamer angehen, Friedrich Wilhelm!*, schalt er sich insgeheim.

Emma hielt ihn noch immer fest und schüttelte den Kopf.

»Es ist kalt draußen, Friedrich, du solltest dir einen Mantel überziehen!«

»Wie?«, antwortete ihr Mann seltsam abwesend, aber dann schien er sich zu besinnen. »Nein, nicht notwendig, ich gehe ja nur hinüber, um Vanessa, Cousine Helene und die Braunschweiger zu besuchen!«

»Du willst freiwillig diese schrecklichen Walburgs aufsuchen? Friedrich, ich beginne, mir Sorgen zu machen!«, sagte Emma freundlich.

»Weißt du, ich muss ohnehin bald wieder einmal nach Braunschweig reisen und werde das im April auf dem Weg nach Hamburg tun, wenn ich die Bewerbungsgespräche für unser dortiges Geschäft führe. Wir wollen ja noch vor Ostern eröffnen, und da liegt dann Braunschweig auf dem Weg.«

»Willst du dort ebenfalls eine Zweigstelle eröffnen, Friedrich? Wird das nicht alles ein wenig zu viel für dich? Ich hatte schon nach deiner letzten Reise den Eindruck, dass du sehr angegriffen warst und dich längere Zeit erholen müsstest!«

»Ja, diese Zugreisen sind doch sehr anstrengend, Liebes. Vielleicht wird es ja einfacher, wenn Bruder Karl endlich seine pferdelose Kutsche perfektioniert hat. Dann können wir selbst bestimmen, wohin wir an einem Tag fahren wollen und sind weder auf die Schienen und die Bahnhöfe noch auf irgendeinen Ausspann unterwegs angewiesen!«

»Na, dann, meinetwegen! Grüß mir die alte Cosima!«

»Werde ich machen!«, antwortete Friedrich und starrte noch einmal auf die Taschenuhr, die er noch immer geöffnet in der Hand hielt.

Eine ganze Stunde! Mir fehlt eine ganze Stunde! Was habe ich in der Zeit gemacht? Nur am Frühstückstisch gesessen?

Als ihm seine Frau leicht den Arm drückte, klappte er die Taschenuhr zu, steckte sie ein, und war die Treppe hinunter, ohne sich von seiner Frau zu verabschieden. Ein eiskalter Wind fuhr ihm entgegen, als er die Straße betrat, aber die Sonne schien trotzdem schon wieder von einem unglaublich blauen Himmel.

Rasch war er auf der anderen Straßenseite, riss an dem Klingelzug und drängte sich an der Hausmagd vorbei, kaum, dass die geöffnet hatte.

»Das gnädige Fräulein ist im Salon mit den Walburgs, Herr zu Leupolth!«, hauchte das Mädchen, als sie seinen Zylinder in Empfang nahm. Flüchtig registrierte der Besucher, dass sie errötet war und überlegte kurz, wie sie wohl hieß. Gleich darauf drängte sich ein anderes Bild in den Vordergrund, und etwas verlegen hüstelte Friedrich, als sie die Tür zum Salon öffnete und ihn ankündigte.

»Friedrich! Das ist ja eine Ewigkeit her, dass du mich einmal besuchst!«, rief seine Cousine voller Begeisterung, sprang aus ihrem Sessel, lief leichtfüßig zu ihm und hauchte ihm einen Kuss auf die Wange. Sie bewohnte die erste Etage, Vanessa zu Leutpolth hatte sich dagegen im Erdgeschoss in dem großen Salon, der zu jeder Wohnung gehörte, ihr eigenes Atelier eingerichtet. Dort hingen verschiedene Kleider, teilweise noch nicht fertig, an den Wänden, während ein riesiger Schreibtisch für ihre Zeichnungen nie groß genug war.

Doch heute galt sein Besuch vorrangig der Cousine.

»Ja, Geschäfte, Helene, Geschäfte und nie Zeit für die schönen Dinge im Leben!«, antwortete er und erntete dafür einen Blick aus den grünen Augen seiner Cousine, der ihm einen Schauer über den Rücken jagte. Gleich darauf hakte sie sich bei ihm ein und schritt mit ihm zu dem ältlichen Ehepaar, das um den kleinen Tisch saß und ihm neugierig entgegensah.

»Tante Cosima, werter Herr Onkel!«, sagte Friedrich förmlich und verbeugte sich knapp vor den Braunschweigern. Er wusste zwar noch immer nicht, wie die Walburgs mit ihnen eigentlich verwandt waren, aber er erinnerte sich daran, dass er schon als Kind Onkel und Tante zu den beiden sagte.

In diesem etwas unangenehmen Moment, in dem ihm die ausgesprochen dünne und sehr eingefallen wirkende Cosima ihre ausgetrocknete Hand entgegenhielt und wohl auf einen Handkuss wartete, rettete ein fröhliches Auflachen einer jugendlichen Stimme Friedrich Wilhelm vor dieser Zeremonie.

Er fuhr auf dem Absatz herum und blickte in ein Gesicht, das ihm den Atem stocken ließ. *Das nenne ich mal Liebreiz pur!*, dachte er bei dem Anblick der jungen, fröhlichen Frau, die ihm die Wange zum Kuss bot. Friedrich gab sich Mühe, dabei weltmännisch zu wirken, und hauchte der jungen Frau ins Ohr: »Enchanté, Mademoiselle!« Der Geruch ihrer Haut stieg in seine Nase und kitzelte seine Sinne. Für einen Augenblick war er versucht, die Arme um ihren Rücken zu legen, aber er widerstand im letzten Augenblick, denn das mochte unter den strengen Blicken Cosimas unschicklich sein.

Da stand Helene neben Christine, warf Friedrich einen raschen Blick zu und sagte dann: »Wer hätte geglaubt, dass die kleine Christine innerhalb kürzester Zeit zur Frau erblühen würde? Sie ist gerade vergangenen Monat achtzehn Jahre alt geworden, Friedrich. Und stell dir einmal vor, ihre Eltern möchten sie gern verloben!«

Ihre Worte hallten auf seltsame Weise in Friedrichs Ohren, und als er sie nun ansah, machte sie ihm ein Zeichen mit den Augen, das er nicht verstand. Erst, als sie auch mit dem Kopf leicht in die Richtung hinter ihm deutete, verstand er, dass seine Cousine ihm etwas signalisierte, das sein Verhalten beeinflussen sollte. Er straffte seine Figur, lächelte höflich und antwortete:

»Eine Verlobung? Wie schön! Und hier bei uns in Nürnberg?«

Christine stand plötzlich wie von roter Farbe übergossen, so glühte ihr Gesicht. Eine Stimme hinter Friedrich rettete sie aus dieser Situation.

»Bist du nicht ein wenig indiskret, lieber Bruder?«

Der Kaufmann wirbelte auf dem Absatz herum und lächelte seiner Schwester ins Gesicht.

»Vanessa – du auch hier? Meine Güte, da bleibt mir ja bei so viel versammelten Liebreiz in einem Raum die Luft weg!« *Das also bedeutete das Zeichen Helenes! Sie wollte mich auf die Anwesenheit meiner Schwester aufmerksam machen! Da habe ich mich wohl gerade noch aus einer peinlichen Situation gerettet. Friedrich, reiß dich zusammen!,* schoss es ihm gleichzeitig durch den Kopf.

Vanessa zu Leupolth, das jüngste Kind des Witwers Georg, hatte nun keine Scheu, ihren Bruder zu umarmen und ihm ebenfalls einen Kuss auf die Wangen zu hauchen, was von der alten Cosima mit einem empörten Luftausstoßen begleitet wurde.

»Haben hier diese seltsamen, französischen Sitten auch schon Einzug gehalten? Als ich ein junges Mädchen war, haben die Kavaliere bestenfalls einen angedeuteten Kuss auf die Finger der Dame gehaucht. Heutzutage scheint es Mode geworden zu sein, sie in den Arm zu nehmen und abzuschlecken! Wahrscheinlich ist es auch nicht mehr ungehörig, den Damen dabei etwas ins Ohr zu flüstern, was ihnen die Schamröte ins Gesicht treiben müsste. Aber in der heutigen Zeit ist es wohl nicht denkbar, dass ein Mädchen noch errötet!«

Friedrich verbeugte sich mit ironischem Grinsen vor der alten Frau und antwortete:

»Aber Tantchen, du tust ja deiner Christine Unrecht! Schau nur, wie rot sie geworden ist, nur weil sie dem alten Friedrich ein freundliches Willkommen bot! Aber eines muss ich dir sagen, Tantchen: Eure Christine ist zu einer wirklichen Schönheit aufgeblüht. Ich darf das wohl als glücklicher Ehemann und Vater von drei Kindern sagen!«

Helene schenkte ihm ein bezauberndes Lächeln, und Christine sah noch immer beschämt zu Boden. Aber Vanessa, die jetzt ihrem Bruder einen Stoß in die richtige Richtung geben wollte, bemerkte dazu:

»Wie wunderbar! Da ist das Haus zu Leupolth natürlich genau richtig, wenn es um die Ausstattung von Braut und Bräutigam geht! Mein Bruder Friedrich hat da eine ganze Reihe von neuen Ideen entwickelt und ist im Moment dabei, überall im deutschen Kaiserreich Geschäfte zu eröffnen, die nicht einfach nur unsere Tuche, Stoffe, Schnittmuster und dergleichen verkaufen – nein, weitaus mehr! Unser alteingesessenes Familienunternehmen hat damit begonnen, fertige Kleidung herzustellen und in den Geschäften zu verkaufen! Und, wie war das doch, Bruderherz – demnächst auch in Braunschweig?«

Verwundert über diese Rede sah Friedrich seine Schwester an, dann räusperte er sich und als ihn Christine fragend anblickte, nickte er vorerst nur. Aus einem ihm selbst nicht erklärbaren Grund war er plötzlich heiser geworden, und als die junge Frau jetzt begeistert ausrief:

»Oh, das ist ja wunderbar, darauf freue ich mich schon! Und Sie müssen uns dann unbedingt besuchen, nicht wahr, Mama? Noch besser, Sie wohnen bei uns, wir haben ein großzügiges Zimmer für Gäste, und würden uns sehr freuen, wenn wir einmal jemand aus der Nürnberger Familie bei uns begrüßen dürfen!«

»Na ja, Kind...«, begann Cosima Walburg etwas verlegen, aber Friedrich fiel ihr gleich ins Wort.

»Liebe Christine, aber ja, gern werde ich Sie und Ihre Eltern besuchen. Nur gestatten Sie bitte einem unruhigen Reisenden, im Hotel zu übernachten. Ich möchte niemand zur Last fallen und komme zudem erst immer spät von meinen Gesprächen zurück. Da würden alle unter mir nur leiden. Außerdem ist mein Schwesterherz viel zu bescheiden. Die meisten Entwürfe für unsere Kleider stammen von ihr, und selbstverständlich wird sie mich begleiten, wenn es um die Eröffnung eines neuen Geschäftes geht.«

Die junge Christine zeigte erneut einen leichten, rötlichen Schimmer auf den Wangen, als sie hinzufügte: »Also, abgemacht, wir sehen uns dann in Braunschweig!«

»Darauf würde ich mich nun sehr freuen!«, antwortete Friedrich, der bei dieser Vorstellung einen seltsamen Glanz in den Augen hatte. *Wie du wohl in einer meiner neuen Kreationen aussehen wirst, Christine? Ich glaube, zum Anbeißen lieblich!*

Die Braunschweigerin wurde jetzt erneut richtig feuerrot und trat einen Schritt zurück, während sich der Kaufmann fragte, ob sie wohl seinen lauernden Blick bemerkt hatte. *Aber nein, sie meint es ehrlich. Sie ist eine neugierige, kleine Frau, die in eine Ehe gesteckt werden soll, von der sie wenig zu halten scheint. Gut, ich werde also ein wenig umdisponieren und meinen Braunschweig-Besuch etwas vorziehen müssen! Ich hoffe nur, Vanessa, dass du sehr beschäftigt sein wirst und deinen Bruder auch einmal unbeaufsichtigt lässt!*

»Du hörst mir wieder einmal nicht zu, Friedrich. Ich bin ja nur deine Schwester, aber manchmal scheinst du zu vergessen, dass ich ein ganz gutes Gespür für das habe, was sich die Frauen wünschen!«, vernahm er Vanessas Stimme hinter seinem Rücken.

Friedrich setzte ein liebevolles Lächeln auf, als er sich zu ihr umdrehte.

»Nun, meine Liebe, es gibt nur wenige Frauen auf der Welt, die einen so ausgezeichneten Geschmack besitzen wie du! Da muss man ja nur einmal die führende deutsche Modezeitung aufschlagen, *den Bazar*, wenn man wissen will, was die Dame von Welt morgen trägt!«, sagte er charmant, sah dabei aber über ihren Kopf zu Helene, die ihm ihr Gesicht zugewandt hatte. Sie schloss verständnisvoll für einen Moment die Augen, bevor sie ihn wieder mit diesem seltsamen, herausfordernden Blick betrachtete. »Und was wolltest du mir sagen, Vanessa?«

Seine Schwester lachte fröhlich auf.

»Stellt euch doch mal vor, ich würde Friedrich jetzt in die Rolle des Paris stecken, und von ihm verlangen, die Schönste unter uns zu bestimmen! Es wäre doch ein Spaß, zu sehen, wen er da erkürt! Ich jedenfalls tippe ja auf Helene!«

Alle Augen richteten sich auf den Kaufmann, der sich jedoch nicht so leicht übertölpeln ließ. Er lächelte verbindlich, wippte auf den Füßen vor und zurück und schaute von seiner Schwester zu Helene und dann zu Christine.

»Na, wie ist es, Brüderchen? Kneifst du oder entscheidest du dich? Das ist jetzt die Gelegenheit!«, sagte Vanessa herausfordernd und ging zur Cousine. »Ist es die geheimnisvolle Schöne mit den grünen Augen, die von der Männerwelt Nürnbergs verehrt und in vielen Gedichten gepriesen wird?«

Helene lachte fröhlich und sah nun Friedrich so herausfordernd an, dass er erneut schlucken musste, weil sein Hals plötzlich trocken war. Aber Vanessa trieb das Spiel noch weiter, stellte sich neben Christine Walburg und zeigte mit der flachen Hand auf ihr noch immer gerötetes Gesicht.

»Oder ist es diese liebliche Unschuld, die erst noch wie einst Dornröschen aus einem langen Schlaf wachgeküsst werden muss, wie uns die Brüder Grimm das so schön erzählen?«

Die Folge dieser lästerlichen Worte war, dass Christine nun die Gesichtsfarbe von hellrosa zu feuerrot wechselte. Vanessa fuhr fort, indem sie nun auf sich selbst deutete: »Oder aber muss er sich eingestehen, dass Blut dicker als Wasser ist und er seine eigene Schwester nicht beleidigen darf, indem er sie hinter den anderen zurücksetzt?«

Friedrich hatte ihr lächelnd zugehört, jetzt setzte er sich in Bewegung, ging zu den beiden alten Walburgs und kniete sich vor der vor ihm zurückschreckenden Cosima auf den Boden. Dann ergriff er ihre welke Hand, führte sie an die Lippen und deutete einen Handkuss an.

Die alte Frau zog sie ihm aber mit einem wütenden Zischlaut fort, doch Vanessa lachte fröhlich auf und applaudierte.

»Wahrlich eine weise Entscheidung, die unser Paris da getroffen hat!«

»Und Paris wird euch jetzt wieder verlassen, weil ihm das ein wenig zu heikel wird. Außerdem, geliebte Schwester, ist mir aufgefallen, dass du nicht das eigens nur für dich genähte Kleid trägst, und mir zudem verschweigst, was sich die Frauen wirklich wünschen!«

Damit wandte er sich tatsächlich zur Tür, und Vanessa lachte erneut hell auf.

»Da habe ich mein Brüderchen gekränkt, seht ihr, wie er schmollt? Komm her zu mir, du Narr, ich will dir zeigen, was sich Frauen wünschen!«

Rasch griff sie Stift und Papier von einem Regal und begann, mit wenigen Strichen die Umrisse eines Körpers zu zeichnen. Dann begann sie, die Figur in der Mitte extrem dünn zu zeichnen, so, als würde man die Taille sehr stark schnüren.

»Wir wissen alle, was eine Schnürbrust ist, kennen schon von Königinnen und Prinzessinnen die wunderbar schmalen Taillen und haben jetzt, in unserer Zeit, als Idealfigur die Sanduhrform entdeckt. So, mein lieber Bruder, sieht das Ideal einer heutigen, modernen Frau aus.«

Alles, was sie bislang zu Papier gebracht hatte, wurde von ihr kurzerhand durchgestrichen, das Blatt gewendet, und jetzt skizzierte sie nicht eine ganze Figur, sondern ein Dreieck, dessen Sinn und Form Friedrich sofort erkannte.

»Du bist meine Schwester!«, rief er begeistert aus. »Genau so habe ich mir das gedacht. Mit ein wenig mehr Ausschnitt in diesem Bereich, schau mal...«, und mit ein paar Strichen verengte er das Dreieck weiter nach unten, »und ein paar Kürzungen hier... und einem Schwung hier oben.«

Vanessa starrte auf die veränderte Skizze, dann sah sie mit einem breiten Lächeln ihren Bruder an.

»Du denkst da offenbar schon weiter, weil du ein Mann bist. Ich wollte dir nur sagen, dass wir Frauen gern unsere Taille betont sehen wollen, ich nenne das mal ganz bewusst Prinzessintaille, weil man sie häufig auf Bildern der adligen Damen sehen kann. Du aber hast dich daran gemacht, dieses Korsett noch ein wenig... ausgefallener zu machen. Ich könnte mir vorstellen, dass ein solches Modell – sagen wir einmal – sehr anregend auf den Herrn Gemahl wirken möchte!«

Helene hatte sich auf die andere Seite neben Friedrich gestellt, warf einen Blick auf die Zeichnung und berührte dabei wie zufällig seine Hand. Friedrich musste sich zusammenreißen, denn diese Berührung erzeugte ein derart starkes Kribbeln, dass er befürchtete, jeder im Raum hätte es bemerken müssen.

»Begleitest du mich in die Näherei, Vanessa?«, sagte er rasch, um seine Verlegenheit zu überspielen, als er ein wutschnaubendes »Unglaublich!« von dem alten Paar aus der Ecke vernahm. Voller Empörung hatte Cosima sich erhoben und stapfte zum Ausgang, ohne sich nach ihrem Mann oder ihrer Tochter umzusehen. Als die Tür hinter ihr mit einem lauten Schlag zuflog, schauten sich Helene und Friedrich vielsagend an.

»Nein, das kann ich leider nicht tun, Friedrich, ich habe mich mit einem Herrn verabredet, der mir versprochen hat, mich in das beste Nürnberger Kaffeehaus auszuführen. Er will uns mit Spitze aus Brüssel beliefern und hofft auf einen entsprechenden Auftrag. Und da werde ich doch nicht eine solche Verlockung fallen lassen, nur um in einer muffigen Halle zwischen missmutigen Näherinnen herumzulaufen und mir sagen zu lassen, dass es heute zu kalt, morgen zu warm in der Halle wäre und überhaupt, die Beleuchtung eine Zumutung für ihre Augen sei. Helene wird auch nicht können, weil sie sich ja um ihre Gäste kümmern muss. Aber Christine – wie ist es mit dir? Du hast doch hoffentlich nichts geplant? Komm, nimm meinen Bruder an die Hand und führe ihn hinüber zur Praterstraße, du weißt, wo das ist. Wir waren erst gestern dort spazieren und ich habe dir die Halle gezeigt, in der für unser Haus genäht wird.«

»Ich weiß nicht, ob das dem Friedrich recht ist?«, erwiderte das junge Mädchen zaghaft, und erneut bedeckte leichte Röte ihre Wangen.

»Na, dann geht es mal los, Fräulein Christine! Ich hole nur meinen Mantel von drüben heraus, du solltest dir ebenfalls etwas Warmes überziehen, und dann wollen wir einmal sehen, was die Leupolth'schen Nähanstalten so für Dinge liefern können!«

Helene zwinkerte ihm zu und rollte die Augen, und Friedrich dachte: *Was bist du doch für ein durchtriebenes Frauchen, meine liebe Cousine. Sicher denkst du, das zarte Fräulein, noch dazu in Kürze verlobt, ist für mich keine Beute? Ha, wenn du wüsstest, was ich plane und dank deiner Unterstützung nun umsetzen werde!*

Wenige Minuten später trat Friedrich wieder aus der gegenüber liegenden Türe auf die Straße, als auch Christine Walburg in einem dicken Mantel und einem sehr eleganten Hut zu ihm schritt. Er bot ihr den Arm und lüftete mit der freien Hand den Zylinder gegen seine Schwester und Helene, die ihnen beiden vom Fenster im ersten Stock aus zusahen. Nun schritten die beiden die Tuchgasse hinunter, Friedrich dabei im Gefühl, eine sehr reizvolle und sehr junge Dame ausführen zu dürfen. Christine Walburg leicht verwirrt, weil sie von diesem gutaussehenden Friedrich Wilhelm wie magisch angezogen wurde.

5.
Die pferdelose Kutsche

Karl Ludwig zu Leupolth war in seinem Element.

Zwei Helfer hatten gerade die dicken Muttern unter dem Kessel festgezogen und er selbst arbeitete noch an der Lenkung. Es handelte sich nur um letzte Feinarbeiten, während schon der Heizer damit beschäftigt war, die Feuerzunge unter dem Kessel anzuheizen, damit das Wasser heiß genug für die Ausfahrt war. Er beobachtete das Ventil, das nach einiger Zeit begann, zu zittern, und damit anzeigte, dass der Kesseldruck stieg.

Die Dampfmaschine war zwischen zwei riesigen Rädern unter dem Kutschkasten angebracht, und trieb über zwei Zylinder und zwei große Zahnräder beide Räder an. Die vorderen Räder waren kleiner und wurden mithilfe einer einfachen Stangenkonstruktion gelenkt. Der Fahrer saß wie bei einer Kutsche auf einem Bock und hatte links und rechts neben sich zwei kräftige Hebel, die über Klötze die Hinterräder bremsen konnten. Mit einer weiteren Stange wurde der Antrieb freigegeben, der dann über die Zahnräder wirkte und die Kraft auf die Hinterräder übertrug. Der erforderliche Schornstein ragte nur knapp über das Dach des Kutschkastens hinauf und wirkte kaum störend.

Jetzt begann der Kessel, leise zu zischen und zu vibrieren, und der Heizer gab dem Konstrukteur ein Zeichen.

»Wir sind so weit, Herr zu Leupolth! Die Maschine läuft, sollen wir die Tore öffnen?«

»Ja, macht den Weg frei, ich hoffe, diesmal funktioniert die Lenkung ebenso gut wie der restliche Mechanismus!«

Damit kletterte Karl Ludwig, in einen dicken, pelzgefütterten Mantel gehüllt und mit einer Pelzkappe auf dem

Kopf, hinauf auf den Kutschbock und löste die Blockade des Antriebs. Die Tore wurden aufgezogen, und ein Schwall eiskalter Luft ergoss sich in die aufgewärmte Halle, in der die Männer während der letzten Tage die Dampfkutsche überholt hatten. Eine sehr viel versprechende Testfahrt hatte sie bereits absolviert, aber dann brach das Lenkgestänge, und Karl konnte trotz der beiden sofort gezogenen Bremsklötze nicht verhindern, dass er sehr unsanft gegen eine Steinmauer fuhr. Er saß hoch genug, um nicht selbst gefährdet zu sein, aber die Vorderräder und die Lenkung waren in einem sehr desolaten Zustand. Was ihn bei diesem Unfall jedoch am meisten ärgerte, war die Tatsache, dass seine Dampfkutsche mithilfe von vier Pferden in die Halle zurückgezogen werden musste. Gerade diese Tiere wollte Karl Ludwig künftig vor keiner Kutsche mehr sehen, aber er schob das schließlich auf die Startschwierigkeiten.

Jetzt ratterte die Dampfkutsche aus der Halle und bog auf die holprige Praterstraße ein. Verwundert sah er hier seinen Bruder Friedrich heranschlendern, am Arm eine auffallend hübsche und junge Dame. Auch Friedrich blieb stehen, lüftete kurz den Zylinder und schien der Dame an seiner Seite zu erklären, was sein Bruder da trieb. Zwar waren die Geräusche der Dampfmaschine durchaus erträglich, sie zischte und dampfte, aber die eisenbeschlagenen großen Kutschräder machten Lärm auf dem groben Straßenpflaster, und die Kolben, die die Zahnräder antrieben, stampften dazu einen seltsamen Takt.

So verstand keiner der beiden Brüder, was der andere ausrief, aber das tat der guten Stimmung des genialen Konstrukteurs keinerlei Abbruch. Er sah noch, wie sein Bruder nebst Begleitung in das benachbarte Gebäude ging, in dem die Leupolths ihre Nähanstalt betrieben, dann war er auch schon bei dem alten Stadtturm angelangt und lenkte sein schnaufendes und zischendes Gefährt über die Brücke und fuhr auf der Ludwigstraße weiter. Noch ein Stück in Richtung Innenstadt, dann ging es erneut links ab, über den St. Jakobs-Platz und am Zwinger vorbei wieder zurück über den Stadtgraben und wieder zurück zur Halle, wo er bereits mit lautem Jubel von seinen Arbeitern begrüßt wurde.

Als das Gefährt dann in die Halle rollte und Karl Ludwig den Antrieb ausklinkte, die Klotzbremsen anzog und vom Kutschbock sprang, ließen ihn seine Leute kaum Atem holen. Schon wurden ein paar Bierkrüge gereicht, und man stieß mit der Hausmarke, dem *Löwenbräu*, auf diesen Erfolg an.

»Wie hoch ist der Wasserstand?«, erkundigte sich nun der Konstrukteur und ging nach hinten, um einen Blick auf das dicke Schauglas zu werfen.

»Noch ausgezeichnet hoch, Herr zu Leupolth. Ich wette mit Ihnen, dass Sie mühelos die doppelte Strecke bewältigen können!«

»Gemach, gemach!«, wehrte Karl jedoch ab. »Jetzt funktioniert die Lenkung einwandfrei, ebenso die Bremsen. Was aber werden wir schaffen, wenn die Kutsche voll besetzt ist? Schließlich wollen wir damit Menschen durch Nürnberg von einem Ende zum anderen fahren!«

»Ich denke, damit wird es keine Schwierigkeiten geben!«, beteuerte Erich Winter, seine rechte Hand und genialer Konstrukteur bei vielen Problemen. Von ihm stammte die Idee, das Feuer unter dem Kessel nicht mit einem Blasebalg anzufachen, sondern die Abluft aus dem Zylinder in den Schornstein zu leiten und dadurch das Feuer mit Luftzug zu unterstützen.

»Wenn wir allerdings den Dampf noch besser komprimieren können, als es im Moment der Fall ist, Winter, dann schaffen wir auch Fahrten über Land.«

»Sie sind doch dem Problem schon sehr nahe gekommen, Herr zu Leupolth! Ich zweifele nicht mehr daran, dass Ihnen in Kürze auch das gelingen wird.«

»Wir sind in einem gefährlichen Bereich, Winter. Der Hochdruckdampf wird durch die Ventile bereits stark verdichtet und liegt weit über dem bisherigen atmosphärischen Druck einer üblichen Dampfmaschine. Ich müsste die Ventile noch einmal vollständig überarbeiten, bin aber in Sorge, dass der Kessel das nicht mehr aushält!«

»Wenn wir ihn verstärken?«, warf Winter ein.

»Nicht so einfach möglich. Dadurch erhöhen wir ja auch das Gewicht der Maschine wieder, und wir wollten doch gerade leichter werden. Ich werde mich in den nächsten Tagen verstärkt um die Ventile kümmern. Sorgen Sie dafür, dass wir einen Schmied finden, der uns den Kessel verstärkt!«

»Jawohl, Herr zu Leupolth! Und wann starten wir unsere Fahrt durch Nürnberg mit Passagieren?«

Karl Ludwig lächelte und schaute auf den Dampfwagen.

»Na, ich denke, wenn es erst einmal richtig Frühling wird, dann werden wir rollen! Und den Nürnbergern werden die Augen aus dem Kopf rollen, wenn sie unsere pferdelose Dampfkutsche sehen!«

»Auf den Erfolg, Herr zu Leupolth!«, rief Winter laut aus und ergriff noch einmal den Bierkrug.

»Auf den Erfolg!«, wiederholten die Arbeiter.

6.
Verschiedene Anproben

»Guten Tag, meine Lieben, bitte mal kurz herhören!«, rief Friedrich Wilhelm zu Leupolth fröhlich, als er mit Christine an der Seite den großen Raum betrat, in dem etwa dreißig Frauen an Tischen saßen und nähten. »Ich habe heute eine liebe Verwandte aus Braunschweig mitgebracht, und ich möchte ihr gern einmal zeigen, wie das bei uns funktioniert. Also vom fertigen Schnittmuster über die Umsetzung eines Kleides, das dann von unseren Verkäuferinnen getragen wird, damit die Kundin sieht, wie es an einem lebendigen Körper wirkt.«

Eine jüngere Frau meldete sich mit hochgehaltener Hand.

»Herr zu Leupolth, darf ich Sie bitten, zu mir zu kommen? Ich bin Elisabeth, eine Ihrer Näherinnen vom ersten Tag an. Sie haben mir gestern einen Entwurf gegeben, den ich umsetzen soll. Ihr Fräulein Schwester hat noch ein paar Veränderungen eingefügt. Das fertige Ergebnis könnte ich für das Fräulein abstecken und sie dann probieren lassen. Wenn Sie gehen, ist das Kleid fertig!«

Die Blicke, die sie dem überaus verehrten Herrn Direktor dabei schenkte, ließen auf eine Bekanntschaft schließen, die es nicht erforderlich machte, ihren Namen zu nennen. Aber der Kaufmann ließ sich nichts anmerken. Er blickte zu seinem hübschen Gast und erkundigte sich:

»Nun, Christine, wie sieht es aus? Möchtest du probieren? Dort drüben besteht die Möglichkeit, mit der Näherin das Kleid abzustecken, und wenn sie es fertig genäht hat, möchte ich Sie gern darin sehen. Bis dahin gehe ich in den

Raum, den ich hier für meine Wartezeit gern nutze, um noch ein paar Entwürfe zu zeichnen oder umzustellen.«

»Das würde ich wirklich sehr gern machen, Friedrich, wenn ich darf!«

»Aber, liebes Kind, warum denn nicht? Ich bin gespannt, wie du in diesem Entwurf aussehen wirst. Es handelt sich übrigens um eine gemeinsame Familienarbeit. Helene hatte die Idee dazu und gab mir eine Zeichnung, die ich nur gering bearbeitet habe. Wie du gerade vernommen hast, stammt nun die letzte Fassung von Vanessa, denn sie hat das richtige Auge und weiß, worauf es wirklich ankommt. Mach mir also die Freude, lass dich von Elisabeth einkleiden und komm zu mir ins Büro!«

Das Lächeln, mit dem er der jungen Frau nachsah, als sie glücklich mit der Näherin im hinteren Teil des Raumes verschwand, hätte man leicht als wölfisch bezeichnen können. Aber bislang hatte wohl noch niemand einen Wolf lächeln gesehen. Als eine gute halbe Stunde später an seine Tür geklopft wurde, rief Friedrich Wilhelm ein fröhliches »Herein!« aus, und Christine, dicht gefolgt von der Näherin, trat ein.

»Meine Güte, was für eine hübsche Frau du bist, Christine!«, rief er begeistert aus und klatschte in die Hände. Die junge Frau errötete wieder einmal heftig und Friedrich fasste sie an den Schultern, drehte sie behutsam einmal um sich selbst und wandte sich anschließend an Elisabeth, die ihren Direktor mit großen Augen beobachtete. Er bemerkte das natürlich, denn auch die Näherin hatte eine tadellose Figur, wenn auch ihr Gesicht nicht sonderlich attraktiv war. Doch hatte sie schon mehrfach Kleider für Friedrich anprobieren dürfen und sie in seinem Büro dann vorgeführt.

»Fräulein Elisabeth, sagen Sie doch bitte einmal Ihre Meinung, und vor allen Dingen, sagen Sie nicht mir, was ich vielleicht nicht hören will! Sprechen Sie mit Christine und sagen Sie ihr von Frau zu Frau, wie man dieses Kleid besser drapieren könnte und meine junge Verwandte damit so umwerfend aussehen wird, dass sie jedem Mann das Herz brechen muss!«

Christine gab einen seltsamen Laut von sich, als sie hörbar nach Luft schnappte. Aber die Näherin wusste, was Friedrich Wilhelm meinte, schließlich hatte sie eigene Erfahrungen gesammelt.

»Sie haben vermutlich weder Schnürbrust noch ein Korsett angelegt«, erklärte sie Christine mit leiser Stimme, während Friedrich Wilhelm an das Fenster trat und hinaus auf die Straße sah. Vom Gefährt seines Bruders war nichts mehr zu sehen, aber er nahm sich vor, ihm anschließend noch einen Besuch abzustatten. Schließlich war seine Werkstatt fast Wand an Wand neben der Näherei. Er hörte nichts mehr von dem Gespräch der beiden Frauen und drehte sich nicht herum, als er das Rascheln von Stoffen hörte.

Da drang von der Straße ein seltsames Geräusch an seine Ohren, und er öffnete das Fenster, um sich hinauszulehnen. Die Frische dieses sonnigen Märztages strich herein und ließ Christine erschauern. Gerade war Elisabeth dabei, sie in ein Korsett zu schnüren, das ihr förmlich den Atem nahm. Aber sie hatte sich geschworen, kein Wort der Klage zu äußern. Irgendetwas hatte sie seit dem Betreten des Büros in den Bann geschlagen, ohne dass sie sich erklären konnte, was sie so faszinierte. Sie gestand sich allerdings auch schon seit der ersten Begegnung ein, dass Friedrich Wilhelm zu Leupolth ein attraktiver, gutaussehender Mann war. Nur der Gedanke, dass er verheiratet und Vater von drei Kindern war, veranlasste sie, ihm nicht allzu deutliche Avancen zu machen. Aber immer, wenn sie seinem Blick begegnete, spürte sie ein seltsames Gefühl, eine Art Magenkribbeln, unerklärlich und bislang eine völlig neue Erfahrung für sie.

Friedrich beugte sich etwas vor und erkannte in der kühlen Luft kleine Dampfwolken, die von der Dampfkutsche seines Bruders aufstiegen, die eben ihre Probefahrt beendet hatte und in die Halle fuhr. Zufrieden schloss er das Fenster wieder und drehte sich um, als jemand hinter im hüstelte.

Der Anblick, der sich ihm jetzt bot, ließ seine Pulse rasen und sein Herz schneller schlagen. Da stand Christine Walburg, gerade mal achtzehn Jahre jung, vor ihm wie die leibhaftige Venus. So jedenfalls empfand er den Anblick ihres wohl gerundeten Körpers, dessen schneeweiße Haut jetzt in einem seltsamen Kontrast zu ihren dunklen Haaren und dem zitronengelben Kleidungsstück stand, das sie trug. Elisabeth hatte sie in das neueste Kleidungsstück des Hauses zu Leupolth gesteckt und mit der festen Schnürung ihre Figur betont.

Christine trug das Korsett mit besonderer Grazie, wobei Friedrich heftig schlucken musste und die junge Frau erneut errötete. Doch schon kam das Kleid darüber, das die Näherin so geschickt zurechtzupfte und noch einmal an einigen Stellen mit Nadeln absteckte, dass es nun den von Friedrich erhofften Effekt hatte.

»Unwiderstehlich!«, brachte er mit rauer Stimme heraus.

»Das Korsett, Herr Direktor, ist mit Fischbein verstärkt, wie Sie es vorgeschlagen haben. Es gibt ein paar zusätzliche Längsstäbe, sodass wir die Schnürung sehr eng vornehmen können, ohne dass es Druckstellen erzeugt.«

»Sehr gut. Und wie fühlst du dich, Christine?«

»Im Moment habe ich das Gefühl, keine Luft zu bekommen. Ich kann mich daran gewöhnen, aber ich weiß nicht, ob ich damit einen Ballabend überstehen werde!«

Friedrich lachte laut heraus.

»Genau das werden wir demnächst ausprobieren, Christine! Aber bis dahin müssen noch ein paar dieser neuen Modelle fertig werden, damit sie von den Damen meiner Familie an diesem besonderen Abend getragen werden können. Ach, übrigens, Fräulein Elisabeth, wir sollten hier oben noch etwas ändern, eine Kleinigkeit!« Mit diesen Worten deutete er auf das Dekolleté. »Ich möchte gern, dass man unterhalb des Busens Halbschalen anbringt, die eine hebende Wirkung haben. Du erlaubst, Christine? Schließlich bin ich ja ein verheirateter Mann, der weiß, wie man das zu machen hat, und wir sind ja auch verwandt. Also, nur keine Scheu!«

Noch bevor die junge Frau reagieren konnte, fuhren seine Finger äußerst behutsam über den oberen Teil des Stoffes, berührten eher zufällig etwas von dem quellenden Fleisch ihrer Brüste, wanderten dann an den Seiten bis auf ihre Hüfte hinunter.

Christine erschauerte unter dieser Berührung und hatte das Gefühl, jeden Moment in Ohnmacht zu sinken.

»Verstehen Sie, was ich meine, Fräulein? Das ergibt mehr Fülle und spielt mit den schönsten Vorteilen eines weiblichen Körpers. Seitlich etwas abnähen, und die Halbschalen sitzen perfekt. Haben wir so etwas in der Hand, dann kann ich es deutlicher kenntlich machen.«

»Sofort, Herr Direktor!« Die Näherin eilte hinaus, und Friedrich zog seine Hände ganz behutsam zurück.

»Danke für deine Geduld, liebe Christine. Aber du wirst mir zustimmen, dass du damit noch hübscher aussiehst, als du es von der Natur ohnehin schon bist.«

Elisabeth kehrte zurück, in der Hand die beiden Stoffschalen, und Friedrich lächelte charmant, als er meinte: »Wir müssen die Verschnürung noch einmal kurz lösen, damit wir die beiden Stoffschalen drapieren können. Ist nur ein Augenblick.«

Und während Christine glutrot noch nach Atem rang, löste die Näherin mit geschickten Fingern die Verschnürung etwas. Anschließend nahm sie die beiden Stoffschalen und schob sie von oben in das Dekolleté, hob dabei nacheinander die Brüste an und schob die Schalen darunter. Friedrich Wilhelm hatte sich dezent zum Fenster abgewandt und beobachtete dort in der Glasspiegelung die Arbeit der Näherin.

Christine schwankte, als er sich wieder umdrehte, und holte tief Luft, während Elisabeth erneut die Schnüre straff zog. Ein wenig verzweifelt blickte sie hinüber zu Friedrich Wilhelm, der die Wirkung dieser erneuten Schnürung genau beobachtete. Der Ausdruck in seinen Augen ging der jungen Frau durch und durch, und sie war dankbar, dass die Näherin noch im Raum war.

»Mein Gott, Christine! Der Mann, der dich so bekommt, darf sich glücklich schätzen!«, rief Friedrich aus, als Elisabeth nun einen großen Spiegel hielt, und Christine verschämt ihre geschnürte und gepolsterte Figur betrachtete. Friedrich trat dicht hinter sie, berührte sie an den Schultern mit seinen Händen und hauchte ihr leise ins Ohr: »Du bist Venus, meine Süße, die Verführung pur. Ich könnte dich küssen!«

»Wie wunderbar der Stoff fällt!«, sagte sie leise und spürte selbst, wie ihr Mund trocken wurde. »Aber dieses enge Korsett – ich werde bestimmt ohnmächtig, Friedrich!«

Er lachte leise und antwortete dann:

»Vielleicht ist das ja alles beabsichtigt, Christine? Im rechten Augenblick in die Arme des richtigen Mannes zu sinken, kann auch auf einem Ball sehr interessant wirken, glaube mir!«

»Gut, dann werden wir die nächsten Modelle nach diesem ausrichten, Herr Direktor?«, erkundigte sich die Näherin ganz sachlich.

»Zwei Kleinigkeiten noch, Elisabeth. Ich möchte die obere Kante noch etwas tiefer angesetzt wissen, sodass man knapp erahnen kann, was niemand sehen darf. Und ich möchte ein besonderes Modell in der Größe wie dieses in einem besonderen Rot. Nehmen Sie dazu den besten Stoff, das beste Fischbein, und vernähen Sie alles so sorgfältig, als würden wir es an den Hof zu Berlin senden.«

»Sehr wohl, Herr Direktor, in Rot, und den Rand bis fast zu den Brustwarzen heruntergezogen!«, kommentierte Elisabeth, und als er sie verwundert ansah, entblößte sie beim Lächeln eine Reihe perlweißer Zähne, die man bei einer Frau ihres Standes nicht vermutet hätte.

»Sind wir ein wenig – unanständig?«, brummelte Friedrich Wilhelm zu Leupolth und lächelte dabei in einer Weise, die der Näherin vermittelte, dass sie genau seinen Geschmack getroffen hatte.

»Oh, bitte um Entschuldigung, Herr Direktor, aber – wir sind doch ganz unter uns, und ich wollte nur jedes Missverständnis ausschalten.«

Den letzten Teil betonte sie besonders, als sie Friedrich ansah, und rasch huschten ihre Augen zu der Nebentür des Büros.

Er verstand natürlich ihre Augensprache, nickte zustimmend und sah dann auf die Taschenuhr.

»Oh, es ist schon spät geworden, und ich will meinen Bruder noch kurz aufsuchen. Gegen vier Uhr des Nachmittags werde ich wieder hier sein. Meinen Sie, Fräulein Elisabeth, dass Sie bis dahin schon etwas vorbereitet haben?«

»Sehr gern, Herr Direktor!«, antwortete die Näherin und half Christine aus dem Kleid. Friedrich hüstelte dezent und verließ den Raum, als die Schnürung des Korsetts wieder gelöst wurde.

7.

Ein komfortabler Dampfwagen

Die beiden traten in die große Halle ein, in der gleich vorn die Dampfkutsche stand, weiter hinten zwei längliche Fahrzeuge, die zum größten Teil unter Tüchern abgedeckt waren und keine hohen Aufbauten aufwiesen. Lächelnd eilte ihnen Karl Ludwig zu Leupolth entgegen, als er seinen Bruder in Begleitung von Christine eintreten sah!

»Das ist ja eine schöne Überraschung! Herzlich willkommen in meiner bescheidenen Konstruktionshalle für das Fortbewegungsmittel der Zukunft – ein Dampfwagen der Marke *Leupolth*!«

Damit deutete Karl auf ein frisch poliertes, glänzendes Messingschild an der Tür des kastenförmigen Gefährtes.

»Donnerwetter, Karl, du willst dieses... Monstrum tatsächlich mit unserem Namen versehen? Irgendwie... ungewöhnlich, den Namen eines Tuchhändlers und Kleiderherstellers auf einem dampfgetriebenen Fahrzeug zu sehen!«

»Wir sind mit dem Haus zu Leupolth doch viel mehr als das, denke ich. Du hast die Brauerei, noch immer werden für uns eigene Tuche gewebt und gefärbt, es gibt den Handel mit Gewürzen und Edelsteinen, und – war da noch etwas, ich weiß gar nicht mehr, was du nicht alles so treibst, während ich versuche, der Menschheit den technischen Fortschritt zu bringen«, erklärte sein Bruder. »Komm, lass uns nicht hier herumstehen, wie fremde Besucher! Schaut euch meine Dampfkutsche einmal richtig an und nehmt Platz in den bequemen Polstern!«

»Du hast bei deinem Aufzählen sowohl das Gaswerk ausgelassen wie die moderne Kanalisation, die allmählich in ganz Nürnberg umgesetzt wird. Und von diesem etwas anrüchigen Teil unserer Geschäfte möchte ich gleich zum wohlriechenden Kaffee überleiten, dem wir uns ja ebenfalls widmen. Aber, lass uns deine Erfindung einmal näher betrachten, Bruderherz!«

Wie bei einer normalen Kutsche gab es einen Tritt, den man ausklappen konnte, und Karl stieg darauf und öffnete die Tür. »Bitte sehr – bequemer reisen wird in Zukunft kaum noch möglich sein!«

»Oh, wenn du dich da mal nicht täuschst, Karl Ludwig!«, neckte ihn sein Bruder. »In Amerika gibt es bereits sehr komfortable Waggons, und erst kürzlich hörte ich, dass man auch einige davon wie einen Salon ausstattet und andere zum Schlafen eingerichtet werden.«

Karl schnaubte nur kurz durch die Nase und wies auf die weichen Polster auf beiden Seiten. Hier fanden auf jeder Bank vier Personen bequem Platz, es gab in jeder Kutschwand zwei große Fenster und eine Tür, die das Ein- und Aussteigen auf beiden Seiten ermöglichte. »Eine Kleinigkeit für mich, wenn ich erst einmal die richtigen Ventile eingebaut habe. Es ist nur eine Frage der Dampfkonzentration, und wir können ohne Schienen ebenso bequem reisen. Ein Anhänger mit einem Schlafabteil wäre jedenfalls kein Problem. Warte mal, ich habe das schon hier als Übergangslösung vorgesehen. Bitte um Entschuldigung, Fräulein Christine, aber ich müsste mal bitte dort an den Hebel greifen!«

Sie stellte sich auf die andere Seite, Karl zog den Hebel, und die Polsterbank sank nach hinten, um auf diese Weise eine Liege zu bilden. »Bitte mal, das hier auszuprobieren!«, ließ er sich fröhlich hören, und sein Bruder nutze die Gelegenheit, um sich darauf auszustrecken.

»Komm einmal an meine Seite, Christine, probiere es aus – so reist man in der Zukunft, ganz bequem sogar im Liegen!«

Friedrich griff die Hand der Zögernden und zog sie zu sich heran. Und ehe sie sich versah, fiel sie halb auf das Polster, und halb auf den liegenden Friedrich, während Karl ein lautes »Oh hoppla, meine verehrten Reisenden, nicht so stürmisch!« von sich gab.

Alle verharrten plötzlich, als eine helle Kinderstimme rief:

»Onkel Karl? Bist du da in deiner Kutsche?«

Und noch bevor einer der drei Erwachsenen reagieren konnte, erschien ein blonder Haarschopf in der Türöffnung der Dampfkutsche, und Wilhelm rief laut heraus: »Da bist du ja, Onkel Karl, ich wollte nur... Papa?«

»Wilhelm, so eine Überraschung!«, rief Friedrich aus und wollte sich aufsetzten, geriet dabei aber mit den Armen versehentlich an gewisse Körperstellen Christines, die ein erschrockenes Juchzen von sich gab. »Sieh mal, wie bequem man hier liegen kann! Der Onkel Karl wollte es gerade Christine und mir erklären – ist das nicht wunderbar? Aber sag einmal, was machst du denn hier so weit draußen vor den Toren der Stadt Nürnberg? Weiß die Mama, wo du bist?«

Wilhelm zog ein seltsames Gesicht, sah schweigend von seinem Vater zu Christine, die sich noch immer bemühte, in eine sitzende Position zu gelangen, dann zu seinem Onkel Karl.

»Ich wollte nur mal Onkel Karl fragen, wann wir denn nun die versprochene Fahrt mit der Dampfkutsche machen, er hat schon zweimal davon erzählt, aber nie durfte ich bei den Probefahrten mit dabei sein!«

»Das wird sich in Kürze ändern, Wilhelm!«, sagte Karl zuversichtlich und wies auf das umgeklappte Polster. »Und wenn du möchtest, kannst du sogar im Liegen fahren oder wenn du müde bist, hier schlafen!«

»Ja, das ist gut. Ist denn die Christine so müde geworden?«

Friedrich war nun wirklich in Verlegenheit, was er seinem aufgeweckten Sohn glaubhaft erklären sollte. »Nein, das nun nicht. Aber Karl Ludwig hat uns die Kutsche erklärt und wir sprachen über die Möglichkeiten des bequemen Fahrens.«

»Und ich werde demnächst eine sehr viel längere Fahrt mit meiner Dampfkutsche unternehmen. Wenn du Lust hast und dein Vater es erlaubt, Wilhelm, kommst du einfach mit uns, einverstanden?«

»Hurra, das mache ich sehr gern! Kommt dann die Mutter mit Augusta und Friedrike auch mit?«

»Das können wir doch einfach so einrichten, Wilhelm!«, antwortete sein Vater lächelnd.

»Und die Christine? Kommt sie auch mit?«

»Ich glaube nicht, denn Christine wird bald wieder mit ihren Eltern zurück nach Braunschweig reisen müssen!«

»Nach Braunschweig?«

»Ja, du weißt doch, dass wir mit den Walburgs aus Braunschweig verwandt sind, nicht wahr? Ich sage zum Beispiel zu Christines Eltern Cosima und Waldemar, Tante und Onkel. Und ich glaube, du doch auch, oder?«

Wilhelm antwortete nicht darauf, sondern betrachtete Christine mit neu erwachtem Interesse. Dann sagte er leise: »Ist die Christine auch meine Cousine?«

Friedrich Wilhelm lächelte.

»Nein, das nicht, Wilhelm. Es ist auch für mich immer schwierig, aber jetzt will ich es dir einmal erklären. Mein Ur-Urgroßvater Pankratius zu Leupolth wurde Witwer. Und die Ur-Urgroßmutter von Christine, Theresa, war es auch. Na, und da der alte Herr geschäftlich mit der Familie Walburg zu tun hatte und öfter nach Braunschweig reiste, haben die beiden eines Tages geheiratet. Seit dieser Zeit gehören die Walburgs aus Braunschweig auch zu unserer Familie.«

»Braunschweig!«, wiederholte er leise, und die junge Frau lächelte dazu.

»Ganz recht, Braunschweig, Wilhelm. Bei uns gibt es herrlichen Lebkuchen, aber den habt ihr ja in Nürnberg auch. Doch wenn ich wieder daheim bin, kann ich dir einmal eine von den weltberühmten Braunschweiger Würsten senden, die wird dir schmecken!«

»Aber Würste haben wir in Nürnberg auch, Christine. Kennst du die Bratwürste denn gar nicht?«

»Doch, natürlich!«, lachte sie. »Aber die Braunschweiger Wurst ist eine Mettwurst und wird nicht gebraten!«

Aber Wilhelm war mit seinen Gedanken schon ganz woanders.

»Du, Christine, wenn ich aber gar keine Braunschweiger Wurst möchte, würdest du mir dafür etwas anderes schicken können?«

Christine lachte fröhlich auf und nahm Wilhelms Hand in ihre.

»Ja, natürlich, hast du nicht auch bald Geburtstag? Wie alt wirst du da?«

»Im April, und dann werde ich schon elf Jahre alt!«

»Und was wünschst du dir von mir?«

»Einen... Lederball!«, sagte Wilhelm etwas zögernd und warf seinem Vater einen prüfenden Blick zu.

»So, einen Lederball? So einen für das Fußballspiel, das der Professor Koch am Martino-Katharineum, unserer alten Schule, eingeführt hat?«

»Genau so einen, Christine!«, rief Wilhelm begeistert heraus.

»Nun, der ist sicher ein wenig teuer!«, mischte sich Friedrich ein. »Ich hörte, dass so ein Lederball zehn Mark kostet, und so etwas kommt natürlich nicht als Geburtstagsgeschenk infrage.«

»Aber warum nicht, Vater? Ich habe schon zwei Mark gespart, die könnte ich der Christine dazugeben!«

Sein Vater setzte schon zu einer Antwort an, als er bemerkte, wie die Blicke seines Sohnes von der hübschen Christine zu ihm gingen und wieder zurück. Er räusperte sich leicht und sagte dann:

»Ich mache euch allen einen Vorschlag. Damit Wilhelm nun endlich an seinen Lederball kommt, gebe ich Christine die zehn Mark mit. Sie ist dann so lieb und besorgt den Ball in Braunschweig, verpackt ihn und sendet ihn uns dann zu. Ist das so in Ordnung?«

»Du bist der beste Vater der Welt!«, jubelte Wilhelm und umarmte spontan die Beine seines Vaters.

»Wenn ich dir doch damit eine Freude bereiten kann!«, antwortete er und wechselte einen langen Blick mit Christine. »Aber jetzt können wir auch gern gemeinsam nach Hause gehen. Kommt denn Karl auch mit uns? Wir haben schon lange nicht mehr ein gemeinsames Abendbrot eingenommen!"

»Besten Dank, ein anderes Mal vielleicht, jetzt hält mich die Arbeit auf, wir wollen doch den ersten Dampfkutschenwagen der Marke *Leupolth* zum Einsatz bringen, was, Wilhelm?«

Sie stiegen alle aus, und Wilhelm sah sich noch einmal neugierig in der Halle um, weil ihm schon vorhin die abgedeckten Fahrzeuge aufgefallen waren.

»Du, Onkel Karl, was ist eigentlich mit den Kutschen dort drüben?«

Karl lachte nur, nahm seinen Neffen an die Hand und ging zu dem ersten, abgedeckten Fahrzeug hinüber.

»Das, mein lieber Wilhelm, ist der *Leupolth 2*. Schau her, er ist natürlich wesentlich kleiner als der Dampfwagen, aber dafür können auch nur vier Personen mit ihm reisen!«

Mit diesen Worten zog er die große Decke herunter und Wilhelm rief ein erstauntes, lautes »Oh!« aus. Auch die anderen drängten sich jetzt um das Gefährt, das sich erheblich von dem großen Dampfwagen unterschied. Wie bei einer Kutsche gab es zwei Sitzbänke für die Passagiere, die sich dabei gegenübersaßen. Die hinteren Räder waren höher als die vorderen, und auch die hintere Sitzbank war erhöht.

»Hier sitzt der Mann, der das Fahrzeug lenkt, beschleunigt und bremst!«, erklärte Karl. »Also der Kutscher?«, erkundigte sich Wilhelm.

»Nein, nicht direkt. Es wird für diese Fahrzeuge keinen Kutscher mehr geben. Einer der Passagiere übernimmt diese Aufgabe. Von der hinteren Bank kann er über die Köpfe der anderen schauen.«

»Und wo ist hier der Kessel?«, wollte Friedrich wissen.

»Den gibt es nicht. Dieser *Leupolth* wird mit einem ganz anderen System angetrieben. Ich arbeite derzeit nicht nur an dem dampfbetriebenen Fuhrwerk, das ich für den Personentransport vorgesehen habe. Für die Familienausflüge denke ich aber eher an ein leichteres Fahrzeug so wie dieses, das mit Benzin angetrieben wird.«

»Benzin? Also mit einem völlig anderen und zudem hochexplosiven Treibstoff? Hast du dir das auch gut überlegt, Karl?«

»Ja, natürlich. Der Motor läuft auch schon sehr zufriedenstellend. Derzeit ist nur die Versorgung noch etwas problematisch. Bei einer Fahrt mit dem *Leupolth 2* müssten wir ausreichenden Vorrat mitnehmen. Derzeit kenne ich einige Apotheken, bei denen ich Benzin erhalte. Wir füllen es in verschließbare Metallkannen ab und können es mit dem *Leupolth* transportieren.«

»Fahren wir damit auch einmal, Onkel Karl? Bitte!«

»Wenn du das möchtest, mein lieber Neffe, so wird das sogar noch vor dem größeren Ausflug mit der Dampfkutsche möglich sein – oder sagen wir besser, vor unserem gemeinsamen Ausflug mit dem *Leupolth Nummer 1*!«

Die Erwachsenen schauten gut gelaunt auf die beiden Fahrzeuge, dann bot Friedrich Christine den Arm an, nahm seinen Sohn an die freie Hand, und gemeinsam schritten sie höchst vergnügt zurück zu ihrem Haus in der Tuchgasse.

8.
Befürchtungen

»Du hast einen Blutfleck auf der Manschette!«, stellte Emma fest, als Friedrich am Abendbrottisch saß und eben eine Flasche Wein öffnete. Sie hatten dem Personal freigegeben und wollten den Abend für sich genießen, nachdem die drei Kinder artig ins Bett gegangen waren.

»Woher kommt das denn?«, sagte Friedrich verblüfft und untersuchte die Manschette.

»Ist ja ziemlich viel Blut, hast du dich verletzt?«

Friedrich starrte verwundert auf den roten Fleck, dann stellte er die Weinflasche beiseite und krempelte die Manschette hoch. Aber da war keine Wunde zu entdecken.

»Vielleicht habe ich mich an einer Nadel gestochen, als ich bei den Näherinnen war. Jedenfalls kann ich es mir nicht anders erklären.«

»Und wie hat es Christine gefallen?«, erkundigte sich seine Frau, und verwundert sah er zu ihr.

»Christine? Nun, ich denke mal, sehr gut! Sie durfte etwas anprobieren, Elisabeth hatte da etwas nach einem Entwurf von Helene und Vanessa vorbereitet.«

Er widmete sich erneut dem Korken, brachte ihn heraus, schnupperte an der Flasche und schenkte sich einen kleinen Schluck in sein Glas. Schließlich probierte er, schnalzte mit der Zunge und meinte dazu: »Ausgezeichnet, ein guter Jahrgang!«

Während er ihnen die Gläser einschenkte, sprach Emma weiter.

»Als ich vorhin Wilhelm ins Bett brachte, war er ganz aufgeregt und sprach von einer Probefahrt mit der Dampfkutsche. Er war zusammen mit Freunden dort in der Praterstraße und dachte sich, dann könnte er doch auch mal seinen Onkel aufsuchen. Ich finde es nicht so schön, dass ein Zehnjähriger so weit allein in Nürnberg umherwandert und dann in die Werkstatt seines Onkels marschiert!«

»Also, ich empfinde das nicht als schlimm, Emma. Mit zehn Jahren habe ich schon ganz andere Dinge gemacht!«, antwortete Friedrich und nahm einen Schluck Wein.

»Das kann ich mir wohl denken!«, erwiderte Emma, und verwundert über ihren Tonfall sah Friedrich zu ihr auf. Aber seine Frau tat ganz gleichgültig, griff sich den Käseteller und schnitt mit einem eigenen Messer davon ab. Das

Stück verzehrte sie voller Genuss mit Messer und Gabel, leerte ihr Weinglas und schob es ihrem Mann erneut zu.

»Also, Friedrich, was du mit zehn Jahren schon alles getrieben hast, möchte ich gar nicht so genau wissen. Aber die Praterstraße liegt außerhalb der alten Mauer und ist von der Tuchgasse viel zu weit entfernt. Wilhelm musste zweimal über die Pegnitz und über den alten Stadtgraben. Ich finde, das dürfen wir ihm nicht durchgehen lassen.«

»Und seine Freunde, die mit dabei waren?«

»Friedrich, du kennst einige davon und hast ihm, wenn ich mich recht erinnere, den Umgang mit diesem Sozialistenkind Gustav Brötel untersagt!«

»Ja, gut, wenn du es wünschst, rede ich morgen noch einmal mit ihm. Aber der Junge ist begeistert von den Erfindungen seines Onkels, das kann man doch auch verstehen, oder?«

Emma schenkte ihm einen ganz seltsamen Blick, als sie sich erkundigte:

»Und meinst du, er sollte bei der Probefahrt die Polster so stellen, dass sie eine Liege bilden?«

»Ich habe keine Ahnung, was du meinst, Emma. Wenn du aber nicht diesen Wein mit mir genießen willst, gehe ich jetzt hinüber in den Rauchsalon und lese dort etwas.«

Seine Frau antwortete nicht, und so erhob sich Friedrich, ging gelassenen Schrittes in den Nebenraum und zündete sich dort eine Zigarre an.

Was haben diese Anspielungen zu bedeuten? Und woher stammt dieser Blutfleck? Wieso kann ich mich nicht daran erinnern, und wieso habe ich manchmal das unbestimmte Gefühl, ich hätte eine Zeit verbracht, die aus meinem Gedächtnis gestrichen ist? Wie gerade erst vor ein paar Tagen?, rätselte Friedrich. Aber er fand keine zufriedenstellende Antwort, ging an den Schrank mit den Spirituosen und schenkte sich einen französischen Cognac ein.

Langsam nippte er daran, ärgerte sich schließlich über die erloschene Zigarre und legte sie in dem prächtigen Aschenbecher ab, den er erst kürzlich bei einer Reise nach Frankfurt erstanden hatte.

Frankfurt! Wie mochten die Geschäfte dort laufen? Sollte ich nicht besser zunächst dort nach dem Rechten sehen, bevor ich nach Braunschweig und Hamburg reise?, überlegte Friedrich und kam dabei nicht auf den Namen der jungen Frau, der er die Leitung des Geschäftes übertragen hatte.

Er ging an seinen Schrank mit den Unterlagen über die neuen Geschäfte, nahm ein kleines Heft heraus und blätterte darin. *Katharina Deusch, achtundzwanzig Jahre*, las er, *natürlich, jetzt erinnere ich mich wieder! Die große Blonde mit dem charmanten Lächeln! Und wie sind die letzten Verkaufszahlen?* Er nahm eine sorgfältig mit klaren Buchstaben und Ziffern gefüllte Liste in die Hand und überflog die Zahlen. *Einwandfrei, Frankfurt ist gut im Geschäft. Also keine Extra-Reise.*

Soweit beruhigt, griff er abermals nach der erloschenen Zigarre und setzte sie erneut in Brand. Doch auch die nächsten zwei, drei Züge schmeckten ihm nicht. Friedrich legte die Zigarre zurück, trank den Cognac aus und verließ den Rauchsalon. Im Flur zögerte er kurz, aber im Wohnzimmer schien das Licht erloschen zu sein, vermutlich war Emma bereits nach oben in das Schlafzimmer gegangen. Friedrich zögerte nur kurz, dann griff er zu Hut und Mantel, war gleich darauf unterwegs durch das nächtliche Nürnberg und traf wenig später im *Markteck* ein.

»Grüß Gott, Herr zu Leupolth!«, empfing ihn freundlich die rotbäckige, stämmige Wirtin. »Wie üblich?«

Friedrich Wilhelm begnügte sich mit einem leichten Kopfnicken, stellte fest, dass sein geliebter Ecktisch frei war und setzte sich dort so, dass er den Eingang beobachten konnte. Sein Wein kam in dem üblichen Glas, er starrte trübsinnig auf den Tisch und rührte ihn nicht an. Die Gedanken wirbelten ihm durch den Kopf.

Friedrich, was ist mir dir los? Du stellst immer wieder fest, dass du Erinnerungslücken hast. Du erinnerst dich nicht mehr an die Namen von Frauen, mit denen du ganze Nächte verbracht hast. Du hast einen Blutfleck an der Hemdmanschette und weißt nicht, wie er dorthin gekommen ist. Bist du dabei, den Verstand zu verlieren? Christine Walburg, achtzehn Jahre jung, kurz davor, von den Eltern verlobt zu werden und dann in eine Ehe zu schlittern, die sie sich nicht ausgesucht hat. Einmal angenommen, ich rette sie aus dieser Situation?

Friedrich griff das Weinglas und leerte es in einem einzigen Zug.

Nein, deine Gedanken gehen in eine falsche Richtung. Was willst du mit diesem jungen Ding, wenn eine Frau wie Helene auf dich wartet? Geh zu ihr, beende das Geplänkel und... Weiter kam er nicht, denn plötzlich erschien ihm alles ganz einfach. Er wusste, womit er seine Cousine überraschen würde. Und vielleicht, ja, vielleicht gelang es ihm dabei auch, dieses junge, ständig errötende Ding aus Braunschweig zu überraschen... Seine Gedanken eilten davon, malten ihm Dinge aus, die immer greifbarer schienen, je länger er darüber nachdachte. Schließlich hielt er es nicht mehr länger aus, erhob sich und war aus dem Lokal, noch ehe die Wirtin eine Bemerkung über seine offenen Rechnungen der Vergangenheit machen konnte.

Aber als er in die Tuchgasse einbog, lag dort alles im Dunkeln. Das Mondlicht spiegelte sich in den goldenen Buchstaben der Firma, eine kleine Lampe brannte über dem Hauseingang, der zu seinem Büro und zu der Wohnung im Obergeschoss führte. Noch ein sehnsüchtiger Blick hinüber auf die andere Seite, aber dort brannte nur im Untergeschoss noch Licht.

Vanessa arbeitet noch, und ich denke nur daran, wie ich Helene oder Christine in mein Bett zerren kann. Was bin ich doch für ein verdammter Narr, da oben wartet die beste Ehefrau der Welt darauf, mich in ihre Arme zu schließen! Es ist ein Kreuz mit dieser Triebhaftigkeit, die mir die Natur gegeben hat! Friedrich, Friedrich, es wird noch ein böses Ende mit dir nehmen!

Er schloss die Haustür auf und wollte eintreten, als er seinen Namen hörte.

Erstaunt drehte er sich um und erkannte am Fenster seine Schwester, die ihn gerufen hatte.

»Kommst du mal auf einen Sprung herein, Friedrich Wilhelm?«

»Natürlich, wenn du mich rufst, springe ich, Schwesterlein!«, antwortete er und war gleich darauf in dem stark geheizten Atelier Vanessas. Sie hielt ihm eine Zeitung entgegen, die er zuvor noch nicht gesehen hatte. Das war jedenfalls keine neue Ausgabe vom *Bazar*, und nach einem Blick auf den Titel blätterte er interessiert.

»Illustrierte Frauen-Zeitung. Ausgabe der Modenwelt mit Unterhaltungsblatt'«, las er halblaut. »Interessant, also eine direkte Konkurrenz zum *Bazar*?«

»So ist es, und auch hier wird dadurch das Geschäft belebt. Deshalb rufe ich dich aber nicht zu so später Stunde noch herein. Blättere mal rasch nach hinten durch, auf die letzte Seite.«

Gespannt sah sie ihren Bruder an, der die verschiedenen Beiträge über Kleider, Hüte und andere Dinge nur überflog, um schließlich die Anzeigen auf der letzten Seite zu überfliegen. »So, da hat der Berliner Verleger in der Tat interessante Firmen gewonnen. Wenn ich das schon lese, sträuben sich mir die Nackenhaare, Vanessa! *Seidene Stoffe nur echt, wenn direkt von meiner Fabrik bestellt!* »Donnerwetter, das ist stark, als würden wir anderen nur Imitate oder schlechte Wahl verkaufen! Wer ist das, der hier über die ganze Seitenbreite wirbt? *Seidenfabrik Henneberg*, Zürich? Nie gehört!«

Vanessa trat zu ihm, nahm ihm die Zeitung aus der Hand, faltete sie zur Hälfte und deutete auf den unteren Teil.

»D a s ist ein Skandal, Friedrich Wilhelm, nicht die Seidenfabrik!«

Friedrich blickte auf das Inserat, begriff nicht sofort, aber als Vanessa mit einem Zischlaut die angestaute Luft ausstieß und noch einmal nachdrücklich mit dem Finger auf das gerahmte, auffällige Inserat deutete, erkannte er die Ursache für ihre Verärgerung.

»Oh, da müssen wir uns nun wohl auch etwas einfallen lassen, denke ich! ‚Ab sofort hat jede Abonnentin unserer neuen Zeitung das Recht, sich die gewünschten Schnittmuster gratis und franko zusenden zu lassen!' Ach, und zu allem Überfluss noch darüber Bezugsadressen für Stoffe,

Hüte, Schuhe – ich verstehe deinen Ärger Vanessa, das ist für uns alle eine Herausforderung.«

»Was wirst du unternehmen, Friedrich?«

»Nun, heute ist es für vernünftige Gedanken ein wenig spät geworden. Ich verspreche dir aber, morgen in deinem Atelier zu stehen, damit wir einen geeigneten Plan entwickeln können. Vielleicht sprichst du dann mal persönlich beim *Bazar* vor. Ich könnte mir denken, dass wir eine Reihe von Ausgaben mit unseren kostenlosen Schnittmustern ausstatten werden.«

Sie lächelte ihren Bruder wieder versöhnt an.

»Das wollte ich von dir hören, Friedrich Wilhelm. Und jetzt eine gute Nacht, wir sprechen uns morgen ausführlicher!«

Als Friedrich sich leise in sein Schlafzimmer schlich, war Emma bereits tief und fest eingeschlafen. Er legte sich behutsam neben sie, um sie nicht zu wecken, und war verblüfft, als sie ihn mit einem zärtlichen Kuss auf die Wange weckte. Verblüfft schlug er die Augen auf. Er hatte das Gefühl, gerade erst eingeschlafen zu sein, und musste doch feststellen, dass bereits der helle Tag angebrochen war.

»Meine Güte, habe ich schlecht geschlafen!«, begrüßte er seine Frau.

»Es ist auch ziemlich spät geworden. Was hast du gemacht?«

»Als ich aus dem *Markteck* zurückkehrte, wartete Vanessa auf mich. Es gibt eine neue Modenzeitung, die nicht nur die Adressen von Lieferanten in jeder Ausgabe aufführt, sondern zudem ihren Abonnenten kostenlose Schnittmuster verspricht.«

»Oh, und was werdet ihr nun unternehmen?«

»Vielleicht eine ganze Serie von Ausgaben des *Bazar* mit kostenlosen Schnittmusterbögen ausstatten? Oder ein paar Sonderausgaben finanzieren, die sich ausschließlich unseren Modellen widmen? Ich glaube, wir haben da zahlreiche Möglichkeiten!«

9.
Ein Lob der Fotografie!

Fröhlich eine Melodie vor sich hin summend, betrat Friedrich Wilhelm an diesem Morgen die Wohnung seiner Schwester. Die Magd, die für sie kochte, sauber machte und auch gelegentlich beim Nähen mithalf, hatte ihn kommen sehen und gleich die Tür geöffnet. Deshalb trat er nun in das Atelier Vanessas, ohne zuvor anzuklopfen. Der Anblick, der sich ihm bot, ließ sein Herz heftig klopfen.

Vanessa stand neben Helene und schnürte gerade das Korsett auf geradezu atemberaubenden Taillenumfang und presste damit ihre üppigen Formen nach oben. Friedrich starrte auf das gewaltige Dekolleté, aus dem die Brüste herausdrängten.

»Verzeihung!«, sagte Friedrich mit trockenem Hals und wollte sich abdrehen, als beide Frauen laut auflachten.

»Seit wann wirst du von einem Dekolleté in die Flucht gejagt, Friedrich?«, rief ihm Helene zu, und Vanessa fügte gleich an: »Hier zu mir, du kommst genau zur richtigen Zeit!«

»Gut, dann will ich gern diesen Anblick genießen!«, antwortete ihr Bruder und bekam schon wieder das Gefühl, sein Puls würde rasen und flattern. *Wenn ich mich jetzt nicht zusammenreiße, blamiere ich mich für alle Zeiten vor Schwester und Cousine! Also – Contenance, Friedrich!*

»Ist sie nicht phantastisch, Friedrich? Sie hat wirklich eine Prinzessin-Taille, kannst du mir bitte mal helfen?«

Und gemeinsam schnürten die beiden Geschwister ihre Cousine noch enger in das neue Modell eines Korsetts, das Vanessa in blauer Samtoptik schneidern ließ. Helene schien keine Mühe zu haben, trotz der starken Schnürung noch zu atmen.

»Aber tanzen kann ich so nicht mehr!«, sagte sie mit gepresster Stimme.

»Meine Güte, Schwesterherz, du bringst ja unsere Cousine um!«

»Mit Sicherheit nicht, Friedrich. Aber jetzt wäre es gut, wenn wir einen fotografischen Apparat hätten, um sie so zu fotografieren!«

»Du willst Helene doch nicht so ablichten lassen, Vanessa!«

»Warte nur ab, ich glaube, da kommt er bereits! Treten Sie ein, Herr von Quandt, Sie werden bereit erwartet! Helene haben Sie ja schon kennengelernt, das ist nun mein älterer Bruder Friedrich, der das Unternehmen leitet. Friedrich – Herr von Quandt ist der Lieferant Brüsseler Spitzen, von dem ich dir erzählt habe!«

»Oh ja, und er – er hat tatsächlich einen fotografischen Apparat mitgebracht?«, erwiderte Friedrich irritiert, denn der nicht sonderlich große Herr mit einem verwegenen, geschwungenen Schnurrbart und einem viel zu engen Anzug trug einen unförmigen Kasten in der Hand und ein Bündel aus Holzstangen über der Schulter.

»Sehr erfreut, Herr Direktor, Sie persönlich kennenzulernen. Das Fräulein Schwester war so freundlich, mir schon viel von Ihnen zu berichten! Sie sind der führende Mann in der Damenwelt, wenn ich so sagen darf, haha!«

Das künstliche Lachen gab den Ausschlag für Friedrich.

Er trat einen Schritt von dem Mann zurück und nickte ihm nur kurz zu. Zugleich entschloss er sich aber, diesem Burschen genau auf die Finger zu sehen, wenn er etwa damit beginnen sollte, Helene in diesem Aufzug zu fotografieren! Man wusste ja zu gut, welche Arten von Fotografien im Umlauf waren!

Habe ich eigentlich diese eine Fotografie noch in meiner Brieftasche?, überlegte Friedrich rasch, denn beim Anblick des Fotografen, der damit begann, seinen Apparat aufzubauen, war ihm mit Schrecken eingefallen, dass er in der vergangenen Woche von einem Unbekannten im *Markteck* eine der Fotokarten erworben hatte, die der dort verkaufte. Er tastete heimlich zur Innentasche und fühlte dort seine lederne Brieftasche. *Ein unangenehmes Bild, warum habe ich bloß dieses ausgewählt? Die anderen Damen waren viel ansehnlicher, als diese beiden billigen Huren, die sich einem Mann anboten. Richtig, es war ja nicht etwa wegen ihrer furchtbaren Visagen oder der unangenehmen Körperhaltung! Es war wegen der recht kurzen Korsetts, die vorn geknöpft wurden und zwischen den Beinen nur einen schmalen Streifen aufwiesen. Und sie endeten oberhalb der Schenkel. Das Modell ein wenig verändert und dann in dem traumhaften, knalligen Rot der neuen Seidenstoffe! Wenn das nicht die Männer entzücken würde...*

»Entschuldigung ich war kurz abgelenkt!«, erwiderte Friedrich, der aus seinen Gedanken aufschrak und bemerkte, dass ihn seine Schwester wohl gerade etwas gefragt haben musste, denn ihr Blick war auf ihn gerichtet, während der Fotograf die erste Platte mit dem Magnesiumpulver zündete und in der grellen Flamme das erste Bild entstand.

»War unübersehbar, Friedrich, aber deine Gedanken galten offenbar nicht unserem Modell, oder? Ich sagte gerade, dass Helene zwar dieses Blau ungeheuer gut steht, ich es jedoch nicht wage, ihr ein rotes Modell anzuziehen. Ich fürchte, es würde nicht zu ihrer Haarfarbe passen. Meinst du, wir könnten die junge Christine überreden?«

»Ein... ein rotes Korsett anzuziehen? Und dann – von diesem... diesem Kerl da fotografiert zu werden? Nimm es mir nicht übel, Schwesterchen, aber schon der Gedanke daran verursacht bei mir Übelkeit!«

Vanessa lachte und klatschte in die Hände.

»Genau das war auch mein Gedanke. Deshalb habe ich Herrn von Quandt auch bestellt. Er wird mir zeigen, wie man die Platten einlegt und die belichteten wieder herausnimmt, dann mache ich die Aufnahmen selbst.«

»Oh, das ist natürlich etwas ganz anderes!«, erwiderte ihr Bruder und sah interessiert zu dem kleinen Mann, der um seinen Apparat lief, und sich bemühte, ein paar Aufnahmen zu erstellen, bevor man ihm sagen würde, dass es nun genug wäre. Mit einem angeekelten Gesicht zog Friedrich schließlich seine Manschetten zurecht, bevor er sich erhob und nach einem weiten Umhang griff, den Vanessa vermutlich für Helene bereitgelegt hatte. Damit trat er neben den kleinen Fotografen.

»Ich denke mal, das reicht fürs Erste. Wenn ich vorschlagen darf, erholt sich Helene ein wenig, und der Herr von Quandt wird so freundlich sein, mir und Vanessa den Apparat zu erklären!«

Zunächst einmal legte er Helene den Umhang um die Schultern. Ein dankbarer Blick aus ihren unergründlich grün schimmernden Augen, und sie legte ihre Hand auf seine, mit der er ihr den Umhang nach vorn über das Dekolleté zog. Dieser Moment konnte durch die Kraft eines Blitzes kaum anders sein, so heftig durchzuckte ihn ihre Berührung. Erschrocken wandte er sich ab, aber sie hielt noch für einen kurzen Moment seine Hand fest und führte sie sanft auf die Wölbung ihrer Brüste. Friedrich glaubte, dass man im Raum das heftige Schlagen seines Herzens hören musste, aber niemand schien etwas zu bemerken. Vanessa unterhielt sich mit von Quandt über den Apparat, während er seinen Blick nicht von den grünen Pupillen lösen konnte, die ihn so unverhohlen aufforderten, sich mehr von dem zu nehmen, das er unter seinen Fingerspitzen vibrieren spürte.

Dann war dieser Augenblick vorbei, Helene nahm ihre Hand weg, und Friedrich drehte sich zur Seite, um interessiert zu dem Fotoapparat zu schauen, den seine Schwester jetzt mit einem Kopfnicken zu ihm in den Mittelpunkt rücken wollte.

»Es ist wirklich ganz einfach. Sie öffnen hier diese Klappe, schieben die zu belichtende Glasplatte hinein und schließen die Klappe. Anschließend nehmen Sie den Auslöser so in die eine Hand, den Verschluss für das Objektiv in die andere. Kappe abziehen, auslösen, auf den Blitz achten, dabei von einundzwanzig bis dreiundzwanzig zählen und die Klappe wieder auf das Objektiv stecken. Glasplatte herausziehen und hier in den Sammelbehälter stecken, von dem ich dann die Abzüge mache. Ich benutze bereits ein Objektiv nach dem von Carl August von Steinheil entwickelten, das nun in einer Voigtländer-Kamera die besten Ergebnisse liefert. Sie werden erstaunt sein, in welcher Qualität diese fotografischen Abzüge nachher sein werden!«

»Danke sehr, dann werden wir jetzt ein paar Probeaufnahmen machen. Können Sie uns morgen um diese Zeit die Abzüge präsentieren, Herr von Quandt?«

»Sehr gern, gnädiges Fräulein, stets zu Diensten!«, antwortete der Fotograf und Vertreter und machte dabei eine Bewegung, als würde er sich die Hände reiben.

»Friedrich Wilhelm, bist du so gut?«, ermunterte ihn Vanessa, und gehorsam ließ sich Friedrich in die Position dirigieren, die sie für die Fotos haben wollte. Nach mehreren belichteten Platten war sie mit ihrer Arbeit vertraut, bedankte sich bei von Quandt und begleitete ihn zur Tür, während er sich unter mehreren, tiefen Verbeugungen verabschiedete.

»Was für ein ekelhafter Mensch!«, stieß Friedrich aus, als die Tür hinter ihm ins Schloss fiel.

»Aber überaus nützlich, mein lieber Bruder. Komm mal hierher an den Tisch und schau dir die Muster an, die er uns geliefert hat. Das nenne ich einmal eine außergewöhnliche Qualität!«, antwortete Vanessa, und als Friedrich neben sie trat und die Spitzen prüfte, musste er ihr vorbehaltlos zustimmen.

»Diese hier!«, bemerkte er nur und hielt ihr ein zartes, durchbrochenes Muster auf der offenen Hand hin.

Vanessa prüfte die Spitze, hielt sie gegen das Licht und antwortete dann: »Du möchtest dieses Band als Besatz auf dem besonderen Korsett?«

Die Geschwister sahen sich direkt in die Augen, und Friedrich Wilhelm zuckte mit keiner Muskelfaser, als er antwortete:

»Als oberen Besatz für das Korsett aus dem neuen, tiefroten Samt, und nur für Christine. Außerdem noch eine Änderung, die mir gerade eingefallen ist.«

»Ich bin gespannt, Bruder!«, antwortete Vanessa kurz und sah ihn erwartungsvoll an. Friedrich konnte ihrem Blick nicht lange standhalten, er fühlte sich durchschaut. Doch jetzt war der Zeitpunkt gekommen, an dem ihm das ziemlich egal war.

»Das Korsett wird, wie üblich, im Rücken geschnürt. Zusätzlich wird es an der vorderen Seite eine durchgehende Öffnung geben, die mit vier Einzelverschlüssen zu öffnen ist.«

Vanessa schenkte ihm ein wissendes Lächeln.

»Das ist vermutlich der Ehemann-Bonus?«, bemerkte sie.

»Sagen wir so – der Liebhaber-Bonus. Ich bin mir bei diesem Modell nicht sicher, ob es nur die Ehemänner sein werden, die ihn öffnen möchten.«

»Oder die Verlobten!«, merkte Vanessa an.

»Oder die Verlobten!«, antwortete Friedrich ernsthaft.

»Hast du es ihm schon gesagt, Vanessa?«, ließ sich Helene vernehmen, die während der letzten Minuten nachdenklich etwas von den Spitzen in den Händen hielt und sie zu prüfen schien.

»Was gesagt, Helene?«

»Nun«, sagte Vanessa fröhlich, »dass wir diese Kollektion mit Unterwäsche mit unserem Namen auf den Markt bringen wollen.«

»Mit Eurem Namen? Kein Produkt aus unseren Werkstätten bekommt einen anderen Namen als den unserer Familie!«

»Dagegen ist nichts zu sagen, Friedrich. Aber alles, was künftig unter einem Kleid getragen wird, soll den Namen *Leupolth* auf einem eingenähten Schild tragen. Darunter steht dann – in Schnörkel gesetzt – *Creation Vanessa & Helene*. Schau, hier haben wir schon ein Muster sticken lassen!«

Friedrich nahm das Stoffschild auf und war erstaunt von der Qualität. Der Schriftzug unter dem Familiennamen wirkte ausgesprochen gediegen.

»Einverstanden, meine Lieben. Das gefällt mir ausgesprochen gut«, erklärte Friedrich und nickte bestätigend mit dem Kopf. »Es sieht sehr vornehm aus und wird bei den Damen Eindruck machen.«

»Vor allem, wenn die Namen von zwei Frauen vermerkt sind, wirkt das schon wieder seriöser. Wir beide haben noch ein paar Ideen, dazu aber später. Es wird Zeit, dass wir unsere fertigen Produkte einprägsamer für die Modenwelt präsentieren«, fügte Helene hinzu.

»Ich bin gespannt, was ihr beiden euch da ausgeheckt habt! Vanessa & Helene– was für ein interessantes Gespann, das die modische Welt der Damen vollkommen neu gestaltenwird. Schon jetzt weiß ich, dass ihr das richtige Talent dafür habt, denn alles Bisherige von euren Entwürfen wurde ein Erfolg.«

»Gut, jetzt werden Helene und ich gemeinsam zur Näherei gehen und dort alles vorbereiten. Der Schnitt ist klar, das Nähen nur rein handwerklich ohne irgendwelche Abweichungen von der Vorlage. Kommst du später nach?«, erklärte Vanessa.

»Ich habe noch im Büro zu tun, aber nehmt doch Christine gleich mit, dann spart ihr einen Weg! Probieren kann sie doch alles in meinem dortigen Büro.«

Wieder folgte ein seltsamer Blick Vanessas, und Friedrich Wilhelm musste ihm ausweichen. Doch dann hatte er sich wieder gefangen, lächelte den beiden zu und ging schon zur Tür.

»Und morgen werden wir hier die Fotos machen, Friedrich. Christine im neuen Schnürkorsett, du dabei als ihr Kavalier!«

Friedrich fuhr auf dem Absatz herum.

»Wie bitte? Ihr wollt mich mit ihr zusammen abbilden? Zerstört das nicht die Ansicht für die übrigen Männer, wenn ein Mann neben einer so... reizvollen jungen Dame steht?«

Anstelle einer Antwort kam von beiden nur fröhliches Gelächter, und irritiert verließ Friedrich das Haus.

»Wir gehen zum Markt, mein Lieber, möchtest du etwas Besonderes haben?«, empfing ihn seine Frau, die den Kindern gerade Mützen aufsetzte und zusammen mit Magda aufbrechen wollte.

»Ich? Nein, vielen Dank, ich muss jetzt dringend ein paar Bestellungen durchsehen. Zum Mittag werde ich wohl nicht anwesend sein. Vanessa und Helene haben einen Fotografen bestellt, der die neue Kollektion fotografieren soll.«

»Einen Fotografen? Wird das nicht viel zu teuer?«, erkundigte sich Emma besorgt.

»Nein, ich nehme mal an, dass Vanessa ein Zeichen setzen will. Es gibt eine neue Zeitschrift für Frauen-Mode, und sie ärgert sich furchtbar darüber, dass die Abonnenten kostenlose Schnittmuster bestellen können. Außerdem hat jede Ausgabe der Zeitung einen kolorierten Stich auf der Titelseite. Da möchte sie nun im *Bazar* zumindest mit guten Fotografien die Aufmerksamkeit der Leserinnen gewinnen.«

»Gut, dann richte ich mich also darauf ein, dass wir erst am Abend warm essen. Da bist du ja wohl hoffentlich pünktlich daheim!«

»Versprochen, Liebes!«, antwortete Friedrich und drückte ihr einen Kuss auf die Stirn. »Und die Kinder gehen mit zum Markt? Keine Schule heute?«

»Doch, natürlich. Aber erst in einer Stunde. Magda und ich bringen sie dort vorbei.«

10.
Auf dem Weg ins Leere?

Es war gegen Mittag, als Friedrich Wilhelm zu Leupolth beschloss, einen Spaziergang zu machen. Die Durchsicht der zahlreichen Unterlagen hatte ihn ermüdet, und die Sonne an diesem Märztag meinte es schon wieder sehr gut. Der Schnee war geschmolzen, aber die Sonne hatte noch nicht die Kraft, auch noch die letzten Pfützen auf den Straßen zu trocknen. Er zog also Gamaschen über seine Schuhe, schloss die Knöpfe mithilfe des Knopfschließers, und trat auf die Straße. Wieder einmal war es ein eiskalter Wind, der durch die Tuchgasse fegte und ihn erschauern ließ. Die strahlende Sonne verlockte zwar zu einem Spaziergang, aber Friedrich war froh, dass er sich wieder für den pelzgefütterten Mantel entschieden hatte. So stapfte er durch die Straßen der Stadt ohne sich eine Richtung überlegt zu haben. Mit Verwunderung registrierte er schließlich, dass er bereits auf der Praterstraße unterwegs war.

Gerade wurde das riesige Tor an der Werkstatt seines Bruders Karl Ludwig aufgeschoben, und Friedrich verlangsamte seinen Schritt.

»Guten Morgen, Herr Direktor!«, grüßte ihn freundlich der Chefkonstrukteur Erich Winter und zog dabei seine Mütze herunter. »Kommen Sie zur Probefahrt?«

»Wie? Nein, das war nur... zufällig. Will Karl denn erneut mit der Dampfkutsche starten?«

»Nein!«, lachte Winter fröhlich. »Diesmal ist der *Leupolth 2* dran! Sie wissen doch, das mit Benzin betriebene Fahrzeug!«

Gerade wollte Friedrich sich für die Einladung bedanken und rasch weitergehen, als sein Bruder aus der Halle trat und ihn erblickte.

»Friedrich! Das ist ganz vorzüglich, und ich sehe, du hast einen gut gefütterten Mantel an. Komm, das Wetter ist geradezu ideal, lass uns eine Probefahrt unternehmen! Der *Leupolth 2* muss sich auch bei Kälte bewähren, wenn ich gegen die Konkurrenz eine Chance haben will!«

Zögernd trat der ältere Bruder näher.

»Konkurrenz, Karl?«

»Wenn du wüsstest, Friedrich! Da gibt es einen gewissen Jean-Joseph Étienne Lenoir, der ein Fahrzeug mit einem Gasmotor betreibt und damit besser sein will als eine Dampfmaschine, obwohl er das gleiche Prinzip verfolgt.

Dann sind da die beiden Franzosen Pierre Michaux und M. Perreaux mit einer Konstruktion, die sie als Dampffahrrad bezeichnen. Und schließlich arbeitet in Wien ein gewisser Siegfried Marcus an einem Fahrzeug, das ebenfalls mit einem Benzinmotor angetrieben wird. Du siehst, ich muss mich sputen, wenn ich mit dem *Leupolth 2* auf den Markt will!«

Friedrich war mit ihm weiter in die Halle gegangen, wo nun auch die beiden anderen Fahrzeuge von ihren Abdeckungen befreit waren.

»Donnerschlag, du hast ja noch ein anderes Modell bereit!«, rief Friedrich erstaunt aus. »Das sieht ja sehr leicht und fragil aus!«

Bewundernd ging er um das Gefährt herum, das nur drei Räder aufwies. Zwei waren im hinteren Bereich sehr groß ausgeführt, ein erheblich Kleines befand sich vorn. Es gab nur eine Sitzbank, davor eine Lenkstange und ein weiterer Hebel, der wohl die Kraft auf den Antrieb übertragen sollte.

»Das habe ich noch nebenbei gebaut, weil Erich Winter meinte, wir müssten an Gewicht sparen, wollen wir nicht Unmengen von Treibstoff mitnehmen. Also ist das so etwas wie ein Dreirad geworden, vielleicht findet es Anklang bei den Damen, die etwas unternehmungslustiger sind.«

Verblüfft sah Friedrich seinen Bruder an, der auf das andere Fahrzeug wies.

»Komm, meine Motorkutsche, der *Leupolth 2*, ist startbereit, lass uns damit einmal um Nürnberg herumfahren!«

»Du bist sicher, dass wir das schaffen?«, erkundigte sich Friedrich und stieg zögernd auf die Motorkutsche. Dann ließ er sich auf das Polster sinken, während Karl neben ihm Platz nahm und sich eine pelzgefütterte Kappe aufsetzte sowie dicke Handschuhe überstreifte. Der Chefkonstrukteur startete die Maschine, und stellte den Lauf noch etwas gleichmäßiger ein, bevor er selbst auf die gegenüber montierte Bank klettert. Er gab Karl ein Zeichen, der löste die Bremse, und ratternd bewegte sich der *Leupolth 2* durch das weit geöffnete Werkstatttor, bog auf die Praterstraße ein und fuhr nun knatternd, zischend und holpernd über die mit Kopfsteinpflaster gedeckte Straße. In Richtung Schlayerturm ging es weiter, über die Brücke, dann parallel zur Pegnitz zum Königsturm.

»Was sagst du nun, Friedrich?«, rief ihm Karl durch den Lärm zu und strahlte dabei über das ganze Gesicht.

»Nun, im Prinzip nicht schlecht, nur ein wenig laut, meine ich!«

»Daran arbeiten wir noch, aber jetzt – Obacht, ein Pferdegespann!«

Karl lenkte seine Motorkutsche ein wenig an den Straßenrand und hielt an, denn das ihnen entgegenkommende Gespann hatte Mühe, die beiden Pferde zu beruhigen. Dabei stellte sich der Kutscher nicht sonderlich geschickt an. Er hieb mit einem vor Wut dunkelrot angelaufenen Gesicht auf die Pferde ein und fluchte dabei unflätig wie es nur ein Kutscher verstand.

»Heda, lassen Sie doch Ihre Pferde einfach weitergehen!«, rief ihm Friedrich zu, aber der Mann reagierte nicht, sondern fluchte und knallte mit der Peitsche weiter. Karl Ludwig lenkte jetzt seine Motorkutsche so, dass sie mit zwei Rädern auf das Trottoir kam und auf diese Weise endlich die gefährliche Stelle passierte. Friedrich drehte sich noch einmal zurück, aber auch das Gespann hatte seine Fahrt fortgesetzt.

»Mancher Kerl sollte mal selbst seine Peitsche zu spüren bekommen!«, schimpfte Friedrich, während nun ihre Motorkutsche weiterrollte und wenig später die Straße am Königstorgraben nahm. Über Marientorgraben weiter zum Wöhrder Tor, und hier mussten sie erneut anhalten. Diesmal gab es zwar kein entgegenkommendes Pferdegespann, aber ein kleines, anderes Problem.

Erich Winter griff eine der Metallkannen mit dem schmalen Ausguss, beugte sich über die vordere Sitzbank und öffnete den Tankverschluss. Rasch war das Benzin nachgekippt, die Motorkutsche startete wieder und setzte ihre Fahrt fort.

»Musst du immer so schnell wieder Benzin nachfüllen, Karl?«

»Nein, eigentlich nicht!«, lachte sein Bruder. »Ich hatte nach einer gestrigen, kurzen Spritztour noch nicht wieder nachgefüllt, weil ich einmal sehen wollte, wie weit ich mit einem Tank reiche. Zähle ich jetzt die Kilometer bis hierher zusammen, so komme ich auf gut achtzehn. Das Doppelte ist aber mein Ziel!«

Als sie schließlich ihre Rundfahrt an den Stadtgräben entlang wieder in der großen Halle mit der Werkstatt beendeten, war Friedrich begeistert.

»Das war ein Erlebnis, dein *Leutpolth 2*! Und wann wird der in großen Stückzahlen gefertigt werden? Was brauchst du noch, um eine Produktion zu beginnen?«

Sein jüngerer Bruder sah seinen Helfer an, der eben noch einmal in den Tank schaute und schließlich die Schultern hob.

»Eigentlich kann die Serienfertigung in Kürze beginnen, Herr Direktor!«, antwortete er. »Ihr Herr Bruder wollte aber noch auf einen verbesserten Motor warten. Reithmann in München ist eigentlich Uhrmacher, hat aber bereits 1860 einen Vierzylinder-Motor zum Patent angemeldet. Jetzt hat er einen Motor konstruiert, der vor einiger Zeit vor Fachleuten bestanden hat und begeistert aufgenommen wurde.«

»Aha, und den willst du dir also in deine Motor-Kutschen einbauen?«

»Ganz so einfach ist es nicht, Friedrich. Reithmann ist das Geld ausgegangen, und er ist in einen Rechtsstreit mit Nicolaus Otto geraten. Beide behaupten nun, diesen neuen Motor erfunden zu haben, und Otto hat das Geld, während Reithmann auf alle Fälle vor ihm das Patent anmeldete.«

»Das hört sich aber nach einem langen Rechtsstreit an!«, antwortete Friedrich mit bedenklicher Miene.

»Nicht unbedingt, Bruderherz. Ich habe vor, Reithmann einzustellen und ihm anzubieten, seinen Motor in meiner Werkstatt zu verbessern und dann in eine eigene Serie einzubauen.«

»Na gut, dann will ich doch mal sehen, wer von euch beiden schneller auf dem Markt sein wird – du mit deiner Dampfkutsche und dem Motor-Ding, oder Vanessa und Helene mit ihrer neuen Damenkollektion.«

»Oh, die beiden kreativen Damen sind also auch wieder tätig?«, lachte Karl. »Da würde ich gern mal dabei sein, wenn die fertigen Stücke probiert werden!«

Friedrich ging schon wieder aus der Werkstatt, drehte sich jedoch noch einmal zu seinem Bruder um und sagte, mit einem breiten Grinsen im Gesicht:

»Glaube mir, Karl, das ist gar nicht so einfach. Ich meine, ruhig dabeizustehen und nur an das Geschäft zu denken!«

»Natürlich!«, antwortete sein Bruder lachend. »An was denn sonst?«

Honi soit qui mal y pense – beschämt sei, wer schlecht darüber denkt, Brüderchen. Aber es gibt ja auch ein anderes, uraltes Sprichwort, der Geist ist willig, aber das Fleisch ist schwach. Und das steht bereits in der Bibel. Christine, das ist unser Tag!

Und in allerbester Stimmung betrat Friedrich die große Halle, in der heute angenehme Temperaturen herrschten. Die Frauen saßen an ihren langen Tischreihen und arbeiteten, und als er nach einem freundlichen Gruß an ihnen vorüberging, folgte ihm Elisabeth auf dem Fuß.

»Herr Direktor, auf ein Wort bitte!«, meldete sie sich, als sie beide vor der Tür des Büros standen.

»Elisabeth, was haben Sie auf dem Herzen?«

»Darf ich Ihnen etwas zeigen, was mir heute beim Nähen aufgefallen ist?«

»Selbstverständlich, ich bin gleich in meinem Büro.«

Etwa eine Stunde später schreckte er von seiner Lagerstatt im Nebenraum hoch. Es dämmerte bereits, und es war kalt. Als er sich langsam aufsetzte, spürte er fürchterliche Kopfschmerzen und hatte Mühe, aufzustehen und ein paar Schritte zu machen. Er war vollständig angekleidet, und als er in sein Büro trat, lag dort das Hemd, das ihm die Näherin gezeigt hatte. Der Stoff war entlang der Naht seltsam verschoben, vermutlich ein Materialfehler.

Elisabeth kam zu mir ins Büro und zeigte mir die seltsame Naht. Von da an weiß ich nichts mehr. Wie bin ich auf die Liege gekommen? Herr im Himmel, ich weiß nicht, was in der letzten Stunde passiert ist! Friedrich ging in die Halle, die verlassen und dunkel lag. Er zog sich seinen Mantel über, stülpte den Hut auf den Kopf und stellte fest, dass die Tür zur Halle verschlossen war. Hatte man ihn denn nicht bemerkt? Friedrich nahm sein Schlüsselbund, öffnete die Tür und schloss sie sehr nachdenklich, bevor er in der hereinbrechenden Dunkelheit den Heimweg antrat.

Was ist los mit mir? Es ist zum wiederholte Male passiert, dass ich eine gute Stunde lang nicht bei mir war. Vielleicht war ich ohnmächtig, vielleicht aber auch betäubt. Wie war das vorhin? Elisabeth...? Ich werde dieses Büro in der Nähhalle aufgeben, es geht so nicht mehr weiter...

»Verflucht noch mal, hast du keine Augen im Kopf, Kerl?«

Im letzten Moment sprang Friedrich vor der Droschke beiseite, vor die er um ein Haar gelaufen wäre. Dabei hatte man zwei Lampen am Kutschkasten angezündet und fuhr auch nicht sonderlich schnell. Mit bis zum Hals klopfendem Herz stand er eine Weile, an eine Hausmauer gepresst, und versuchte, sich zu besinnen. Mit sehr unsicheren Schritten ging er auf der Brücke über die Pegnitz und eilte schließlich, als er sich sicherer fühlte, so schnell wie es sein seltsamer Zustand erlaubte, in die Tuchgasse zurück.

»Mein Gott, Friedrich, wie siehst du denn aus?«, empfing ihn seine Frau.

»Was? Wieso sehe ich furchtbar aus?«, antwortete er und blickte im Licht der Gaslampe auf dem Flur an sich hinunter. Die Vorderseite seines Mantels, die Hosenbeine und vor allem die Gamaschen waren über und über mit Schlamm bedeckt.

»Das muss diese Droschke gewesen sein!«, murmelte er schwach. »Sie hätte mich um ein Haar überfahren!«

11.

Die moderne Technik

An diesem Vormittag fieberte Friedrich dem Augenblick entgegen, an dem er endlich über die Straße in Vanessas Atelier eilen konnte, weil man die fotografischen Aufnahmen machen wollte. Ungeduldig zog er immer wieder die Taschenuhr hervor, klappte sie auf und ging in seinem Büro auf und ab. Gleich nach dem Frühstück war er in seinem Geschäftsbereich verschwunden, um den Fragen Emmas zu entgehen. Jetzt stand er am Fenster und starrte sehnsüchtig auf die andere Häuserreihe.

Endlich schlug es zehn Uhr, Friedrich Wilhelm zu Leupolth lief eilig über die Straße und spürte, wie ihm das Herz bis in den Hals hinauf schlug. Als er den Klingelzug riss, musste er sich kurz am Türrahmen abstützen, denn ihm wurde etwas schwindelig, aber die Hausmagd öffnete umgehend. Friedrich hatte weder Hut noch Mantel abzugeben und eilte gleich in das Atelier, wo er diesmal jedoch höflich klopfte und abwartete, bis man ihn hereinholte.

Der fotografische Apparat stand noch so, wie er von dem kleinen, unangenehmen Fotografen, von Quandt, zurückgelassen wurde und auf dem Tisch lagen neben den zahlreichen Zeichnungen und Schnitten die fotografischen Abzüge, in die seine Schwester gerade vertieft war.

»Schau einmal, Friedrich, das nenne ich mal die fortschrittliche, moderne Präsentation der *Creation Vanessa & Helene*!«

Ihre Begeisterung übertrug sich sofort auf Friedrich, dessen Herz noch immer heftig klopfte. Der Anblick der halbnackten Helene in dem neuen Korsett trug nicht dazu bei, dass sich sein Puls verlangsamte.

»Gestochen scharf! Ich bin verblüfft, Schwesterlein!«, kommentierte er, nachdem er alle Bilder durchgesehen hatte.

»Wenn wir sie auch nicht in Farbe veröffentlichen können – in der Qualität sind wir damit jeder Zeichnung überlegen!«

Die Tür zum Seitenraum öffnete sich und Helene trat mit einem zornigen Gesichtsausdruck ein, eine Zeitung in der Hand.

»Das ist doch wohl ein Skandal, Vanessa! Hast du das schon gesehen?«

Sie war so aufgeregt, dass sie Friedrich nicht zu bemerken schien. Der musterte sie unverhohlen und fragte sich zugleich, womit er diese Zurücksetzung wohl verdient hatte. Aber dann war sie dicht bei ihm, umarmte ihn stürmisch und sagte: »Guten Morgen, Friedrich, schön, dass du schon da bist. Vanessa und ich haben uns auch ein paar nette Dinge ausgedacht, die dir gefallen werden!«

Damit hielt sie auch schon wieder die Zeitung hoch und Vanessa nahm sie ihr ab, warf einen kurzen Blick darauf und stieß einen leisen Schrei aus.

»Ein Skandal, du hast recht. Friedrich, es wird nun wirklich höchste Zeit, dass wir mit *Leupolth – Creation Vanessa*

& Helene auf den Markt kommen, ehe jede Frau damit beginnt, sich ihre Unterwäsche selbst zu schneidern!«

»Wie kommst du denn auf eine solche Idee?«, erkundigte sich Friedrich, und seine Schwester reichte ihm stumm die aufgeschlagene und umgeknickte Zeitung. Sein Blick fiel auf eine Zeichnung unter der Überschrift »Schneiderei«. Der Hinweis zu dem Bild lautete »Innenansicht einer ausgeschnittenen Taille«, und der Text erklärte dazu:

»,Es bietet stets besondere Schwierigkeiten, an einer ausgeschnittenen Taille für schlanke Gestalten sicheren, guten Anschluss des oberen Randes zu erzielen, und es lässt sich hierfür kaum umgehen, der Figur durch leichte Einlagen etwas nachzuhelfen!'«, las er halblaut, ließ die Zeitung sinken und prustete laut heraus.

»Aber meine Lieben, ihr lasst euch doch wohl nicht von einer solchen... *Schneiderei* den Spaß verderben! Wenn ich diese Zeichnung betrachte, bekomme ich den Eindruck, dass eine mittelalterliche Schnürbrust ausgesprochen... erotisch dagegen wirkt!«

Vanessa warf ihrer Cousine einen raschen Blick zu, und Helene antwortete: »Da hast du es wieder, Vanessa. Mann bleibt Mann, hat nur Augen und Sinne für das Eine und erwartet von uns Frauen, sich ganz danach zu richten.«

Beide lachten nun wieder, und Friedrich antwortete: »Einen Moment, meine beiden Hübschen! Ich war bis eben davon ausgegangen, dass die *Leupolth – Creation Vanessa & Helene* die Dame schmücken und uns Männern Freude bereiten soll!

Aber vermutlich habe ich da etwas missverstanden, und ihr wollt doch lieber diese Schneider-Anleitung für eine ausgeschnittene Taille übernehmen!«

»So ein Schuft!«, rief Helene lachend und warf ihm ein zusammengeballtes Tuch entgegen. Friedrich fing es geschickt aus der Luft und führte es dann an seine Nase, als wolle er den Geruch tief einatmen.

»He, das ist das Halstuch der alten Gerda, unserer Köchin! Du musst den Duft von Körperschweiß und Bratensaft lieben, wenn du da hinein deine Nase vergräbst!«

Friedrich ging auf den Scherz ein und antwortete lachend:

»Du täuscht mich nicht, Helene! Wenn dieses Tuch nicht nach dir duftet, dann ist meine Nase nicht mehr in Ordnung!«

Sein Blick wurde von der Tür angezogen, in der eben Christine erschien und glücklich lächelte.

»Das ist unsere schöne Christine, die nun präsentieren wird, was die Zukunft des *Modehauses zu Leupolth* bedeutet!«, rief Vanessa begeistert aus und brachte damit gleich wieder etwas Röte auf das Gesicht der jungen Braunschweigerin.

»Hör zu, Christine, du kannst dich gleich nebenan umziehen, ich werde dir dabei helfen. Anschließend frisieren wir dich entsprechend und machen die ersten Aufnahmen von dir. Dabei musst du, wie schon auf diesen ersten Bildern mit Helene erkennbar, so wie immer zum Apparat schauen, also am besten so, als würdest du jemand anlächeln.«

»Das werde ich gern machen, ich bin bereit. Und wir können uns Zeit lassen, meine Eltern sind noch gestern allein wieder zurückgereist. Meine Mutter fühlte sich nicht sehr wohl, und mein Vater... naja, er ist auch nicht mehr der Jüngste.«

Die beiden Damen verschwanden im Nebenzimmer, Vanessa drapierte etwas Stoff auf einem bequemen Sessel und füllte frisches Magnesiumpulver auf die Blitzplatte. Ihr Bruder wanderte nervös im Atelier auf und ab, denn ihm machte sein Herz Sorgen. Hatte er schon den ganzen Morgen das heftige Schlagen bis in den Hals als unangenehm empfunden, so wurde es ihm jetzt, in Erwartung der schönen Christine, kaum besser zumute.

Dann kam der Moment: Helene führte Christine an der Hand, hatte ihr aber einen weiten Umhang um die Schultern gelegt, unter dem nur ihre langen Beine zu sehen waren. Sie führte die junge Frau zu dem von Vanessa drapierten Sessel, genau gegenüber vom Fotoapparat, der auf seinen drei ausgestellten Holzbeinen wie ein Holzkasten aussah, wäre da nicht das große Objektiv auf der Vorderseite und das Tuch, das den Fotografen beim Abbrennen des Magnesiums vor dem grellen Licht schützen sollte.

»So, Christine, nun entspann dich nach Möglichkeit, denk an etwas Schönes und lächle!«, sagte Helene und nahm ihr den Umhang ab. Friedrich Wilhelm stockte bei ihrem Anblick der Atem. Sein angestauter Atem entwich mit einem Pfeifen, und erneut schlug sein Herz heftig. Er schloss kurz die Augen, weil er erneut das Gefühl hatte, dass sich alles um ihn drehte.

Ein Traum – sie sieht aus, wie eine Erscheinung!, durchzuckte es ihn.

Christine trug das Korsett aus dem leuchtendroten Material, dazu ihre Haare gelöst. Als sie nun den Anweisungen der beiden Frauen folgte und ihre Beine übereinanderschlug, konnte Friedrich nicht anders, als ein heiseres

»Wunderschön!« zu flüstern und dabei in die Hände zu klatschen.

»So, jetzt bist du dran, Friedrich!«, sagte seine Schwester und schob ihn neben Christine. »Hier ist dein Zylinder und ein Paar weißer Handschuhe. Stell dich bitte so elegant-entspannt neben sie, als würdest du nicht das Korsett bemerken, sondern glauben, dass sie perfekt zum Ausgehen gekleidet ist. Also, schau einfach wie immer, wenn du eine schöne Frau ansiehst, Friedrich!«

Der Leiter des Hauses zu Leupolth war zum ersten Mal seit sehr langer Zeit verlegen. Aber seine Schwester hatte konkrete Vorstellungen, und schließlich begannen die Aufnahmen. Helene wechselte die Glasplatten aus, während Vanessa ihre Ideen, wie die beiden zu agieren hatten, umsetzte.

Friedrich wagte kaum zu atmen, wenn er so dicht neben der anbetungswürdigen Christine stand, ihre unglaublich geschnürte Taille sah und seinen Blick kaum vom Dekolleté abwenden konnte. Dabei spürte er, wie ihm der Schweiß ausbrach und im Nacken herunterlief. Als ihm seine Schwester nun die Hand auf Christines Schulter legte, schiene sein Puls erneut zu rasen.

»Geht es dir gut, Friedrich? Sollen wir eine Pause machen?«, erkundigte sich Vanessa lächelnd, als sie ihrem Bruder zum wiederholten Male den Schweiß von der Stirn tupfte.

»Von mir spricht niemand!«, beklagte sich Christine schmollend.

»Pause!«, verkündete Vanessa, und Christine erhob sich, nahm den abgelegten Umhang auf, drückte ihn Friedrich in die Hand und wartete, bis er ihn ihr wieder um die

Schultern legte. Dabei lehnte sie sich an seinen Oberkörper, und für einen flüchtigen Augenblick berührten sich ihre Hände. Wieder erlebte er das unglaubliche Kribbeln, das am Arm hinauflief und bis zum Nacken anhielt. Noch immer spürte er den Körper Christines an seiner Brust, war aber unfähig, sich zu rühren. Der Augenblick schien ihm eine Ewigkeit zu dauern, bis sie sich wieder bewegte und ihn anlächelte, während sie auf den Sessel zurückkehrte.

Zufällig fiel Friedrichs Blick auf die Straße, als er sich wieder seitlich neben dem Sessel aufstellen wollte. »Erwartet ihr so früh am Vormittag Besuch?«, erkundigte er sich. »Es sieht so aus, als wollte euer Fotograf mithelfen, die Glasplatten zu belichten!«

Vanessa trat neben ihn und schaute ebenfalls hinaus.

»Tatsächlich, na, der Kerl ist dreist. Vermutlich will er sich unter einem Vorwand Zutritt verschaffen und so tun, als müsse er unbedingt seine Apparatur schützen. Ich gebe der Hausmagd gleich Anweisung, dass der Kerl nicht vorgelassen wird, bevor wir mit den Arbeiten durch sind!«

Sie riss die Tür zum Flur auf, rief nach ihrer Magd, als gerade heftig am Klingelzug gerissen wurde. Ein paar kurze Anweisungen genügten, Vanessa schloss ihre Tür wieder und legte noch zur Sicherheit den Innenriegel vor. Danach begab sie sich wieder zu den anderen und deutete zu Helene hinüber.

»Jetzt kannst du dazukommen, Helene, ich bin bereit!«

Friedrich Wilhelm glaubte, seinen Augen nicht trauen zu können.

Ohne große Umstände zog sich Helene das Kleid über den Kopf, zog die Haarspangen heraus, um ihre langen, kupferfarbigen Haare auszuschütteln, und stand gleich darauf in dem gelben Korsett neben Christine.

»Friedrich, kannst du dich bitte so hinstellen, dass du zwischen beiden stehst? Und nicht so eine linkische Haltung, als hättest du noch nie eine Frau in Unterwäsche gesehen. So ist das gut, und jetzt – lächeln und nicht mehr bewegen!« Vanessa betätigte Auslöser und Objektivklappe, und trat nach dem erneuten Wechsel der Glasplatte zu ihren drei Fotomodellen, schob ihren Bruder in eine andere Position und gab ihm anschließend mit einem ironischen Lächeln ein Handtuch, damit er seinen Schweiß abtrocknen konnte.

12.
Tuet wohl den Armen...

Im Schlafzimmer herrschte Dunkelheit, denn Emma hatte es sich zur Gewohnheit gemacht, abends die Fensterläden fest zu schließen. Als Friedrich aufstand und sich tastend durch den Raum bewegte, richtete sie sich auf:

»Friedrich?«

»Ich kann nicht mehr schlafen, schon seit Stunden nicht. Entschuldige mich bitte, schlaf ruhig weiter!«

»Unsinn, jetzt bin ich wach und kann mit dir aufstehen! Ich höre auch Magda schon in der Küche. Möchtest du eine Tasse Kaffee schon vor dem Frühstück?«

»Ich bin zwar schon richtig wach, aber ja, warum nicht. Vielleicht komme ich dann auf andere Gedanken.«

Friedrich tastete nach dem Zug der Deckenlampe, das Gas zischte, der Glühstrumpf wurde heller, und gleich darauf verbreitete sich ausreichendes Licht, um sich in der Dunkelheit zu orientieren. Er ging über den Flur in das

Badezimmer, wo er zunächst seinen Kopf unter das kalte Wasser hielt, bevor er sich mit Lappen und Seife den Oberkörper wusch und allmählich spürte, wie das Blut in seinen Adern wieder richtig zirkulierte. *Vielleicht war das mit dem regelmäßigen Aderlass in früheren Zeiten gar nicht so dumm. Jedenfalls könnte ich mal wieder unseren Doktor fragen, ob er mir nicht ein paar Blutegel auf den Rücken setzen will, vielleicht reicht das ja auch aus*, dachte er, während er sich trocken rieb.

Als er sich die Nase schnaubte, hielt er erschrocken inne.

Das war hellrotes Blut, was er da im Taschentuch hatte, und jetzt fiel ihm wieder ein, dass er auch neulich schon Nasenbluten gehabt haben musste, als Emma die Flecken auf seiner Manschette entdeckt hatte.

Verdammt! Arbeite ich zu viel? Muss ich etwas kürzer treten, was ja auch Doktor Rheinschmid mir ständig rät? Allerdings... nein, Unsinn, Friedrich, rede dir das nicht ein! Die Frauen haben damit nichts zu tun!

Entschlossen war Friedrich trotz der frühen Morgenstunde nach der ersten Tasse Kaffee in sein Büro gegangen und warf einen flüchtigen Blick auf die Korrespondenz vom Vortag. Schließlich warf er einen Brief, auf dessen Inhalt er sich nicht konzentrieren konnte, wieder zurück auf den Tisch und sah zu der gegenüberliegenden Häuserreihe hinüber. Dabei entdeckte er eine seltsame Gruppe, die vor der Tür stand und ebenfalls an der Hauswand hinaufschaute. Verwundert erkannte er schließlich, dass es sich wohl um eine ältere, leicht gebückte Frau handelte, die einen dünnen Umhang um ihre Schultern geworfen hatte und nicht sonderlich dicke Kleider trug. Auch die Schuhe machten einen unzureichenden Eindruck, und die drei

Kinder, die sich dicht an sie drückten, waren geradezu in Lumpen gehüllt.

Bettler zu dieser frühen Morgenstunde? Die ersten hellen Lichtstrahlen fallen in die Tuchgasse, und es wird kaum sieben Uhr sein!, überlegte Friedrich, als sich die Frau umdrehte und jetzt zu ihm hochsah. Mit mühseligen, langsamen Schritten überquerte sie die Straße und stand nun vor der Tür, als Friedrich plötzlich ein Gedanke durchzuckte. Er hörte, wie der Klingelzug nur schwach betätigt wurde und eilte schon die Treppen hinunter, als eine der Mägde sie gerade öffnen wollte.

»Ist gut, ich öffne selbst, danke!«

Ein erstaunter Blick der Küchenmagd, gefolgt von einem Achselzucken, und sie ging wieder zurück in die Küche, während Friedrich etwas zögerlich die Haustür öffnete.

»Gnädiger Herr!«, sagte die Frau und schien in die Knie zu sinken. »Bitte, weist mich nicht von eurer Schwelle! Wir haben unser Haus verloren und seit gestern nichts mehr zu essen gehabt, nur ein Stück Brot für die Kinder, sie leiden ja so fürchterlich!«

Friedrich starrte in das Gesicht der Frau und erschauerte. Sie war längst nicht so alt, wie er es auf die Distanz von seinem Fenster angenommen hatte. Aber ihr Gesicht wirkte verhärmt, mit scharfen Linien um den Mund, dazu mit eingefallenen Wangen. Der Anblick dieser jämmerlich frierenden und hungernden Kinder mit ihrer Mutter gab ihm einen Stich durch die Brust und er reagierte anders, als er es vielleicht gerade noch tun wollte.

»Kommt erst einmal herein, und dann verrate mir, wer du bist und wieso du um diese frühe Morgenstunde bei mir klingelst!«

Die Frau traute sich nicht, den Hausflur zu betreten. Doch ihre Kinder, deren Kleider zerschlissen und häufig geflickt waren, spürten die warme Luft, die ihnen entgegenschlug und traten mutig einen Schritt vor.

»Erkennen Sie mich nicht mehr, gnädiger Herr? Mein Name ist Magdalena Schwarz, ich habe vor ein paar Jahren bei ihnen in der Schneiderei gearbeitet. Damals lobten Sie meine Arbeit sehr und ich wurde Vorarbeiterin in der großen Halle an der Praterstraße.«

»Aber ja, natürlich, Magdalena! Du hast dann geheiratet und... was ist geschehen, wo ist dein Mann?«

Jetzt konnte die Frau ihre Tränen nicht mehr halten. Unter heftigem Schluchzen erklärte sie, dass ihr Mann innerhalb weniger Wochen gestorben sei und sie nun von ihrem Vermieter am gestrigen Abend vor die Tür gesetzt wurden.

»Wir hatten ja schon lange kein Geld mehr, mein kranker Mann konnte nicht mehr arbeiten, und ich habe versucht, mit ein wenig Näharbeiten Geld zu verdienen. Es reichte hinten und vorn nicht, die Kinder schrien vor Hunger, da blieben wir die Miete schuldig, und jetzt... die Nacht war so kalt, ich wusste mir keinen anderen Rat, Herr Direktor... ich kenne sonst niemanden!«

»Schon gut!«, antwortete Friedrich Wilhelm zu Leupolth mit belegter Stimme. »Jetzt kommt erst einmal in die Küche, dort lasse ich euch etwas zu essen machen, und danach überlegen wir einmal, wie es weitergehen soll, ja?«

»Gnädiger Herr, Sie sind so gütig, wie soll ich Ihnen nur danken?«, schluchzte die Frau, und Friedrich rief laut nach den Mägden.

»Ist das der Mann, der uns helfen wird, Mutter?«, fragte eines der Kinder, und der Kaufmann schaute verwundert auf das Mädchen, das kaum älter als seine Friederike sein mochte.

»Pscht, Kind, nicht so vorlaut. Herr zu Leupolth hat mir früher Arbeit gegeben. Deshalb wende ich mich an ihn, aber wir dürfen nicht zu viel hoffen!«, antwortete die Mutter mit leiser Stimme.

»Ich möchte gar nicht viel, Mutter. Ein Stück Brot wäre jetzt sehr schön!«, erwiderte die Kleine, und nun sagte auch das etwas größere Mädchen mit leiser Stimme: »Ach ja, ein schönes Stück Brot, nur für mich allein! Für jeden von uns ein Stück, bitte!«

Friedrich spürte, wie ihm der Anblick und die Stimmchen der Kinder die Kehle zuschnürte, sodass er ein paarmal schlucken musste, bevor er laut zu den Küchenmägden sagte:

»Hier, das sind meine Schützlinge! Gebt ihnen ausreichend zu essen und zu trinken und lasst sie sich in der Küche aufwärmen. Die März-Nächte sind eisig kalt, auch wenn uns tagsüber schon wieder die Sonne locken will! Und du, Magdalena, bleibst hier, bis du warm und satt bist. Ich gehe nach oben und bitte meine Frau, etwas von den Sachen unserer Kinder herauszusuchen!«

Rasch eilte er die Treppen hinauf, um nicht weiter die Dankesbeteuerungen der glücklichen Frau hören zu müssen. Während er seine Frau unterrichtete, wen er da am frühen Morgen aufgenommen hatte, rasten seine Gedanken schon weiter, und neue Pläne nahmen Gestalt an.

»Du, Emma, was meinst du, wenn wir aus dem alten Fachwerkhaus in der Pfeifergasse eine Unterkunft für die Armen unserer Stadt machen würden? Du hattest doch einmal so etwas erwähnt, und ich war wieder einmal mit anderen Dingen beschäftigt, bin nicht darauf eingegangen.«

»Friedrich Wilhelm, ich fange an, mir ernsthaft Sorgen um dich zu machen. Wenn du jetzt als Nächstes vorschlägst, am Sonntag wieder den Gottesdienst zu besuchen, werde ich in der Frauenkirche eine große Kerze für dich entzünden lassen und eine Heilige Messe bestellen!« Sie sah ihn bei diesen Worten so ernsthaft an, dass Friedrich die spöttische Antwort, die ihm auf der Zunge lag, wieder heruntterschluckte. Stattdessen umarmte er seine Frau und küsste sie.

Da ist wieder dieser verdammte Schmerz in meiner Brust! Nein, ich bin nicht krank! Und ich habe mir geschworen, kürzer zu treten! Auch bei den Frauen, das... will ich künftig auch einhalten!, schoss es ihm durch den Kopf. Laut aber erklärte er:

»Nein, so schlimm steht es noch nicht um mich, Emma. Ich denke nur, dass wir alten Patriziergeschlechter vielleicht auch einmal etwas für die Armen unserer Stadt tun könnten. Das alte Haus in der Pfeifergasse steht seit Jahren leer. Ursprünglich wollte ich dort einmal alles zum Lagerhaus umbauen lassen, aber die Gasse ist einfach viel zu klein, um dort mit Fuhrwerken zu passieren.«

»Wenn ich dich also richtig verstehe, willst du jetzt endlich in Nürnberg nachholen, was das Haus Fugger schon vor mehr als dreihundert Jahren in Augsburg getan hat?«

Jetzt wehrte Friedrich lächelnd ab.

»Nicht ganz so gewaltig, meine Liebe, nur ganz bescheiden mit einem Haus. Dort können vier Wohnungen zurechtgemacht und den Armen überlassen werden.«

»Das ist sicher gut von dir gemeint, Friedrich Wilhelm«, antwortete ihm seine Frau und sah ihm in die Augen, um zu prüfen, welchen Eindruck ihre Worte machten. »Aber es ist ja nicht nur mit dem Wohnen allein getan. Die Leute sind froh für ein Dach über dem Kopf, aber sie haben auch andere Bedürfnisse. Essen und Trinken, dann eine ärztliche Versorgung, der Schulbesuch der Kinder und schließlich – wird es dort nicht drunter und drüber gehen, wenn die Menschen das alles kostenlos bekommen? Ich finde, du solltest das gleich richtig planen. Wer arbeiten kann, bekommt auch Arbeit, und wenn die Familie wieder auf eigenen Beinen stehen kann, wird auch eine kleine Miete erhoben – nur eben so, dass sie keine weiteren Nachteile haben und das Leben anständig fristen können!«

»Da hast du wohl vollkommen recht, liebe Emma. Ich möchte dich auch gleich um einen Gefallen bitten. Kannst du das alles für mich in die Wege leiten? Das Haus neu weißen lassen, innen und außen, vernünftige, einfache Möbel anschaffen?«

»Ich? Du möchtest, dass deine Frau... eine Hausverwalterin wird?«

»Nein, so natürlich nicht, Emma. Aber...« Er griff ihre Hände und überlegte. Dann kam blitzschnell die Frage: »Wir werden dich als Direktorin der neuen Stiftung einsetzen. Einer *Leupolth-Stiftung* für unschuldig in Not geratene Menschen, was meinst du?«

Emma küsste ihn leicht auf die Lippen und antwortete dann lächelnd:

»Dafür ist auch viel Geld erforderlich. Du müsstest bei unserer Bank am besten ein Konto einrichten, von dem die laufenden Ausgaben bestritten werden.«

»Einverstanden. Und du wirst Direktorin, Verwalterin – was immer du willst, Emma!«

»Als Frau kann ich nicht die Bankgeschäfte in deinem Namen führen!«, wandte sie ein. Friedrich Wilhelm richtete sich steil auf und antwortete:

»Das werden wir ja mal sehen! Wir sind die Leupolths, und wenn ich dir diese Vollmachten einräume, möchte ich den Bankier sehen, der nicht alles unternimmt, um das Haus Leupolth zur vollen Zufriedenheit zu behandeln! Das ist das Schöne bei unserer Familie: Wir können tun und lassen, was wir wollen.«

»Ach, Friedrich, wenn das doch alles so einfach wäre! Ich komme jetzt mit den Sachen nach unten, Magda ist noch dabei, einiges zusammenzustellen. Aber hast du auch schon mal bedacht, wo die Frau mit ihren Kindern vorläufig unterkommen kann?«

»Auch das habe ich bedacht, Emma. Ich werde ihnen die kleine Wohnung in der Nähhalle frei räumen, die dort zu meinem Büro gehört. Das müsste zur Not gehen, es gibt eine Wasserstelle und es wird ständig geheizt. Mein Büro ist immer warm. Nur mit dem Kochen müssen wir uns noch etwas einfallen lassen. Schließlich können sie ja in der Halle kein offenes Feuer entfachen.«

»Ich staune über deine plötzlichen Ideen, Friedrich. Wenn der Besuch dieser Näherin der Anlass dazu ist, dann ist sie mir doppelt willkommen!«

»Gebt, so wird euch gegeben. Las ich erst kürzlich als Grußwort in der Zeitung. Aber das ist nicht der Grund für meine Großzügigkeit. Da unten ist Magdalena Schwarz, und sie war eine meiner besten Näherinnen, mit eigenen, durchaus brauchbaren Ideen. Sie heiratete und hörte bei uns auf, das ist ihr gutes Recht. Aber nun stirbt ihr Mann nach einer Krankheit, sie ist mit drei Kindern allein und völlig ohne jedes Geld. An wen wendet sie sich in ihrer Not? An ihren früheren Arbeitgeber. Das, Emma, sehe ich als ein Zeichen an. Ein Zeichen, das wir etwas für diejenigen tun müssen, die unverschuldet in Not geraten sind.«

Emma trat noch einmal dichter an ihren Mann, musterte ihn mit prüfendem Blick und strich ihm schließlich sanft über die Haare.

»Friedrich, ich spüre es. Irgendetwas muss vorgefallen sein, du kommst mir seit dem Aufstehen heute vollkommen verändert vor. Was ist passiert?«

»Gar nichts ist passiert, Emma, nur keine Sorge. Aber ich bedauere diese arme Familie, und mitten in meinen neuen Geschäftsideen, den Eröffnungen unserer Modegeschäfte im gesamten deutschen Kaiserreich, mitten in der Entwicklung einer eigenen Kollektion durch Vanessa und Helene glaube ich plötzlich, dass es da noch etwas im Leben geben muss, als nur die ständige Jagd nach dem Geld!«

Emma Viktoria Luise zu Leupolth war stark aufgewühlt, als sie ihren Mann fest in die Arme schloss. Sie war gerührt von seinen Ideen, den Armen zu helfen. Aber es beschlich sie zugleich der unangenehme Gedanke, dass Friedrich Wilhelm etwas geschehen sein musste, das er vor ihr verheimlichte.

Dann fiel ihr wieder das Blut auf der Manschette ein, und Magda hatte ihr vor ein paar Tagen ganz verwundert eines der Taschentücher gezeigt, das mit dunklem, getrocknetem Blut verklebt in der Wäsche lag.

Ein banges Gefühl beschlich sie, als Friedrich ihr voran wie ein Junge, der etwas Unerwartetes geschenkt bekommen hatte, die Treppe hinuntersprang.

13.
Die Tücke der Verschlüsse...

Wenn du aber Almosen gibst, so lass deine linke Hand nicht wissen, was die rechte tut, auf dass dein Almosen verborgen bleibe; und dein Vater, der in das Verborgene sieht, wird dir's vergelten. Matthäus 6:3-4

Nach dem Mittagessen hatte Friedrich Wilhelm seine Ehefrau erneut verblüfft. Er war aufgestanden, zu dem schweren Eichenschrank gegangen, der ein altes Erbstück war, und dort die Familienbibel herausgenommen. Eine ganze Weile blätterte er darin, bald hatte er die Stelle gefunden, laut vorgelesen, schließlich einen Zettel zwischen die Seiten gesteckt und die Bibel auf dem Tisch liegen gelassen.

»Ich gehe mal hinüber zur Nähhalle, und sehe nach dem Rechten. Mal sehen, ob sich die Familie Schwarz dort schon einrichten konnte.«

»Gut, aber sei bitte pünktlich zum Essen zurück!«, antwortete Emma.

»Keine Sorge, Liebste! Heute müssten die Exemplare der neuen Ausgabe des *Bazar* eintreffen. Vanessa ist sich sicher, dass dort die Bilder der neuen Kollektion abgedruckt wurden. Du weißt, dass sie dem Verleger das Wort abgenommen hat, dass er die Fotos mit dem Hinweis versehen lässt, wo die Unterwäsche für die Frau von Welt zu kaufen sein wird. *Leupolth – Creation Vanessa & Helene* soll fast ein ganzes Heft füllen!«

Emma lächelte nur mild und antwortete dann mit einem besonderen Augenaufschlag: »Dann will ich nur hoffen, dass du auf den Fotos vollständig bekleidet bist!«

Friedrich Wilhelm lachte fröhlich auf.

»Auch wenn es schon lange Mode geworden ist, dass sich auch die Herren in Korsetts zwingen lassen, Emma – es wird nie eine *Creation Friedrich* für Männerunterkleidung geben!« Mit diesen Worten nahm er seinen Mantel vom Haken, zog ihn über, griff zu einer Mütze, die an diesem wieder frischen Märztag angenehmer als der Zylinder war, und trat hinaus.

Ein rascher Blick die gegenüberliegende Hausfront hinauf, dann eilte er die Gasse entlang. Seit den Fotografien war er nicht mehr bei seiner Schwester, schon gar nicht bei Helene oder Christine, die jetzt allein in der Wohnung lebte, die von den Leupolths für Gäste zur Verfügung gestellt wurde.

Es war ganz im Gegensatz zu den vergangenen Tagen heute wieder recht frisch geworden, ein kühler Wind strich durch die Straßen und Gassen Nürnbergs und ließ den Textilkaufmann erschauern. Er schlug den Pelzkragen seines Mantels hoch und stapfte zur Praterstraße, um sich ein Bild von den neuen Verhältnissen vor Ort zu machen. Einer der Knechte musste ein Fuhrwerk für die Familie Schwarz bereithalten und dann die Frau mit ihren Kindern, den neuen Kleidungsstücken und einem Korb voller Lebensmittel in die Nähhalle schaffen.

Als Friedrich Wilhelm die große Halle betrat, fand er es gegenüber der kühlen Luft, durch die er eben geeilt war, als sehr warm. Das Fräulein Elisabeth erhob sich und eilte ihm lächelnd entgegen.

»Wir haben uns alle um die arme Magdalena und ihre Kleinen bemüht, Herr Direktor. Niemand von uns hatte in den letzten Jahren etwas von ihr gehört, und deshalb nahmen wir natürlich an, es ginge ihr gut.«

»Kommt die Frau in der kleinen Wohnung zurecht?«

Elisabeth sah ihn mit großen Augen an.

»Ja, das schon, Herr Direktor, aber was machen Sie zukünftig? Ich meine, Sie haben doch gern einmal etwas geruht und da...«

»Keine Sorge, Elisabeth, das regelt sich schon alles. Was ich noch sagen wollte, bei meinem letzten Besuch hier... ich muss wohl eingeschlafen sein?«

Sie sah ihn unverwandt an, ohne eine Reaktion zu zeigen. Schließlich, als er ihren fordernden Blick nicht mehr ertragen konnte und sich abwandte, um die Bürotür zu öffnen, sagte sie leise: »Sie hatten einen Schwindelanfall erlitten, Herr Direktor, wissen Sie das gar nicht mehr? Ich habe sie auf das Bett gelegt und wollte einen Arzt rufen, aber das haben Sie mir verboten und angeordnet, dass wir alle nach Hause gehen sollten!«

»So war das? Komisch...«, antwortete er, dann hörte er das Lachen der Kinder, klopfte an die Verbindungstür und trat ein. Die Kleinen sprangen gerade lustig um einen Tisch herum und mit einem seltsamen Gefühl betrachtete sie Friedrich, der die abgelegten Kleidungsstücke seiner eigenen Kinder an ihnen erkannte. Kaum bemerkten die Kinder den ihnen noch fremden Mann, blieben sie erschrocken stehen.

»Es ist alles in Ordnung, Kinder, spielt nur weiter. Alles in Ordnung, Frau Schwarz? Fehlt noch etwas?«

Die ehemalige Näherin war von ihrem Stuhl aufgesprungen, wo sie gerade dabei war, eines der alten Kleidungsstücke zu flicken.

»Oh, Herr Direktor... wir... ich sind so...«

»Schon gut, Frau Schwarz. Sowie Sie sich eingelebt haben und die Kinder wieder regelmäßig zur Schule gehen – das versteht sich doch von selbst? – können Sie gern wieder Ihre alte Tätigkeit bei uns aufnehmen. Das Fräulein Elisabeth wird Ihnen dabei zur Seite stehen!«

»Herr Direktor zu Leupolth, ich...«, stammelte die Frau, aber Friedrich wehrte rasch ab.

»Keine unnötigen Dankesreden, Frau Schwarz, Sie haben eine Notlage, aus der ich Ihnen helfen möchte. Und wenn das Haus in der Pfeifergasse erst einmal frisch gekalkt und gestrichen wurde, können Sie dort eine Wohnung beziehen, das ist versprochen!«

Friedrich war schon wieder halb aus dem Raum, als eines der Kinder laut sagte:

»Das ist aber ein sehr lieber Mann, Mama, dein Direktor!«

Schmunzelnd zog er die Tür hinter sich zu und wunderte sich einmal mehr über sich selbst. Erst zum Schluss wurde im bewusst, dass er die ehemalige Näherin sogar gesiezt hatte – ein für ihn wirklich ungewöhnliches Verhalten. Aber er musste sich auch eingestehen, dass er sich wohl fühlte. Und im Bewusstsein, nach langer Zeit einmal wirklich etwas Gutes getan zu haben, eilte er beschwingt zurück in die Tuchgasse.

Es war mehr schon zur Gewohnheit geworden, zum ersten Stock hinaufzusehen, als er dort an einem Fenster Christine erkannte, die ihm sofort ein Zeichen machte. Verwundert blieb er stehen, zuckte deutlich erkennbar die Schultern und sah nun, dass Christine ihm deutlich ein Zeichen mit der Hand machte, dass er heraufkommen möchte.

Schon, als er die Eingangstür aufschloss, klopfte ihm das Herz wieder bis zum Hals, und als er die Treppe hinaufging, fürchtete er, jeden Moment wieder den stechenden Schmerz in der Brust zu verspüren. Aber der blieb aus, und als er vor der Tür der Gastwohnung stand, war sie nur angelehnt.

Behutsam schob er sie auf und versuchte, sich in dem herrschenden Zwielicht zu orientieren. Die Vorhänge waren zugezogen, und nun spürte er, wie ihn ein wohliges Kribbeln überlief. *Christine spielt mit mir, und die Vorfreude ist doch ein ganz anderes Gefühl als diese seltsamen Brustschmerzen. Heute wird endlich wahr, was wir beide uns schon seit langer Zeit erträumt haben!,* waren seine Gedanken, während er rasch Hut und Mantel über einen Stuhl legte und seine Augen sich an das diffuse Licht gewöhnt hatten.

»Christine? Kann ich dir helfen?«, sagte er leise, und etwas raschelte im Hintergrund des Zimmer.

»Ich bin hier, Friedrich, und bekomme das Ding nicht auf! Kannst du mir bitte helfen?«

Er ging auf die Stimme zu und spürte das Blut in seinen Ohren rauschen.

»Christine? Welches Ding?«

Dann erkannte er in der Dunkelheit ihren Körper auf einer Liege, lang ausgestreckt, und in etwas Dunkles gekleidet. Oder besser gesagt, geschnürt.

Das muss das rote Korsett sein, das für sie angefertigt wurde! Aber wie gut, dass ich darauf bestand, es im vorderen Bereich mittels Haken öffnen und schließen zu können!

Als er vor der Liege stand und sie ein leises Stöhnen von sich gab, tasteten sich seine Finger über den seidenen Stoff, fanden die Verschlüsse, und während er die beiden ersten öffnete, hauchte sie ihm ins Ohr: »Ich weiß nicht, was da passiert ist, Friedrich. Gerade wollte ich mich umkleiden, als die beiden unteren Haken festsaßen. Zum Glück sah ich dich auf der Straße und dachte, du bist meine Rettung!«

»Ja!«, flüsterte Friedrich. »Ich rette dich!«

Damit gelang es ihm mühelos, auch die beiden anderen Haken zu lösen.

Christines Arm schlang sich um seinen Hals und zog seinen Kopf zu sich herunter.

Ihre Lippen waren weich und warm, und als sich ihre Zungen fanden, hatte Friedrich das Gefühl, dass sein Körper explodieren musste. Voller Leidenschaft verschmolzen ihre Körper in der Dunkelheit zu einem neuen Ganzen.

14.

Sieg der Technik

»Unglaublich! Wirklich, Friedrich, ich kann es gar nicht fassen!«, empfing ihn seine Frau, als er pünktlich zum Mittagessen das Haus betrat. Für einen winzigen Moment fürchtete er, dass sie mitbekommen hatte, wo er die letzten eineinhalb Stunden verbracht hatte, aber ihre Stimme war überaus fröhlich. Als sie ihm aus dem Salon entgegentrat, hatte sie die neue Ausgabe des *Bazar* in der Hand, und Friedrich erkannte das erste Foto auf der Titelseite. Es war Helene, die dort allein in ihrer neuen Garderobe stand. Sie war vollständig bekleidet, aber mit einer geradezu atemberaubenden Taille. Geschickt von der Seite fotografiert, wie sie sich zu einer Blume vorbeugte und tat, als wolle sie daran riechen.

»Das wird jede Frau begeistern, und dazu die Überschrift: Eine Taille wie für eine Prinzessin gemacht – Dank der *Creation Vanessa & Helene* nun für jede Frau. Und erst die Fotografien im Innenteil! Ich muss schon sagen, gewagt, sehr gewagt sogar. Da ist es gut, dass du als perfekter Gentleman zwischen den Damen stehst und so tust, als würdest du gar nicht bemerken, dass sie nur ihre Korsetts tragen.«

Neugierig geworden, blätterte Friedrich die Illustrierte rasch durch und staunte am Ende über die Druckqualität der Fotografien.

»Königs Zylinderdruckmaschine!«, bemerkte Friedrich und deutete auf die Zeitung. »Mit Dampf betrieben druckt er seit rund sechzig Jahren die *Times*! Auch der Verleger des *Bazar* hat eine neue Schnelldruckmaschine. Ich frage mich angesichts dieses Fortschritts, ob nicht Karl Ludwig besser in solche Konstruktionen investieren sollte, als sich um eine pferdelose Kutsche zu bemühen!«

»Er wird schon wissen, was er macht, Friedrich! Ebenso wie du!«

Das klang schon wieder etwas anzüglich, und rasch blickte der Kaufmann zu seiner Frau, die sich eine zweite

Ausgabe der Modenzeitschrift genommen hatte und nun ihrerseits darin blätterte.

Es ist mein verdammtes, schlechtes Gewissen, das mich hinter jeder Bemerkung eine Anzüglichkeit vermuten lässt. Aber das Erlebnis mit Christine war so unglaublich, dass wir uns geschworen haben, es rasch zu wiederholen. Und für mich war es eine Probe aufs Exempel! Mein Herz raste, aber die unangenehmen Schmerzen in der Brust blieben aus. Vielleicht ist eine so junge, temperamentvolle Frau ja heilsam für meine angegriffene Gesundheit? Ach Christine..., dachte Friedrich, als seine Frau in die entstandene Stille hinein sagte:

»Das wird natürlich die Neider auf den Plan rufen. Ich bin sicher, dass die andere Zeitung in Kürze ebenfalls eine solche Fotografien-Seite veröffentlichen wird!«

»Na, sollen sie es ruhig probieren, Emma. Hier unten steht unsere Firma als Bezugsquelle, und – ja richtig, sieh nur, sie haben bereits alle Geschäfte aufgeführt, in denen man Bestellungen aufgeben kann!«

»Gratuliere, dann haben Vanessa und Helene es doch geschafft! Die Auftragsbücher werden sich füllen!«

»Apropos, meine Liebe! Ich werde nach Tisch einmal hinübergehen und mit den beiden besprechen, wie es weitergehen kann. Wir sollten so rasch wie möglich eine zweite Serie von Fotografien folgen lassen, so lange auch noch Christine in Nürnberg weilt.«

»Das ist sicher eine gute Idee, Friedrich, aber wird denn Christine noch länger bei uns bleiben? Ihre Eltern sind doch schon abgereist, und sie ist erst achtzehn Jahre alt! Eigentlich unverantwortlich, dass sie allein dort drüben in der Wohnung ist!«, sagte Emma. »Ich könnte ihr doch anbieten, dass sie zu uns kommt und eines unserer freien

Zimmer bezieht. Es wäre doch sicher auch für sie einfacher, an unserem Tisch die Mahlzeiten einzunehmen, was meinst du?«

Friedrich schüttelte heftig den Kopf.

»Nein, Emma, das möchte ich nicht. Christine ist zwar eine junge, aber doch auch willensstarke Frau. Bei uns wäre sie zu sehr eingeschränkt. Lass sie doch im Haus bei Vanessa und Helene. Soweit ich weiß, nimmt sie auch die Mahlzeiten mit den beiden ein. Schließlich hat doch meine Schwester auch genügend Personal, da kommt es auf einen Esser mehr oder weniger nicht an.«

»Gut, wenn du meinst, soll es mir recht sein!«

»Dann wollen wir es auch so belassen. Was gibt es denn heute zu Mittag?«

Zwei Stunden später war Friedrich Wilhelm zu Leupolth umgezogen, hatte ein sauberes, weißes Hemd mit modischem Stehkragen angezogen, dazu seinen Stadtrock, eine schwarze Seidenweste und als besonderen, modischen Gag trug er dazu eine grau-blau gestreifte Hose. So gekleidet, meldete er sich bei seiner Schwester, und zu seiner Überraschung war auch wieder der kleine, untersetzte Fotograf anwesend. Wie ihm seine Schwester durch Augenrollen und zur Decke blickend vermittelte, hatte sich dieser Herr von Quandt als unabkömmlich bezeichnet und damit erreicht, dass man ihn einließ. Schließlich war der fotografische Apparat noch sein Eigentum, andererseits stand noch immer der Auftrag für die Lieferung weiterer Spitzenbordüre im Raum. Es wäre Vanessa nicht schwer gefallen, dem Mann alles abzukaufen – sowohl seinen Apparat wie auch die gesamte, vorrätige Spitze, aber das war derzeit für sie keine wirkliche Option. Das erklärte sie auch gleich rundheraus ihrem Bruder, und der Fotograf machte dazu ein sehr nachdenkliches Gesicht.

»Ich fürchte beinahe, Friedrich, dass wir wieder zu den Modezeichnungen zurückkehren müssen!«, eröffnete Vanessa das Gespräch, kaum, dass Friedrich seinen Hut nebst Handschuhen auf eine Kommode abgestellt hatte. »Die Leserinnen sind zwar von den lebensechten fotografischen Aufnahmen in der neuesten Ausgabe des *Bazar* geradezu entzückt und wünschen sich künftig immer eine solche Seite. Aber dann kommt der Wunsch nach mehr Feinheiten, die man leider – bei aller Schärfe der Aufnahmen – nicht recht entdecken könne.«

»Aber, liebes, bestes Fräulein Vanessa, das ist doch alles leicht zu ändern!«, fiel von Quandt gleich ein. »Das ist doch überhaupt der Grund, weshalb ich es gewagt habe, Sie heute wieder aufzusuchen!«

Damit deutete der kleine Fotograf und Vertreter auf einen kleinen Holzbehälter mit einem Griff für den Transport. »Ich habe gerade gestern dieses Wunderwerk der Technik aus dem Hause Voigtländer bekommen! Ein Objektiv, das von einem Mathematiker berechnet wurde, noch bessere Ergebnisse erzielt und insbesondere für die Aufnahme von Porträts empfohlen wird!«

»Wir brauchen aber keine Porträts, sondern Einzelheiten unserer neuen Collection, Herr von Quast!«, erwiderte Helene. Sie war gerade dabei, Christine zu frisieren, die dazu wieder einen weiten Umhang trug, der ihren fast nackten Körper bedeckte.

»Genau das wird hiermit möglich werden, lassen Sie mich Ihnen bitte einmal zeigen, welche Qualität ich Ihnen damit liefern kann!«

Es fiel Vanessa auf, dass der Fotograf während seiner Ausführungen nicht zu ihr, sondern zu Helene und Christine starrte. Kurz entschlossen verstellte sie ihm den Blick und antwortete kurz und knapp:

»In Ordnung, machen Sie zwei Probeaufnahmen von dem Zylinder meines Bruders und – sagen wir, dieser Vase hier. Ich lasse mich dabei von Ihnen einweisen und werde die weiteren fotografischen Aufnahmen dann selbst übernehmen.«

»Aber, Fräulein Vanessa…«

»Habe ich mich nicht deutlich genug ausgedrückt?«, antwortete sie in scharfem Tonfall, sodass der Fotograf zusammenzuckte.

»Selbstverständlich, gnädiges Fräulein. So werden wir es machen. Schauen Sie, das Objektiv dreht man hier langsam heraus und wechselt es einfach gegen das andere aus. So, und wenn sie jetzt durch den Apparat schauen und zugleich mit einer Hand das Objektiv drehen, können sie die Schärfe einstellen.«

Die beiden Glasplatten wurden auf diese Weise nun belichtet, anschließend begleitete Vanessa den eifrigen Fotografen an die Tür und gab ihm lächelnd zu verstehen, dass man nach ihm rufen ließe, sollte man seine Dienste erneut benötigen.

Als sie gleich darauf alles für das erste, neue Foto vorbereitete, Christine wieder auf sehr verführerische Weise in dem roten Korsett auf dem Sessel saß, bemerkte Friedrich Wilhelm dazu:

»Ich möchte mal meinen beiden Mode-Damen sagen, dass sie nicht zu stark in die Details gehen sollten. Es darf nicht sein, dass die kaufinteressierten Kundinnen mit der

Zeitung zu ihrem Schneider gehen und unsere Modelle nachschneidern lassen.«

»Vanessa, da stimme ich deinem Bruder sofort zu!«, rief Helene aus. »Aber vielleicht kannst du ja auch den Verleger dazu bringen, dass er etwas in der Art vermerkt, dass die Entwürfe der *Creation Vanessa & Helene* zum Patent oder Gebrauchsmusterschutz angemeldet sind. Das hält hoffentlich die Schneider davon ab, nach unseren Vorlagen zu kopieren.«

»Gut, und in der kommenden Woche werden wir die ersten Lieferungen des roten wie des gelben Korsetts in die Geschäfte senden«, erklärte Vanessa. »Ich habe inzwischen den Näherinnen mitgeteilt, dass wir weitere Kräfte einstellen werden. Ach, übrigens habe ich auch mit der freundlichen Magdalena Schwarz gesprochen, Friedrich. Sie wird wieder für uns tätig werden und hat mir gleich einen interessanten Entwurf überreicht. Ein wenig unzulänglich, was die Zeichnung angeht, denn sie hat tatsächlich den Entwurf mit einem Kohlestift gemacht, und das Papier ist auch nicht sehr hell. Aber, du wirst erkennen, was dieses Modell ausmachen könnte!«

Sie nahm dabei einen Bogen vom Tisch und reichte ihn ihrem Bruder, wobei er ein wenig irritiert über das maliziöse Lächeln seiner Schwester war. Doch er verstand sofort ihre Mimik, als er die schlichte Zeichnung betrachtete. Das Korsett, das Magdalena gezeichnet hatte, wurde mit zwei Stoffstreifen über der Schulter befestigt und erlaubte ein sehr tiefes Dekolleté. Zugleich reichte es bis auf die Oberschenkel hinunter und hatte vorn eine verdeckte Leiste für Haken oder Verschlüsse. Friedrich ging damit zum Tisch, nahm einen Stift und begann, auf der Rückseite die Linien nachzuzeichnen, die sich etwas durchgedrückt hatten. Vanessa schaute ihm interessiert über die Schulter, dann lachte sie laut heraus.

»Das ist nicht dein Ernst, Friedrich Wilhelm! Das können wir zumindest nicht fotografieren! Aber... bei näherer Betrachtung... sehr, sehr interessant, deine Idee. Vor allem zeigt es mir wieder einmal, dass ein Mann unsere Unterwäsche etwas anders sieht als es wohl einer Frau möglich ist.«

»Warte, noch ist mein Entwurf nicht fertig!«, antwortete er und zeichnete weiter. »Ihr habt doch immer noch Probleme bei einigen Damen mit den Hüften. Stellt euch einmal vor, wir ändern Magdalenas Entwurf hier am Ansatz der Oberschenkel noch etwas und machen ihn enger, gewissermaßen hauteng. Und ich wage noch etwas, meine Lieben. Wenn man hier Stoffstreifen annäht, könnten die Seidenstrümpfe daran befestigt werden.«

»Strümpfe am Korsett? Ob das nicht die Bewegungsfreiheit einschränkt?«, zweifelte Helene, aber Vanessa dachte bereits über die Realisierung nach.

»Ich bin durchaus angetan. Wir sprechen mal mit Magdalena, ob sie sich das auch vorstellen kann. Dann soll sie ein Muster herstellen.«

»Gut, und Christine wird es für die Fotos tragen!«, bemerkte Friedrich trocken und lachte zu den empörten Ausrufen der beiden anderen. Der Entwurf der Näherin zeigte in der Abänderung durch Friedrich ein brustfreies Korsett.

15.
Eine fulminante Vorführung. Nürnberg, April 1877

Erschöpft lag Friedrich neben Christine und hauchte ihr ein paar Schmeicheleien ins Ohr, als sie sich plötzlich zu ihm herumdrehte, ihn mit ernster Miene ansah und dann sagte: »Willst du eigentlich, dass ich endlich nach Braunschweig zurückreise?«

»Nein, wie kommst du denn darauf?«, antwortete er, strich ihr dabei zärtlich über die Wange und küsste sie sanft.

»Weil ich die Blicke sehe, die du mit Helene wechselst. Mir kommt es so vor, als würdest du zwar mit mir schlafen, dabei aber an sie zu denken!«

»Aber was für ein Unsinn, Christine! Helene ist doch auch zudem meine Cousine!«

»Wir sind auch verwandt!«

»Na, das ist ja eigentlich kaum eine Verwandtschaft zu nennen!«, lachte Friedrich und begann, ihren Hals zu küssen. Aber Christine war noch nicht zufrieden.

»Schwöre mir, dass du nicht mit ihr schläfst, solange ich in Nürnberg bin!«

»Das ist ja wohl selbstverständlich, Christine!« Er küsste erneut ihre Wangen, danach den Hals und bewegte seine Lippen langsam tiefer.

»Was nun, wenn ich in Nürnberg bliebe?«, erkundigte sie sich mit leiser Stimme. »Ich könnte in der Wohnung bleiben, wenn ich das möchte, hat mir jedenfalls deine Schwester gesagt. Sie möchte gern, dass ich auch die nächsten Kreationen von ihr und Helene vorführe, wenn die Fotografien gemacht werden.«

»Aber gern, Christine, ich würde mich sehr freuen!«

»Gut, dann haben wir das auch geklärt. Wir sind nicht wirklich miteinander verwandt, und ich kann hierbleiben, obwohl ich noch minderjährig bin. Was machen wir aber, wenn ich schwanger werde?«

Friedrich richtete sich auf und sah ihr in die Augen.

»Was für eine wundervolle Vorstellung, Christine! Ein Kind von uns beiden – deine Schönheit und meine Ideen – das wäre sicher eine gelungene Mischung!«

»Du bist schlimm, Friedrich! Was würde deine Frau wohl dazu sagen?«

»Wieso denn, Christine? Ich denke, du bist verlobt?«

»Nicht ganz. Meine Eltern wollten mich in Braunschweig verloben, aber... der Kerl ist mir einfach zu fad, dem fehlt alles, was einen Mann für mich ausmacht!« Bei diesen Worten presste sie sich fest gegen Friedrich.

»Gut. Sollte das nun wirklich eintreten, sorge ich dafür, dass ein Verlobter zur Stelle ist. Ich würde euch natürlich in jedem Falle großzügig unterstützen.«

»Mehr wollte ich nicht hören, Friedrich. Dann lass uns probieren, ob es funktioniert!«

Wenig später hatte Friedrich Wilhelm zwar wieder das Gefühl, sein Puls würde rasen und sein Herz jeden Augenblick zerspringen, aber es war ein schönes Gefühl. Nicht vergleichbar mit dem furchtbaren Schmerz, der plötzlich durch seine Brust zuckte und noch lange Zeit danach anhielt.

»Ich schreibe noch heute deinen Eltern«, versprach er in einer kurzen Atempause, »dass wir dich hier noch brauchen und Helene zusammen mit Vanessa dich behüten, damit du hier allein in Nürnberg nicht zu viel Unfug treibst!«

»Unfug nennst du das?«, neckte ihn Christine und führte ihre Hand an seinem Bauch nach unten, und Friedrich hoffte in diesem Moment, dass er keine gesundheitlichen Probleme hatte, die ihn plötzlich aus der Bahn werfen könnten.

Als er zur Dämmerung in seine Wohnung hinüberging, lag für ihn eine Einladung auf der Kommode im Flur.

Erstaunt nahm er sie auf und überflog die elegante Handschrift, in der er die seines Bruders erkannte. Anschließend eilte er zu Emma und erkundigte sich, ob sie die Einladung schon gelesen habe.

»Ja, natürlich, sie wurde ja ohne Kuvert zugestellt. Dein Bruder will mit den beiden Leutpolth-Fahrzeugen vor die Öffentlichkeit treten. Weil die Dampfkutsche in Nürnberg als Omnibus funktionieren soll, ist die gesamte Familie eingeladen, diese Fahrt mitzumachen. Wir werden uns überlegen müssen, was wir zu diesem besonderen Anlass anziehen. Nur zwei Tage bis zum großen Ereignis – da bleibt nicht viel Spielraum für Extraanfertigungen!«

In dieser Nacht träumte Friedrich Wilhelm davon, dass er zusammen mit Christine und Helene in der Dampfkutsche saß. Die eine in dem feuerroten Korsett, die andere in einem gelben. Und er? Nun, wie es sich für die Fotos gehörte. Gekleidet nach neuester Mode mit einem Stadtfrack, passender Krawatte und eleganten Schuhen.

Und dann rief jemand nach ihm.

Es war Emmas Stimme, die Stimme seiner Frau.

Verwirrt schlug er die Augen auf und sah sich um.

»Guten Morgen, du Schlafmütze! Es ist gleich neun Uhr, und wir wollen frühstücken, um uns dann mit Karl Ludwig zu treffen. Oder hast du das vergessen?«

»Nein, natürlich nicht – aber ich verstehe nicht, wieso es schon so spät ist!« Er beeilte sich, aus dem Bett zu kommen, erledigte in der Waschschüssel nur eine Katzenwäsche und beeilte sich dann, mit dem Ankleiden fertig zu werden. Wenig später begrüßte er seine Kinder, wobei es Wilhelm war, der ihn immer wieder von der Seite ansah, bis sein Vater endlich reagierte.

»Also gut, Wilhelm, was ist passiert?«

»Können wir heute, nach der Präsentation von Onkel Karls Maschinen, ein Stauchballspiel machen?«

Friedrich überlegte rasch, was sein Sohn meinte, kam aber nicht darauf.

»Es tut mir leid, Wilhelm, aber im Moment kann ich dir nicht folgen. Was für ein Spiel?«

»Aber Papa, dieses Wort hast du selbst benutzt, als wir vom Fußball sprachen!«

»Fußball!« Friedrich Wilhelm zu Leupolth schlug sich mit der flachen Hand an die Stirn. »Du redest von Professor Konrad Koch und seinem neuen Spiel. Ja – wie willst du das denn spielen, Wilhelm?«

Der Junge deutete in eine Ecke, in der ein dunkler, runder Gegenstand lag.

»Hat mir die Tante Cosima aus Braunschweig geschickt, ich dachte, du wüsstest das, Papa! Ihr seid doch Freunde oder Verwandte, oder?«

»Ja, ja, um eintausend Ecken verwandt. Ein Fußball, ja? Kann ich den mal sehen?«

Sein Sohn sprang auf und holte den Lederball, um ihn gleich darauf fröhlich seinem Vater zu präsentieren.

Friedrich hielt ihn abschätzend in den Händen, ließ ihn sogar einmal auf den Boden springen und fing ihn wieder auf, anschließend gab er ihn Wilhelm zurück. *Wie kam die schreckliche alte Frau aus Braunschweig dazu, meinem Sohn einen*

Lederball zu schicken? Ich glaube, ich muss mit Christine mal ein ernstes Wort reden. Er schien völlig vergessen zu haben, dass er derjenige war, der das Geld für den Ball zur Verfügung gestellt hatte.

»Was ist, Vater? Wollen wir ihn mal ausprobieren?« Wilhelm sah seinen Vater mit einem fröhlichen Gesicht an.

»Das geht heute leider nicht, Wilhelm. Du hast schon deinen Sonntagsstaat angezogen, die Magda deine Stiefel auf Hochglanz poliert – wir haben heute vor, bei Onkel Karl Ludwig mitzufahren, wenn er allen Leuten seine beiden Fahrzeuge vorstellen wird. Du weißt doch – der *Leupolth 1* ist eine Dampfkutsche und soll viele Fahrgäste durch Nürnberg transportieren. Und der *Leupolth 2* ist eine Motorkutsche für Familien wie uns. Da müssen wir bei den Leuten doch einen guten Eindruck machen, nicht wahr?«

»Ja, Vater! Da bin ich gern dabei, dürfen wir mit der Motorkutsche fahren?«

»Das muss dein Onkel entscheiden. Aber warum im *Leupolth 2*, Wilhelm?«

Der Junge lachte fröhlich.

»Weil ich da besser die Leute sehen kann. Und die Leute können mich besser sehen! Und meinen Lederball!«

»Den willst du auch mitnehmen?«

»Ich nehme meine Annabelle mit!«, verkündete Friederike und hob ihre hübsche Puppe mit dem ausdrucksstarken Porzellankopf hoch, sodass sie alle sehen konnten.

»Und ich meine Viktoria, Papa, weil sie so heißt, wie Mamas zweiter Vorname!«, beeilte sich die achtjährige Augusta mit ihrer Puppe.

»Natürlich, und ich nehme meine Emma mit!«, rief Friedrich in die Runde und nahm seine Frau in den Arm.

»Hurra, alle Leupolths fahren heute mit den Leupolth-Kutschen! Und ohne Pferde davor!«, verkündete Wilhelm. Das Frühstück war heute schneller als gewöhnlich erledigt und die Familie rüstete sich mit leichteren Jacken und Hüten. Der Frühling schien nun wirklich gekommen zu sein, die Sonne stand an einem wieder einmal fast wolkenlosen, blauen Himmel und versprach einen warmen Apriltag.

Helene und Vanessa traten eben aus der Haustür, gefolgt von Christine und einer Magd, die einen Picknick-Korb trug. Gemeinsam schritt man dann zur Praterstraße, von wo ihnen bereits aus der Gegend des Westtores Lärm und Musik entgegenschallte. Als sie in die Straße einbogen, bot sich ihnen ein buntes Bild. Es hatten sich bereits zahlreiche Neugierige versammelt. Karl Ludwig zu Leupolth hatte es sich nicht nehmen lassen, das schlichte Fabrikgebäude festlich zu schmücken. Bunte Wimpelreihen hingen an der Fassade, und auf dem Dach flatterte eine große Fahne mit dem Wappen der Familie zu Leupolth. Auf dem hellgelben Untergrund hoben sich deutlich Ritterhelm, Löwe und Turm ab. In der umfangreichen Familienchronik hatte einst einer der Vorfahren im 16. Jahrhundert erklärt, warum man den ursprünglich silbernen Wappenhintergrund in die gelbe Farbe veränderte. Die Gelbfärberei, ein nahezu vergessenes Handwerk, wurde durch das Wissen eines weitgereisten Meisters von den zu Leupolths wieder gepflegt und trug nicht unwesentlich zur Vermehrung ihres Vermögens bei. Die Chronik vermerkte auch, dass dieser Tuchfärber eine absolute Ausnahme war. Obwohl er körperlich verunstaltet war, heiratete er und fand in seiner Frau eine tüchtige Gehilfin. Was die Chronik zudem vermerkte: Die Farbe Gelb im Wappenhintergrund symbolisiert ja heraldisch das Gold, und in jener Zeit wandelte sich nahezu alles, was die Leupolths in die Hand nahmen, zu Gold – zumindest im übertragenen Sinne.

Alles deutete nun darauf hin, dass auch der neue Zweig des Hauses, der sich mit der Herstellung von pferdelosen Kutschen beschäftigte, erfolgreich werden würde. Auch Friedrich Wilhelm zu Leupolth wurde von seinem Bruder beim Empfang überrascht. Die Dampfkutsche, die bereits mächtig Rauch aus dem langen Rohr ausstieß, war noch einmal umgebaut worden und wies am hinteren Ende eine Plattform auf. Sie ermöglichte nicht nur die Aufnahme eines größeren Dampfkessels, sondern bot auch noch Platz für einen Mann, der die Ventile regulierte und den Ofen überwachte. Die größte Neuerung neben den ausgetauschten Ventilen bot aber der Anblick eines Anhängers, der so konstruiert wurde, dass er mit einem Dach aus dickem Segeltuchstoff bei schlechter Witterung geschlossen werden konnte. Heute aber, bei dem herrlichen Frühlingswetter, war das Verdeck nach hinten aufgerollt und mit Lederriemen gesichert.

Polizisten zu Fuß und zu Pferd sorgten dafür, dass die Fahrzeuge nicht von den Passanten zu dicht umlagert wurden oder gar die ganz Mutigen darauf kletterten. Nach der Ankündigung in den hiesigen Zeitungen vor zwei Tagen hatte Karl Ludwig zwar schon für Hilfskräfte gesorgt, die seine kostbaren Maschinen bewachten, aber auch das Militär war vor Ort. Da gab es eine Abordnung hochgestellter Offiziere, darunter sogar zwei Generäle direkt aus Berlin angereist. Sie sollten sich einen Überblick verschaffen und dann dem Kaiser berichten, ob derartige Fahrzeuge auch für den militärischen Einsatz genutzt werden konnten.

Jetzt kam noch zu den bereits vor der Halle spielenden Musikern, die zur Privilegierten Hauptschützengesellschaft von 1429 gehörten, ein weiterer Musikzug mit klingendem Spiel anmarschiert und wurde von den Zuschauern mit großem Jubel begrüßt.

Karl Ludwig zu Leupolth stand, bekleidet mit Frack und Zylinder, bei seiner Dampfkutsche und fieberte dem Augenblick der Abfahrt entgegen. Herzlich war die Begrüßung der Familienmitglieder, und der Konstrukteur dieser neuen Maschinen begann, sie auf die Fahrzeuge zu verteilen.

»Ich möcht gern den Zuschauern zeigen, dass meine Motorkutsche das ideale Fahrzeug für Familien ist. Deshalb, lieber Bruder, dachte ich mir, dass du mit den deinen auf den gut gepolsterten Bänken Platz nimmst. Mein Chefkonstrukteur Erich Winter übernimmt die Lenkung der von *Leupolth 2*, ich selbst muss bei der Dampfmaschine bleiben. Die Verantwortung will ich keinem Zweiten überlassen.

Vanessa, liebes Schwesterherz, nimm bitte mit deinen Damen im offenen Anhänger Platz, ich möchte, dass man die schönsten Frauen Nürnbergs dort gut platziert wahrnimmt! Das Reisen mit der Dampfkutsche soll schließlich pures Vergnügen sein, selbst, wenn man nur einmal durch oder um die Stadt fahren will.«

Während Emma und ihre Magd den Kindern beim Einsteigen halfen, nahmen die anderen ihren Platz im großzügig gepolsterten Anhänger der Kutsche ein. Und kurz darauf rief Karl Ludwig zu Leupolth die geladenen Gäste auf. Es waren alles Honoratioren der Stadt, die würdevoll heranschritten und sich entweder gegenüber den drei Damen setzen mussten, oder aber in dem geschlossenen Dampfwagen ihre Plätze erhielten. Das nahm einige Zeit in Anspruch, denn die hinteren Räder des Dampfwagens waren mehr als mannshoch, um sowohl dem Dampfkessel als auch der Feuerungsanlage genügend Platz zu geben. So mussten die Gäste über eine steile Leiter am Kutschkasten hinaufklettern, was schon für einige Heiterkeit sorgte. Der Anhänger war erheblich niedriger und konnte von den Damen in ihren engen Kleidern mühelos bestiegen werden.

Die zuschauenden Damen tauschten sich halblaut über die Garderobe der drei Schönheiten aus, die offenbar alle mächtig geschnürt wurden. Jedenfalls wiesen einige der etwas kräftigeren Damen neidvoll auf die engen Taillen, und einige der umstehenden Herren mussten sich zusammenreißen und ihren Blick abwenden, wollten sie nicht den Zorn ihrer Begleitung herausfordern.

Doch in jedem Fall waren diese drei Frauen so elegant gekleidet, dass sich manche der Zuschauerinnen fragen mochte, was ein solches Kleid aus dem Hause zu Leupolth wohl kosten möge. Ihre männlichen Begleiter interessieren sich jedoch überwiegend für die sichtbare Technik der Motorkutsche, die auf den ersten Blick wirklich wie eine Kutsche wirkte, bei der man nur noch die Pferde davor spannen musste.

Dann war der große Augenblick gekommen, die beiden Kapellen spielten gemeinsam eine flotte Weise, die dann unvermittelt in den Chinesischen Galopp des Komponisten Johann Strauß Vater überging, und die Zuschauer zu begeisterten Beifallsstürmen verleitete. Die Dampfmaschine stieß einen Pfiff aus, ruckte an, und das Gespann zockelte die Praterstraße entlang. Zuerst liefen noch einige Kinder jubelnd daneben her, dann aber beschleunigte die Maschine, und immer mehr blieben lachend und winkend zurück, während die mächtigen Dampfwolken und das rhythmische Stampfen der Maschine langsam in der Ferne verschwand.

»So, Herrschaften, bitte festhalten, wir starten auch!«, verkündete Ingenieur Winter, nahm seinen Zylinder zum Gruß ab und startete die Motorkutsche. Ein wenig ruckelnd fuhr auch sie an. »Bitte festhalten, damit mir niemand herausfällt! Junger Mann, halte deinen Ball fest, jetzt beschleunige ich! Wir müssen nur etwas Sicherheitsabstand zur Dampfkutsche einhalten, hat uns Ihr Herr Bruder befohlen!«

»Aber das ist ja ganz wunderbar!«, rief Emma zu Leupolth begeistert aus. »Seht nur Kinder, wie die Landschaft an uns vorbeiwandert!«

»Aber Mutter!«, rief Wilhelm empört aus. »*Wir* fahren doch durch die Landschaft und bewegen uns!«

Alle lachten und wunderten sich über den Motorenlärm, über den man recht kräftig rufen musste, um sich zu verständigen. Aber das gute Wetter übertrug sich auf die hervorragende Laune der Menschen. Alles strahlte vor Glück, und noch immer säumten die Nürnberger die Praterstraße entlang der Fahrstrecke.

So rollten die Fahrzeuge bis zum Plärrer, als Erich Winter erkannte, dass sein Chef die Dampfkutsche anhielt. Er hielt in entsprechender Entfernung ebenfalls an, stellte den Motor aus und sprang aus der Motorkutsche.

»Bitte um Entschuldigung, aber ich muss dort möglicherweise helfen.« Damit legte er den Zylinder auf das Trittbrett und eilte hinüber zur Dampfkutsche, wo der Konstrukteur mit hochrotem Kopf an den Ventilen arbeitete.

»Ach Erich, ausgerechnet jetzt versagt eines der Ventile! Wie unangenehm, aber ich bekomme es hin, wir hatten das ja schon einmal bei einer Probefahrt.«

»Wenn Sie mir eine Bemerkung erlauben, Herr zu Leupolth? Wir sollten den Anhänger abkoppeln und ein Stück nur mit der Dampfkutsche fahren, um die Maschine kurz zu entlasten!«

Karl Ludwig warf ihm einen hektischen Blick zu, dann nickte er.

»Also gut, dann wollen wir die Verbindung lösen!«

»Gibt es ein ernsthaftes Problem, Karl?«, erkundigte Vanessa sich besorgt.

»Nein, das hat nichts weiter zu bedeuten. Ich bin jetzt mal ganz unhöflich und lasse euch hier einen Moment auf dem Plärrer stehen – dafür ist der Platz ja groß genug. Ernst und ich drehen nur eine Extrarunde, um zu sehen, warum die Maschine so tut, als wäre sie bereits unter Volllast. Dazu erhöhen wir kurzzeitig den Druck und wenn alles wieder einwandfrei funktioniert, beenden wir in einem Kreis unsere kleine Extratour und sind wieder bei euch, noch bevor jemand ein Gedicht aufsagen kann!«

»Oh, dann fange ich gleich mal mit dem Gedicht an, das wohl ein jeder von uns noch aus der Schulzeit kennt – Schillers Glocke!« Und mit lauter, fröhlicher Stimme deklarierte Vanessa gleich darauf:

»Fest gemauert in der Erden
Steht die Form, aus Lehm gebrannt.
Heute muss die Glocke werden!
Frisch, Gesellen, seid zur Hand!
Von der Stirne heiß
Rinnen muss der Schweiß,
Soll das Werk den Meister loben;
Doch der Segen kommt von oben.«

Die Dampfkutsche war abgekoppelt, Karl stieg auf die Plattform, der Kutscher auf dem Bock bekam das Zeichen, die Bremse wieder zu lösen, und zischend sowie dicke Wolken ausstoßend, setzte sich die Dampfkutsche erneut in Bewegung. Ernst Winter blieb bei der Motorkutsche und beobachtete aufmerksam den aufsteigenden Rauch.

Dann startete er ebenfalls das benzingetriebene Fahrzeug und fuhr langsam hinter dem anderen her, um jederzeit helfen zu können. Karl hatte sich entschieden, auf dem großen Platz, der schon in frühester Zeit den Namen Plärrer erhalten hatte, eine große Runde zu fahren. Er war sich der historischen Bedeutung des Platzes wohl bewusst, denn hier fuhr im Jahre 1835 die erste Lokomotive nach Fürth ab. Da war es für ihn schon wichtig, dass seine Dampfkutsche nicht ausgerechnet hier und an diesem wichtigen Tag versagen würde.

Er drehte die Ventile weiter zu und erhöhte den Dampfdruck. Das Geräusch der arbeitenden Zylinder vertrieb gleich darauf seine sorgenvolle Miene, und elegant lenkte der Kutscher das Fahrzeug in einem Bogen zurück. Für die Lenkung hatte sich Erich Winter ein interessantes Umlenksystem erdacht, das über Stangen in Zahnräder griff und augenblicklich Wirkung zeigte. Die Pleuel der

Zylinder arbeiteten über Sperrklinken und trieben die Kutsche kontinuierlich über das holprige Pflaster. Gerade hatte die Kutsche unter dem Applaus der Insassen, die ihre Fenster heruntergelassen hatten und fröhlich hinaussahen, den Kreis vollendet und war fast wieder bei der Motorkutsche angelangt, als das Unglück geschah.

Es gab einen ohrenbetäubenden Knall, und aus dem geplatzten Kessel schoss das kochende Wasser. Durch die Explosion war der hölzerne Aufbau der Kutsche zerstört und die Passagiere wurden im nächsten Augenblick auf fürchterliche Weise verbrüht. Einen dicken, heißen Strahl bekam Karl direkt ins Gesicht ab, als er noch eine Hand zum nächsten Ventil führte. Er stürzte auf das Pflaster und war tot, bevor er aufschlug.

Sein Bruder Friedrich Wilhelm, der augenblicklich von der Motorkutsche sprang, und zu Karl lief, um ihm zu helfen, stieß einen mächtigen Schrei aus. Die Schreie der Schwerverletzten und die Zurufe der Familie verhallten ungehört in seinen Ohren, denn die gewaltige Explosion hatte alle vorübergehend taub werden lassen.

Mit wenigen Sätzen war Friedrich Wilhelm bei seinem Bruder, wollte sich über ihn beugen, als ihn selbst ein zweiter, mächtiger Dampfstrahl traf, der ihm das Fleisch bis auf die Knochen verbrühte.

Das alles geschah in einer unglaublichen Schnelligkeit. Noch bevor jemand begriff, was hier gerade geschehen war, lagen die beiden Brüder wie miteinander verschlungen in dem noch immer dampfenden Wasser. Chefkonstrukteur Erich Winter, Emma zu Leupolth und die Frauen im abgekoppelten Anhänger saßen minutenlang wie gelähmt, bis endlich aus der Ferne das Klingeln der Feuerwehr nahte. Ein Spritzenwagen wurde von vier Pferden in rascher Geschwindigkeit herangefahren, ein Feuerwehrmann schlug noch immer die Glocke, die wie aus weiter Ferne an Emmas Gehör drang. Sie schluckte mehrfach und spürte, wie ihre Ohren wieder frei wurden. Mit weit aufgerissenen Augen starrte sie ungläubig auf die Trümmer der Dampfkutsche. Das Holz des Aufbaus war fast völlig auseinandergerissen, die Dampfmaschine noch immer von dickem, heißen Dunst umgeben, und die Feuerungsanlage, auf die zischend heißes Wasser sprühte, trug nicht unwesentlich zu noch mehr Dampf bei, der alles gnädig verhüllte. Emma wollte sich erheben und zu ihrem Mann und Schwager eilen, aber als sie aufstand, sank sie sofort in die Polster zurück und wurde von einer gnädigen Ohnmacht umfangen.

Magda, die treue Magd, hielt die drei Kinder fest im Arm, die noch immer nicht begriffen, was da nur wenige Meter vor ihnen gerade geschehen war.

16.
Zukunftspläne, Nürnberg, Ende April 1877

Es war ein schwarzer Tag in der Geschichte der Stadt Nürnberg.

Nicht nur, dass bei dem furchtbaren Unglück die beiden Brüder der Familie zu Leupolth ums Leben kamen – es befanden sich auch einige der wichtigsten Bürger der Stadt unter den Toten und viele Familien waren von dem Unglück betroffen. Man richtete für alle Opfer einen Gedenkgottesdienst zur gleichen Zeit aus, wenn man auch auf die verschiedenen Kirchen ausweichen musste, denn nahezu die gesamte Stadt war auf den Beinen, um den Toten ihre Ehre zu erweisen.

Mehr als eine Woche nach der Beerdigung war nun vergangen, aber noch immer war das Unglück in den besten Häusern der Stadt Tagesgespräch. Da konnte es kaum verwundern, dass sich an diesem frühen Vormittag ein Herr Anton von Heroldsberg melden ließ, um den Damen persönlich das Beileid auszusprechen.

Als der Hausknecht den Damen seine Karte überbrachte, bemerkte Emma zu Leupolth zu den anderen im Salon Versammelten:

»Kaum sind die Särge in die Erde gesenkt worden, nähern sich schon die Leichenfledderer! Doch, Vanessa, ich weiß, was ich rede, denn ich habe mich in den letzten Tagen durch das Lesen der alten Familienchronik etwas abgelenkt. Diese Familie«, und damit deutete sie auf die Karte, »hat schon in früheren Zeiten unseren Erfolg geneidet. Da wird der Herr Anton kaum anders denken, als sich uns hilflosen Frauen aufdrängen zu wollen. – Ich lasse bitten, Jonas!«

Der Hausdiener verbeugte sich stumm, kehrte zu dem im Empfangszimmer wartenden Herrn zurück und geleitete ihn nun in den Salon.

Anton von Heroldsberg war ein kleines, sehr korpulentes Männchen, dazu glatzköpfig und ständig schwitzend. Schon bei seinem Eintritt graute Emma davor, diesem Mann die Hand reichen zu müssen.

»Meine Damen, ich hoffe, ich störe Sie nicht. Es liegt mir aber auf dem Herzen, Ihnen mein aufrichtiges Beileid noch einmal persönlich zu überbringen und bei dieser

Gelegenheit meine Hilfe anzubieten. Das Haus der Familie von Heroldsberg ist seit vielen Jahren...«

»Herzlichen Dank, Herr von Heroldsberg!«, unterbrach Emma ihn mit einem kühlen Lächeln, ohne ihm einen Platz anzubieten. Verwundert ließ der Besucher seinen Blick über die ernsten Gesichter der drei Frauen am Tisch gleiten. Er kannte vom Sehen Vanessa und Helene, nicht jedoch die junge Christine, deren Schönheit aber schon in Nürnberg gelobt wurde.

Das ist also die junge Frau, die sich in Unterwäsche abbilden lässt! Noch dazu in einer Zeitschrift, die nahezu jeder kaufen kann. Na, mein Täubchen, du würdest mir in meinem Haus gerade gefallen können!, dachte von Heroldsberg und wischte sich einmal mehr mit einem Tuch den Schweiß von der Stirn.

»Sie werden uns entschuldigen müssen, aber wir sind derzeit noch nicht auf Besuche eingerichtet. Die Geschäfte nehmen uns ganz in Anspruch, wir haben sehr viel aufzuarbeiten.«

»Oh, das verstehe ich natürlich, gnädige Frau. Es ist ja nur so, dass Sie nun als alleinstehende Witwe kaum in der Lage sein werden, die Geschäfte Ihres Mannes fortzuführen. Deshalb auch mein heutiger Besuch, denn mit meiner Erfahrung und dem hinter mir stehenden...«

»Ach, Herr von Heroldsberg!«, antwortete Emma mit einer Schärfe im Ton, die man sonst nicht von ihr kannte. »Wir sind nicht mehr im finsteren Mittelalter, wo Frauen die Geschäfte ihres Mannes nach dessen Tod an die Mitglieder der Gilde abgeben mussten! Was glauben Sie, was wir hier machen? Sie sehen meine Schwägerin Vanessa zu Leupolth damit beschäftigt, die neuen Entwürfe in die Schneiderei zu geben, Cousine Helene ist dabei, neue Näherinnen einzustellen, Christine unterstützt uns tatkräftig, und ich erlerne gerade den Umgang mit einem fotografischen Apparat. Da frage ich mich, wie ich Ihr Angebot zu verstehen habe?«

»Nun, ich will es einmal so ausdrücken«, begann von Heroldsberg erneut, musste sich aber erneut den Schweiß abwischen. »Es ist doch ganz undenkbar, dass Frauen eine derartige Firma übernehmen und lenken können. Da wollte ich meine Erfahrungen...«

Ein heftiges Klingeln unterbrach ihn.

Emma hatte die Tischglocke aufgenommen und mit solcher Kraft geläutet, dass Jonas mit erschrockener Miene in das Zimmer stürzte.

»Jonas, begleite bitte Herrn von Heroldsberg hinaus, er möchte gehen!«

»Aber, gnädige Frau, ich...«

Wortlos drehte sich Emma zu den anderen und wartete ab, bis die Tür leise wieder ins Schloss fiel.

»Du bist ja fest entschlossen, alle Achtung, Emma!«, sagte Vanessa als Erste in der Runde. »Dabei hat der Mann nicht einmal unrecht!«

»Ach was, Vanessa, wir müssen nach vorn schauen! Werfe mal einen Blick mal in die alten Chroniken, die Familie zu Leupolth hat immer Schicksalsschläge überwunden. Ganz schlimm auch im Dreißigjährigen Krieg, lies mal den Abschnitt aus dem Jahre 1630! Da gab es auch keine Männer mehr, die überlebten, aber die Witwen und andere Verwandte haben alles im Sinne der Verstorbenen weitergeführt!«

»Und was planst du für uns, Emma? Ich bewundere dich wirklich, denn bislang hast du dich nur um die Kinder gekümmert und keinen Einblick in das Geschäft gehabt!«, antwortete Vanessa ihr.

Aber Emma schüttelte den Kopf.

»Denk das bloß nicht, Vanessa. Natürlich habe ich mich um unsere drei lieben Kinder gekümmert. Aber da war mir unsere Magda eine große Hilfe. Wenn Friedrich Wilhelm auf Reisen war, habe ich mit den Buchhaltern und den Menschen in der Spedition zusammengesessen, um aktuelle Dinge zu besprechen. Ich kann dir sofort Zahlen vorlegen, die dich staunen lassen werden!«

»Das freut mich natürlich sehr, Emma. Und die Zahlen...?«, antwortete ihre Schwägerin etwas zögerlich.

»Alles bestens, das kann ich euch versichern. Wir haben allein durch den großen Krieg gegen Frankreich unglaublich viel Geld verdient, denn die zahlreichen Uniformen, die wir geliefert haben, brachten uns in einem halben Jahr mehr Geld ein als alle übrigen Geschäfte sonst. Ich denke, wir werden uns in Zukunft ganz auf die Modemarke *Leupolth* konzentrieren. Dazu schlage ich euch vor, dass wir vier gemeinsam in die Geschäftsführung eintreten, wobei Vanessa und Helene für ihre Creation verantwortlich sind. Seit dem furchtbaren Unglück sind aus dem gesamten Kaiserreich unglaubliche Mengen an Bestellungen für die Korsetts eingegangen. Ich habe den Eindruck, dass in Zukunft fast jede Frau eines unserer Modelle tragen möchte!«

»Aber... ich bin...«, stotterte Christine etwas überrascht, und Emma lächelte ihr freundlich zu.

»Du, Christine, bist unser Aushängeschild für die Korsetts. Nicht nur deine wunderbare Figur kommt darin zur Geltung, auch dein hübsches Gesicht wirkt dazu auf besondere Weise, wie mir der Herausgeber des *Bazar* versicherte. Er hat mir gestern dazu telegrafiert!«, erklärte Emma und wedelte mit dem Telegramm.

»Er hat dir ein Telegramm geschickt, Emma?«

»Nein, natürlich ging es an Friedrich Wilhelm, schließlich ist... war er der Direktor der Firma. Aber er schreibt, dass er dringend weitere Bilder von uns benötigt und die neuen Modelle in den nächsten Ausgaben vorstellen will, sehr ausführlich, mit Bezugsangaben, natürlich!«, lächelte die Witwe.

»Aber das bedeutet... nein, den letzten Entwurf deines Mannes können wir nicht fotografisch darstellen, das würde zu Problemen mit den Sittenwächtern führen!«, fügte Vanessa hinzu.

»Ihr wollt mich wirklich in die Firma aufnehmen?«, erkundigte sich Christine noch einmal ungläubig.

»Spricht irgendetwas dagegen, meine Liebe?«, erkundigte sich Emma mit einem kritischen Blick zu der jungen Frau, die sofort feuerrot anlief.

»Nein, ich kann nur... kann nur... danke, Emma, danke!« Sie war aufgesprungen und umarmte die Frau, die sie mit ihrem Mann so oft schon betrogen hatte.

»Gut, über die Einzelheiten eines Vertrages werden wir mit unserem Firmenanwalt reden. In der Zwischenzeit bitte ich Vanessa und Helene, ihre ganze Kraft in die neue Kollektion zu stecken. Wenn ihr meinen Rat hören wollt, kommt zu mir, jederzeit. Ansonsten sehen wir uns zu den fotografischen Arbeiten. Jetzt möchte ich mit dem ersten Termin zu unseren Anwälten. Ich denke, wir sollten uns von den Geschäftszweigen trennen, die nichts mit unserem Modegeschäft zu tun haben. Also die Gaswerke, die Kanalarbeiten, Kaffee und Brauerei halte ich für entbehrlich. Dafür wollen wir lieber in weitere Geschäfte in anderen Städten investieren.«

»Das ist alles... wie ein Traum!«, stammelte Christine.

Emma griff erneut zur Tischglocke, und unmittelbar nach dem Klingeln betrat Jonas wieder den Salon. Diesmal balancierte er ganz behutsam ein Tablett mit vier gefüllten Gläsern.

»So, meine Damen – ein Gläschen Champagner schien mir jetzt angemessen! Auf das Haus zu Leupolth – und die *Creation Vanessa & Helene*!«

Die Gläser klirrten leise, als sie anstießen, und wohl keine der vier Frauen zweifelte daran, dass sie ihre Modemarke zu einem großen Erfolg ausweiten würden. Zahlreiche Geschäfte im Kaiserreich sollten folgen, und schon vier Jahre später, 1881, kamen sie mit einem gewissen Rudolph Karstadt ins Geschäft, der gerade seine Firma Tuch-, Manufactur- und Confectionsgeschäft Karstadt in Wismar gegründet hatte, dem rasch weitere Häuser folgten.

INTERLUDIUM: DAS PORTRÄT

»Oh, der Herr zu Leupolth, willkommen! Ich werde Sie sofort anmelden!«

Während der Hausdiener Friedrich Wilhelm zu Leupolth noch die Tür aufhielt, und der Besucher eintrat, stand das Hausmädchen schon bereit, um ihm Hut und Mantel abzunehmen.

‚Was um alles in der Welt ist denn jetzt in ihn gefahren, dass er sein Hausmädchen derart provokant herumlaufen lässt! Und dazu diese langen, schwarzen Haare, ungeordnet und schulterlang!‘, dachte der Besucher, denn das junge Mädchen trug nur eine weiße Bluse mit schmalen Trägern, die zudem einen tiefen Einblick gewährte. Das allein hätte schon fast genügt, ihn noch auf der Schwelle umkehren zu lassen, aber der weite, gestreifte Rock, der nur fast bis zur nackten Wade des Mädchens reichte, war einfach für ein Dienstmädchen ein unglaublicher Aufzug.

Friedrich Wilhelm zu Leupolth gefiel die sonst stets unaufdringliche Art des Personals, wenn ihm auch sonst sein ehemaliger Schulfreund Karl-Theodor von Gebershausen mit seiner ewigen Angeberei gewaltig gegen den Strich ging. Trotzdem war er dieser Einladung gefolgt, denn was ihm Karl-Theodor angekündigt hatte, war schon eine Sensation. Aber während der Hausdiener wie stets im schwarzen Gehrock, hohem Kragen und einer dezenten *Cravate* ging, war der Auftritt des Mädchens eine einzige Provokation. Aber sie schien das durchaus zu wissen und auch zu spüren, errötete leicht und lächelte den Besucher an.

»Bitte, Herr zu Leupolth, der gnädige Herr lässt bitten!«

‚*Karl-Theodor ist doch ein ewiger Parvenue! Seinen Adelstitel hat er nach dem frühen Tod seiner Frau übernommen, ebenso wie ihr Vermögen. Arme Wilhelmine, hast du jemals geahnt, wem du da deine Liebe geschenkt hast?*‘, schoss es ihm durch den Kopf, als er nun in den Salon trat.

Ein seltsamer Geruch empfing ihn hier, den er nicht sofort unterscheiden konnte. Zweifellos der Duft einer guten Zigarre, die Karl-Theodor ständig in der Hand hielt. Dazu noch eines dieser Parfums, mit denen sich der eilte Geck ständig geradezu übergoss. Aber noch etwas Anderes lag in der Luft, ein Geruch nach Farbe und Firnis.

Der Herr des Hauses war bei seinem Eintritt aufgesprungen und eilte mit ausgestreckter Hand auf seinen Besucher zu. Friedrich registrierte rasch sein modisches Äußeres, zumal sein Haus den Stoff für den Anzug nach neuester Mode geliefert hatte.

Karl-Theodor sah sich selbst gern in der Rolle eines Bohémien und kleidete sich ähnlich, wie man es derzeit von Künstlern her kannte. Den steifen Hemdkragen ließ er weit geöffnet und schlang nur lose ein weites, schwarzes Tuch darum, das über der Weste hing. Seine Jacke war ungewöhnlich kurz geschnitten, die Hose stach aufgrund ihrer auffälligen Farbe von der sonst nur schwarz-weißen Kleidung ab. Hier hatte sich der Herr eine senffarbene *Unaussprechliche* geleistet, die für Friedrich Wilhelm geradezu eine stilistische Beleidigung war.

»Mein lieber Friedrich!«, begrüßte ihn Karl-Theodor überschwenglich. »Du bist mein liebster Freund seit unseren Schultagen und sollst deshalb auch als Erster die Ehre haben, meinen neu gestalteten Salon zu betrachten. Aber zuerst ein Glas Champagner, mein Bester, dann die Gemälde – und das Beste folgt zum Schluss!«

Friedrich Wilhelm wollte etwas erwidern, aber schon stand Lisa, das Mädchen, an seiner Seite, lächelte ihn mit ihren himmelblauen Augen strahlend an und hielt ihm das kleine Silbertablett mit einem Champagnerglas hin.

Friedrich Wilhelm, aus dem alten Geschlecht der Patrizierfamilie zu Leupolth stammend, hatte durchaus ein Auge für die Schönheit des weiblichen Geschlechts. Verheiratet mit Emma Viktoria Luise und Vater von bildhübschen Kindern, genoss er doch auch die Anwesenheit junger Frauen im Haus seiner Schwester Vanessa, die immer wieder neue Modeideen hatte und dafür geeignete Frauen aus ihrer Näherei zum Anprobieren um sich hatte. Es wäre natürlich unter seiner Würde gewesen, seine Gattin mit einem Dienstmädchen zu betrügen. Aber er wusste, dass es sein Freund da schon zu Lebzeiten seiner Frau nicht so genau nahm.

Jetzt standen die beiden Herren vor der ersten Wand, die mit einem schweren, dunkelroten Samtvorhang bedeckt war. Friedrich hatte sofort beim Eintritt nicht nur den Geruch wahrgenommen, sondern auch bemerkt, dass die rechte Wand und die Stirnwand vollständig auf diese Weise verhüllt war. Trotzdem brach das helle Tageslicht kräftig herein, denn die Fenstervorhänge hatte man weit aufgezogen.

»Du erinnerst dich, mein Lieber, dass meine selige Wilhelmine und ich seit jeher die schönen Künste gefördert haben. Mehrfach waren wir dazu in Belgien und Frankreich gereist und haben so manchem Künstler dabei unter die Arme gegriffen.«

Karl-Theodor hüstelte dezent und wartete auf eine Reaktion des Freundes, aber der konnte sich nur an eine Reise des Ehepaares erinnern, die damals dem Kauf verschiedener Weinsorten gegolten hatte. Als die Lieferung eintraf, wurden seine Frau und er zum *goutieren* gebeten, wie man sich gern ausdrückte. Friedrich hatte bei der Erinnerung an diese Weinprobe sofort wieder einen sauren Geschmack auf der Zunge. Er schwieg und nickte nur zustimmend.

»Einer dieser Künstler war bei unserem Besuch in seinem Atelier schon sehr vielversprechend. Man kaufte seine Werke zu wohlfeilen Preisen, und da konnten wir auch nicht zurückstehen. *Voià* – hier ist nun das Porträt seiner Geliebten Lise Tréhot, das er schlicht *En été* nannte. Aber es ist mehr als nur ein ungewöhnliches Porträt, es ist für Kunstverständige wie mich schlicht das Sinnbild für *La Bohémienne,* wie es der Meister im Gespräch mit mir selbst nannte. Seine Lise ist ein Symbol für die leichte Lebensweise, die man in Paris nun schon lange kennt. Aber bei uns ist man da leider sehr schwerfällig, wie du wohl weißt, mein Lieber.«

Friedrich bemerkte wohl den raschen Seitenblick, reagierte aber nicht auf diese Anspielung. Er trat etwas näher, weil er sich ein wenig über die Frische der Farbe wunderte. Und täuschte er sich oder kam der jetzt stärke Firnis-Geruch von diesem Bild? Nein, vermutlich nicht, denn Renoir mochte das Bild erst kürzlich vollendet haben.

»Suchst du nach seinem Zeichen?«, erkundigte sich Karl-Theodor und gab dem Mädchen ein Zeichen, noch einmal einzuschenken. Wie selbstverständlich hatte er die

Champagnerflasche in einem großen, silbernen Kübel lagern lassen, der mit Eiswürfeln bis zum Rand gefüllt war.

Natürlich lagerte man auch im Haus Leupolth das Bier mit im Winter geschnittenen Eisblöcken. Aber auch hier zeigte der Gastgeber sein verschwenderisches Gebaren, indem er einen solchen Eisblock im Sommer in kleine Stücke schlagen ließ, um damit eine einzige Flasche Champagner zu kühlen.

Als Karl-Theodor seine Frage wiederholte, schrak Friedrich aus seinen Gedanken.

»Wie? Ja, ja, entschuldige bitte. Mich interessiert immer, wie ein Künstler sein Werk unterzeichnet.«

»Links auf dem dunklen Stuhlrahmen findest du seinen Namen!«, antwortete Karl-Theodor mit leichter Herablassung im Ton. Tatsächlich beugte sich sein Gast etwas vor und studierte die Stelle genau, bis er den ebenfalls in dunkler Ausführung geschriebenen Schriftzug *Renoir* erkannte.

‚Lisa! Du liebe Güte, Karl-Theodor, jetzt fällt es mir wieder ein! Das Mädchen heißt Elisabeth, und jetzt hört sie auf den Namen Lisa – und muss sich ähnlich kleiden wie die Geliebte des französischen Malers! Oh sancta simplicitas!', schoss es Friedrich in diesem Moment durch den Kopf. Die eigentlich ungehörige, weil zu offenherzige Kleidung, dazu der weite, gestreifte Rock – jetzt machte alles einen Sinn.

Aber für weitere Erörterungen blieb keine Zeit, denn nun folgten weitere Porträtgemälde, die der eilte Gastgeber jeweils durch einen kleinen Zug am Seil des Vorhanges enthüllte. Es waren nichtssagende Gesichter, die Friedrich ansahen, einige ältere Männer und Frauen, ein Porträt einer jungen Frau, in der er mit einigem Wohlwollen schließlich glaubte, die Züge der verstorbenen Wilhelmine erkennen zu können.

»Ein wirkliches Kunstwerk, was meinst du? Der Künstler stammt aus Augsburg, ich begegnete ihm zufällig bei einer Reise. Es gab ja leider nur eine Miniatur meiner geliebten Wilhelmine, und danach schuf der Künstler dieses Werk.«

»Sehr schön!«, murmelte Friedrich, der sich rühmen durfte, einiges mehr von der Porträtmalerei zu verstehen als dieser *Parvenue*. Seit vielen Generationen war es im Hause zu Leupolth üblich, Porträts der Familienmitglieder anzufertigen. Im Laufe der Zeit wurden es so viele, dass sie in den vier Häusern der Familie in der Tuchgasse verteilt waren.

Friedrich Wilhelm zu Leupolth dämmerte es bereits beim zweiten Porträt, weshalb Karl-Theodor nun seine eigene Galerie präsentieren musste. In Ermanglung entsprechender Vorfahren legte er nun seinen ganzen Ehrgeiz darein, mit dieser Sammlung zu glänzen. Vermutlich würde in Kürze ganz Nürnberg durch sein Haus marschieren müssen, um den Geschmack und den Reichtum des Besitzers zu bewundern.

Friedrich begann bereits, sich zu langweilen, außerdem schmeckte ihm das gekühlte Getränk überhaupt nicht. Es schien ihm auch nicht sonderlich zu bekommen, denn er spürte ein seltsames Brennen in der Magengegend und machte eine abwehrende Handbewegung, als ihm Lisa, das Dienstmädchen, nachschenken wollte. Sie drehte sich mit dem Tablett zu ihrem Herrn und konnte nicht vermeiden, dass ihr ein Träger der Bluse herunterrutschte und fast die ganze Brust dadurch enthüllte.

Der Besucher tat so, als hätte er das nicht bemerkt, fühlte sich aber peinlich berührt und trat prüfend an das nächste Gemälde heran. Alle schienen noch den Geruch von Farbe abzusondern. Friedrich Wilhelm zu Leupolth, dessen Haus sich verstärkt der Herstellung modischer Kleidung verschrieben hatte, pflegte doch auch immer noch als kleine Liebhaberei einen Gewürzhandel, der einst ebenfalls zum Reichtum der Familie geführt hatte. Er besaß auch einen überaus feinen Geruchssinn, den er durch diesen Geruch jetzt belästigt sah. Gerade wollte er sich erkundigen, ob man wohl eines der Fenster öffnen könnte, als sein Gastgeber mit einem Ruck das letzte Gemälde enthüllte.

»So, Friedrich Wilhelm, das dürfte nun für die gesamte Kunstwelt eine Sensation darstellen. Sicher wirst du den Namen des leider schon lange verstorbenen Künstlers kennen. Aber wohl nur wenige Menschen des 19. Jahrhunderts dürfen sich rühmen, eine Arbeit des großen Leonardos zu besitzen.«

Mit diesen Worten enthüllte er das letzte Gemälde auf dieser Wand, und fast wäre sein Besucher erschrocken einen Schritt zurückgetreten.

Er blickte in das seltsam wirkende Gesicht einer Frau unbestimmten Alters. Träge Augen, ein schmaler Mund, fast weiße Gesichtsfarbe, rötliche Haare. Sie wirkte nicht sonderlich glücklich, und Friedrich fühlte sich fast ein wenig abgestoßen. Aber Karl-Theodor schien der Besitz dieses Gemäldes ungeheuer stolz zu machen.

»Hast du es bemerkt? Ein Leonardo, mein lieber Freund, unglaublich, ich weiß, aber ich habe ihn selbst während meiner Reise durch Belgien im Haus eines anderes Künstlers entdeckt.«

»So? Und wen stellt das Gemälde da?«

»Wie mir der gute Mann mitteilte, dem ich es abgekauft habe, schuf es Leonardo da Vinci bereits im hohen Alter während seines Aufenthaltes in Frankreich, Es stellt Ginevra de 'Benci dar, ungewöhnlich, nicht wahr? Ich sehe, du bist davon angetan. So erging es mir auch, Friedrich, dieser Blick hielt mich sofort gefangen, ich musste es einfach haben. Aus Respekt für meine liebe Wilhelmina habe ich es jedoch weit von ihr entfernt aufgehängt.«

Friedrich entdeckte kein Zeichen des großen Mannes, was aber nach seinem Wissen auch nicht ungewöhnlich war. Vielmehr fand er es ungewöhnlich, dass Leonardo in diesem Falle auf Leinwand gemalt hatte. Friedrich Wilhelm zu Leupolth war bekannt, dass es bislang nur Gemälde von ihm auf Holz gab. Er hatte bei seinem letzten Besuch in Paris den Louvre aufgesucht und sich dort auch natürlich die weltberühmte Mona Lisa angesehen, die aus dem Besitz Napoleons wieder zurückgekehrt war. Selbstverständlich auch dieses Gemälde auf Holz. Aber Friedrich schwieg und drehte sich mit einem Lächeln wieder zu Karl-Theodor, der an ihm vorübergeilt war, um nun an der Stirnseite ein Gemälde zu enthüllen, das vom Fußboden bis zur Decke reichte.

»Die Geburt Christi! Da bist du erschlagen, was? So eine Ausdruckskraft in dem Bild, das Spiel von Licht und Schatten! Und jetzt, Friedrich, tritt näher heran – nein, du sollst die Signatur nicht prüfen, ich garantiere für das Original – sieh dir hier vorn einmal die anbetende Frau an! Ja, bitte, vertiefe dich einmal in das Gemälde!«

Friedrich tat, wie ihm geheißen, konnte aber nichts Ungewöhnliches entdecken. Die Frau trug ein turbanartig gewickeltes Kopftuch, war von der Seite porträtiert und kniete vor der Krippe mit gefalteten Händen.

‚*Was wollte Karl-Theodor von ihm wissen? Ging es darum, dass auch diese Frau ein schulterfreies Gewand trug?*‘ Laut antwortete der Gast: »Was meinst du, Karl-Theodor? Die Frau ist interessant, aber meinst du ihre Kleidung oder ihren Gesichtsausdruck?«

Lächelnd trat der Angesprochene näher, deutete mit der linken Hand auf das Bild und mit der rechten wies er auf das Porträt seiner verstorbenen Frau.

»Na? Immer noch nicht?«

»Äh... du meinst...«

»Ja, natürlich! Diese Ähnlichkeit! Das hat mich fasziniert, ich musste das Gemälde kaufen! Dabei befand es sich gerade noch in einer Londoner Ausstellung!«

»Verstehe!«, antwortete Friedrich, der weder eine Ähnlichkeit erkannt hatte noch daran glaubte, dass Karl-Theodor ein derartiges Original gekauft hatte. Aber schließlich – unmöglich war das nicht, und mit Geld ließ sich vieles einfacher bewältigen. Doch seit seinem Blick auf das angebliche Gemälde von Leonardo war er ein wenig verunsichert.

»So, während du noch staunst, mein lieber Friedrich, wird dir jetzt das Auge übergehen! Komm nur mit hinüber in das Atelier, das ich eingerichtet habe!«

Mit strahlendem Gesicht deutete Karl-Theodor auf die Tür.

»Nicht nur ein Salon mit Gemälden, sondern auch noch ein Atelier? Willst du jetzt selbst Porträts malen?«, erwiderte Friedrich nicht ohne Sarkasmus.

»Nein, natürlich nicht, sondern viel, viel besser. Ich habe einen der besten Künstler unserer Zeit in mein Haus geholt. Überzeuge dich nur selbst!«

Gespannt eilte Friedrich ihm nach, denn der Gastgeber war schon mit Riesenschritten hinaus und erwartete ihn ungeduldig vor einer anderen Tür.

Als sein Besucher nun neben ihm stand, öffnete er die Tür schwungvoll und wies auf einen Mann, der an einer Staffelei stand und eben die letzten Pinselstriche an einem Gemälde vornahm. Doch dieses eben entstandene Kunstwerk war Friedrich wohl vertraut. Aber er ließ sich nichts anmerken, sondern trat interessiert an den Künstler und warf noch einmal einen eindringlichen Blick auf das nun fertige Gemälde, das durch seine dunklen Farben und die vor einer Personengruppe brennende Kerze eine faszinierende Stimmung erzeugte.

»Mein lieber Friedrich Wilhelm zu Leupolth – es ist mir eine große Ehre, dir den Künstler Petrus van Schendel vorzustellen!«

Der Maler drehte sich zu den beiden Männern um und verbeugte sich leicht.

»Und das ist mein lieber Freund Leupolth, ein ausgewiesener Kunstkenner, Besitzer eines großen Unternehmens in Nürnberg und zudem Eigentümer einer gewaltigen Ahnengalerie. Möglicherweise hat er ja auch für Euch Arbeit, mein Bester!«

Friedrich versuchte, in dem jungen Gesicht des Künstlers irgendein Anzeichen eines schlechten Gewissens zu finden, allerdings vergeblich.

»Sehr erfreut, Herr van Schendel. Es ist schon lange mein Wunsch, sie einmal persönlich kennenzulernen!«, sagte Friedrich mit einem leicht sarkastischen Unterton und setzte in Gedanken hinzu: ‚*Und damit den Mann zu treffen, der einst für meinen Vater genau dieses Gemälde fertigte, dem er den schlichten Titel gab; Nachtmarkt.*‘

In diesem Augenblick klopfte es an der offenen Tür, und das Hausmädchen stand etwas verlegen und wartete.

»Lisa, mein liebes Mädchen, was ist?«, säuselte Karl-Theodor honigsüß, und Friedrich musste sich wieder einmal das Grinsen verkneifen.

»Gnädiger Herr, das Ehepaar Heinrichsen ist eingetroffen und sitzen im Besucherzimmer.«

Der Hausherr schien plötzlich nervös, zog seine Uhr heraus und warf einen Blick darauf.

»Herrje, tatsächlich schon so spät! Friedrich, entschuldige mich bitte, du kannst ja noch ein wenig mit van Schendel plaudern. Vielleicht möchtest du ihn ja sogar beauftragen?«

»Ein guter Gedanke. Lass dich nicht aufhalten, Karl-Theodor.«

Dann waren die beiden allein, und während der Künstler immer wieder den Pinsel leicht tupfend irgendwo ansetzte, sagte Friedrich leise:

»Ich bewundere Sie aufrichtig, Meister.«

»Oh, das ist sehr freundlich von Ihnen!«, antwortete der Mann ohne jeden erkennbaren Akzent.

»Ja, wirklich, und ich frage mich, wie es nur möglich ist, dass ein so alter Mann noch so eine ruhige Hand hat?«

»Alter Mann?«, antwortete der Künstler verwundert, aber Friedrich erkannte ein nervöses Zucken im linken Augenwinkel.

»Naja, eigentlich ist das falsch ausgedrückt. Ich wollte sagen – so eine ruhige Hand bei einem Mann, der seit Jahren verstorben ist, findet man nur selten mit einer künstlerischen Tätigkeit. Das Original dieses Gemäldes hier hat übrigens mein Vater einst bestellt. Wenn Sie wollen, kommen Sie zu mir in die Tuchgasse und schauen Sie es sich an. Ihre Arbeit jedenfalls ist so vorzüglich, dass Sie den Vergleich nicht scheuen müssen!«

Der Künstler war kreidebleich geworden, und Friedrich lächelte ihn freundlich an.

»Nun, was haben Sie? Ihre Gesichtsfarbe wirkt jetzt allerdings wirklich totenblass!«

»Um Himmels willen, Herr, verraten Sie mich nicht! Ich brauche dringend das Geld!«

Friedrich lachte.

»Ja, schon gut. Es ist mir ein besonderes Vergnügen. Ach, übrigens können Sie wirklich etwas für mich anfertigen. Der Leonardo stammt doch auch von Ihnen, oder nicht?«

Jetzt wurde der ertappte Künstler plötzlich feuerrot und warf hastig einen Blick zur Tür. Aber die hatte Karl-Theodor hinter sich geschlossen.

»Herr, ich bitte Sie inständig...«

»Ach, Unsinn, sagen Sie einfach, was Sie für ein Werk dieser Größe verlangen.«

»Einhundert... einhundert Mark, Herr Leupolth«, stotterte der Künstler.

»Ausgezeichnet. Also, mein Auftrag an Sie lautet nun: Fertigen Sie mir eine Kopie der Mona Lisa, und möglichst noch in den nächsten Wochen. Ich möchte meinen Freund Karl-Theodor gern überraschen. Das heißt, Sie können bei mir im Haus malen, damit er davon noch keinen Wind bekommt.«

»Ich soll Leonardos Mona Lisa für Sie... kopieren?«

»Ja, richtig. Das ist doch kein Problem, oder? Aber in jedem Falle diesmal nicht auf Leinwand. Der große Leonardo malte nur auf Holz. Kann ich Ihnen übrigens auch zur Verfügung stellen. In unseren alten Häusern gibt es genug altes Holz, schließlich möchte ich ja vermeiden, dass man das Gemälde als Fälschung erkennt.«

»Aber, verehrter Herr, das ist ja...«

»Pst, kein Wort weiter. Ich erwarte Sie also in der kommenden Woche in der Tuchgasse. Fragen Sie nach Friedrich Wilhelm zu Leopold und nennen Sie einfach nur – Ihren Künstlernamen!«

»Ach, entschuldige, Friedrich. Kommst du wieder in den Salon? Ich möchte dich den Heinrichsen vorstellen. Sie sind Kunsthändler und bewundern eben meine Gemälde.«

»Ich komme sofort, Karl-Theodor. Und, Herr van Schendel – nicht vergessen, am besten am Donnerstagvormittag in der Tuchgasse!«

»Du hast schon einen Auftrag erteilt? Wie wunderbar diese Fügung doch ist, lieber Freund! Wer hat schon die Möglichkeit, einen so berühmten Künstler in unserer Stadt anzutreffen und ihm dann auch noch einen Auftrag zu erteilen. – Nicht wahr, Herr van Schendel – Sie werden meinen Freund nicht enttäuschen?«

»Gewiss nicht!«, antwortete der erneut rot anlaufende Herr und verbeugte sich.

»Davon bin ich überzeugt!«, antwortete Friedrich lachend und folgte dem Freund in den Salon.

ENDE

Besuchen Sie unsere Verlags-Homepage:
www.der-romankiosk.de

Der Romankiosk – Spannung und Unterhaltung pur!

ISBN 978-3-7531-5728-3

www.epubli.de